Schreie im Nebel

Nach einem geisteswissenschaftlichen Studium an der Universität Konstanz war Tina Schlegel als Regiehospitantin an der Komödie Düsseldorf und als Tennislehrerin tätig. Zwischen 2006 und 2008 war sie Teilnehmerin an der ToPTalente-Drehbuchwerkstatt in München, die sie mit einem Drehbuch für einen sechzigminütigen Spielfilm abschloss. Von 2008 bis 2010 absolvierte sie den Bachelor-Aufbaustudiengang »Kulturkritik« an der Hochschule für Fernsehen und Film in München. Während dieser Zeit war sie Redakteurin für verschiedene Theaterfestivalzeitungen. Seit 2008 arbeitet sie als freiberufliche Journalistin für verschiedene Zeitungen und Magazine. Sie lebt mit ihrer fünfjährigen Tochter und einigen Tieren im Unterallgäu.

TINA SCHLEGEL

Schreie im Nebel

BODENSEE KRIMI

emons:

Bibliografische Information der Deutschen Nationalbibliothek
Die Deutsche Nationalbibliothek verzeichnet diese Publikation
in der Deutschen Nationalbibliografie; detaillierte bibliografische
Daten sind im Internet über http://dnb.d-nb.de abrufbar.

© Emons Verlag GmbH
Alle Rechte vorbehalten
Umschlagmotiv: photocase.com/ohneski
Umschlaggestaltung: Nina Schäfer, nach einem Konzept von Leonardo
Magrelli und Nina Schäfer
Gestaltung Innenteil: César Satz & Grafik GmbH, Köln
Lektorat: Lisa Kuppler
Druck und Bindung: CPI – Clausen & Bosse, Leck
Printed in Germany 2018
ISBN 978-3-95451-723-7
Bodensee Krimi
3. Auflage

Unser Newsletter informiert Sie
regelmäßig über Neues von emons:
Kostenlos bestellen unter
www.emons-verlag.de

Für meine Tochter und meine Mutter. Das Leben ist voller Schönheit, ist voller Chancen, ist überraschend, geheimnisvoll und rührend … ist immer da. Mögen ihre Augen stets offen dafür sein.

Teil 1

22. August und 6.–10. Oktober

*Manchmal ist auch der Tod
keine Erlösung.*

J. M.

Die Anwerbung

Der Blick der Imperia glitt gerade über den See. Die übergroße Frauenfigur, die an der Spitze des Konstanzer Hafens selbst Schiffe überragte, hatte seit seiner Ankunft schon einige Male ihre Runde gedreht. Vollbusig und grinsend wandte sie sich gerade wieder der Stadt zu.

Roman Enzig saß auf einer Bank im Stadtgarten. Nach dem Katamaran hatte ein Schiff aus Lindau angelegt. Touristen spazierten den Steg entlang, hin zur Imperia, und beinahe jeder blieb an der Tafel stehen, die den Hochwasserstand von 1999 markierte. Es folgte eine Gruppe Senioren, die nicht den Weg in die Stadt wählte, sondern in Richtung Stadtpark pilgerte. Für kurze Zeit nahmen sie Enzig die Sicht. Eine weißhaarige Frau führte ihren blinden Mann an der Hand. Direkt vor Enzig hielt er sie zurück, fragte, ob sie schon an der Marktstätte seien, dort, wo er ihr den Antrag gemacht habe – sie lächelte Enzig zu. Dann drängte sie ihren Mann sanft weiter. Die Imperia indessen zeigte der Stadt wieder ihren Rücken.

Da kam ein kleines Kind mit seiner Mutter. Unbedingt wollte es Tauben füttern. Es hielt das Brot, die Tauben kamen, mehr und immer mehr. Und schon waren nur noch Tauben und Federn zu sehen, nur Gekeife zu hören und irgendwo dazwischen die Rufe der Mutter: »Lass das Brot los.« Aus dem Kinderlachen wurde Weinen.

Nur wenige Meter weiter an dem kleinen Kiosk an der Ecke machte die alte Frau mit ihrem blinden Mann die zweite Pause. Wieder beugte er sich zu ihr. Enzig war sich sicher, er würde sich abermals nach der Marktstätte erkundigen. Sie tätschelte seine Wange. Wo nur würde der Weg enden?

Die Tauben waren verschwunden, doch nicht weit entfernt wartete sicher schon das nächste Kind mit Brot.

Enzigs Blick fiel auf die riesige Uhr des Bootsbetriebes. Eilends machte er sich auf den Weg in die Altstadt.

Er hatte sich verspätet. Vom Eingang aus sah er sich im Innenhof des kleinen Cafés um. Die schönsten Plätze unter den Rosenbüschen entlang der Mauer waren besetzt; selten hatte Enzig hier einen Platz ergattert. Ein Pärchen hielt sich an den Händen, sie ihn ein wenig fester. Vielleicht ein wenig zu fest. So war es ja beinahe immer: Einer hielt den anderen zu fest. In der Mitte erhob sich ein kräftiger Mann und kam Enzig entgegen.

»Dr. Enzig? Freut mich. Dr. Hohenfels, interne Ermittlungen.«

Enzig folgte Hohenfels an dessen Tisch und nahm ungelenk Platz.

»Und? Ist es schön, wieder in Konstanz zu sein?«, fragte Hohenfels.

»Wie man's nimmt.«

Hohenfels trug eine grau gemusterte Krawatte auf seinem weißen Hemd, dessen Ärmel er hochgekrempelt hatte. Im kurzen grauen Haar steckte eine verspiegelte Sonnenbrille. Enzig hoffte inständig, Hohenfels würde diese nicht aufsetzen.

»Ihr Vater hat Sie empfohlen.« Hohenfels spielte mit dem Untersetzer, das Bierglas stand unberührt daneben.

Er versucht, eine Unsicherheit zu überspielen, mutmaßte Enzig. Er konnte nicht anders. Keine Bewegung, keine Handlung konnte er einfach so vorbeihuschen lassen. *Souveränität ist nichts anderes als der einstudierte Umgang mit Schwächen …* Apropos Schwäche. »Mein Vater«, murmelte er erstaunt.

»Sie arbeiten noch auf dem Gebiet der Tatortanalyse?«

»Sicher.« Vor ihm kreiste der Bierdeckel noch immer durch Finger, die zu fleischig waren für die Statur von Hohenfels.

»Gut.« Hohenfels schmunzelte ertappt und stellte das Glas auf den Bierdeckel. »Weil ich nämlich auf der Suche nach einem Profiler bin.«

»Worauf wollen Sie hinaus?« Sein Vater hatte sich am Telefon nichts anmerken lassen.

»Um es kurz zu machen«, Hohenfels faltete die Hände unter dem Kinn, »ich habe Ihren Vater gefragt, ob ich Sie abwerben darf.«

»Sie haben meinen Vater gefragt … Ich verstehe nicht ganz.«

»Oh, entschuldigen Sie. Ihr Vater und ich sind alte Bekannte, und ich habe ihm von meinen, das heißt, unseren Problemen erzählt.«

»Worum geht es?« Dass sein Vater etwas mit diesem Treffen zu tun haben könnte, gefiel Enzig ganz und gar nicht.

»Wir wollen, dass Sie bei der Polizei Konstanz einsteigen. Da wird endlich ein Fallanalyseteam aufgebaut.«

»Ein Fallanalyseteam?« Er unterdrückte einen Anflug von Freude. »Ich bin etwas überrascht«, gab er zu. »Aber …« Enzigs Stuhl wurde angerempelt. Als er aufsah, erkannte er die junge Frau, die zuvor die Hand ihres Liebsten allzu fest gedrückt hatte. Der junge Mann blickte ihr nach. Kaum war sie außer Sichtweite, griff er nach seinem Handy und lehnte sich entspannt zurück. Enzig hatte recht behalten. Daneben hinterließen zwei Frauen einen Platz unter den Rosen, und ein Spatz nützte die Gelegenheit, die Kuchenkrümel vom Teller zu klauen. Hier, so ohne Touristen, wirkten sogar die Spatzen entspannter.

»Was aber?«

»Herr Hohenfels«, Enzig nahm seine Brille ab, »Sie und ich wissen … Machen wir es kurz: Was genau wollen Sie?«

»Es gibt da noch etwas. Sie haben recht.« Mit gedämpfter Stimme fuhr Hohenfels fort: »Sie würden auch für mich arbeiten.«

»Das heißt?«

»Sie sollen jemanden für uns – sagen wir – im Auge behalten.«

»Bitte was?«

»Ihren zukünftigen Partner, Kommissar Sito. Ihr Vater meinte …«

»Dann hat er Sie falsch informiert!« Enzig erhob sich. »Für diese Art von Aufgabe bin ich absolut ungeeignet.« Er musste sich beherrschen, er spürte, wie er rot wurde, rot vor Ärger. Doch bevor er gehen konnte, griff Hohenfels nach seinem Arm.

»Sie missverstehen: Ihr Vater sagte, Sie sind brillant.«

Enzig starrte ihn an, dann ließ er sich auf den Stuhl sinken. Diesem Dolchstoß war er nicht gewachsen.

Abschied

Die Stille kam näher. Unaufhaltsam. Während des Schlafes ließ sie sich verdrängen, aber nun, da er wach war, kroch sie unbarmherzig über ihn hinweg. Wie ein hungriger Fisch schnappte sie nach ihm. Sein Kopf lag schwer in den Kissen und sein Körper in der Kuhle, die er seit Jahren in die linke Hälfte des Bettes drückte. Paul Sito öffnete langsam die Augen und schluckte schwer. Er ließ seine Hand aus dem Bett baumeln und tastete nach Pollux. Als er das Fell spürte, fuhr er mit den Fingerspitzen sanft darüber. Sein Blick suchte den Himmel, doch dichter Nebel lag über dem Dachfenster und machte die Welt für den Moment unsichtbar. *Kein Entrinnen*, schoss es Sito durch den Kopf. Er holte tief Luft und machte die Augen noch einmal zu. Schlaf fand er nicht. *Konstanz ist in gewisser Hinsicht wie Venedig*, dachte er, *in manchen Zeiten stirbt man mit der Stadt*. Später wollte er an ihr Grab. Er raffte sich auf und ging ins Badezimmer.

Als er zurückkam, sah er zu Pollux. Stille. Unbarmherzig und gierig hing sie im Raum, umklammerte ihn wie ein kalter Windhauch. Sein ehemaliger Diensthund lag noch immer reglos in der gleichen Haltung am Boden. Sito erstarrte. Er beobachtete den Hund, dann begriff er. Sito fühlte einen Kloß im Hals, der die Luft gewaltsam zurück in die Lungen presste, sein Magen krampfte sich schmerzhaft zusammen. Er tat einige unsichere Schritte, dann kniete er neben Pollux nieder und versuchte, seinen Kopf anzuheben. Das Tier war bereits steif. Sito vergrub sein Gesicht im Fell.

Schließlich wickelte er ihn in eine Decke, trug ihn ins Auto und fuhr Richtung Litzelstetten. Am Ende des Dorfes bog er zum Purren hoch ab. Der Nebel hing tief in der Landschaft; stellenweise fuhr Sito durch dicke Schwaden. Er musste sich konzentrieren, der kurvenreichen Straße in der weißen Finsternis zu folgen. Pollux' Körper lag eingehüllt auf der Rückbank. *Er ist sicher*, war Sitos Gedanke, als er einen flüchtigen prüfenden Blick in den Rückspiegel warf. Mehrmals sah er sich noch um, weil er glaubte, ein Geräusch zu hören. Oben angekommen bog er in den Weg ein, den er am

Tag zuvor noch mit Pollux spazieren gegangen war. Am Waldrand jedoch besann sich Sito. Er dachte an die Lichtung mit den kleinen Weihern, an denen er in den warmen Sommermonaten mit Pollux gesessen hatte. Meist einsam. Die wenigen Jogger hatten Pollux nie interessiert. Sito fasste sich an den Magen, es fühlte sich an, als hätte er Eiswürfel gegessen. Pollux war seine Wärme gewesen.

Sito entschied sich für die höchste Stelle des Berges, eine kleine Ansammlung von Bäumen, eine Bank, die Aussicht auf den See, ein ruhiger Platz. Nahe einer Birke begann er zu graben und hoffte inständig, dass zu dieser Zeit niemand vorbeikam. Er staunte, wie viele Male er den Spaten in die Erde treten musste, wie viel Raum nötig war, um das Leben zu beschließen. Immer wieder trat er auf den Spaten, versenkte ihn und wurde wütend dabei. Die Wut trieb ihm die Tränen in die Augen. Er war wütend und wusste nicht, weshalb. Die harte Erde, sie wehrte sich gegen seinen Übergriff. Und in ihm wehrte sich alles gegen den Abschied. Dann war das Loch tief genug. Sito stand still davor, bewegte sich nicht, zögerte. Was hatte ihn bewogen, hierherzufahren? Weshalb hierher? Jetzt wurde ihm bewusst, dass er gehofft hatte, zu entkommen. Er hätte Pollux auch im Garten begraben können. Die Flucht hierher war eine vergebliche. Nichts änderte sie daran, dass Sito nun alleine war.

Er legte Pollux mit seiner Decke in das tiefe Loch, dann warf er die Erde auf ihn, zunächst mit der Hand, dann mit dem Spaten. Schließlich schippte er das letzte Häufchen Erde auf das Grab und klopfte die Stelle flach. Die ersten Sonnenstrahlen zerschnitten soeben den Nebel. Mit der Schaufel in der Hand drehte Sito sich langsam um und sah über die verschleierte Landschaft und den See hinweg. »Thanatos«, flüsterte er, »zähl deine Toten neu.«

Der Tote

Als Paul Sito die alte Fabrikhalle bei Dettingen betrat, wurde ihm augenblicklich übel. Er bereute den Anflug von Erleichterung, den er verspürt hatte, als das Präsidium ihm den Fundort einer Leiche durchgegeben hatte, froh, die Leere seines Hauses verlassen zu dürfen. Diese hatte ihm wie ein nasses Handtuch ins Gesicht geschlagen, ohne Pollux, ohne sein Atmen und Seufzen. Sito hatte geglaubt, dort in seinem Flur zu taumeln, neben der Hundeleine, er hatte sich am Ende seiner Welt gewähnt. Doch das Ende einer Welt lag für einen anderen Menschen hier in dieser Fabrik.

Flach atmend durchschritt Sito die Halle. Auch nach über zwanzig Jahren im Polizeidienst ertrug er nur schwer den Anblick des Todes. Da er nicht wusste, was ihn erwartete, wappnete er sich mit einem Taschentuch. Abhärtung war ein Gerücht.

Dennoch. Der Tod musste eine Erlösung gewesen sein.

Da hing er. Kopfüber. Nackt. Der Körper des Mannes war an einem Fuß in die Höhe gezogen worden. Die Arme baumelten nach unten und berührten beinahe den Boden. Das freie Bein war angewinkelt und mit dem Fuß an die andere Kniekehle gebunden. Die Kehle war durchgeschnitten und der Körper ausgeblutet. Die große Blutlache am Boden, die Wunde am Hals und das Gesicht waren übersät von Fliegen. Durch den tiefen Halsschnitt war der Kopf halb abgetrennt, sodass es den Anschein hatte, als würde der Mann mit in den Nacken gelegtem Kopf auf den Boden starren.

Sito drehte den Kopf und beugte sich so weit zur Seite, bis er dem Mann in die Augen sehen konnte – dunkle Höhlen. Es war, als gäbe es nur blanke Haut und diese dunklen Höhlen, als wäre alles eine riesige Fläche, die keine Arme, keine Beine oder sonst eine Erhebung mehr als Erkennung eines Menschen zuließ. Womöglich aber blendete einfach das Bewusstsein jegliche menschliche Körperlichkeit aus, allein um den Sehenden zu schützen. Sito kannte das bereits von anderen Toten, die er begutachtet hatte, auch sie waren reduziert auf eine Fläche – als würde sein Geist sie in den Raum auffalten und nicht zulassen, dass sie als Menschen zu ihm sprachen. Alles eine Fläche, beschrieben wie ein Buch, gefaltet, geknickt oder geritzt.

Er richtete sich wieder auf und lief einmal um den Hängenden herum, sah an ihm herauf und streckte eine Hand zum Hals des Toten, wo das Messer seinen Weg gefunden hatte.

Sito beobachtete seine Kollegen, die um den Toten herumstanden. Der Mann neben ihm hatte die Stirn in Falten gelegt, seine Augen flackerten unruhig. Ein anderer schüttelte immer wieder den Kopf, setzte zum Reden an, winkte dann wieder ab. Einer raunte, dass sie doch in Konstanz seien, als gäbe die Idylle des Landstrichs der Hässlichkeit des Bösen kein Spielfeld. Sito wusste, was in ihnen vorging. Dabei bedingen sich Hässlichkeit und Schönheit, Idylle und gewaltvolles Chaos – sie brauchen einander. Schon so oft hatte Sito genau darüber nachgedacht, wann immer er selbst auf den See gestarrt hatte, gebannt zwischen innerem Schmerz und äußerer Schönheit. Gerade der Einbruch des Hässlichen bestätigt die Schönheit so sehr wie die Wiederkehr des Unheimlichen die Sehnsucht nach der Idylle stärkt. Nie fühlen sich Menschen wohler in ihrer eingerichteten friedlichen Ländlichkeit als nach einem schmerzvollen Ausflug in die Welt des Hässlichen. *Dieser Tod*, dachte Sito, *wie er sich hier in der Fabrik ereignet hat, ist hässlich und grausam und birgt einen Keim in sich, der sich auszubreiten sucht.* »Und Sie haben ihn genau so gefunden?«, fragte er.

»Wir haben nichts angefasst.«

»Wer hat ihn gefunden?«

»Kinder, die Verstecken spielen wollten.«

Sito wandte sich ruckartig dem Polizisten zu.

»Ein Psychologe ist schon unterwegs, keine Sorge«, sagte der.

»Natürlich. Ist Dr. Parson schon da?«

»Ich weiß nicht.« Der Polizist sah sich um. »Er muss jeden Moment hier sein. Ich sag ihm dann gleich, wo er Sie findet.«

Sito verließ das Absperrungsquadrat und setzte sich in einiger Entfernung im Schneidersitz auf den Boden. Er beobachtete das geschäftige Treiben rund um die Leiche. Der hohe Raum war durchbrochen vom Licht, das durch die hoch gelegenen großen Fenster und zahlreichen Löcher in Mauern und Dach hereinfiel.

14

Der Staub, der in den Sonnenstrahlen tanzte, gab der Halle eine gespenstische Atmosphäre.

Sito ließ seinen Blick durch die Halle wandern, fokussierte den Raum an manchen Stellen, aber eher willkürlich. Dennoch war es ihm nicht möglich, ihn völlig objektiv wahrzunehmen. Der Mensch lechzt in seinem Sehen immer nach dem besonderen Augenblick, daran bleibt er hängen, an einer besonderen Aussicht etwa. Sito suchte nach den Aussichten, die auch das Opfer und der Täter gehabt haben könnten. Hatten auch sie für einen kurzen Moment den Staub im Sonnenlicht tanzen sehen? Waren sie für einen kurzen Augenblick gefangen gewesen zwischen Hässlichkeit und Schönheit, zwischen Tod und Leben? Sito erinnerte sich, wie er am Morgen vor dem Grab von Pollux gestanden hatte. Da war dieser kurze Moment des Zögerns gewesen, die Frage, ob er den Hund einfach so ins Grab legen könne … Jeder Mensch hält inne, wenn er dem Tod begegnet, auch ein Mörder. Innehalten. Sito war froh, dass seine Kollegen ihn inzwischen in Ruhe ließen, das war nicht immer so gewesen. In diesem Moment kam der junge Polizist Johann Mader zu ihm und trat unruhig von einem Fuß auf den anderen.

»Ja?«

»Der Rechtsmediziner ist da«, murmelte Mader. Er schwitzte und rieb sich mit dem Armrücken über die Stirn. Dann deutete er in Richtung der Leiche, ohne noch einmal hinzusehen. »Können wir den jetzt runterlassen?«

»Noch nicht. Dr. Parson und Busch sollen erst zu mir kommen.«

»In Ordnung.« Schnell entfernte sich Mader.

Der Gerichtsmediziner Dr. Samuel Parson nahm seine Brille ab und sah an der Leiche nach oben. »Herrgott«, entfuhr es ihm.

Respektvoll wartete Mader, dann tippte er Parson auf die Schulter und flüsterte ihm etwas zu. Parson nickte und ließ seinen Blick durch den Raum schweifen. Als er Sito entdeckte, winkte er ihm, doch dann wandte er sich wieder an Mader. »Sagen Sie, wer leitet denn den Einsatz der Spusi? Sagen Sie nicht, Griese!«

Sito hatte Griese bereits gesehen, und er wusste auch, dass Parson und Griese mehr als einmal aneinandergeraten waren. Es würde also wieder spannend werden. Griese hatte keine Chance gegen Parsons

Hartnäckigkeit. Dabei war Griese an und für sich ein umgänglicher Mensch. Er war als Chef der Abteilung der Spurensicherung ein langjähriger Kollege, einer, auf den man sich immer verlassen konnte, der sich auch nicht beschwerte, wenn Sito sagte, es eile, und es eilte eigentlich immer. Sito wusste nicht, weshalb Griese und Parson nicht klarkamen. Sito beobachtete seinen Freund, wie er einmal um die Leiche herumschritt, noch einmal nach oben sah, dann die Brille wieder aufsetzte und ganz nahe an das Gesicht des Toten ging. Parson war erst einundfünfzig und schon völlig ergraut. Seine drahtige Statur verlieh ihm hingegen ein sportlich-jugendliches Aussehen, und er kam mit schnellen Schritten auf Sito zu.

»Ich freue mich, dich zu sehen, Paul, trotz dieser Umstände, aber du siehst aus, als hättest du keinen guten Tag.«

»Gut, dass du da bist. Was war denn los?«

»Die Fliegen und Maden – hast du die gesehen?«

Sito nickte.

»Sieht wirklich schlimm aus«, bestätigte Parson. »So etwas habe ich auch noch nicht gesehen.«

»Und?«

»Ich wollte nur wissen, ob schon eine Bestandsaufnahme der Insekten gemacht wurde, du weißt ja, das ist nicht selbstverständlich. Bei Griese schon gar nicht.« Parson ließ sich neben Sito nieder und lächelte ihn an, dann legte er den Kopf schief. »Sag mal, hast du abgenommen?«

Sito nickte zu der Leiche hin. »Was hältst du davon? Und wegen deiner Frage – ich hoffe, du erwartest keine Antwort.«

»Wir sind schon wie ein Ehepaar, hm?« Parson grinste. »Hast du heute Abend Lust aufs Oktoberfest?«

Sito schüttelte den Kopf. »Wie kannst du … Ach egal. Zu viele Menschen, das brauch ich nicht.« Er winkte ab und starrte weiter zur Leiche.

»Na gut, ich seh schon, du hast wirklich keinen guten Tag. Also, ich sehe einen Mann um die fünfzig, der an seinem rechten Bein aufgehängt und dem eine stark blutende Wunde am Hals zugefügt wurde. Viele Maden in der Halsgegend. Du weißt ja, ich habe bei der Beobachtung wenig Spielraum für Phantasie, ich brauche handfeste Materialien, Beweise, Spuren, Körper …«

»Tote Körper.«

»Ja, Paul, die Toten gehören nun mal mir. Was siehst du denn?«

»Ich sehe gezügelte Wut«, sagte Sito.

»Gezügelte Wut?«

»Meine erste Assoziation. Es liegt an dieser Weite des Raumes und dieser knappen Inszenierung des Todes – irgendetwas ist hier auffällig.«

»Wie kannst du mehr sehen als ich? Manchmal ist das geradezu gespenstisch, oder meine nur ich das?«

»Womöglich meinst gerade *du* das. Ich sehe nicht mehr als du, nur anders. Ich durchforste meine Erinnerungen nach Bildern, die ähnliche Gefühle in mir wachgerufen haben.«

»Und woran erinnert dich das hier, wenn ich fragen darf?«

»An Präsentation. Er sollte so gefunden werden, das ist eindeutig.« Sito hatte noch einen anderen Gedanken, aber den vergrub er ganz fest in seinem Innersten.

»*So* oder *hier*?«

»Gute Frage, Samuel ... Ah, Marc.«

Kommissar Marc Busch reichte beiden die Hand und setzte sich, die Beine unbequem zu einer Seite angewinkelt. Er rieb sich die wenigen Bartstoppeln, die sein feminines Gesicht zierten. »Tut mir leid, Sito, ich war eben noch draußen, ich brauchte fische Luft.« Busch schlug sein Notizbuch auf.

»Hat die Spurensicherung denn was gefunden?«

»Soweit ich verstanden habe, nein. Aber die Arbeit kann dauern.«

»Bei Griese wohl kaum«, sagte Parson.

Sito überlegte, dass er seinem Freund einmal erzählen sollte, dass Griese Kontrabass spielte, und zwar in einer kleinen Jazzkombo. Das würde ihm sicher imponieren. Vielleicht schlug das eine Brücke zwischen den beiden Streithähnen.

»Wo ist Griese überhaupt? Kannst du ihn irgendwo sehen, Paul?«

»Was denkst du, Marc?«

»Nun ja, das ist sehr grausam und gleichzeitig bizarr. Der Mörder scheint hemmungslos zu sein, und dennoch hat er sich die Zeit genommen, das ist perfide. Eine hässliche Falle, wenn man da so hängt und ver... oh!« Busch schüttelte es. Die Leiche war ins Schwingen geraten.

»Du meine Güte, welcher Idiot …«, begann Parson.

»Makaber«, sagte Sito. »Marc? Notiere doch bitte: ›Gezügelte Wut, hemmungslos, aber geduldig, bizarre Inszenierung‹. Samuel, da hast du deinen Griese. Lasst uns gehen.«

Neben der noch baumelnden Leiche stand ein kleiner dicklicher Mann. »Ein Toter, der sich bewegt … Irritierend, nicht wahr, werte Kollegen? Also, ich muss zugeben, so etwas habe ich auch noch nie gesehen. Dr. Parson, Sie wollten mich sprechen? Wie kann ich Ihnen helfen?« Griese sah auf seine Armbanduhr, und Sito wusste, das Parson dies bereits als Provokation empfand und Griese sich dessen völlig bewusst war. Sein rechtes Augenlid zuckte hinter dem Brillenglas.

»Nun«, Parsons Stimme klang bereits eine Nuance höher, »Herr Kollege, die Maden.«

Griese stöhnte und trat bedrohlich nahe an Parson und damit auch an Sito heran. Diesem stieg der Geruch einer Haarpomade in die Nase, süßlich, doch gleichzeitig war da etwas Bitteres. Nein, jetzt hatte auch Parson sicher keine Lust mehr auf das Oktoberfest, denn auch dort wäre er vor unangenehmen Gerüchen nicht sicher. Sito hatte sich schon einige Male darüber gewundert, dass ausgerechnet ein Rechtsmediziner eine solch empfindliche Nase wie sein Freund haben konnte.

»Ach, hören Sie mir doch mit dem Scheiß auf.«

»Gut, das reicht schon als Antwort. Schicken Sie mir doch einen Ihrer Männer mit der nötigen Ausstattung. Das komplette Programm eben – nur wenn es nicht zu viele Umstände macht.«

Griese eilte davon, und Parson wedelte erleichtert die Duftwolke fort. »Was habt ihr nur?«, fragte Sito

»Ihr? Keine Ahnung, wovon du sprichst.« Sito beschloss, sie einmal an einen Tisch zu zwingen, oder besser noch, er nahm Parson einmal mit zu einem Konzert von Griese. Er hatte langsam genug von Begegnungen dieser Art, und das schloss das Verhalten seines Freundes mit ein.

»Ich sammel mal ein paar Maden, dann wissen wir …«

»Todeszeit und Leichenliegezeit.«

»Sehr gut, Paul.«

»Tja, wer hat schon einen Entomologen im Freundeskreis.« Sito sprach »Entomologe« wie ein Schimpfwort aus, aber im Grunde war er fasziniert von Parsons Interesse für das Kleingetier.

»Hobby-Entomologe, nur aus Leidenschaft, Paul, ein Profi bin ich bei Weitem nicht, das vergiss bitte nicht.«

Sito nickte und dachte insgeheim, dass sicherlich so mancher Profi etwas von Parson lernen könnte. Immerhin hatte Parson am Weltkongress der Insektenkunde in Brasilien teilgenommen.

Inzwischen hatte ein Beamter die gewünschten Utensilien in einem Koffer gebracht. Parson begann umgehend mit der Arbeit. An den Stellen mit dem stärksten Aufkommen von Larven brachte er Millimeterskalen an und ließ Fotos davon machen.

Sito beobachtete, wie Parson andächtig die größten Maden einsammelte, sie in einen Behälter fallen ließ und dabei »Made in Ethanol« sagte.

»Lass gut sein, Samuel.«

Anschließend füllte Parson einige Maden in ein luftdurchlässig verschlossenes Gefäß und hielt es strahlend hoch. »Und jetzt noch welche zur Artenbestimmung.«

Der Beamte nahm alle Gefäße an sich und beschriftete sie.

»Das war's schon«, erklärte Parson. Mit Hilfe einiger Polizisten ließ er die Leiche vorsichtig zu Boden. Er besprühte sie, und wenig später flog ein Großteil der Fliegen davon. Sito und Busch setzten sich neben Parson in die Hocke. Eine dicke Made verschwand gerade in einem Nasenloch. Busch wandte sich ab.

»Was kannst du nun sehen, Samuel?«

»Auf den ersten Blick keine größeren Verletzungen außer der Schnittwunde am Hals. Ob das die Todesursache ist, muss ich noch untersuchen. Eine Muskelstarre ist übrigens nicht mehr festzustellen, das heißt, er ist schon länger als zwei Tage tot. Das Gesicht wird aber nicht mehr viel hergeben, da haben die Schmeißfliegen ganze Arbeit geleistet.«

»Wie schnell sind denn diese Biester?«, fragte Busch.

»Lucilia sericata«, verbesserte Parson. »Sehr schnell. Bei idealen Witterungsbedingungen bist du nach vierzehn Tagen ein Skelett.«

»Scheußliche Vorstellung.« Sito schüttelte den Gedanken ab. »Gut, Samuel, über die genaue Todesursache werde ich ja bald mehr von dir hören. Marc, wir treffen uns in einer Stunde im Präsidium.«

Sito sah Busch nach. Er hatte nicht zum ersten Mal das kurze Zögern gesehen. Ihm war bewusst, dass sein früherer Assistent Marc Busch nur zu gerne mit ihm am Tatort zurückgeblieben wäre, um einmal diesen einsamen Rundgängen beizuwohnen. Busch war zu respektvoll, um ihn zu bedrängen, dafür war Sito ihm dankbar, denn er konnte nicht erklären, was ihn bewegte, aber er hatte keinen Zweifel, dass er dies nur alleine tun konnte. Doch Sito wusste auch, dass er die wenigen Menschen, die ihm zugetan waren, wie etwa Busch, nicht ständig ausschließen konnte. Irgendwann würde deren Respekt sonst vielleicht in Enttäuschung und dann in Ablehnung umschlagen. Auch Parson hatte sich rasch verabschiedet, doch anders als Busch gewiss ohne zwiespältige Gefühle. Denn seine Aufmerksamkeit richtete sich bereits auf seine Arbeit im gerichtsmedizinischen Institut in Singen. Der Tote befand sich jetzt auf dem halbstündigen Weg dorthin. Während Parson dem Leichenwagen folgte, würde er bestimmt vor seinem inneren Auge schon den Brustkorb öffnen …

Die Fabrikhalle lehrte sich. Sito wartete, bis er ganz alleine war, dann begann er, durch die Halle zu schreiten. Mehrmals kam er an dem Fundort der Leiche vorbei, aber seine Gedanken waren bei Pollux und dessen letztem Atemzug. *Warum bin ich nicht aufgewacht?* Sito blieb stehen, verdrängte die Bilder von Pollux und drehte sich einmal um die eigene Achse. *Warum hat man dich in der Mitte aufgehängt?*

»Was meinst du dazu, Vater?«, fragte Sito laut in den Raum und sah zu den hohen Fenstern.

Ein Tatort ist immer ein Raum. Er wird durch das Ereignis zu einem Tatraum. Was hat der Ort Besonderes, dass ihn ein Täter zu seinem Tatraum auserwählt? Ein Tatort ist ein elitärer Raum gegenüber den Orten seiner Umgebung. Der Tatraum ist die Bühne des Ereignisses an sich, er besticht durch seine Unmittelbarkeit. Die Auswahl der Bühne ist so aussagekräftig wie die Wahl der Waffe. Die Raumauswahl ist ebenso Handschrift wie eine Folterung, eine Ritzung der Haut beispielsweise. Die Konzentration auf einen zentralen Punkt in einem großen Raum spricht für eine abstrakte Demonstration von Macht, nicht nur über das Opfer, sondern über den Raum und seine Geschichte. Ich sehe mir ihre Räume an und erkenne den Menschen dahinter.

»Warum hat man dich hier in der Mitte aufgehängt? Damit du alles im Blick hast?«, fragte Sito wieder in die Stille hinein.

»Hallo?«

Ein eisiger Schauer fuhr Sito über den Rücken. Blitzschnell drehte er sich um. Vor ihm stand eine junge Frau mit Rucksack, die ihn anlächelte.

»Was tun Sie hier?« Sito spürte, dass der Adrenalinstoß langsam wieder abebbte. Als Nächstes fielen ihm ihre schönen Hände auf.

»Ich will hier zeichnen.«

»Hier?«, fragte Sito. »In diesem verlassenen Gelände?«

»Ja. Klingt sonderbar, ich weiß, aber der Lichteinfall ist einfach … Passen Sie auf, Sie treten da gleich … Zu spät. Jetzt stehen Sie schon in der Pfütze.«

Sito schluckte. Er wusste, dass er in die Blutlache getreten war. Schnell machte er einige Schritte auf sie zu. »Sagen Sie, waren Sie in den letzten drei Tagen auch hier?«

»Ist denn was nicht in Ordnung?«

Sito schwieg.

»Was ist das da auf dem Boden?«, hakte sie nach.

Er nahm sie am Arm und drängte sie sanft, sich wegzudrehen. »Ich bin von der Polizei. Kommen Sie, wir gehen nach draußen.«

»Ist das etwa Blut?«

»Ja, nun kommen Sie schon. Es riecht hier nicht besonders.«

»Stimmt. Was ist denn passiert?«

»Ein Mann wurde tot aufgefunden.«

»Du meine Güte«, entfuhr es ihr, aber es wirkte nicht sonderlich schockiert.

Sito stutzte und wartete auf den Moment des Erschreckens, aber nichts. Die junge Frau schien vielmehr fieberhaft nachzudenken. »Wann waren Sie denn das letzte Mal hier?«, fragte er daher.

»Weiß ich nicht so genau. Vor einer Woche vielleicht?«

»Und ist Ihnen da etwas aufgefallen? War irgendetwas anders als sonst?«

»Also, ich weiß nicht, nein, ich denke nicht.«

»Kann ich Sie zurück in die Stadt mitnehmen?«

»Nein, ich bin mit dem Fahrrad hier. Außerdem bin ich ja zum Zeichnen hergekommen.« Sie lächelte unschuldig.

»Sie wollen bleiben, obwohl hier ein grausiger Mord passiert ist?«

»Dass … dass er grausig war, haben Sie nicht gesagt. Und überhaupt war bis jetzt nur von einem Toten die Rede.«

Sito musterte sie und musste zugeben, dass sie recht hatte. Ihre Kühnheit beeindruckte und erschreckte ihn. »Sie sollten vor allem nicht die Absperrung missachten. Geben Sie mir Ihre Personalien, und dann radeln Sie zurück in die Stadt. Verstanden?«

»Wie Sie meinen«, entgegnete sie trotzig. »Miriam Bunt, Schielergasse 13, Wollmatingen. Sie kennen mich nicht, oder?«

Während Sito schrieb, schüttelte er verständnislos den Kopf. »Verschwinden Sie schon.«

Miriam Bunt radelte grußlos davon. Den Rucksack hatte sie auf den Gepäckträger gespannt, und so konnte Sito sehen, dass ihre Haare bis zur Taille reichten. Wild wirbelten sie im Fahrtwind. Für den Bruchteil einer Sekunde schob sich ein anderes Bild darüber, zeigte eine junge Frau, wie sie auf der Allee zur Reichenau radelte, sich umdrehte und ihm lachend zuwinkte. Angst überkam ihn, sie würde fallen und er könnte sie nicht retten … *Janina*.

Eine königliche Direktive

Ein grauer Luftschwall kam Sito entgegen, als er das Besprechungszimmer betrat. Der leitende Polizeidirektor Friedrich Kerler thronte auf einem Stuhl und rauchte. Vor ihm stand der Aschenbecher, gefüllt mit den trotzig glimmenden Resten seiner Leidenschaft. Das allgemeine Rauchverbot galt noch immer nicht für ihn. Sito spürte wieder die Wut, die ihn schon den ganzen Tag begleitete. Sie hatte die Ohnmacht an die Hand genommen.

»Hallo Paul, wie nett, dass du uns auch noch die Ehre ...« Ein Hustenanfall schüttelte Kerler. Er drückte die Zigarette aus. »Ich sollte aufhören, verdammt. Mader, öffnen Sie sofort ein Fenster. Paul, setz dich! Du warst wieder in einer Séance am Tatort? Gibt es wenigstens erfreuliche Ergebnisse? Was ist das nur für eine Sauerei?«

»Wir haben nichts bis jetzt.« Sito setzte sich und hielt dem Blick Kerlers stand, der wirkte, als hecke er gerade einen Plan aus.

»Ach übrigens, du hast hier einen neuen Kollegen«, platzte Kerler prompt heraus.

Ein Mann von imposanter Größe erhob sich und kam auf Sito zu. Sito deutete das Aufstehen nur an und ließ seinen Blick an dem schlaksigen Kollegen nach oben gleiten.

»Paul, das ist Dr. Roman Enzig, ein Psychologe, der sich auf die Erstellung von Täterprofilen spezialisiert hat. Ein Fallanalytiker. Du erinnerst dich an das Projekt? Das Fallanalyseteam? Du erinnerst dich doch daran?«

Kerler fragte zweimal, Sito irritierte das. Sicher erinnerte er sich an das Projekt, aber hatte jemand auch nur im Ansatz einen Fallanalytiker erwähnt? War er selbst nicht dank zahlreicher Lehrgänge ...? Aber es half nichts. Kerler hatte zweimal gefragt, eben. Es war keine Frage, sondern eine Anordnung. So gut kannte Sito Kerler inzwischen. An der gegenwärtigen Situation änderte sich dadurch ebenfalls nichts: Sein alter Freund hatte ihn überrumpelt, und zwar eiskalt und vor versammelter Mannschaft. Und genau das war auch seine Absicht, denn Kerler wusste, dass Sito gefasst bleiben würde, gerade vor seinen Leuten.

»Ich sehe schon, du erinnerst dich nicht. Aber wir haben doch … Wie dem auch sei, die Herren Kollegen«, Kerler ließ seinen Blick durch die Runde gleiten, »ich baue auf Sie. Also, Paul, sei so gut. Ich will dich und dein Team dann mal in der Expertendatenbank sehen.« Kerler zwinkerte Sito versöhnlich zu.

Tatsächlich war Sito immer beherrscht, doch heute war alles anders. Er war durch sein leeres Haus geschritten und hatte sich in Gedanken von allem verabschiedet, was ihm je etwas bedeutet hatte. Er hatte keine innere Ruhe, und er würde auch nicht das Offensichtliche hinunterschlucken. »Was soll das? Können wir so etwas vorher nicht absprechen?«, brach es aus Sito heraus.

Kerler richtete sich in seinem Stuhl auf. »Was bitte meinst du mit ›absprechen‹? Ich habe doch gerade versucht, verständlich zu machen, dass es hierbei nicht um deine privaten Interessen geht. Soll ich dich kurz an den Stand der Dinge erinnern? Wir haben seit '99 Zugriff auf die ViCLAS-Datenbank und zudem eine spezielle Ausbildung für die besten Polizisten des Landes im Bereich der operativen Fallanalyse. Und dennoch setzen wir hier keine Maßstäbe. Hier wird einfach zu wenig Teamgeist an den Tag gelegt. Muss ich erwähnen, welches Jahr wir schreiben? Wir hatten einen Entführungsfall, einen Serienvergewaltiger, fast einen Bombenanschlag in der Uni, und immer kam Verstärkung vom LKA. Das ist ja wohl nicht akzeptabel. Interdisziplinarität ist das Stichwort. Genau hier werden wir mit Hilfe von Dr. Roman Enzig ansetzen. Punkt. Ich will, dass wir eine Größe werden, die um Hilfe gefragt wird, und nicht ein Revier bleiben, das ständig Hilfe braucht.«

»Zu viel Ehrgeiz hat noch nie jemandem geholfen«, sagte Sito. Im Raum war unterdrücktes Lachen zu hören. »Weißt du, Friedrich, mir geht es um die Menschen. Ich will Fälle aufklären. Ob wir nun in einer Computerdatei landen, ist mir gleichgültig. Und übrigens, das LKA hat uns nie geholfen, bei keinem dieser Fälle.«

»Dir ist alles gleichgültig, Paul, aber ich …«

»Bau deine Karriere auf anderen Rücken, Friedrich.«

Sito wollte aufstehen und gehen, da verstellte ihm Enzig den Weg. Er lächelte, doch Sito sah auch, dass er verlegen war. Dieser neue Partner war in einen Streit geraten, für den er nichts konnte.

»Passen Sie auf, Paul, wir …«, begann Enzig.

»Sito, mein Name ist Sito. Hören Sie, das ist jetzt nicht Ihre Schuld, aber …«

»Nein, nein, Sie haben völlig recht. Also, Sito, wir sollten uns auf den Fall konzentrieren. So wie ich die Lage einschätze, war das keine Einzeltat.«

»Aber welche Lage bitte schätzen Sie ein? Waren Sie überhaupt schon am Tatort?« Sito kannte sich selbst nicht mehr. Auch wusste er nicht, worüber er sich eigentlich so ärgerte. Die Arbeit mit einem Fallanalytiker interessierte ihn, Enzig schien ein netter Mensch zu sein, vor allem einer, der nicht wie ein wild gestikulierendes Gorillamännchen Position bezog, sondern überlegt am Rand stand.

»Nein. Ich war noch nicht am Tatort. Und ja, Sie haben recht, eine Profilerstellung ist erst sinnvoll, wenn eine Tatrekonstruktion stattgefunden hat. Ich will den Teufel nicht an die Wand malen, aber das, was mir Kommissar Busch vom Tatort berichtet hat, klang zumindest alarmierend. Herr Busch hat mir auch erzählt, dass Sie alleine zurückgeblieben sind, um sich ein eigenes Bild zu machen. Ihre Methode scheint mir sehr interessant. Vielleicht können wir …« Enzig verstummte.

Sito sah aus dem Augenwinkel, wie Kerler sich ein Lachen verkneifen musste und sich schnell eine neue Zigarette anzündete. Längst schon hätte Sito sich einfach fügen können, aber irgendwie musste er seine Wut loswerden, und Enzig war ihm gerade derart plump entgegengetreten, dass er sich nur mühsam beherrschen konnte. Also starrte er Enzig direkt in die Augen, so lange, bis dieser sich verlegen abwandte. Gewonnen.

»Heute um sechzehn Uhr erwartet uns die Meute der Presse«, sagte Kerler. »Herr Dr. Enzig, ich begrüße Sie im Team und wünsche Ihnen eine erfolgreiche Arbeit. Wie mir scheint, sind Sie gerade im richtigen Moment zu uns gekommen.«

»Ja, welch ein Glück.«

»Paul«, Kerler bemühte sich um Haltung, »reiß dich gefälligst zusammen.«

»Aber sicher. Und Friedrich, wär es möglich, dass auch du dich endlich ans Rauchverbot hältst?«

Kerler zog noch einmal tief an seiner Zigarette, drückte sie aus und verließ ohne ein weiteres Wort den Raum.

»Also, passen Sie auf, Enzig …«, sagte Sito.

»Roman, bitte.«

»Lieber nicht. Passen Sie auf, es geht nicht gegen Sie. Kerler hat manchmal … Ach, vergessen Sie es. Ich habe heute einfach nicht den besten Tag. Bei dem Gedanken an Gesellschaft wird mir richtiggehend schlecht. Außerdem mag ich es nicht, wenn jemand voreilige Schlüsse zieht.«

»Das haben wir durchaus gemeinsam. Aber sehen Sie es mir nach, irgendwie musste ich ins Gespräch kommen. Ich lande ungern mitten in einem Streit. Aber sonst geht es Ihnen gut?«

»Wie kommen Sie darauf?«

»Sie sehen mitgenommen aus.«

»Ich hab meinen Hund heute Morgen beerdigt.«

»Oh. Das tut mir ehrlich leid. Ich weiß, wie sehr einem Tiere ans Herz wachsen können.«

»Ach ja? Haben Sie auch einen Hund?«

»Nein, keinen Hund, aber Haustiere, ja.«

Sito überlegte einen Moment, ob er nachhaken sollte, dann reichte er Enzig die Hand. »Entschuldigen Sie, das war ein schlechter Start. Wollen wir uns jetzt für die Presse vorbereiten?«

»Ja, das sollten wir tun.«

Sito hatte Kopfschmerzen. Außerdem war ihm, als stünde sein Vater neben ihm.

Man hat nie nichts. Aber oft weiß man gar nicht, dass man bereits etwas hat. Man hat den Tatraum. Jemand ist in den Tatraum eingedrungen. Von innen nach außen oder von außen nach innen, das kann man jetzt noch nicht wissen. Aber diese Schwelle muss irgendwo liegen, und wenn du diese Schwelle findest, dann hast du einen Anhaltspunkt über den Täter und über das Opfer. Du siehst, du hast nie nichts. Du hast ein Drinnen und ein Draußen.

Sito wollte nicht an seinen Vater denken, aber schon die Jahreszeit brachte die Erinnerung mit sich. Alle, die Sito verloren hatte, waren im Herbst gestorben. Jetzt auch noch Pollux. Sito klopfte sich mit der Faust an den Kopf. Ein Drinnen und ein Draußen … Was sollte das heißen?

Das Fenster ist die Verbindung zwischen Drinnen und Draußen, wobei es immer eine Parität ist. Wer in dem einen Sinne drinnen ist, kann in einem ganz anderen Sinne draußen sein und umgekehrt. Niemals ist es nur das eine von beiden.

Sito war, als stülpte sich sein Magen um. »Enzig, ich komm gleich wieder.« Er rannte aus dem Raum zur Toilette. Kaum hatte er die Kabine erreicht, übergab er sich. Anschließend wusch er sich das Gesicht und starrte in den Spiegel. Neben dem eigenen Gesicht erschien ihm das seines Vaters, das ihn anlächelte.

»Verschwinde«, flüsterte Sito. »Bitte verschwinde.«

Der neue Mann

Enzig saß an Sitos Schreibtisch und fuhr mit der Hand über das Holz der Arbeitsfläche. Der Tisch war zum Fenster hin ausgerichtet, das noch immer offen stand. Enzig war sich sicher, dass Sito ihn mit Absicht so platziert hatte. Er selbst hätte ihn just an dieselbe Stelle gedreht. Kerlers Zigarettenqualm noch in der Nase, genoss Enzig die frische Herbstluft, die Gerüche vom Rhein in sich trug. Oder war es der Duft des Nebels?

Die Metallspitzen vor dem Fenster, die die Tauben verjagen sollten, waren allesamt umgebogen. Wahrscheinlich hatte Sito den Blick auf die Minispeere nicht ertragen. Enzig konnte das gut verstehen. Wann immer er diese Metallspitzen irgendwo sah, drängte sich eine aufgespießte Taube vor sein inneres Auge.

Auf dem Tisch stand kein Foto, nichts, das Persönliches über Sito verraten hätte. Nur in der rechten Ecke lag ein Stein mit einer ungewöhnlichen Musterung. Man hätte eine Landkarte oder auch ein fliegendes Pferd darin vermuten können. So wie der Stein dort ruhte, hatte er Gewicht. Enzig widerstand der Versuchung, den Stein in die Hand zu nehmen. Auf der anderen Seite stand eine Ablage für Stifte, Post, Dokumente. Wieder strich Enzig über die Arbeitsfläche. An wie vielen Tischen würde er wohl noch sitzen, bis er wirklich ein passendes Arbeitsumfeld für sich gefunden hatte?

Da betrat Sito den Raum und füllte ihn umgehend aus. »Bleiben Sie ruhig sitzen. Ich nehm einen anderen Stuhl.«

»Gut.« Enzig nickte. »Also? Wie wollen wir verfahren?«

»Immer mit der Ruhe«, beschwichtigte Sito. »Erzählen Sie doch erst ein wenig über sich.«

»Aber die Presse …« Enzig fühlte sich mit einem Schlag nicht mehr wohl auf Sitos Platz, aber jetzt aufzustehen würde seine Unsicherheit verraten. Hätte er sich doch nur gleich auf die Besucherseite gesetzt.

»Wenn wir zusammenarbeiten sollen, dann muss ich auch etwas über Sie wissen. Also, fangen Sie an.«

»Womit?« Enzig fuhr sich mit der Hand durch sein helles Haar.

Kurz blickte er zu den umgebogenen Spitzen vor Sitos Fenster. Prompt saß dort eine Taube.

»Wo kommen Sie her, was haben Sie bis jetzt gemacht, was erwarten Sie sich von Konstanz? Das ganze Programm, alles, was Ihnen einfällt.«

»Ich, nun ja, ich habe Psychologie und Soziologie studiert.«

»Wieso?«

»Wieso? Ich verstehe nicht ganz.«

Sito grinste ihn schweigend an.

Enzig schluckte. Er musste sich dringend an einen anderen Platz setzen. Die Taube war verschwunden. »Lachen Sie über mich?«

»Nein, nein. Mich würde interessieren, wie Sie an diesen Job gekommen sind, das ist alles. Ich muss wissen, worauf ich mich einlasse.«

Enzig holte tief Luft. Nun begann das Spiel, auf das *er* sich eingelassen hatte. Weshalb nur? Weil sein eigener Vater ihn als brillant angepriesen hatte. Doch worin brillant? Im Beschatten? Enzigs Gedanken rasten, als ihm der Verdacht kam, dass die Doppeldeutigkeit dieses Lobs Hohenfels überhaupt nicht bewusst gewesen war. Vielmehr hatte Enzigs Vater ihm indirekt etwas mit auf den Weg gegeben. Das Lob seines Vaters konnte Enzig nur mit blankem Zynismus erklären. Dennoch war er jetzt genau in der beruflichen Position, in die er immer gewollt hatte: Er war in einem Fallanalyseteam. *Also los.* »Ich habe zunächst Medizin studiert, aber als es in die Pathologie ging, wusste ich, dass das nicht das Richtige für mich ist. Also habe ich gewechselt.« Enzig räusperte sich. Er dachte wieder an Hohenfels und spürte, wie ihm heiß wurde. »Anschließend habe ich in Hamburg Internationale Kriminologie studiert und über die Bedeutung der Fallanalyse für die Delinquententherapie promoviert.«

»Aha.«

»Ja, was noch? Ich war Dozent an der Universität Liverpool und Arzt in der Klinik meines Vaters. Das jetzt nur so grob, ich weiß nicht so genau, worauf Sie hinauswollen.« Der Bleistift, mit dem Enzig nervös spielte, glitt ihm durch die Finger und fiel zu Boden. Ungeschickt bückte er sich. Als er sich wieder aufrichtete, stieß er gegen den Schreibtisch. »Ah.« Enzig rieb sich den Hinterkopf.

»Sehr sportlich sind Sie nicht gerade, wie?«

»Ich hasse Sport. Aber könnten wir nun vielleicht zu unserer Aufgabe zurückkehren?«

»Ist Ihnen unangenehm, über sich zu sprechen, hab ich recht?«

»Nun ja, um ehrlich zu sein, ich arbeite gerne alleine.«

»Geht mir genauso«, gab Sito zu. »Fragt sich nur, warum Sie hier sind?«

»Ich, also, ich hatte gehofft, das ließe sich noch ändern.«

»Sie machen hier sozusagen ein persönliches Experiment und erwarten, dass ich Sie ernst nehme?«

»Hören Sie, was wollen Sie eigentlich von mir? Das, was hier von mir erwartet wird«, Enzig schluckte, »das kann ich ziemlich gut, da können Sie ganz beruhigt sein.« Die Reaktion war patziger ausgefallen, als er beabsichtigt hatte. Er spürte deutlich, dass seine Wangen rot waren.

»Schon gut, ich wollte Sie gar nicht provozieren. Aber lassen Sie mich noch hören, was Sie von der Imperia halten.«

»Bitte?« Enzig musste lachen.

»Na ja, nennen Sie es einen Test. Was fällt Ihnen spontan dazu ein?«

»Hm, ich mag den Künstler, aber ich mag keine zur Schau getragenen Eitelkeiten. Oder sagen wir besser so: Die Statue ist mir als Reibungsfläche einen Tick zu vollbusig.« Enzig kramte in seiner Tasche nach seinem Notizbuch, dennoch konnte er sehen, dass Sito lächelte. Vielleicht hatte er wenigstens mit seiner Einschätzung der Imperia Pluspunkte gesammelt. Aber Sito würde es ihm nicht leicht machen. Er wagte gar nicht, sich auszumalen, was Sito zu seinem kleinen Nebenjob für Hohenfels sagen würde.

»Warum ist es eigentlich so eilig?«, erkundigte sich Sito. »Und wieso meinen Sie, dass es keine Einzeltat war?«

»Also erstens war eines der Kinder, die die Leiche entdeckt haben, der Sohn eines Reporters vom Südkurier.« Enzig deutete auf die Bilder vom Tatort, die auf dem Schreibtisch ausgebreitet waren. »Und wenn ich mir dies hier ansehe, dann scheint der Täter geplant vorgegangen zu sein.«

»Will heißen?«

»Nun, der Täter hat sein Opfer geradezu geschlachtet, aber

sonst nicht verunstaltet. Es war also keine personell gebundene spontane Wut, die ihn getrieben hat.«

»Das heißt, dass etwas den Täter zu dieser Tat veranlasst hat, das jederzeit wieder auftauchen kann.«

»Genau.«

»Das klingt einleuchtend.« Sito sah zum Fenster hinaus. »Die Presse wird sich mit sehr wenig zufriedengeben müssen. Wir sollten nur von einem Toten sprechen. Unfall oder Suizid nicht ausgeschlossen. Oder meinen Sie, die Kinder haben zu viel erzählt?«

»Nein, darüber würde ich mir keine Sorgen machen. Darüber nicht.«

In der Pressekonferenz stellte Kerler den psychologischen Berater Dr. Enzig vor. Stolz verkündete er, Konstanz wolle mit der Anstellung eines Profilers Schule machen. Er bat die Bevölkerung um Mithilfe bei der Identifizierung des Toten, wobei er nur Beschreibungen bezüglich Größe und Statur des Opfers öffentlich machte. Und er gab bekannt, dass bei der Polizei ein Anrufbeantworter freigeschaltet wurde, auf dem Hinweise hinterlassen werden konnten. Falls der Mann vermisst wurde, gab es so einen Funken Hoffnung, zumindest etwas über den zeitlichen Rahmen des Tathergangs zu erfahren.

Während Sito und Busch sich den Fragen der Reporter stellten, schweiften Kerlers Gedanken ab. Ihm stand diesen Monat noch das Treffen der Polizeidirektoren-Vereinigung Bodensee bevor. Die Leiter von neun Dienststellen, darunter das Fürstentum Liechtenstein, zwei Vertreter aus der Schweiz und aus dem Vorarlberg, hatten als Ort des alljährlichen Treffens die Insel Reichenau gewählt. Tagelang würde es um die Sicherheit rund um den Bodensee gehen. Kerler stöhnte im Stillen. Bis dahin musste dieser hässliche Mord aufgeklärt sein, sonst stand er schlecht da vor den Kollegen.

Neben ihm verkündete Oberstaatsanwalt Bilk gerade, dass es keinen Anlass zur Sorge für die Bevölkerung gäbe und dass alles Menschenmögliche unternommen werde, um … Kerler konnte es immer noch nicht fassen. Er sah sich im Raum um. Wieso musste ausgerechnet in Konstanz etwas passieren, das überregional die Journalisten anlockte? Irgendwie fühlte er sich ausgebrannt.

Dieser ständige Druck, immer die Verantwortung für die Sicherheit einer ganzen Stadt. Jetzt das Oktoberfest, dann wieder Demos, und nie konnte man es allen recht machen. Immer wurde auf ihm herumgehackt. Und Sito mit seiner schlechten Laune. Vor allen Kollegen, das konnte er unmöglich so stehen lassen.

Als sämtliche Journalisten weg waren, zitierte er Sito und Enzig in sein Büro. »Wie werden Sie verfahren, meine Herren?«

»Ich weiß noch nicht genau«, begann Sito. »Morgen werden wir hören, was uns Dr. Parson zu erzählen hat.«

»Und heute?«

»Heute?« Sitos Stimme klang abwesend.

Kerler bereute, dass er so barsch zu ihm gewesen war. Dazu hatte es keinen Anlass gegeben. Es war, als würde ihm jemand ein Korsett anlegen und es ununterbrochen weiter straff ziehen.

»Heute werden wir uns mit der Tatortanalyse beschäftigen«, kam Enzig Sito zu Hilfe.

Immerhin bemühte sich dieser Enzig. Was Sito letztendlich daraus machte, war seine Sache. Kerler konnte sich nicht um alles kümmern. Er wurde den Eindruck nicht los, dass Enzig ein wenig verklemmt war. Das würde es ihm Sito gegenüber nicht gerade leicht machen. Vielleicht lag es aber auch an seiner Größe. Er schien immer das Gefühl zu haben, sich etwas kleiner machen zu müssen. Nicht einfach. »Gut. Sonst noch was? Paul?«

»Ich bin am Tatort auf eine Frau gestoßen. Vielleicht ist sie –«

»Das sagst du erst jetzt? Wer ist …?« Kerler überkam wieder ein Hustenanfall.

»Hör doch endlich mit dem Rauchen auf, Friedrich. Sie wollte in der Fabrik malen.«

»Malen?« Kerler beschlich plötzlich eine Ahnung. Er nahm Sito den Zettel ab, den dieser aus seiner Hosentasche gezogen hatte. Tatsächlich. Kerler konnte es nicht glauben. Sandra hatte wirklich ein außergewöhnliches Talent, ihn zu ärgern. »Die kannst du getrost vergessen, Paul.«

»Wieso, ist sie verrückt?«

»Tja, wie man will. Sie ist aber vor allem meine Tochter Sandra.«

Enzig lachte und klopfte Sito auf die Schulter. Kerler zuckte kurz zusammen angesichts dieser unerwartet jovialen Geste, doch wie er sah, war Enzig selbst am meisten darüber erschrocken. Schnell zog er seine Hand wieder zurück. »Paul, du überraschst mich. Hast du sie denn nicht erkannt?«, fragte Kerler.

Sito schüttelte den Kopf. »Warum der andere Name, und warum hat sie mir nicht gesagt, dass sie deine Tochter ist? Sie hat mich doch bestimmt wiedererkannt?«

»Ach, Paul, Töchter in diesem Alter sind wirklich schwierig. Sie hält momentan wenig von der Obrigkeit, sprich, von mir. Deswegen hat sie sich auch diesen Künstlernamen überlegt. Wenigstens ist Miriam ihr Zweitname. Die Schielergasse ist die Adresse eines Jugendtreffs. Was ein Glück, dass du nicht vor der Presse davon gesprochen hast. Das wäre eine schöne Blamage geworden. Paul, hör mal. Bilk hat mich vorhin noch gefragt, ob du uns nicht nach Freiburg begleiten willst nächstes Wochenende. Wir sind die übliche kleine Runde, und Bilk wäre wirklich sehr daran gelegen, sich mit dir, na ja, sagen wir, auszutauschen. Wir ziehen doch alle an einem Strang. Wir stehen auf derselben Seite. Es wäre eben eine gute Gelegenheit.«

»Ich hatte nie etwas gegen Bilk. Das weißt du, Friedrich.«

»Also kommst du mit?«

»Meine Antwort lautet Nein. Wie im letzten Jahr und im vorletzten und wie wahrscheinlich auch im nächsten Jahr, Friedrich.« Grußlos drehte Sito sich um und verließ den Konferenzraum.

»Nimm es Sandra nicht krumm«, rief Kerler ihm hinterher. »Paul?«

Doch Sito war schon außer Hörweite. Enzig war aufgestanden, und Kerler konnte ihm ansehen, dass er eine gewisse Bewunderung für Sitos Respektlosigkeit gegenüber seinem Vorgesetzten hegte. Sito hatte aber auch etwas an sich, das anderen sofort Respekt abrang. Kerler hatte das schon viele Male beobachtet. Ihm selbst kam es immer so vor, als müssten sich alle neben Sito aufbäumen, um überhaupt wahrgenommen zu werden.

Fast unmerklich hob Enzig nun die Schultern. »Lassen Sie nur, Sito hatte heute keinen guten Tag. Sein Hund …« Er brach den Satz ab, räusperte sich. »Sito hatte wirklich einen schlimmen Tag, aber ich, also, ich freue mich auf die Zusammenarbeit.« Er reichte Kerler die Hand. »Könnten wir kurz über —«

Draußen auf dem Gang lief Sito mit seinem Mantel über dem Arm vorbei. Kerler sprang sofort auf. »Wo willst du hin, Paul?«

»Raus, nach Hause. Wir sehen uns morgen.«

»Wir … Bitte was? Paul! Also, so geht das doch nicht.« Dass Enzig ihm gerade die Frage nach seinem eigenen Büro in den Rücken geraunt hatte, ignorierte Kerler. Nein, er konnte sich wahrlich nicht um alles kümmern. Er musste unbedingt diesen Fall beschleunigen. Noch mehr schlaue Sprüche wollte er sich von seinen Kollegen nicht anhören.

Trotz der kühlen Luft ließ Sito die Scheiben seines Autos ganz herunterfahren und genoss die Härte des schneidenden Fahrtwindes. Sein Atem wurde ruhiger. Draußen auf der Mainaustraße jagte ein Krankenwagen heulend vorbei. Ein altes Plakat auf der anderen Straßenseite warb für die interkulturelle Woche, die Hälfte war weggekratzt, Teile flatterten im Wind, *Kultur zwischen den Zeiten einmal ganz anders – aufgelöst.* An einem kleinen Stand daneben wurde Weißherbst angeboten, auch Kultur. Das Leben um Sito herum war laut und bunt und unaufhaltsam.

Schließlich ließ er das Fenster wieder hochfahren und starrte geradeaus. Rechts von der Straße öffneten sich die Häuserreihen, dahinter glitzerte dunkelgrau das Wasser des Bodensees. Der Nebel hatte sich wie so oft im Laufe des Tages verflüchtigt.

Am liebsten hätte Sito kurz angehalten, sich einen ruhigen Platz gesucht und seine Augen eine Weile über den See gleiten lassen. Am schönsten fand er ihn windstill, wenn Segler sich ärgerten, weil ihre Schiffe wie Abziehbildchen auf dem See klebten. Das gefiel Sito, das hatte auch Janina gefallen. *Wir sind gemein*, hatte sie gescherzt und ihren Kopf an seine Schulter gelegt. *Wir könnten pusten, dann geraten alle in Seenot.* Und dann hatte sie getan, als würde sie Luft sammeln in ihrem Mund, den zu küssen er so sehr vermisste, sie hatte zum See hin gepustet, um ihm anschließend den letzten leisen Windhauch an den Hals zu blasen und dann wegzuküssen mit den Worten: *Ich will nicht, dass du jemals in Seenot gerätst, niemals ohne mich, hörst du?* An manchen freien Tagen waren sie nur aus Spaß Fähre gefahren, hatten sich in den Fahrtwind gestellt, das langsam vorbeiziehende Seeufer genossen und nach dem Haus von Martin Walser Ausschau gehalten. Sito konnte sich nicht erinnern, wann er das letzte Mal die Fähre betreten hatte.

Er warf einen Blick in den Innenspiegel – er ähnelte sich nicht, fühlte sich, als sähe er in die Augen eines Fremden. Er war zweiundvierzig Jahre alt, doch seine eingefallenen Wangen ließen ihn asketisch und älter aussehen. Die dunklen, beinahe schwarzen Augen, zum ersten Mal waren sie ihm selbst unheimlich, die tiefen Falten, die träge auf seiner Stirn ruhten – Sito machte rasch ein paar Entspannungsübungen, niemand sollte sehen, wie es ihm ging. Doch an diesem Tag hatten schon Samuel Parson und Rosa Eckert ihn gemustert und wohl auch ein wenig durchschaut.

Als er mittags im Präsidium angekommen war, hatte Rosa, seine Sekretärin, ihn abgefangen und auf einen schlecht gelaunten Kerler vorbereitet: Er koche bereits. Sito hatte sich gewundert, weshalb Kerler so unter Stress zu stehen schien. Allein am hohen Blutdruck konnte das nicht liegen, und es war auch nicht ihr erster Mord. Aber auch ihn hatte eine Unruhe befallen angesichts des Toten. Schließlich hatte die gute Rosa den Kopf schief gelegt und ihn von oben bis unten betrachtet, wie eine Mutter ihren Sohn, wenn sie ihn lange nicht gesehen hat. *Ist Ihnen nicht wohl? Sie werden ja immer weniger. Ich werde Ihnen morgen wieder mal Kekse mitbringen. Wie wär's?* Da hatte sie ihn doch kalt erwischt. Wie kurz davor auch Parson. Er sollte sich mal eine Krawatte anziehen, das fiel sicher mehr ins Gewicht auf den ersten Blick. Dann würde ihm keiner zu genau ins Gesicht blicken.

Sito mochte es nicht, wenn andere sich um ihn sorgten. Sorge bedeutete auch immer, dass seine Stärke angezweifelt wurde. Damit konnte Sito nur schwer umgehen, andererseits wusste er natürlich, dass es ausgeschlossen war, immer stark zu sein. Aber hatte er sich nicht schon genug Schwäche geleistet? In den letzten Jahren? Nach Janinas Tod war er sogar abgetaucht. Für eine ganze Woche. Aber was war schon eine Woche angesichts eines ganzen Lebens?

Der Friedhof lag im Schatten der großen Bäume, doch immer wieder schien die Abendsonne durch die Äste, und das Laub schimmerte rotgold. Sito setzte sich auf eine Bank unweit des Grabes. Ein Blatt flatterte im Wind, schwang ein Stück empor, segelte über einige

Grabsteine hinweg, bevor es sich anmutig auf das Holzkreuz legte. Das bronzene Namensschild reflektierte die Strahlen. Es war zu schön, Sitos Schmerz zu groß. Er schloss die Augen und rief sich die Fabrikhalle ins Gedächtnis, versuchte, sich mit dem Ort vertraut zu machen, in ihn einzutauchen. Es gab keine Orte ohne Geschichte. Was war wohl die Geschichte der Fabrikhalle in jenem Moment, in welchem sie zu einem Tatraum geworden war? Es war ein großer Ort, viel Raum − *Spielraum*. Ein Raum blieb immer neutral, auch wenn er schlimme Dinge beherbergte. *Sie kommen und gehen, die Geschichten wie die Menschen. Ihre Räume bleiben.* Die Fabrik, und dieses Gefühl hatte Sito bereits am Morgen beschlichen, hatte ihn gefangen genommen, sich als kaleidoskopartiges Bild in ihn gepflanzt. Die Frage war, welche Bilder sich daraus entspinnen würden. Sito wartete. Meist malte er sich Szenen wie in einem Film aus. Doch das war nicht immer einfach, manchmal versperrte sich ein Ort, erschien ähnlich uneinsichtig wie eine nebelverhangene Stadt.

Ein Raum ist bedingt durch Gegenwärtiges. In ihm und aus ihm spricht die Gegenwart der Tat. Diese Gegenwart wird zur Aura eines Raumes, sie bleibt, auch wenn du den Raum Zeiten später betrachtest. Das Unheimliche an Räumen ist, dass sie Zeugen sind.

Als Sito die Augen wieder öffnete, war das goldene Licht verschwunden. Er ging die wenigen Schritte bis zu Janinas Grab und berührte sanft das Holzkreuz. Er hatte einen kleinen Stein mitgebracht, den er jetzt in die Biegung des Kreuzes legte, zu all den anderen. »Pollux ist tot«, sagte er leise.

Mitten in der Altstadt von Konstanz, wo die Häuser zwar am dichtesten standen, aber meist schöne Innenhöfe besaßen, verbarg sich ein geheimnisvoller Ort. Wenn man sich dort in den Häusern befand, geschah es nicht selten, dass sich Gegenstände von selbst in Bewegung setzten. Da rollte ein Stift den Tisch hinab, allein weil alles ein wenig in Schieflage geraten war. Doch hier im Stadtteil Niederburg war auch ein Kloster − mitten im städtischen Treiben, zwischen Einkaufsläden und Restaurants.

Sito hatte das Kloster Zoffingen in der Brückengasse zusammen mit Janina entdeckt. Man trat durch die Tür und verließ die Welt der Stadt, um in eine andere Welt der Stille und Meditation zu gelangen. Sie hatten kein Wort gewechselt, und doch waren sie einander sehr verbunden gewesen in diesem Moment. Von da an waren sie regelmäßig in das Kloster gegangen und hatten eines Tages Schwester Raphaela kennengelernt, die ihnen unaufdringlich hin und wieder Gesellschaft geleistet hatte. Schwester Raphaela hatte von Beginn an gespürt, dass sie beide, Paul und Janina Sito, eine besondere Geschichte verband, aber sie hatte nie gefragt. Sito hatte es dennoch in ihren Augen lesen können, wenn sie sie begrüßt oder einfach nur neben ihnen gestanden und den grünen Innenhof bewundert hatte.

Es war ein kleines Refugium – sowohl dieses Wissen um die gemeinsame Geschichte als auch dieser Innenhof und die Anwesenheit von Schwester Raphaela. Weder Sito noch Janina waren sonderlich religiös, sie waren nicht in die Kirche gegangen und hatten sich der Kirche auch nicht verbunden gefühlt. Janina hatte verschiedene Religionen und Glaubensrichtungen für sich ausprobiert, sich aber nicht gefunden. Sito war zu sehr Rationalist, als dass er sich für ein Heil erwärmen konnte, bei dem er sein Schicksal in fremde Hände legen sollte. Doch mit Schwester Raphaela war das anders. Aus ihr sprach und strahlte das Leben, sie wirkte nicht abgewandt, vielmehr wirkte sie lebensnaher als so mancher, der im Alltag eingebunden war. Schwester Raphaela war über neunzig und scherzte manchmal, dass sie nicht erwartet hatte, die Siebenhundertfünfzig-Jahr-Feier zu erleben. Nun war es Janina, die diese Feier nicht mehr erlebt hatte. Damit hatte niemand gerechnet.

»Paul, ich könnte dir jetzt sagen, dass die Wege des Herrn unergründlich sind«, hatte Schwester Raphaela tonlos neben ihm gesagt, bei seinem ersten Besuch nach Janinas Tod. »Aber das wäre sinnlos und unmenschlich. Ich sage dir stattdessen, dass es Teil des Lebens ist, dass es sich hin und wieder grausam und sinnlos zeigt. Wir können nicht erwarten, dass alles um uns herum sich in ständigem Sinn bewegt. Weißt du, Paul, ständiger Sinn wäre nicht auszuhalten, dafür sind wir Menschen nicht gemacht. Wenn alles einen Sinn ergeben würde, wären wir nicht mehr in der Lage zu irgendetwas, nicht in der Lage zu denken, nicht in der Lage zu lieben und letztlich nicht in der Lage, irgendetwas zu entdecken. Schritte machen wir nur, wenn die Sinnlosigkeit uns dazu zwingt.«

Und ihre Worte hatten ihn tatsächlich getröstet. Er hatte endlich aufhören können, nach einem Sinn zu suchen, denn es gab keinen Sinn in Janinas Tod. Die Worte hatten ihn auch getröstet, weil Sito hatte aufhören können, darüber nachzudenken. Janinas Tod entbehrte jeden Sinns und war außerhalb seines Verstandes angesiedelt.

Es war gut.

Und nun war er wieder im Kloster. Ein wenig wie Kassandra, die steht und etwas weiß und es doch für sich behalten muss. Da stand er und wusste, dass er an einem Scheideweg war und dass ein Fall vor ihm lag, der kein normaler Fall war.

Schwester Raphaela winkte und trat nach draußen. Sie lächelte Sito an und wirkte jünger als sonst, strahlender. »Oh Paul, schön, dich zu sehen. Ich hab dich auch im Traum gesehen, das wirst du mir nicht glauben.«

»Tatsächlich?«

»Ja doch. Aber da waren ganz viele Schatten, ich weiß nicht, wie ich es beschreiben soll.«

»Wir haben einen neuen Fall, der wird groß.« Sito war selbst überrascht, wie ihm die Worte über die Lippen kamen, apokalyptisch könnte man das nennen, doch es lag ihm wenig ferner, als Prophezeiungen von sich zu geben.

Schwester Raphaela sah ihn lange nur still an, dann legte sie ihm eine Hand auf die Schulter. »Du musst immer wissen, welche Dinge dir etwas bedeuten, was dich als Mensch ausmacht, jetzt und hier. Nichts anderes ist von Belang.«

Sito nickte.

»Das Menschsein hat viele Gesichter. Gestehe sie dir zu.«

Sito verstand nicht, was sie sagen wollte, aber Schwester Raphaela wurde gerufen und verabschiedete sich. Leichtfüßig lief sie von ihm weg. Sito sah ihr nach und dachte zum wiederholten Mal, dass die Frau unmöglich schon vierundneunzig Jahre alt sein konnte.

Das Menschsein hatte viele Gesichter, manchmal auch das eines Mörders, dachte Sito. Wie immer würde er nicht in erster Linie nach einem Mörder suchen, sondern nach jenem Menschen, der zu einem Mörder geworden war.

Im Institut

Parson wartete bereits vor dem Eingang des Krankenhauses in Singen. Wahrscheinlich hatte er die ganze Nacht in der Gerichtsmedizin zugebracht, nur um Sito schnelle Ergebnisse zu präsentieren. Sito selbst war an diesem Morgen nur mühsam auf die Beine gekommen. Vollständig bekleidet war er auf dem Sofa im Wohnzimmer erwacht. Auf dem Tisch neben ihm hatten zwei leere Flaschen Wein gestanden, und zwischen den rubinroten Rändern, die überall auf der Glasplatte verteilt waren, hatte sich eine Bananenschale gewunden. Sito hatte den Abfall eingesammelt und in die Küche gebracht und war dabei gegen die noch halb gefüllten Schüsseln von Pollux gestoßen. Obwohl es noch dunkel war, hatte Sito sich beeilt, aus dem Haus zu kommen.

»Samuel, guten Morgen. Das hier ist Dr. Enzig, mein neuer Partner.«

Enzig machte ein Gesicht, als müsste er gleich ein Gedicht aufsagen und hätte den Anfang vergessen. Abrupt ließ er seine rechte Hand nach vorne schnellen und zog sie verlegen zurück, als er merkte, dass Parson es mit einem Nicken bewenden ließ und sich wieder Sito zuwandte. Parson schwenkte eine Flasche mit einer gelben Flüssigkeit.

»Was hast du da?«, fragte Sito.

»Na, was wohl?«

Sito verzog das Gesicht und schüttelte den Kopf. Parson schraubte den Verschluss auf, setzte die Flasche an den Mund und trank genüsslich. Sito lachte. »Du hast schon einen eigenen Humor.«

»Apfel-Mango-Mix aus Ravensburg, schmeckt köstlich. Solltest du unbedingt versuchen.« Parson musterte Enzig, der zwei Meter entfernt auf seinem Handy tippte. »Ein neuer Partner?«

»Ich bin nicht gefragt worden. Es sieht so aus, als stören sich manche Leute an meinen Alleingängen. Mango aus Ravensburg?«

»Von den Philippinen, aber natürlich fairer Handel. Du kennst doch Maria. Ein neuer Partner also. Was ist mit dem alten, Marc Busch?«

Sito stutzte. Busch war in seinen Augen noch immer sein Assistent. Wieder kam ihm der Gedanke, dass er Busch unbedingt mehr in seine Arbeit integrieren müsste.

Enzig kam zu ihnen, und nun reichte ihm Parson die Hand.

»Nun Dr. Enzig, dann wollen wir mal. Ich grüße Sie in meinem bescheidenen Reich.«

»Vielen Dank, Dr. Parson.« Erfreut erwiderte Enzig den Händedruck.

»Tja, Samuel, im Grunde wärt ihr fast Kollegen, wenn ihm da nicht die Pathologie einen Strich durch die Rechnung gemacht hätte«, sagte Sito und ließ Parson den Vortritt in das Krankenhaus.

»Ach, Sie sind Mediziner? Wie kommen Sie zur Polizei?«

»Er ist Profiler«, kommentierte Sito.

Enzig räusperte sich. »Also, ich bin auf Fall- und Täteranalysen spezialisiert. Ich bin Psychologe und Kriminologe.«

»Und er kann sprechen«, platzte Sito heraus und wunderte sich über seine Albernheit. Morgens hatte er Enzig angerufen und gebeten, er möge doch bitte selbst fahren. Schon das hatte Enzig offenbar als Affront aufgefasst. Jetzt aber war Sito eindeutig einen Schritt zu weit gegangen, das sah er selbst. Er begegnete Enzigs bösem Blick mit einem entschuldigenden Lächeln.

»Also gut, dann gehen wir mal in die Katakomben.« Parson zeigte auf eine Tür an der rechten Seite. Dahinter führte eine Treppe nach unten. Parson lief die Treppe vorneweg hinunter und drehte sich im Halbdunkel zu ihnen um. »Unheimlich hier, nicht wahr? Tja, das Land spart, wo es nur kann. Tiefer geht's nun nicht mehr.«

»Ach, Samuel, gib's zu, der Gewölbekeller gefällt dir doch ganz gut.«

»Schon manche haben gedacht, sie kämen hier nie wieder raus«, erklärte Parson.

»Diese Gedanken haben durchaus etwas für sich. Kommen Sie, Enzig, Sie werden gleich staunen«, sagte Sito.

Sie betraten einen hell ausgeleuchteten Raum. Der alte Steinfußboden war uneben, die Gewölbe an die vier Meter hoch. Kalte Luft lag in den Gemäuern, als würden diese lautlos ausatmen. Irgendwo mäanderte noch ein anderer Duft durch den Raum, mal war es eine Mischung aus Zitronengras und Nelke, mal auch einfach Lavendel. Sito wusste, dass Parson sich da ganz auf Maria verließ. Sie suchte die Düfte aus, die Parson dann in seinem Reich verwendete, um eine gute Arbeitsatmosphäre zu schaffen, um seine Nase weiterhin sensibel für schöne Gerüche zu halten. Maria machte die Raumdüfte inzwischen selbst, ihr Garten war Inspiration genug, der Trick mit dem Backpulver schnell herausgefunden. Parson konnte sogar beim Herstellungsprozess schon proberiechen. Er hatte zwar eine feine Nase, aber keinen eigenen Geschmack. Schon ein paarmal hatte auch Sito ein Glas mit selbst gemachtem Raumduft von Maria geschenkt bekommen. Parson wedelte sich gerade den Duft in die Nase und schloss kurz die Augen. »Rosmarin-Orange«, flüsterte er. Stolz sah er sich um. »Das ist schon was, nicht wahr, Dr. …?«

»Enzig.«

»Ja, genau. Dr. Enzig – der Name kommt mir bekannt vor.«

»Etwas, das ich wissen müsste?« Sito sah neugierig zu Enzig, doch der schüttelte nur den Kopf.

»Komisch, ich kenn einen Enzig, da bin ich mir – na ja, egal. Kommen Sie.« Parson trat zur Seite und gab die Sicht auf einen der Obduktionstische frei.

Auch die Obduktion war ein wichtiger Teil einer Präsentation. Jede Tat hatte mehrere Stufen der Präsentation, zuerst die ihrer eigenen Ausführung, dann die der Aufklärung. Es oblag Parson, die Art und Weise der zweiten Präsentationsstufe zu bestimmen.

Wie stets hatte es etwas Würdevolles, wie der Tote in der Mitte des Raumes aufgebahrt lag. Zwar war die Leiche nackt unter dem Schutz gebenden Tuch, doch sie lag in aller Stille, zur höchsten Stelle der Gewölbedecke hin ausgerichtet. Es wirkte völlig anders als in der Fabrik, obgleich die Positionierung in der Mitte des Raumes für eine große Demonstration von Macht sprach. Einmal hatte die Position etwas Böses an sich, einmal etwas Gutes – oder konnte man das gar nicht so einfach sagen?

In diesem Moment zerriss eine schrille Stimme die Stille. Eine Frau hatte die Tür aufgestoßen und rief Parson ans Telefon.

Der nickte sichtlich enttäuscht, dass sie unterbrochen wurden. »Ihr entschuldigt mich? Ich bin gleich wieder für euch da.«

Sito musterte Enzig, der seinen Blick noch immer durch den

Raum schweifen ließ. Er wirkte kindlich-staunend, und Sito musste lächeln. »Nicht nur die Räumlichkeiten sind beeindruckend. Sie werden gleich einen der besten Pathologen des Landes erleben.«

»Sie beide sind befreundet?«

»Das auch, aber vor allem ist Dr. Parson eine echte Koryphäe. Diese Gerichtsmedizin gibt es überhaupt nur, weil er sich dafür starkgemacht hat. Sonst hätte man das hier alles längst wegrationalisiert.«

»Was Sie nicht sagen.«

Eine Tür fiel ins Schloss, dann folgten schnelle Schritte, die im Raum widerhallten. Parson trat wieder zu ihnen. »So, genug der Lorbeeren, Paul, da bin ich wieder. Ihr habt euch doch nicht an meinen Leichen vergriffen?«

»Keine Sorge, Dr. Enzig konnte sich gerade noch beherrschen. Nun, Samuel, hast du denn etwas für uns?«

Parson trat an den Tisch und zog das grüne Tuch von dem Körper. Enzig zuckte kurz zusammen.

»Also, der Schnitt durch die Kehle war die Todesursache, aber der Mann war eh schon so gut wie tot. Der Alkohol –«

»Alkohol?«, fragten Enzig und Sito beinahe synchron.

»Der Mann litt an einer schweren Leberzirrhose. Die toxikologische Untersuchung hat ergeben, dass das Opfer bei Todeseintritt sturztrunken, womöglich gar nicht mehr bei Bewusstsein war. Als er aufgehängt und seine Kehle durchgeschnitten wurde, war er bereits so gut wie tot.«

»Deshalb hat er sich nicht gewehrt«, sagte Sito.

»Wahrscheinlich. Der Schnitt ist übrigens außerordentlich präzise. Das Messer wurde hier angesetzt. So …« Parson deutete mit seinem Zeigefinger den Schnittverlauf an seinem eigenen Hals an. »Der Schnitt erfolgte schräg nach oben, oberhalb der Stimmritze durch die Luftröhre und die Speiseröhre an der Stelle des Kehldeckels bis hin zur Arterie. Es gibt keinerlei Probierschnitte oder Zickzack-Bewegungen, die auf ein Zögern schließen lassen würden.«

»Braucht der Täter hierfür ein besonderes Messer?«

»Leider haben die Maden zu viel zerstört, um anhand der Wunde auf das Messer zu schließen. Aber generell würde ich sagen, dass für diesen Schnitt ein Seziermesser oder Jagdmesser vonnöten ist.«

»Er ist also hängend verblutet?«

»Exakt. Die Organe sind blass, das heißt, er hat noch gelebt, als er das ganze Blut verloren hat. Und der Schnittverlauf macht ebenfalls Sinn, weil das Opfer kopfüber hing, als das Messer angesetzt wurde.«

»Eine Frage«, sagte Enzig. »Könnte der Täter gedacht haben, das Opfer sei bereits tot?«

»Gute Frage«, entgegnete Parson. »Es wäre durchaus möglich.«

»Und? Was noch, Samuel?« Sito wurde das Gefühl nicht los, dass Parson noch einen Trumpf im Ärmel hatte.

»Er hat keine Zunge mehr«, antwortete Parson prompt.

»Bitte? Das sagen Sie erst jetzt?«, rief Enzig.

Sito legte Enzig beruhigend eine Hand auf den Arm. »Gewöhnen Sie sich daran, Enzig. Samuel quält uns gerne.«

»Ach, Paul, das hat doch nichts mit quälen zu tun. Alles immer schön der Reihe nach. Sobald ihr mich ausgequetscht habt, lasst ihr mich doch wieder nur links liegen. Nein, Quatsch, aber es gibt gewisse Prioritäten in meiner Arbeit.«

»Zurück zur Zunge, Samuel.«

»Die wurde dem Mann herausgeschnitten.«

»Hat er da noch gelebt?«, fragte Enzig.

»Nein.«

»Samuel, was ist mit den Maden?«

»Wie vermutet, hat die hübsche Lucilia sericata zugeschlagen.«

»Moment mal, Dr. Parson, ich muss nachhaken, wenn Sie erlauben. Also, was Sie vorhin sagten, das heißt dann folglich, dass der Täter zugesehen hat, wie sein Opfer verblutete, bevor er ihm die Zunge herausschnitt, ja?«

»Exakt, Dr. Enzig. Wobei, er muss nicht wirklich zugesehen haben, aber das ist klar, denke ich. Nun zu den Maden. Der Tote muss nicht lange da gehangen haben. Die Goldfliege vermehrt sich rasant. Ich würde vermuten, die Leiche hing kaum länger als drei bis fünf Tage in der Fabrik.«

Enzig murmelte vor sich hin: »Du hast also gewartet, hast zugesehen, wie das ganze Blut geflossen ist, das hast du sicher nicht zum ersten Mal gesehen. Und dann – zack. Hm, dann war die Zunge vielleicht das Ziel. Aber warum hast du dann überhaupt gewartet? Hast du vielleicht …?«

Sito beobachtete Enzig, der mit den Händen die Luft zerschnitt. Dass Enzig seine kontrollierte Haltung zugunsten der Fallbetrachtung aufgeben würde, hatte er so schnell gar nicht erwartet. Aber das machte ihn durchaus sympathisch. »Wollen Sie uns noch etwas mitteilen?«

Enzig hob abwehrend die Hand und schüttelte den Kopf.

»Also, was die Täterpsyche angeht, kann ich euch nicht weiterhelfen.« Parson zuckte mit den Schultern. »Wenn ihr sonst keine Fragen habt … Ach, Paul, warte, meine Frau hat mir Proviant mitgegeben, Hühnerbrust mit Reis. Das wird Pollux bestimmt schmecken, aber verrat's nicht.«

Sito zuckte zusammen. »Pollux ist gestern gestorben.«

Parson legte ihm eine Hand auf die Schulter. Von kaum jemandem hätte Sito diese Geste geduldet, doch von Parson ertrug er sie für einige Momente.

Zügig packte Parson die Schüssel mit dem Essen weg. »Willst du nicht heute Abend zu uns kommen? Maria freut sich bestimmt.«

»Vielleicht ein andermal. Grüß sie recht herzlich.«

Über ihnen fing eine der Neonleuchten an zu surren. Mit einem Klirren erlosch sie.

Enzig stand auf dem Parkplatz des Krankenhauses und blickte Sito nach. Er hatte ihn einfach stehen lassen und nur gemurmelt, er habe noch etwas anderes zu tun. Jetzt war Enzig auch klar, weshalb er mit seinem eigenen Auto hatte fahren müssen. Sito war in der Tat ein seltsamer Kauz. Aber immerhin hatte Enzig soeben seine erste Obduktion überstanden, ansatzweise zumindest, denn Parson hatte ihnen einiges erspart. Anders wäre es, der gesamten Obduktion beizuwohnen, wenn das Messer sich an den Brustkorb legte und diesen öffnete. Während seines Studiums hatte er in jenem Moment den Saal verlassen und nie wieder betreten. Es war merkwürdig, aber ihm war die Abstraktion von der eigenen Integrität des Körpers hin zu der Zerstörung eines anderen nicht gelungen. Das Obduktionsmesser hatte quasi seinen eigenen Brustkorb berührt. Viele Menschen hatten dieses Problem, das war ihm erst später bewusst geworden. Die Integrität des eigenen Körpers zu schützen war eine instinktive menschliche Haltung. Manche fühlten sich bereits beim Anblick von Behinderten gewissermaßen bedroht, wenn diesen etwa Gliedmaßen fehlten. Psychologisch war dies einfach zu erklären: Das Erkennen der Versehrtheit übertrug sich auf den eigenen Körper, was sogar zu körperlichen Schmerzen führen konnte, wenn nämlich die Angst vor ebendieser Verletzung zu mächtig wurde.

Enzig auf jeden Fall konnte keine Schnitte in seinen Brustkorb ertragen. Unschlüssig stand er vor seinem Auto. Sollte er seinen Vater besuchen? Sein Anwesen in Halbhöhenlage mit Blick auf den See war nicht weit. Enzig ärgerte sich über seine Befangenheit. Am liebsten würde er seinen Vater einfach anrufen und ihm einmal die Meinung sagen. Gerne hätte er ihn auch umarmt und ihm gesagt, dass sie ja Vater und Sohn waren, immer geblieben waren, und auch wenn alles anders war seit damals, es doch auch Dinge zwischen ihnen gab, die Bestand hatten oder zumindest haben sollten. Aber was hatte er seinem Vater schon entgegenzusetzen? Zumindest, dass er dieses »brillant« nicht glaubte. Es war in gewisser Weise schon eine vernichtende Aussage für ihre Vater-Sohn-Beziehung.

»Kann ich Ihnen helfen?«

Enzig sah zur Seite und erkannte einen Mann in der Uniform der Parkplatzwächter. »Nein, nein, schon gut.«

»Ach, Sie sind es, Dr. Enzig. Ich habe Sie ja eine halbe Ewigkeit nicht mehr gesehen. Kennen Sie mich noch?« Der Parkplatzwächter reichte ihm die Hand, und Enzig schlug spontan ein.

»Ich hab ganz lang in der Klinik bei Enzig senior gearbeitet.«

Enzig fuhr sich durchs Haar und übers ganze Gesicht, als könnte er seine Gedanken wegwischen. Hatte er gerade wirklich noch überlegt, seinen Vater einfach mal so zu besuchen? Hatte er wirklich für einen Augenblick angenommen, er könnte sich aus freien Stücken auf seinen Vater zubewegen? Enzig wusste, dass er sich dagegen entschieden hätte, dass er sich ja ohnehin beinahe ununterbrochen dagegen wehrte, überhaupt nur an seinen Vater zu denken … Peng, eingeholt.

Beobachtung

Denke möglichst lange nicht an den Zufall. Der Zufall ist unser größter Feind, selbst wenn er uns einmal zugutekommt. Denn selbst wenn er für uns arbeitet, stört er unsere geistige Kreativität, kränkt unsere Intellektualität und zeigt uns, wie ohnmächtig wir sind. Er macht uns lächerlich, auch wenn wir durch ihn Erfolg haben, und er beleidigt uns, wenn er gegen uns ist. Es darf ihn so lange nicht geben, bis er sich bewiesen oder vollständig aufgeklärt hat.

Sito parkte sein Auto vor dem alten Backsteinbau in der Schielergasse. Die Reste eines riesigen Blauregens schlängelten sich die Mauer empor. Unschlüssig wartete Sito. Er kannte Kerlers Tochter von früher, als sie noch einen Schulranzen auf dem Rücken getragen hatte; es kam ihm vor wie ein anderes Leben. Ein Auto hielt direkt vor dem Haus. Sito rutschte tiefer in seinen Sitz. Ein Mann um die dreißig, adrett in Anzug und Krawatte, stieg aus. Er hatte eine Aktentasche unter dem Arm und griff in dem Augenblick, als er das Gartentor öffnete, nach dem Handy in seiner Brusttasche. Während er telefonierte, blieb er einen Moment stehen und sah sich um. Dann verschwand er im Haus.

Plötzlich klopfte es an die Windschutzscheibe. Sito fuhr zusammen. Miriam stand mit ihrem Fahrrad neben seinem Auto, sie winkte und strahlte ihn an. Ihre langen dunkelbraunen Haare waren zu einem Pferdeschwanz zusammengebunden, eine lockige Strähne hatte sich gelöst und fiel ihr ins Gesicht. Sito stieg aus. Sie stellte das Fahrrad ab und kramte in ihrer Tasche, dann fischte sie eine kleine Packung mit Bonbons heraus.

»Auch eins?« Sie hielt Sito die Tüte entgegen. »Ich habe Sie schon wieder erschreckt, nicht wahr?« Lachend löste sie ihren Pferdeschwanz.

»Ich war in Gedanken.«

Miriams Gesicht war lebendig, ihre Augen funkelten. Sie musste über einen Meter fünfundsiebzig groß sein, ihre Gesichter waren beinahe auf gleicher Höhe, vielleicht lag eine Handbreit zwischen ihnen. Sie griff mit der linken Hand an ihren Hals und spielte mit einem kleinen Sonnenamulett, das an einem Lederband baumelte. Sito fielen erneut ihre feingliedrigen Finger auf sowie ein kleiner Leberfleck direkt über ihrem linken Schlüsselbein.

»Was ist jetzt? Ein Bonbon?«

Sito schüttelte den Kopf. »Warum haben Sie es mir nicht gesagt?«

»Was denn?« Miriam begann, sich ihre Haare zu einer Hochsteckfrisur einzudrehen. Sie setzte ihre Hände sehr gekonnt in Szene, wischte sich eben noch eine Strähne aus der Stirn.

»Dass Sie Friedrichs Tochter sind.«

»Haben Sie mich denn danach gefragt?«

»Was soll das? Der Fall liegt offen auf der Hand, Sie haben einen falschen Namen gegenüber der Polizei verwendet und mich damit bewusst in die Irre geführt. Das ist ordnungswidrig.«

»Wow, jetzt aber mal langsam. Sind Sie eigentlich selbst draufgekommen?«

»Und Sie? Haben Sie mich denn erkannt?«

»Sie haben sich kaum verändert.«

»Sie schon«, gab Sito zu.

»Juche, ich seh nicht mehr aus wie zehn. Also, wie sind Sie draufgekommen, dass ich Sandra Kerler bin?«

»Ihr Vater.« Sito holte tief Luft. »Ich hatte Sie als Zeugin präsentiert.«

»Wie bitte? Als Zeugin? Wofür?«

»Für den Mord in der Fabrik.«

»Wie kommen Sie darauf, dass ich eine Zeugin sein könnte?«

»Warum haben Sie mich angelogen?«

»Wollen Sie mich einschüchtern? Hat mein Vater Sie geschickt?«

So kam er nicht weiter. Sito deutete auf das Haus. »Was tun Sie dort?«

»Nichts Besonderes. Von den anderen malen einige wie ich, andere fotografieren, schreiben Gedichte oder machen Musik. Wir tauschen Gedanken aus, planen hier und da mal einen Überfall.« Sie lachte. »Ach, kommen Sie schon. Das war ein Scherz, wirklich. Also hat mein Vater Sie nun geschickt?«

»Nein.« Sito wandte sich grußlos ab und stieg wütend in sein Auto.

Warum ließ er sich von Miriam nur aus der Ruhe bringen? Sein

Abgang war beinahe trotzig, das passte gar nicht zu ihm. Trotz ihres jugendlichen Alters gefiel sie ihm, so etwas war ihm seit Janinas Tod nicht mehr passiert. »Himmel«, entfuhr es ihm, und er warf einen Blick in den Rückspiegel. Da stand sie mit ihrem Fahrrad und sah ihm nach. Sito entspannte sich und musste lächeln. Was würde wohl Samuel dazu sagen oder schlimmer noch, Friedrich? Nein, das würde er sehr schnell wieder geraderücken in seinem Kopf, das war geradezu absurd.

Als er wieder nach vorne auf die Straße sah, bemerkte er im letzten Moment noch eine ältere Dame mit winzigem Hündchen, das ein Mäntelchen trug. Hund und Frauchen hatten bereits ein paar Schritte auf den Fußgängerüberweg gesetzt. Sito musste scharf bremsen, und die Dame fuchtelte mit ihrem Stock in seine Richtung. Der Hund stolzierte unversehrt und mit erhobener Schnauze vor ihr her.

Zwei Straßen später fiel Sito der junge Mann im Anzug ein. Kurzerhand wendete er und fuhr zurück. Wieder parkte er direkt gegenüber dem Haus mit dem Blauregen. Er ging über die Straße. Das Gartentor war nur angelehnt. Er lief über den kurzen Steinweg zum Haus und wollte gerade klingeln, als er Stimmen hörte. Neugierig schritt er am Haus entlang zu einem Fenster und sah drinnen Miriam und den jungen Mann. Sie gestikulierte wild, aber Sito konnte nichts verstehen. Miriam verschränkte die Arme. Den Versuch des Mannes, sie zu küssen, wehrte sie schroff ab. Dabei löste sich die Haarspange, und Miriams Haare fielen ihr über die Schultern. In einer lässigen Bewegung bündelte sie ihr Haar und steckte es erneut hoch. Der Mann beobachtete sie, dann plötzlich nahm er Miriams Gesicht in seine Hände, küsste sie leidenschaftlich, und sie fügte sich in die Umarmung. Danach ging alles sehr schnell. Er griff ihr unter den Rock und schob ihren Slip an den Beinen hinunter, drehte sie um und drückte ihren Oberkörper nach vorne, bis sie halb auf dem Tisch zum Liegen kam.

Sito stand wie angewurzelt da. Für einen Augenblick hatte er gedacht, er müsse eingreifen. Er konnte die Erinnerungen an das Mädchen, das einst eine gebackene Banane im Restaurant von Sitos Vater auf dessen Hose gekleckert hatte, nur schwer mit dem in Einklang bringen, was er in dem Zimmer sah. Sito wollte weg, möglichst schnell, doch etwas ließ ihn zögern. In diesem Augenblick wandte Miriam ihren Kopf zum Fenster: Ihre Blicke trafen einander. Beschämt verließ Sito seinen Tatort.

Sie radelte über die Felder. Alles roch nach Herbst, war gelb- und ockerfarben und in ein unwirkliches Licht getaucht. Miriam wusste nicht, was sie denken sollte. Für einen Moment hatte sie sich vorgestellt, nicht Gregor, sondern …
Sito war viel zu alt, aber weshalb sollte das eine Rolle spielen? Sie mochte, wie er sie ansah mit dieser Mischung aus Abwehr und Beschützenwollen. Wäre nur nicht ihr Vater allein schon dadurch beteiligt, dass er Sito kannte, und zwar schon sehr lange, das machte jede Art der Annäherung unmöglich. Und dann noch diese merkwürdige Geschichte mit dem Toten in der Fabrik.
Miriam bog auf einen Waldweg ab. Sie stellte sich vor, was Sito dazu sagen würde, dass sie hier alleine rausradelte. Sie hatte seinen Blick gespürt, als sie das Fabrikgelände verlassen hatte. Andererseits war sie sich nicht sicher gewesen, ob Sito wirklich sie gemeint hatte. Sie wusste, dass sie seiner Frau ein wenig ähnelte mit ihren dunklen langen Haaren. Vielleicht hatte sie ihn nur in eine frühere Zeit versetzt, dann hatten diese Blicke nicht ihr, Miriam, sondern einer Erinnerung gegolten. Was er wohl über sie dachte? Jetzt, nachdem er sie mit Gregor gesehen hatte. Miriam musste lachen. Sie wusste, dass Sito in ihr wahrscheinlich immer noch das kleine Mädchen von früher sah. Warum nur war sie ihm nicht in einer anderen Situation begegnet?
Aber jetzt waren erst einmal andere Dinge wichtig. Sie musste arbeiten. Eigentlich sollte sie sich nicht ablenken lassen. Wieder bog sie ab und fuhr ein kurzes Stück durch den Wald. Plötzlich hatte sie das Gefühl, als verfolge sie jemand. Sofort trat sie schneller in die Pedale und drehte sich sogar einmal kurz um. Nichts als der Feldweg lag hinter ihr. Das Krächzen der Krähen drang von draußen durch das Dach des Waldes. Dann Stille. Sie begann bereits zu schwitzen, doch noch immer war das Ende des Waldes nicht in Sicht.
Da, ein Rascheln im Unterholz, ein Vogel, der schrill ein Alarmzeichen gab und dann wegflog. Im nächsten Moment sprang ein Reh quer über den Weg, und Miriam musste ausweichen.

Die Räder rutschten in dem weichen Boden zur Seite weg, und sie stürzte vom Rad und schürfte sich ihr Kinn und die Hand am Kiesweg auf.

»So ein Mist.« Sie klopfte sich den Schmutz von ihrer Hose. Sollte sie jetzt lieber umkehren? Aber es war nicht mehr weit bis zur Fabrik, und sie musste dorthin, immerhin wartete noch eine ganze Menge Arbeit auf sie. Sito würde wahrscheinlich ausflippen, wenn er wüsste, was sie vorhatte.

Miriam schob ihr Fahrrad auf den Weg zurück und sah sich in aller Ruhe um. Alles war ruhig, und sie entspannte sich. Es gab keinen Grund, Angst zu haben. Angst war etwas für Menschen, die ihre Zeit vergeuden wollten. Miriam wollte die Dinge gern in der Hand haben, ihr Leben bestimmen, sich nicht in irgendeiner Weise beeinflussen lassen. Sie hatte jahrelang um die Aufmerksamkeit ihres Vaters gekämpft, doch letztlich beschlossen, dass diese ihr nicht mehr wichtig war. Manchmal hatte sie den Eindruck, dass sie nicht in diese Familie passte. Womöglich aber war ihr Vater einfach zu alt, um sie zu verstehen. Auf jeden Fall wollte Miriam sich dadurch nicht mehr verunsichern lassen, auch wollte sie nicht mehr traurig sein, weil sie ihren Vater nicht stolz machen konnte. Sie ging ihm vorläufig aus dem Weg, vielleicht tat ihnen ein wenig Abstand gut, vielleicht machte ihn das dann doch auch neugierig auf seine Tochter, denn bislang hielt sich sein Interesse an ihr wahrlich in Grenzen. Oft hatte sie den Eindruck, dass sie zwar Teil dieser Familie war, aber ihr Vater sich nicht im Geringsten um sie kümmern wollte. Er wusste nichts von ihr, nichts von ihren Plänen und Wünschen, nichts von ihren Träumen und auch nichts von ihren Talenten. Menschen mochten sie. Es fiel ihr überall leicht, Freunde zu finden. Zwar würde ihr Abitur nicht sehr gut ausfallen, denn dafür war sie in Mathematik einfach zu schlecht. Doch sie konnte sich auf verschiedene Kunststipendien bewerben. Nicht einmal davon wusste ihr Vater etwas. Sie malte nun schon so lange, und noch nie hatte er sich für ihre Arbeiten interessiert. Aber jetzt, da war sie sich sicher, würde das anders werden.

Der Wald öffnete sich. Ihr Fahrrad warf einen langen Schatten. Vor ihr lag, in das Licht der späten Sonne getaucht, die Fabrik.

Die Absichtsfrage

Sito legte den kleinen Stein, den er am Morgen beim Spazieren-
gehen gefunden hatte, neben den großen auf seinen Schreibtisch
im Präsidium. Er würde ihn irgendwann zu Pollux bringen. Schön
lagen die beiden Steine dort nebeneinander, berührten sich an
einer winzigen Stelle. Sanft sah das aus. *Und nach Stille*, schoss
es Sito durch den Kopf. Draußen vor dem Fenster gurrten zwei
Tauben. Sito mochte diese Vögel, auch wenn kaum jemand das
verstand. Den meisten Menschen waren sie lästig, wenn sie auf
ihren Streifzügen Dächer, Balkone und Straßen verschmutzten.
Aber Sito konnte sich eine Stadt ohne Tauben nicht vorstellen,
und Tauben waren in der Tat ausgesprochen harmlose Tiere. Sie
waren nicht hektisch, ließen sich problemlos abwehren und wurden
nicht aggressiv, wenn Kinder ihnen hinterherrannten. Außerdem
waren sie ausgesprochen hübsch, und wenn sie liefen, dann hatte
das etwas Tänzerisches. An dem Tag, als die Metallspitzen vor sein
Fenster gebaut worden waren, hatte er lediglich gewartet, bis die
Handwerker wieder außer Haus waren, sich das nötige Werkzeug
besorgt und die Spitzen umgebogen. Wie konnte jemand immer
diese Waffen vor Augen haben wollen?
    Den vorangegangenen Abend hatte Sito in seinem Arbeitszim-
mer zu Hause verbracht und seine Gedanken geordnet. Zu viele
Dinge waren in den vergangenen Tagen durcheinandergeraten,
und Sito war nicht gemacht für gedankliches Chaos. Er litt unter dem Tod von Pollux, das war die eine Seite. Miriam hatte
ihn verwirrt, das war eine andere Sache, die aber vielleicht mit
dem Verlust von seinem Hund zusammenhing. Und Miriam war
schlicht zur falschen Zeit am falschen Ort gewesen und etwas
ruppig aufgetreten. Mehr nicht. Vielleicht gefiel er ihr sogar. Aber
das durfte keine Rolle spielen. Womöglich gefiel er ihr auch nur,
weil sie gern provozierte, und eine Annäherung an einen alten
Freund ihres Vaters war eine Provokation. Miriam hatte es nicht
leicht mit Friedrichs dominanter Art. Dass sie in die Ermittlung
geraten war, musste ein Zufall sein. Der Tote indessen war keine

Einzeltat, vielmehr war zu befürchten, dass weitere Tote folgen würden – dies war die berufliche Seite, die ihn beschäftigen sollte. Die Angst vor einem Serientäter machte sie alle nervös. Die Entnahme der Zunge, die Präsentation der Leiche … Es schien Sito so, als trage dieser erste Tote die Kunde eines großen Ereignisses. Dieser mystische Aspekt der Tat war ein wichtiger Teil der Präsentation – dem Täter musste klar gewesen sein, dass diese Leiche für Aufsehen sorgen würde.

Punkt für Punkt hatte Sito die letzten Tage analysiert und dabei gedacht, dass seine Analyse Enzig vermutlich gefallen würde. Enzig. Sito nahm den kleinen Stein wieder auf und ließ ihn durch seine Hand wandern. Er wusste noch nicht, was er von Enzig halten sollte. Etwas stand zwischen ihnen. Sollte er hinter Enzigs Rücken Erkundungen über ihn einziehen? Als er ihn gegoogelt hatte, waren seitenweise Einträge erschienen. Enzig hatte augenscheinlich viel gearbeitet, zahlreiche Beiträge für Bücher und Zeitschriften und Gutachten für Prozesse verfasst, und das nicht nur in Deutschland und England, sondern einmal auch in Frankreich und den Niederlanden. Seine Vorträge waren teilweise veröffentlicht und dienten in der Fachliteratur als Referenz. Er hatte eine Frau und zwei Kinder, die in Hamburg lebten. Seine Doktorarbeit war zu einem Standardwerk in der wissenschaftlichen Lehre geworden.

Doch noch etwas war Sito aufgefallen: Ein anderer Name hatte sich oft in die Ergebnisliste der Google-Suche gemischt, geradezu übermächtig. Wieso hatte Enzig nicht erwähnt, dass sein Vater eine Klinik hier am Bodensee hatte? Kein Wunder, kannte Parson den Namen, die Klinik lag ja praktisch vor seiner Haustür. Wie Sito zahlreichen Pressemitteilungen entnehmen konnte, war Enzig junior sogar vorübergehend Mitarbeiter in der Klinik seines Vaters gewesen. Die Fotos von Vater und Sohn wirkten, als stünden Fremde nebeneinander. Vielleicht war der Grund, warum Enzig nicht über seinen Vater und dessen Klinik auf der Höri sprach, ein sehr banaler: Er bemühte sich um einen eigenen Weg.

»Können Sie mir mal erklären, was Sie eigentlich von mir wollen?«

Miriam hatte den Türgriff noch in der Hand und ihn schon wieder überrascht. Ihre Haltung war souverän und brachte ihn in Erklärungsnot. Er spähte durch die offene Tür auf den Gang hinaus – niemand interessierte sich für ihn und seine Besucherin. »Was tun Sie denn hier?«

Langsam schloss Miriam die Tür und kam an seinen Schreibtisch. Sie stützte sich mit den Händen darauf und beugte sich zu ihm. An ihrem rechten Unterkiefer hatte sie eine Schramme. »Was ist los mit Ihnen? Sie sehen aus, als hätten Sie Angst. Vor mir? Oder vor meinem Vater, wenn er dahinterkommt, dass Sie mir hinterherspionieren? Oder ist Ihnen peinlich, dass Sie mich beobachtet haben?«

»Ich habe Sie nicht beobachtet. Was ist denn da an Ihrem Kinn passiert?«

»Nichts. Also?«

»Das gestern, das war wirklich nur ein Missverständnis. Ich hatte verdächtige Geräusche gehört und wollte nachsehen.«

»Sie sind sich hoffentlich klar darüber, wie lächerlich das klingt. Ich verstehe Sie wirklich nicht. Was soll das alles?«

Miriam setzte sich auf den Stuhl gegenüber von Sitos Schreibtisch und fasste sich an die Wunde neben ihrem Kinn. Nein, es war nicht leicht, sich von ihr loszureißen.

»Beruhigen Sie sich, Miriam. Ich wollte Ihnen in keiner Weise zu nahe treten. Aber sind Sie eigentlich schon achtzehn und weiß Ihr Vater von Ihnen und Ihrem Freund? Wollen Sie ein Pflaster?«

»Jetzt hören Sie schon auf. Ich brauch kein Pflaster. Ich bin gestern vom Rad gestürzt, kein Grund zur Panik. Und was soll die Frage nach meinem Vater? Was soll er denn nicht wissen? Das ist doch alles absurd, finden Sie nicht? Sie wollen mir doch nicht etwa drohen? Ich weiß ja nicht, wer da besser aussieht: ich oder Sie als voyeuristischer Bulle.«

»Hören Sie, Miriam, jetzt gehen Sie zu weit. Es gibt wirklich keinen Grund, sofort wieder das Schwert auszupacken.«

»Bitte was?« Sie musste lachen.

»Ich meine, weshalb sind Sie so angriffslustig? Das hatte rein gar nichts mit Voyeurismus zu tun, das wissen Sie genau. Ich bin da in eine Situation … Vergessen wir das einfach, in Ordnung?«

Miriam holte tief Luft und sah sich in seinem Büro um. Ihr Blick blieb an dem großen Stein hängen. »Keine Fotos?«

Sito schüttelte den Kopf. Ihre Stimme war ruhig, und sie lächelte ihn an. Es war sicher von Vorteil, wenn sie ganz normal miteinander reden konnten.

»Haben Sie schon einmal überlegt, wie es gewesen wäre, wenn wir uns einfach in einer Bar kennengelernt hätten?«, fragte Miriam.

Sito spürte Wut in sich aufsteigen. Er fühlte sich ausgeliefert, seinen eigenen Gefühlen und auch Miriam, die genau zu wissen schien, dass sie ihn verwirrte. Er wollte sie am liebsten an den Schultern packen und aus seinem Zimmer schieben, weit von sich fort. Stattdessen schwieg er.

»Sie halten das für unangemessen, nicht wahr? Wegen meines Vaters und wegen meines Alters?«

»Miriam, könnten wir uns auf die Tatsachen beschränken, nämlich dass Sie an einem Tatort waren und falsche Angaben gemacht haben, dass Sie mehrfach nicht bereit waren, mir einfach meine Fragen zu beantworten, und dass Sie sich bei Ihrem Vater über mich −«

»Das hab ich nicht. Wie oft soll ich Ihnen das noch sagen?« Sie sprang auf, und ihre Tasche glitt ihr von der Schulter. Der gesamte Inhalt verteilte sich auf dem Boden. Miriam ging vor Sitos Schreibtisch in die Hocke und sammelte alles wieder ein. »Himmel noch mal, Sie sind wie mein Vater! So richtig verbissen, bloß keine Gefühle zeigen. Das geht mir vielleicht auf die Nerven, das können Sie mir glauben. Sie hätten auch einfach sagen können, ja, Miriam, wir könnten dann auf einen Drink … Nein, bloß nichts zugeben, immer schön …« Sie kam wieder hoch. »Was ist? Lachen Sie über mich?«

»Miriam, weshalb sollte ich Sie auf einen Drink einladen?«

Miriam starrte Sito an und ließ das letzte Teil, eine Lippenpomade, in ihre Tasche gleiten. »Wissen Sie was? Sie können mich mal.«

»Halt, sagen Sie mir noch, wer der junge Mann war, dann lasse ich Sie in Ruhe.«

»Er ist mein Freund.«

»Davon bin ich selbstredend ausgegangen. Ich will einen Namen.«

»Gregor.«

»Gregor – das ist alles?«

»Ja, was dagegen?«

»Sie tun mir leid«, sagte Sito.

»Wieso tue ich Ihnen leid? Herr Kommissar, glauben Sie mir …«

»Er ist eine Nummer zu groß für Sie.«

»Mein Freund?«

»Nein. Ihr Vater.«

Miriams Mund öffnete sich leicht, doch sie sagte nichts. Sie lächelte stattdessen. »Gerade als Sie mich fast so weit hatten, Ihnen zu glauben … Tja, Sito, gerade eben habe ich Sie durchschaut.«

»Ach ja?«

»Ja. Sie wollen mich einfach so weit wie möglich von sich schieben. Dann fühlen Sie sich besser. Ein Streit passt da wunderbar, hab ich recht? Aber ich lasse mich nicht einfach wegschieben, mit solch simplen Methoden schon gar nicht. Wissen Sie was? Jetzt nehme ich doch Ihr Pflaster. Los, verarzten Sie mich …«

Sito holte aus dem Schrank eine Schachtel mit Pflastern. Er trat zu Miriam, die sich zurückgelehnt hatte, zog das Pflaster aus seiner Hülle und legte es vorsichtig auf die Schürfwunde. Anschließend beugte er sich zu ihr und ging ganz nahe an ihr Ohr. »Miriam, Sie überschätzen sich.«

Sie drehte den Kopf zur Seite und funkelte ihn an, sagte aber nichts. Stattdessen stürmte sie zur Tür.

Enzig, der gerade hereinkam, musste zur Seite springen, um sie vorbeizulassen.

»Was war denn mit der los?«, fragte er und deutete auf sein Kinn. »Ich gehe davon aus, das waren nicht Sie?«

»Und ich gehe davon aus, diese Frage ist nicht ernst gemeint. Das war die Tochter des Polizeidirektors.«

»Und was wollte sie hier?«

»Ich habe keine Ahnung.«

»Aha, merkwürdiger Abgang.« Enzig reichte Sito einen Stapel Akten über den Tisch. »Der nächste Berg. Eigentlich nur ein Teil von denen, die ich noch nicht aussortiert habe. Es waren noch wesentlich mehr.«

Sito schob das Bild von Miriam aus seinem Kopf. »Sind inzwischen so viele Daten in der Datenbank eingespeichert?«

»Na ja, 2011 waren es schon über sechzehntausend Fälle«, erklärte Enzig. »Und wir haben bislang kaum Einschränkungen. Die meisten können wir aber nach den ersten Seiten weglegen und ...« Er hielt inne.

»Was denn?«

»Äh, ist mir unangenehm, das zu sagen.«

»Raus damit.«

»Es wird leichter, wenn wir das nächste Opfer finden. Über eine vergleichende Fallanalyse erfährt man schneller etwas über den Täter.«

»Sie sind sich also sicher, dass dies keine Einzeltat war?«, fragte Sito und begann in den Akten zu blättern.

»Sie denken das im Grunde doch auch, oder? Und sehen Sie es einmal von der Seite: Je eher wir uns mit dem Gedanken auseinandersetzen, umso schneller können wir dem Täter auf die Spur kommen.«

Enzig hatte recht, aber es fiel Sito schwer, sich auf die Akten zu konzentrieren. Er tat seit dem frühen Morgen kaum etwas anderes, und er hatte nicht das Gefühl, dass ihnen das weiterhelfen könnte. Zum Abendessen war er bei den Parsons eingeladen. Maria hatte einfach nicht lockergelassen.

»Etwas entdeckt, Sito?«

»Was? Ach nein, nichts. Sie etwa?«

»Nein.« Enzig räusperte sich. »Haben Sie mal in Erwägung gezogen, dass wir in den falschen Akten nachsehen?«

»Wieso? Die hat uns doch der Computer ausgewertet.«

»Ja, aber die Datenbank dient vor allem der Prävention einer Gewalttat, die wiederholt werden kann.«

»Ja und?«

»Dr. Parson sagte doch, dass das Opfer sturztrunken war.«

»Ja, Enzig. Aber ich weiß noch immer nicht, worauf Sie hinauswollen.«

»Ganz einfach: Wir wissen doch nicht, ob der tödliche Halsschnitt eine absichtliche Tat war.«

»Die Kehle durchzuschneiden lässt nicht unbedingt viel Spielraum in der Absichtsfrage.«

»Auch klar. Aber ich kenne den Fall eines untauglichen Versuchs der Leichenfledderei. Untauglich war der Versuch deshalb, weil die Leiche gar keine Leiche war, sondern noch gelebt hat.«

»Nicht Ihr Ernst.«

»Doch. Allerdings hat der Täter in meinem Fall rechtzeitig erkannt, dass er keine Leiche vor sich hatte. Er hat seine Tat abgebrochen. Bei einem Schnitt durch die Kehle wäre das nicht so einfach. Wenn überhaupt möglich.«

»In der Tat«, stimmte Sito zu. »Halten Sie das für wahrscheinlich, Enzig?«

»Ehrlich, ich weiß es nicht. Es hat mich einfach verwirrt, dass der Täter gewartet hat, bis das Opfer ausgeblutet ist, das ist alles.«

»Könnte das nicht eher dafür sprechen, dass der Täter sein Opfer wirklich verbluten lassen wollte?«

Enzig überlegte, dann nickte er. »Womöglich haben Sie recht. Vergessen Sie meine Gedanken.«

»Gibt's sonst etwas?«

»Es gibt da noch eine Sache, die wir ins Auge fassen sollten: Vielleicht war es auch ein Verbrechen mit sexuellem Hintergrund, ein Sexspiel, das schiefgegangen ist, Tötung auf Verlangen. Das wäre zumindest eine logische Erklärung, warum das Opfer nackt war und sich nicht gewehrt hat.«

»Möglich. Ich wollte nur noch nicht an so etwas denken.«

»Fest steht, dass der Täter den Vorgang des Ausblutens beobachtet hat und anschließend die Zunge heraustrennte.«

»Sie denken an Stimulation?«

»Denkbar. Ich frage mich, was er in dieser Zeit gemacht haben könnte. Womöglich war aber alles nur nebensächlich.«

Sito atmete tief durch. So recht konnte er Enzig nicht folgen. Enzig musste als Fallanalyst in jede nur vorstellbare Richtung denken, aber die vielen Theorien, die dann gleich wieder über den Haufen geworfen wurden, verwirrten Sito. »Langsam, Enzig, Sie sprudeln wieder. Wie gestern bei Parson. Das ist wichtig für Sie, das verstehe ich durchaus, aber sehr ungünstig für mich. Ich will weniger Gedanken, dafür mehr von Ihren Rückschlüssen.«

»Das Motiv ist vielleicht nicht die Tat, sondern ihre Wirkung«, kam prompt von Enzig.

»Ist damit die Idee der Leichenfledderei vom Tisch?«

»Nicht unbedingt, das eine schließt das andere nicht aus. Darüber zerbreche ich mir den Kopf, seit wir gestern bei Dr. Parson waren. Ich bin sicher, dass die Zunge auf irgendeine Art noch ein Teil der Präsentation werden wird. Damit sollten wir uns rechtzeitig auseinandersetzen, bevor wir eine böse Überraschung erleben.«

Maria Parson hatte sich wie immer etwas Neues einfallen lassen. Es gab einen Salat mit gegrilltem Fenchel, eine Bulgur-Lasagne, und für den Nachtisch war noch ein warmes Birnenkompott angekündigt. Doch als Maria gerade die zweite Runde Lasagne verteilen wollte, klingelte Sitos Handy.

»Nur zu«, sagte sie und verfolgte seine Schritte, bis er im Flur verschwand. Maria seufzte, sah auf die Lasagne, dann wieder zu Samuel und blickte direkt in seine Augen, die an Sitos Schatten hafteten. Er warf ihr ein entschuldigendes Augenzwinkern zu. Sie wusste, was das bedeutete.

Als Sito wieder am Tisch stand, wartete er gar nicht erst auf Samuels Frage. »Ein anonymer Anruf ist beim Präsidium eingegangen. In der Fabrik liegt wieder ein Toter.«

Samuel stand sofort auf.

»Aber du hast heute doch frei«, wandte Maria ein, doch sie konnte sehen, wie Samuel darauf brannte, das Haus zu verlassen, um mit Sito gemeinsam zu diesem Tatort zu fahren. »Na gut, Schatz, geh nur.« Maria kannte ihren Mann, sie wusste, dass alles andere zwecklos war. Sie würde die Lasagne in den Ofen, das Birnenkompott in den Kühlschrank stellen. Sie kannte das. Wann immer sie versucht hatte, Samuel an ihre Seite zu zwingen, um ihre Einsamkeit aufzulösen, dann war sie mit ihm nur noch einsamer gewesen. Sie konnte ihn nicht halten. Und schlimmer: Sie konnte sich nicht damit beruhigen, dass sie sich alleine genug war. Nicht mehr. Nicht heute. Aber sie wusste, dass Samuel rausmusste, hin zu diesem Tatort, der ihn seit Tagen in Atem hielt, der ihn motivierte und antrieb, aufzustehen. Sie wusste, dass die Arbeit für ihn das war, was für sie das Kochen war – ein Sicheinbetten in eine Ritual gewordene Arbeit, weil nichts so sehr hilft wie ritualisierte Ablenkung.

»Wir kommen bald wieder zurück, Liebling, versprochen,

nicht wahr, Paul? Kann nicht lang dauern, es wird da ohnehin stockdunkel sein.«

»Wir beeilen uns, Maria«, bestätigte Sito.

Maria umarmte Sito und küsste Samuel, dann entließ sie die beiden in die Nacht und schritt langsam durch den Flur in Richtung Küche. Dort setzte sie sich auf den Boden und löffelte die ganze Schüssel Birnenkompott aus.

Sito und Parson fuhren von Allensbach über den Bodanrück nach Dettingen. Bei Nacht waren auch die wenigen Minuten Fahrzeit durch den Wald unheimlich. Sito konnte es nicht erklären, aber ihn beschlich nachts auf dieser Strecke immer dieses Gefühl, als hätte der Wald seine Augen auf ihn gerichtet. Er dachte an die Butzewegs-Höhle. Vor einer halben Ewigkeit hatten Nazis auf der Flucht hier ihre Lebensmittel versteckt. Mitten in den Wäldern. Einige von ihnen waren entkommen, vielleicht sogar in ein neues Leben.

»Vielen Dank, Paul, dass du heute Abend da warst.«

Sito musterte seinen Freund, dann begriff er. »Wie lange ist es jetzt her?«

»Es war heute vor genau acht Jahren.«

»Ich habe nie jemanden unter traurigeren Umständen kennengelernt, Samuel. Tut mir leid, ich wusste nicht, welcher Tag heute ist.«

Parson lächelte. »Du hast eigene Sorgen, und acht Jahre sind eigentlich genug Zeit. Was erwartet uns da draußen?«

»Ich weiß es nicht. Die Zentrale hat mir nur gesagt, dass wieder ein Toter in der Fabrikhalle gefunden wurde, mehr nicht.«

Schon von Weitem konnten sie die Lichter der Polizei- und Krankenwagen rund um die Fabrik sehen. Busch kam ihnen entgegen. »Hallo Dr. Parson, ich wusste nicht, dass Sie auch kommen würden. Ihr Kollege Hind ist bereits vor Ort.«

Hind war der zweite Rechtsmediziner, der in der Pathologie neben Parson arbeitete. Sito und Parson folgten Busch in die Halle. Mit dem großen Lampenschirm auf drei Metallbeinen wirkten die Standleuchten der Spurensicherung gespenstisch, wie Kraken hatten sie den Raum erobert. Auf einem Tisch mitten in der Halle lag ein Mann wie ein Gekreuzigter aufgebahrt. Wieder nackt. An den Handgelenken hingen Reste von Fesseln. Die Beine waren leicht angewinkelt und zur rechten Seite gefallen. Der Kopf blickte zur Decke.

»Und, was haben wir hier?« Parson wandte sich direkt an Hind.

»Herr Kollege, Herr Kommissar, ich grüße Sie. Der Totenstarre nach zu urteilen ist der Mann seit sieben bis neun Stunden tot. Die Wunde hier«, Hind deutete auf die blutige Stelle an der rechten Bauchseite, »ist aber nicht die Todesursache. Sehen Sie mal hier.« Er zeigte auf die Handflächen des Toten.

»Sind das Brandmale?« Sito drehte sich gewohnheitsgemäß zu Parson, der seine Brille aufsetzte und auf die Wunden starrte.

»Ja, so in etwa«, antwortete Hind. »Das sind Strommarken. Wahrscheinlich ist er an Herzversagen gestorben. Allerdings birgt das ein Problem für die Bestimmung des Todeszeitpunkts.«

»Die Leichenstarre kann beschleunigt worden sein.«

»Sehr richtig, Kollege.«

»Dann kann er aber nicht hier gestorben sein«, schaltete Sito sich ein und sah sich um. »Hier gibt es keinen Strom. Was meinst du, Samuel? Der gleiche Täter?« Enzig fiel ihm ein. Sito wählte seine Nummer, hörte das Besetztzeichen, legte auf und versuchte es ein weiteres Mal. Immer noch besetzt.

»Liegt nahe. Ich hab erst kürzlich in einer Studie gelesen, dass jeder vierte Serientäter an seinen Tatort zurückkehrt. Aber dein neuer Partner, Enzig, der ist doch für diese Frage zuständig, oder irre ich mich?«

»Nein, du irrst nicht. Ich kann ihn nicht erreichen. Dann hat der Täter in einem sehr kurzen Abstand zugeschlagen«, sagte Sito und sah sich um. Das Blaulicht flackerte durch das offene Tor und nahm Sitos Blick gefangen. *Wo sind wir hier*, fragte er sich. *Was ist das für ein Raum, dass er schon wieder vom Täter erwählt wurde … Wo sind wir nur?* Es flackerte, gebannt hielt Sito dem Licht stand.

Hind räusperte sich. »Da ich nicht genau weiß, wovon Sie gerade reden – wollen Sie vielleicht übernehmen, Dr. Parson? Auch an Ihrem freien Tag?«

»Entschuldigen Sie. Wir waren gerade beim Essen, als die Nachricht kam, nur deswegen bin ich hier. Allerdings vermuten Sie richtig. Wenn es Ihnen also recht ist, übernehme ich.«

»Aber sicher«, antwortete Hind und verabschiedete sich. »Und rufen Sie mich hinzu, wenn Sie Hilfe brauchen. Das scheint mir doch ein interessanter Fall zu sein. Wer weiß ...«

»Interessant.« Sito verzog das Gesicht, als Hind außer Hörweite war. Er tat sich schwer mit dieser wissenschaftlichen Neugier. Bei Parson war Sito wesentlich toleranter, weil er wusste, dass dieser im Grunde enorm viel Respekt vor dem Leben hatte – bei ihm blieben es Menschen.

»Versteh das nicht falsch. Wir sind da –«

»Lass gut sein. Ich versuch noch einmal, Enzig zu erreichen.«

»Das kannst du dir sparen – da kommt er.« Parson wies in Richtung Eingang. »Es wird sich übrigens zeigen, ob der Tote bereits gefesselt war, als der tödliche Strom ihn durchfloss.«

Von einem Moment zum nächsten wurde es finster, der Stromgenerator war ausgefallen. Der plötzlichen Dunkelheit folgte ebenso plötzlich und beängstigend nahtlos eine Stille, als hätten alle für diesen Augenblick die Luft angehalten, als würde dieses Innehalten etwas an der Dunkelheit ändern. Dann durchschnitten hektische Befehle die Dunkelheit. Sie kamen von überall her. Parson fasste Sito am Arm. Draußen startete ein Auto und leuchtete mit den Scheinwerfern in die Halle. Der Lichtkegel fing die Leiche ein. Gebannt starrten Sito und Parson zu dem Aufgebahrten.

Wir sprechen von der Stimmung eines Raumes, ohne genau zu wissen, was wir damit meinen. Es hat aber viel mit seinem Licht zu tun. Man muss dabei unterscheiden zwischen einem Raumlicht und einem Lichtraum. Der Lichtraum entsteht durch Licht, das von außen nach innen eindringt. Das Innere muss natürliche oder künstliche Begrenzungen haben, die das Licht in seine Schranken bannt und so an sich bindet. Das gebundene oder gefesselte Licht bildet den Lichtraum. Das Raumlicht ist das Licht, das aus einem natürlichen oder künstlichen Raum in ein Äußeres fließt, sich aus seinen Grenzen befreit. An seiner Schnittstelle von innen nach außen kennzeichnet es den Raum, und nur dort ist es ein Raumlicht, denn du weißt ja, nicht die Quelle ist das Entscheidende von Licht, sondern seine Bewegung, seine Orientierung.

»Geisterhaft«, flüsterte Parson.

»Enzig? Wir sind hier.«

Enzig durchschritt die Halle und kam auf sie zu. Kurz bevor er Sito und Parson erreichte, rutschte er aus. Sito konnte ihn gerade noch halten. Er rief Busch zu sich und ließ ihn mit einer Taschenlampe den Boden ableuchten. Da lag ein Bleistift.

Eine List

»Warum haben Sie mich nicht angerufen?«, fragte Enzig.

Sito hatte in einer Hand den Hörer, in der anderen die Zahnbürste. Er spuckte ins Waschbecken, dann antwortete er: »Hören Sie, ich habe es versucht. Es war dauernd besetzt.«

»Meine Frau«, brummte Enzig. »Tut mir leid, dass ich so spät war. Ich hatte sie nicht abwimmeln können. Sie ist manchmal eine Nerven... Entschuldigung.«

»Gar nicht schlimm. Wieso entschuldigen Sie sich?«

»Weil ich über meine Frau herziehe, wo Ihre doch ...«

»Tot ist? Hören Sie, Enzig, das eine hat mit dem anderen nichts zu tun. Schimpfen Sie ruhig. Pietät macht alles nur komplizierter.« Sito dehnte seine Nackenmuskulatur. Er war froh, dass Enzig ihn angerufen und abgelenkt hatte, denn die ganze Nacht hatte er sich wieder nur in seinem Bett gewälzt. Als endlich Licht durch sein Fenster gefallen war und den Tag angekündigt hatte, hatte er wie gewohnt seinen Arm aus dem Bett hängen lassen, um Pollux zu streicheln. Die Gewohnheit war ein grausames Wesen.

»Also gut, ist bei Ihnen alles klar? Ihre Stimme hallt so.«

»Ich bin im Bad, Enzig.«

»Ach so, Entschuldigung. Also, ich, na ja, ich habe gestern eine Nachricht vom Präsidium bekommen, warum ich noch nicht da sei, und da wollte ich nur wissen, ob ...«

»Sie entschuldigen sich ganz schön oft für meinen Geschmack.«

»Hm. Also, dann ist das ja geklärt. Sie haben versucht, mich zu erreichen, aber ...«

»Es war besetzt, wie gesagt. Weshalb so misstrauisch, Dr. Enzig?«

»Lassen Sie den Doktor doch bitte weg.«

»Na ja, passte gerade.« Sito sah im Spiegel, wie er Hörer und Zahnbürste hielt. Einen Augenblick sah er sich den Hörer in den Mund stecken und die Zahnbürste ans Ohr halten. Er grinste, dann schüttelte er den Kopf. Woher stammten diese ungewohnten Albernheiten, die ihn seit Neuestem überkamen? Galgenhumor?

Enzigs Stimme war irgendwo aus weiter Ferne zu hören, wie in Watte gepackt. »Kommen Sie gleich ins Präsidium, Sito?«

Doch Sito hatte etwas anderes vor.

»Was wollen Sie?«

Ein junger Mann öffnete die Haustür, und Sito hielt ihm seinen Dienstausweis vor die Nase. »Ist Miriam da? Ich muss sie dringend sprechen.«

»Nein, Miriam ist nicht da.«

»Sind Sie sicher? Es ist wirklich dringend.«

»Moment, Mann, es ist erst acht, ich …«

»Jetzt machen Sie schon.«

Der Mann ließ ihm die Tür vor der Nase zufallen.

Als sich nach fünf Minuten immer noch nichts bewegte, klingelte Sito Sturm. Diesmal öffnete Miriam selbst, in T-Shirt, Jeans und barfuß.

»Ist ja schon gut! Was wollen Sie schon wieder?«

»Vermissen Sie einen Bleistift?« Sito hielt ihr einen Stift in einer Beweistüte vors Gesicht, so nahe, dass sie schielen musste.

»Sie kommen wegen eines Bleistiftes zu mir? Ist Ihnen langweilig oder was? Ich werde mich bei meinem Vater über Sie beschweren.«

»Da kommt Ihnen seine Autorität dann doch wieder gelegen, nicht wahr? Aber ich wäre an Ihrer Stelle etwas vorsichtiger, falls Sie einen solchen Stift vermissen.« Sito drehte sich um und ging. Noch bevor er sein Auto erreichte, war sie schon hinter ihm und hielt ihn am Arm fest. Er drehte sich zu ihr um und wartete.

»Wie haben Sie das gemeint, ich solle vorsichtiger sein?«

»Aha, es ist also Ihr Stift.«

»Das habe ich nicht gesagt.«

»Ich habe ihn gestern in der Fabrik gefunden. Sie erinnern sich daran, was ich Ihnen über Ihre Malaktivitäten in der Fabrik gesagt hatte?«

»Wie könnte ich das vergessen? Ich werde ihn wohl beim Zeichnen verloren haben. Geben Sie schon her.«

»Machen wir's kurz: Ich bin mir sicher, die Spurensicherung hätte diesen Stift schon beim ersten Toten entdeckt. Also müssen

Sie ihn erst in den letzten drei Tagen verloren haben. Sie haben wieder die Absperrung ignoriert.«

»Irgendjemand könnte ihn dort verloren haben.«

»Deswegen lasse ich ihn auf Fingerabdrücke untersuchen.«

»Warum erzählen Sie mir das?«

»Ich dachte, es erspart Ihnen Ärger, wenn Sie mir etwas zu sagen haben und ich Ihnen dafür den Bleistift gebe.«

»Sie bieten mir einen Deal an? Was wollen Sie denn hören?«

»Wir wollten doch normal miteinander ...«

»Das brauchen Sie mir nicht zu sagen.«

»Also? Waren Sie noch einmal in der Fabrik trotz meiner Warnung?«

»Na gut, ich war noch zweimal dort.«

»Gestern Abend?«

»Ja, auch gestern Abend. Warum sehen Sie mich so an?«

»Wann genau?«

»Nach unserem Gespräch ... Ach egal, ich bin gegen drei rausgeradelt und wollte bis in die Dämmerung zeichnen. Vielleicht war ich vier Stunden dort. Ich weiß nicht genau. Mir war irgendwann unheimlich.« Miriam wand sich unter Sitos Blicken.

»Was war unheimlich?«

»Kann ich nicht sagen. Einfach ein Gefühl. Vielleicht auch, weil es dort einen Toten gegeben hat, keine Ahnung. Aber es fuhren immer wieder Streifenwagen vorbei. Ich dachte, ich bin sicher.«

»Sie hatten vielleicht großes Glück, Miriam. Es gab wieder einen Toten, und er wurde wahrscheinlich in den Abendstunden dort abgelegt.«

Miriam sah Sito in die Augen. »Sie meinen, der Mörder war dort, während ich gezeichnet habe?«

»Das ist gut möglich«, erwiderte er mit gedämpfter Stimme.

Er rechnete fest mit einer Panikattacke, stattdessen fragte sie: »Kann ich jetzt meinen Stift haben?« Sie überlegte, dann lachte sie. »Das ist gar nicht der echte Stift, du meine Güte. Bin ich bescheuert, auf Ihr kleines Spielchen reinzufallen. Der echte Stift liegt längst bei der Spurensicherung, habe ich recht?«

Sito hatte den Stift schon wieder vergessen. Der echte lag in der Tat bei der Spurensicherung. »Hier, bitte.« Er reichte ihr die

Tüte mitsamt dem Stift. »Den können Sie haben. Aber passen Sie auf sich auf, Miriam.«

Sie nahm den Stift aus der Tüte und gab sie ihm zurück. Dann ging sie zurück ins Haus, ohne sich noch einmal umzudrehen.

Lethargie

Sito saß an seinem Schreibtisch und spielte mit dem Stein. Es kam ihm so vor, als sei dieser schon runder geworden von dieser beinahe täglichen Benutzung. Immer wieder ließ er ihn von einer in die andere Hand wandern, bis er seine Körperwärme wie eine Erinnerung in sich trug. Sito stellte sich vor, dass sich die Struktur des Steines mit jeder neuen Erinnerung veränderte und doch keine Erinnerung je an Bedeutung verlor. Sie lagen einfach übereinander.

Vor acht Jahren war Sito zu einem Toten auf einem Tanzschiff gerufen worden. Es war in Mode gekommen, dass auf den Fähren Partys gefeiert wurden. Bei einer dieser Partys war ein junger Mann in der Toilette zusammengebrochen. Andere Diskobesucher hatten ihn gefunden und sofort einen Krankenwagen bestellt, doch vergeblich. Die Todesursache war irgendeine Designerdroge gewesen. Der Tote war der Sohn des Rechtsmediziners Dr. Samuel Parson. Sito selbst hatte den Eltern die Nachricht überbringen müssen.

Pollux war damals aus dem Wagen und seinem Herrchen hinterhergesprungen; er hatte genau in dem Moment neben Sito gesessen, als die Tür geöffnet wurde. Parson, trotz der späten Stunde munter und arglos, hatte Sito freundlich begrüßt. Dann hatte er sich zu Pollux gebückt, ihm über den Kopf gestreichelt und nach dem Grund von Sitos spätem Besuch gefragt. Parson war gerade erst an das gerichtsmedizinische Institut versetzt worden. Sie waren einander noch nicht bei Ermittlungen begegnet, doch beide hatten bereits voneinander gehört. Noch bevor Sito etwas sagen konnte, war Frau Parson – Maria – im Morgenmantel die Treppe heruntergekommen und hatte gerufen: »Meinem Paul – ihm ist doch bitte nichts zugestoßen.«

Nie würde Sito die Szene vergessen. Und nicht nur, weil das Opfer und er den gleichen Vornamen hatten. Pollux war sofort zu Maria gestürzt und hatte sich schützend vor sie gesetzt. Parson hatte ihn fragend angesehen, und er hatte einfach nur genickt.

Sito hatte sich in den folgenden Wochen verpflichtet gefühlt, die Parsons hin und wieder zu besuchen. Pollux hatte ihn jedes Mal begleitet und die Nähe zu Maria gesucht; er hatte sie getröstet.

Aus diesen Pflichtbesuchen war in erstaunlich kurzer Zeit eine Freundschaft entstanden. Sito und Parson, der bald Samuel wurde, hatten zahlreiche Gemeinsamkeiten. So galten sie beide als Außenseiter und Arbeitswütige, und beide sahen in ihrer Arbeit eine philosophische Komponente. Schnell waren sie einig geworden, dass sich ihre Vorgehensweisen ähnelten: Während Samuel Menschen zerstückelte, sezierte Sito die Räume, in denen Menschen zu Opfern geworden waren. Im Grunde waren beide auf der Suche nach einem Innenleben, nach einer Seele. Für Samuel waren Menschen wie Räume, und es galt, diese zu durchschreiten. Für Sito dagegen waren Räume wie Menschen, die ihm etwas erzählten, wenn man die richtige Perspektive einnahm. Alles war nur eine Frage des Blickwinkels. Auch das hatte Sito von seinem Vater gelernt. Sein Vater, dem er die Narbe über seiner linken Schläfe verdankte.

Busch klopfte und betrat Sitos Büro.

»Hast du schon Nachricht von der Spurensicherung, Marc? Was ist mit dem Bleistift?«

»Ja, Sito, es ist mir peinlich, aber der Stift, den Sie gefunden haben …«

»Jetzt sagen Sie bloß nicht … Es war Ihrer?«

Busch nickte und verließ abrupt wieder den Raum.

Draußen hatte der Regen eingesetzt. Es war wie ein ungeschriebenes Gesetz, erst die Tage des Nebels, dann die Tage des Regens. An der grauen Grundfarbe änderte es nichts. Sito konnte sich an Jahre erinnern, in welchen er über Monate nichts anderes gesehen hatte außer Grau. Man liebte Konstanz, vielleicht auch weil es sich so standhaft wehrte gegen diese Übermacht des Wetters, das einen wehmütig machte, weil es mit Schönheit strotzte, wo andere Städte sich einfach fallen ließen. Und wegen des Sees natürlich, der seine Farbe änderte, wenn Nebel über ihm lag und sich dann verflüchtigte. Er überlegte, ob er die Dachfenster in seinem Schlafzimmer geschlossen hatte. *Und wenn schon*, dachte er. Es spielte keine Rolle, ob sie offen waren und es hereinregnete. Pollux war sein letzter Grund gewesen, er hatte sich ihm verpflichtet gefühlt, jetzt war er nur noch für sich selbst verantwortlich.

Gleich am Tag nach Pollux' Tod hatte seine Haushälterin angerufen und gefragt, wo denn der Hund sei. Wenn Sito ihn früher mitgenommen hatte, so hatte er sie darüber informiert und Frau Haberle war nicht gekommen. Sie war in Tränen ausgebrochen, als Sito ihr am Telefon gesagt hatte, dass Pollux tot sei. Sito hatte sich im Nachhinein bestätigt gefühlt, dass sie eine gute Tagesmutter für den alten Pollux gewesen war. Am Abend hatte Sito Blumen auf dem Tisch vorgefunden. Weiße Lilien, wie am Tag nach Janinas Tod.

Der Regen wurde stärker. Der Herbst war in der Tat eine besondere Herausforderung für Konstanz. Dabei liebte Sito den Herbst, liebte die Dämmerungsstimmung des Jahres, bevor es winterlicher Abend wurde, liebte die Farben und das Licht der tief stehenden Sonne.

An einem Regentag war Janina mit Pollux spazieren gewesen, hatte sich im Flur die nassen Kleider vom Körper gerissen, leise geflucht – das Wasser hatte in ihren Schuhe gestanden. Sito hatte sie von der Küche aus beobachtet, noch im Pyjama. Es war ein Sonntag gewesen, keine drei Monate vor ihrem Tod. Drei Monate. Vielleicht der Tag, an dem …

Er sah aus dem Fenster, und selbst die Drehung des Kopfes strengte ihn schon an. Er spürte einen kalten Klumpen in seinem Bauch. Wie lange würde er dem Regen wohl zusehen können? Das Dachfenster war geschlossen – dennoch, Pollux wurde nass. Er wollte den Ort vergessen, an dem er sich befand, seinen Schreibtisch, das Büro, die Stadt. Er wollte *sich* vergessen.

»Paul?«

Sito blickte auf und sah Parson an seinem Schreibtisch stehen. Er hatte nicht einmal ein Klopfen gehört, aber vielleicht hatte Busch auch die Tür offen gelassen. Jetzt war die Tür auf jeden Fall zu.

Parson zog sich einen Stuhl heran. »Du machst mir Sorgen, Paul.«

»Das will ich nicht.«

»Vielleicht solltest du ein paar Tage freinehmen? Lass dich von dem Fall entbinden und fahr in unsere Hütte auf dem Hemberg. Da wärst du völlig alleine. Du weißt doch, wie es dort ist. Da stört dich niemand, nur Marias Vorräte, die du aufessen müsstest.« Parson lächelte Sito aufmunternd an.

»Ich weiß nicht, Samuel. Es ist doch einerlei, wo ich bin.«

Die Tür wurde aufgestoßen, und der Polizeidirektor stürzte herein. »Was willst du von meiner Tochter?«

»Wie bitte?«

»Du hast mich schon richtig verstanden. Ich habe gefragt, was du von meiner Tochter willst. Ich weiß alles, und das grenzt nicht nur an Belästigung, sondern ist eine Belästigung, Paul.« Kerler sah zu Parson und bemühte sich um Haltung. »Du sagst mir jetzt bitte sofort, was du von ihr willst, oder ...«

»Oder was?«

»Ich ... ich könnte dich beurlauben.«

»Also hör mal, das muss ein Missverständnis sein. Ich will von deiner Tochter rein gar nichts. Du weißt doch, dass ich sie am Tatort getroffen habe, da wollte ich sie befragen. Das ist alles.«

»Na gut, Paul, ich will nichts mehr davon hören, verstehst du? Meine Tochter hat nichts damit zu tun.« Grußlos verließ Kerler den Raum.

»Was war das denn?«, fragte Parson.

»Ich habe nicht die leiseste Ahnung, aber Kerlers Tochter hatte kürzlich auch so einen Auftritt. Die beiden sind sich ähnlicher, als sie es wahrhaben mögen.«

»Deinen Humor scheinst du noch nicht verloren zu haben.«

Doch Sito war bereits wieder ernst. Er spürte in sich einen Funken. Nur ein kleiner Funke, eine Ahnung, die ihn aufrüttelte. Wie ein kleines Tier begann ein Verdacht an der Lethargie zu nagen. Wenn Kerler derart vorpreschte, machte er sich anscheinend Sorgen. Aber worüber?

»Samuel, du bist doch nicht nur gekommen, um nach mir zu sehen, hab ich recht? Kannst du mir etwas über die zweite Leiche sagen?«

»Ja. Die Todesursache war wie vermutet Herzversagen aufgrund eines Stromschlags.« Parson machte eine Pause, doch Sito schwieg. »Äh, also gut, die Todesursache war der Stromschlag. Dann wurde dem Opfer ein großes Stück der Leber entfernt.« Wieder unterbrach Parson seine Ausführungen, und Sito wusste, dass er auf einen Kommentar von ihm wartete. Doch wieder enttäuschte er seinen Freund. »Hm, was hätte ich noch anzubieten? Da gibt es wie beim ersten Opfer eine Vielzahl kleinerer … Hörst du mir noch zu?«

Sito, dessen Gedanken weit weg waren, stand auf und klopfte Parson auf die Schulter. »Entschuldige mich, Samuel. Mir ist etwas Wichtiges eingefallen, ich muss sofort weg. Ich ruf dich an, in Ordnung?«

Sito musste dieses kleine Tier finden, das seine Lethargie so leichthin aufgelöst und das irgendetwas mit Miriam und ihrem Vater zu tun hatte. *Wer angreift, hat etwas zu verteidigen.*

Tee und Spiele

Sito klingelte, doch nichts rührte sich. Er lief an der Hausmauer entlang. Schließlich stand er wieder vor jenem Fenster, aber er wagte nicht, hineinzusehen, stattdessen lief er zu einem anderen Fenster und konnte einen Blick in die Küche werfen. Es regnete immer noch, und Sito war inzwischen durchnässt. Da bemerkte er am Fenster im ersten Stock eine Bewegung. Sofort rannte er wieder zur Haustür und klingelte Sturm. Doch nichts regte sich im Inneren. Hatte er sich geirrt? In allem? Miriam hatte um den Bleistift gekämpft, ohne ihn nach dem genauen Fundort zu fragen, und sie hatte ihn angeschwärzt. War alles nur Zufall?

»Was wollen Sie denn schon wieder?«

Ertappt wandte sich Sito um. Vor ihm stand Miriam im Regencape. Ihm lief der Regen übers Gesicht und in seinen Jackenkragen, unangenehmer konnte die Situation nicht mehr werden. »Warum haben Sie sich bei Ihrem Vater beschwert?«

»Ich habe nicht mit meinem Vater gesprochen. Blöd wäre ich. Sie haben mir doch unmissverständlich zu verstehen gegeben, dass Sie mich dann verpfeifen! Auch wenn es nichts zu verpfeifen gibt, auf Diskussionen mit meinem Vater kann ich verzichten. Mein Privatleben und vor allem mein Liebesleben gehen niemanden etwas an. Ich bin froh, dass ich hier wohnen kann. Das will ich nicht gefährden, nur weil Sie sich in etwas verrannt haben.«

Sito war sprachlos, und der Funke in ihm flammte auf – die Lethargie war verschwunden. »Sie haben nicht mit Ihrem Vater gesprochen?«

»Nein. Wollen Sie vielleicht mit reinkommen? Ich steh ungern im Regen.« Miriams Stimme klang frei von Misstrauen.

»Ja, gerne. Wer ist denn sonst noch da?«

»Soweit ich weiß, niemand. Gregor auch nicht, falls Sie das meinen.«

»Komisch, ich dachte, ich hätte jemanden am Fenster gesehen.«

Miriam hob die Schultern. »Vielleicht liegt Stefan noch im Bett. Er arbeitet gern nachts und schläft dann lang.« Sie ging voran ins

Haus, verschwand im Bad und kam mit einem Handtuch zurück.

»Hier, Sie sind ja ganz nass geworden beim Spionieren.«

Sito nahm das Handtuch. Miriam zog sich den Pulli über den Kopf, beugte sich vornüber und trocknete ihre Haare mit einem weiteren Handtuch. Er riss sich von ihrem Anblick los, legte sich sein Handtuch über die Schultern und sah sich im Raum um. An einem großen Gemälde, das eine liegende Nackte darstellte, blieben seine Augen hängen. Darunter stand in den Farbtönen passend ein rostrotes Sofa.

»Ist von Sanyu«, flüsterte Miriam Sito ins Ohr.

Er wandte den Kopf zur Seite, und ihre Nasen berührten sich fast. Er atmete den Duft ihrer Haut.

»Möchten Sie einen Kaffee oder vielleicht Tee?«

»Warum sind Sie plötzlich so freundlich?«

Miriam zuckte mit den Schultern. »Dann also Tee.«

Wenig später kam sie mit einem Tablett und schenkte ihm ein, dann setzte sie sich ihm gegenüber auf die Couch. Mit beiden Händen hielt sie ihr Teeglas, nippte hin und wieder daran. Langsam und still.

»Warum haben Sie mich hereingebeten, Miriam?«

»Wollen Sie Kekse?«

»Nein, aber das war keine Antwort auf meine Frage.«

»Ich werde Sie ja doch nicht los, da wollte ich nett sein.«

»Das ist alles? Nach der verbalen Ohrfeige von Friedrich wäre ich durchaus vorsichtiger geworden.«

»Sie müssen mir glauben, ich habe nicht mit meinem Vater gesprochen.«

»Das glaube ich Ihnen gerne, aber dann hat es sonst jemand getan, jemand, der sich um Sie sorgt oder jemand, der Angst hat.«

»Wie kommen Sie darauf? Jemand der Angst hat ... Was soll diese Anspielung? Sie unterstellen mir, etwas zu verbergen.«

»Beruhigen Sie sich. Ich bin heute nur gekommen, um Ihnen zu sagen, dass ich Sie auf Geheiß Ihres Vaters in Ruhe lassen soll.«

Miriam schüttelte den Kopf und trank ihren Tee.

»Das mit dem Bleistift hat sich übrigens aufgeklärt. Er gehörte meinem Kollegen.«

Sito beobachtete die Reaktion von Miriam, die mitten im

Trinken innehielt. Sie setzte das Glas ab und sah ihm direkt in die Augen. Die weichen Gesichtszüge verhärteten sich, ihr Blick bekam etwas Stechendes. Sito erschrak. Abrupt schlug sie mit der Faust auf den Tisch und setzte sich aufrecht.

»Sie sind wirklich stur«, murmelte sie. »Die Nummer mit dem Bleistift war unmöglich. Ich habe schließlich kein Geheimnis daraus gemacht, dass ich in der Fabrik war. Sie sollten jetzt besser gehen.«

Miriam wandte sich wieder ihrem Tee zu, und Sito wusste, dass das Gespräch beendet war. Er legte das Handtuch ordentlich gefaltet auf den Stuhl. Miriam hielt das Glas umfasst, als wollte sie sich daran festhalten. Sito musste sich erneut von ihrem Anblick losreißen.

»Vielen Dank für den Tee. Ich kann Sie nicht in Ruhe lassen, auch wenn Ihr Vater das will.« Er drehte sich um und ging zur Tür, nahm seine Jacke von der Garderobe und sah noch einmal zu Miriam, die unbewegt am Tisch saß. Sito öffnete die Tür und lief unmittelbar in die Arme von Gregor. Mit einem Schlag fühlte er sich unwohl und wollte so schnell wie möglich aus dem Haus.

Gregor indessen reichte ihm die Hand. »Guten Tag.«

Sito murmelte ebenfalls »Guten Tag« und drängte nach draußen, doch Gregor hielt beharrlich seine Hand fest.

»Mein Name ist Peter Pan. Gehören Sie auch dazu?«

Sitos Züge entspannten sich. Nun war er es, der Gregors Hand nicht freigab. Aus den Augenwinkeln konnte er wahrnehmen, wie Miriam sich erhob und schneller als nötig zur Tür gelaufen kam. Sito löste den Händedruck, und schon war Miriam bei Gregor und umarmte ihn von hinten.

»Das ist der Kommissar, von dem ich dir erzählt habe!« Unerwartet laut und mit Nachdruck warf sie diese Tatsache in den Raum.

Wieder reichte Gregor Sito die Hand. »Hat mich gefreut, Sie kennenzulernen. Auf Wiedersehen.«

Sito hatte dem nichts hinzuzufügen und verließ die beiden. Als er losfuhr, musste er lachen. Das waren junge Leute, kultiviert, gebildet, ein bisschen verrückt, aber nicht unsympathisch. Die Verschwörung, die er gesehen hatte, war heiße Luft. Da gab es kein großes Geheimnis. »Peter Pan«, murmelte Sito kopfschüttelnd vor sich hin. Miriam war einfach zur falschen Zeit am falschen Ort gewesen. Sito fühlte sich eigenartig beschwingt. Er mahnte sich, zur Besinnung zu kommen und sich auf die Mordfälle zu konzentrieren.

Die Regenwolken waren der Sonne gewichen. Sito wählte gerade die Nummer von Parson, als ein Anrufer dazwischenklingelte. Es war Enzig.

»Sagen Sie mal, wo sind Sie denn? Ich versuche seit Stunden, Sie zu erreichen. Wann kommen Sie ins Büro?«

»Ich bin auf dem Weg nach Singen. Haben Sie was für mich?«

»Ich habe gestern in der Ortsverwaltung Dettingen angerufen wegen der Fabrikhalle. Aber der Verantwortliche ist derzeit krank. Immerhin konnte mir seine Sekretärin sagen, dass die Halle schon seit vielen Jahren leer steht. Vor neun Jahren gab es Pläne für eine Diskothek, und davor hatte ein Betrieb dort eine Zweigstelle. Doch es gab irgendwelche Probleme mit den Zufahrtsstraßen. Ich soll nächste Woche wieder anrufen.«

»Okay. Klären Sie das ab. Gibt es vielleicht neue Pläne für die Zukunft? Vielleicht soll die Fabrikhalle demnächst wieder genutzt werden? Wenn ja, dann lassen Sie sich das zeigen. Und was ist das mit den Straßen? Ach und Enzig, könnten Sie bitte in die Bibliothek zu einem Herrn Meisler gehen? Er kennt sich bestens aus in dieser Stadt, vielleicht kann er uns weiterhelfen. Fragen Sie ihn nach dem Gebäude.«

Peter Pan. Sito lachte vor sich hin. Der Junge, der nicht erwachsen werden wollte. Sito konnte sich nicht erinnern, wann er das letzte Mal derart verladen worden war.

Das Auto vor Sito kam ins Schlingern, als sich der Fahrer im letzten Moment für eine andere Richtung an der Kreuzung entschied. Sito musste scharf abbremsen und war schlagartig ernüchtert. Als er schließlich die Ampel erreichte, sprang das Signal gerade auf Rot. Leicht genervt stand er an der Kreuzung und sah aus dem Fenster. Zwei Männer beklebten eine Bauwand. Auf einem der Plakate räkelte sich eine Blondine und zeigte ihre bestrumpften Beine. Neugierig beobachtete Sito, wie das andere Plakat aufgezogen wurde. Es zeigte eine Gruppe von Skinheads, die einen am Boden kauernden Menschen umringten, die Passanten waren abgewandt. Darüber stand der Slogan: »Gehören Sie auch dazu?«

Sito las den Satz mehrmals. Ein eigenartiges Gefühl beschlich ihn. Der Fahrer hinter ihm hupte, und Sito fuhr los, noch immer in Gedanken bei dem Plakat. *Gehören Sie auch dazu?* Und schlagartig fiel es ihm ein. Gregor hatte sich als »Peter Pan« vorgestellt und dann genau diesen Satz gesagt. Er war unaufmerksam gewesen wegen Miriam. Wozu sollte er gehören?

Das Plakat war entstanden, weil im Sommer Skinheads einen jungen Mann nach einem Konzert im Bodenseestadion beinahe zu Tode geprügelt hatten. Zahlreiche Passanten hatten das beobachtet, keiner hatte gewagt, zu helfen. »Mangelnde Zivilcourage stärkt die Täter«, hatten die Zeitungen damals geschrieben und eine Kampagne auf den Weg gebracht, die für mehr Mut werben sollte. *Gehören Sie auch dazu?* – zu den Wegsehern und damit zu den Gewalttätern? Es war ein heikles Thema, andererseits gab es immer Möglichkeiten, zu helfen, ohne sich zu gefährden. Wozu aber gehörten Gregor und Miriam? Nun war er sich wieder ganz sicher, dass er Miriam noch nicht in Ruhe lassen konnte.

Es ist etwas in Räumen, das wir nur schwer fassen können. Eine Aura, auch wenn sie leer sind. Aber kommen wir zurück zu dem menschlichen Körper. Jedes Teil hat seine besondere Bedeutung, und jede Zerstörung, gleich welcher Art, hat ihre Aussage. Sie weist auf etwas hin – die Verletzung bedeutet dir einen Schmerz, sowohl den des Opfers als auch den des Täters. Auch er erlitt einen Schmerz. Einen besonderern Schmerz. Wenn du den Schmerz des Täters verstehst, kannst du ihn finden. Du musst dich deshalb auf dreierlei Wegen dem Fall nähern. Erstens musst du dir den Raum ansehen. Dann das Opfer. Und schließlich den Schmerz, den der Raum und das Opfer erlebt haben. So wirst du den Täter kennenlernen. Denke nie, es sei etwas Sinnloses geschehen.

Selbstgespräche und Demütigung

Der Bleistift in seiner Hand zerbrach. »Du meine Güte, reiß dich zusammen.« Das passierte Enzig nicht zum ersten Mal. Er lief mit dem Bleistift als Waffe in seinem Büro auf und ab und versuchte, sich das Opfer vorzustellen. Würde es ihn anflehen, um Schonung bitten? Was würde er dabei empfinden? Was ließ ihn diese Hemmung, zu quälen, überbrücken? Musste er das Opfer hassen? Enzigs Blick fiel auf die Tafel an der gegenüberliegenden Wand. Er wollte seine ganze Konzentration auf die Fallanalyse und das Täterprofil legen, um Sito von seinen Fähigkeiten zu überzeugen, er wollte unbedingt ein Lob von Sito. »Also, Roman«, begann er sein Selbstgespräch, »was haben wir? Wir haben zwei Opfer, denen ein Körperteil entfernt wurde. Beide wurden aufgebahrt. Beide wurden an demselben Ort gefunden.«

Enzig runzelte die Stirn. »Noch einmal und wir haben eine Serie. Du hast die Opfer ausgesucht, sie irgendwo hingebracht, um sie zu töten, dann erst hast du ihren Tod in der Fabrik für uns in Szene gesetzt.« Er begann, im Raum auf und ab zu gehen, hielt abrupt inne und sah durch das Fenster auf den Gang. Er konnte nur hoffen, dass niemand ihn beobachtete, man konnte ihn durchaus für verrückt halten. »Da wäre rituelles Töten im Rahmen einer Paraphilie. Stimuliert es dich? Dafür spräche in gewisser Weise die Inszenierung und auch das Fehlen von Abwehrverletzungen.«

Enzig überlegte. Tötung auf Verlangen, Schlachtungshandlungen. Wenn einer der Partner die vereinbarte Szene verlässt und zur realen Waffe greift, ist ein Rücktritt von der Handlung kaum möglich, da die beigebrachte Schlachtungsverletzung meist nicht revidierbar ist. Er kritzelte einige Stichpunkte auf die Tafel. »Was ist also die Folge? Du tötest ohne Unrechtsbewusstsein, denn das Opfer will es ja in deinen Augen so. Die entnommenen Körperteile wären dann Andenken. Ja, das könnte sein.«

Das Telefon klingelte, und Kerler teilte ihm mit, dass am Freitagabend um neunzehn Uhr eine Einsatzbesprechung stattfand. Wieso hatte Sito nichts gesagt? Enzig sah wieder aus dem Fenster.

Vielleicht war der einzige Weg, der zu Sito führte, seiner kühlen und herausfordernden Art mit Humor und Gelassenheit zu begegnen. Sito war der Letzte, der einen Kampf wollte, er wollte einfach Distanz und seine Eigenständigkeit. Im Grunde war Enzig das durchaus sympathisch.

»Also weiter.« Er streckte seine eigene Zunge heraus und fasste sie prüfend an. »Die Zunge … Was treibt dich nur? Wahnvorstellungen?« Enzig besann sich, dann schüttelte er den Kopf. »Nein, nein, dafür ist alles zu sauber. Obwohl …« Er malte ein Fragezeichen hinter »Wahnvorstellungen«. »Wie ist es mit einem Sendungsbewusstsein? Und Rache?« Enzig schrieb beide Stichworte auf. »Du bist sehr beherrscht. Keine sadistischen Quälereien. Noch nicht. Was also rächst du? Oder willst du uns etwas zeigen?« Er malte ein großes Fragezeichen. »Hast du deswegen die Zunge und die Leber mitgenommen? Warum die Leber …? Was ist die Leber …?«

Enzig tippte immer wieder mit seinem Stift auf den Punkt unter dem Fragezeichen. Dann unterstrich er das Wort »Rache« und heftete je ein Foto mittels eines Magneten an die Tafel zu seinen Notizen. »Du hast nun eine Zunge und ein Stück Leber. Was machst du damit?« Er deutete mit dem Zeigefinger nach vorne ins Leere. »Du willst es wieder tun, das steht fest. Wieder in der Fabrik, da hat Sito schon recht. Hast du etwas in dieser Fabrik erlebt, was du in deinen Taten wiederholst?«

Enzig war in seinem Element. Er wusste, dass er in solchen Momenten einen hochroten Kopf hatte, dass sein Puls wie bei einem Sprint hochschoss. Die Täteranalyse war für ihn Hochleistungssport. Gedankenverloren trank er eine halbe Flasche Cola und wischte sich die Schweißperlen von der Stirn. Sein Magen knurrte. »Wenn du rächst, dann behältst du Zunge und Leber als Trophäe; bei einer sexuellen Komponente wären es Fetische. Bist du traumatisiert, dann wären es Symbole der Bedrohung. Was ist, wenn du eine Mission erfüllst? Was machst du dann?« Er ließ die Fragen im Raum stehen. Weiter durfte er zu diesem Zeitpunkt noch nicht spekulieren. »Deine Opfer kennst du nicht, aber du hast sie ausgesucht. Also ein chiffrierter Mord.« Sein Blick schweifte durch den Raum auf der Suche nach etwas Essbarem. Ihn überfiel eine plötzliche Gier nach Bodenseefelchen. *Verrückt*, dachte er, lange hatte er nicht mehr an das Lieblingsgericht seiner Mutter gedacht. »Warum bringst du die Toten an diesen Ort?«

Vielleicht Felchen in Mandelbutter, dazu einen Grauburgunder? Enzig schüttelte seine kulinarischen Träumereien ab. Er musste in die Bibliothek fahren und diesen Antiquar ... Abrupt fasste er sich an die Stirn. Er konnte sich nicht an den Namen erinnern. Er sah noch einmal zur Tafel, dann nahm er seine Jacke von der Stuhllehne und ging hinüber zu Buschs Büro. Er klopfte.

Busch telefonierte gerade, winkte ihn aber herein. »Ja, Sito, er sitzt mir gerade gegenüber. Ja – wird erledigt.« Busch legte auf.

Sofort fühlte sich Enzig wieder unwohl. »Er mag mich nicht«, sagte er.

»Er mag niemanden außer Dr. Parson.«

»Ich hatte mir einfach ... Ach egal.«

Busch lächelte freundlich, doch Enzig fühlte sich miserabel.

»Sie sollten kein Lob von Sito erwarten. Wenn Sie nicht gerade im Kugelhagel von einer Klippe gesprungen sind, um ein ertrinkendes Kind zu retten, wird er nie ein Wort über Ihre Arbeit verlieren. Wir sollten jetzt gehen.«

»Wohin?«, fragte Enzig, dann dämmerte es ihm. »Sito hat Ihnen gesagt, Sie sollen mich begleiten?«

»Nun ja, Sito vermutete, dass Sie mich nach der Bibliothek und Meisler fragen.«

Enzig fiel der Name im selben Moment wieder ein.

»Kommen Sie, Dr. Enzig, machen Sie sich nichts daraus. Ich bin mir ziemlich sicher, dass Sito sich längst über Ihre Arbeit kundig gemacht hat.« Busch räusperte sich. »Das habe ich übrigens auch getan und war sehr beeindruckt.«

Enzig verzog das Gesicht zu einem schwachen Lächeln. Busch rief in der Bibliothek an und erkundigte sich nach den Arbeitszeiten von Meisler.

»Planänderung, Herr Meisler liegt im Krankenhaus. Wir besuchen ihn dort. Wenn er uns nichts erzählen kann, setzen wir einen Aufruf in die Zeitung.«

»Für die Zeitung ist es noch zu früh.«

»Wie meinen Sie das? Sito hat das in Auftrag gegeben.«

Enzig holte tief Luft. »Und ich bin für die Einschätzung des Täters zuständig. Wir können nicht zu früh an die Öffentlichkeit gehen, das ist wie ein Offenbarungseid, dass wir nichts haben. Das provoziert den Täter vielleicht zusätzlich.«

»Mir gegenüber müssen Sie sich gar nicht rechtfertigen, Dr. Enzig. Erklären Sie es Sito, mir ist das egal.«

»Werde ich. Und wir müssen uns genau absprechen, was die Presseabteilung rausgeben darf«, sagte Enzig.

»Machen Sie nur, das ist Ihre Entscheidung. Wahrscheinlich haben Sie recht mit dem, was Sie sagen. Wir warten ja ohnehin noch auf die Gesichtsrekonstruktion aus Frankfurt.«

»Gut. Ich nehm das auf meine Kappe. Meinen Sie, ich sollte noch einmal Rücksprache halten mit Sito? Und übrigens, Sie können den Doktor gerne weglassen.«

»Sie treffen Entscheidungen in einer Mordfallermittlung. Gewöhnen Sie sich daran.«

Busch hatte recht, er musste sich daran gewöhnen, nicht nur in seinem eigenen Büro gut zu funktionieren. Da traf er beim Denken jede Menge Entscheidungen, auch sehr wichtige, solche, die den Täter betrafen und womöglich Leben retten konnten. Aber Entscheidungen auszusprechen, die eine direkte Handlung nach sich zogen, das war er nicht gewohnt.

»Du musst lernen, zu befehlen. Man kann nicht so viel im Kopf und so wenig zu sagen haben«, hatte sein Vater einmal zu ihm gesagt. Und: »Zeig zum Teufel endlich mal eine Haltung.« Dass er ihm diesen Satz noch am Grab der Mutter um die Ohren gehauen hatte, war nicht gerade ermutigend gewesen. Aber Enzig würde Haltung zeigen, er würde seinen Vater besuchen und ihm endlich auch einige Dinge sagen.

Konspirationen

»Ein Wunder, dass die Sonne sich noch mal durchgeboxt hat. Ist das nicht wunderschön?« Parson hielt sich die Hand über die Augen, damit er Sito besser sehen konnte. »Setz dich. Hier, von Maria. Nimm dir, was du möchtest.«

Parson hatte der Empfangsdame der Gerichtsmedizin aufgetragen, Sito gleich in den kleinen Garten hinter dem Krankenhaus zu schicken. So sehr er seinen Gewölbekeller liebte – hin und wieder hatte auch Parson das unbezwingbare Bedürfnis, Weite um sich zu haben und Sonne. Und auch Sito erschien ihm heute entspannter. Er stand vor ihm und lächelte. Kurz streifte sein Blick das Essen. Schließlich griff er nach einem Apfel, doch leidenschaftlich sah anders aus. »Was war los heute Morgen?«, fragte Parson ihn.

»Tut mir leid, ich wollte dich nicht einfach sitzen lassen, Samuel, aber der Auftritt von Kerler ... Ich wollte sofort etwas klarstellen.«

»Und? Hat es den erwünschten Erfolg gebracht?«

Sito erzählte von Miriam und Gregor alias Peter Pan. »Ich habe zunächst gedacht, er machte einen Witz.«

»Vielleicht war es ja wirklich nur ein Scherz. Verrenne dich da nicht. Ich habe übrigens Neuigkeiten. Keine erfreulichen.«

»Es war also definitiv Mord?«

»In beiden Fällen. Das zweite Opfer hatte die vermuteten Spuren an den Handgelenken. Der Körper muss sehr stark gezuckt haben, oder das Opfer war schon länger gefesselt und hat versucht, sich zu befreien.«

»Und der Alkoholtote?«

»Ist kein Alkoholtoter, wie ich bereits gesagt habe. Er hat einen stumpfen Schlag auf den Kopf bekommen.«

»Wie das?«

»Du meinst, *warum* das?«

»Oder so, ja.«

»Das ist schwer zu beurteilen, legt aber meines Erachtens den Schluss nahe, dass der Täter nicht einen Bewusstlosen vor sich hatte. Sonst hätte er ihn ja nicht niederschlagen müssen.«

»Warum hat man davon nichts gesehen?«

»Nun, mit Kopfverletzungen ist das so eine Sache, Paul. Man muss nicht unbedingt eine äußerliche Gewaltanwendung erkennen, dennoch können die Folgen tödlich sein. Die Betroffenen reagieren zunächst normal und sterben infolge einer Sickerblutung durch das Zerreißen kleiner Blutgefäße im Gehirn.«

»Wenn es noch einen Mord gibt, haben wir eine Serie.«

»Konntet ihr irgendetwas über die Opfer herausfinden?«

»Nein. Wir haben kaum etwas.«

»Außer Miriam.«

»Genau, Samuel. Und solange dem so ist, werde ich nicht lockerlassen. Wurde sie eigentlich fachmännisch herausgetrennt?«

»Die Zunge?« Parson zuckte die Schultern und biss in sein Brot. »Kann man nicht mehr sagen. Die Maden haben viel zerstört.«

»Und wenn die Maden auch die Zunge gefressen haben?«

»Vielleicht hat er sich bei dem Schlag auf den Kopf die Zunge auch abgebissen«, sagte Parson.

»Wie ist das nun mit den Maden und der Zunge?« Sito schmiss den halben Apfel ins Gebüsch.

»Was war mit dem Apfel?«, erkundigte sich Parson. »Ein Wurm? Ich sag's immer zu Maria, diese Bioäpfel …«

»Samuel, kein Wurm, keine Sorge. Zurück zu den Maden.«

»Was? Ach so, nach erster Einschätzung: Nein. Allerdings können wir noch einen Vergleich des Grades der Weichteilzerstörung mit der Zerstörungsdauer einer durchschnittlich großen Zunge durchführen. Aber mach dir da keine allzu großen Hoffnungen.«

»Hoffnung wäre zu viel gesagt.« Sito verzog sein Gesicht.

Parson musste grinsen. »Lass doch die Maden, die schmausen und helfen uns damit. Also, ich denke eher, dass die Zunge einen besonderen Zweck erfüllt.«

»Den ich nicht verstehe«, murmelte Sito.

»Ich denke, der Mörder ist noch nicht fertig.«

»Ja, Samuel, wie immer haben wir die gleichen Gedanken. Alles ist so konstruiert, dass es auf einen größeren Plan schließen lässt.«

»Pars pro toto«, murmelte Parson. »Wie ein Puzzle. Vielleicht sind wir erst am Anfang.«

»Du kannst einem richtig Mut machen, Samuel, weißt du das?

Du wirst übrigens am Freitag um neunzehn Uhr zu einer ersten Besprechung erwartet. Hat Kerler dich schon informiert?«

»Nein, hat er nicht. Ist gut, ich werde da sein.«

Die beiden verabschiedeten sich und mit ihnen auch die Sonne. Eine große dunkle Wolke hatte sich vor sie geschoben.

»Wir können so weitermachen. Wir können jeden Morgen Scheuklappen aufsetzen. Wir können sie jeden Abend in die Schublade unserer Nachttischchen legen. Wir können ohne Empathie unsere Tage hier auf der Erde verbringen und verdrängen, dass unsere Kinder länger als wir selbst leben. All das ist möglich, aber es widerspricht unserer menschlichen Natur. Unsere menschliche Natur fordert uns jeden Tag auf, hinzusehen und hinzuhören. Was passiert um uns herum? Wir sind nicht dazu gemacht, blind und taub durch die Gegend zu gehen. Empathielosigkeit macht uns schwach, nicht etwa stark ...«

Das Audimax an der Universität Konstanz war bis auf den letzten Platz gefüllt. Busch hatte sich in eine der hintersten Reihen gequetscht. Er betrachtete die Leute um sich herum, nur etwa die Hälfte hielt er für Studenten. Die anderen waren bunt gemischt. Busch sah Menschen jeden Alters und völlig unterschiedlicher Herkunft. Alle waren sie gekommen, um Beate Lugenbach reden zu hören.

Lugenbach, die Journalistin und Tierrechtlerin, die für die Feuilletons aller großen Tageszeitungen schrieb, hatte gerade ein Buch veröffentlicht über die Bedeutung der Aufnahme der Tierrechte in das Grundgesetz. Busch hatte es gelesen und war schon seit Tagen gespannt darauf, die Autorin live zu erleben. Er wurde nicht enttäuscht, und wie es den Anschein hatte, dachten das die Leute um ihn herum ebenfalls. Es freute ihn, dass sich mehrere hundert Menschen die Zeit genommen hatten. Und Beate Lugenbach war in der Tat eine brillante Rednerin, die es verstand, zu fesseln, und das Thema war brisanter denn je. Sogar die Polizei in Konstanz hatte in diesem Jahr mehrere Einsätze bei Demonstrationen für Tierrechte gehabt.

Lugenbach hatte recht, immer mehr Menschen hatten ein Problem damit, dass ihr eigener Wohlstand auf dem Leid anderer Lebewesen aufbaute. Busch wusste genau, was sie meinte. Er erinnerte sich an die Demonstranten, die bei einer Anti-Pelz-Demo die Schaufenster eines Pelzhauses in Konstanz besprüht hatten. Selbstverständlich musste die Polizei etwas unternehmen, objektiv bleiben und die Täter verfolgen. Doch Busch war es schwergefallen. Das Recht war eine objektive Instanz, aber er war nun einmal nur ein Mensch und daher nicht in der Lage, immer hundert Prozent objektiv zu sein.

Um ihn herum klatschten die Leute. Ganz am Rand erkannte Busch auch einen Kollegen. Im ersten Moment dachte er, dass der Mann vielleicht zur Sicherheit von Lugenbach anwesend war, doch er verwarf den Gedanken, weil er lieber glauben wollte, auch ein Polizeikollege interessiere sich für das Thema. Nicht zum ersten Mal zweifelte Busch an seiner Tauglichkeit für den Polizeiberuf, er war einfach viel zu weich. Doch die Tatsache, dass es anderen vielleicht ähnlich ging, gab ihm neues Selbstvertrauen. Schon als er ein kleiner Junge war, hatten sich seine Geschwister über ihn lustig gemacht, dass er zu nah am Wasser gebaut sei. Ja, das war er. Busch würgte, als er die Bilder der Schweine sah, die sich nicht bewegen konnten, bis sie endlich schlachtreif waren.

»Neunzig Millionen Schweine jedes Jahr allein in Deutschland. Achtundneunzig Prozent davon aus der sogenannten Intensivtierhaltung, ein Wort, das es gar nicht geben dürfte, meine Damen und Herren. Und ich frage Sie, ist hier tatsächlich ein Übermaß an Empathie notwendig, um mit diesen Lebewesen, die die Intelligenz eines durchschnittlich dreijährigen Kindes haben, Mitleid zu empfinden, wenn sie auf dem Weg zum Schlachthof zum ersten Mal Tageslicht sehen …?«

Busch kämpfte gegen die innere Ohnmacht an, die sich in ihm breitmachte. Eine eigentümliche Erleichterung nahm Besitz von ihm, als er sich umblickte. Andere waren auch nicht so hartgesotten, andere litten vielleicht auch an der eigenen Unzulänglichkeit, denn ihm selbst gelang es seit Jahren nicht, ganz auf Fleisch zu verzichten. Auch das war etwas, wofür er Sito bewunderte: der Veganer, der nie ein Wort darüber verlor.

Kalte Stille

Was wäre der Mensch ohne Geräusche? Ohne den Lärm der Welt, wie sie die Menschen gemacht haben? Wenn nur das Rauschen des Meeres, das Plätschern der Flüsse, das Gurgeln der Wellen zu hören wäre? Was wäre der Mensch in dieser Stille? Einer Stille voller Klang. Der Klang der Stille, der sich nur in der Einsamkeit seinen Weg bahnt und dabei schon ungehörig wirkt. Stille. Er horchte in sich hinein und wartete. Da waren Stille und Einsamkeit, und er genoss diesen Moment. Er atmete nicht, verharrte. Wollte einfach nur sein, geborgen in sich selbst und für diesen Moment sicher. Die Stille barg ihn, behütete ihn, schloss den Lärm der Welt aus. Stille und Einsamkeit lagen nah beieinander. Selten gab es eine Stille mit einem anderen Menschen. Vielleicht nie. Dabei wünschte er sich das, konnte sich ausmalen, wie es wäre, gemeinsam in Stille zu verharren.

Er wartete, bis Sito sich von Parson verabschiedete. Die beiden waren gute Freunde, das konnte man sehen. Allein schon, wie sie einander die Hand reichten. Es lag etwas wirklich Verbindendes in dieser Geste. Nähe. Er folgte Sito lautlos zum Parkplatz und stieg ebenfalls in sein Auto. Er war gut darin, nicht sichtbar zu sein. Das Verschwinden fiel ihm leicht.

Sito fuhr nicht nach Hause, sondern nach Radolfzell und dort auf direktem Weg zum »Pane e Vino«. Er kannte das Restaurant, er wusste, dass Sito dort oft mit Janina gewesen war, auch, dass die beiden einige Male mit dem Taxi hatten nach Hause fahren müssen. Wahrscheinlich hatten sie es nach einem mehrstündigen Abendessen bedauert, dass ihr Lieblingsitaliener nicht in Konstanz war. Er war sich sicher, dass Janina Sitos Mensch gewesen war, mit dem er schweigen konnte. Vielleicht stundenlang.

Doch das Lokal hatte geschlossen. Sito verharrte einen Augenblick zu lange, hing womöglich einer Erinnerung nach. Stille, weil keine Bewegung das Bild wachrüttelte. Innere Stille.

Zurück in Konstanz machte Sito einen Umweg ins Industriegebiet und füllte in einer Weinhandlung seinen Vorrat auf. Er stand hinter den Regalen und beobachtete Sito, dem die Verkäuferin die neuen Weine aus dem Ländle und, weil sie Sitos Geschmack gut kannte, schweren Herzens auch diejenigen aus Italien zeigte. Er wusste sogar, für welche Weine sich Sito entscheiden würde. Er folgte den beiden zur Kasse, verborgen von einem Weinregal. Er atmete und spürte die Anwesenheit Sitos auf der anderen Seite des Regals. Wie er dort schritt, war es beinahe so, als würden sie nebeneinander gehen. Nähe, von der nur einer wusste, vollzog sich ebenfalls in aller Stille. Eine trügerische Stille, die nicht hielt, die zerbrechen musste … Es klirrte, und er schrak zusammen. Für einen Augenblick meinte er, eine Flasche umgestoßen zu haben. Schon glaubte er, in Scherben zu stehen, meinte, überall Rotwein fließen zu sehen. Wie Blut. Doch nichts geschah. Das Klirren wiederholte sich, doch das Geräusch kam irgendwo aus dem Lager. Sie verließen die Weinhandlung kurz nacheinander.

Er folgte Sito weiter, parkte etwas abseits und lief die letzten Straßen bis zu dessen Haus, versteckte sich im Garten, sah, dass Sito sich die offene Flasche Rosso di Montepulciano aus dem Wohnzimmer holte und in großen Schlucken ein Glas leerte. Ein wenig erschrak er über die Entschlossenheit Sitos, der anschließend seine Einkäufe auf die Ablage in der Küche stellte und die Etiketten studierte. Er öffnete den Chianti riserva, auch den erkannte er sogleich an der Farbe des Etiketts. Er wusste, dass Sito genau in diesem Moment das Kirscharoma einsog. Nähe in aller Stille. Unerkannt. Sie waren einander ähnlich. Sie waren einander schon so lange derart nahe. Da erklang Klaviermusik, und er wusste, dass Sito sich an seinen Schreibtisch gesetzt hatte.

Wenig später konnte er beobachten, dass Sito sich Nudeln kochte, und er war erleichtert darüber. Während Sito die rote Soße rührte, hielt er sein Weinglas ins Licht, als würde er nach draußen in den dunklen Garten prosten. Sito leerte auch dieses Glas in einem Zug und betrachtete anschließend den purpurroten Schimmer vom Riserva. Rot war eine besondere Farbe in seinem Leben, immer kehrte sie wieder. Manchmal verschmolz das Rot des Weins mit dem Rot von Blut, manchmal merkte er nicht, dass er dem Feuer einer Kerze zu nahe gekommen war, dann roch es plötzlich nach verbranntem Fleisch. Wie gestern Abend. Rot war durch die Träume seiner Kindheit geflossen, so rot, wie man es gar nicht hätte malen können. Und er hatte viel gemalt zu jener Zeit, hatte nur noch in Rot gemalt, und seine Mutter hatte Angst bekommen, obwohl sie doch alles gewusst hatte.

Er prostete Sito durch die Dunkelheit des Gartens zurück, dann verließ er das Grundstück und fuhr nach Staad zur Anlegestelle der Fähre. Er wartete eine Weile, bis es leerer wurde.

Mitten in der Nacht stieg er auf die Fähre nach Meersburg. Wie früher. Oft hatte er das getan, einfach um die Seeluft einzuatmen. Nachts, in eisiger Kälte hatte er an Deck gestanden, vorne am Bug, damit die schneidende Luft sein Gesicht bedeckte, ihn einhüllte, wenn er einfach dieses Rot aus dem Kopf hatte bekommen wollen. Er war die Viertelstunde reglos dagestanden, meist allein, hatte auf den See gestarrt, auf die näher kommenden Lichter der Hafenstädte Meersburg oder auf dem Rückweg eben Konstanz, hatte erwogen, ins Wasser zu springen, doch nicht den nötigen Mut gefunden. Die Lichter an den Ufern hatten ihn immer getröstet und zurückgehalten, denn sie versprachen ein Ankommen, egal wo, man kam immer wieder an. Es war eine kleine Auszeit gewesen, dort auf dem Schiff mit dem schneidenden Wind.

Auch heute wollte er diese Auszeit, doch als er sich an die Vorderseite des Decks begab, saß dort bereits ein Mensch. Er zögerte, dann aber hatte der Mann ihn gesehen.

»Kommen Sie ruhig, Sie stören nicht.«

Welch eigenartiger Gedanke, dachte er, dass er den Mann stören könnte. Er lief nach vorne und stellte sich an die Reling. Der Ton des Wassers war nachts ein anderer. Stärker, weil das Sehen nicht gegen das Hören ankämpfte. Das Wasser war dunkel, die Gischt brandete glitzernd auf, wenn der Mond daraufschien. Die Motorengeräusche der Fähre kamen wie aus weiter Ferne. Vom Ufer leuchteten Häuser oder blinkten Signale, die auch fern wirkten. Je länger er ins Wasser starrte, desto mehr vergaß er den Mann, verlor den Bezug zu diesem Ort, wähnte sich inmitten des Wassers. Ihm war plötzlich, als hätte er Kirscharoma in der Nase.

»Schön hier draußen, so still. Ich komme oft hierher. Sie möchten nicht reden, nicht wahr?«

»Nein.«

»Wer Einsamkeit sucht, geht manchmal in die falsche Richtung. Entschuldigen Sie. Ich wollte damit nur sagen, dass Einsamkeit nicht zwingend voraussetzt, dass kein anderer Mensch anwesend ist. Wir sind hier beide einsam, ob der andere nun da ist oder nicht. Es macht keinen Unterschied. Aber das versteht kaum jemand. Die Menschen verwechseln Einsamkeit mit Alleinsein. Nur das zweite kann man suchen.«

»Warum erzählen Sie mir das?«

»Ich wollte Sie beruhigen.«

Eine Möwe schrie und flog vor ihnen durch die Nacht. Immer klangen diese Vögel, als wären sie auf der Flucht oder auf einer Suche, die nie erfolgreich sein konnte. Tagsüber war das nicht weiter auffallend, aber nachts … Er spürte Gänsehaut auf seinen Armen. Sie suchten, nicht nach ihm, sondern nach Erlösung, die es nicht gab.

»Sie sucht Gott in der Nacht.«

»Wie kommen Sie denn jetzt auf Gott?«

»Gott und das Wasser gehören zusammen. Ich glaube, er kann nur noch im Wasser sein. Nur dort kann man ihn suchen, ihm begegnen.«

»Hören Sie auf. Gott ist längst verschwunden.«

»Sagen Sie das nicht. Es gibt Wasser, mehr als alles andere.«

»Wollen Sie sagen, es gibt auch viel Gott?«

»Gott ist keine Mengeneinheit. Obwohl, na ja, das wäre mal ein anderer Ansatz. Viel Wasser gleich viel Gott. Kommen Sie, atmen Sie auch eine Prise Gott oder lassen Sie uns zwei Liter Gott schöpfen. Ach, ein herrlicher Gedanke, den Sie mir da geschenkt haben.«

»Gern geschehen.«

»Nein, ehrlich. Gott als eine immense Zahl zu sehen, als eine Menge unzähliger Teilchen, als etwas, das sich im Wasser auflöst und durch das Wasser zu uns spricht – hören Sie doch.«

»Das ist die Möwe.«

»Nein, das andere, hören Sie, hören Sie genau hin!«

»Ich kann nicht …«

»Jetzt hören Sie es auch, nicht wahr? Fragen Sie sich manchmal, was passieren würde, wenn es Nacht bliebe um uns herum? Würde die Welt dann stiller? Würde der Mensch dann stiller? Ich stelle mir manchmal vor, dass das Meeresrauschen das durchdringendste Geräusch auf der Welt ist, dass dieses Gottesflüstern alles andere übertönt, kein Straßen-, Flug- oder Maschinenlärm. Alles ist wie in Watte gepackt, nur noch die Geräusche von Wasser und dazu absolute Finsternis ... Ob der Mensch dann endlich still wäre?«

Wie in Watte gepackt ... War Dunkelheit Stille?

Sito hatte sich an seinen Schreibtisch gesetzt und den CD-Player gestartet, Glenn Goulds Summen war zu hören, während er Bach am Klavier zelebrierte. Sito liebte diese Stelle, wenn der Pianist seine Vertieftheit durch sein Summen preisgab und völlig abgetaucht war in seine Welt aus Tönen. Etwas zu haben, in dem man verschwinden konnte, das war viel wert. Sito konnte auch verschwinden, hier an seinem Schreibtisch, in seinen Gedanken. Er hatte Fehler gemacht, das wusste er. Die Soße auf dem Teller vor ihm dampfte. Es roch nach frisch gehackten Kräutern, nach Zwiebeln, dazu das Aroma des Riserva. Er begann zu essen.

Als sein Teller leer war, überlegte er, noch Nudeln zu holen, zügelte sich aber mit dem Gedanken an Pollux, der sich über die Reste freuen würde ... Er biss sich auf die Lippen und starrte auf sein leeres Glas. Schnell ging er in die Küche, packte die Nudelreste in den Kühlschrank und stürzte zwei Gläser Wasser regelrecht hinunter. Er verharrte einen Moment. Er spürte seinen Magen nicht mehr. War der Schmerz verschwunden oder bereits Gewohnheit geworden? Konnte man sich an den Schmerz gewöhnen? Wohl eher als an das Glück, das stellten alle immer wieder in Frage. Sito beschloss, endlich jemanden zu besuchen.

Wenig später saß Sito auf der Bank oben am Purren. Er war mit dem Fahrrad gefahren, denn trotz der zwei Gläser Wasser hatte er den Wein gespürt. Die Fahrt hatte ihm einiges abverlangt, zuletzt der steile Berg in Litzelstetten. Ein Stück hatte Sito sein Fahrrad geschoben. Es war das erste Mal seit Pollux' Tod, dass er hierherkam.

Er ging nicht oft zu den Grabstätten, im Grunde war der Tod etwas allzu Abstraktes. Es machte in seinen Augen wenig Sinn, Gräber zu besuchen. Weder den Tod hatte man dort verbannt noch die Toten, denn sie verschwanden allzu schnell. Allein durch die zufällige Ritualisierung durch die Beerdigungszeremonie hatte der Tod einen Ort erhalten. Dennoch tat es bisweilen gut, irgendwohin gehen zu können – und jetzt hier zu sein, in der Nähe seines Hundes.

Sito zog aus seiner Tasche eine Zigarre, eine Cohiba Siglo 3, und hielt ein Feuerzeug an die Spitze, ganz ohne Ritual, ohne Cutter und ohne überlange Streichhölzer, die Janina immer so gern hatte abbrennen sehen, bis sich dann das Aroma der Zigarre im Raum verteilt hatte. Auch mit Friedrich hatte Sito schon die eine oder andere Zigarre geraucht, auch Cohibas, die bevorzugte Zigarre des Polizeidirektors, und dann, zu besonderen Anlässen, entweder eine Montecristo A, selbstverständlich einzeln in der Holzkiste verpackt, oder auch Zigarren, die es gar nicht im Handel gab.

Friedrich hatte seinen eigenen Zigarrenhändler in der Schweiz, den er regelmäßig besuchte, um seinen Humidor aufzufüllen. Längst war daraus eine Sammelleidenschaft geworden. Wie andere Menschen ihre Uhren, präsentierte Friedrich gerne seine Zigarren.

Sito musste immer wieder paffen und mehrmals das Feuerzeug an die Spitze der Zigarre halten, der leichte Wind arbeitete gegen ihn. Endlich jedoch schmeckte er den Rauch. Das Wasser glitzerte im Mondlicht, alles wirkte friedlich. Irgendwo da draußen fuhr jetzt die Fähre von Konstanz nach Meersburg, nachts nur noch stündlich. Seine Zigarre glomm auf, und es war nur das Geräusch zu hören, wenn die Tabakblätter sich in weiße Asche verwandelten. Die Cohiba war schon etwas zu trocken und das schokoladige Aroma nur noch als dünner Hauch vorhanden.

Sito setzte Kopfhörer auf und startete seinen MP3-Player. Er lehnte sich zurück, zog an der Zigarre und hörte auf die Musik, Manu Katché. Den Weg zum Jazz hatte er nur durch Janina gefunden. Nie hätte er gedacht, dass er sich damit wohlfühlen würde, doch gerade in den ruhigen Tönen bei Katché, Karlzon oder den Nighthawks fühlte er sich im Innersten erreicht, glaubte, Katchés Schlagzeugbesen über seine eigene Haut streichen zu fühlen, spürte jede Taste, die Karlzon auf seinem Klavier drückte und sammelte Winterschladens Trompetengesang in seinem Kopf.

Leichtigkeit folgte der Ergriffenheit, alles stand danach in einem größeren Zusammenhang, das war Trost durch Relativierung. Die Dunkelheit hüllte ihn ein. Ja, er hatte einen Fehler gemacht, eigentlich waren es sogar zwei Fehler, der eine war dem anderen gefolgt, ohne dass Sito etwas dagegen hätte tun können. Es war allerdings absolut unmöglich, dass jemand davon wissen konnte. Es war einfach nicht möglich.

Die Zigarre ging wieder aus, und er wollte sie nicht noch einmal anzünden. »Gute Nacht, Pollux.«

Gewissensfragen

Kaum hatte Enzig das Krankenhaus betreten, fühlte er sich unwohl: der Geruch, der ihm in die Nase stieg, die weiße Kühle der
Gänge, in denen sich sein Blick verlor. Nicht einmal die Geburt
seiner ersten Tochter hatte ihn diese Abneigung überwinden lassen.
Seine Frau hatte ihm das nie wirklich verziehen, sodass er bei der
Geburt seiner zweiten Tochter nicht umhingekommen war, sie
zu begleiten. Danach war er eine Woche lang zu Hause im Bett
geblieben. Dies Busch zu gestehen, wagte Enzig jedoch nicht,
also folgte er ihm schweigend durch das Foyer. Als die ersten
Patienten im Morgenmantel an ihnen vorbeischlichen, wurden
seine Knie weich. Busch indessen trat völlig gleichmütig an die
Rezeption. Die Dame nannte Stockwerk und die Nummer von
Meislers Zimmer und zeigte ihnen den Weg zu den Aufzügen.

Busch klopfte an die Tür des Krankenzimmers. Keine Reaktion.
Er klopfte nochmals.

Ein älterer Mann kam auf Krücken den Gang entlang, sein
rechtes Bein war eingegipst. »Wollen Sie zu mir?«

»Genau. Hallo Herr Meisler.«

»Ach, Marc, Sie sind es. Ich kann mir schon denken, was Sie
zu mir führt. Sie waren bestimmt auch schon in der Bibliothek,
nicht wahr?«

Busch nickte und öffnete Meisler die Tür.

»Treten Sie doch ein in mein bescheidenes Reich. Wen haben
Sie mir denn mitgebracht? Und wie läuft es in der Bibliothek?
Was hat die alte Ziege zu Ihnen gesagt?«

Busch nahm Meisler die Krücken ab, nachdem sich dieser auf
sein Bett gesetzt hatte. Er deutete auf Enzig.

»Das ist Dr. Roman Enzig, er unterstützt uns als Fallanalytiker.
Und was Ihre andere Frage betrifft: Frau Krall war angemessen
höflich. Sie meinte, dass wir sie vielleicht nächste Woche treffen
können.«

Meisler hing förmlich an Buschs Lippen. »Ha! Diese Ziege –
haben die eine Vertretung für mich eingestellt?«

»Nein, das Antiquariat wird generalüberholt, wie sie sich ausdrückte.«

Meisler schreckte hoch. Er war mit einem Schlag kreidebleich. »Wie bitte? Das darf doch nicht wahr sein. Eine Renovierung will ich schon so lange, nie war Geld da. Und jetzt bin ich einmal krank – diese elende Giftschlange. Diese ... Geben Sie mir Ihr Telefon!«

Enzig und Busch sahen sich verständnislos an.

Meisler ruderte wild mit den Armen. »Nun machen Sie schon.«

Enzig holte sein Handy aus der Jackentasche. Hastig griff Meisler danach, betrachtete es und gab es an Enzig zurück. »Wählen Sie, meine Augen ... ohne Lesebrille ... Nun machen Sie schon.«

Enzig wählte, und Meisler entriss ihm das Handy. »Hallo? Frau Krall. Ja, danke, mir geht's so weit ... Hier sind gerade zwei Herren von der Polizei ... Das Antiquariat wird generalüberholt?« Nichts verriet Meislers Empörung. Plötzlich änderte sich sein Tonfall. »Wie konnten Sie das zulassen? – Nein, ich glaube nicht an Zufälle. Ich warte seit Monaten ... Wollen Sie mich verarschen? Da hätten Sie ja gleich meinen Tod abwarten können. Nein, in Rente kriegen Sie mich auch damit nicht. Sie gehen jetzt sofort zum Chef ... Erzählen Sie mir doch nichts, ich weiß, dass Sie einen besonderen Draht ... Hab ich schon erwähnt, dass ich seine Frau kenne?«

Meisler warf Enzig das Handy zu, der es umständlich auffing und schnell die rote Taste drückte.

»Der Chef ist in Urlaub, war ja klar. Entschuldigen Sie, meine Herren. Nehmen Sie doch Platz.« Meisler wies auf zwei Stühle, die an einem kleinen Tisch standen. »Jetzt bin ich ganz für Sie da.«

»Sie haben Zeitung gelesen, nehme ich an. Die Fabrik. Sito dachte, Sie können uns vielleicht etwas darüber erzählen. Das Archiv der Stadtzeitung beginnt ja erst am 8. September 1945«, erklärte Busch.

»Wo ist eigentlich Sito? Er hat mich schon lange nicht mehr besucht. Geht's ihm gut?«

Busch zuckte mit den Schultern. »Um ehrlich zu sein, ich glaube, der Tod seines Hundes hat ihn sehr mitgenommen. Aber Sie wissen ja, wie er ist. Viel gesprochen hat er noch nie.«

»Ja, ja, das ist wahr«, meinte Meisler. »Das macht ihn so sympathisch. Wissen Sie, wenn man in einer Bibliothek und dort auch noch im Antiquariat arbeitet, dann lernt man das Schweigen. Ich mag Sito. Ich denke, sein Hund war für ihn das, was für mich meine Bücher sind. Sagen Sie ihm, dass es mir aufrichtig leidtut.«

Enzig wurde langsam ungeduldig. »Können Sie uns denn sagen, wie die Fabrik vor '45 genutzt wurde?« Er bedauerte seine Ungeduld sofort und erhielt auch umgehend einen vernichtenden Blick von Meisler.

»Wissen Sie, Marc, Sito geht richtig an die Sachen heran, stellt die richtigen Fragen zum richtigen Zeitpunkt. Sagen Sie Ihrem Kollegen, dass man mit Ungeduld nichts erreicht. Zumindest nichts, was von Wert wäre.«

Enzig kam sich außerordentlich dumm vor. Er lehnte sich in seinem Stuhl zurück und verschränkte die Arme. Sollten ihn doch alle für trotzig halten.

»Wussten Sie, dass sich in den späten fünfziger Jahren ein junger Mann in dem Gebäude erhängt hat?«, fragte Meisler.

»In unserer Fabrik?«

»Ist wahrscheinlich unwichtig. Außerdem haben Sie das ja bestimmt auch schon im Archiv entdeckt, oder?«

Enzig spürte die Blicke von Meisler und Busch auf sich, ihm wurde heiß, und er schüttelte den Kopf.

»Nun ja, eine sehr traurige Angelegenheit. Es war 1958, um genau zu sein, mein erstes Studienjahr. Der Junge war ein Klassenkamerad meiner damaligen Freundin. Seine Familie ist im selben Jahr weggezogen.«

»Ihr erstes Studienjahr?«

»Ja, ja, da staunen Sie, was, Dr. Enzig? Ich bin ein Fossil, doch keiner traut sich, mich zu entlassen, oder sie finden keinen Nachfolger, egal. Ich sage immer: Es ist die Seeluft, die hält gesund, und der Konstanzer Wein … Haha, nicht wahr, Marc? Wir haben schon ein gutes Leben hier. Ich bin so gern ein Fossil. Wir sterben aus, weil jeder meint, ihm sei die Kleinstadt nicht genug, und dann diese tausenden Studenten, die verderben alles, sie kommen von außen und benehmen sich hier wie auf Urlaub. Ach, ich schweife ab. 1958 also.«

»Wissen Sie den Namen der Familie noch?«, erkundigte sich Enzig.

»Nicht drängeln, Dr. Enzig. Denken Sie an mein Alter, ich mag nicht mehr gedrängelt werden. Ich weiß den Namen leider nicht, aber das müsste ja leicht herauszufinden sein. Bei der Schulabschlussfeier fand ein Gedenkgottesdienst statt. Der jüngere Bruder sollte eine Urkunde entgegennehmen. Aber der Name ...«

»Das macht nichts. 1958, sagten Sie?« Enzig machte sich Notizen.

»Ach und während des Zweiten Weltkriegs wurden dort Verhöre durchgeführt.«

»Was?« Busch und Enzig sahen einander an.

»Offiziell wurden Straßenbaumaschinen gelagert, aber ich weiß, dass dort Regimegegner verhört wurden. Nazimethoden, schreckliche Folterungen, widerlich.« Meisler brach ab und schloss für einen Moment die Augen, dann atmete er tief durch. »Die Menschen denken oft, man würde den Orten ansehen, was dort in der Vergangenheit geschehen ist. Doch gerade so ist es nicht. Gesinnungen sind wandelbar. Sie starren heute verträumt auf den See und haben morgen Angst, dass der Jude den See ins Ausland verkaufen könnte ... Ist das nicht merkwürdig? Dass der Mensch immer Angst vor dem Verlust hat und dabei ganz vergisst, dass ein solcher Gedanke nur dazu führt, dass er die Zeit selbst verliert? Das Allerkostbarste?« Meislers Gesicht entspannte sich. Sein Blick verlor sich an der weißen Zimmerwand.

Busch sah fragend zu Enzig, doch der bedeutete ihm zu schweigen, und tatsächlich fuhr Meisler fort: »Mein Vater hat manchmal dort gearbeitet. Wenn er spät nachts nach Hause kam, hat er sich im Bad eingeschlossen. Es war immer das gleiche Ritual: Meine Mutter hat nach einer Weile an die Tür geklopft, und mein Vater hat sie hereingelassen. Ich bin aus meinem Zimmer geschlichen und habe gelauscht.«

»Sie haben als kleiner Junge das alles mit angehört?«, fragte Enzig.

»Schlimmer noch. Ich war ein neugieriger Junge. Eines Abends bin ich meinem Vater zur Fabrik gefolgt.«

»Sie haben ihn beobachtet? Aber wie war das möglich?«

»Also, Herr Meisler, was mein Kollege gerade eigentlich sagen wollte: Wie konnten Sie als Kind in die Fabrik sehen? Ich meine, sind Sie Ihrem Vater bis *in* die Fabrik gefolgt?«

»Vielen Dank, dass Sie dolmetschen, Dr. Enzig, aber ich habe Marc schon verstanden. Es muss Ihnen absolut zweifelhaft erscheinen, mit welcher Geschichte ich hier aufwarte, ist mir schon klar. Ich erzähle das auch nur deshalb, weil ich ein merkwürdiges Gefühl nicht loswerde, seit ich von den Toten in der Fabrik gelesen habe. Das hat, nun ja, wie soll ich es sagen … Es hat mein fossiles Gehirn in Wallung gebracht. Aber halten Sie mich bloß nicht für senil.«

»Nein, um Gottes willen«, wehrte Busch ab und warf Enzig einen vorwurfsvollen Blick zu.

»Ich verstehe das, Marc, wirklich. Habe selbst jahrelang versucht, das Ganze wegzudenken, und manchmal war ich auch überzeugt davon, es würde mir eines Tages gelingen. Aber die Nazis waren nun einmal in Konstanz und haben auch hier ihr Unwesen getrieben. Und mein Vater war ihr Befehlsempfänger. Schlimm genug. Er ist übrigens nicht geflohen wie einige andere, in einer Nacht-und-Nebel-Aktion über den Bodanrück … Aber nun zu meiner Geschichte: Ich bin auf einen Baum hinter der Halle geklettert und habe durch eines der großen Fenster an der Südseite ins Innere sehen können.«

»Aber das ist ja entsetzlich«, murmelte Busch.

»Ich werde auch nicht erzählen, was ich zu sehen bekam.«

»Konnten Sie mit Ihrem Vater darüber sprechen?« Enzig biss sich auf die Lippen, er hatte wieder zu schnell geredet.

»Denken Sie doch mal nach«, erwiderte Meisler. »Ich hätte ihn brüskiert. Er litt ohnehin genug. Aber seit ich in der Zeitung von den Toten gelesen habe, lässt es mir keine Ruhe. Nun sind Sie die Ersten, die es erfahren.«

»Wir müssen Sie dennoch fragen, was Sie gesehen haben. Vielleicht ist es …« Busch brach ab.

»Hören Sie, Marc, wenn es bei diesem Fall wirklich eine Rolle spielen sollte, ich meine, um den Täter zu überführen oder ein Menschenleben zu retten – glauben Sie mir, dann erzähle ich Ihnen, was ich gesehen habe. Ansonsten bleibt das hier drin.« Meisler tippte sich auf die Stirn.

Busch nickte. »Sie haben uns schon wirklich weitergeholfen. Wann sind Sie denn wieder in der Bibliothek erreichbar?«

»Anfang nächster Woche, hoffe ich. Allein schon wegen meiner Bücher, Sie verstehen. Und ich weiß auch nicht, wie lange sich meine Rente noch aufschieben lässt. Man gibt mir ja nur noch Zeitverträge … Ich glaube, die hoffen so langsam, das erledige sich auf natürlichem Wege.«

Sie verabschiedeten sich und verließen zügig das Krankenhaus. Enzig genoss die frische Luft. Auf dem Parkplatz fasste er Busch am Ärmel. »Es gibt vermutlich außer Meisler keine Zeugen mehr für die Ereignisse in der Fabrik während des Faschismus. Und wir treffen ausgerechnet auf ihn. War das Zufall?«

»Vielleicht, wer weiß. Auf jeden Fall eine Spur, genau genommen sind es sogar zwei Spuren – der Selbstmord und was immer Meisler da als Kind gesehen hat.«

Das Brauhaus war voll besetzt, nirgends war ein leerer Platz zu sehen. Busch hatte vorgeschlagen, schnell eine Kleinigkeit zu essen, bevor sie sich wieder an ihre Schreibtische im Präsidium setzten. Enzig und Busch wollten schon wieder gehen, da winkte eine kräftige Kellnerin, in jeder Hand drei Maßkrüge.

»Hierher, kommen S' hierher. Da wird was …« Der Rest ging in den Kneipengeräuschen unter.

»Also, lieber nicht, Marc, bei dem Lärmpegel.«

»Na schön, dann eben ein andermal. Aber Sie müssen das Dinkelbier unbedingt probieren.«

Enzig überlegte, wie er aus dieser Nummer wieder herauskommen würde. Er kannte das selbst gebraute Dinkelbier und fand es einfach fürchterlich, aber das konnte er Busch wohl kaum erklären. Er würde also irgendwann in diesen fragwürdigen Genuss kommen müssen. Insgeheim glaubte Enzig, das sei die gerechte Strafe für seine Lügerei.

Mit zwei Portionen scharfem Thai-Curry und zwei Flaschen Wasser im Büro angekommen, grübelte Enzig über Meislers Aussage.

»Manchmal müssen wir eben auf den Zufall bauen«, sagte Busch. »Und es klingt doch alles plausibel, finden Sie nicht?«

»Ich darf mich nicht auf den Zufall verlassen.«

»Sito glaubt auch nicht an Zufälle.«

»Glaubt er an Bestimmung?«

»Keine Ahnung.«

»Was macht er, wenn er alleine am Tatort bleibt?«

»Glauben Sie mir, Dr. Enzig, das wüsste ich nur zu gern«, gab Busch zu.

»Wir könnten einen Historiker befragen. Irgendjemand wird uns Meislers Geschichte schon bestätigen.«

»Was lässt Sie zweifeln?«

»Ich weiß nicht genau. Vielleicht gefällt mir einfach der Bezug nicht, der da so urplötzlich ins Spiel kommt. Verstehen Sie? Ich kann mir Bilder ansehen, Tatorte, Handlungen, Menschen, wie sie reden oder essen. Über alles lässt sich eine Aussage treffen. Doch ein Ereignis, das Jahrzehnte zurückliegt, das kann ich nicht bewerten. Und wieso haben wir jetzt plötzlich damit zu tun? Das lenkt mich ab.«

»Ich verstehe Sie schon. Vielleicht sind Sie einfach noch nicht mit der normalen Ermittlungsarbeit vertraut. Wir gehen oft in Richtungen, die uns merkwürdig vorkommen. Ob sich manche Idee dann als zufällig richtig erweist, das weiß man erst später. Somit ist der Zufall auch verdammt relativ, finden Sie nicht?«

Enzig nickte. Es störte ihn, dass er die neuen Erkenntnisse nicht mit seiner Fallanalyse in Einklang bringen konnte. Bis jetzt hatten die Mordfälle auf ihn einen sehr gegenwärtigen Eindruck gemacht. Er bezweifelte, dass der Täter irgendwie in der Vergangenheit verhaftet sein könnte. Sicher, die Fabrikhalle musste eine Rolle spielen, aber dass der Täter so zügig ein zweites Mal zugeschlagen hatte, konnte nur bedeuten, dass die Morde mit der Gegenwart zu tun hatten. Er sollte unbedingt in die Dettinger Ortsverwaltung fahren. Womöglich gab es tatsächlich Pläne, was aus der Fabrik werden sollte.

»Es könnte doch auch sein, dass die Fabrik nur ausgewählt wurde, weil sie außerhalb liegt«, sagte Busch und löffelte die Reste seines kalten Currys.

Vielleicht hatte Busch recht. Immerhin brauchte der Täter Zeit, um die Leichen in der Fabrikhalle zu präsentieren.

»Es ist aber auffallend, dass in dem Gebäude schon einiges vorgefallen ist, das können wir nicht von der Hand weisen, da hat Sito einfach recht«, sagte Enzig.

In diesem Moment klingelte Enzigs Handy. Er erkannte auf dem Display, dass es Hohenfels war. Hohenfels, dieser selbstgerechte und aalglatte Mensch, der Enzig eiskalt mit der Anstellung als Profiler geködert hatte. Enzig war klar, dass er ungerecht war. Hohenfels hatte aus seiner Sicht nichts Böses getan. Er hatte ihm seinen Traumjob angeboten, verbunden mit einer kleinen Bitte. Tatsache war, dass Enzig schlicht deswegen auf Hohenfels wütend war, weil sein Vater in diese Geschichte involviert war. Weil er seinen Einstieg bei der Polizei nicht aus eigenen Stücken geschafft hatte.

»Nun, Herr Dr. Enzig, wie läuft Ihre erste Woche mit Sito?«, fragte Hohenfels.

Enzig fühlte, dass Busch ihn beim Telefonieren beobachtete.

»Also«, begann er, »es ist gerade nicht so passend.« Er nahm sich vor, sich einmal mit der Akte, die Hohenfels ihm gegeben hatte, wirklich auseinanderzusetzen. Vielleicht ging daraus hervor, was dieser Hohenfels eigentlich wirklich von ihm wollte.

»Ach so, sagen Sie das doch gleich. Und melden Sie sich morgen!«

Enzig atmete tief durch und beendete das Gespräch.

»Ihre Frau?«, fragte Busch.

»Wie kommen Sie denn darauf?«

»War nur so ein Gedanke.«

»Ex-Frau.« Enzig fühlte sich erbärmlich.

Die Versuchung

Es klingelte. Früher wäre Pollux bellend zur Tür gerannt. Als Sito öffnete, blies ihm ein kalter Wind gegen seinen nackten Oberkörper. Vor ihm stand Miriam. Sie hatte eine große Tasche umhängen und einen Korb in der Hand.

»Darf ich mich zum Frühstück einladen? Ich hab im Büro angerufen.« Sie lächelte ihn an. »Nachdem Sie nicht bei mir aufgetaucht sind, mussten Sie ja wohl noch zu Hause sein. Habe ich Sie etwa aus dem Bett geklingelt?«

Sito fuhr sich über den Kopf. Ihr Lächeln wirkte unschuldig.

»Darf ich nun reinkommen, oder muss ich noch mehr erklären?«

Wortlos trat Sito zur Seite. Als sie ihren Mantel auszog, spannte sich die Bluse über ihrer Brust.

»Wo ist denn die Küche?«

»Um die Ecke«, murmelte Sito und wurde sich seiner Fahne bewusst. Er hatte gestern Abend noch eine Flasche Rotwein geleert. »Ich ziehe mich rasch an.«

»Machen Sie nur, ich find mich schon zurecht. Trinken Sie Kaffee?«

Sito ging in sein Schlafzimmer und von dort ins Bad. Er trat vor den Spiegel und erschrak. Sein Gesicht war fahl. Er war wirklich dünner geworden. Sein Magen zerrte, als müsste er einen Kampf gewinnen. Schnell drehte er den Wasserhahn auf und hielt sein Gesicht unter das kalte Wasser, dann putzte er sich die Zähne und genoss den Minzegeschmack. Sein Gesicht pulsierte kurz, als wäre Leben in ihm, doch die Farbe wich bereits wieder.

Indessen bahnte sich Kaffeeduft einen Weg durch das Haus. Er hatte es immer geliebt, wenn Janina unten das Frühstück zubereitet hatte. Er wusste, dass sie noch einmal zu ihm ins Bett kommen würde. Und dabei hatte er immer dieses Kaffeearoma in der Nase gehabt, das sich mit dem zarten Duft ihrer Haare und dem zimtigen Geruch ihrer Haut vermischte. Später hatten sie dann am Frühstückstisch über die Relativität des Sehens philosophiert. Janina hatte eine kleine Spinne in einer Ecke ihrer Küche toleriert.

Diese hatte offensichtlich diese Großzügigkeit erkannt und den ihr zugewiesenen Raum nie verlassen. *Wer weiß*, hatte Janina oft gescherzt, *vielleicht streunt sie nachts, wenn wir schlafen, durch unser ganzes Haus und überzieht es mit feinen Fäden, die wir nur nicht sehen können* ... Als er Janina das letzte Mal gegenübergestanden hatte, unten in der Küche, hatte sie ihn angesehen und gesagt, dass sie wisse, wie albern es sei, aber ihre kleine Hausspinne sei weg und sie sei schwanger und sie wisse nicht, worüber sie eigentlich weine. Sito hatte keine Zeit gehabt, sie zu umarmen.

Es gibt keine Weisheit über den Tod. Er ist grausam und undurchschaubar. Versuche nicht, dir seine Willkür zu erklären, er ist der einzige Zufall im Leben. Er bleibt zufällig, ein ganzes Leben lang. Er besticht durch seine Einmaligkeit. Der Tod ist immer einzigartig. Oft ist es die einzige Rettung, diese Einzigartigkeit zu inszenieren, um ihr zu begegnen, denn dann verstehe ich, was gerade passiert, dann habe ich eine ungeahnte Macht. So zu denken ist keine Schwäche, sondern Stärke.

Sito ging nach unten und sah Miriam in einer Schublade wühlen.

»Ich suche noch Servietten«, sagte sie, ohne sich umzusehen.

»Eine Schublade tiefer.«

»Tatsächlich. Setzen Sie sich.«

»Warum das alles hier?« Sitos Blick wanderte über den Tisch: Brötchen, Käse, Marmelade, Früchte und Joghurt.

»Weil Sie unnötigen Stress wegen mir hatten. Und ich habe Lust, mit Ihnen zu frühstücken. Ist das schlimm?«

»Nein, nicht schlimm, nur ... verwunderlich. Ich hoffe sehr, dass ich deswegen nicht erst recht Stress bekomme.« Er nahm einen Schluck von dem dampfenden Kaffee.

»Schmeckt der Kaffee?«

»Ja. Aber ich werde den Eindruck nicht los, dass Sie nicht nur aus einer spontanen Laune heraus ... Kann ich Ihnen irgendwie helfen?«

»Wieso meinen Sie, ich bräuchte Hilfe? Das wird ja zur Manie!«

»Weil jemand Ihrem Vater gesagt hat, ich würde Sie belästigen. Jemand, der nicht will, dass wir miteinander reden. Also, an Ihrer Stelle würde mir das zu denken geben. Vorausgesetzt, Sie haben nichts damit zu tun.«

Miriam schloss die Augen für einen Moment. Dann legte sich ein Lächeln auf ihre Lippen. Sie nahm sich ein Brötchen und bestrich es mit Butter und Marmelade.

Sito hakte nicht weiter nach. Er ließ seinen Blick über den Tisch schweifen und entschied sich schließlich für eine Brezel. Als er zu Miriam hinübersah, bemerkte er, dass sie ihn beobachtete. Ihre Augen strahlten eigentümlich, sie waren das pure Leben. Sito fühlte sich seltsam aufgefangen in ihnen.

»So reichlich war mein Tisch seit Langem nicht mehr gedeckt. Und der Kaffee ist wirklich gut. Vielen Dank, Miriam.«

»Ich wollte Sie gerne wiedersehen.«

»Ich … Leben Sie eigentlich nur noch in diesem Haus?«

»Eigentlich schon. Meine Mutter besuche ich noch gelegentlich.«

»Wie alt sind Sie denn?«

»Ich werde bald neunzehn.«

»Und Ihre Mutter hat nichts dagegen, dass Sie schon alleine leben?«

»Was denken Sie? Natürlich versucht sie ständig, mich umzustimmen. Aber ich will nicht zurück. Mir geht es gut, so wie es jetzt ist.«

»Und Ihr Vater?«

»Sie kennen ihn ja. Bin ich Ihnen zu jung?«

»Was meinen Sie?«

»Sie nehmen mich nicht ernst, hab ich recht?«

»Also«, Sito fuhr sich durch sein Haar, »haben Sie keine Ahnung, wer Ihrem Vater von unseren Treffen erzählt haben könnte? Vielleicht Ihr Freund? Gregor?«

»Unsere Treffen? Na ja, als Treffen würde ich das nicht bezeichnen. Sie sind ständig bei mir aufgetaucht.« Miriam lachte, biss von dem Brötchen ab und fuhr kauend fort: »Nein, Gregor hat davon ja gar nichts gewusst bis zu dem Moment, als Sie sich vorgestellt haben. Er hätte auch gar keinen Grund, zu meinem Vater zu laufen.«

»Wer wohnt sonst noch in dem Haus? Ich bin mir sicher, dass mich neulich jemand beobachtet hat.«

»Wir sind zu fünft. Sie können mich aber nicht ewig ignorieren.«

Wieder entstand eine Pause. Sito betrachtete die Brezel auf seinem Teller, doch mit einem Mal war ihm nicht mehr danach. Er versuchte es mit Obstsalat. »Was meinte Gregor mit seiner Frage, ob ich auch dazugehöre? Und was sollte der Name? Peter Pan?«

»Ach, das war nur ein Witz. Sie ziehen das knallhart durch?« Miriam lächelte, dann strich sie Sito über den Mundwinkel. »Ein Brösel.«

Sito holte tief Luft. Sie könnte seine Tochter sein, das Kind, das er nie gehabt hatte. Aber so fühlte es sich weiß Gott nicht an. Während ihm dieser Gedanke durch den Kopf schoss, fragte er sich, wie sich Gott da hineingeschmuggelt hatte. »Wozu sollte ich gehören?«

»Wir denken alle ähnlich zum Thema Tierrechte, das ist das ganze Geheimnis.«

»Also kein Geheimnis«, murmelte Sito.

»Nicht wirklich. Wir tragen Frösche über die Straße, organisieren Infostände gegen Pelze, Tierversuche, so Sachen eben. Wir sind die beste WG, die ich mir hätte wünschen können, weil wir die gleichen Interessen teilen. Drei von uns gehen von der Schielergasse aus in die Schule, einer macht ein Praktikum bei der Zeitung, und einer studiert Psychologie. Waren Sie bei der Lugenbach? Sie hat an der Uni einen Vortrag gehalten.«

Sito schüttelte den Kopf. Er hatte vorgehabt, hinzugehen, aber er hatte es vergessen.

»Und für morgen haben wir gemeinsam mit ›Ärzte gegen Tierversuche‹ und einem Prof von der Uni eine Mahnwache organisiert. Kennen Sie die neue EU-Chemikalien-Richtlinie? Das ist zum Kotzen, die wollen, dass die ganzen Produkte nachgetestet werden. Haben Sie nur die leiseste Vorstellung, was das bedeutet?«

»Das hat Gregor also gemeint? Ob ich auch zu Ihrer Gruppierung gehöre?«

»Was sollte er sonst gemeint haben? Hören Sie, wann sind wir fertig mit dieser Fragestunde?«

Sito wusste es nicht. Seine Phantasie schien ihm einen Streich gespielt zu haben. Ihm blieb nur der vermeintliche Schatten am Fenster im ersten Stock des Hauses und die Rüge, die er von Friedrich Kerler erhalten hatte, und …

»Miriam, eins ist mir noch nicht ganz klar. Ich habe Ihnen

doch den Bleistift gegeben. Es war nicht Ihrer, das wissen Sie ja inzwischen. Wieso wollten Sie ihn unbedingt?«

»Ich dachte nicht, dass das hier ein Verhör werden sollte«, sagte sie. »Aber wenn Sie es unbedingt wissen wollen: Ich war dort. In der Fabrik. Der Bleistift hätte durchaus von mir sein können. Ganz einfach, nicht? Sind Sie nun zufrieden?« Miriam aß ein Stück Ananas und zog das linke Bein auf den Stuhl. In diesem Moment sah man ihr ihre achtzehn Jahre wie nie zuvor an.

Auch Sito widmete sich wieder dem Frühstück. Da sprang Miriam mit einem Mal auf. Es geschah so unvorhersehbar, dass er erschrocken herumfuhr. Miriam hustete, dann stand sie stocksteif vor ihm und hielt sich den Hals. Sie versuchte noch einmal zu husten, aber es gelang ihr nicht, nur ein Krächzen kam aus ihrem Mund. Sito sprang auf und fasste sie an beiden Schultern. »Miriam, was ist los? Miriam? – Miriam!« Panik machte sich in ihm breit. Das Mädchen in seinen Händen verwandelte sich in Janina, die er nicht umarmt hatte. Er schüttelte sie und konnte endlich ihren Blick einfangen. Miriam hustete noch einmal, endlich befreiter, starrte ihn an, dann nahm sie sein Gesicht in ihre Hände und küsste ihn leidenschaftlich. Sito ließ es geschehen. Als sie ihn losließ, löste er auch seine Hände von ihr und trat einen Schritt zurück. »Was ...?«

Miriam legte ihren Zeigefinger auf seinen Mund. »Mein Retter«, flüsterte sie. »Wo ist das Bad?«

»Die erste Tür rechts Richtung Haustür.«

Miriam verschwand. Sito fuhr sich mit der Zunge über die Lippen, dann sank er auf den Stuhl.

»Ich muss gehen.« Lautlos war Miriam wieder an den Tisch getreten und berührte ihn an der Schulter. Sie trug bereits ihren Mantel.

Durchs Fenster sah Sito ihr nach.

Als er später den Tisch abräumte, entdeckte er am Durchgang zur Küche die braune Umhängetasche von Miriam. Lange betrachtete Sito die Tasche. Die Versuchung war groß.

Anstrengungen

Es war nicht schwer gewesen, den Namen des Jungen herauszufinden, der sich 1958 in der Fabrik erhängt hatte: Markus Neller.
Verschiedene Zeitungen hatten darüber berichtet. *Erhängen ist
grausam*, dachte Enzig. *Wenn man es nicht richtig macht, kann es
mehrere Minuten dauern.* Was, wenn auch dabei jemand zugesehen
hatte? 1958 konnte diese Person ein Kind gewesen sein, dann
wäre sie heute über sechzig. Kein wahrscheinliches Alter für einen
Serientäter.

Enzig hatte sich alle Zeitungsartikel sowie die Polizeiakte zu
dem Namen Neller heraussuchen lassen und saß nun bei einer
Tasse Kaffee in seinem Pensionszimmer mit Blick auf den Rhein.
Hinter ihm machten sich seine drei Ratten schmatzend über einen
Maiskolben her.

Enzig hatte für eine kurze Zeit in einem Labor gearbeitet, das
sich mit der Vererbung von Aggressivität beschäftigte. Während
dieser Zeit hatte er eine Affäre mit einer Kollegin gehabt, sie
jedoch schnell wieder aufgeben müssen. Er war abends im Bett
impotent geworden, so sehr hatten ihn die Blicke und Schreie
ihrer Versuchstiere verfolgt.

Irgendwann hatte Sabine das Bett, seine Wohnung und sein
Leben verlassen. Am nächsten Tag hatte er gekündigt. Man ließ ihn
ohne Weiteres gehen, vielleicht sogar erleichtert, allerdings wusste
niemand, dass er mehrere Ratten in einer seiner Kisten versteckt
hatte. Sabine hatte ihm zum Abschied die Hand gereicht, ohne
dabei den Plastikhandschuh abzustreifen. Liebevoll betrachtete
Enzig die Nager.

Doch das Labor war nur die Spitze des Eisbergs gewesen. Davor
war er dem Ruf seines Vaters in dessen Klinik am Bodensee gefolgt. Um ihm aus dem Weg zu gehen, hatte sich Enzig in Arbeit
gestürzt. In seiner Freizeit hatte er an seiner Abhandlung über die
Beurteilung von Tatorten und die Erstellung von Täterprofilen
gearbeitet, seinem Steckenpferd. Dann kam die Einladung an die
Universität in Liverpool, aber auch die Arbeit im dortigen Zen-

trum für Ermittlungspsychologie scheiterte, da sich Enzig nicht präsentieren konnte.

Es folgten einige Jahre an einer Klinik in Berlin, Jahre, die kaum prägende Erinnerungen hinterlassen hatten, na ja, außer der Zeit mit seiner Frau und den beiden Kindern, die in diesen Jahren geboren wurden. Das Angebot, für die Konstanzer Polizei zu arbeiten, hatte Enzig vor einer Depression bewahrt. Hatte dieser Umstand sein Urteilsvermögen getrübt? Denn das Ganze hatte doch einen entscheidenden Haken: Sito. Eigentlich gab es einen weiteren Haken: Irgendwann würde sich Enzig auch mit seinem Vater auseinandersetzen müssen. Nach Konstanz zurückzukehren war eigentlich kompletter Irrsinn.

Enzig sah auf die Uhr. Wieso hatte sich Markus Neller umgebracht? Er war ein überaus begabter und beliebter junger Mann gewesen, als er sich mit seinen knapp achtzehn Jahren dazu entschlossen hatte, seinem Leben ein Ende zu setzen. Er stammte aus einem guten Elternhaus, der Vater war Stadtrat gewesen. Es hatte eine Untersuchung gegeben, aber nichts hatte auf ein Verbrechen hingewiesen. Nur der kleine Bruder, Simon, hatte immer wieder darauf beharrt, dass Markus sich nicht das Leben genommen habe. Er war damals sieben Jahre alt gewesen.

Enzig stutzte. Konnte ein Kind mit sieben eine Vorstellung von Suizid haben? Er las weiter in der Akte. Einige Personen, die Markus an jenem Tag aufgesucht hatte, glaubten sich im Nachhinein an eine Abgeklärtheit zu erinnern. Auch die Assoziation einer Verabschiedung habe sich etlichen geradezu aufgedrängt. Die Polizei schloss den Fall ab.

Denn die, die vor uns gehen, wissen oft mehr. Keiner hatte sich an diesem Satz gestört, den Markus vor seinem Tod mit roter Farbe auf den Boden geschrieben hatte, genau an die Stelle, auf die wenig später sein toter Körper einen Schatten werfen sollte. Bevor Markus seine letzten Worte auf den Boden malen konnte, hatte er die betreffende Stelle vom Staub befreien müssen. Da hatte die Fabrik schon eine Weile leer gestanden. Es war ihm also wichtig gewesen. Das klang in Enzigs Augen nach Erlösung. Aber hatte dieser Markus seine Erlösung wirklich gefunden? Er machte sich eine Notiz zu Simon Neller, den er gerne treffen wollte.

Er aktivierte seinen Laptop und erstellte einen neuen Ordner, den er »Täter Konstanz I« nannte. Er sammelte alle Fakten, die er zum Tatort kannte, speicherte die Tafelbilder ab und notierte mögliche Schlussfolgerungen. In einem Unterordner formulierte er einige Überlegungen zu Neller und bemerkte bereits beim Schreiben, dass ihn der Selbstmord in eine andere Richtung brachte. Weg von dem Mörder der Gegenwart, hin zu Enzigs eigener Vergangenheit, zum Selbstmord seiner Mutter.

Er legte eine Pizza in die Mikrowelle. Während er wartete, dachte er über einen anderen Fall nach, zu dem er während seiner Zeit in Liverpool zurate gezogen worden war. Ein Frauenmörder, der seinen Opfern immer die Kehle durchgeschnitten hatte, um zuzusehen, wie sie verbluteten. Es sei jedes Mal anders gewesen; je nachdem wie tief die Wunde gewesen sei, habe es manchmal nur Sekunden gedauert, manchmal aber wesentlich länger, hatte der Täter damals ausgesagt. Auch sei das Sterben immer ein anderes gewesen. Als man ihn nach dem Warum gefragt hatte, hatte der Täter schlicht »Neugier« geantwortet. Ein psychopathischer Mörder war für Enzigs Arbeit ausgesprochen unbefriedigend, geradezu ein Overkill.

Enzig verschlang seine Pizza und suchte in seinen Unterlagen, in der Hoffnung, eine Aussage zu finden, was genau der Täter beim Verbluten des Opfers empfunden hatte und was seine Neugier letztendlich wirklich befriedigt hatte.

Durch die Universität zu laufen war für Sito jedes Mal wieder etwas Besonderes. Er mochte die verschlungenen Wege, die vielen verschiedenen Ebenen, die Neuankömmlingen durchaus den Tag verderben konnten, weil sie unabsichtlich im Kreis liefen. Er hatte einmal selbst einen Vortrag bei den Juristen gehalten und schon mehrmals Vorträge von Juraprofessoren besucht. Vor allem das Gebiet der Rechtsphilosophie interessierte ihn, weil man dabei sehr schnell merkte, dass man mit Argumenten nicht weiterkam und es mehr brauchte als Verstand. Ihn interessierte vor allem die Frage, welche Rolle es für die Rechtsprechung machte, ob ein Opfer aus Versehen oder mit Absicht getötet worden war, denn das Problem war nicht mit abstraktem Gerechtigkeitsdenken zu lösen.

Janina hatte Literaturwissenschaften und im Nebenfach Kunst und Medien studiert. Einige Male war er mit ihr in die Mensa gegangen, um mit Seeblick Mittag zu essen. Bei den Psychologen war er allerdings nie gewesen. Marc Busch indessen, der ihn begleitete, schien den Weg genau zu kennen. Sito staunte, wie zielsicher Busch in den Bereich der Psychologen fand. Gleichzeitig bemerkte er, dass er eigentlich sehr wenig von seinem Kollegen wusste, dafür dass er schon seit etlichen Jahren mit ihm zusammenarbeitete. Sito nahm sich vor, das zu ändern.

Busch zeigte auf eine Tür am Ende des Gangs. Hier musste es sein. Sito klopfte. Ein junger Mann in Jeans und weißem Rolli öffnete die Bürotür.

»Mein Name ist Kommissar Sito, und das ist mein Kollege Marc Busch. Wir ermitteln wegen der Mordfälle in der Fabrikhalle und würden gerne mit Ihnen sprechen. Dürfen wir reinkommen?«

»Bitte sehr. Worüber wollen Sie denn mit mir reden?«

»Sie sind Nathanael Schumann? Der Mitbewohner von Miriam Bunt in der Schielergasse?«

»Ja, der bin ich. Worum geht es denn?« Schumann nahm sich Kaffee und setzte sich an seinen Schreibtisch. Das Büro lag im Souterrain der Universität, und das Fenster blickte hinaus in einen Kellerschacht. Wenigstens wucherte dort blühendes Unkraut und machte den Ausblick etwas freundlicher. »Ja, ist hier nicht die Luxusklasse, aber ich bin erst Hiwi. Das Doktorandenzimmer ist dann mit direkter Sonneneinstrahlung.« Schumann lachte und lehnte sich zurück.

Sito musste lächeln. Janina hatte auch immer geklagt, dass die Büros für ihre Studiengänge im Kellergeschoss lagen, und zum Scherz überlegt, das Studienfach nach Lage der Büros auszuwählen.

»Wie lange leben Sie schon in der WG in der Schielergasse?«

»Lassen Sie mich nachdenken. Gute eineinhalb Jahre. Ich wohn zwischendurch immer wieder bei meinen Eltern in der Stadt. Es war einfach komisch, zum Studieren zu gehen und nicht auszuziehen, da haben wir diesen Kompromiss gefunden.«

»Kompromiss?«

»Ja, das Haus gehört meinen Eltern, müssen Sie wissen. Sie

vermieten es als WG, und ich bin sozusagen einer der Mieter. Aber dafür komme ich eben auch immer wieder nach Hause.«

»Und was machen Sie?«

»Ich studiere Psychologie.«

»Nein, ich meine, was machen Sie in der WG?«

»In der WG? Außer wohnen? Ich verstehe nicht. Worauf wollen Sie hinaus?«

»Miriam meinte, Sie hätten alle gemeinsame Interessen und politische Ziele. Gehören Sie einer Umweltorganisation an? Wissen Sie, dass Miriam als Zeugin in einem Mordfall vernommen wurde?«

»Als Zeugin? Nein, das wusste ich nicht. Bei ihr klang das zumindest anders.«

Schumann wurde allmählich misstrauisch. Sie durften sich nicht verzetteln. »Welche Ziele verfolgen Sie eigentlich konkret?«

»Sie meinen umweltpolitisch?«

»Ja. Was sonst?«

»Wir wollen darauf aufmerksam machen … Sind Sie sicher, dass Sie in Ihren Mordfällen ermitteln?«

»Keine Sorge«, mischte Busch sich ein.

Schumann blickte zwischen Sito und Busch hin und her. »Ich kann mich ja täuschen, aber Sie haben keinen blassen Schimmer, oder?«

»Wovon?«, wollte Sito wissen.

»Was Sie hier wollen«, erwiderte Schumann.

»Nicht ganz.« Sito blieb kühl. »Wir wollen wissen, was mit Miriam ist. Sie als angehender Psychologe müssen das doch bemerkt haben.«

»Was?« Schumann schien ehrlich überrascht.

»Wirkt sie verwirrt, oder hat sie ein Identitätsproblem?«

»Verwirrt?« Schumann lachte lauthals. »Sie ist achtzehn, ärgert sich über ihren Vater, der zur Jagd geht. Ihr Identitätsproblem hat wohl eher damit zu tun. Für achtzehn ist sie aber sehr reif und echt schlau. Das kann Ihnen doch gar nicht entgangen sein.«

Sito überlegte, ob er auf Schumanns Anspielung eingehen sollte, doch er schwieg.

»Was ist denn Ihre nächste Aktion?«, erkundigte sich Busch.

Schumann zögerte, bevor er antwortete. »In nächster Zeit ist nichts geplant. Haben Sie schon eine Spur wegen der Morde?«

»Sie wissen, dass ich darauf nicht antworten darf.«

Schumann zuckte mit den Schultern. »Bitte, Sie sollten versuchen, Miriam zu verstehen. Sie ist ein wirklich nettes Mädchen und sehr begabt. Wussten Sie, dass sie bereits Angebote verschiedener Kunstschulen und ein Kunststipendium hat? Nein? Ihr Vater weiß das auch nicht. Er ist ein Idiot, das heißt, ich sollte das wohl nicht sagen, oder? Er ist ja Ihr Chef, nicht wahr?«

Schumann mochte Miriam, das war unverkennbar. Sito war erleichtert, dass er zuvor auf die vermeintliche Anspielung nicht eingegangen war. Die Worte hatten gar nichts mit ihm zu tun gehabt, sondern mit Schumanns eigenen Gefühlen für Miriam.

Sito und Busch verließen das Büro und gingen durch den Hintereingang hinaus. Von hier schlängelte sich ein langer Weg hinab zum Parkplatz oberhalb von Egg. Sito könnte gleich nach Hause laufen. Für Janina war das ein großer Luxus gewesen, einfach schnell zur Uni hochzuspazieren. Eine Zeit lang hatten sie auf der Insel Reichenau gelebt, und auch die Gemüsefelder dort hatten irgendwann ihren Charme entwickelt. Bei einem ihrer ersten Besuche bei ihm hatte Janina tatsächlich vorgeschlagen, Rosenkohl zu klauen. Sito hatte sich einmal überreden lassen, dann aber am nächsten Tag den Kohl heimlich wieder in die Kisten der Erntehelfer gelegt. Schließlich hatten sie das kleine Bauernhaus in Egg gekauft.

»Haben wir einen Verdacht?«, fragte Busch im Gehen.

Sito hatte das Gefühl, er habe Kohlgeruch in der Nase. »Sagen Sie es mir, Marc. Schumann hat das Thema gewechselt, als Sie ihn nach der nächsten Aktion gefragt haben.«

»Hat er das wirklich?« Busch blieb stehen. »Ich weiß nicht so recht. Ich glaube, das ist eine Sackgasse, selbst wenn die demnächst eine unangemeldete Demo planen. Dieser Schumann wirkte viel zu gelassen. Bis es um Miriam ging, da wurde er persönlich, geradezu leidenschaftlich.« Busch grinste.

Miriam, dachte Sito, immer wieder stolperte er über diese Frau.

»Soll ich Sie mitnehmen? Oder holen Sie Ihr Auto von zu Hause?«

»Was?« Sito war ganz in Gedanken gewesen.

»Kerler erwartet uns. Das Treffen.«

»Ach so, ja, natürlich. Ich hole mein Auto. Und Marc, dieses Gespräch von eben und na ja, das wegen Miriam … Das bleibt unter uns, einverstanden?«

Das Treffen

Es war Enzigs erste offizielle Einsatzbesprechung, und er wäre beinahe zu spät gekommen. Das war ihm schon häufiger passiert, dass er sich derart in seine Fälle vertiefte und alles um sich herum vergaß. Menschliche Abgründe übten eine eigenartige Faszination auf ihn aus. Jetzt saß er neben Mader, dem ebenfalls die Nervosität ins Gesicht geschrieben stand. Wie Enzig mitbekommen hatte, war Mader erstmals Mitglied in einer SOKO. Enzig schwitzte. Parson nickte ihm zu, der Mann neben ihm, Oberstaatsanwalt Bilk, wirkte ebenfalls unruhig. Ständig tippte er mit dem Kugelschreiber auf den Notizblock vor sich. Enzig konnte das nicht ausstehen.

Sito erhob sich. »Heute ist der fünfte Tag nach Auffinden der ersten Leiche. Marc, wollen Sie vielleicht anfangen?«

»Wir haben zwei Spuren für die Fabrik. Zum einen hat sich dort 1958 ein Selbstmord ereignet, Dr. Enzig kümmert sich darum. Mit der anderen Spur verhält es sich etwas absurder.«

»Was meinen Sie mit absurd? Marc, lassen Sie hören.«

»Nun ja, vielleicht nicht absurd, eher kompliziert. Herr Meisler ist da mit einer etwas ungewöhnlichen Geschichte herausgerückt. Während des Zweiten Weltkriegs sollen in dem Fabrikgelände Verhöre und Folterungen von Regimegegnern stattgefunden haben.«

Enzig beobachtete die Reaktionen. In einigen konnte er seine eigene innere Abwehrhaltung wiedererkennen. »Ach nein, keine alten Geschichten«, sagte Bilk, und Kerler atmete hörbar aus. Keiner wollte mit alten Geschichten konfrontiert werden.

»Haben Sie denn irgendetwas in Erfahrung bringen können, was diese Verhöre angeht?«

»Bislang nicht, aber ich habe Professor Dalings von der Universität hier in Konstanz kontaktiert. Ich kann ihn aber erst nächste Woche treffen, da er momentan verreist ist. Wie alle Geschichtsprofessoren im Übrigen. Vor einer Woche wären alle hier gewesen.«

»Das Historikertreffen, ich weiß«, sagte Sito. »Bestimmt lässt sich vorher schon ein Gespräch am Telefon arrangieren. Haken

Sie nach. Nun, meine Herren, Dr. Parson hat auch Neuigkeiten für uns.«

»Kurz und knapp: Dem ersten Opfer wurde mit einem stumpfen Gegenstand ein harter Schlag auf den Kopf versetzt. Welche Art von Waffe hierfür verwendet wurde, kann ich Ihnen noch nicht sagen. Todesursache bleibt der Kehlkopfschnitt. Das zweite Opfer war bei dem Stromschlag bereits gefesselt.«

»Aber dann haben wir ja tatsächlich die Situation, dass der Mörder dachte, er hätte einen Toten vor sich, als er dem Opfer die Kehle durchgeschnitten hat. Oder?«, fragte Busch.

Enzig machte sich Notizen zu den Ermittlungsergebnissen, aber auch zu den Personen im Raum. Es konnte nicht schaden, die Menschen, mit denen man zu tun hatte, besser kennenzulernen. Bilk und Kerler fielen ihm immer wieder auf. Beide waren angespannt, verloren öfter die Haltung, wirkten unüberlegt. Sito dagegen war die Ruhe selbst, ganz anders als am Tag ihres ersten Aufeinandertreffens Anfang der Woche. Er schien sich gefangen zu haben.

»Genau«, bestätigte Parson. »Er dachte offenbar, er lasse nur eine Leiche ausbluten.«

»Dann hat der Mörder den Kerl geschlachtet wie eine Kuh«, sagte Kerler. »Der hat sein Opfer quasi zweimal getötet?«

»Nicht getötet. Schlachttiere werden nur betäubt«, sagte Parson. »Vielleicht sollte es bei unserem Opfer genauso sein.«

»Hauptsache, sie hüpfen nicht vom Teller«, sagte Bilk. »Und, Dr. Enzig, was halten Sie davon?«

»Bitte? Ich, also, bevor ich das beantworten kann, Herr Bilk, lassen Sie uns zunächst die Möglichkeiten der Motivkonstellationen eines Serientäters grob umreißen. Von den sechs Möglichkeiten, die hinreichend bekannt sein dürften, können wir von vornherein schon vier ausschließen.«

»Und das wären Ihrer Meinung nach?«

»Und bitte gleich mit einer Begründung für die Unwissenden unter uns«, sagte Kerler. »Wir hatten hier noch keine solche Sauerei.«

Enzig sah, dass auch Sito die Anwesenden beobachtete. Auch ihm schien Kerlers nervöses Verhalten aufgefallen zu sein. »Nun, die Taten sind augenscheinlich aufwendig inszeniert. Dem Täter kann es also weder um Raub noch um die Erfüllung eines Auftrages noch um die Lösung eines Beziehungskonflikts gegangen sein. Auch der Dispositionsmörder scheidet aus, da wir ja ein gewisses Arrangement entdeckt haben.«

»Wieso kein Auftragsmord? Der Auftrag könnte doch genau in dieser speziellen Ausführung bestanden haben«, sagte Bilk.

»Das ist natürlich möglich, widerspräche aber jeglicher Erfahrung. Bleiben also der Sexual- und der Gesinnungsmörder.«

»Und was macht diese beiden Kategorien aus?«

»Der Gesinnungsmörder hört eventuell Stimmen, die ihn zu den Taten anstiften, dann spricht man von einem visionären Typ. Der Missionsorientierte will eine bestimmte Zielgruppe beseitigen. Ferner gibt es den hedonistischen Typ, der wegen des Lustgewinns tötet. Und letztens den machtorientierte Täter, der das Gefühl des Triumphes über Leben und Tod braucht. Der Sexualtäter kann entweder seinen Sexualtrieb befriedigen oder aber eine Befriedigung aus einer zunächst nicht offensichtlich sexuellen Handlung beziehen. Rache kann als Teil einer dieser Klassifikationen vorkommen.«

»Ich verstehe«, sagte Sito. »Lassen die vorliegenden Fälle bereits eine Aussage zu, mit was für einer Art von Serientäter wir es zu tun haben?«

Enzig schüttelte den Kopf. »So grausam es klingt, aber eine Handschrift zeigt sich eben nicht in einer einzigen Handlung, sondern erst in ihrer Wiederholung. Man muss hier auch die Progredienz berücksichtigen.«

»Pro-gre-dienz ... Sie meinen damit eine Weiterentwicklung seiner Phantasien?« Busch schrieb ebenfalls mit.

»Sehr richtig. Das Charakteristische einer Signatur ist ihre Wiederholung, trotz einer Variation des Tathergangs. Daher müssen wir zunächst den simplen Tathergang genau rekonstruieren. Anschließend haben wir eine Reihe von Handlungen, die über die sogenannte Notwendigkeit der Tat hinausgehen. Damit haben wir dann eine Signatur.«

»Also, Dr. Enzig, wenn ich Sie richtig verstanden habe, sind die Entnahme der Zunge und der Leber sowie die Fesselung,

Aufbahrung beziehungsweise Aufhängung Teil der Signatur des Täters?«, fragte Bilk.

»Na ja«, schaltete sich Parson ein, »Sie erlauben doch, Dr. Enzig? Da der Täter den vermeintlich Toten ausbluten lassen wollte, musste er ihn aufhängen.«

Es wurde unruhig im Konferenzzimmer. Enzig griff nach seiner Tasche, hob sie auf seinen Schoß und kramte nach seinen Unterlagen. »Erlauben Sie mir, dass ich Ihnen zunächst die Statistik zu Serientätern vortrage. Der typische Serientäter ist männlich und zum Zeitpunkt seiner ersten gezielten Tat so um die zwanzig Jahre alt. Er kommt oft aus zerrütteten, meist aggressiv geprägten Verhältnissen und war oder ist auch selbst Opfer von Gewalt und Willkür. In der Regel wohnt er noch zu Hause mit nur einem Elternteil. Ein Einzelgänger. Man muss davon ausgehen, dass er sein Vorgehen perfektioniert.«

»Was bedeutet das für uns?«, fragte Sito.

»Ganz einfach. Wir können davon ausgehen, dass der Mann mit der durchschnittenen Kehle nicht das erste Opfer des Täters war. Der erste Mord geschieht meist eher zufällig.«

»Was meinen Sie«, erkundigte sich Kerler, »wie weit die Taten auseinanderliegen können?«

»Bei sexuell motivierten sadistischen Morden werden die Tatabstände schnell kürzer, da das Nacherleben keine Befriedigung mehr verschafft. Zwischen erster und zweiter Tat liegen durchschnittlich achtundzwanzig Monate, im weiteren Verlauf sechs beziehungsweise drei Monate.«

»Himmel«, entfuhr es Kerler, »dann ist unser Täter ja ganz schön geladen. Zweimal in einer Woche! Entschuldigen Sie, aber ist doch wahr.«

Enzig nickte. »Bei Serientätern mit Wahnvorstellungen oder bei Missionstätern ergibt sich zwangsläufig ein anderer Mordrhythmus.«

»Hat noch jemand eine Frage dazu?«

»Ja, ich«, rief Busch aus. »Ich muss noch mal nachhaken: Wie würde denn die Handschrift eines Sexualmörders aussehen? Ab wann können wir diesen Typ Serienkiller für unseren Fall ausschließen?«

»Gute Frage. Die Taten von Sexualmördern sind die Folge ungehemmter Aggressionsimpulse. Konkret: Man hätte dann eine Vielzahl von Verletzungen – Schläge, Schnitte, Bisse, vor allem im Brust-, Schulter- und Genitalbereich – bis hin zur gänzlichen Zerstörung der Körperoberfläche. Aber ich muss zugeben, das könnte ...«

»... noch kommen«, vollendete Sito Enzigs Satz.

»Moment«, meldete sich Bilk wieder zu Wort, »wieso können wir dann den Sexualtäter nicht auch von vorneherein ausschließen?«

»Weil es verschiedene Möglichkeiten der sexuellen –«

»Worauf wollen Sie hinaus, Dr. Enzig?«, unterbrach Bilk.

»Wie Sie womöglich wissen, haben sadistische Serientäter in ihrer Kindheit manchmal Schlachtungen beobachtet oder gar daran teilnehmen müssen. Ein Schlüsselerlebnis. In einem Teil der Fälle wurden die Schlachtungen sexuell umgedeutet und auf Menschen – die späteren Opfer – übertragen.«

»Grauenhaft«, flüsterte Parson.

»Allerdings«, stimmte Kerler zu.

»Meiner Einschätzung nach können wir mit nur einem weiteren Opfer bereits eine genauere Aussage treffen, denn der Täter verbirgt seine Taten nicht, sondern will verstanden werden.«

»Im Grunde warten wir also auf ein weiteres Opfer? Das sind ja keine erfreulichen Aussichten«, sagte Kerler und ließ den Kopf hängen.

Transzendenzen

»Haben Sie noch einen Augenblick Zeit für mich?« Sito folgte Enzig in sein Büro, schloss die Tür hinter sich und blieb dann stehen. Enzig war sofort unsicher. Was wollte Sito von ihm?

»Wir hatten keinen guten Start«, fuhr Sito fort. »Das tut mir leid, Enzig. Sie haben mich in einem wirklich schlechten Moment erwischt.«

Enzig schluckte. In Sitos Zügen lag eine tiefe Erschöpfung. Die Souveränität von vorhin, während der Besprechung, war verschwunden.

»Wissen Sie, mir ist schon klar, dass ich Ihre Hilfe gut gebrauchen kann. Ich bin in den letzten Tagen kaum einen Schritt weitergekommen. Mir fehlt noch jegliches Gespür für den Fall, eine Idee, ein Zugang, das Motiv.«

Enzig war sich sicher, dass Sito dieses Geständnis Überwindung gekostet hatte. »Ich habe Ihnen unseren Start nicht übel genommen«, sagte er langsam. »Wichtig ist nur, dass wir einen Weg der produktiven Zusammenarbeit finden, wie auch immer der aussehen mag. Wenn ich mir eine persönliche Aussage erlauben darf, Sie sehen abgekämpft aus. Kann ich Ihnen irgendwie helfen?«

»Sie fragen mich jetzt als Psychologe, hab ich recht?«

»Warum nicht. Ich kann Ihnen gerne einen Kollegen empfehlen.«

»Nicht nötig. Ich wollte allerdings etwas mit Ihnen besprechen.«

Enzig bemerkte Sitos Verlegenheit und lehnte sich schweigend zurück.

»Das muss aber unter uns bleiben«, bat Sito. Dann berichtete er von seinen Treffen mit Miriam, der Tochter von Polizeidirektor Kerler.

Enzig bemühte sich sehr, seine Verwunderung zu verbergen. Er hatte diese Miriam gesehen, als sie aus Sitos Büro gestürmt war. Sie war attraktiv, gewiss, aber dass sie Sito derart in Unruhe stürzen könnte, hätte er keinesfalls erwartet. Aber genau das durfte er sich nicht anmerken lassen. Doch was bedeutete das nun für ihre Zusammenarbeit? Sito hatte sich ihm anvertraut, das passte durchaus in sein Konzept, etwas über diesen Menschen herauszufinden, aber nun war eine sehr persönliche Note hinzugekommen, und das machte Enzig verlegen. Er räusperte sich, rückte seine Brille zurecht und schlug einen sachlichen Ton an. »Nur aufgrund Ihrer Erzählung kann ich kaum etwas über diese Hustenattacke sagen. Das mit dem anschließenden Kuss sollten Sie nicht überbewerten. Sie sagten, sie sei sehr jung?«

»Achtzehn, aber sie ist wesentlich reifer.« Sito biss sich auf die Lippen, kaum hatte er die Worte gesagt.

Enzig war klar, was diese Aussage bedeutete. Es war nicht nur ein Kuss gewesen, den eine Jugendliche Sito auf die Wange gedrückt hatte. Sito hatte längst einen Bezug zu der jungen Frau. Enzig wusste, dass er jetzt sehr vorsichtig sein musste. Schweigend wartete er.

»Ihr Vater hat mir unmissverständlich zu verstehen gegeben, ich solle seine Tochter in Ruhe lassen. Verstehen Sie jetzt? Die Sache ist wirklich schwierig.«

»Ziehen Sie in Erwägung, sich von dem Fall entbinden zu lassen?«

»Nein!«

»Wissen Sie denn etwas über Miriams Mitbewohner?«

»Einen habe ich mit Marc heute kennengelernt. Nathanael Schumann, ein Psychologiestudent. Er hält große Stücke auf Miriam und ist überzeugt, dass sie völlig normal ist. Ihr Vater sei ihr einziges Problem, sagt er.«

»Na ja, das wäre doch plausibel. Gut, dann sollten wir zunächst einmal Miriams Mutter besuchen. Einverstanden?« Enzig überlegte, wie er fortfahren konnte, ohne die entstandene Vertrautheit zwischen ihm und Sito zu gefährden. »Darf ich Sie auch etwas fragen?«

Sito nickte und schaute Enzig interessiert an.

»Sie messen dem Raum über die Tatortanalyse hinaus enorme Bedeutung bei. Das interessiert mich.«

»Ich hatte einen Lehrer, der mir beibrachte, dass es neben den zufälligen Orten eines Verbrechens auch Taträume gibt. Der Tatraum umfasst dabei mehr als nur den Ort des Geschehens. Er ist die Bühne.«

»Finden Sie, wir haben im vorliegenden Fall einen Tatraum in diesem Sinne?«

»Ziemlich sicher sogar. Meine erste Assoziation war gezügelte Wut. Können Sie damit etwas anfangen?«

»Dass Sie an gezügelte Wut denken, ist gar nicht verkehrt. Die Taten sind bis jetzt sehr präzise durchgeführt worden. Beziehen Sie das auch auf den Raum?«

»Irgendwie schon. Der Täter beherrscht nicht nur sich und das Opfer, sondern durch die zentrale Präsentation der Opfer auch den Raum.«

»Ein interessanter Aspekt. Wenn dies wirklich ein Teil seines Gesamtplans ist, werden so viele Opfer folgen, bis wir ihn verstehen.«

»Sie halten die Präsentationen für eine Kommunikation zwischen dem Täter und uns?«

»Ja. Ich habe das vorhin in der Besprechung vielleicht nicht deutlich genug zum Ausdruck gebracht, aber der Täter setzt seine Idee für uns in Szene. Er lässt uns teilhaben. Die zeitliche Dimension ist dabei nicht eine Folge seiner Gemütslage, sondern durch äußere Faktoren bestimmt und womöglich ein wichtiger Aspekt seiner Inszenierung. Sito, ich bin mir sicher, dass er mit uns kommuniziert. Sie sind doch anonym über die zweite Leiche verständigt worden, oder? Hat denn die Analyse des Anrufs etwas ergeben?«

»Nein, nichts.« Sito zuckte mit den Schultern.

»Den Mitschnitt des Anrufs sollten wir aufbewahren. Vielleicht dient er uns mal als Beweisstück.«

»Natürlich. Die Mitschnitte werden alle archiviert. Das Gebäude wird ebenfalls überwacht.«

»Wir müssen uns auf Motivsuche begeben. Die Frage ist: Was inszeniert der Täter mit seinen Opfern? Gibt es eigentlich einen Schlachthof in Konstanz?«

»Ja, seit 1990 ist einer draußen im Industriegebiet. Kein großer. Wussten Sie, dass davor im FH-Gebäude ein Schlachthaus war? Bis 1991. Jetzt haben die Studenten da ihre Bibliothek. Davor wurden auf der einen Seite Tiere getötet und auf der anderen Menschen unterrichtet.« Sito starrte zum Fenster hinaus. Genau das hatten manche Studenten auch getan, wenn die Neugier sie gepackt hatte. Außerdem hatten sie das Schreien der Tiere gehört, wenn im Sommer die Fenster der FH offen gestanden hatten.

»Die Menschen haben eine sehr opportunistische Einstellung zum Töten. Und das gilt nicht nur für das Töten von Tieren. Ich meine das jetzt transhistorisch. Es ist eine konstante Fähigkeit des Menschen, ein gewisses Gewaltpotenzial anzunehmen. Ehrlich gesagt vermute ich, dass erst diese und vielleicht die folgenden Generationen das durchbrechen werden.«

»Ich weiß, was Sie meinen.« Sito sah zum Fenster. »Wir sollten uns dort umhören. Im Schlachthof, meine ich, nicht wahr?«

»Ja, sollten wir.«

»Sind Sie hier eigentlich gut untergebracht? Haben Sie eine Wohnung gefunden und sich eingelebt?«

Enzig musste lächeln ob des abrupten Themenwechsels. »Ich habe noch keine Wohnung, dafür aber ein sehr nettes Zimmer mit Kochecke in der Pension ›Zum Goldenen Fisch‹, gar nicht weit von hier und mit wunderbarem Blick auf den Rhein. Ehrlich gesagt überlege ich ernsthaft, gar nicht mehr nach einer Wohnung zu suchen.«

»Klingt gut.« Sito grinste. »Dann haben Sie vor, sich länger einzurichten?«

»Hm, ja, eigentlich schon«, entgegnete Enzig.

»Schon gut. Hab mich schon damit abgefunden, dass ich Sie nicht so schnell wieder loswerde.«

»Darf ich Sie noch etwas fragen?«

»Nur zu.«

»Wer war denn Ihr Lehrer?«

»Mein Vater.«

»Ah. War er denn Philosoph?«

»Nein.« Sito musste lachen. »Das heißt, im Grunde war er auch ein Philosoph. Vor allem aber war er ein erfolgreicher polizeilicher Ermittler in China. Als er einem Serientäter auf die Schliche kam, hat man ihn des Landes verwiesen.«

»Wieso das?«

»Die kommunistische Regierung hielt Serientäter für ein rein westliches Phänomen, also durfte mein Vater auch keine Serientäter entlarven. In der DDR wurde das übrigens von den offiziellen Stellen ganz ähnlich gesehen und beurteilt.«

»Aha, ich muss gestehen, dass ich mir darüber gar nicht bewusst war.« Enzig bastelte in Gedanken an seinem Bild von Sito. Mit jedem Satz kam ein Puzzleteil hinzu. Sito hatte schon viel erlebt, mehr als die meisten Menschen. Nun war eine weitere Erkenntnis hinzugekommen: Er bewunderte seinen Vater. Hierin waren sie beide absolut verschieden.

»Da sind Sie nicht der Einzige«, sagte Sito. »Auf jeden Fall hat mein Vater mir immer von seiner Arbeit bei der Polizei erzählt. Ich glaube, im Grunde wollte man ihn sowieso loswerden – er war kein chinesischer Staatsbürger, sondern Brite. Seine Laufbahn in China hatte er nur den guten Verbindungen seines Vaters zu verdanken. Mein Großvater war Diplomat.«

»Und dann wollten Sie in seine Fußstapfen treten?«

»Gewissermaßen.«

»Ihr Vater scheint ein interessanter Mann gewesen zu sein.«

»Wie kommen Sie auf ›gewesen‹?«

Enzig erschrak. Vom Tod von Sitos Vater hatte er in der Akte gelesen und sich jetzt prompt verplappert. Fieberhaft suchte er nach einem Ausweg. »Nun, Sie sagten, er *war* Ihr Lehrer. Entschuldigen Sie, wenn ich voreilige Schlüsse gezogen habe.«

»Nein, nein, Sie haben ja recht. Er ist tot.«

»Sie sind in China aufgewachsen?«

»Teilweise. Meine Mutter ist eine Weltenbummlerin, und mein Vater war der Sohn eines Briten und einer Chinesin. Irgendwann wollte meine Mutter in ihre Heimat zurück. Und so sind wir in Konstanz gelandet.«

»Ihre Mutter ist von hier?«

Sito lachte wieder. »Meine Mutter ist aus einer Kleinstadt im Allgäu, aber Konstanz war schon mal besser als China.« Er wandte sich zur Tür. »Werden Sie mich morgen zu Frau Kerler begleiten?«

»Ja, natürlich. Wenn Sie das wünschen.«

»Hm. Normalerweise würde man sagen, ich sitze zwischen den Stühlen, aber mein Problem ist vielmehr: Da sind gar keine Stühle mehr ...«

Teil 2

10.–14. Oktober

Das Böse aber kämpft gegen das Vergessen.
Es hat Gedächtnis und Geschichte.

Alexander Schuller

Ein langer Tod

Als sie zu sich kam, spürte sie ein schmerzhaftes Stechen in ihrem Nacken. Sie versuchte, den Kopf zu heben, doch er lag schwer auf ihrem Brustkorb. Mit der Zunge rieb sie an ihrem Gaumen. Ein brennender Schmerz fuhr ihr den Rachen hinunter. Sie fühlte ihre Hände auf den Hüften ruhen, aber sie konnte die Arme nicht bewegen. Langsam spürte sie ihre Beine und schließlich etwas Kaltes unter sich. Sie ekelte sich bei dem Gedanken, es könnte ihr eigener Urin sein. Vorsichtig öffnete sie die Augen – ihr Herz setzte einen Moment aus. Sie saß in einem Käfig. Sie sah ihre Knie eng an den Körper gezogen und erschrak über deren Blässe. Sie würgte. Etwas berührte sie so plötzlich, dass sie aufschrie. Der Strahl eines Wasserschlauchs traf sie hart.

Sie erinnerte sich … an was? Gedankenfetzen rasten durch ihren Kopf. Es war nicht das erste Mal, dass sie mit diesen Lähmungserscheinungen wach wurde. In ihrem Gefängnis war sie seinen Quälereien hilflos ausgeliefert. Er kam auf sie zu. Sie versuchte, wenigstens eine Faust zu machen, doch außer ihren Augenlidern konnte sie nichts bewegen. Sie wimmerte, flehte um Gnade. Er zog einen Spiegel aus der Tasche und hielt ihn ihr vors Gesicht. Sie sah aus, als wäre sie bereits tot.

Er legte eine kleine Flasche und eine Spritze so vor sie, dass sie das Etikett erkennen konnte. Sie wusste, dass er sie damit umbringen würde. Sie konnte sehen, wie er die Spritze füllte, zu ihr kam, den Käfig öffnete und ihr die Spritze neben den Nabel in den Bauch stieß. Sie sah Hunderte von Augen vor sich. Und ihn, der sie fotografierte.

Er beobachtete ihre letzten Regungen. Als sie hinter den Gittern in sich zusammensank, überkamen ihn Zweifel. Er schreckte vor seiner eigenen Kaltblütigkeit zurück, ließ sich auf die Knie nieder und betete. Für einen Moment vergaß er die Tote, doch als er wieder nach oben sah, erstaunte ihn ihr Anblick. Der kahle Schädel lag anmutig auf den Knien, leicht verdreht, die Augen zur Seite gerichtet. Die dünnen Arme fielen beinahe elegant an der Seite des Körpers herab. Die Haut des schlanken, langen Körpers war strahlend weiß. Sie sah aus wie ein Schwan.

Ob du wohl noch diese Haltung hast, wenn sie dich finden?

Er berührte sie, strauchelte rückwärts, schrie, bis seine Stimme heiser war, und schlug sich immer wieder mit der Faust gegen den Kopf. Gott würde ihm nicht helfen. Einen Gott hatte es in seinem Leben nie gegeben.

Sitos Entscheidung

Als Sito sein Haus betrat und im Flur Licht machte, sah er am Durchgang zur Küche die Tasche von Miriam. Er betrachtete sie lange. Schließlich riss er sich los, löschte schnell das Licht und ging im Dunkeln die Treppe nach oben in sein Schlafzimmer. Erst als er die Tür hinter sich geschlossen hatte, tastete seine Hand nach dem Lichtschalter.

In der Dusche dachte er über das Gespräch mit Enzig nach. Er war ihm nähergekommen und hatte zudem das Gefühl, etwas verbinde sie beide, allein er hatte noch keine Idee, was es sein könnte. Manchmal wirkte Enzig sehr verunsichert, wegen seiner Größe etwa, mit der er nicht sportlich umzugehen wusste. Ganz harmlose Fragen schienen ihn dann aus dem Gleichgewicht zu bringen – manchmal gar im wörtlichen Sinn. Zu einem Einsatz würde Sito ihn so nie mitnehmen können. Sollte Enzig bei der Polizei bleiben, dann würde er ihm einige Kurse nahelegen.

Je mehr er über Enzig nachdachte, desto mehr beschlich Sito der Verdacht, dass unter dem schützenden Mantel der fachlichen Kompetenz bei Enzig eine tiefe Verwundung lag, die dazu führte, dass er unsicher wurde, sobald er sein Fachgebiet verlassen musste. Dabei hatte Enzig dazu gar keinen Grund. Sito mochte seine ruhige Art, die ihm von Beginn an vermittelt hatte: Da ist einer, der gut mit sich alleine sein kann. Enzig spielte sich nicht in den Mittelpunkt. Selbst wenn er mit seinem Wissen brillieren konnte, tat er dies mit Bedacht. Dass Sito dennoch das Gefühl nicht loswurde, Enzig verberge etwas vor ihm, ließ ihn zögern, Enzig ganz zu vertrauen.

Sito wusste, dass irgendetwas vorging im Präsidium. Zwei Mal hatte er Beamte von der internen Abteilung gesehen. Auch war ihm längst klar, dass Hohenfels ihn im Visier hatte. Sito sollte wachsam sein. Ein Freund, einer, der von außen kam, wäre durchaus hilfreich, um seine Position zu stärken, sollte es wirklich zu einer Untersuchung kommen. Friedrich war momentan zu sehr mit sich selbst beschäftigt, Samuel zu weit weg. Und Marc Busch?

Irgendwann würde er sich wünschen, selbst einmal eine stärkere Position im Präsidium zu haben, und an und für sich war er auch ein guter und sympathischer Mann. Aber Sito konnte den Ehrgeiz von Busch nur schwer einschätzen. Das war keine gute Basis. Also blieb Enzig. Ein Stück weit hatte er ihn ohnehin schon auf seine Seite gezogen, das war ihm durchaus bewusst. Enzig band sich offenbar gern an eine starke Persönlichkeit.

Sito überlegte, wie er bei Irene Kerler vorgehen sollte. Was waren die wichtigsten Fragen? Worauf würde das Gespräch morgen hinauslaufen? War er dafür überhaupt bereit? Sito zuckte zusammen. Das Stechen in der Magengegend nahm so schnell Besitz von ihm, dass er beinahe geschrien hätte. Er presste beide Hände auf seinen Bauch, verharrte vornübergebeugt, kämpfte gegen die Atemnot. Der Schmerz verging so plötzlich, wie er gekommen war. Nach und nach entspannte er sich, wagte wieder, sich aufzurichten und sich abzutrocknen. Er legte sich ins Bett. Durch das Dachfenster fiel der schwache Schein des Mondes. Obwohl er unbekleidet war, schwitzte er wie im Fieber und starrte nach draußen in die Nacht. Schweißgebadet lag er in seinem Bett und begriff nur langsam, dass er in einen sehr kurzen Schlaf gesunken war. Die Bettdecke war auf den Boden gerutscht, Sito war seine Nacktheit unangenehm. Schnell ging er ins Bad, trank kaltes Wasser und zog sich an. Im Spiegel konnte er sehen, wie die Wassertropfen über sein Gesicht liefen, über die Narbe, die sich über seine linke Schläfe schlängelte.

Miriams Handtasche. Er wusste, dass er es tun musste. Sito drehte das Wasser ab und ging nach unten. Mit einer Flasche Wodka setzte er sich an den Esstisch. Hastig trank er das erste Glas. Langsam stand er auf. Zurück an seinem Platz legte er Miriams Eigentum vor sich auf den Tisch und betrachtete seine Beute. Miriam war die erste Frau seit Janinas Tod, die seine Aufmerksamkeit erregte. Er trank noch ein Glas. Entschlossen öffnete er die Tasche. Ein Pullover, eine Flasche Mineralwasser, eine Zeichenmappe, ein Mäppchen mit Stiften – die Ausbeute lag vor Sito auf dem Tisch. Sein Blick blieb an der Zeichenmappe hängen. Neugierig schlug er sie auf. Das erste Bild zeigte eine Kohlezeichnung der Fabrik. Es folgten Stillleben und Bleistiftskizzen von Gregor, dann wieder

Ansichten der Fabrik. Miriam hatte den Lichteinfall von den Süd-fenstern eingefangen. Sito war beeindruckt. Er war betrunken und erinnerte sich verträumt an den Kuss. Bei seinen Affären hatte er das Küssen vermieden. Er hob die rechte Hand und drückte den Handrücken gegen seinen Mund. Ein imaginärer anderer Mund, seine Hand, ihr Mund, er küsste seinen Handrücken, dann blätterte er weiter.

Das nächste Bild zeigte einen nackten Mann, der kopfüber aufgehängt war. Detailgetreu hatte Miriam den baumelnden, halb abgetrennten Kopf gezeichnet, die überdehnte Haltung, die so bar jeder Menschlichkeit war. Sito hielt das Blatt in der Hand, deren Rücken er gerade geküsst hatte. Entsetzt warf er die Zeichnung auf den Tisch und stieß dabei sein Glas um. Zitternd nahm er das folgende Blatt. Es zeigte einen aufgebahrten, ebenfalls nackten Mann. Wie ein Gekreuzigter lag er auf einem Tisch, als wäre es ein Opferaltar.

Fassungslos presste sich Sito die Hand vor den Mund. Alles verkrampfte sich in ihm. Seine Haut kribbelte, als liefe Eiswasser darüber hinweg. Wie war das möglich? Wie konnte Miriam … Sie konnte doch unmöglich die Opfer gesehen und das nicht erzählt haben. So etwas konnte doch niemand für sich behalten. Und wie hätte sie die beiden Opfer sehen können?

Auf einem weiteren Bild war ein Mann zu sehen, der zwischen zwei Balken eingespannt war, sodass sein Körper gestreckt war. Eine gesichtslose, nur abstrakt angedeutete Gestalt zog dem Mann vom Nacken her die Haut ab. Der Gefesselte war nicht tot – er hatte den Kopf in den Nacken gelegt, soweit die Fesselung dies zuließ, und den Mund zu einem Schrei geöffnet.

In Sitos Kopf begann es zu kochen, die Luft blieb aus, und von irgendwoher drang dieser Schrei in sein Bewusstsein.

Es folgten Bilder von einem Wald. Zwischen den Bäumen waren Hände und Füße zu erkennen. Auf einem Bild hatte eine Frau eine lange Metallstange im Mund stecken. Ihr Kopf war so in den Nacken fixiert, ihre Augen starrten dennoch leicht schräg und riesengroß aus dem Bild heraus, ihre Hände waren auf den Rücken gefesselt. Alles an dieser Szene war entwürdigend.

Das letzte Bild aus Miriams Mappe zeigte einen Käfig, in dem eine nackte Gestalt kauerte … Sito würgte. Er rannte ins Gästebad und übergab sich. Er rang nach Atem, doch immer wieder sah er die Skizzen vor Augen, immer wieder hämmerte es in seinem Kopf, dass es irgendwo weitere Leichen gab, die sie nur noch nicht gefunden hatten.

Als sein Magen schon völlig leer war, schüttelten Sito noch immer heftige Krämpfe. Er ließ die Kloschüssel los und ließ sich auf den Boden sinken. Seine Beine hätten ihn keinen Schritt mehr getragen. Er lehnte mit dem Rücken an der weißen Wand, fühlte den kalten Schweiß auf seinem Körper und griff mit der Hand zur Seite, klopfte auf den Boden, wie er es immer getan hatte, um Pollux anzulocken. Doch seine Hand erreichte nur ein rotes Handtuch am Boden, in das sich seine Finger verkrallten. Er war am Ende. Seine Hand ließ das Handtuch los und klopfte mechanisch auf den Fliesenboden. Immer und immer wieder. Lautlos rief er nach Pollux.

Täuschungsmanöver

»Was starren Sie mich so an?« Sito versuchte ein Lächeln. »Ich weiß, ich seh schrecklich aus.« Er parkte den Wagen vor einer alten Villa im Musikerviertel, nur ein paar Meter von der Promenade entfernt. Alles war ihm vertraut. Nach dem Tod seines Vaters hatte er sich für eine Woche bei den Kerlers verschanzt. »Wollen Sie vielleicht das Gespräch führen?«

»Kann ich gerne machen. Und Sito, verstehen Sie mich jetzt nicht falsch, aber wenn es da noch etwas gibt, das ich besser wissen sollte – jetzt wäre der geeignete Augenblick.«

Sito schüttelte den Kopf. »Lassen Sie uns gehen.«

»Halt, warten Sie! Was, wenn Kerler selbst da ist? Ich möchte ungern in eine kompromittierende Situation geraten.«

»Kerler ist weg, keine Sorge.« Sito lief neben Enzig auf das Haus zu. Friedrich Kerler war ein guter Freund gewesen, gerade um so viel älter, dass er ein »väterlicher Freund« sein konnte. Jetzt schlich Sito hinter seinem Rücken in sein Haus, um seine Frau zu befragen. Auch wenn ihre Freundschaft in den letzten Jahren abgekühlt war, leicht fiel es ihm nicht.

Er klingelte, und eine hübsche, zierliche Frau öffnete ihnen. Sie war zum Ausgehen angekleidet.

»Ja bitte?« Irene Kerler sah erstaunt von Enzig zu Sito. »Paul, du bist es. Wir haben uns ja schon lange nicht mehr gesehen. Wie geht's dir?«

»Können wir reinkommen, Irene? Das ist Roman Enzig, ein neuer ...«

»... Kollege, ich weiß, ich weiß. Ich wollte gerade gehen, aber bitte. Friedrich ist bei seinem Jagdausfug, aber das weißt du ja bestimmt.«

»Ja, das wissen wir. Wir wollten auch zu dir, Irene.«

»Ach was.« Sie zog ihren Mantel aus und ging voran ins Wohnzimmer.

»Nun, Frau Kerler, es ist etwas schwierig. Wir sind nicht dienstlich hier, sondern privat. Wir machen uns Sorgen um Ihre Tochter.«

»Sandra?« Irene zog ihren Rock glatt. »Was ist mit ihr? Hat sie was angestellt?«

»Nein, keine Sorge. Aber vielleicht hat Ihnen Ihr Mann ja erzählt, dass sie in unsere Untersuchungen geraten ist«, erklärte Enzig.

»Nein, mein Mann erzählt nie von der Arbeit.« Irene machte sich wieder an ihrem Rock zu schaffen und blinzelte hilfesuchend zu Sito. »Paul?«

Doch Sito schwieg beharrlich. Er konnte sich nicht erinnern, was ihn wirklich von den Kerlers entfernt hatte. Vielleicht Janina?

»Sehen Sie, Ihre Tochter war an einem Tatort und hat sich als Miriam Bunt ausgegeben. Sito wusste nicht, dass es sich um Ihre Tochter handelte. Er hat sie zwischenzeitlich als Zeugin vernommen, und dabei ist es zu einem Zwischenfall gekommen. Ich muss Sie jetzt sehr direkt fragen: Leidet Ihre Tochter an einer Krankheit, die krampfähnliche Zustände hervorruft?«

»Wie kommen Sie denn darauf? Paul, du kennst Sandra doch von klein auf? Und du weißt doch, dass Miriam ihr Zweitname ist, oder? Bunt, na ja, das ist halt so ein Spleen, weil sie doch malt und so. Was ist hier eigentlich los?«

»Irene, bitte, ich mach mir wirklich Sorgen. Sie ist während des Gesprächs plötzlich aufgesprungen, hat gehustet und war wie weggetreten.«

Im Hintergrund räusperte sich jemand. Sito sah sich um. Da stand Miriam. Ein graues Kostüm mit Nadelstreifen, der Rock in Knielänge, dazu hohe schwarze Pumps und die passende Handtasche. Die Haare waren straff nach hinten gebürstet und in einem Zopf gebändigt. Ihr Gesicht war geschminkt, und glänzender Schmuck zierte ihre Ohren. Ohne Frage, das hier war Sandra Miriam Kerler, die zu Enzig ging und ihm die Hand schüttelte und auch Sito höflich begrüßte. Von Miriam Bunt waren an dieser jungen Frau nur wenige Spuren. Nichts verriet die Vertraulichkeit des vorangegangenen Tages.

»Sandra, setz dich doch einen Moment zu uns, die Herren erkundigen sich nach deinem Gesundheitszustand. Du hast mir gar nicht erzählt, dass du mitten in eine Untersuchung geraten bist, mein Schatz?«

»Nein, das war nun wirklich nicht so wichtig. Eine Lappalie, nicht wahr?«

Sito konnte ein leichtes Parfüm erkennen, und irgendwo dahinter glaubte er auch, ihre Haut riechen zu können. »Ja, eigentlich nur eine Lappalie«, murmelte er.

»Wie lange hast du sie denn nicht gesehen, Paul?«

»Über zehn Jahre.«

»Ach herrje, so lange?« Irene betrachtete ihre Tochter stolz. »Sie ist eine schöne junge Dame geworden, nicht wahr?«

Sito traf die funkelnden Augen von Miriam auf der einen und den gespannten Gesichtsausduck Enzigs auf der anderen Seite. Er flüchtete sich in ein Lachen. »Ja, wahrlich, sie ist sehr erwachsen geworden, Irene.«

»Ich wollte Sie nicht verschrecken«, Sandra zwinkerte Sito zu, »wirklich. Ich hätte sonst gleich gesagt, dass ich mich nur verschluckt habe.«

Sito nickte. Sie legte den Kopf an die Schulter ihrer Mutter und lächelte ihn an. Sie spielte mit ihm. Schnell erhob er sich. »Danke noch mal, dass du dir Zeit genommen hast, Irene. Wir wollen euch wirklich nicht mehr länger aufhalten. Es war ja nur eine Frage.«

»Unter Freunden, Paul, nicht wahr? Das war es doch, oder?«

»Natürlich. Unter Freunden, Irene.«

»Wir waren gerade auf dem Weg nach Zürich, um mal wieder ausgiebig zu shoppen. Ein Mutter-Tochter-Tag, verstehst du?« Die beiden Frauen legten die Köpfe aneinander.

Eine Botschaft

Enzig hatte den Anruf weggedrückt, aber das Gerät nicht aus-
gestellt. Er war der Einladung Sitos zu ihm nach Hause gefolgt.
Einerseits freute er sich, dass Sito ihn nun mehr miteinbezog,
andererseits fühlte er, dass ihn diese Nähe befangen machte. Gerade
hatte ihm Sito die Zeichenmappe von Miriam gereicht, als Enzigs
Handy erneut klingelte.

»Hallo?«

»Hier Hohenfels. Sagen Sie mal, was ist eigentlich los? Sie
wollten mich doch anrufen! Und dass Sie mich wegdrücken, ist
in-ak-zep-ta-bel.«

Enzig schielte zu Sito. »Ich muss Schluss machen. Wir haben
hier zu tun.« Er legte auf und schaltete das Handy aus. Irgendwie
musste er Hohenfels loswerden, und zwar bald und nachhaltig.
Es stand für Enzig mittlerweile außer Frage, wem seine Loyalität
galt. Er war von Beginn an der falsche Mann für diese Aufgabe
gewesen. »Woher haben Sie die Mappe?«

»Miriam hat ihre Tasche bei mir vergessen«, gestand Sito.

Lange betrachtete Enzig die Bilder. »Wofür halten Sie das?«

»Ich weiß nicht genau. Vielleicht sind die Personen auf den
Bildern unsere nächsten Opfer.«

»Also, ich bin unschlüssig, wie wir das bewerten sollen.«

»Kann Miriam – also Sandra etwas mit den Morden zu tun
haben?«

»Bevor wir weiterreden: Vielleicht sollten Sie sich doch von
dem Fall entbinden lassen?«

»Zweifeln Sie etwa an meiner Urteilsfähigkeit?«

»Mir scheint, dass Sie befangen sind, und ich zweifle auch
schlicht und einfach an Ihrem Gesundheitszustand. Sie sollten
sich krankschreiben lassen, Sito. Ich empfehle Ihnen dringend ...«

»Sparen Sie sich das, bitte.«

»Wie Sie meinen. Fest steht, dass Miriam zwei Bilder gezeichnet
hat, die unseren Opfern zum Verwechseln ähneln. Allein aufgrund
dieser Tatsache muss man sie befragen. Andererseits kann ich Sie

beruhigen, es ist unwahrscheinlich, dass sie selbst etwas mit den Morden zu tun hat.« Enzig musste selbst seine Gedanken ordnen, es gab Bilder von den Toten, das ging über das Beobachten hinaus. Gleichzeitig entfernte es den Beobachter, denn eine andere Tätigkeit als das Beobachten stand im Vordergrund – das Künstlerische. Das könnte auch den Täter bewegen. Wusste er von Miriams Bildern?

»Dann würde sie den Mörder kennen«, murmelte Sito. »Was macht Sie so sicher, dass sie nicht auch Täterin ist?«

»Sicher bin ich nicht. Aber Miriam widerspricht dem Täterprofil auf ganzer Linie. Vielleicht ist sie so etwas wie seine Protokollantin.«

»Warum sollte sie das tun?«

»Ich habe keine Ahnung. Fakt ist allerdings, dass wir durch die Bilder nicht unbedingt einen Vorsprung haben müssen. Es wäre durchaus denkbar, dass es bereits eine Reihe weiterer Opfer gibt, von deren Existenz wir nur noch nichts wissen und vielleicht auch nie erfahren werden.«

Es klingelte. Während Sito zur Tür ging, betrachtete Enzig die nackte Gestalt in dem Käfig. Sito kam mit einem kleinen Päckchen zurück.

»Haben Sie Geburtstag?«, fragte Enzig.

»Nein, keine Ahnung, wer mir etwas schickt.« Sito legte die Post beiseite.

Enzig allerdings griff danach. »Machen Sie es auf!« Er erinnerte sich an seine erste Fallanalyse. Was machte der Täter mit Zunge und Leber, wenn er einen höheren Zweck verfolgte? »Machen Sie schon, Sito.«

»Enzig, was ist denn in Sie gefahren? Sie meinen doch nicht etwa …?«

»Doch«, flüsterte Enzig. »Machen Sie es auf.«

Sito stand auf und holte sich Handschuhe aus seiner Jacke, um keine Spuren zu zerstören, dann öffnete er das mehrfach verschnürte Päckchen. Seine Hände zitterten. Enzig wagte kaum zu atmen. Unter dem Papier kam eine kleine Schachtel zum Vorschein, wie diese Pralinenschachteln, die sich oben einfach auffalten ließen und dann als Blütenform vor einem lagen. Sito faltete die Schachtel auf. Vor ihnen stand ein Glas, etwa so groß wie ein Marmeladenglas. In ihm befand sich eine rötliche Paste, und daneben lagen zwei Fotos.

Enzig blickte auf das Glas, dann auf die Bilder. Das eine zeigte einen Mann, der auf einer Holzbank saß. Im Hintergrund war eine Scheune zu sehen und Wald. Nichts Besonderes. Der Mann war vielleicht fünfzig Jahre alt, das Bild schien recht aktuell zu sein. Das andere dagegen war schwarz-weiß, vielleicht aus den späten Siebzigern. Es zeigte einen Jungen vor einem Aquarium. Enzig sah, dass Sito sich losreißen musste. »Ich fürchte, wir wissen, womit wir es bei dem Marmeladenglas zu tun haben. Aber was haben diese Fotos zu bedeuten?«

Sito schüttelte den Kopf. Er sagte nichts und starrte nur das Glas an.

»Das eine könnte unser Opfer sein«, fuhr Enzig fort. »Ich habe mich schon die ganze Zeit gefragt, was der Täter mit der Zunge oder mit der Leber macht. Er hat die Trophäen nicht ohne Grund behalten.«

»Aber das erklärt nicht, weshalb er sie mir schickt.«

»Ich fürchte, das ist allein unser Problem. Ich glaube, unser Täter ist überzeugt, dass Sie wissen, was er Ihnen damit sagen will. Überlegen Sie doch. Der ganze Aufwand würde keinen Sinn machen, wenn es nur ein Rätsel sein soll.«

»Das muss sofort ins Labor. Ich werde Samuel bitten, das umgehend zu untersuchen.«

»Na gut.« Enzig verfolgte, wie Sito Miriams Bilder wieder in die Mappe sortierte und diese verschloss. »Sie wird Sie nach ihrer Tasche fragen, Sito. Bis dahin sollten Sie Kopien gemacht haben.«

»Das ist mir klar.«

Enzig nahm noch einmal die Schwarz-Weiß-Fotografie zur Hand und betrachtete das Bild von dem kleinen Jungen. Er lächelte und hatte eine Narbe an der linken Schläfe. Enzig hob langsam den Kopf und schaute Sito ins Gesicht. Deutlich konnte er die Narbe an Sitos Schläfe erkennen.

Hausbesuche

Professor Michael Dalings holte sich das Fax, das ihm seine Sekretärin ins Hotel geschickt hatte. Es hatte erst einen Tag an der Rezeption gelegen, und Freitagabend war er zu erschöpft gewesen, doch jetzt, nach einem ausgiebigen Frühstück und noch zwei Stunden Zeit bis zu seinem nächsten Vortrag, nahm er es in die Hand.

»Ein Mann von der Polizei hat angerufen. Es geht um die Morde auf dem alten Fabrikgelände, wo während des Zweiten Weltkriegs Verhöre stattgefunden haben sollen. Die Polizei hat einen Zeugen gefunden. Der Kommissar sucht jetzt einen Spezialisten, der ihm sagen kann, ob die Taten in Verbindung stehen könnten. Gruß, Karin.«

Dalings las das Fax immer wieder und konnte sein Glück kaum fassen. Er stand auf und ging ins Bad, stellte den Wasserhahn an und wartete, bis das Wasser eiskalt aus der Leitung kam. Dann schüttete er sich zwei Handvoll ins Gesicht. Anschließend trocknete er die prickelnde Haut und sah in den Spiegel. Sein dunkler Haaransatz war noch feucht, die Augen vom Jetlag und der langen Eröffnungsfeier des Kongresses gerötet. Außerdem hatte eine rothaarige Historikerin aus Frankreich vorgeschlagen, noch einen gemeinsamen Cocktail zu nehmen. Sein Französisch war miserabel, dennoch schien sie Gefallen an ihm gefunden zu haben. Vielleicht auch gerade deshalb. Er war kein guter Gesprächspartner, und in der fremden Sprache musste er sich für seine Schweigsamkeit nicht rechtfertigen.

Bei seinen Studenten war es ihm dagegen sehr peinlich, wenn ihm mal wieder nicht die passenden Worte in einem ganz normalen Gespräch einfielen. Doch gerade dieser Situation war er tagtäglich ausgesetzt, hatte sich sogar bewusst dafür entschieden, als er mit Mitte vierzig bereits Professor für Neueste Geschichte wurde. Er hatte gehofft, im Laufe der Jahre würde sich das bessern, ja, vielleicht würde ihm irgendwann sogar das Dozieren Spaß machen, aber es blieb dabei: Die Lehre und auch die Studenten waren ihm unangenehm. Die Forschungsarbeit war das Einzige, was ihn an der Universitätslaufbahn gereizt hatte. Das Forschen nach seinen Vorfahren.

Endlich, dachte er. *Endlich habe ich etwas in der Hand.* Das musste ein Zeichen sein. Gerade, als er hatte aufgeben wollen. Es war nicht leicht, mit einer Ungewissheit zu leben. Das betraf viele Menschen, vor allem nach dem Zweiten Weltkrieg. Viele von ihnen erfuhren erst Jahre später, was aus ihren Liebsten geworden war. Manche erfuhren es nie. Wie seine Großmutter. Solche Verluste übertrugen sich auf die Kinder- und Enkelgeneration.

Dalings hatte zusammen mit Erinnerungsforschern an einem Projekt gearbeitet. Er hatte sich mit dem kulturellen Gedächtnis beschäftigt, mit Fragen nach der Vererbung von Schuld. Das war genau das Spannungsfeld, in dem er großgeworden war. Seine Großmutter, die nach Antworten suchte, nach dem Großvater, ein wenig wohl auch nach der eigenen verlorenen Zeit, sich aber abfand und dennoch ihre Suche und die Ungewissheit an ihre Kinder weitergab.

Dalings wusste nicht, weshalb, aber die Wut und Verzweiflung über die Unsicherheit, wo der Großvater geblieben war, potenzierte sich. Dalings Vater war von dieser Wut ganz zerfressen. Er war während des Zweiten Weltkriegs noch ein Kind gewesen. Die Erinnerung an seinen Vater hatte sich mit den Jahren verloren. Das machte ihn immer wütender. Sich mit dem unerklärten Verschwinden des Vaters abzufinden, war unheimlich schwer.

Die treibende Kraft für Dalings war diese Leerstelle, die seinen Vater nicht zu dem Vater hatte werden lassen, den er selbst sich so sehr gewünscht hatte. Und damit war auch er betrogen worden. Seine Großmutter war sich sicher, dass sich die Spur des Großvaters in Konstanz verlor. Nie hätte er seine Familie freiwillig verlassen.

Dalings' Nachforschungen hatten ihn zu der alten Fabrikhalle geführt. Es gab Aufzeichnungen eines alten Kommandanten, in welchen die Verhöre mit Abkürzungen notiert waren. Es war wie ein ausgelagertes Gefängnis. Ein idealer Standort, niemand hatte sich daran gestört.

In den Briefen einer alten Frau war Dalings das erste Mal darauf gestoßen, dass auch in Konstanz systematisch nach sogenannten

Verrätern gefahndet worden war. In den Verhören sollten all jene ausfindig gemacht werden, die Juden, Kommunisten und Widerständler vor ihrer Deportation beschützen wollten. Seine Großeltern hatten niemanden versteckt, zumindest war darüber nie gesprochen worden, dennoch war sich seine Oma sicher, dass sie ihren Mann geholt hatten. Wie eine Hexenjagd.

Und jetzt sollte es tatsächlich einen Zeugen geben? Endlich einer, der darüber sprechen wollte und vielleicht sogar Namen hatte?

Dalings konnte es noch immer nicht glauben. Wie war die Polizei darauf gekommen? Er griff zum Telefon und rief bei seiner Sekretärin an. Er erklärte ihr, dass er selbstverständlich sofort mit der Polizei sprechen wolle. Dann wählte er die Nummer seiner Großmutter, doch noch vor dem ersten Freizeichen legte er wieder auf. Kalter Schweiß trat ihm auf die Stirn. Dalings ließ sich in den braunen Ohrensessel in seinem Hotelzimmer fallen. Die ganze Zeit über hatte ihn der Wunsch angetrieben, herauszufinden, wer seinen Großvater getötet hatte. Mit dem Auftauchen eines Zeugen war die Wahrheit zum ersten Mal in Reichweite. Was aber, wenn sein Großvater gar kein Opfer, sondern ein Täter gewesen war?

Maria öffnete, sofort hellte sich ihr Gesicht auf. »Paul, hallo. Samuel hast du knapp verpasst, er ist zum Einkaufen gefahren. Herr Enzig? Ich grüße Sie. Kommt doch rein.«

»Wenn wir dich nicht stören, gerne.«

»Paul, du siehst nicht gut aus«, stellte Maria besorgt fest. »Möchtest du etwas essen? Ein zweites Frühstück? Und Sie, Herr Enzig, haben Sie überhaupt schon gefrühstückt?«

»Ja. Vielen Dank«, erwiderte Enzig, und auch Sito lehnte dankend ab.

»Nicht mal Kaffee? Der steht schon hier auf dem Tisch.«

»Kaffee wäre wunderbar, mehr brauche ich aber nicht.«

Sito fasste Maria am Arm und bat sie, sich zu ihnen zu setzen. Er wusste, dass sie sonst keine Ruhe geben und ihm letztendlich doch etwas zu essen bringen würde. »Mir geht es gut, Maria, wirklich. Ich habe die letzten Tage nur sehr schlecht geschlafen. Wegen Pollux.«

»Was willst du denn von Samuel?«

»Einen Gefallen, wie immer.« Sito lächelte und nahm einen Schluck Kaffee. »Ich brauche ihn kurz im Labor. Meinst du, das klappt?«

»Aber sicher. Kommst du dann heute Abend zum Essen?«

»Hab ich denn eine Wahl?« Er zwinkerte ihr zu. »Vielen Dank.«

»Wofür?« Maria sah erstaunt auf.

»Dass du dich um mich sorgst«, antwortete Sito.

Maria sah ihn an und legte ihre Hand sanft auf seine Wange. Sito wusste, dass sie in diesem Moment in Gedanken die Wange ihres Sohnes streichelte. Er ließ es geschehen, wenngleich ihm klar war, dass Enzig die Geste merkwürdig vorkommen musste.

»Möchtest du nicht vielleicht doch Brot oder etwas Obst?«

Sito sah ein, dass es das Beste war, nachzugeben. Als Maria in der Küche war, sah er zu Enzig, der verschmitzt dreinblickte. »Ich hab ihnen vor acht Jahren mitgeteilt, dass ihr Sohn tot ist. Er hieß Paul und war gerade achtzehn.« Die Information hatte gesessen, Enzig war das Grinsen in den Gesichtszügen eingefroren.

Maria brachte für beide Toast und eine Schale mit Obstsalat. Enzig aß sofort, doch Sito fiel jeder Bissen schwer. Er hatte eine schier unüberwindbare Abneigung gegen Brot. Doch er zwang sich, alles gut gekaut zu schlucken. Schließlich konnte er nicht mehr. Er schielte auf Enzigs leeren Teller, dann bat er Maria um ein Glas Wasser. Als diese in die Küche eilte, tauschte er die Teller so schnell, dass Enzig gar nichts entgegnen konnte. Dankbar trug Sito seinen leeren Teller zu Maria in die Küche. Im Flur schlug die Haustür zu.

»Ja, so eine Überraschung. Wir haben Frühstücksgäste.« Parson trat mit zwei großen Einkaufstüten in die Küche und stellte sie auf die Ablage. Er küsste Maria. »Was verschafft mir die Ehre, dass ihr mich heute besucht? Paul, Dr. Enzig?«

»Paul kommt heut Abend zum Essen, Schatz.«

»Ich bräuchte deine Hilfe, Samuel. Du müsstest etwas für mich untersuchen«, erklärte Sito und warf einen flüchtigen Blick auf Maria. Parson begriff, dass es sich um eine heikle Angelegenheit handeln musste. Er behielt seinen Hut in der Hand. »Maria, ich bin gleich wieder da. Wir können, Paul.«

»Moment, ich hab was anderes vor. Hier«, Sito reichte ihm die Tüte mit dem Glas, »das kam heute Morgen mit der Post.«

»Und du meinst, es hat mit den Morden zu tun?«

»Um das zu beantworten, brauche ich dich.«

»Ich ruf dich an, sobald … Paul, was ist mit dir?«

Sito taumelte rückwärts. Er presste sich die Hand auf den Mund und rannte zur Toilette. Er schaffte es gerade noch, bevor er sich übergeben musste. Wieder schüttelten ihn heftige Krämpfe. Er wusch sich das Gesicht und ging zurück zu Enzig und Parson. Sito sah ihnen an, wie sehr sie sich sorgten. Bei Maria war das etwas anderes; wenn sie sich um ihn sorgte, dann zum Teil in Erinnerung an ihren Sohn. Parson und Enzig jedoch machten sich Sorgen um *ihn*, Sito. Es fiel ihm schwer, das hinzunehmen.

»Er muss zu einem Arzt«, stellte Parson fest.

»Ich weiß«, erwiderte Enzig. »Ich werde dafür sorgen.«

»Ich bin anwesend. Hört auf, über mich zu reden, bitte.« Sito fühlte, dass die Haare über seinen Ohren nass waren. Er wich Enzigs Blick aus.

Sie fuhren zurück nach Konstanz. Der Verkehr kam bereits auf der Höhe von Hegne zum Stehen. Die nächsten paar hundert Meter konnte Enzig überlegen, ob er die längere Strecke über Wollmatingen der kürzeren, aber überfüllten Route vorbei an der Insel Reichenau und dem Flughafen vorziehen sollte. Sito bedeutete ihm, den Weg durch den Stau zu nehmen. Mühsam kämpfte Enzig sich vorwärts. Die Baustelle an der Kindlebildkreuzung warf ihre langen Schatten voraus. Nichts ging mehr. Die Straße, die nach Konstanz führte, war noch immer ein Nadelöhr. Enzigs Gedanken schweiften ab, als er neben sich die Pappelallee sah, die auf die Reichenau führte. Als Kind hatte er mit zwei Freunden mehrmals die Insel mit dem Fahrrad umrundet. Damals hatte es noch keinen Radweg neben der Allee gegeben und keine Ausweichmöglichkeiten. Die Autofahrer hatten sich über die Jungs auf ihren Fahrrädern oft ziemlich geärgert. Unvermittelt fragte er in die Stille: »Sie wissen, dass Sie sie nicht mehr lange beschützen können?«

»Was?« Auch Sito hatte auf die Insel gestarrt. Womöglich hatte auch er Erinnerungen an die Reichenau – welcher Konstanzer hatte die nicht? »Wen meinen Sie?«

»Miriam.«

»Ich beschütze sie gar nicht. Ich denke vielmehr, dass *sie* jemanden schützt. Sie ist uns einen Schritt voraus, und deshalb werden wir sie nun rund um die Uhr beschatten. Inoffiziell. Kann ich auf Sie zählen?«

»Und Sie sind sich sicher, dass nicht mehr dahintersteckt? Hinter Ihrer Fürsorge, meine ich. Oh, verdammt!« Enzig bremste scharf. Auf Höhe des Flughafens hatte es auch noch einen Auffahrunfall gegeben. Sie mussten warten, bis sie endlich vorbeigeleitet wurden. Danach endlich rollte der Verkehr wieder auf die mittlerweile ausgebaute Straße.

»Du meine Güte, was ein Nadelöhr hier.«

»Sagen Sie nichts, Enzig, das war früher noch viel schlimmer. Aber diese autobahngleiche Einfahrt ist auch nicht gerade schön. Und es bleibt eine ewige Baustelle.«

Enzig sah das Industriegebiet an sich vorbeiziehen. Hier hatte sich wirklich so einiges verändert in den letzten Jahren. Manche Städte sollte man doch lieber über den Wasserweg anfahren – obwohl, dort lauerte die Imperia. Enzig musste grinsen ob der Ironie, dass eine barbusige, an eine Gallionsfigur erinnernde Frau die Freiheitsstatue des Bodensees war.

»Was ist los? Warum grinsen Sie?«

»Ach nichts. Ich musste nur gerade an die Imperia denken.«

»Na ja, man kann Konstanz ja immer noch über die Fähre von Meersburg erreichen. Der, wie ich finde, beste Weg.«

Enzig freute sich über diesen Wortwechsel. Sito war seinem Gedankensprung mühelos gefolgt. Das war ein sehr gutes Zeichen. Sie verstanden einander. »Sie haben recht, Sito. Und was ich da vorhin sagte, vergessen Sie's. Es geht mich ja eigentlich gar nichts an, und ich vertraue Ihrer Einschätzung, was Sie auch tun.«

»Das weiß ich zu schätzen, Enzig, das weiß ich wirklich zu schätzen.«

»Aber wie wollen wir das Überwachen zu zweit bewerkstelligen? Dafür bin ich eigentlich gar nicht vorbereitet.«

»Warum sagen Sie immer ›eigentlich‹? Sie als Psychologe sollten doch wissen, wie unsinnig dieses Wort ist – *eigentlich*. Oder nicht?«

»Ja, eigentlich … also, Sie haben recht und haben mich bei einer verbalen Entgleisung erwischt. Wird nicht wieder vorkommen. Ich bin überhaupt nicht auf eine Überwachung vorbereitet, um es deutlich zu sagen. Also, wie organisieren wir das?«

»Ich habe Freunde, die uns helfen. Busch ist ein vertrauenswürdiger Mann. Mader ebenfalls.«

»Sind die beiden auch bei dem Jagdausflug dabei?«

»Ich weiß es nicht. Seit Jahren organisiert Kerler jetzt schon diesen Ausflug. Er fragt mich Jahr für Jahr, ob ich nicht mitkommen möchte. Dabei weiß er, dass ich die Jagd verachte, unter anderem, weil ich Veganer bin.«

»Sie essen kein Fleisch? Und was ist mit Fisch?« Enzig wandte sich ruckartig zur Seite und sah zu Sito.

»Nein, keine Tiere. Was haben Sie, Enzig?«

»Nun, das ist doch merkwürdig.«

»Ich kann Ihnen nicht folgen, fürchte ich.«

»Wir sind doch davon ausgegangen, dass der Täter mit uns in Kommunikation getreten ist. Nehmen wir weiter an, dass in dem Päckchen von heute Morgen die Zunge oder die Leber ist.«

»Ja und? Enzig, Sie sprechen in Rätseln.«

»Das ist doch ganz einfach: Wenn der Täter weiß, dass Sie Veganer sind, dann ist es kein Geschenk. Er teilt nicht seine Trophäe mit Ihnen, es ist vielmehr ein Hinweis. So wie das Foto. Er will, dass Sie etwas verstehen.«

»Hm, ja, das mag die richtige Schlussfolgerung sein. Warten wir ab, was Samuel uns sagt.«

»Das sind doch Sie auf dem Foto, habe ich recht? Wie kann der Täter an dieses Foto gekommen sein? Und wer weiß überhaupt, dass Sie Veganer sind?«

»Keine Ahnung. Maria, Samuel. Busch. Friedrich vielleicht, wobei er es immer wieder vergisst. Ich rede nicht darüber. Worauf wollen Sie hinaus?«

»Wenn der Täter denkt, Sie verstehen ihn, dann ist das ein Problem. Denn wenn wir aus seiner Sicht nicht richtig reagieren, ist er gezwungen zu handeln.«

Randzonen

Was war denn nun los? Oberstaatsanwalt Bilk sah sich verwundert um. »Kerler? Wo sind Sie? Kommen Sie raus, das ist nicht komisch.« Aber nichts rührte sich. Bilk lief ein paar Schritte in die Richtung, aus der er gekommen war. Aber schon nach wenigen Metern wusste er nicht mehr genau, wohin er gehen sollte. Er drehte sich im Kreis und rief wieder nach Kerler. »Hallo? Ist da jemand? Irgendjemand muss mich doch hören?«

Gerade eben hatte er noch mit Kerler gesprochen, war dann nur kurz hinter einem Baum verschwunden, um auszutreten. Als er zurückgekommen war, war niemand mehr da gewesen. Auch alle anderen schienen wie vom Erdboden verschluckt. »Das gibt's doch nicht. Hey, Jungs, schon gut. Toller Scherz, der olle Bilk hat's kapiert. Jetzt kommt wieder raus.« Bilk wartete einen Moment, doch nichts regte sich.

Plötzlich hörte er es rascheln. Er drehte sich um. Da, wieder raschelte es im Gebüsch neben ihm. »Na also, Kerler, sind Sie es?« Doch da rannte nur eine Amsel aus dem Gebüsch und flog dicht vor Bilk nach oben. Bilk folgte ihrem steilen Flug und sah die hohen Baumwipfel, die die Sicht auf die Sonne versperrten.

Der Schwarzwald war dicht und riesig, und er musste sich eingestehen, dass er die Orientierung verloren hatte. Langsam wurde er wütend. »Hallo! Ist da jemand? Kerler?« Wieder und wieder rief Bilk, doch nichts regte sich. Er hörte Vögel und sah sogar ein Reh unweit durchs Unterholz jagen, doch kein Mensch weit und breit. »Die können mich doch nicht einfach zurücklassen. Das ist doch ein Unding. Das wird Kerler noch bereuen. Wie kann er sich so einen dämlichen Scherz mit mir erlauben? Man zieht zusammen los, und dann kehrt man auch gemeinsam heim. Frechheit.«

Wieder hörte Bilk es im Unterholz knacksen. Er drehte sich um und suchte die Büsche ab. Es knackste erneut. »Hallo?« Bilk merkte, dass seine Stimme zaghafter wurde. Er spürte, dass die Wut sich auflöste und der Angst Platz machte. Er begriff nicht, was da vor sich ging, aber er wusste, dass er nicht allein in diesem Wald bleiben wollte. Überall waren Geräusche, die er nicht zuordnen konnte.

Dann hörte er plötzlich einen Schuss. *Das müssen sie sein*, dachte Bilk und ruderte wild mit den Armen. »Hier, ich bin hier! Hört ihr mich?« Keine Antwort. Stattdessen ein weiterer Schuss. Er schlug neben ihm in den Baum.

Bilk sah zur Seite, sah den Einschuss in der Rinde, das Loch, nur einen halben Meter von sich entfernt. Er wollte schreien, schreien, dass er ein Mensch sei, aber da fiel ein weiterer Schuss. Die Kugel traf den Baum exakt neben dem ersten Einschussloch. Bilk sah das zweite Loch, aber er konnte keinen Schützen sehen. Und da wusste er, dass das kein Zufall sein konnte. Der Schütze hatte ihn zweimal verfehlt, und zwar mit Absicht. Wer auch immer der Schütze war – er wollte ihn fliehen sehen. Er wollte ihn verfolgen, durch den Wald jagen wie ein Tier.

Bilk spannte seine Muskeln an, holte tief Luft, lauschte, ob er ein Geräusch ausmachen könnte, das den genauen Standort des Jägers verriet. Da hörte er das Klicken, wenn man ein Gewehr neu durchlud, und eine Stimme, die ihm befahl: »Ausziehen. Ganz …«

Bilk zog sich aus, ganz aus. Er hoffte auf einen bösen Streich, doch er wusste gleichzeitig, dass es unmöglich so sein konnte. Er fühlte sich gedemütigt, wie er so dastand, entkleidet und beobachtet.

»Renn« war das letzte Wort … Und dann rannte Bilk. Er rannte wie noch nie in seinem Leben. Nackt. Immer wieder sah er sich um. Gejagt. Zweige schlugen an seinen Körper. Sie durchschnitten seine Haut. Er lief, sah sich um und stolperte. Gehetzt. Sein Mund war zum Schreien geöffnet. Zu hören war jedoch nur sein lauter Atem. Mehr bekam er nicht heraus, nur ein stoßweises Schnauben. Getrieben.

Er überlegte, wo er sich verstecken könnte. Eine Höhle, aber der Jäger war schon zu nah. Er konnte ihn riechen, hören, spüren. Er fiel hin. Seine Lungen verkrampften sich. Er wusste, dass er nicht mehr lange rennen konnte, nicht hier, über Äste und Wurzeln. Sein Gesicht landete plötzlich flach im Moos, Pilzgeruch, daneben lag der Schädel eines Rehs. Ihn würgte, die Angst bohrte sich wie ein Messer durch seinen Körper. Er rappelte sich hoch, flüchtete weiter, atmete, keuchte, schrie lautlos in sich hinein, rannte und rannte immer weiter, ohne Ziel. Todesangst.

Plötzlich ein stechender Schmerz in seinem linken Oberschenkel. Erst Augenblicke später hörte er den dazugehörenden Schuss. Er war getroffen worden. Er brach zusammen. Blut schoss aus der tiefen Wunde. Jetzt schrie er, der Schmerz war unbeschreiblich und quetschte jeden Ton aus ihm heraus. Es war, als würde gar nicht er selbst schreien, sondern nur das, was in ihm war. Er hielt sich sein Bein, wollte wieder aufstehen. Der Atem kam näher, der fremde Atem, sein Geruch hing schon zwischen den Ästen. Panisch kroch Bilk über den Boden, schrie und vergaß dabei den Schmerz. Was kam jetzt? Er wusste es, ihm war, als fiele all seine Erinnerung in einem einzigen Bild zusammen, in einem Hier und Jetzt. Alles war ein großes unmenschliches Ich.

Er kroch, schleppte sich mit letzter Kraft, um ins Unterholz zu entkommen, doch noch während er sich mühsam einen halben Meter an Wurzelwerk und Farnen vorwärtsgezogen hatte, sah er ihn als Schatten über sich und wusste: Er hatte verloren.

Der Jäger griff ihn am Bein und hielt ihn zurück. Er setzte sich auf seinen Rücken, sodass Bilk nichts mehr tun konnte. Er hob den Kopf, wollte sich umdrehen und kämpfen, doch das Gewicht des Jägers hielt ihn am Boden. Gerade so weit drehen konnte Bilk den Kopf, dass er das Metall in der Sonne aufblitzen sah. Es berührte seine Beine, seine Waden. Er hatte das Bild von einem Rehbock vor Augen, der mit seinen Hinterläufen wie wild strampelte, den Kopf zurückwarf, um seinen Angreifer zu sehen, und diese röchelnden Laute von sich gab. Er wusste, was passieren würde. Dann nahm ihm der Schmerz das Bewusstsein.

Sito saß auf seiner Terrasse, Kaffee und Marias Kuchen neben sich auf dem Tisch. Die Oktobersonne war an diesem Tag ungewöhnlich warm. Von seinem Platz aus konnte er einen kleinen Weg sehen, der zum See hinunterführte. In einem Monat, wenn das Laub der Bäume verschwunden war, würde er sogar einen kleinen Ausschnitt vom See erkennen können.

Gerade kam seine Nachbarin vorbei. Die alte Dame und ihr fünfzehnjähriger Dackel, die er früher manchmal im Litzelstetter

Wald getroffen hatte, wenn er mit Pollux eine große Spazierrunde gegangen war, hinkten nebeneinander her. Sie machten keine großen Ausflüge mehr und würden in der nächsten halben Stunde schon wieder an seinem Grundstück vorbeikommen. Die alte Frau hielt inne, stützte sich auf seinen Zaun und winkte ihm zu, dann lief sie langsam weiter. Ihr Spaziergang mochte eine kleine Ewigkeit dauern, und es würde nicht mehr viele dieser Ewigkeiten geben. Sito blickte ihnen nach, bis das Laub sie verschluckt hatte.

Innerlich ruhig lehnte er sich zurück und schloss die Augen. Wärme durchzog seinen ganzen Körper, er fühlte sich zum ersten Mal seit vielen Wochen wieder erholt. Seine Nacht war nicht lang, doch dafür traumlos gewesen. Im Laufe des Vormittags hatte außerdem seine Mutter angerufen und ihm erzählt, dass sie nach Deutschland zurückkehren wollte. Wohin, das wusste sie noch nicht. Deutschland als Ziel war klein genug, wenn man um die Welt reiste. Es hatte ihn dennoch gefreut.

Auch das Abendessen gestern bei Maria und Samuel hatte ihm gutgetan. Er wusste, dass er nur wenige, dafür sehr gute Freunde hatte und sich um diese auch kümmern musste. Er durfte sich nicht komplett einigeln. Maria und Samuel waren wichtige Menschen in seinem Leben, und er war für sie wichtig. Er war wie eine letzte Verbindung zu ihrem toten Sohn.

Zum wiederholten Male hatte Maria die badische Spezialität Dünnele extra für Sito vegan zubereitet. Sie experimentierte ohnehin sehr gern, und Samuel war das Essen an sich nicht so wichtig, als dass er auf etwas beharren würde. Vielleicht auf seinen Lieblingsfisch, ein Bodenseefelchen, das schon längst nicht mehr aus dem Bodensee stammen konnte.

Doch glücklicherweise waren Maria und Samuel weltoffen genug, er konnte mit ihnen über Dinge wie seine vegane Lebensweise reden, ohne als radikal hingestellt zu werden. Ganz anders Friedrich, der sich über Sito manchmal lustig machte oder einfach hilflos wirkte, weil ihn Sitos Ansichten überforderten. Janina hatte das nicht ertragen. Sie war persönlich gekränkt gewesen. Ja, wenn Sito es sich jetzt so recht überlegte – es hatte an Janina gelegen, dass er die Kerlers nicht mehr privat getroffen hatte.

»Hallo? Ich habe geklingelt, aber du hast es wohl nicht gehört.«
Miriam trug einen langen Jeansrock, an den Füßen einfach Sneaker, eine rot karierte Bluse und einen schwarzen Pulli, der über
ihren Schultern hing. Sie war wieder die alte, ungeschminkt und
schmucklos schön. »Entschuldige, jetzt habe ich dich schon wieder
erschreckt. Ich habe die Musik gehört, da dachte ich schon, dass
du hier bist.«

»Deine Tasche liegt am Esstisch.«

»Wie bitte?«

»Deswegen bist du doch hier, oder? Kaffee oder Tee?«

»Nein danke.« Während Miriam ihre Tasche holte, fragte sie:
»Wieso hast du Nathanael und meine Mutter nach mir befragt?«
Ihr Tonfall war kühl. Sie setzte sich neben ihn in die Sonne und
betrachtete ihre Tasche. »Bist du das gewesen?«

Sito sagte nichts.

»Was soll das? Hast du meine Tasche durchwühlt?«

»Sind wir jetzt per Du?«

Miriam setzte sich auf den Stuhl und ließ die Tasche fallen.

»Möchtest du?« Sito schob ihr den Kuchen hin. »Ist sehr lecker.
Du kannst mich gerne duzen. Macht mir nichts. Wir haben uns ja
auch schon geküsst. Ich meine, da ist duzen ja durchaus angemessen.«

Miriams Haltung war trotzig, aber auch hilflos.

»Wir haben uns doch geküsst? Oder hab ich mir das nur eingebildet, Miriam?« Sito versuchte ihren Blick einzufangen. »Miriam?
Warum sagst du nichts? Sieh mich an!«

»Ich weiß, dass ich dich geküsst habe. Ich leide nicht an geistiger
Umnachtung. Ich habe auch keine Identitätsprobleme. Sag mal,
tickst du noch ganz richtig?«

»Ich wollte sicherstellen, dass nichts Verderbliches in deiner
Tasche …«

»Sehr fürsorglich. Jetzt lass den Mist! Was soll das hier alles?«

»Na gut. Freitagnacht bin ich in einem schwachen Moment
aufgestanden und habe deine Tasche geöffnet. Bitte sag mir, dass
es nicht so ist, wie es scheint. Ich mag dich und natürlich auch
deine Eltern, das weißt du, aber ich werde dich offiziell verhören
müssen, wenn du mir nicht weiterhelfen willst.« Miriam legte ihre

Hand auf seine Wange. Sito griff danach und führte sie sanft von sich weg. »Lass mich dir doch helfen.«

Sie zog die Hand zurück. »In was hast du dich nur verrannt? Was geht nur in dir vor? Ich weiß, dass in der Fabrikhalle zwei Morde passiert sind, aber was hat das mit mir zu tun?«

»Die Bilder.«

»Aber das waren schlicht gute Bildthemen, Paul. Was denkst du nur? Ich kann doch nichts dafür, dass in der Fabrik tatsächlich Tote auftauchen.« Miriam sprang auf. »Andere malen die Kreuzigung Christi oder mythologisches Gemetzel, ich tote Menschen, na und? Warst du noch nie in einem Museum? Da hängen haufenweise Tote herum!«

»Und die anderen Personen?«

»Welche anderen Personen?« Miriam sah ihn an.

»Zum Beispiel die Gestalt in dem Käfig?«

»Was ist mit ihr?«

»Ihr?« Sito konnte kaum atmen.

»Jetzt reicht es mir aber, du spinnst doch! Ich gehe jetzt.«

»Du weißt, wer der Mörder ist. Das ist ein gefährliches Spiel, Miriam.«

»Nerv mich nicht! Es war reiner Zufall, dass ich dort war.«

»Wo ist die dritte Leiche?«

»Ich weiß nicht, wovon du sprichst.«

»Miriam, ich kann dich sofort verhaften lassen. Ist dir das klar?«

»Weil ich male? Du meine Güte, du hast sie doch nicht alle. Ich kann dir nicht helfen. Das ist schließlich dein Job, da musst du schon selber sehen. Ach, du kannst mich mal. Ich wollte dich nur besuchen und mit dir spazieren gehen.«

Sito sah Miriam nach, wie sie zum Gartentor hinausstürmte und den Weg hoch zur Straße nahm, ohne sich noch einmal nach ihm umzudrehen. Er war sicher, dass er auf der richtigen Spur war, allein das Motiv war ihm ein Rätsel. *Sie ist nur seine Protokollantin*, beruhigte er sich.

Das Telefon klingelte.

»Paul? Ich bin's, Samuel. Unser Verdacht hat sich bestätigt. Die Paste in dem Glas besteht aus menschlicher Leber, die wiederum von dem zweiten Opfer stammt. Was passiert da nur?«

»Ich weiß es nicht. Wir sehen uns später, Samuel.« Sito wählte Enzigs Nummer. »Sie war hier«, sagte er leise.

Enzig wusste sofort, wen Sito meinte. »Hat sie mit Ihnen geredet?«

»Ja … Enzig?«

»Was ist denn?«

»Kommen Sie sofort zum Fabrikgelände.«

Schmerzliche Begegnungen

Enzig und Sito standen vor dem rot-weiß gestreiften Absperrband.
»Sie hat Ihnen gesagt, dass es eine dritte Leiche gibt?«
»Nicht direkt. Sind Sie bereit?« Sito stellte die Frage vor allem,
um Zeit zu gewinnen.
»Ja sicher, lassen Sie uns reingehen.«
Sito hob das Band, sie gingen darunter hindurch, und er öffnete
das Tor. Sie liefen durch den Raum, Sito nach links, Enzig nach
rechts. Als sie sich in der Mitte wiedertrafen, hob Enzig fragend
die Hände. »Nichts. Sie hat Sie wohl zum Narren gehalten.«
Sito kniff die Augen zusammen. »Nein, das glaube ich nicht.
Wir müssen etwas übersehen haben.« Die Metallkonstruktion, an
der der erste Tote befestigt gewesen war, schien wie ein Schiff zu
schwanken. Hatte er Halluzinationen? Er sah zu den Fenstern und
versuchte sich vorzustellen, dass dort ein kleiner Junge stand und in
die Fabrik spähte. »Es ist beeindruckend, wenn ein Ort so still vor
einem liegt, und man dennoch weiß, dass hier schon ganz andere
Szenen stattgefunden haben. Nein, es ist vielmehr schockierend,
wie die Zeit ihren Schleier über alles legt.« Sito wandte sich zu
Enzig. »Wissen Sie, es mag verrückt klingen, aber ich erstarre
manchmal vor Ehrfurcht, wenn ich denke, dass nur der Zufall der
Zeit mich vor den schlimmen Dingen bewahrt hat, die genau an
diesem Ort passiert sind. Dass wir gerade heute hier sind und nicht
vor siebzig Jahren … Ein unverschämtes Glück, finden Sie nicht?«
»Das klingt gar nicht verrückt.«
»Ich habe sehr gehofft, hier nichts zu finden. Verstehen Sie das?«
Enzig nickte. Schweigend standen sie nebeneinander. Sie hatten
nichts gefunden, und doch konnten sie sich beide nicht losreißen.
Es war so still um sie herum. Sito war sich sicher, dass Enzig die
gleichen Gedanken beschäftigten wie ihn selbst. Er stand dort
inmitten dieser Halle und wartete, ohne zu wissen, worauf, womöglich einfach auf irgendein Geräusch, das sie beide aus dieser
Erstarrung riss. Da, endlich, hörten sie ein Gurren. Sito und Enzig
schauten gleichzeitig nach oben.

Eine Taube irrte durch das Gebäude auf der Suche nach dem Weg in die Freiheit. Sie folgten ihrem Flug durch die Halle. Immer wieder übertönte ihr Gurren die Stille des Ortes, als riefe sie um Hilfe. Als hoffte sie, irgendjemand würde sich zu ihr gesellen und ihr den Weg zu einem offenen Fenster zeigen. Ihr Wehklagen legte sich über die Sonnenstrahlen, die durch das löchrige Dach fielen und durch die Luft tanzten. Die Sonnenstrahlen, die jäh zerschnitten wurden von …

Da sahen sie ihn. Über ihren Köpfen hing ein Käfig. Er baumelte oben unter dem Dach. Die Taube flog daran vorbei und fand endlich das zerbrochene Fenster.

Sito informierte die Einsatzkräfte der Feuerwehr und seine Kollegen. »Sagen Sie nichts, Enzig. Ich bitte Sie.«

Enzig holte tief Luft und zog den Reißverschluss seiner Jacke hoch. »Man wird uns fragen, warum wir hier waren.«

»Wir wollten uns noch einmal ein Bild von der Fabrik machen, in Ordnung?«

Wenig später trafen die ersten Polizeikräfte ein. Beide Tore der Fabrik wurden geöffnet, sodass ein Wagen der Feuerwehr hineinfahren konnte. Ein Hebekran beförderte Sito gemeinsam mit Griese nach oben zu dem Käfig.

»Machen Sie sich auf einen hässlichen Anblick gefasst«, erklärte Sito.

»Sie sind sicher, dass da eine …« Grieses Auge zuckte, als er sich nach vorne beugte. »Oh Scheiße.«

Sito betrachtete die Gestalt im Käfig. Sie glich jener in Miriams Zeichnung.

»Was jetzt, Kommissar Sito?«

»Der Käfig hängt an dieser Metallstrebe. Die Frage ist nur, wie zum Teufel ist er hier hochgekommen?«

»Der Käfig oder der Mörder?«

»Das eine schließt das andere mit ein.« Sito wies mit der Hand auf ein Loch in der Decke. »Seinen Weg dürften wir kennen.«

»Sie meinen, er ist von außen über das Dach geklettert?« Griese rieb sich das Kinn. »Sportliche Leistung.«

»Eine andere Möglichkeit sehe ich nicht. Er hat sich durch das

Loch gelehnt und das Tau über die Metallstrebe geworfen. Etwa so.« Sito deutete es an, Griese griff blitzschnell nach Sitos Arm.

»Passen Sie auf, Kommissar, unten ist man viel schneller, als man denkt. Aber Sie haben recht, so kann es gehen.«

Sito überlegte. Draußen stand ein Baum recht nah an der Fabrik. Vermutlich war es keine große Kunst, über diesen auf das Dach zu gelangen. Nein, das war sicher nicht schwierig. Er würde sich den Baum einmal genauer ansehen. Ob es wohl jener Baum war, auf den schon Meisler als Kind geklettert war? Auch der Baum hatte seine Rolle gespielt. »Sehen Sie die Winde dort unten?«

Griese lehnte sich vorsichtig über das Geländer. »Ja.«

»Damit hat er den Käfig hochgezogen.«

»So viel Aufwand«, flüsterte Griese auf dem Weg nach unten, und Sito nickte. Griese begleitete die Kollegen von der Spurensicherung und den Fotografen wieder nach oben. Als sie mit ihrer Arbeit fertig waren, sicherten Feuerwehrleute den Käfig und ließen ihn zu Boden. Beim Aufsetzen fiel die Gestalt zur Seite.

Ein Aufschrei ließ alle zusammenzucken. Sito sah sich erschrocken um und begriff, dass Enzig geschrien hatte. Enzig biss auf seine Fingerknöchel. Sito trat zu ihm und fasste ihn am Arm, doch Enzig riss sich los und rannte nach draußen. Sito sah fragend zu Busch, der ihm zunickte, dann folgte er Enzig. Er fand ihn schwer atmend an einen Baum gelehnt.

»Das ist Sabine Goll, eine ehemalige Arbeitskollegin.«

Sito stockte der Atem. »Kommen Sie, ich bringe Sie nach Hause«, sagte er.

»Müssen Sie nicht wieder rein?«

»Ach was, Marc schafft das auch alleine.«

Als Sito Enzig in sein Zimmer folgte, hörte er ein Rascheln und sah sich um. Er entdeckte den Käfig und erkundigte sich nach den Bewohnern, in der Hoffnung, Enzig ein wenig abzulenken. Enzig stellte Sito seine drei Ratten vor.

»Das sind also Ihre Haustiere.« Lächelnd beobachtete Sito, wie Enzig die Tiere liebevoll streichelte, als hätte er ihn vergessen. Anschließend kochte Sito Tee und setzte sich Enzig gegenüber an den Tisch.

»Die Ratten sind mir geblieben. Von Sabine, meine ich. Wir waren Kollegen in einem Forschungsinstitut. Und –«

»Wie lange ist das her?«

»Ich, also, lassen Sie mich nachdenken. Vielleicht ein Jahr? Ich bin … Was haben wir? Oktober. Nicht ganz ein Jahr. Ich war dieses Jahr im Januar noch dort. Sabine und ich waren aber nur ein paar Wochen zusammen.«

»Sie waren ein Paar? Was ist passiert?«

»Können wir vielleicht morgen weitersprechen? Ich bin müde.«

»Das verstehe ich gut. Allerdings muss ich Sie befragen, Enzig, verstehen Sie?«

Enzig sah von der Teetasse in seinen Händen auf. »Ach so, ja, natürlich. Wir kennen zum ersten Mal ein Opfer. Das heißt, ich kenne das Opfer.«

»Und Sie hatten eine Beziehung. Enzig, es tut mir leid, aber ich fürchte, man wird Sie von dem Fall abziehen.«

»Was? Ja, verstehe. Das ist vielleicht das Beste.«

»Nein, Enzig, das finde ich nicht. Ich habe mich an Sie gewöhnt.« Sito lächelte.

»Das ist nett von Ihnen. Ich weiß im Moment nicht, was ich Ihnen erzählen soll. Sabine war eine tolle Frau, schön und klug und …«

»Warum haben Sie sich so schnell getrennt?«

»Ich konnte mir kein Leben mit ihr vorstellen. Nicht bei ihrer Arbeit.«

»Ihre Arbeit? Enzig, was hat Sabine gemacht?«

»Tierversuche«, flüsterte Enzig. »Diese Ratten da, die sind aus dem Labor.«

Feindliche Übernahme

»Das war eine lange Nacht, Sito.« Busch lehnte im Flur des Prä-
sidiums neben dem Kaffeeautomaten an der Wand. Er trug noch
die Kleidung vom Vortag. »Parson wird Ihnen später berichten.
Nur so viel: Es sieht danach aus, als gäbe es wieder keine Spuren.
Wie geht es Enzig? Man wird ihn sicher vom Fall abziehen. Ich
geh doch recht in der Annahme, dass er das Opfer kannte, oder?«
Busch leerte seinen Kaffeebecher, verzog das Gesicht und schmiss
den Becher zusammengeknüllt mit einem Wurf zielsicher in den
nächsten Abfalleimer, der ein Stückchen entfernt neben einem
Gummibaum stand.

»Ja, sie waren befreundet vor knapp einem Jahr. Enzig war recht
gefasst. Hat Kerler denn schon was gesagt?«

»Nein, Kerler war noch nicht da. Dafür hat sich der Geschichtspro-
fessor gemeldet.« Busch warf Geld in den Automaten, klopfte darauf
und wartete, bis das braune Wasser in den Becher tropfte.

»Noch einen?«, fragte Sito und grinste.

»Bleibt mir ja nichts anderes übrig. Also, Dalings war ganz
außer sich und hat mich sofort über unsere Quellen gelöchert. Er
selbst hatte lediglich einige nicht ganz überzeugende Unterlagen
und eine Tagebuchaufzeichnung. Ein Zeuge sei genau das, was er
noch suche. Ich hab versucht, ihm klarzumachen, dass wir unsere
Quelle nicht preisgeben können. Meine Güte, ich dachte, er geht
mir durchs Telefon an die Gurgel, hat etwas von ›übergeordneter
Bedeutung der Wissenschaft‹ und so weiter gefaselt.«

»Kann er sich einen Zusammenhang zu den Morden vorstellen?«

»Dazu hat er sich nicht geäußert. Er wollte nur den Zeugen
haben. Auf jeden Fall wissen wir jetzt, dass Meisler die Wahrheit
gesagt hat.«

»Daran habe ich keinen Moment gezweifelt«, sagte Sito und
schielte auf den Kaffeeautomaten.

»Nein, ich natürlich auch nicht. Dalings meinte, dass so endlich
einige Vermisstenfälle aus der Zeit aufgeklärt werden könnten.
Angeblich gibt es im Stadtarchiv immer noch eine Liste, wobei

wir ja wissen, dass die Vermisstenlisten aus den Nachkriegsjahren lang sind.« Busch folgte Sito in dessen Büro.

»Aber doch nicht hier in Konstanz, Marc. Wir hatten hier wenig Krieg. Der Krieg kam für viele ja erst in den Nachkriegsjahren mit den Flüchtlingen und den Besatzern.«

»Das weiß ich schon. Meine Großeltern mussten auch zusammenrücken und Platz machen für die Franzosen. Das war nicht leicht. Davon hat mein Großvater bis zu seinem Tod immer wieder erzählt. Auch Konstanz hatte Nazis und Widerständler, von beiden Seiten sind etliche verschwunden. Ich war gerade dabei, mir diese Liste einmal anzusehen, als Ihr Anruf gestern kam. Sie werden es nicht glauben, welchen Namen ich da entdeckt habe.«

»Dalings?«

»Genau. Wissen Sie, Sito, ich habe mir das gleich gedacht, dass Dalings persönlich betroffen ist. Er ist zwar noch jung, aber unglaublich energisch. Das konnte einfach nicht nur berufliches Interesse sein. Und da frage ich mich natürlich, *wie* er überhaupt auf den Verdacht gekommen ist und wie weit so jemand wie er gehen würde, um die Wahrheit herauszufinden.«

»Also, was denken Sie?« Sito lehnte sich in seinem Stuhl zurück.

»Wenn Dalings auf diese Idee kam, dass in der alten Fabrik einmal Verhöre und vielleicht auch Hinrichtungen stattgefunden haben, dann könnten auch andere Menschen auf die Idee gekommen sein. Und wenn es nicht nur ein Opfer gibt, dann gibt es auch noch mehr Angehörige.«

»Sie müssen also noch einmal mit Dalings reden.«

»Aber er weigert sich. Er will erst mit dem Zeugen sprechen.«

»Und? Wo ist das Problem? Reden Sie noch mal mit Meisler. Notfalls erklären Sie beiden, dass sie offiziell in dem Fall befragt werden. Liegt denn schon ein Bericht für gestern Abend … ah.« Der Schmerz in seinem Magen kam völlig unerwartet. Instinktiv krümmte er sich zusammen.

»Was ist?«

Sito konnte nur flüstern. »Wasser, bitte. Marc?«

»Ja, was noch?«

»Ist – Mader – zurück?« Sito saß immer noch vornübergebeugt auf dem Stuhl.

»Ja, ich habe ihn schon gesehen. Wollen Sie ihn sprechen?«

»Ja, schicken Sie ihn, und rufen Sie bei Enzig an. Sicherheitshalber.«

Busch holte ihm ein Glas Wasser und ging hektisch aus dem Büro, um Mader zu holen.

Sito wartete bewegungslos ab. Als der Schmerz nachließ, rief er Parson an. Ein Assistent vertröstete Sito auf die Mittagszeit. Dann rief er bei Kerler an und bat um einen Termin, es sei dringend. Er könne die nächste Stunde vorbeikommen, teilte ihm die Sekretärin mit.

Mader kam mit einem Kaffeebecher in der Hand herein.

»Guten Morgen, Mader, wie war Ihr Wochenende?«

»Nun ja, die Jagd, früh aufstehen, stundenlang im Nebel rumlaufen – alles nicht so spannend.«

»Warum sind Sie denn dann mitgefahren?«

Mader hob die Schultern. »Ich dachte, das gehört dazu.«

»Sie jagen gar nicht gern?«

»Nein. Ich habe kein Mal geschossen«, erklärte Mader.

»Hören Sie, Mader, ich habe einige Aufgaben für Sie, die Sie zunächst bitte vertraulich durchführen müssen. Kann ich auf Sie zählen?«

»Natürlich.«

»Also, ich habe Ihnen hier eine Adresse und vier Namen aufgeschrieben. Mit Nathanael Schumann haben wir bereits gesprochen, mit den drei anderen noch nicht. Es handelt sich um eine Wohngemeinschaft. Sie sollen alle zu den letzten beiden Wochen befragen. Was sie gemacht haben, wo sie waren, was sie die nächste Zeit so vorhaben.«

»Sind es Verdächtige?«

»Nein. Deswegen sollten Sie sehr behutsam vorgehen, verstehen Sie?«

»Ja, Chef, ist doch klar.«

»Wie gefallen Ihnen Ihre neuen Aufgaben? Sie sind zum ersten Mal in einer SOKO dabei, nicht wahr?«

»Sehr gut, das muss ich zugeben. Ich übernehme gern mehr Verantwortung. Dafür bin ich in diese Abteilung nach Konstanz gekommen.«

»Wie lange sind Sie denn jetzt schon bei uns? Ein, zwei Jahre?«

»Na ja, es sind eigentlich schon beinahe drei. Wissen Sie, seit ich klein bin, wollte ich hier dieses Gebäude betreten. Manchmal bin ich als Kind vorbeigeradelt, und dann hatte ich ein ganz aufgeregtes Kribbeln im Bauch. Ich wollte unbedingt eine Uniform tragen … Ach, solche Jungsträume eben. Eine Uniform und eine Waffe und dann für Gerechtigkeit sorgen. Jetzt lachen Sie, Sito, das ist gut, dann habe ich Sie ein wenig erheitert. Aber hatten Sie nicht auch solche Robin-Hood-Gedanken in sich?«

»Doch, doch, Mader. Meistens behalte ich für mich, dass Robin Hood aus meinem Kopf nie ganz verschwunden ist. Und das behalten Sie jetzt bitte auch für sich, sonst erklärt man uns für verrückt. Sie wissen doch, dass Robin Hood als Gesetzloser galt.«

»Aber sicher.« Mader zog eine Grimasse. »Nun, das Gesetz ist eben immer eine Frage der Perspektive. Habe ich recht?«

»Ja, Mader, Sie haben vollkommen recht. Allerdings wissen wir beide, dass man manche Dinge in manchen Kreisen – ich will das jetzt mal so vage formulieren – gar nicht erst aussprechen darf. Man erspart sich einfach Ärger, wenn man solche Ideen für sich behält.«

»Keine Sorge, ich weiß genau, was Sie meinen, Sito, ganz genau.«

»Okay. Aber darf ich daraus schließen, dass Sie hier in Konstanz aufgewachsen sind?«

»Nicht direkt in Konstanz, aber ich bin hier aus der Gegend.« Sito lächelte. »Alle kommen zurück, nicht wahr?«

»Sie meinen, nach Konstanz?«

»Ja, ich habe den Eindruck, dass früher oder später alle zurückkehren, so als könnte man dem See nicht für immer den Rücken kehren.«

»Vielleicht stimmt das. Nun ja, für mich stimmt das. Ich bin wieder hier, obwohl ich von hier komme und unbedingt wegwollte, weit, weit weg.«

»Auch das geht allen so. Aber dann kommt man eben wieder zurück.«

»Na ja, meine Familie hat in Öhningen gewohnt. Kennen Sie das überhaupt? Sie sind alle weg, nur ich bin wieder hier gelandet. Vielleicht gilt das Konstanzer Heimatgen einfach nicht für Öhningen.«

Sito nickte. Das Konstanzer Heimatgen, ja, das hatte Mader richtig erkannt. Früher oder später holte es alle ein. Mader wirkte sehr sympathisch und aufrichtig. Die vier Freunde von Miriam würden mit ihm womöglich mehr reden als mit Sito. »Schaffen Sie es heute noch, die vier zu befragen?«

»Aber sicher. Heute Abend haben Sie den Bericht.«

»Und Sie mögen die Jagd wirklich nicht?«

Mader beugte sich vor und grinste. »Um ehrlich zu sein, ich bin Vegetarier.«

»Ach was. Weshalb, wenn ich fragen darf?«

»Mein Großvater hat in der alten Schlachthalle gearbeitet, Sie wissen schon, und mein Vater ebenfalls. Wenn man den Geruch von Blut mal in der Nase hatte, wird man ihn einfach nicht mehr los. Und es schmeckt mir auch nicht.«

»Dann ersparen Sie sich unbedingt die Jagd im nächsten Jahr.«

»Darauf können Sie Gift nehmen. Es war nur so verlockend, mit Kerler und Bilk und den gehobenen Kollegen und so … Sie verstehen. Ehrlich gesagt hatte ich den Eindruck, einige der Kollegen, die an dem Wochenende dabei waren, sind auch nicht so begeistert. Jagen scheint gar nicht mehr so beliebt zu sein. Bis heute Abend dann.«

Sito musste an seinen Vater denken und die Fische. Als kleines Kind hatte er das zunächst nicht verstanden. Die Aquarien waren mal voller, mal leerer. Es hatte Fisch zu essen gegeben, aber Kinder sind ja so arglos. Er konnte sich gar nicht genau an einen bestimmten Tag erinnern, an dem er begriffen hatte, dass der Fisch auf dem Teller jener war, der am Tag zuvor noch im Aquarium geschwommen war. Das Töten selbst hatte er erst später beobachtet. Er spürte seine Narbe, wenngleich es kein richtiger Schmerz war. Es war, als habe die Erinnerung ihn tätowiert.

Kerler sah auf die Uhr. Gleich würde Sito zu ihm kommen. Kerler hoffte, dass nicht auch noch er um Entbindung von dem Fall bat. Es war ihm nicht entgangen, dass Sito zusehends schlechter aussah und seine verrückte Tochter da auch irgendwie für Missstimmung zwischen ihnen gesorgt hatte. Wieso nur kam er an seine Tochter nicht mehr heran? Wenn sich nun auch noch Sito von diesem Fall zurückzog, dann kamen wieder Männer vom LKA nach Konstanz. Enzig war nach dem gestrigen Tag auch nicht mehr haltbar.

Kerler atmete tief durch. Das konnte doch alles nicht wahr sein. Aber eigentlich hatte er schon so etwas vermutet, als sie letzte Woche in der Pressekonferenz gesessen hatten, obgleich es da erst einen Toten gegeben hatte. Bilk hatte so eine Andeutung gemacht, dass ihm die Sache gar nicht gefalle. Bilk war niemand, der grundsätzlich pessimistisch war. Sie hatten wohl alle eine Ahnung gehabt, was diesen Fall anging. Dass er nämlich groß werden würde. Und jetzt standen sie da mit drei Leichen und keinerlei Anhaltspunkten auf den möglichen Täter. Kerler gingen buchstäblich die Luft und dummerweise auch die Zigaretten aus. Und nun zu allem Überfluss auch noch die Beamten. Das Telefon klingelte.

»Hohenfels hier. Dienstaufsicht, interne Ermittlungen.«

Innerlich stöhnte Kerler. »Ich kann mir schon denken, weshalb Sie anrufen. Ich werde alles weitere veranlassen. Dr. Enzig wird natürlich umgehend von dem Fall abgezogen.«

»Nein, nein, Herr Kerler, deswegen rufe ich nicht an. Vielmehr wollte ich Sie bitten, Dr. Enzig unbedingt an der Sache dranzulassen. Wir haben uns hier heute Morgen kurz abgestimmt und sind uns einig, dass er für die Ermittlungen wichtig ist. Er ist ein guter Mann, lassen Sie ihn am Fall. Es sei denn, Sie haben andere Befürchtungen?«

»Befürchtungen? Nein, ich habe keine. Er scheint sich gut ins Team gefügt zu haben. Aber ich muss das mit Oberstaatsanwalt Bilk klären. Er wird sich wundern, weshalb Enzig dabeibleibt.«

»Das regle ich, keine Sorge. Dann sind wir uns einig. Viel Erfolg noch.«

Kerler war erleichtert, seine Stimmung besserte sich. Irgendwie hatte er das Gefühl, dass sie es nun doch schaffen würden.

In diesem Moment klopfte es, und Sito trat ein. »Paul, ich grüße dich. Schade, dass du nicht dabei warst am Wochenende. Intellektuelle Gesellschaft habe ich sehr vermisst.«

»Du weißt ja, ich bin kein Freund der Jagd. Vielleicht lässt sich nächstes Jahr eine andere Unterhaltung für das Wochenende finden.«

Kerler musste lachen. Er fühlte sich eigenartig erleichtert. »Bestimmt, Paul. Angelst du vielleicht mit mir? Ich kenne da ein hervorragendes Plätzchen …«

»Friedrich, was soll das? Ich jage nicht, und ich fische auch nicht.«

»Ja«, Kerler seufzte, »ja, natürlich. Na schön, dann gehen wir eben Golf spielen. Und wegen neulich, na ja, ich habe etwas überreagiert. Das ist doch kein Problem zwischen uns? Oder was führt dich sonst zu mir? Meine Sekretärin sagte mir, es sei dringend. Und wie macht sich eigentlich der neue Kollege?«

»Der ist in Ordnung. Du hattest recht mit ihm.«

»Das freut mich. Ich weiß nämlich seit eben, dass er auch dein Kollege bleiben wird, trotz … ach, du weißt schon.«

»Und Bilk ist einverstanden?«

»Hohenfels wollte es mit Bilk absprechen. Scheinbar ist man sich einig, dass Enzig für den Fall viel zu wichtig ist, um ihn wegen seiner Verbindung zum Opfer freizustellen. Es sei denn, er möchte das selbst. Oder hältst du ihn für befangen?«

»Nein, überhaupt nicht. Ich finde diese Entscheidung richtig.«

»Kann ich sonst noch etwas für dich tun?«

»Friedrich, es fällt mir nicht leicht. Wir kennen uns nun schon so lange. Du warst so oft im Restaurant meines Vaters.«

»Ich erinnere mich gerne an diese Zeit. Paul, nach diesem Fall reichst du Urlaub ein, hörst du? Das ist eine dienstliche Anordnung.«

»Mal sehen«, murmelte Sito. »Aber ich bin nicht hier, um über mich zu reden. Ich möchte dich bitten, mir jetzt einfach nur zuzuhören.«

Kerler lehnte sich zurück. Ihm wurde wieder unwohl. Sito hatte sicher nicht umsonst um einen dringenden Termin gebeten. Doch was er jetzt über Sandra hörte, übertraf seine Befürchtungen bei Weitem. Weshalb nur war seine Tochter immer zur falschen Zeit am falschen Ort? Immer musste sie quertreiben. Kerler ärgerte sich über sie und über Irene, die Sandra nicht energisch genug in ihre Schranken verwies. Ihn wollte Sandra schon längst nicht mehr anhören.

Schließlich holte Sito die Fotokopien der Zeichnungen aus seiner Tasche und legte sie vor ihm auf den Tisch.

Kerler nahm eine nach der anderen in die Hand und betrachtete sie genau. Dann schob er seine Brille auf die Stirn und rieb sich die Augen. Müde trat er ans Fenster. »Ich weiß nicht, was ich sagen soll.

Mader hat mir schon erzählt, dass ihr einige Zusammenstöße hattet, und von zweien weiß ich ja auch von dir. Mader ist eigentlich ein guter Mann, er hat sich da nur verplappert, aber aus dem kann noch mal was werden. Auf jeden Fall habe ich mit ihr gesprochen, was, wie du dir denken kannst, derzeit nicht ganz leicht ist. Sie ist furchtbar aggressiv, sobald wir uns in einem Raum befinden. Nein, so darf ich das jetzt nicht sagen. Sie ist nicht aggressiv, nicht dass du mich jetzt falsch verstehst. Ach, was will ich sagen ... Sie ist streitlustig, ja, das ist das passende Wort. Sie hat mir erzählt, sie sei rein zufällig an der Fabrik vorbeigeradelt. Ich habe einfach gedacht, ich könnte ihr Vertrauen gewinnen, wenn ich mich auf ihre Seite stelle.« Kerler wandte sich zu Sito und trat an seinen Schreibtisch. »Was sollen wir jetzt tun?«

»Deswegen bin ich hier. Ich habe noch nichts in die Wege geleitet.«

»Ich weiß dein Vertrauen zu schätzen, Paul. Ich rede noch einmal mit ihr.«

Sito nickte. »Noch was, Friedrich. Hältst du es für möglich, dass deine Tochter ein psychisches Problem hat? Also nicht nur eine rebellische Phase, sondern ein wirkliches gesundheitliches Problem.«

»Da kenn ich mich zu wenig aus.« Kerler zögerte einen Moment. »Du meinst wirklich, sie hat mit diesen Verbrechen etwas zu tun?«

»Ich weiß nicht, Friedrich. Mader befragt gerade ihre Mitbewohner. Ich hoffe, dass es eine andere Erklärung gibt.«

»Das hoffe ich auch.« Kerler betrachtete Sito, sah seine tiefen Augenringe und die eingefallenen Wangen. »Paul, es tut mir leid.«

»Was denn?«

»Das alles. Dass ich dich zum Jagen und Angeln einlade. Dabei habe ich nie vergessen, wie du gelitten hast, wenn dein Vater die Fische getötet hat. Es ist einfach mein plumper Versuch, einen lockeren Umgang zu pflegen. Die Flucht in die Oberflächlichkeit gewissermaßen. Im Grunde habe ich deinen Vater immer um seinen Sohn beneidet.«

»Friedrich, ich ...« Sito wich ein wenig von Kerler zurück.

Kerler wusste, er hatte Fehler gemacht in den letzten Jahren. »Ja, du warst der Sohn, den ich mir immer gewünscht habe. Und dann kam Sandra, und vielleicht habe ich zu hohe Erwartungen in sie gesetzt, dass sie sich nun so vehement gegen mich stellt. Vielleicht war ich einfach auch schon zu alt für ein Kind. Mensch, ich könnte fast dein Vater sein.« Kerler stand auf und trat erneut ans Fenster. »Paul, ich wünsche mir, dass unser Kontakt wieder enger wird. Das ist mir in den letzten Tagen deutlich bewusst geworden. Ich kann doch sehen, wie schlecht es dir geht.« Er machte einen Schritt auf Sito zu. »Ich will dir helfen. Wie früher.«

Kerler breitete die Arme aus, doch er sah, wie unsicher Sito geworden war. Er schien mit sich zu kämpfen, doch dann stand er auf und kam auf ihn zu. Kerler glaubte, einen verlorenen Sohn in den Armen zu halten. Es war wie damals, als er ihn nach dem Tod von Sitos Vaters getröstet hatte. Kerler löste die Umarmung und lachte befreit. »Wollen wir heute Abend zusammen essen gehen? Es gibt inzwischen hervorragende vegane Gerichte auf den Speisekarten, habe ich mir sagen lassen. Du siehst, ich lerne dazu.«

»Friedrich, sag mal, hast du eigentlich noch Fotos aus meiner Kindheit?«

»Ich bin froh, Sie zu sehen, Enzig. Das heißt, Sie wollen weiter an dem Fall arbeiten? Kommen Sie klar damit?«

»Ja, ja, danke. Nett, dass Sie sich um mich sorgen.«

»Da sehen Sie mal. Man schätzt Ihre Arbeit durchaus. Und ich außerdem Ihre Gesellschaft.«

Sito und Enzig standen am Eingang des Obduktionsraums. Hinter ihnen führten die engen Stufen nach oben ins Tageslicht, vor ihnen lag die Tür in den Gewölbekeller. Enzig wusste, dass Sito ihm den ersten Schritt überlassen würde. Schon vor dem Krankenhaus hatte er ihm die Wahl gelassen, aber Enzig wollte nicht zurück. Er war erleichtert gewesen, als Kerler ihm mitgeteilt hatte, dass er weiter an dem Fall arbeiten durfte, sofern er sich dazu in der Lage fühlte. Enzig glaubte durchaus, weiter an dem Fall arbeiten zu können, aber die Obduktion eines Menschen, den er kannte, das war doch eine andere Sache.

»Sie müssen da jetzt nicht mit rein. Ich kann das alleine machen«, sagte Sito leise.

»Ich weiß. Wird aber schon gehen.« Enzig gab sich einen Ruck und öffnete die Tür. Der Obduktionssaal wirkte noch größer als beim letzten Mal, höher, weiter. Kalte Luft schlug ihm entgegen. Enzig musste die Augen zusammenkneifen, so hell erschien ihm der Raum. Für einen Augenblick erwog er, umzukehren.

Parson winkte sie grußlos zu sich an den Tisch heran. »Sie war mehrere Tage eingesperrt, in denen sie nichts zu essen bekommen hat. Ihr Magen war völlig leer. In der Bauchgegend sind zahlreiche Einstichstellen. Man hat ihr ein lähmendes Nervengift injiziert, immer wieder eine kleine Menge, gerade so viel, dass sie am Leben blieb. Schließlich wurde ihr eine tödliche Dosis verabreicht. Der Tod dürfte vor zwei bis drei Tagen eingetreten sein, die Leichenstarre beginnt sich durch die Autolyse bereits wieder zu lösen.«

»Sie ist seit zwei Wochen nicht mehr bei der Arbeit erschienen«, murmelte Enzig. »Ich habe mich bei einem gemeinsamen Freund erkundigt. Sie hat nicht auf die Anrufe der Kollegen reagiert. Nach einer Woche hat man sie als vermisst gemeldet.«

»Ihr kennt das Opfer schon?«

»Sabine Goll. Ich habe im gleichen Labor wie sie gearbeitet.«

»Oh, jetzt verstehe ich auch, dass Sie … Entschuldigen Sie, das tut mir leid. Aber, sagen Sie, Dr. Enzig, sie hat in einem Labor gearbeitet?«

»Ist das von Bedeutung?«

»Vielleicht. Dieses Nervengift wird eigentlich in Tierforschungslaboren zur Lähmung von Ratten benutzt. War es ein Labor, in dem Tierversuche stattfinden?«

Enzig sah von Sito zu Parson, dann seufzte er und nickte.

»Wie um Himmels willen sind denn ausgerechnet Sie dort gelandet?«, fragte Parson.

Enzig seufzte. »Ein Fehler, das ist mir schnell klargeworden. Es war unerträglich, das können Sie mir gerne glauben, Dr. Parson.«

»Die Frau ist offensichtlich gefoltert worden, womöglich sogar über die ganze Zeit. Das Vorgehen des Täters hat also erkennbar an Gewalt zugenommen. Außerdem hat er sie länger gefangen gehalten als die vorherigen Opfer. Obwohl, nein, das kann ich so gar nicht behaupten, wir wissen ja noch nichts über die anderen Opfer. Fakt ist, dass eine Menge Gewaltbereitschaft unter der Oberfläche wohl schon seit einiger Zeit brodelt und sich nun explosionsartig entladen hat. Was meinen Sie, Dr. Enzig?«

Enzig musste an Sabines Versuche denken, an ihre Finger, die sie ihm zum Abschied behandschuht entgegengestreckt hatte. Dass sie nun völlig entblößt vor ihm lag, machte die Sache nicht gerade einfacher. Es fiel ihm schwer, den toten Körper mit der Frau in Einklang zu bringen, die er einmal für kurze Zeit begehrt hatte.

»Vielleicht war sie doch das erste Opfer«, überlegte Sito.

»Alle drei können über eine gewisse Zeit gefangen gehalten worden sein. Ich habe übrigens noch eine weitere interessante Neuigkeit für euch.«

»Was? Wir sind für alles dankbar, das uns weiterbringt«, sagte Sito.

»Wir haben die Nasenschleimhäute der Opfer auf die Stoffe hin untersucht, die sie zuletzt eingeatmet haben. Alle haben die gleichen Staubablagerungen in der Nasenhöhle.«

Gefangen. Enzig versuchte, sich die noch lebende Sabine vorzustellen, die letzten Bilder, die sie wohl gesehen hatte, bevor ihr Gehirn keinen Sauerstoff mehr erhalten hatte. Sie war in Angst gestorben. Der letzte Mensch, den sie gesehen hatte, war ihr Mörder gewesen. Nichts Versöhnliches war ihr mehr begegnet, und wahrscheinlich hatte sie genau gesehen, was ihr zugefügt wurde. Sabine hatte sich mit diesem Giftstoff gut ausgekannt.

»Sie wurden also am selben Ort gefangen gehalten.«

Enzig wurde schwindlig. Es war leicht, bei hohen Räumen und dem gleißenden Licht nicht an einen Keller zu denken, aber jetzt schien der Obduktionssaal kleiner zu werden. Er hatte das Gefühl, dass die Decke des Gewölbes sich absenkte. *Wie ein Verlies*, schoss es Enzig durch den Kopf. *Wer hält mehrere Menschen gleichzeitig gefangen?* »Sie waren bestimmt in einem Keller unter einem Haus. Der Täter braucht Werkzeug, es kostet Zeit, da kann er sich nicht ständig zwischen zwei Orten hin und her bewegen.«

»Gut möglich. Außerdem sind da die vielen kleinen Wunden, von denen ich dir erzählt habe, Paul.«

»Was ist damit?«

»Bisse.«

»Was du wieder ausgräbst, Samuel. Es handelt sich doch wohl um Insektenbisse?«

Parson schüttelte den Kopf. »Käfer. Solche, die es gerne dunkel mögen.«

»Was sagt das über unseren Täter?« Sito schaute zu Enzig.

»Was? Ach so, ja, das steigert deutlich den Grad an Planung und Brutalität. Außerdem ...« Enzig hatte wieder das Bild von Sabine vor sich, wie sie den Mörder beim Aufziehen der Spritze beobachtete. Sie musste genau gewusst haben, was sie erwartete.

»Ja?«

»Er muss etwas abgeschieden wohnen und ein sicheres Versteck haben, wo er die Opfer hinbringt, sie dort gefangen hält und schließlich ermordet. Kein Verlies, sondern tatsächlich ein Ort, wo man sich aufhalten kann, ohne aufzufallen. Also zwingend ein bewohnbares Haus.«

»Ein Einzelgänger?«

»Das ohnehin, aber niemand, der nicht unter Leute geht. Er muss ja Erkundigungen über die potenziellen Opfer einziehen und darf dabei nicht auffallen. Außerdem wären die Opfer dann nicht so lange in seiner Gewalt. Täter, die menschliche Nähe meiden, würden sich nicht gleich einen oder sogar mehrere Menschen über einen längeren Zeitraum aufhalsen.«

»Was ist mit dem Labor, Dr. Enzig? Hatte das Institut Feinde?«

»Sicherlich. Während meiner Zeit hat es nicht nur eine Demonstration von Tierschützern gegeben. ›Ärzte gegen Tierversuche‹ waren auf dem Plan, ebenso wie ortsansässige Tierschutzorganisationen. Am Institut wird auch Hirnforschung an Affen betrieben, da kochen die Gemüter hoch. Mehrmals gab es Ausschreitungen, einmal mussten die Angestellten unter dem Schutz des Sicherheitspersonals aus der Klinik geführt werden. Davon habe ich aber nichts mitbekommen, weil ich mich ... Na ja, ich habe mich im Haus versteckt. Es war mir peinlich.« Enzig erinnerte sich noch gut an diesen Tag und an die Scham, die er gefühlt hatte. Er hatte sich hinter Regalen mit Reagenzgläsern versteckt.

»Nach dem, was wir nun wissen, gibt es für die Taten womöglich wirklich einen politischen Hintergrund. Der Mörder ist ein Tierversuchsgegner. Was meint ihr dazu?«

»Ja, das ...« Wieder überkam Enzig ein Schauder. Sabine, nackt – hatte sie sich selbst ausziehen müssen? –, die sich nicht wehren konnte, weil ihr das Nervengift gespritzt worden war, die beobachten musste, wie die Käfer an ihr hochkrabbelten und sie bissen.

»Schon möglich. Aber da steckt mehr dahinter. Warum bekomme ich dieses sonderbare Päckchen? Weshalb fotografiert der Täter sein Opfer? Das kannst du nicht allein mit einem politischen Motiv erklären, Samuel.«

»Das war nur ein Gedanke, ich wollte dir nicht zu nahe treten. Was ist denn los mit dir?«

»Nichts für ungut, ich will nur nicht eingleisig denken.«

»Halten Sie das wirklich für so unwahrscheinlich, Sito? Ich meine, es würde doch einiges zusammenpassen.« Enzig hatte sich wieder besser im Griff. Die Decke über ihm hatte sich nach oben verzogen.

»Hören Sie auf, das zu denken, Enzig.«

»Aber es passt durchaus ins Bild. Ein missionarischer Drang, zu strafen! Es ist ein bedrohliches Zeichen, dass der Täter immer brutaler vorgeht. Das lässt darauf schließen, dass er keine Angst mehr hat.«

»Enzig, hören Sie auf!«

»Was ist denn hier los?« Parson trat auf Sito zu, der sich mit weißen Knöcheln an einer Stuhllehne festhielt. »Habe ich etwas verpasst? Du weißt doch was, Paul. Dieses Päckchen an dich … Der Sinn erschließt sich vielleicht schneller, als du denkst. Das vierte Opfer liegt womöglich schon irgendwo. Kannst du das verantworten?«

»Du glaubst, ich hätte bisher etwas verhindern können?«

»Nein, aber so stur habe ich dich noch nie erlebt. Dr. Enzig? Wollen Sie mir vielleicht erklären, was hier eigentlich los ist?«

Enzig sah zu Sito. Er wollte nichts erklären und merkte erneut, dass er seine Loyalität bereits eindeutig vergeben hatte.

»Meine Güte, Samuel, wir sprechen hier von Miriam, der Tochter von Friedrich. Das ist nicht so einfach.«

»Wegen Miriam oder wegen Friedrich?«

Verschiedene Ausfälle

»Es gibt ein Problem mit Professor Dalings. Er weigert sich, zu kooperieren, wenn wir ihm nicht unseren Zeugen nennen. Ich war noch mal im Krankenhaus, Fehlanzeige. Meisler will nicht darüber reden. Ich befinde mich in einer Sackgasse.«

Sitos Büro war kurzerhand zum Esszimmer umfunktioniert worden. Busch und Enzig aßen jeder eine Portion Thai-Curry mit Hühnchen. Enzig hatte sich noch Frühlingsrollen mit scharfer Soße mitgenommen. Wie immer hatte er großen Hunger, wenn er mit einer Denkaufgabe beschäftigt war. Aber an diesem Abend schmeckte ihm das Hühnchen nicht besonders. Er sortierte die Fleischstückchen aus, schob sie an den Rand und beschränkte sich auf das Gemüse. Ob es an Sitos Anwesenheit lag? Sito würde in dem Essen vor allem ein Huhn sehen, kein Fleisch, oder? Enzig aß zum ersten Mal in seiner Gegenwart. Er schielte zu Sito, doch der beschäftigte sich mit den Unterlagen, die vor ihm auf dem Schreibtisch lagen. Dann aber sah er auf, und sein Blick fiel prompt auf Enzigs Essen. Enzig spürte, dass er verlegen wurde, doch Sito sog nur ein Mal die curryverhangene Luft ein. Schnell mischte Enzig das Fleisch wieder unter. Er machte sich einfach zu viele Gedanken.

Sito lächelte und trank ein Glas Wasser. »Gut, Marc, ich rede mit Meisler«, sagte er. »Ich bin mir sicher, ich kann ihn umstimmen. Vor allem, wenn er erfährt, dass Dalings nicht einfach ein karrieresüchtiger Professor ist, sondern jemand mit einer persönlichen Geschichte. Wenn Meisler versteht, um was es geht, hat er sicher ein Einsehen. Das Dalings' Familie auch von den Verhören in der Fabrikhalle betroffen war, hat sich doch bewahrheitet, oder etwa nicht?«

»Doch, Dalings hat zugegeben, dass er auch ein persönliches Interesse an der Geschichte hat. Es gehe um seinen Großvater, mehr wolle er aber nicht sagen. Wahrscheinlich weiß er auch gar nicht mehr. Sie haben recht, Sito, das könnte Meisler tatsächlich umstimmen.«

»Und was haben Sie Neues, Enzig?«

»Ich weiß nicht recht. Was wollen Sie denn gerne hören?« Enzig schluckte den letzten Bissen hinunter, lehnte sich zurück und legte einen Arm auf die Rückenlehne. Dann schlug er die Beine übereinander. Sollte Sito ruhig merken, dass er wütend war.

»Ups.« Busch blickte vorsichtig zu Sito.

»Also«, Sito lächelte, »ich muss mich doch sehr wundern. Können wir vielleicht vergessen, dass ich vorhin bei Parson einen schlechten Moment hatte?«

»Dann können wir nun reden?«

»Bitte.«

In diesem Moment klopfte Rosa und meldete, dass ein Professor Dalings sehr aufgeregt auf der Suche nach Marc Busch sei.

»Du meine Güte«, sagte Busch. »Der ist früher aus Chicago angereist als geplant, wegen seines Zeugen.« Im Rausgehen wollte er die Verpackung seines Essens in den Mülleimer neben der Tür werfen, hielt aber inne und sah zu Sito. »Ist Ihnen vermutlich nicht recht, oder?«

»Quatsch, schmeißen Sie's rein. Der Curry-Duft bleibt mir jetzt ohnehin bis abends in der Nase. Und nehmen Sie Dalings mit ins Krankenhaus zu Meisler. Wenn Meisler Dalings persönlich kennenlernt, ist er sicher zugänglicher. Marc, das machen Sie schon.«

»Alles klar. Viel Spaß noch, Enzig.« Mit einem gezielten Wurf versenkte Busch die Essensverpackung im Mülleimer, grinste noch einmal und verließ dann das Zimmer. Sito konnte förmlich riechen, wie gerade die Soße aus der Plastikschachtel tröpfelte.

»Hören Sie, Enzig, was ich da vorhin bei Parson gesagt habe, also, ich weiß sehr wohl, dass Sie beide nicht ganz falsch liegen.«

»Nicht ganz falsch? Nun, ich denke, Dr. Parson ist da durchaus in die richtige Richtung gegangen. Wir wissen zwar noch nichts über die ersten beiden Opfer, aber beim dritten Opfer ähnelt die Tötungsart doch auffällig Sabines Arbeit im Labor. Wenn sich für die beiden anderen Opfer herausstellt, dass sie auch in irgendeiner Weise mit Tierquälereien zu tun hatten, dann werden die Opfer bestraft.«

»Sie brauchen mir keine Predigt zu halten. Ich weiß selber, dass ein Tierrechtler in unser Schema passt.«

»Sein Vorgehen ist von der Auswahl über die Ergreifung und

Gefangenhaltung bis hin zur Tötung eine hoch systematisierte Tat. Das bedeutet, dass er sich nicht den äußeren Gegebenheiten anpassen muss, sondern alles so arrangiert, dass er seine Tat wie geplant ausführen kann. Außerdem muss der Täter genau wissen, wie man vorgehen muss, ohne verwertbare Spuren zu hinterlassen, da wir ja bislang nichts finden konnten. Und er ist kaltschnäuzig genug, mehrmals in kurzen Zeitabständen an den Tatort zurückzukehren. Auch wenn er brutaler wird, so scheinen seine Taten nach wie vor nicht durch Gefühle beherrscht, sondern durch Kalkül. Außerdem denke ich, dass er bereits vor Jahren die Hemmung zu töten überwunden hat.«

»Meinen Sie denn, es gibt wesentlich mehr Opfer?«

»Nein, das muss nicht sein, Sito. Zwischen der ersten Tat und unserem ersten Opfer in der Fabrik können durchaus mehrere Jahre liegen.«

Sito nickte. »Was hat eigentlich das Zeitungsinserat ergeben?« Während er auf die Antwort von Enzig wartete, machte er sich ein paar Notizen, dann, als es still blieb, hob er den Kopf und sah fragend zu Enzig, dessen Gesicht ein schiefes Lachen schmückte. »Das ist jetzt nicht Ihr Ernst!« Sito stand auf und beugte sich auf seinen Schreibtisch gestützt nach vorne. »Sie haben das vergessen?«

»Nein, natürlich nicht. Ich wollte nicht riskieren, den Täter zu provozieren, und habe davon abgeraten«, erklärte Enzig.

»Wieso das denn?«

»Wir haben kein Gesicht von dem ersten Toten, da müssen wir erst die Gesichtsrekonstruktion abwarten. Wenn wir also den zweiten Toten in die Zeitung setzen, dann denkt …«

»… dann denkt der Täter, wir tappen noch völlig im Dunkeln, was seinen Plan angeht. Meinen Sie das?«

»Ja, weil er vermutlich nicht weiß, dass es bei dem ersten Toten kein Gesicht mehr gab. So gut wird er sich nicht auskennen mit Fliegen und Maden.«

»Sie haben recht, Enzig. Aber sobald die Gesichtsrekonstruktion …« Sito zuckte zusammen. Wieder kam der Schmerz unerwartet. Sein Körper verkrampfte sich, und er beugte sich nach vorne. Enzig sprang sofort um den Schreibtisch herum und kniete sich neben ihn. Sito rang nach Atem.

»Jetzt ist Schluss.« Enzig rief mit seinem Handy den Notarzt.

Sito merkte, wie ihm der Schweiß ausbrach. Er griff nach Enzigs Arm. »Sie müssen mir versprechen … Bitte haben Sie Geduld.« Sein Atem ging flach.

Enzig nickte.

»Und Enzig, kontrollieren Sie – alle – Vermisstenanzeigen des letzten Monats.«

Enzig saß am Computer. Er hatte die Texte über die Opfer für die Presse verfasst. Morgen würde im Fernsehen eine Nachricht geschaltet werden, dass die Polizei Konstanz in den Mordfällen um die Mithilfe der Bevölkerung bat. Dabei würde auch ein rekonstruiertes Foto vom Gesicht des ersten Toten gezeigt werden. Enzig hatte eine Kopie des Fotos, das im Geschenk an Sito war, an das Institut für Rechtsmedizin in Frankfurt geschickt und mit dem aktuellen Stand der Gesichtsrekonstruktion abgleichen lassen. Zurückgekommen war ein Bild, das jenem auf dem Foto sehr nahe kam.

Enzig war sich bewusst, dass er hier einen Fehler gemacht hatte. Dass der Täter Sito nicht nur das Glas mit der Leber, sondern auch ein Foto des ersten Opfers geschickt hatte, war wie eine Aufforderung gewesen, der Identität des Opfers nachzuforschen. Andererseits hatte Enzig auch in gutem Gewissen gehandelt, als er die Informationen für die Presse zurückgehalten hatte, denn sie hatten zu diesem Zeitpunkt weder das Foto noch das »Geschenk« gehabt.

Manchen Serientätern ging es vor allem um Öffentlichkeit, darum, berühmt zu werden. Es war immer eine Gratwanderung, ob man sie ihnen gewährte. Dennoch, als sie vorgestern das Geschenk mit dem Foto erhalten hatten, da hätte Enzig sofort umdenken müssen. Aber es war nur ein Tag, nur einen Tag hatten sie dadurch verloren. Er musste sich beruhigen und vor allem konzentrieren.

Ein wenig hatte er sich ablenken lassen von dem anderen Foto. Sito hat es zwar nicht bestätigt, aber Enzig war sich sicher, dass er das Kind auf dem Foto war. Was aber bedeutete es, dass der Täter ein Foto aus Sitos Kindheit besaß? Hieß es, dass er Sito schon so lange kannte? Nein, das war nicht zwingend. Doch wo hatte er dann die Fotos her? Aus einem Album vielleicht?

Enzig machte sich Notizen zu den letzten beiden Tagen. Er beschrieb wieder seine Tafel, fotografierte sie, speicherte die Dateien ab. Eine Tafelansicht beschäftigte sich nur mit dem Schwarz-Weiß-Foto. Ein Junge vor einem Aquarium. Enzig blätterte in seinen Unterlagen und nahm die Kopie von dem Foto noch einmal in die Hand. Sie besaß nicht mehr die Schärfe des Originals, dennoch konnte er deutlich die Narbe erkennen, wie sie sich am Auge vorbeischlängelte. Vermutlich war sie noch nicht sehr alt. Er musste Sito fragen, woher er diese Narbe hatte. Und er musste ihn nach dem Aquarium fragen. Was sonst konnte auf diesem Foto eine Bedeutung haben? Enzig versuchte, Dinge im Hintergrund auszumachen. Da war ein Durchgang in einen weiteren Raum, ein Bild an der Wand, daneben Tische und Stühle.

»Was soll ich denn jetzt mit dem Bericht machen?«

Enzig sah auf. Vor ihm stand Mader und hielt ein paar Seiten in der Hand.

»Ich habe gehört, dass Sito ins Krankenhaus gebracht wurde. Nehmen Sie jetzt den Bericht, oder soll ich ihn ins Krankenhaus bringen?«

»Welchen Bericht?«

»Ich, also, vielleicht sollte ich … ich werd ihn einfach Sito bringen.«

Enzig widersprach Mader nicht. Sito würde seine Gründe gehabt haben, Mader persönlich mit einem Auftrag zu betrauen, und er hatte ihm versprochen, geduldig zu sein. Mader verließ Enzigs Büro und schloss leise die Tür. Enzig druckte sich die Vermisstenanzeigen der letzten Wochen aus und beschloss, heimzugehen.

Zu Fuß lief er den Weg zur Rheinbrücke und überquerte sie mit großen Schritten, vorbei an Touristen, die schlenderten oder sogar stehen blieben, um den Ruderern beim Training zuzusehen. Auf der anderen Seite angekommen, lief Enzig den Weg direkt am Rhein entlang. Er wurde gelegentlich von einem Radler oder Jogger überholt, sah einige Studenten der Fachhochschule in ihrem Strandcafé sitzen und kam schließlich auf Höhe seiner Pension an.

Doch Enzig wollte noch nicht in seine kleine Wohnung, also blieb er am Rheinufer stehen und sah auf die andere Seite hinüber. Die alte Bleiche war wie ein Mahnmal. Mit der Familie hatte er dort den fünfzigsten Geburtstag seiner Mutter gefeiert. Weiter rechts das schöne Rheinbad, die Rheinterrassen, dazwischen die modernen roten Wohnblocks mit ihren Luxuswohnungen – wie eine Stadt in der Stadt. Enzig hatte die Bauphase miterlebt, und es war ihm damals merkwürdig vorgekommen, dass jemand dort würde leben wollen. Andererseits, die Lage unmittelbar am Rhein war nicht zu verachten. Wie hatte Meisler gesagt? Die Seeluft hält jung.

Er musste irgendwann das Gespräch mit Hohenfels führen, und irgendwann würde er auch seinem Vater gegenübertreten müssen. Warum hatte er sich nur auf diese Intrige eingelassen? Enzig setzte sich ans Ufer und wählte die Nummer von Hohenfels.

»Na endlich, Dr. Enzig, verflixt noch mal, ich versuche seit Tagen, Sie zu erreichen. Machen Sie das mit Absicht?«

»Was meinen Sie?« Enzig bemühte sich, souverän zu klingen. Vor ihm kämpften sich gerade Ruderer vorbei.

»Hören Sie, Sie müssen nicht bei der Polizei Konstanz angestellt bleiben. Dass Sie überhaupt noch an diesem Fall dran sind, das haben Sie allein mir zu verdanken. Nun liefern Sie mir gefälligst ein paar Infos zu Sito.«

»Also, Herr Hohenfels, ehrlich gesagt habe ich die Priorität etwas anders gesetzt.«

»Was soll das Gefasel?«

»Falls Sie es nicht wissen: Wir haben es hier mit einem Serienmörder zu tun. Ich dachte also, dass ich meine Fähigkeiten erst einmal auf diesen Fall lenken sollte, bevor ich Ihrer Scharade nachkomme.«

»Bitte was?«

»Entschuldigen Sie, Sito ist gerade zusammengebrochen. Ich bin überreizt. Ich kann Ihnen nichts Auffälliges berichten, außer dass Sito, wie wir alle, von einem Serienmörder in Atem gehalten wird.«

»Er ist zusammengebrochen? Nimmt er Drogen, oder ist er krank?«

»Er arbeitet zu viel.«

»Hm.« Hohenfels war hörbar nicht zufrieden.

»Soll ich nun an dem Fall weiterarbeiten?«

»Selbstverständlich. Dafür hat man Sie schließlich zur Polizei geholt. Aber halten Sie mich auf dem Laufenden! Und gehen Sie nicht nur an Ihr Handy, wenn ich meine Nummer unterdrücke.«

»Also«, Enzig lachte verlegen, »das ist doch nicht Ihr Ernst, oder?«

»Mir egal. Melden Sie sich einfach regelmäßig, bevor der Kommissar noch jemanden umbringt.«

»Unwahrscheinlich, glauben Sie mir. Und immerhin habe ich Sie gerade angerufen.«

Doch Hohenfels hatte schon aufgelegt. Enzig schüttelte den Kopf, er war tatsächlich froh, dass er nicht gewartet hatte, bis Hohenfels ihn wieder anrief, sondern selbst die Initiative ergriffen hatte. Das Ganze nahm dennoch peinliche Züge an. Was warf Hohenfels Sito eigentlich vor? Das dürfte ja nur ein dummer Spruch gewesen sein von wegen »umbringen«. Oder?

Enzig saß eine Weile schweigend am Ufer. In der Bleiche gingen gerade die Lampions an. Sicher würden noch ein paar Leute draußen sitzen, die letzten Herbsttage genießen, der November war nicht mehr fern. Er konnte sich beim besten Willen nicht vorstellen, dass Sito die Kontrolle über sich verlieren könnte. Sicherlich war er nicht zimperlich, aber Willkür und Jähzorn passten nicht zu dem Sito, den er in der einen Woche kennengelernt hatte.

»Was sitzen Sie denn hier im Dunkeln?«

Enzig schnellte hoch. Marc Busch stand hinter ihm.

»Ich war bei Ihnen in der Pension, weil ich die Vermisstenakten mit Ihnen durchgehen wollte. Moment, den Gesichtsausdruck kenne ich doch. Schon wieder Ihre Ex?« Busch grinste.

»Es ist doch nichts Ernstes, oder, Paul?«

»Morgen werden die Untersuchungen abgeschlossen.«

Kerler zog sich einen Stuhl an Sitos Krankenbett. »Weißt du, ich bin ganz schön erschrocken. Ich will dich abholen, da sagt mir Rosa, du seist im Krankenhaus.«

»Hast du mit Sandra gesprochen?«, erkundigte sich Sito.

»Ja, natürlich. Was denkst du denn?«

»Und?«

»Sie ist bereit, morgen zu einem Psychologen zu gehen. Bis dahin ist sie bei Irene und mir. Wir passen auf sie auf. Das verspreche ich.«

»Gut.«

»Ich habe dir heute Morgen schon gesagt, ich will, dass wir uns wieder besser verstehen, ehrlich, Paul, ich gebe mir Mühe. Ich weiß, ich bin nicht immer einfach. Janina hat es mir aber auch nicht immer … Ach, lassen wir das. Sie war immer gegen mich eingenommen.«

»Du kennst ihre Geschichte nicht, Friedrich.«

»Nein und ihr habt sie nie erzählt.«

»Lassen wir das.«

»Gut, Paul. Du musst dich jetzt auf deine Gesundheit konzentrieren. Und ich verspreche dir, dass alles wirklich besser wird. Paul, ich möchte dir danken.«

Kerler reichte Sito die Hand, und als Sito den Händedruck erwiderte, legte er seine Linke noch darauf. Sitos Vater hatte das auch immer getan. Es war eine beschützende Geste, zu der nicht jeder in der Lage war. Sito hegte zwar noch immer Zweifel an Kerlers Annäherung, doch er hatte eine Leerstelle in seinem Innersten getroffen. Sito erinnerte sich an Janina und an seinen Vater, die beide viel zu früh gestorben waren. Und dann dachte er an Pollux. Er betrachtete die Hände vor sich, seine zwischen jenen von Kerler. Schon die Umarmung am Vormittag hatte ihn eigentümlich gestärkt, hatte ihm für einen Moment Halt gegeben, und auch jetzt fühlte er sich ein Stück weit gehalten. Dennoch widerstrebte ihm diese Nähe. Er zog seine Hand zurück.

»Ich gehe jetzt. Die Ärzte sagten mir, dass du vor allem Ruhe brauchst. Ruf mich gleich an, wenn es etwas Neues gibt. Ruf an, ja?«

»Versprochen.«

An der Tür drehte Kerler sich noch einmal um und winkte Sito, dann führte er seine Hand zum Mund, als würde er eine Zigarre rauchen. Mit geschlossenen Augen pustete er imaginären Rauch in die Luft und flüsterte: »Bald wieder, Paul, bald genießen wir wieder eine Zigarre zusammen. Wie früher. Du und ich.« Dann verließ er das Krankenzimmer.

Sito sah an die Decke. Was hatte er gerade versprochen? Der

Mond verlieh den weißen Wänden einen fluoreszierenden Schimmer, die Medikamente taten ihre Wirkung. Sito merkte, dass er müde wurde, zumindest sein Körper. Sein Geist dagegen schickte ihm Bilder, immer mehr und immer schneller. Er sah seinen Vater, wie er die Fische im Aquarium fütterte und ihn anlächelte. Wie er ihn zum bestandenen Abitur beglückwünschte, ihm die Hand schüttelte und dann seine Linke noch darüberlegte.

War das gerade wirklich Kerler gewesen? Es war dieser Händedruck, der in Sito so starke Bilder von seinem Vater hervorrief. Sein Vater, der die Fische fütterte ... Sito wollte das Bild nicht zu Ende denken. Er konzentrierte sich auf die Fische, weg von der Hand des Vaters, die über dem Wasser schwebte. Ihre Glupschaugen hatten an ihm gehangen, wann immer er als kleiner Junge andächtig vor dem Aquarium gesessen und sie beobachtet hatte, fasziniert davon, wie sich ihre Münder immerzu öffneten, als würden sie sprechen, zu ihm. Keine acht Jahre war er alt gewesen, da war ein Fisch aus dem Aquarium gesprungen, weil jemand die Abdeckung offen gelassen hatte. Er hatte nichts getan, war einfach nur dagestanden und hatte zugesehen, wie der Fisch auf den Fliesen herumgehüpft war. Er war ein Kind gewesen, er hatte nicht gewusst, wie schnell er hätte eingreifen müssen. Stattdessen hatte er dem Fisch zugesehen und gedacht, er tanze.

Sito hatte sich später noch oft gefragt, ob er vor Schreck nicht gehandelt hatte oder ob ihn die Szene einfach in ihren Bann geschlagen hatte. Der Fisch. Seine Augen, die wie hypnotisiert an ihm hingen, sein Mund, der tonlose, dabei durchdringende Schreie formte wie die Figuren in Edvard Munchs Gemälden. Nie würde er diesen Fisch vergessen können. Der erstickt war. Vor ihm. Auf den Fliesen. Neben dem Aquarium. Eine Handbreit entfernt von der Rettung.

In der Hocke sitzend hatte Sito die letzten Zuckungen des Fischs mit angesehen. Erst als er still dalag, hatte er ihn aufgehoben und wieder ins Aquarium geworfen. Erst viel später hatte er begriffen, dass er nicht diesen Fisch, sondern vielmehr das Sterben selbst beobachtet hatte. Dann hatte er auch verstanden, dass zwischen dem Sterben und dem Tod ein gewaltiger Unterschied lag. Das eine war Kampf, das andere Stille.

Sito sah wieder an die Decke, die sich blau zu verfärben begann. Er hatte das Gefühl, zu schwimmen. Jemand musste ihn rausziehen aus dem Wasser. Sito streckte seine Hand in den Raum, doch sie griff ins Leere und fiel auf das Laken zurück. Das Bild von seinem Vater war verschwunden. Er dachte an Dürrenmatt und seinen Roman »Der Verdacht« und fühlte sich wie dieser Kommissar Bärlach, den seine abgründige Vermutung in ein Schweizer Krankenhaus gebracht hatte.

Der gute Dürrenmatt, dachte Sito, *hoffentlich schreibt er mich hier wieder raus …* Raus aus diesem Krankenhaus und dieser ausgelieferten Situation. Bärlach hatte Krebs und ließ sich dennoch nicht davon abhalten, vom Krankenbett aus einen Fall aufzuklären. Todesmutig hatte er sich in die Höhle des Löwen begeben. Und es war zu einer Hölle geworden für Bärlach, der dort den Teufel gesucht und auch gefunden hatte. Sito war das unheimlich mutig vorgekommen, als er das Buch zum ersten Mal gelesen hatte. Diese heroische Tat ohne Pathos, denn wenn Bärlach etwas nicht war, dann eine Figur, die aus Ehrgeiz handelte. Bärlach war für Sito der Inbegriff eines Menschen, der nach Gerechtigkeit als höherer Instanz strebte. *Ein Verdacht, ja, ein Verdacht war es … ist es*, dachte Sito.

Die Bilder und Gedanken in seinem Kopf wurden langsamer. Es war, als hätten sie ihre Kraft verloren. Noch einmal sah er eine Hand zwischen all den Bildern, sie griff nach dem toten Fisch und holte ihn aus dem Aquarium, dann war Finsternis. Schwarze Finsternis wie hinter einem Vorhang. Ob wohl Gulliver kommen würde, der hünenhafte Jude, der auch Bärlach besucht hatte? Der konnte unmöglich nur Bärlach gehören. Gulliver gehörte allen, die ausgeliefert waren. Gulliver war eine Metapher für die Rettung Hoffnungsloser. Der hünenhafte Jude in seinem schwarzen Kaftan, der durch das Fenster in Bärlachs Krankenzimmer eingestiegen war und ihn auf einen Wodka eingeladen hatte, der Racheengel, der längst aufgehört hatte, jenseits seiner metaphysischen Erscheinung zu leben.

Ob er wohl auch zu Sito kam? Oder war er schon hier? Wo war nur der Wodka? *Nein*, dachte Sito, *Wodka hat Vater nie getrunken.* Aber Gulliver würde nach Wodka suchen. Er brauchte Wodka. Um zu vergessen. Er trank, und mit jedem Schluck hatte er ein Stück vergessen, und doch würde es nie genug Wodka geben. Was gäbe Sito jetzt für einen Wodka. Jemand reichte ihm einen winzigen Becher, den er trinken sollte. Sito erkannte eine rundliche Frau und fragte sie, ob sie Schwester Kläri – Bärlachs Kläri – sei, doch sie sah ihn nur verständnislos an.

Er wünschte, in dem Becher wäre wirklich Wodka gewesen.

Cafégespräch

Parson bestellte sich ein französisches Frühstück. Er hatte Enzig gebeten, mit ihm etwas trinken zu gehen, bevor sie wieder ins Krankenhaus zu Sito fuhren. Als sie in dem Restaurant am Bodanplatz die Karte studierten, hatte er Hunger bekommen. »Was halten Sie von unserem Gespräch gestern?«

»Ich habe Sito versprechen müssen, dass ich Geduld bewahre, und daher versuche ich, mich zurückzuhalten.«

»Aber Sie sehen es doch so wie ich? Deswegen haben Sie sich gestern doch auch gestritten, oder?« Parson nahm seine Brille ab und putzte sie. Seit vier Jahren musste er diese Lesebrille tragen, und noch immer hatte er sich nicht zu einer Gleitsichtbrille durchringen können. Maria hatte inzwischen mehrere Lesebrillen überall im Haus deponiert, nur weil er sie immer wieder verlegte, aber natürlich auch nicht auflassen konnte. Ein Dilemma. Er packte die Brille weg und wartete auf Enzig, der gerade eine SMS tippte.

»Entschuldigen Sie«, sagte Enzig, ohne von seinem Handy aufzublicken. »Meine Tochter hat heute Geburtstag.«

»Sie sehen sie nicht?«

»Nein, sie lebt bei ihrer Mutter in Hamburg.« Enzig steckte schnell sein Handy in die Tasche.

»Hm. Was ist nun mit Sito?«

»Wir haben nicht wirklich gestritten. Wir hatten nur eine Meinungsverschiedenheit.«

»Ja, das habe ich bemerkt. Sitos Verhalten hat mich aber schon sehr verwundert. Ich wollte deswegen auch unbedingt noch einmal mit ihm reden.«

»Es hat sich schon wieder eingerenkt. Wir haben miteinander gesprochen, und Sito war wenigstens bereit, sich meine Argumente anzuhören. Er ist auch gar nicht anderer Meinung. Aber abgesehen davon, dass er im Moment außer Gefecht ist: Er will Miriam und ihre Freunde noch nicht als Tatverdächtige sehen.«

Der Kellner kam und servierte Parson ein Croissant mit einem Schälchen Marmelade und einen großen Milchkaffee. Enzig bekam zwei Toasts, einen mit Rührei, einen mit Käse. Parson sah von einem Teller zum anderen und hatte spontan das Gefühl, die falsche Wahl getroffen zu haben.

»Vielleicht will Sito ganz sichergehen. Miriam ist immerhin die Tochter des Polizeidirektors, das dürfen Sie nicht unterschätzen. Nicht nur wegen des Ranges, das interessiert Sito sicher am wenigsten, aber vor allem, weil er und Friedrich alte Freunde sind.«

»Spielt das irgendeine Rolle? Es gibt Beweise, verstehen Sie, Beweise, dass Miriam noch vor der Polizei von den Leichen wusste.«

»Wie das?« Parson legte das Croissant beiseite. Vorsichtig sah er sich um, doch die Tische um sie herum waren nicht besetzt. Die nächsten Gäste waren zwei ältere Damen, die in ihr Gespräch vertieft wirkten. Ein Mann an der Theke schien Hotelgast zu sein, neben ihm stand ein Koffer, und er sah ständig auf die Uhr. »Also, Dr. Enzig? Ich höre. Was haben Sie beide mir verheimlicht?«

»Sie hat ihre Tasche bei Sito vergessen.« Enzig zögerte.

»Und weiter? Sie wissen, dass ich ein Freund von Sito bin. Es gibt keinen Grund, mir etwas zu verschweigen.«

Enzig dekorierte das kleine Salatbouquet neben seinem Käsetoast schon zum dritten Mal um, er schob die Tomatenscheibe vom Toast, legte sie wieder darauf.

»Na schön, weil ich weiß, dass Sie befreundet sind. Aber ich stecke da ehrlich in einem Gewissenskonflikt. Sito hat Bilder von den Opfern in Miriams Rucksack entdeckt. Sie hat in ihrer Zeichenmappe verschiedene Zeichnungen, auch eine vom dritten Opfer, einer Frau in einem Käfig. Da hatten wir Opfer Nummer drei aber noch gar nicht entdeckt.«

»Sie hat die Opfer gezeichnet? Wie ist das möglich?«

»Ja. Sie hat sie gezeichnet. In allen Einzelheiten.«

Parson schüttelte den Kopf. Er wusste nicht, was er denken sollte. Er kannte Sito nun schon einige Jahre, und er hatte angenommen, er würde ihn gut kennen. Aber er hatte noch nie erlebt, dass Sito unprofessionell oder gar verantwortungslos gehandelt hatte. »Sito hat doch bestimmt seine Gründe, warum er diese Informationen zurückhält.«

»Um ehrlich zu sein, ich befürchte, Sitos Gründe sind persönlicher Natur. Er hat einen Narren an dieser jungen Frau gefressen. Oder meinen Sie, dass die Freundschaft zu Kerler der Grund ist?«

»Ich weiß nicht. Sito ist niemand, der seine Prinzipien über Bord wirft. Aber Kerler spielt schon eine besondere Rolle in seinem Leben.«

»Das hatte im Büro aber gar nicht den Anschein. Seit ich dabei bin, also, das ist freilich noch nicht lange, haben die beiden sich ständig angegiftet.«

»Sitos Vater hat Selbstmord begangen, und Kerler hat sich damals sehr um Sito bemüht. Hat Sito Ihnen gesagt, warum er nichts unternimmt?«

»Nein. Aber da ist noch etwas: Miriam hat ihn geküsst, und wenn ich es richtig verstanden habe, hat Sito sie zurückgeküsst.«

»Oh, na ja.« Parson kratzte sich am Kopf. »Wissen Sie, ich denke, dass Sito sich körperlich und seelisch in einer Ausnahmesituation befindet. Er hat unerbittlich gearbeitet in den letzten Jahren, obwohl er furchtbare Schicksalsschläge hinnehmen musste. Seit dem Tod seiner Frau hatte er meines Wissens keine freundschaftlichen Kontakte außer zu mir. Er war schon immer ein Einzelgänger, aber von da an wurde das Alleinsein zur Apotheose. Verzeihen Sie mir diesen Ausdruck, aber er trifft es am besten. Ein Samurai. Der Tod seines Hundes muss ihn komplett aus der Bahn geworfen haben. Anders kann ich mir diese Hingezogenheit zu Miriam nicht erklären. Sie ist noch recht jung, oder?«

»Gerade mal achtzehn. Sitos Vater hat Selbstmord begangen?«

Parson ließ das halbe Croissant übrig. »Hören Sie, ich würde das gern so stehen lassen. Wenn Sie Sito besser kennenlernen, dann wird er Ihnen sicher selbst vom Tod seines Vaters erzählen. Auf jeden Fall glaube ich, dass Sito gerade in einer besonders schwierigen Lage ist. Verstehen Sie, was ich meine? Da ist er vielleicht empfänglicher für Gefühle als unter normalen Umständen.«

»Wahrscheinlich haben Sie recht. Vertrauen Sie dennoch auf seine Urteilsfähigkeit?«

»Unbedingt.«

»Aber sie ist irgendwie involviert, diese Miriam«, beharrte Enzig.

Endlich entschied er sich gegen die Tomate. Der Mann an

der Theke bestellte den dritten Espresso, und die beiden Damen gönnten sich ein Stück Torte. Hinter ihnen hing ein großes Gemälde an der Wand, das Parson bekannt vorkam. Da fiel es ihm ein. Vor einem Jahr war er mit Maria bei einer Vernissage des Künstlers gewesen, der großformatige abstrakte Landschaften malte. Zumindest nannte er das »Landschaften«, laut Presse waren es sogar ganz wunderbare Seelenlandschaften, wie alle Bilder, die keinen konkreten Inhalt hatten, irgendetwas mit der Seele zu tun haben mussten. Doch dieses Bild so aus der Ferne betrachtet und hinter den beiden Damen an der riesigen beigen Wand faszinierte Parson doch. Irgendwo zwischen den kräftigen Farben Grün und Blau meinte er einen Menschen zu erkennen, einen, der sich leicht gebückt von dem Betrachter abwandte, und aus den gelben Farbspritzern wurde aus der Entfernung ein Tier, ein Hund vielleicht. Eine traurige Szene, diese Abgewandtheit zweier Lebewesen. Ein Gedanke ließ Parson nicht mehr los. Auch wenn er sicher war, dass nicht jeder einen abgewandten Menschen mit seinem Hund in dem Gemälde einer Seelenlandschaft erkennen konnte, so waren sie doch da. Der Künstler hatte etwas von sich preisgegeben, das man entdecken konnte. »Im Grunde sind die Zeichnungen alleine noch kein Beweis.«

»Aber Miriam wusste, wo die dritte Leiche ist. Und auch, wie sie präsentiert wurde.«

»Sie wusste auch, *wo* die dritte Leiche ist? Sind Sie da ganz sicher? Ich kann mir nicht vorstellen, dass Sito einfach darüber hinweggegangen wäre.«

Enzig schluckte und fuhr sich mit beiden Händen übers Gesicht. »Jetzt wo Sie mich so fragen, Dr. Parson, wenn ich es mir recht überlege – womöglich hat Sito der Zufall in die Hände gespielt.«

»Der Zufall nicht, aber ein falscher Rückschluss. Haben Sie die Sache auch einmal von der anderen Seite betrachtet?«

»Was meinen Sie?«

»Was, wenn die Zeichnungen Vorlagen sind und nicht die Abbilder?«

Denkanstöße

Sito lag in seinem Bett, den Bericht von Mader und den von Busch in den Händen. Beide hatten ihre Berichte am frühen Morgen bei ihrem Krankenbesuch abgegeben. *Die Zügelung der Wut lässt nach*, stellte Sito fest. Es war grausam, wie die ehemalige Freundin von Enzig gefoltert worden war. Doch war Sito durchaus bewusst, dass Grausamkeit ein relativer Begriff war, der sich etwa in der Diskussion um die Angemessenheit der Mittel immer wieder einschlich. Was war eigentlich grausam? Hingegen las sich der Bericht von Mader leicht und geradezu gespenstisch harmlos. Die Freunde von Miriam waren einfach nette, engagierte Menschen, da gab es aber auch nicht einmal zwischen den Zeilen den geringsten Hauch eines Zweifels.

Welche Eigenschaften zeichnen einen Mörder aus? Man muss, so absurd das klingt oder so furchtbar das in der Realität auch sein mag, sich den Mörder zu eigen machen, seine Fähigkeiten erkennen. Nicht nach dem Abartigen suchen, sondern nach dem Normalen, das jeder Mensch hat. Wenn du einen Tatort untersuchst, dann schaust du ja auch nicht nach den Hässlichkeiten, sondern du versuchst, den Raum in seinen Banalitäten zu entschlüsseln. Du wendest dein eigenes Raumverständnis auf den vorliegenden Raum an. Es gibt keinen raumlosen Tatort, und es gibt keinen menschlosen Täter. Suche seine menschlichen Eigenschaften, seine Auszeichnungen. Dann überlege, worin er dir ähnlich sein könnte. Dann überlege, warum du nicht so handelst. Und dann? Dann wirst du entdecken, was ihn auszeichnet, und zwar im Sinne einer Herauszeichnung aus der Gesellschaft, an einen anderen Ort jenseits der Gesellschaft, an seinen Tatort.

Sito dachte an Kerler. Was hatte ihn gestern zu einer solchen Annäherung bewogen? War es die Angst um seine Tochter oder war es Dankbarkeit gegenüber Sito, der sie schonte? Sito bereute nicht, dass er sich zu seiner Gefühlsregung hatte hinreißen lassen, aber es war dennoch ein wenig unangemessen. Es störte ihn, dass Kerler die Erinnerungen an seinen Vater auf eine menschliche Ebene geholt hatte. Es fiel ihm immer leichter, aus rein beruflichen

Gründen an ihn zu denken, dann war es, als könnte er hören, wie er von seinen eigenen Fällen erzählte. Ansonsten jedoch wollte Sito seinen Vater nicht vermissen.

Es klopfte, und Miriam trat ein.

»Ich hab gehört, was passiert ist.«

Sito starrte Miriam an, dann schielte er auf die Uhr über der Tür. Es war kurz nach neun. Wollte sie heute Morgen nicht zu einem Psychologen gehen? Mit Kerler? Hatte er das nicht versprochen?

»Wie geht es dir? Dieser Mader ist übrigens ein komischer Kauz ...«

»Mader?«, wiederholte Sito.

»Er war gestern bei uns in der Schielergasse. Verdächtigst du uns immer noch?«

»Du hast Mader gesehen? Aber warst du denn nicht ...?« *Was hat Kerler mir erzählt?* Sito schüttelte den Kopf.

»Was ist denn los? Du siehst aus, als hättest du einen Geist gesehen. Bist du böse auf mich? Immer noch wegen der Bilder? Hör mal, ich weiß, die müssen merkwürdig wirken. Aber es war ein Projekt, und ich habe sie alle schon vor Monaten gezeichnet. Ich kann dir alles erklären.«

Sito war, als drehte sich das ganze Zimmer.

»Vor Monaten?« Er wusste nicht, was er noch glauben konnte. Seine Augen brannten, und Schweiß lief ihm die Stirn hinab. Vielleicht hatte er einen Schock. Stromstöße jagten durch seinen ganzen Körper. *So muss es dem Fisch gegangen sein*, schoss es ihm durch den Kopf. Er streckte seine Hand nach Miriam aus, die vor seinem Bett stand. Ihr weißer Jeansrock verschwamm mit dem Weiß der Wände. Ihre braunen Stiefel schienen sich vom Boden zu heben. Sie trug einen braunen Rolli unter der weißen Jeansjacke. Leuchtend rot zogen ihre Lippen ihn hinein in die Mitte dieses Bildes.

»Paul? Was ist mit dir? Soll ich den Arzt rufen?«

»Miriam ...« Sie drohte zu verschwimmen, er griff nach ihrer Hand. »Hast du – gestern mit deinem – Vater gesprochen?«

»Wie kommst du darauf? Hat er dich wieder angemeckert?«

»Nein. Du hast – nicht mit ihm – gesprochen?«

»Ich war bis Sonntagmittag bei meiner Mutter, dann bin ich in die WG, weil mein Vater von seinem Jagdausflug zurückgekommen ist.«

Sito sank in seine Kissen. Kerler hatte ihn unverhohlen angelogen.

»Miriam, du musst mir versprechen … Bitte setz dich mit Enzig in Verbindung. Du musst – ihm – alles erzählen. Ich vertraue ihm.«

»Ja, ist in Ordnung, Paul. Was wird mit dir?«

»Ich – weiß es – nicht.«

»Paul? Ich wollte dir eigentlich erzählen, dass ich mit meinem Freund Schluss gemacht habe. Aber das ist wohl kein guter Zeitpunkt dafür?«

Sito bemühte sich um ein Lächeln. »Geh zu Enzig, noch – heute.«

»Ich verspreche es dir. Werde schnell gesund, ja?«

Sito hörte die Absätze ihrer Stiefel. Er fühlte das Fieber in sich wüten. Er war gefangen in diesem Krankenzimmer, wie Bärlach in seinem. Und Sito fühlte: Bärlach war näher, als er es sich ausgemalt hatte.

Enzig berührte Sito am Arm. »Sito? Tut mir leid, dass ich Sie wecken muss.«

Sito zuckte zusammen und öffnete die Augen. Er atmete tief durch und richtete sich auf, langsam wurde sein Blick klar.

Enzig bemühte sich, ruhig zu sprechen, obgleich er innerlich aufgewühlt war. »Ich habe mit Dr. Parson gesprochen. Wir haben die ganze Zeit falschgelegen. Miriam ist, wie soll ich sagen, sie ist so etwas wie die Muse des Täters. Ihre Bilder sind die Vorlagen. Die Motivation, solche Bilder zu zeichnen, mag fragwürdig sein, aber die Motive des Täters können ganz anders liegen.«

»Hm.«

»Ich werde mit ihr und ihren Freunden ein offenes Wort reden. Der Täter muss Zugang zu der Wohngemeinschaft haben.« Enzig wurde mit einem Mal klar, dass er wild auf Sito eingeredet hatte. »Das war jetzt zu viel und zu schnell, oder?«

»Ein wenig, aber ich konnte folgen, Enzig. Ich weiß nämlich bereits Bescheid. Sie war heute Morgen hier. Miriam, meine ich. Fahren Sie fort.«

»Oh, okay. Also, ich habe mir alle Notizen zum Täter und dem möglichen Tathergang angesehen. Es geht darum, die Opfer zu bestrafen, wobei die Tat nicht zwingend an die entsprechende Schuld der Opfer geknüpft sein muss. Er sucht sie sich wohl bewusst aus, aber es ist womöglich nicht unmittelbare Vergeltung, will heißen: Es sind nicht die Opfer, die ihn zur Tat inspirieren.«

»Ich bin mir nicht sicher, ob ich jetzt den Unterschied verstehe.«

»Der Unterschied ist ganz einfach. Im einen Fall hat der Täter eine bestimmte Vorstellung im Kopf. Wenn diese von einem Opfer bedient wird, dann schlägt er zu. Im anderen Fall hat der Täter eine Tat im Kopf und sucht dafür ein passendes Opfer. Es ist eine andere Grundidee, verstehen Sie?«

»Aber das würde ja bedeuten, dass unser Täter seine Taten bereits schon länger im Kopf hatte, schon bevor er sie auf den Bildern gesehen hat, oder?«

»Ich vermute, dass es so ist, ja. Wobei ich die Bilder an sich nicht als Auslöser sehen würde. Sehen Sie, Sito, das menschliche Gehirn funktioniert sehr komplex, das betrifft auch die Stadien der Gewaltbereitschaft. Niemand ist auf einen Schlag ein Massenmörder, es sei denn, er ist pathologisch gewalttätig. Ansonsten durchläuft jeder Täter verschiedene Stadien, die damit zu tun haben, wie er Niederlagen oder Schmerz oder ein Trauma verarbeitet. Unser Täter ist mit dem Töten vertraut, und er hat sich bereits mit der Idee auseinandergesetzt, dass er nicht mehr in diese Gesellschaft passt. Das ist schon lange passiert, bevor er uns den ersten Toten präsentiert hat.«

»Was macht Sie da so sicher?«

»Diese Toten können nicht die Tat eines Ersttäters sein, das ist ausgeschlossen. Töten ist nicht so leicht, wie man denkt. Es ist ein Prozess, eine Handlung, die man selbst beobachtet. Sie kann ewig dauern, wenn man es will. Ersttäter versuchen, das Töten nicht über die Maßen auszudehnen.«

»Ja, das verstehe ich. Das Töten ändert sich also.«

»Das Töten ändert sich, ja. Auch beginnt ein Täter nicht mit einer Serie, das wäre das erste Mal. Er muss lernen und auch üben, zu töten. Das braucht Zeit. Und er muss sich von jeder Norm- und Rechtsvorstellung verabschieden. Das ist viel schwerer, als man denkt, denn jeder Mensch ist abhängig von dem Sozialgefüge, das ihn umgibt.«

»Enzig, wir sind uns also einig, dass Miriam nicht mehr verdächtig ist?«

»Ja, da kann ich Sie beruhigen. Es ist nach meinen bisherigen Erkenntnissen ausgeschlossen, dass sie über das Malen dieser Bilder hinaus etwas mit den Fällen zu tun hat. Der Täter braucht niemanden an seiner Seite. Ich bin mir sicher, dass der Gesamtplan nicht durch die Entdeckung der Bilder entstanden ist. Die Bilder waren lediglich der Auslöser …«

»… was den Zeitpunkt der Tat angeht.«

Enzig nickte. »Genau. Er muss auf so etwas gewartet haben. Das allein erklärt, weshalb die Taten so dicht aufeinanderfolgen. In der Regel liegen zwischen den Taten nämlich längere Ruhephasen, in denen der Täter die Nachwirkungen seiner Tat genießt oder eben noch einmal durchlebt. Das hat unser Täter nicht getan. Er muss sich gedanklich also schon viel länger damit auseinandergesetzt haben. Miriam ist für all diese Prozesse viel zu jung.«

»Sie war heute hier, obwohl Friedrich mir erzählt hat, sie wäre heute Morgen beim Psychologen.«

»Er hat Sie angelogen? Sie hätten mir übrigens ruhig erzählen können, dass Sie eine väterliche Verbindung zu Kerler haben.«

»Wie kommen Sie jetzt darauf?«

»Dr. Parson hat so etwas angedeutet.«

»Samuel hat über mich gesprochen?« Sito schüttelte langsam den Kopf. »Nein, väterliche Bindung ist übertrieben.«

»Von Ihrer Seite vielleicht«, sagte Enzig.

»Spielen wir das mal durch: Die Bilder dienen als Vorlagen.«

»Genau.«

»Der Täter sucht seine Opfer aus, das heißt, die Opfer müssen zu den Bildinhalten passen. Oder passen die Opfer zu der Motivation der Bilder? Eine wichtige Frage. Was dann? Der Täter inszeniert den Tod, nein, er inszeniert das Sterben seiner Opfer. Die Fabrik ist dafür seine Bühne.«

»Also müssen wir uns fragen, wen er ansprechen will.«

»Er will Aufmerksamkeit erregen. Wie kommt er auf mich? Wieso will er meine besondere Aufmerksamkeit?«

»Mir scheint, er weiß etwas über Sie, Sito, etwas, das ihn glauben lässt, Sie könnten ihm nicht nur helfen, sondern würden es auch tun. Was ist mit dem Foto? Ich weiß, dass Sie es sind.«

»Das könnte jeder geschossen haben«, erklärte Sito.

»Wie das?«

»Das Aquarium stand im Restaurant meines Vaters. Warum ist der Täter überhaupt wütender geworden?«

»Sie meinen, weil sein Vorgehen bei Sabine brutaler geworden ist?«

Sito nickte. »Ist er wütend, weil ich ihn nicht verstanden habe?«

»Nein, er weiß sehr genau, welcher Schritt als Nächstes kommt.«

»Das heißt, es liegt gar keine Progredienz vor?«

»Ich denke nicht, nein«, sagte Enzig.

»Hm. Und die Fabrik als Tatraum? Hängt die Auswahl der Fabrik nun an den Opfern oder an den Bildern?«

»Ach, gut, dass Sie mich daran erinnern. Ich habe noch einmal mit der Ortsverwaltung in Dettingen telefoniert. Hier ist alles, was sie uns gefaxt haben. Ich konnte nichts Auffälliges finden.«

»Danke. Aber eine Sache geht mir nicht aus dem Kopf. Wie war es möglich, dass der Täter sich Ihre Bekannte als Opfer ausgesucht hat?«

»Was meinen Sie?« Enzig wusste sehr wohl, was gerade in Sito vorging, aber er hegte noch die vage Hoffnung, er könnte sich irren.

»Ganz einfach. Wie kommt er auf sie? Ihre Freundin hat in einem Labor in Münster gearbeitet. Die einzige Verbindung sind Sie, Enzig. Allerdings wurde das Opfer zu einem Zeitpunkt entführt, als Sie noch gar nicht in Konstanz waren. Konnte der Täter denn wissen, dass Sie nach Konstanz kommen? Wusste er es vor mir, meine ich.«

Enzig war, als zöge sich eine Schlinge um seinen Hals langsam zu.

»Was ist, Enzig, Sie sind ja ganz blass?«

»Ich? Nein, nein, es ist immer noch schwer, an Sabine zu denken.« Enzig bemerkte, wie leicht es ihm fiel, zu lügen. Er wusste selbst nicht, weshalb. Vielleicht weil er der Überzeugung war, ehrenhaft zu handeln, und weil er längst wusste, dass er Hohenfels nichts liefern würde und im Zweifel zu Sito halten würde. »Es könnte immer noch Zufall sein. Das Labor, in dem Sabine gearbeitet hat, war immer in den Medien, gerade auch in letzter Zeit. Und Sabine hat nie ein Blatt vor den Mund genommen, wenn es darum ging, was sie von den Gegnern des Instituts hielt. Sie war sogar in einer Talkshow deswegen.«

»So?«

»Ja, zuletzt im Sommer, als es um die Erweiterung der Affenforschungsstation ging. Es gab vehemente Debatten mit Tierschützern.«

Sito starrte in die Luft.

»Sie glauben doch nicht, ich hätte etwas mit dem Mörder zu tun?«, fragte Enzig.

»Reden Sie keinen Unsinn. Mir ist nicht nach Scherzen zumute. Finden Sie lieber heraus, wer von Ihrer Anstellung in Konstanz wusste und was Miriam mit den Bildern wollte.«

»Nun machen Sie schon Platz, meine Gute, ich habe nicht den ganzen Tag Zeit, auch wenn Ihrereins das immer … Sito, seien Sie gegrüßt.«

Die Krankenschwester, die Meisler die Tür aufgehalten hatte, ließ diese laut ins Schloss fallen.

»Herr Meisler, das ist aber eine Überraschung. Kommen Sie rein.« Sito setzte sich auf. Er freute sich über die Ablenkung. Es war kurz nach zwölf, und ihm blieben nur vier Stunden, um seine Gedanken zu ordnen. Der Arzt hatte ihm wie erwartet bestätigt, dass er ein Magengeschwür hatte, das zudem ungünstig an der Speiseröhre lag, und dass er operiert werden müsse. Um sechzehn Uhr.

Meisler rückte sich in seinem Rollstuhl bequem hin. »Für mich erst recht, als ich erfahren habe, dass Sie hier sind. Wir haben uns lange nicht gesehen. Neuerdings haben Sie mir ja Ihre Adjutanten geschickt …«

Die Uhr über der Zimmertür tickte unaufhörlich die Sekunden aus sich heraus, bis nichts mehr blieb in dem Zimmer außer ihrem Ticken. Es war nicht mehr möglich, nicht an Bärlach zu denken. *Ich bin wie er*, dachte Sito, *ich kann gar nicht anders.* »Es sind Kollegen.«

»Na, wie auch immer. Wie geht's Ihnen? Ist es was Schlimmes?«

»Nur der Magen.«

»In Ihrem Alter schon Magenprobleme? Jungchen, was soll ich sagen, der Polizeijob ist wohl doch zu stressig. Es ist doch nicht ...«

»Es muss kein Krebs sein. Und bei Ihnen?«

Ticktack, ticktack ...

»Noch zwei Wochen mit dem Monster.« Meisler klopfte auf den Rollstuhl. »Das Krückenlaufen war auf Dauer einfach zu anstrengend.«

»Haben Sie noch einmal darüber nachgedacht, mit Dalings zu sprechen?«

»Mit dem besessenen Professor?« Meisler schüttelte den Kopf. »Man sollte nicht so viel Worte über das Böse machen, sonst wird man am Ende selber noch böse. Verstehen Sie, was ich meine?«

»Ich denke schon. Aber Dalings sieht das ganz anders. Sie wissen, dass er persönlich betroffen ist, es geht wohl um seinen Großvater, der verschwunden ist. Und sehen Sie es doch mal von der anderen Seite. Dalings hofft anscheinend, Namen zu bekommen. Wer weiß, was aus den Folterern geworden ist? Vielleicht saßen sie nach dem Krieg hier im Stadtrat?« Sito hatte nur laut gedacht, doch Meislers Blick verriet, dass er nicht ganz falschlag. »Ist nicht Ihr Ernst? Sie haben Leute erkannt?«

»Wissen Sie, Sito, nach '45 waren viele Menschen in Bewegung. Denken Sie nur mal an die Butzewegs-Höhle. Aber jeder war mit sich selbst beschäftigt, die Zeit des Anschwärzens war vorbei. Für moralische Gerechtigkeit war kaum Zeit, da haben ganz andere Probleme gedrückt. In Ihrem kleinen Heimatidyll hatten die Menschen sogar das Gefühl, der Krieg dauere noch an, weil man ihnen Zimmer weggenommen hat, um die Franzosen unterzubringen. Und das Böse, das ich durch Zufall als Kind gesehen habe, das ist jetzt ohnehin verjährt. Nicht etwa, weil meine Erinnerung schwächer geworden ist – glauben Sie mir, so etwas vergisst man nicht –, sondern weil die Betroffenen tot oder steinalt sind.«

»Herr Meisler«, Sito starrte ihn an, »Mord verjährt nie. Wie konnten Sie das all die Jahre mit sich herumtragen, dass Nazi-Schergen politische Ämter innehaben?«

»Ich war noch ein Kind, damals. Da beherrschte mich die

Scham. Mein Vater war einer von ihnen, und ich hatte ihn hintergangen. Allein das zuzugeben, war mir unvorstellbar. Aber schlimmer noch, ich habe gesehen, wie mein Vater gelitten hat. Wissen Sie, ich dachte damals, wenn mein Vater leidet, geht es den anderen Vätern genauso. Sito, glauben Sie mir, ich habe mich jahrelang dafür geschämt, dass ich überhaupt etwas gesehen hatte.«

»Ich kann Sie verstehen.« Sito kannte das beschämende Gefühl, wenn der eigene Vater gedemütigt wurde. Gerade die Person, die doch Stärke ausdrücken sollte, verlor ihren Halt, und alles um sie herum geriet ins Wanken. »Für die Ermittlungen wird Ihre Aussage nicht mehr nötig sein.«

»Der Fall hat also eine andere Wendung genommen?«

»Wie es scheint, ja. Aber wenn Sie mir eine Bemerkung erlauben: Vielleicht sollten Sie dennoch mit Dalings reden. Ich denke, Sie könnten ihm helfen, die Geschichte besser zu verstehen und mit ihr umzugehen.«

»Ich bin erleichtert, dass es nicht mehr um die Ereignisse in der Fabrik geht«, gestand Meisler. »Und ich werde darüber nachdenken. Ehrlich gesagt hat mich Ihr Kollege Busch auch schon in diese Richtung geschubst. Er kommt immer mehr nach Ihnen, und das meine ich durchaus als Kompliment. Auf jeden Fall treffe ich ihn und diesen Dalings heute noch. Gegen ein Treffen habe ich nichts einzuwenden. Aber ich weiß nicht, ob ich Dalings' Hoffnungen erfüllen kann. Wir werden sehen. Aber jetzt lasse ich Sie allein. Die Schwester meint, Sie erwarten noch mehr Besuch.«

»Meisler?«

»Ja, was ist denn?«

»War es Neugierde? Als Sie beobachtet haben, was da vor sich ging in der Fabrik? Ich meine, würden Sie heute wieder auf diesen Baum klettern?«

»Ja, leider.«

Das Versprechen

»Kannst du mir sagen, wieso Kerler gelogen hat, Samuel?«

»Ich weiß nicht, Paul, vielleicht wollte er dich nur nicht aufregen.« Parson saß schon seit einer Weile schweigend an Sitos Bett und wartete, weil er spürte, dass Sito etwas bedrückte. Es fiel ihm nicht leicht. Er wusste nicht so recht, wie er seinem Freund Beistand leisten sollte. Parson war nicht an Krankenhäuser gewöhnt, nicht an die Phasen des Wartens und Hoffens. Hätte er nur Maria erlaubt zu kommen. Sitos Blick wanderte durch den Raum und blieb an der Uhr über der Tür hängen.

»Es ist noch Zeit. Vergiss die Uhr«, sagte Parson.

»Nein«, Sito schüttelte den Kopf, »so einfach ist das nicht.«

»Das ist mir klar.«

»Nein, Samuel, nicht die Uhr. Ich spreche von Friedrich. Wir wissen, dass der Täter die Bilder gesehen hat, aber Enzig ist sich auch sicher, dass dies nur den Zeitfaktor beeinflusst hat. Der Täter hat seine Taten schon viel länger geplant. Miriams Bilder sind für das ›Wann‹, nicht für das ›Wie‹ verantwortlich.«

Das Telefon auf dem fahrbaren Nachttischchen neben dem Bett läutete. Sito nahm ab und hörte wortlos zu. Nachdem er aufgelegt hatte, sah er Parson an und erklärte tonlos: »Oberstaatsanwalt Bilk, einer von Kerlers Wochenendgästen, wurde soeben als vermisst gemeldet.«

Parson sah nun selbst zur Uhr. Übergroß hing sie dort. Er spürte, wie sich sein Nacken verkrampfte. Er konnte sich jetzt nicht mit dem Fall beschäftigen, konnte sich nicht ablenken und schon gar nicht konzentrieren. Das Krankenhaus mit all den Lebenden wirkte bedrohlich auf ihn. Überall Hoffnung. Bei ihm in seinen Katakomben gab es kein Hoffen mehr, da herrschte ein ganz anderes Zeitgefüge. Dort war er Herr über die Zeit und fühlte sich sicher. Parsons Tote waren wie eine Rechenaufgabe. Alles bestand aus Zahlen, Zahlen, die über die zurückliegende Lebenszeit Auskunft gaben, wie lange jemand geschlafen oder geraucht hatte, wie viel er wovon gegessen oder getrunken hatte, wann er zuletzt jemanden geliebt hatte. Zahlen über die Todeszeit und Todesart und über das Sterben an sich. Wie lange hatte es gedauert, bis kein Sauerstoff mehr ins Gehirn kam? Am Ende war alles nur noch in Zahlen zusammenzufassen. Das ganze Leben war eine einzige riesengroße Zahl.

»Samuel?«

»Entschuldige, ich … ich weiß nicht, was ich sagen soll. Ich habe lange nicht an einem Krankenbett gesessen.«

»Die Uhr. Sie macht uns verrückt.«

»Es ist nur eine Magen-OP.«

»Kennst du Dürrenmatt?«

»Ich weiß, was du meinst. Aber Bärlach sollte zu Tode operiert werden. Das ist ein Unterschied.«

»Aber die gleiche Uhrzeit.«

»Paul, du wirst doch nicht an Zeichen glauben? Es ist ein dummer Zufall.«

»Ich weiß, aber sag, Samuel, was wird der Täter wohl denken, wenn ich nicht mehr an dem Fall arbeite?«

»Paul, das sind jetzt absolut die falschen Gedanken.« Parson erinnerte sich daran, wie er einmal am Bett seines Sohnes gesessen hatte. Eine Grippe, nichts Schlimmes. Zuletzt hatte er es nicht einmal bis ins Krankenhaus geschafft, sondern war noch in der Toilette auf dem Tanzschiff verstorben. Nein, Parson war nicht gut darin, Hoffnung zu geben.

Es klopfte. Kerler betrat das Krankenzimmer und drängte sich an ihm vorbei an das Bett. Sofort griff er nach Sitos Hand. »Du wolltest mich sprechen? Der Arzt sagte mir, dass du operiert werden musst. Du wirst doch wieder gesund?«

»Friedrich, beruhige dich. Es kommt alles wieder in Ordnung«, wehrte Sito ab und entzog Kerler seine Hand. »Danke, dass du dich gekümmert hast, so wie wir das besprochen haben, das war mir wirklich wichtig. Aber das weißt du ja am besten.«

»Natürlich, ich habe dir doch gesagt, dass du dich auf mich verlassen kannst.«

»Ach übrigens, der Jagdausflug ist nicht ohne Folgen geblieben.«

»Folgen? Was meinst du?« Kerler blickte verwirrt hin und her.

Parson erschien sein Verhalten unstet und ruhelos. Kerler stand sicher unter Druck und dann diese ständigen Hustenanfälle. Auch seine Gesichtsfarbe war dunkler als sonst. Vielleicht Bluthochdruck? Ganz anders Sito. Der war wieder hellwach, und trotz der bevorstehenden Operation wirkte er nun wieder souverän. Parson schien es, als würde Sito sogar die Spannung genießen, die er mit der Information erzeugt hatte, aber das bildete er sich vielleicht nur ein.

»Oberstaatsanwalt Bilk ist verschwunden«, sagte Sito.

»Das ist nicht dein Ernst!« Kerler blieb der Mund offen stehen.

»Doch, leider. Enzig hat gerade angerufen.«

»Du meine Güte. Und wir haben am Samstagabend noch gescherzt. Er wollte sonntags nach unserer Tour noch zu seiner Cousine ... Ich bin sprachlos.«

»Er ist nie beim Haus der Cousine angekommen«, sagte Sito.

»Meinst du, das hat etwas mit unserem Fall zu tun?«

»Vielleicht ist er unser viertes Opfer.«

»Wie kommst du darauf?« Kerler schüttelte hektisch den Kopf.

Parson beobachtete Sito und wartete auf eine Regung, die ihm verraten könnte, was er vorhatte. Wie kam Sito auf den Gedanken, dass Bilk ein weiteres Opfer des Mörders sein sollte? Parson rief sich ihr Gespräch in Erinnerung. Inwiefern passte Bilk zu den anderen Toten? Oder spielte Sito Kerler nur etwas vor? Seine Souveränität, war die nur Teil dieser Scharade? Aber für wen? Wen wollte er provozieren? Wen, wenn nicht ...

»Er passt ins Muster«, sagte Sito.

»Du hast ein Muster entdeckt? Sag, Paul, wann kann ich mit einer Verhaftung rechnen?«

»Dass wir ein Muster für die Opfer entdeckt haben, heißt nicht, dass wir den Täter entlarven können. Aber Mader hat einen guten Bericht geschrieben. Er hat Miriams Freunde befragt, und jetzt wird er auch den Bericht über das Jagdwochenende schreiben. Für Bilk wird es aber ohnehin zu spät sein.«

»Paul, wie kannst du nur so taktlos sein? So kenn ich dich gar nicht. Der Mann hat Frau und Kinder.«

»Ach, Friedrich, das ist wohl die anstehende Operation, die macht mich nervös. Wahrscheinlich vergnügt sich Bilk irgendwo mit einer Geliebten.«

»Sag so etwas nicht, Paul, ich bitte dich. Hoffentlich wird alles gut. Für uns alle.« Kerler nickte erst Sito, dann Parson zu und ging zur Tür.

Parson blickte ihm nach, ihm fiel die gebückte Haltung auf. Kerler schien in den letzten Tagen um Jahre gealtert zu sein. Ihn mussten noch andere Sorgen quälen. Parson hörte Kerlers Husten im Gang und dann das Quietschen von Rädern. Vermutlich wurde ein Krankenbett vorbeigeschoben. War es bereits das Bett für Sito? Schnell blickte er zur Uhr.

»Wir haben noch Zeit. Ein Gedanke lässt mich nicht los, Samuel. Wieso hat der Täter mir etwas geschenkt?«

»Was meint denn Enzig? War es als eine Aufmerksamkeit gedacht? Das Teilen der Trophäe?«

»Nein, ich meine etwas anderes: Was erhofft er sich von mir? Was soll ich tun außer ermitteln?«

»Das kann ich dir nicht sagen, Paul.«

»Ich habe das Gefühl, unter enormem Druck zu stehen. Dass ich richtig reagieren muss. Wenn ich das nicht schaffe, wird er weitermorden.«

»Mach dich nicht verrückt. Du tust doch, was du kannst.«

»Ich weiß nicht, Samuel, es muss da irgendeinen anderen Ausweg geben. Es darf nicht von mir abhängen.«

»Du hast also keine Ahnung?«

»Natürlich nicht. Er will uns etwas zeigen, die Fotografie, die Bilder, das muss die gleiche Aussage sein. Klingelt da was bei dir?«

»Leider nein. Du hast vorhin ganz schön dick aufgetragen. Ich hoffe, Bilk taucht morgen wieder auf, sonst hast du ein Problem.«

»Morgen …« Sito ließ sich in seine Kissen zurückfallen.

»Keine Angst. Maria und ich sind hier, wenn du aufwachst.« Parson wusste nicht, was er noch sagen sollte. Sein Freund hatte gepokert, hoch gepokert, um zu sehen, wie Kerler reagierte. Das war merkwürdig. Sito konnte doch unmöglich Kerler in Verdacht haben. Was warf er ihm vor? Dass er seine Tochter schützte? Oder war Sito einfach so hilflos, dass er nach jedem Strohhalm griff?

Da hellte sich Sitos Gesicht auf. »Samuel, du musst mir einen Gefallen tun.«

Kerler sprang auf, als er Parson aus dem Fahrstuhl treten sah. »Dr. Parson, kommen Sie. Setzen Sie sich zu mir.«

Die Eingangshalle des Krankenhauses unterschied sich kaum von den Zimmern. Lediglich der Getränkeautomat und zwei große, viel zu grüne Kunstpflanzen erinnerten die Menschen daran, dass sie dem Krankenbereich entkommen waren.

»Wollen Sie etwa warten? Das brauchen Sie nicht. Gehen Sie nach Hause und ruhen Sie sich aus.«

»Er war so komisch. Er ist sonst kein Zyniker, müssen Sie wissen.«

»Ich weiß, Herr Kerler.«

»Natürlich. Sie kennen ihn ja.«

»Glauben Sie mir, er hat nur Angst.«

»Meinen Sie? Sollte ich noch mal zu ihm hoch?«

»Nein, lieber nicht. Wirklich, es ist besser, wir gehen nach Hause. Die Operation kann länger dauern. Das Geschwür liegt ungünstig.«

Kerler überlegte kurz, wieder sah er zu der verschlossenen Fahrstuhltür, dann ließ er sich auf seinen Stuhl neben Parson sinken. »Was meinten Sie gerade? Inwiefern ungünstig?«

»Es ist, na ja, sagen wir mal, es ist keine Routine-Magen-OP. Der Arzt hat mir erklärt, dass das Geschwür Magen und Speiseröhre erfasst hat und nahe am Herz liegt. Mehr weiß ich nicht. Aber Sie sollten nicht hier warten. Das macht Sie nur noch nervöser.«

Kerler fühlte sich schwach. Ein Hustenanfall überkam ihn und schüttelte ihn heftig. »Bitte, Dr. Parson, nur einen Moment. Ich kann jetzt nicht einfach gehen.« Er hustete noch einmal, dann beruhigte er sich wieder. Er blickte den langen Gang des Krankenhauses entlang. Niemand war zu sehen. Die Rezeption war vorübergehend nicht besetzt, das Licht des Fahrstuhls blinkte zwar, doch niemand wollte ins Erdgeschoss. Vor einem Zimmer stand ein Wagen der Essensausgabe, ansonsten war nur die schier endlose Weite des dunkelgrünen Flurbodens zu sehen.

»Warum haben Sie ihn angelogen?«

»Was meinen Sie?« Kerler sah zu Parson.

»Wegen Ihrer Tochter. Sito wollte, dass Sie mit ihr zu einem Arzt gehen.«

»Ach so, das. Ich wusste gar nicht, dass sich Paul mit Ihnen bespricht. Schon gar nicht über so etwas Privates.« Kerler sah sich erschrocken um. »Warum reden Sie beide über mich? Was geht hier vor?«

»Nichts, Herr Kerler, beruhigen Sie sich, das ist die Anspannung. Paul und ich sind seit Jahren befreundet. Er war einfach enttäuscht, dass Sie ihn angelogen haben. Nichts weiter.«

»Ich verstehe das Ganze nicht. Dr. Parson, Sie müssen mir glauben. Die Vorstellung, meine Tochter könnte etwas mit der Sache zu tun haben … Ich kann doch nicht einfach sagen: ›Liebes, wir gehen zu einem Arzt. Mal sehen, ob du im Kopf noch ganz richtig bist.‹ Ich wollte Paul nicht aufregen in seinem Zustand, das müssen Sie mir glauben … Es ging ihm schlecht genug.« Kerler hustete wieder.

Eine Krankenschwester kam aus einem der Zimmer und machte beschwichtigende Gesten. Kerler rang um Fassung. »Außerdem habe ich ihm nur gesagt, dass sie einen Termin hat«, versuchte er mit gedämpfter Stimme auszuweichen.

»Beruhigen Sie sich, ich glaube Ihnen.«

Immer wieder sah Kerler auf die Uhr. Es war gerade mal halb vier, und er hatte nicht die leiseste Vorstellung, wie er die Zeit überbrücken sollte. »Es ist sehr ernst, nicht wahr? Wird er etwa sterben?«

»Ich kann es Ihnen nicht sagen. Aber wie gesagt, es ist eine komplizierte OP.«

»Aber Dr. Parson, Sie sind doch Mediziner.«

»Beruhigen Sie sich bitte. Niemandem ist geholfen, wenn Sie auch noch ein Krankenbett belegen. Ich weiß es wirklich nicht.«

»Ich habe so viel Zeit verloren.« Kerler verbarg sein Gesicht in den Händen.

Gulliver

Sito lag bewegungslos in seinem Bett. Eine Schwester hatte ihm Medikamente zur Beruhigung gegeben. Während er vor sich hindämmerte, hörte er ein Klopfen an der Tür. Überrascht sah er Mader eintreten.

»Darf ich Sie noch stören?«

»Warum nicht.« Sito verfolgte Maders Schritte.

»Gestatten Sie?« Mader zog einen Stuhl an Sitos Bett.

»Was wollen Sie denn?«

»Die Belobigung des Berichts, das war eine Farce, habe ich recht?«

»Die Belobigung? Haben Sie gelauscht?«

»Nein, aber gehört. Also? Eine Farce, nicht wahr?«

»Bitte?« Sito ärgerte sich, dass er die Beruhigungspillen geschluckt hatte.

»Sie haben mich dazu benutzt, um Kerler zu provozieren.«

»Aha.« Sito musste lachen. »Machen Sie Scherze mit mir? Was denken Sie denn, warum ich Kerler provozieren wollte?«

»Das genau will ich von Ihnen wissen«, gab Mader ohne Umschweife zu.

»Haben Sie etwa Bedenken wegen des Berichts? Ich kann Sie beruhigen …«

»Ach, Kommissar, ich denke, wir beide wissen, dass an dem Fall schon einiges merkwürdig ist. Und wenn Sie nur ahnen, was ich bei der Jagd erlebt habe, dann wüssten Sie genau, wovon ich gerade rede.«

»Was wollen Sie hier, Mader? Ich werde gleich …«

»In«, Mader sah demonstrativ auf die Uhr, »zweiundzwanzig Minuten, um genau zu sein, werden Sie operiert. Genauigkeit ist eine wichtige Sache. Das verstehen Sie sicherlich, oder?«

»Ich weiß nicht, worauf Sie hinauswollen.«

»Verdächtigen Sie etwa unseren Polizeidirektor? Wenn ja, dann sollte ich das wissen, finden Sie nicht? Er wird doch meinen Bericht über Miriams Mitbewohner lesen wollen. Den Bericht, der angeblich ein Muster bei den Toten erkennen lässt und der ihn jetzt in diese missliche Lage gebracht hat. Obwohl der Bericht, wie wir beide wissen, gar nichts mit ihm zu tun hat«, erklärte Mader und sah Sito herausfordernd an.

Sito wurde heiß, er durfte jetzt keinen Fehler machen. »Was denken Sie denn?« Er schielte nach der Uhr, doch er konnte die Zeiger nicht mehr scharf erkennen. Er kniff die Augen zusammen.

»Ach, Sito, die Welt ist doch längst eine kosmetische Welt geworden. Und Sie haben noch einundzwanzig Minuten.«

Plötzlich sah Sito nur noch Schatten. Er rieb sich mit der Hand über die Augen. Er hatte diese Beruhigungspillen geschluckt und noch eine andere Pille, er wusste nicht, was es gewesen war. Ihm schwindelte. Halluzinierte er? War da Mader, oder saß da jemand anderes? Es schien mitten in der Nacht zu sein, und der Mond erleuchtete sein Zimmer. Eine große schwarze Gestalt hob sich von der Dunkelheit ab. Sie war gewaltig, schwärzer als die Nacht, eingehüllt in einen Kaftan. »Gulliver«, murmelte Sito. *Gulliver, du bist doch noch gekommen*, dachte er. Gulliver, der hünenhafte Jude, der Kommissar Bärlach im schweizerischen Krankenhaus besucht hatte. Gulliver, der die Rettung hatte bringen sollen …

Sito gefiel, dass um ihn herum alles verschwamm, dass dort neben seinem Bett Mader redete, aber wie Gulliver aussah. Sito gefiel vor allem die Vorstellung eines Heilsversprechens. Rettung war immer gut. Sito sah sich im Bett liegen und mit dieser riesenhaften Gestalt sprechen. Sie tranken gemeinsam Wodka. Er, der aus dem Nichts gekommen war, sagte, dass die Welt längst eine kosmetische Welt geworden sei, und Sito hörte sich fragen, wie die Gestalt im schwarzen Kaftan das denn meine.

»Unter einer scheinbar makellosen Oberfläche verbirgt sich das Abgründige. Die Welt verdeckt ihren eigenen Abfall.«

»Wer …?« Sito drehte den Kopf, nickte schließlich. »Ich denke, ich verstehe, worauf Sie hinauswollen.«

»Ich weiß«, sagte die Gestalt und ging durch den Raum.

Wer ist das, fragte sich Sito, während der andere fortfuhr: »Es ist wie mit der Fabrik.«

»Wie mit der Fabrik?« Sito rieb sich die Augen.

»Kommen Sie, das habe ich Ihnen doch schon längst erzählt.

Ich weiß, dass Sie es wissen. Mein Großvater – erinnern Sie sich? Ich kann den Mörder gut verstehen.«

Sito griff nach dem Bettrahmen. Der Schwindel wurde immer stärker. »Meinen Sie wirklich«, fragte er, »das Böse würde weniger, wenn es durchschaubar würde?«

»Was meinen Sie denn dazu?«, fragte Mader.

Wollte der andere ihn in den Wahnsinn treiben? Was sollte er wissen von der Fabrik? War jener wirklich gekommen, um ihn zu retten?

»Was ist?«, fragte Mader und beugte sich über Sito.

Sito wich zurück, dann sagte er: »Nichts. Oder vielmehr alles. Sie bringen mich auf eine Idee. Was, wenn es unserem Mörder genau darum geht, dass nämlich das Böse durchschaubar wird?«

Gulliver lächelte den Kommissar an. »Sie meinen, ich hätte Ihnen bei der Motivsuche geholfen?«

»Ja, ich glaube schon.« Mit einem Mal konnte Sito wieder klarer denken. Mit fester Stimme sagte er: »Der Mörder zeigt uns, wer die Opfer wirklich sind. Die Welt ist kosmetisch, da hast du ganz recht, Gulliver. Die Opfer sind es nicht. Sie sind nackt, abgeschminkt.«

»So wird es sein«, stimmte Mader feierlich zu.

»Aber …«, murmelte Sito und griff wieder nach dem Rahmen des Bettes, das sich zu drehen begann. Ihm war, als tanzten mehrere Monde durch sein Zimmer, und auch die Gestalt hob den Kaftan, als würde sie Sito zum Tanze bitten. Dann verschwand der Riese durch das Fenster in die Dunkelheit. Sito beeilte sich, die Gläser wegzuräumen. *Die Flasche hat der Riese mitgenommen*, stellte Sito unzufrieden fest.

»Gulliver?« Sito starrte aus dem Fenster, in der Hoffnung, Gulliver noch einmal zu sehen, doch die Nacht war finster und still.

»Ich verstehe«, rief er. »Ich kann verstehen, wenn ich nur will.«

»Kommissar Sito? Ist alles in Ordnung? Gulliver? – Sie meinen *den* Gulliver? Den von Dürrenmatt?« Mader nickte vor sich hin. »Der wurde ohne Narkose am Magen operiert, nicht wahr? Eine verrückte Vorstellung, finden Sie nicht?«

Zu spät

Schwester Katrin stand neben Kommissar Paul Sito, der auf dem Operationstisch gerade auf die Narkose vorbereitet wurde. Er hatte sie Schwester Kläri genannt und sich sehr merkwürdig verhalten. Er hatte sich dafür entschuldigt, dass er angeblich irgendwo Wodka verschüttet habe. Sie hatte ihm daraufhin erklärt, dass sie nirgends irgendwelche Flecken sehe – manchmal kamen die Menschen in der Not ja auf die merkwürdigsten Ausreden –, schon gar keine Wodka-Flecken, überhaupt, so hatte sie den aufgelösten Mann beruhigt, mache Wodka keine Flecken. Schlimmer wäre Rotwein gewesen, doch auch den bekomme sie mit Salz wunderbar heraus.

Dieser Sito war ein merkwürdiger Kauz. Wer hatte schon noch kurz vor einer Magen-OP Besuch? Dabei hatte ihr der Mann, der kurz vor sechzehn Uhr aus dem Patientenzimmer getreten war und ihr die Tür aufgehalten hatte, durchaus gefallen. Ja, fesch hatte er ausgesehen, kräftig und mit großen dunklen Augen und so einem durchdringenden Blick. Das gefiel ihr. Vielleicht würde sie den Kommissar morgen fragen, wer das gewesen sei. Ja, das konnte sie doch tun, da war schließlich nichts dabei. Dafür würde sie sich gern auch weiterhin Schwester Kläri nennen lassen, wer auch immer diese Schwester sein mochte. Kläri. Wer hieß denn heute schon Kläri? Aber wenn es gefällt, was soll's. Ihr tat es schließlich nicht weh. Aber diesen Besucher nicht mehr sehen zu können, das würde ihr durchaus leidtun.

Die OP-Lampe wurde zurechtgerückt, der Anästhesist gab seine üblichen Erklärungen, Schwester Katrin hörte gar nicht hin. Sie beobachtete den Kommissar, dessen Augenlider flackerten. Er war immer noch total daneben. Aber jetzt würde er sich gleich beruhigen. Die Nadel bohrte sich in die Vene auf seiner Hand, und die Flüssigkeit begann aus dem Behälter über ihm zu tropfen. Seine andere Hand verkrampfte sich in dem Leintuch. *Du meine Güte*, dachte Schwester Katrin, *was ist mit dem Mann los?* Der konnte sich ja überhaupt nicht locker machen. Dabei müsste ihm jetzt langsam warm und wohlig zumute werden. Das versicherte der Anästhesist wenigstens immer.

Sie selbst hatte noch nie eine OP gehabt und war sehr froh darüber. Das war ihr immer alles sehr unheimlich. Wenn dieser eine Moment erreicht war, in dem ein Mensch in die Bewusstlosigkeit hinwegdämmerte, musste sie immer kurz die Augen schließen. Es hatte etwas von Sterben, als wäre es ein kontrolliertes Ausprobieren.

Was war das? Der Kommissar versuchte, sich aufzurichten. Sein Körper zuckte plötzlich, und sein Kopf fuhr hoch. Schwester Katrin sah zu den Ärzten. Der Anästhesist kontrollierte den Zulauf der Narkose, ein anderer Arzt überprüfte die Herztöne, und inmitten der Hektik flüsterte Sito: »Halt – das Gebäu... – übersch...«

Weiter kam er nicht. Die umstehenden Ärzte sahen sich fragend an, der Anästhesist zuckte die Schultern, und Schwester Katrin war ausgesprochen dankbar, dass sie noch nie krank gewesen war. Ärzte konnten Fehler machen wie jeder andere. Was war da nur passiert?

Allerdings beschäftigte sie noch etwas anderes: Was hatte der Kommissar gesagt? Irgendetwas mit einem »Gebäu...« – ein Gebäude? Und »übersch...«? Das musste übersehen heißen. Sie wollte es sich unbedingt merken. Wer weiß, vielleicht war es wichtig, und dann könnte sie womöglich den netten jungen Mann beeindrucken. Der war ja auch Polizist, so viel hatte sie mitbekommen. Ja, Schwester Katrin hatte für einen Augenblick das Gefühl, dass dies ein Wink des Schicksals gewesen sein musste, ein Wink, der sie direkt zu diesem wunderbaren Menschen führen würde.

Eine schlimme Nachricht

»Guten Abend.«

Enzig wäre beinahe der Schlüssel aus der Hand gefallen. Das Licht brannte in seinem Zimmer, und er hatte gedacht, dass er am Morgen vergessen hatte, es auszumachen. Aber jetzt sah er, dass dort am Tisch sein Vater saß.

»Wie bist du hier reingekommen?« Enzig betrat sein Pensionszimmer. Augenblicklich fühlte er sich wie ein Einbrecher, dabei war nicht er es, der sich unerlaubt Zutritt verschafft hatte. »Also?«

»Nun, ich dachte eigentlich, du würdest irgendwann zu mir kommen.«

»Ich wäre schon noch gekommen. Aber wie kommst du hier herein?« Enzig legte die Pizza auf den Tisch und holte zwei Weingläser und eine Flasche Rotwein aus dem Schrank. »Willst du?«

»Junge, muss ich darauf wirklich eine Antwort geben? Wein habe ich selbst mitgebracht.«

»Ich hätte einen guten dagehabt, keine Sorge. Also auch keine Pizza. Beantwortest du mir nun meine Frage?« Enzig öffnete die Weinflasche seines Vaters und stellte seine eigene ungeöffnet daneben auf den Tisch.

»Ich kenne die Wirtin.«

»Hm.« Enzig setzte sich und kaute auf einem Stück Pizza. Sein Vater verteilte den Wein. Er sollte einfach das erste Glas auf einen Schluck leeren, bloß nicht genießen …

»Wann wolltest du mich besuchen?«, fragte sein Vater noch einmal.

»Ich arbeite hier. Was glaubst du denn?«

»Kein Grund, feindselig zu werden. Das war eine ganz normale Frage. Wie gefällt dir die Arbeit?«

»Du hast mich empfohlen?«

»Ach, das ist es, was dich derart verstimmt. Ach je, du wirst nie erwachsen, Junge. Ja, ich habe dich empfohlen. Weil ich dachte, du wärst jetzt reif …«

»Reif? Sag mal, was nimmst du dir eigentlich heraus? Ich bin vierzig, es geht nicht mehr darum, ob du mich für reif genug hältst. Ich glaub, es hakt, ehrlich.«

»Meine Güte, beruhigst du dich bitte? Eben alt genug, um nicht wegen jeder Kleinigkeit beleidigt zu sein.«

»Das hat nichts mit beleidigt sein zu tun. Hör auf, dich in mein Leben einzumischen.«

»Roman, ich wollte dir einen guten Job verschaffen. Verstehst du das denn nicht? Ich weiß doch, dass das immer dein Traum war.«

Enzig überlegte. Sein Vater hatte recht, und vermutlich wusste er überhaupt nicht, dass Hohenfels ihm auch noch eine andere Aufgabe zugeteilt hatte. Weshalb aber dieser Überraschungsbesuch? Sein Vater sah anders aus als sonst. Er war schmaler geworden, auch kam es Enzig so vor, als wäre sein Kopf ein wenig gebeugter, als wäre er kleiner.

»Ich hatte einen Herzinfarkt«, sagte sein Vater da plötzlich von der anderen Tischseite.

Enzig hatte schon oft die Erfahrung gemacht, dass es gefährlich war, sich zu viel vorzustellen. Man hatte dann Erwartungen, die einen beeinflussen und zu falschen Handlungen bewegen konnten. Immer wieder hatte er sich vorgenommen, nicht diesen Fehler zu machen, Dinge einfach stehen zu lassen, abzuwarten, objektiv zu bleiben. Stattdessen führte er imaginäre Streitgespräche mit Menschen, die sich womöglich gegen ihn gewandt hatten. Tagelang schlief er schlecht und versuchte, diesen Personen aus dem Weg zu gehen. Seit seiner Ankunft in Konstanz war er wütend auf seinen Vater gewesen. Aber jetzt begriff er, dass er eigentlich wütend auf sich selbst war, weil er die Anstellung bei der Polizei Konstanz nicht hatte ablehnen können. Seine Wut aber konnte seinen Stolz nicht mehr retten.

»Der Infarkt ist überstanden. Du musst dir keine Sorgen machen. Aber ich wollte gern einige Dinge mit dir besprechen. Wegen der Klinik. Man weiß ja nie.«

»Vater, ich ... ich hatte ja keine Ahnung. Warst du im Krankenhaus? Wann ist das passiert?«

»Ach, das ist ... Du wirst es nicht glauben: Es war am Todestag deiner Mutter. Ist das nicht geradezu grotesk? Die Erinnerung hat mir ins Herz gestochen, im wahrsten Sinne des Wortes. Aber wie gesagt, es scheint alles überstanden. Was ist mit dir? Was macht dieser Serienkiller-Fall? Was ich höre, klingt nicht gut.«

»Nein, es ist überhaupt nicht gut.«

Sein Vater beugte sich über den Tisch und griff nach der noch verschlossenen Weinflasche, die Enzig ihm hatte anbieten wollen. Er drehte sie und betrachtete das Etikett, dann strich er darüber und lächelte seinen Sohn an. »Was ich vorhin sagte, von wegen du wärst nie erwachsen geworden, na ja, das war im Eifer des Gefechts. Es tut mir leid, Roman. Lass uns deine Flasche öffnen. Meiner schmeckt mir plötzlich nicht mehr.«

Die Leiche lag unvermittelt im Grünen. Es herrschte betretene Stille. Enzig ärgerte sich, dass er die kalte Pizza ganz aufgegessen hatte, nachdem sein Vater gegangen war. Es war ein merkwürdiges Gespräch gewesen, merkwürdig, weil sein Vater von sich erzählt hatte, nicht nur von der Klinik und der Arbeit. Es schien Enzig, als habe der Herzinfarkt ihn weicher gemacht, als sei dieser sture, dunkle Teil im Herzen seines Vaters gebrochen worden.

Als er gerade die Unterlagen über die Teilhaberschaft an der Klinik und die Patientenverfügung hatte durchsehen wollen, die ihm sein Vater mitgebracht hatte, war er wieder zur Fabrik nach Dettingen bestellt worden. Sofort hatte Enzig sich erkundigt, ob es sich um eine männliche Leiche handele, weil er natürlich an Bilk gedacht hatte. Aber es war eine Frau, die unweit der Fabrik in einem kleinen Wäldchen gefunden worden war – und jetzt vor ihm im Gras lag. Es sei sehr unschön, hatte ihn der Beamte am Telefon vorgewarnt.

Enzig hatte das Gefühl, er hätte die Pizza als Ganzes geschluckt, so sehr schnürte es ihm die Luft ab. Schnell wandte er sich ab, suchte den Weg hinter sich nach Halt für seine Augen ab, wollte fliehen vor dem, was da vor ihm lag.

»Dr. Enzig, wissen Sie vielleicht, wo Dr. Parson steckt? Wir konnten ihn nicht erreichen und ... Na ja, Sie wissen schon, das hier, also, es wäre vielleicht besser, wenn ...«

Enzig drehte sich zu den Polizisten, die um ihn herumstanden. »Dr. Parson ist bei Sito im Krankenhaus.«

»Sito ist im Krankenhaus?« Der Polizist rieb sich über den Bart und steckte sich dann einen Zahnstocher in den Mund, auf dem er nervös herumkaute.

»Ja. Aber ich lasse Dr. Parson gleich ausrufen.«

»Nicht nötig, ich seh grad Dr. Hind. Und Kommissar Busch ist auch schon da.«

Busch kam angerannt und warf Enzig einen fragenden Blick zu. »Ist es …?«

»Eine Frau.«

Es sah aus, als hätte die Frau keine untere Gesichtshälfte mehr. Auch sie war nackt. Die Arme waren auf dem Rücken an den Ellbogen zusammengebunden, sie sahen aus wie Flügel. Ihr Körper war übersät von Wunden.

»Oh Gott«, flüsterte Busch.

Enzig wusste, was das war, er wusste, was er da sah. Diese Folterung hatte auch dem Täter wehgetan. Überall war Schmerz, das konnte er spüren. Es war, als sähe er den Ablauf der Tat genau vor sich. Er konnte noch nicht genau in Worte fassen, weshalb er sich so sicher war, dass der Täter daran keinen Gefallen gefunden hatte. Doch er war sich sicher. Es war, als spräche aus dem Körper der Frau auch die Abscheu des Täters über das, was er da hatte tun müssen. »Er hat das nicht gewollt.«

»Was denken Sie?« Busch folgte Enzigs Blick zu dem schmalen Feldweg, der sich zur Fabrik schlängelte.

»Sagen Sie, Busch, war heute Nachmittag keine Streife bei der Fabrik?«

Busch machte ein finsteres Gesicht. »Doch, natürlich wurde die Fabrik bewacht. Der Täter hatte Glück. Das Fabrikgelände ist uneinsichtig, es ist unmöglich, das ganze Gelände mit nur zwei Beamten zu überwachen. Überall sind Bäume und hier im Osten sogar dieses kleine Wäldchen. Selbst wenn wir zwanzig Polizisten vor Ort gehabt hätten, könnte ein Mensch sich unbemerkt in die Fabrik schleichen. Der hält uns zum Narren, Enzig. Was haben Sie vorhin gemeint? Er soll das hier nicht gewollt haben?« Busch deutete auf die Leiche im Gras.

»Nein, er hat das Quälen nicht genossen, nicht als Lustgewinn. Er hat das getan, weil es getan werden musste. Er hat sie nur verletzt, um sie festzuhalten. Sonst nichts. Er hält uns nicht zum Narren. Das geht nicht persönlich gegen Sie oder mich. Er hat bestimmt im Wald geparkt und die Leiche hergeschleppt.«

»Ich sprech mit der Spusi«, sagte Busch.

»Vielleicht finden wir in der Fabrik einen Hinweis darauf, wie die Leiche präsentiert werden sollte. Kommen Sie mit«, schlug Enzig vor.

Sie liefen den Feldweg entlang zur Fabrik. Die Spurensicherung war noch im Wald beschäftigt. In der Halle war es noch nicht richtig dunkel, dennoch leuchtete Busch mit einer Taschenlampe durch den Raum. Der Lichtkegel hüpfte unruhig hin und her. In Enzig wuchs die Angst, dass er plötzlich in ein Gesicht leuchten könnte, ein Gesicht, dessen Augenhöhlen leer waren. Der Anblick der Leiche im Wald hatte nachhaltig Eindruck hinterlassen.

Das Gefühl der fehlenden sadistischen Freude hatte ihn schon bei den anderen drei Toten beschäftigt. Man sah an den Opfern, wenn der Täter gern quälte, diese ausartenden Verletzungen, der Gewaltrausch, die Verstümmelung der Opfer, die dadurch eine zusätzliche Demütigung erfuhren. All das fehlte bei diesem Fall. Vielmehr war die Gewalt der jeweiligen Tötungsart angemessen. Er hatte dem Opfer etwas in den Hals gestopft. Mehr nicht. Das Vorgehen war beherrscht, »gezügelt«, wie Sito gesagt hatte. Ja, das stimmte.

Buschs Licht blieb an der Winde hängen, von der ein Seil über eine Eisenkonstruktion nach oben geführt wurde. Der erste Tote war hier hochgezogen worden. Wieso stand diese Maschine eigentlich noch in der Fabrik? Und wofür war sie einmal verwendet worden? An irgendetwas erinnerte sie Enzig, aber er wusste nicht, an was. Neben ihm wanderte das Licht von Buschs Taschenlampe weiter. Da fiel ein Schatten durch das Licht, Busch hob ruckartig den Arm nach oben und duckte sich weg. Ein schriller Pfeifton folgte, und ein weiterer Schatten flog dicht über sie hinweg.

»Fledermäuse. Das sind nur Fledermäuse«, rief Busch, wohl zu seiner eigenen Beruhigung. »Enzig?«

»Ich bin hier.«

Von draußen waren Stimmen zu hören und Autolärm. Vermutlich würde gleich die Spurensicherung mit großen Scheinwerfern anrücken. Busch löschte seine Taschenlampe. Enzig war dankbar für die Dunkelheit. Er konnte die Umrisse von Busch erkennen, über ihnen war das Pfeifen der Fledermäuse zu hören. Der Mond hatte sich vor ein Deckenfenster geschoben, und es wurde etwas heller. Vorsichtig hob Enzig den Kopf, blickte zur Decke und zu den Fenstern, sah dort den Mond am schwarzen Nachthimmel. »Haben Sie so etwas schon einmal gesehen? Ich meine die Frau draußen im Wald«, fragte er leise.

»Ich weiß, dass Sie nicht den Mond meinen, Enzig. Nein, so was habe ich noch nie gesehen. Und auf eine Wiederholung kann ich gerne verzichten. Ich kann das Sterben nie vom Tod trennen. Immer wieder drängt sich die Frage nach der Art des Sterbens dazu. Wenn der Körper aufgibt zu kämpfen. Lassen Sie uns rausgehen. Ich glaube nicht, dass wir hier noch etwas finden.«

»Merkwürdig. Ich bin mir sicher, dass er sie wieder hier präsentieren wollte. Mal sehen, was die Spurensicherung draußen noch gefunden hat. Was …« Enzig stolperte über etwas. »Was ist denn das hier?«

Sofort leuchtete Busch auf den Fußboden. Da lag ein Gitter. So groß wie ein DIN-A4-Blatt. Es lag im Lichtkegel der Taschenlampe und wirkte keineswegs wie ein achtlos weggeworfenes Stück Eisen. Langsam ließ Busch den Lichtkegel weiterwandern. Enzig folgte atemlos. Er konnte weitere Gitterfelder erkennen, eines am anderen, und dahinter eine weitere Reihe und noch eine und noch eine, bis hin zur Wand. Es mochten an die achtzig Gitterplatten sein.

»Hier sollte die Tote liegen«, sagte Enzig.

»Hier sollten vielleicht noch viel mehr liegen … Ich muss hier raus.« Busch zog Enzig am Ärmel hinter sich her zum Ausgang.

Sie saßen an der rustikalen Theke des kleinen Restaurants unweit des Bodensees und tranken Bier. Draußen hörten sie die Busse am Knotenpunkt Sternenplatz rotieren, und die Eisenbahn mischte sich auch noch darunter. Spätestens ab zweiundzwanzig Uhr jedoch würden alle Geräusche von draußen in dem fröhlichen Plaudern der zahlreichen Studenten untergehen. Enzig war froh, dass Busch ihn noch dazu überredet hatte. Er war derart aufgewühlt von dem Gespräch mit seinem Vater, von dem Leichenfund, von ihrer Entdeckung in der Fabrik. Immer wieder drängte sich das Bild der hebekranähnlichen Konstruktion vor seine Augen.

Als sie die Fabrik verlassen hatten, hatte Hind ihnen eine erste Einschätzung zur Toten geben können. Er hatte bestätigt, dass der Täter nach wie vor sehr kontrolliert handelte und auch bei der größten Brutalität nicht durchdrehte.

»Er kann kein Sadist sein, er verlässt nicht seinen Plan«, hatte Enzig gesagt und sich in die wissenschaftliche Analyse geflüchtet, wie es Hind auch tat. Es war leichter.

»In den Neunzigern gab es hier legendäre Salate, das können Sie sich nicht vorstellen.« Busch schluckte. Die Banalität, die so einfach aus ihm herausgeplatzt war, war ihm augenscheinlich peinlich. »Oh Gott, was quatsche ich denn da. Enzig, reden besser Sie. Ich merke schon das eine Bier. Nichts mehr drin in meinem Kopf, alles leer.«

Unruhig sah Enzig immer wieder auf die Uhr. Heute hatte er seinen Vater schwach gesehen … Wie oft hatte er sich das gewünscht? Immer hatte er sich vorgestellt, dass er David wäre, der Goliath gegenübertreten und siegessicher die Steinschleuder in der Hand halten würde. Er hatte von einem Triumph über seinen Vater taggeträumt, manchmal zwischen zwei Sitzungen mit Patienten. Er hatte sich das gestattet, wenngleich er immer gewusst hatte, dass er nie darum hätte kämpfen sollen, ein David zu werden, sondern immer die Frage hätte klären sollen, weshalb er in seinem Vater überhaupt einen Goliath gesehen hatte.

Heute in seinem Pensionszimmer war jedes Gefühl von Triumph ausgeblieben. Sein Vater war schwach, aber Enzig hatte sich dadurch zusätzlich geschwächt gefühlt. Hatte er sich die ganzen Jahre nur etwas vorgemacht? Hatte er selbst den überlegenen Vater erfunden, um sich anzustacheln? War es so leichter zu akzeptieren, was mit seiner Mutter …

»Enzig?«

»Entschuldigen Sie, Busch.« Enzig bestellte zwei Whisky. »Sie nehmen doch einen, oder? Ich hätte fragen sollen, entschuldigen Sie, aber mir war grad danach. Hätte sich Dr. Parson nicht schon längst melden sollen?«

Busch nickte stumm.

»Was ich Sie schon die ganze Zeit fragen wollte ...«, begann Enzig und kippte den Whisky. »Einige im Präsidium nennen Sie beim Vornamen. Ich auch manchmal, nicht wahr? Ist das eigentlich in Ordnung für Sie?«

Busch zuckte mit den Schultern und grinste schwach. »Ich bin als Sitos Assistent groß geworden. Es stört mich nicht weiter.«

»Ich verstehe. Ich war mir nie ganz sicher. Wie wäre es Ihnen denn lieber?«

»Ach, ehrlich, das ist mir egal. Ich glaube nicht, dass es etwas ändert.«

»Hm. Kam Ihnen das Opfer eigentlich irgendwie bekannt vor? Ich meine, vielleicht aus den Vermisstenanzeigen?«

»Nein, überhaupt nicht. Ihnen?«

»Ich bin mir nicht sicher. Ich habe in den letzten Tagen so viele Gesichter gesehen, dass ich mir ... Um ehrlich zu sein: Es war schlicht zu wenig übrig vom Gesicht der Frau. Wir werden schon wieder die Frankfurter bemühen müssen für eine Rekonstruktion.«

Das Klingeln von Buschs Telefon ließ beide hochfahren. Das Handy lag zwischen ihnen auf der Theke und bewegte sich langsam auf eines der Biergläser zu. Enzig erkannte sofort den Namen des Anrufers: Parson.

Beim zweiten Klingeln hatte Busch das Handy bereits am Ohr. »Hallo? – Dr. Parson ... Was ... Ich verstehe nicht ... Das kann nicht – wieso?«

Busch ließ das Handy sinken und starrte vor sich hin.

»Was um Gottes willen ...? Marc, Sie sind ganz bleich.« Enzig packte Busch an den Schultern. »Nun reden Sie schon!«

»Er ist tot.«

»Wer ist tot, Marc? Sagen Sie mir, wer!«

»Sito ist tot.«

Teil 3

15.–24. Oktober

Gott starb in seiner Schöpfung,
um die physische Natur
als Nichtigkeit darzustellen.

Babst Wyss

Bewältigung

Als Enzig am nächsten Morgen das Präsidium betrat, hatte er das Gefühl, alle würden ihn anstarren. Hatte Hohenfels ihn auffliegen lassen? Jetzt, da Sito tot war? Weshalb nur war er gestorben? Durch eine Magen-OP?

Enzig hatte nach Mitternacht noch mit Parson telefoniert, weil er nicht verstanden hatte, was eigentlich vorgefallen war und weshalb sie so spät informiert worden waren. Die OP hatte unerwartet lange gedauert, weil Blutungen aufgetreten seien, gewiss, das konnte Enzig schon verstehen, aber dass Parson sie dann noch einige Stunden nicht benachrichtigt hatte, fiel ihm doch schwer nachzuvollziehen. Andererseits, Parson und Sito waren Freunde gewesen. Wie würde er wohl in so einer Situation reagieren? Enzig wusste es nicht, ihm fiel auf die Schnelle einfach kein Freund ein. Vielleicht hätte Sito einer werden können.

Was bedeutete der Tod Sitos eigentlich für seine Anstellung? Sito war immerhin ein Grund gewesen, weshalb Hohenfels ihn geholt hatte. Es war eine bitterböse Ironie des Schicksals: Zum zweiten Mal starb ein Mensch, während Enzig ein Auge auf ihn haben sollte. Anscheinend starben Menschen, wenn Enzig sie beobachtete. Auch seine Mutter hatte er beobachtet, damals wirklich auf Geheiß des Vaters. Sie hatte nicht mehr als Patientin in der Klinik bleiben wollen. Sein Vater hatte ihr und ihm vertraut. Ein Fehler. Aber nein, diese Gedanken musste er schnell abschütteln. Sitos Tod hatte nichts mit dem Tod seiner Mutter gemein, sein Vater nichts mit der Intrige von Hohenfels. Das waren verschiedene Dinge, die zufällig Parallelen aufwiesen, mehr nicht.

Allerdings wurde Enzig am Verhalten von Parson eines bewusst: Er war allein. Seine Frau und seine Kinder waren nicht nur weit weg, sondern auch wieder eine Familie geworden. Seine Frau wollte sogar wieder heiraten, und seine Kinder würden ihn vergessen, so klein waren sie noch. Diese Familie war in seinem Leben tatsächlich nur ein Abschnitt gewesen. Längst hatte ein neuer begonnen, doch Enzig hatte sich noch nicht darum gekümmert. Wie aber fand man einen Freund? Würde Marc Busch einer werden? Enzig kam sich albern vor, aber im Grunde war er noch immer der Schuljunge, der Angst hatte, nicht in die Fußballmannschaft gewählt zu werden. Enzig war derjenige, der als letzter noch übrig war. Was würde nun Hohenfels mit diesem letzten Mann in Konstanz anfangen wollen?

Schnell schloss er die Tür seines Büros hinter sich. Auf seinem Schreibtisch lag die Zeitung mit dem Artikel über die Fabrik und die beiden ersten Opfer, außerdem eine Notiz von Rosa, dass sie Unterstützung durch das LKA erhalten würden. Enzig überlegte, welche Konsequenzen das wohl für ihn haben mochte. Das LKA hatte eigene Profiler. Würde man ihn abziehen? Nein, das konnte nicht sein, er war in den Fall eingearbeitet, darauf würde man nicht einfach so verzichten.

Auf dem Hof sah er Mader, der quer über den Platz rannte. Kurz darauf stand er atemlos in Enzigs Zimmer. »Ist es wirklich wahr? Ist Kommissar Sito tot?«

Enzig nickte.

»Ich fass es nicht. Ich bin heute Morgen in die Klinik gefahren und dann …« Mader lief wie ein aufgescheuchtes Tier auf und ab. »Was soll denn jetzt werden?«

»Wie meinen Sie das?«

»Wer ist denn jetzt verantwortlich für den Fall?«

»Kommissar Busch und ich.«

»Aber Sie sind doch nicht mal von der Polizei.«

Enzig wollte schon protestieren, aber Mader hatte das nicht als Angriff gemeint. Enzig sagte nüchtern: »Das LKA hat uns Unterstützung versprochen.« Er versuchte, sich selbst zu beruhigen. Ein ganz normaler Vorgang, wenn der ermittelnde Hauptkommissar stirbt, ein ganz normaler Vorgang, nicht mehr. Er sollte sich keine Sorgen machen.

»Das LKA, das wird Busch ärgern«, murmelte Mader.

»Wie meinen Sie das?«

»Ich kann nicht glauben, dass Sito tot ist.«

»Es fällt uns allen schwer. Wir sollten uns jetzt trotzdem auf den Fall konzentrieren. Lassen Sie mir doch bitte Ihren letzten Bericht zukommen.«

Mader nickte und verließ schnell Enzigs Büro.

Es war kurz nach zehn. Enzig suchte die Nummer von Frau Kerler heraus, rief an und ließ sich von ihr die Handynummer ihrer Tochter geben. Eigentlich hoffte er, dass angesichts der frühen Stunde die Voicebox anspringen würde, doch Miriam meldete sich schon nach einem Klingeln.

»Hallo Miriam, hier Enzig. Haben Sie gerade Zeit?«

»Heut Nachmittag wäre besser. Paul sagte schon, dass Sie mich sprechen wollen.«

Ihre Stimme klang fröhlich. Enzig spürte sofort einen Kloß im Hals. »Nein, ich meinte jetzt. Ich muss Ihnen jetzt etwas sagen.«

Offenbar hatte er seine Beklemmung gut verborgen, denn Miriams Tonfall veränderte sich nicht. »Schießen Sie schon los. Aber schnell.«

»Sito ist gestern bei der Operation gestorben.« Enzig hielt inne, aber er konnte nur Miriams Atem hören. Im Hintergrund spielte Musik, Enzig erkannte Aimee Mann. Abrupt wurde Aimee zum Verstummen gebracht. »Miriam? Ich weiß, das ist jetzt ein Schock. Ich weiß, dass Sie persönlich … Es ist, also, es tut mir leid, dass ich das jetzt so am Telefon … Bitte rufen Sie mich unbedingt an, sobald es Ihnen besser geht. Wir müssen dringend reden!« Enzig wartete noch einen Augenblick. Er hörte Miriam atmen, dann klickte es in der Leitung. Sie hatte aufgelegt.

Das LKA hatte zwei Männer nach Konstanz geschickt: Christian Nauber und Mathias Schilling. Sie standen in Sitos Büro bei Kerler, der sich an den Schreibtisch gelehnt hatte. Seine Haare waren zerzaust, das Jackett noch dasselbe wie gestern mit einigen neuen Falten und auch Flecken.

Neben dem Schreibtisch standen einige Beamte und Staatsanwalt Anton Balder, der seinen Kollegen Bilk vorerst vertreten sollte. Nauber und Schilling. Drahtig und kantig der eine, behäbig und gemütlich der andere. Was Nauber an Disziplin und Agilität voraushatte, machte Schilling womöglich mit Gelassenheit und Besonnenheit wett. Enzig spürte sogleich, dass die beiden als geballte Einheit gegen ihn und Busch ins Feld ziehen würden. Vor ihm baute sich eine Mauer aus Ehrgeiz und Siegesgewissheit auf.

Es war befremdlich und gleichzeitig irgendwie beeindruckend. Enzig konnte Dominanzgebärden nicht ausstehen, sie unterliefen den Menschen ganz unbewusst und manchmal auch nur als Schutzmechanismen. Nauber und Schilling waren in Körpersprache geschult, sie wussten, dass es auf die ersten Sekunden in einem Gespräch ankam. Sie wussten ebenfalls, dass Enzig sie von seinem Fensterplatz aus beobachtete.

Sie warteten nur noch auf Marc Busch. Wenngleich Nauber und Schilling siegessicher auftraten, so waren sie dennoch ein merkwürdiges Paar. Nauber hatte in seiner kerzengeraden Haltung, den zackigen Bewegungen, seinem strengen Blick hinter der Brille etwas Despotisches. Schilling hingegen war übergewichtig und daher kurzatmig. Im Gespräch versuchte das eingespielte Gespann ein Gleichgewicht zu erreichen, was bisweilen lächerlich wirkte. Während Nauber aus dem Münsterland stammen musste und Hochdeutsch sprach, konnte Schilling seine pfälzische Herkunft nicht verbergen. Alles an den beiden war gegensätzlich, aber vielleicht waren sie gerade deshalb ein gutes Team. Vielleicht hätten Enzig und Sito auch ein solches Team werden können.

Endlich betrat Busch den Raum und murmelte einen Gruß in die Runde. Kerler stellte ihm Nauber und Schilling vor, doch Busch blieb wortkarg. Neben Enzig legte er seine Jacke über eine Stuhllehne.

»Kommissar Busch, bringen Sie uns auf den neuesten Stand?«, bat Nauber. »Und könnten Sie uns bitte auch den Tatort zeigen?«

Enzig schielte zu Busch. Dieser hatte seinen Stuhl seitlich zum Tisch gedreht, sich zurückgelehnt und die Beine übereinandergeschlagen. Er hatte den Ellbogen auf den Tisch gestützt und spielte mit zwei Fingern an seinem Kinn. Enzig fielen zum ersten Mal die femininen Gesichtszüge von Busch auf, die ihn jedoch nicht über Buschs Unmut hinwegtäuschen konnten. Welche Rolle würde er fortan spielen?

»Ich möchte betonen, dass wir zur Unterstützung gekommen sind.« Schilling setzte ein unbeholfenes Grinsen auf. »Kommissar Busch, Sie sollen nicht denken, dass wir Ihnen vor die Nase gesetzt wurden, aber wir müssen uns ein eigenes Bild machen.«

»Tja«, Busch seufzte, »dann kommen Sie am besten mit.«

Enzig blieb als Einziger zurück in Sitos Büro. Kerler war geradezu aus dem Raum geflüchtet. Auch ein Freund Sitos, wie Parson, dem Sitos Tod naheging. Was war er selbst nur für ein Mensch, dass ihm kein Freund einfiel, dessen Tod ihn aus der Bahn werfen würde?

Enzig trat ans Fenster und sah hinaus. Unten auf dem Hof vor dem Präsidium standen Nauber und Schilling vor dem Auto von Busch. Bevor Busch einstieg, blickte er nach oben zu Enzigs Fenster und hob die Hand zum Gruß. Enzig nickte ihm zu. Ob Hohenfels zunächst wohl versucht hatte, ihn anzuwerben? Hatte Busch womöglich abgelehnt? Dass diese Möglichkeit im Raum stand, beschämte Enzig. Schnell setzte er sich auf Sitos Bürostuhl, griff nach dem seltsam gemusterten Stein auf dem Schreibtisch und ließ ihn durch seine Hand gleiten.

Alarmierende Erkenntnisse

Den Abend verbrachten Busch, Nauber und Schilling gemeinsam im Präsidium mit Pizza und Cola und den pathologischen Gutachten von Parson. Mit wachsendem Unmut hatte Busch die LKA-Beamten am Vormittag zur Fabrikhalle und anschließend auch noch zum gerichtsmedizinischen Institut nach Singen begleitet.

Während die beiden sich unbedingt selbst ein Bild von den Opfern hatten machen wollen, beschäftigten Busch ganz andere Überlegungen: Weshalb hatte das LKA gleich zwei Beamte geschickt? Und mit welchem Recht spielte Enzig den Chef? Es war erstaunlich, dass Busch anscheinend immer Befehlsempfänger bleiben würde. Als wäre ihm diese Rolle angeboren. Vielleicht war es tatsächlich so, wie ein Freund ihm einmal gesagt hatte: Man kommt mit seinen Rollen bereits auf die Welt, Verbesserungen sind nur marginal möglich. Es ist halt einfach eine Typfrage, die ersten Sekunden in einem Aufeinandertreffen entscheiden über alles – Autoritäten werden abgesteckt, Sympathien verteilt.

Als sie sich gestern Nacht getrennt hatten, da war Enzig ihm durchaus nahe gewesen, erstaunlich nahe sogar. Er hatte ihm eine Hand auf die Schulter gelegt und ihm sein Beileid ausgesprochen, und Busch war ganz verlegen gewesen. Gewiss war ihm im ersten Moment zum Heulen zumute gewesen, aber das wäre dann doch zu weit gegangen. Auch Enzig hatte einen angeschlagenen Eindruck gemacht, und Busch war sich noch nicht sicher, was diesen Mann im Innersten bewegte. Sito und er waren nie wirklich Partner gewesen, aber Busch hatte das auch nie bedauert. Was ihm im Moment fehlte, war Zeit, um in Ruhe über alles nachzudenken.

Dass Enzig ihn einfach allein mit den LKAlern hatte ziehen lassen, ärgerte ihn desto mehr, je akribischer sich Nauber und Schilling in den Fall hineinknieten. Sie hatten Busch immer wieder die Fabrikhalle abschreiten lassen, Skizzen gemacht und beinahe ein ganzes Notizbuch vollgeschrieben. Busch hatte schon der Verdacht beschlichen, dass auch dies Teil ihrer Show war, denn so viel Arbeitseifer wirkte einschüchternd und aufdringlich. Selbst

Hind, der ansonsten nicht gerade mit Informationen geizte, wirkte erschlagen angesichts der Flut an Fragen, mit welchen er von Nauber und Schilling bombardiert worden war.

»Und?«

»Was hat das mit den Gitterplatten auf sich?«

»Sie wissen schon, die Sie gestern Abend in der Fabrik …«

»Ich weiß, wovon Sie reden. Es waren nur vier Gitter. Das habe ich Ihnen bereits gesagt.«

»Ja, schon, aber …«

»Was ist mit den anderen?«

»Die anderen waren auf eine Papierrolle gemalt und ausgelegt. Wie eine Tapete.«

»Wie viele Rollen waren es?«

»Welches Gewicht hatten die Rollen?«

»Wenn das einer trägt, braucht er nicht eine Schubkarre, um nicht mehrmals laufen zu müssen?«

»Was ist mit den echten Gittern?«

»Wie schwer waren die?«

»Und die Tapeten, waren sie geklebt?«

»Ja, Mathias, guter Einwand. Waren sie nun geklebt?«

»Dann hatte der Täter auch Leim dabei … Busch, hören Sie noch zu?«

Das ständige Wechselspiel zwischen Nauber und Schilling sollte wahrscheinlich demonstrieren, wie gut sie interagierten. Busch wurde schwindlig von diesem Ping-Pong. Er wünschte sich einen Aus-Knopf für Schilling, dessen pfälzischer Dialekt ihm außerdem auf die Nerven ging. Er wünschte sich Sitos stille Art zurück.

»Die Gitter waren aufgelegt, insgesamt vier Stück, aber das steht alles in den Akten, die da vor Ihnen liegen. Die Papiergitter waren geklebt, aber nicht mit Leim, sondern das Papier ist selbstklebend. Die Rollen sind nicht schwer, die kann er einfach unter dem Arm getragen haben. Könnte vielleicht immer nur einer von Ihnen eine Frage stellen?«

»Wie bitte? Ach so, siehst du, Mathias, das nervt die Leute. Dass wir aber auch immer das Gleiche denken …«

»Ja, Christian, merk ich auch, das ist schon so Usus bei uns.«

Schilling wandte sich mit einem entschuldigenden Grinsen an Busch. »Zwei Menschen, ein Kopf. Das steckt einfach drin.«

»Entschuldigen Sie, das bekommen wir wohl nicht mehr raus. Interrogatives Brainstorming, gewissermaßen.«

Nauber und Schilling lachten sich zu. *Nur ein Kopf, aber doppelt blöd*, dachte Busch. Kein Wunder mussten die beiden immer zusammen sein, sonst wären sie nur mit halber Geisteskraft unterwegs. Schnell vertiefte er sich in die Akten und blendete die Anwesenheit der beiden einfach aus.

Nachdem Nauber und Schilling genug gefragt und gesehen und laut nachgedacht hatten, schalteten sie entsprechende Anfragen bei den Landeskriminalämtern der angrenzenden Bundesländer sowie ihren kooperierenden Ämtern in der Schweiz und in Österreich. Busch hoffte insgeheim, die beiden würden aus einer möglichst entfernt gelegenen Dienststelle einen Hinweis erhalten, damit sie dorthin fahren müssten.

Gegen drei Uhr morgens verließen die LKAler dann endlich gemeinsam das Büro. Busch hatte sie freundlich verabschiedet, doch sein Lächeln war in dem Moment verschwunden, als sie die Tür hinter sich geschlossen hatten.

Wahrscheinlich sollte er nach diesem Fall seine Versetzung beantragen. Busch grübelte noch eine Weile, dann loggte er sich im Intranet der Polizei Konstanz ein, um die Dienstpläne zu studieren. Er notierte sich, welches Fahrzeug wann Patrouille im Bezirk der Fabrik gefahren war. Das Gelände war nicht komplett zu kontrollieren, dennoch wollte er sich nicht damit zufriedengeben, dass der Täter einfach nur Glück gehabt hatte.

Plötzlich stutzte er und starrte auf den Bildschirm. Mit ihm waren zwei weitere Benutzer auf der Seite. Busch sah auf die Uhr und schüttelte den Kopf. Wer konnte sich im Moment außer ihm für die Dienstpläne interessieren und … Er hielt den Atem an. Langsam stand er auf, knipste seine Bürolampe aus und trat auf den Gang hinaus. Nirgends war Licht zu sehen.

Als Enzig Sitos Haus betrat, überkam ihn das schlechte Gewissen. Er hatte gelogen, weil er nicht richtig trauern konnte, weil er jetzt in Sitos Haus stand und nicht wusste, was er denken sollte.

Weil er tatsächlich auf der Fahrt nach Egg für einen Moment den Gedanken gehabt hatte, dass er in den privaten Unterlagen etwas finden würde, das er Hohenfels sagen konnte und das diesen vielleicht dazu veranlassen würde, ihm den Job in Konstanz …

Enzig hatte sich augenblicklich dafür verflucht, doch der Gedanke war gedacht und damit real. Wie konnte so etwas passieren? Was war er nur für ein Mensch? Noch vor wenigen Tagen hatte er innerlich aufgetrumpft, dass er Sito gegenüber in jedem Fall loyal wäre und dass er Hohenfels die Meinung sagen würde. Und nun? Nun konnte er Sito nicht mehr schützen, und damit war es offensichtlich vorbei mit seiner Loyalität. Enzig biss sich auf die Lippen. Er verfluchte den Tag im August, als er mit Handschlag seine Anstellung besiegelt hatte.

Parson erwartete ihn bereits. Er saß an Sitos Esstisch und sagte, ohne Enzig überhaupt zu begrüßen: »Ich hab die Post geholt.«

»Die Post? Haben Sie etwa ein weiteres Geschenk gefunden?« Enzig setzte sich zu Parson an den Esstisch und wartete.

Parson holte aus seiner Tasche eine Tüte, darin war ein Glas mit einer Flüssigkeit und einem undefinierbaren Stück Fleisch.

»Ist es das, wofür ich es halte?«, fragte Enzig.

»Es muss die Zunge des ersten Opfers sein.«

»Das können Sie so schnell sagen?«

»Ich war gestern schon einmal hier. Ich wusste nicht, wie ich Sitos Mutter kontaktieren kann. Daher bin ich hierhergefahren. Sie ist derzeit irgendwo in Finnland. Ich habe sie nicht erreicht. Dann habe ich die Post gefunden und mitgenommen, und heute Morgen hatte ich dann das Ergebnis und habe Sie sofort verständigt. Hören Sie, Enzig, ich hab darüber auch mit Sito gesprochen: Der Täter hat Sito ausgewählt, weil Sito offenbar über irgendeine besondere und für weitere Taten wichtige Eigenschaft verfügte.«

»Das habe ich mir auch schon überlegt.« Enzig dachte an Sitos Personalakte. Hatte er dort etwas übersehen? Lag der Schlüssel vielleicht dort? »Haben Sie eine Idee? Sie kannten ihn doch?«

»Nein, tut mir leid, ich habe keine Ahnung.«

»Mit den Geschenken will der Täter Sito etwas über seine Beweggründe mitteilen. Kannibalismus können wir wohl ausschließen. Es geht nicht um Stolz und Macht, vielmehr um Urteil,

Strafe und Rechtfertigung.« Enzig grübelte. »Wenn wir wüssten, was der Täter von Sito weiß.«

»Die Beerdigung findet am Samstag statt«, erklärte Parson.

»Was hat Sito eigentlich noch mit Ihnen besprochen?« Enzig beobachtete Parson, der auf seinem Stuhl hin und her rutschte.

»Ich muss Sie enttäuschen. Er hat mir nicht mehr erzählt als Ihnen, Enzig. Er war wütend auf Kerler, darum hat er ihn provoziert.«

»Er hat ihn provoziert? Wie?«

Parson berichtete, was im Krankenhaus vorgefallen war, und Enzig war erstaunt. Er selbst hatte ja mitbekommen, dass Sito und Kerler aneinandergeraten waren, aber dass Sito Kerler für einen Tatverdächtigen hielt, das war ihm völlig neu. »Dann hat er doch mehr hinter Kerlers Verhalten vermutet?«

»Nein«, Parson zögerte, »nein, das ist ganz ausgeschlossen ...«

»Was meinen Sie?«

»Dieses Gespräch schlägt eine Richtung ein, die wir nicht verfolgen sollten.«

Enzig schwieg. Er sah, dass Parson unruhig wurde und sich mehrmals durch die Haare fuhr.

»Wirklich, es ist unmöglich, Enzig. Es würde keinen Sinn machen.«

»Wieso hat Kerler ihm vorgespielt, er würde mit Miriam einen Psychologen aufsuchen? Kerler hat leicht Zugang zu den Bildern seiner Tochter, und er kannte Sito gut genug. Ich bin verwirrt, sehen Sie es mir nach. Sito hat doch nie einen unüberlegten Schritt unternommen, oder?«

»Aber Kerler fehlt das Motiv«, warf Parson ein.

»Wir kennen das Motiv noch gar nicht.«

»So einfach ist das nicht. Hier eine Lüge und dort eine Lüge. Das meiste trifft auch auf Sie und mich zu. Sie brauchen das Motiv, Enzig.«

»Das ist mir klar. Aber wir müssen die Möglichkeit in Betracht ziehen, dass der Täter jetzt einfach aufhört mit dem Morden, jetzt, wo ihm Sito fehlt.« Enzig überlegte. Ihm wurde bewusst, dass sie gerade in Sitos Haus waren. Auf dem Sideboard neben dem Tisch stand eine Vase mit weißen Lilien. Sie waren vertrocknet. »Wieso treffen wir uns eigentlich hier?«

Parson sah erschrocken auf. »Ich brauchte Unterlagen für die Beerdigung. Da dachte ich, das sei ganz praktisch.«

Enzig nickte. »Es gibt da etwas ...« Er holte tief Luft. Er musste irgendjemanden einweihen. Und Parson war Sitos bester Freund gewesen. »Ich bin nicht nur als Profiler zu dem Fall herangezogen worden. Ich war auch damit betraut, Sito zu überprüfen. Er stand kurz vor einer Suspendierung.«

Parson starrte Enzig an, lachte ungläubig und sah sich um, als hätte er Angst, jemand könnte sie belauschen. Er brauchte einen Moment, bis er sich gesammelt hatte. »Das ...« Er brach ab und schüttelte den Kopf.

»Hatte er keine Ahnung?« Enzig wurde misstrauisch.

Parson hob die Schultern. »Ich weiß nicht, ob er mir so etwas erzählt hätte. Merkwürdig. Worum ging es dabei?«

»Einen ungeklärten Todesfall und Gewaltanwendung im Dienst«, erklärte Enzig.

»Unmöglich«, entfuhr es Parson. »Wirklich, bei Paul undenkbar. Wer kommt denn auf so etwas?«

»Die interne Ermittlungsbehörde hat scheinbar Grund zu der Annahme, dass Sito bei einem alten Fall nachgeholfen hat. Und es gibt da noch einen Vorwurf, der ist ... also, der ist privater Natur. Lassen wir es so stehen.« Enzig war schon einen Schritt zu weit gegangen. Ihm selbst kam es ungeheuerlich vor, dass Sito einen Mord vertuscht haben sollte. Er entschied in diesem Moment, auf keinen Fall in Sitos Schreibtisch zu wühlen.

»Ich weiß nicht, was ich sagen soll, Enzig.«

Enzig holte Luft. »Vielleicht liegt genau darin der Schlüssel zu dem Fall. Noch jemand weiß von diesem Vorwurf gegen Sito und sieht darin einen besonderen Nutzen für sich.«

»Und Sie wollen mir diesen Vorwurf nicht näher ausführen?«

»Es tut mir leid, Dr. Parson. Das kann ich nicht. Glauben Sie mir, dieses Gespräch fällt mir schwer genug.«

»Na gut. Ich muss Ihnen auch gestehen, dass ich eine Woche Urlaub eingereicht habe. Ich brauche eine Verschnaufpause.«

»Aber ich darf Sie doch anrufen? Ich weiß sonst nicht ...«

»Aber sicher, Enzig. Jederzeit.«

In Enzigs Büro hatte Rosa Eckert einen Blumenstrauß auf die Fensterbank gestellt. Enzig musste an die verwelkten Lilien in Sitos Haus denken. Er war sich dort wie ein Einbrecher vorgekommen. In seinem Büro indessen fühlte er sich sehr gut. Auf Blumen allerdings wollte er nicht die ganze Zeit starren. Enzig stellte den Strauß auf das kleine Tischchen hinter der Tür. Die Beklemmung ließ nach. Er mochte sich gar nicht ausmalen, dass er eventuell bald nicht mehr hier sein würde.

Rosa kam ins Zimmer, sah kurz zur Fensterbank und sich suchend im Raum um. Mit einem Seufzer reichte sie Enzig einen Briefumschlag. »Das ist heute …« Sie schnäuzte in ihr Taschentuch. »Ich wollte sagen, wie leid es mir um den Kommissar tut. Er war so ein feiner Mensch.«

Enzig legte ihr ein wenig hilflos die Hand auf die Schulter, da rettete ihn das Telefon.

»Gehen Sie nur ran.« Rosa verließ schnell das Zimmer.

»Enzig.«

»Polizeipräsidium Freiburg. Guten Tag. Wir haben hier eine männliche Leiche, die zu Ihren Suchparametern passt. Nun, eigentlich passt sie vor allem zu Ihren Vermisstenanzeigen.«

»Wer?« In Enzigs Hand zerbrach wieder ein Bleistift.

»Wir fürchten, dass es sich um Ihren Staatsanwalt handelt.«

Enzig holte tief Luft, ihm kam es so vor, als vergesse er ständig zu atmen. »Wir sind unterwegs.« Er legte auf, griff nach seiner Jacke und rannte hinaus auf den Gang.

»Ich bin hier, Enzig. Wir können gleich los.« Busch stand schon im Mantel vor ihm.

»Man hat Bilks Leiche gefunden.«

»In Freiburg, ich weiß«, entgegnete Busch. »Nauber und Schilling wissen Bescheid. Der Computer hat gerade die Daten gesendet. Sollen wir Parson benachrichtigen? Er wird vielleicht …«

»Er hat eine Woche Urlaub eingereicht.«

Die beiden LKAler kamen ihnen im Flur entgegen.

»Nun, meine Herren«, sagte Nauber, »übernehmen Sie die Fahrt nach Freiburg?«

»Ja«, meinte Schilling, »wir werden Sie schon wieder alleine lassen müssen.«

»Ach was.« Busch war sichtlich freudig überrascht.

»Ja. Wir haben eine Rückmeldung aus Waldsassen. Ein Mordfall dort weist interessante Parallelen auf. Vielversprechend, das übernehmen natürlich wir.«

»Waldsassen«, wiederholte Busch und stieß einen Pfiff aus. »Liegt das nicht irgendwo an der tschechischen Grenze?«

»Irgendwo die Richtung«, antwortete Schilling. »Wie ist es? Kümmern Sie sich um den Jagdunfall? Ist ja Ihr Staatsanwalt.«

»Den Jagdunfall?« Enzig stutzte und schielte zu Busch, der schnell nickte. »Der Jagdunfall, ja genau, das machen wir.«

»Wir erwarten dann Ihren Bericht am Abend. Gott zum Gruße.« Schilling tat, als würde er einen unsichtbaren Hut ziehen, dann wandte er sich zum Gehen.

»Wir sollen Sie ja auch nur unterstützen. Es bleibt Ihr Fall, nicht wahr, Kommissar Busch?« Nauber, wie immer korrekt, reichte Enzig und Busch die Hand. »Viel Erfolg.«

Jäger und Gejagte

Der ganze Körper war übersät mit Rissen und Schnittwunden. Enzig brauchte nicht zu fragen, denn es waren eindeutig Bissverletzungen. Bilk war nackt und lag auf dem Bauch, doch sein Oberkörper war zur Seite gedreht, als habe er versucht, nach hinten zu sehen. Seine Arme waren auf den Rücken gefesselt. Enzig ging in die Hocke und versuchte, den Blick von Bilk einzufangen. *Vermutlich hast du auf ihm gesessen, während du das getan hast. Nein, er hat dich nicht gesehen.* Ein Mann mit Schirmmütze beugte sich über die Beine von Bilk und nahm Maß, dann wies er eine Kollegin an, Fotos zu machen, und diktierte einige Sätze in ein Aufnahmegerät.

Beinahe drei lange Stunden hatte es gedauert, bis Enzig und Busch endlich angekommen waren. Zuerst hatten sie sich über die A 81 Richtung Stuttgart durch schwere Regenfälle gekämpft, und nach der Abfahrt Freiburg war es auch nicht wesentlich besser geworden. Busch hatte das Blaulicht aktiviert, um besser überholen zu können, aber die Strecke war alles andere als ideal für zweihundert Stundenkilometer. Enzig hatte sich am Sitz festgehalten und bisweilen einfach die Augen geschlossen. Während der ganzen Fahrt hatte Busch neben ihm am Steuer geflucht.

Als sie endlich den Parkplatz am Rande eines Waldes inmitten des Hexentals rund sieben Kilometer südlich von Freiburg erreicht hatten, war sofort klar, dass auch hier ein Unwetter gewütet hatte. Enzig wusste, was das für die Spurensicherung bedeutete. Sofern überhaupt Spuren da gewesen waren, hatten sie nun kaum noch eine Chance, etwas zu finden. Der Wagen der Spurensicherung hatte ausgesehen wie nach einer Schlammschlacht. Auch der Weg in den Wald zum Fundort der Leiche war matschig gewesen.

Irgendwo hier war Bilk auf der Flucht gewesen. Enzig versuchte sich vorzustellen, wie man durch den Wald rennt, Haken schlägt, Bäumen ausweicht. Ein Reh duckte sich, ein Hase floh mit stehenden Ohren, der Fuchs mit fliegendem Schwanz, das Fell gesträubt. Tiere kannten ihren Lebensraum, sie scheuten sich nicht vor der Berührung mit dem Wald, kannten das Gefühl, im weichen Boden einzutauchen. Ein Mensch nicht. Wie floh ein Mensch durch den Wald? Ständig wurde er abgelenkt. Er war nicht schnell. Bilk war nicht schnell genug gewesen, seinem Mörder zu entkommen.

Die Einheiten der Spurensicherung suchten in Fünferreihen den Waldboden ab. Irgendwo mussten sie die Kleidung von Bilk finden. Vor der Leiche blieben Enzig und Busch stehen. Der Rechtsmediziner tastete gerade die Hände des Toten ab. Enzig räusperte sich, um sich bemerkbar zu machen.

»Ah, Sie sind schon da. Bestens.« Der Mann erhob sich, reichte Enzig aber nur bis zur Schulter. Auf dem Kopf trug er eine Baseballkappe. »Bitte entschuldigen Sie, jetzt hab ich Zeit, aber ich wollte das schnellstmöglich aufnehmen, Zeit ist Spur, sag ich immer. Ich bin Dr. Seefeld. Ja, wahrlich kein schöner Anblick, aber wie ich höre, hatten Sie davon mehrere in der letzten Zeit. Wie geht's denn Parson? Wir sind alte Studienkollegen, müssen Sie wissen.«

»Dr. Parson geht es den Umständen entsprechend. Kommissar Sito war ein Freund von ihm.«

»Stimmt, Sie haben ja Ihren Kommissar verloren. Schlimme Sache, tut mir leid. Grüßen Sie Parson von mir.«

»Haben Sie denn schon was für uns?«

»Ich bin noch nicht lange da. Aber schau mer mal.« Seefeld kniete sich neben den Toten und hob unsanft Beine und Arme an. Es knackte hässlich. »Die Kehle ist aufgeschnitten. Und die Achillessehnen durchtrennt. Hier, sehen Sie? Am Ansatz zum Wadenmuskel.«

Enzig verfolgte die routinierten Handgriffe des Arztes. Er hatte keinen Zweifel, dass es derselbe Täter gewesen war. Aber seine Überzeugung, dem Täter falle die Gewalt schwer, schwand. Bei Bilk war das eindeutig anders gewesen. Enzig hoffte, dass es eine Ausnahme war. Denn sonst würde das bedeuten, dass der Täter von seinem ursprünglichen Plan abwich und sie mit einem noch höheren Maß an Gewalt rechnen mussten. Sicher konnte das passieren. Gewalt veränderte einen Menschen. Wer regelmäßig Grenzen überschritt, der musste sich verändern.

»Er muss vor seinem Tod noch eine längere Strecke gelaufen

sein. Die Fußsohlen sind aufgescheuert, und der Körper ist übersät von Schnitt- und Risswunden vom Buschwerk. Wir müssen daraus schließen, dass er völlig entkleidet auf der Flucht war.«

»Gejagt und erlegt«, murmelte Enzig. »Wie lange liegt er schon hier?«

»Er ist seit einigen Tagen tot.«

»Seit Sonntag wird er vermisst«, sagte Enzig.

»Möglich, dass er auch am Sonntag getötet wurde«, erwiderte Seefeld.

»Was ist mit den vielen Löchern auf seinem Körper?«, fragte Busch.

»Löcher?« Seefeld zog die Augenbrauen hoch. »Sie meinen die Bisse. Nun ja, er lag ein paar Tage mitten im Wald. Dafür sieht er noch gut aus.«

Enzig wandte den Kopf ab.

»Und sehen Sie mal hier.« Seefeld deutete auf ein blutiges Loch im Oberschenkel Bilks. »Geschossen wurde auch auf ihn. Das hat ihn zu Fall gebracht, dann die Schnitte durch die Achillessehnen, damit war er bewegungsunfähig, schließlich der Kehlkopfschnitt. Tja, meine Herren, ein klassischer Fall von Menschenjagd, wenn Sie mich fragen.«

Enzig nickte und sah von dem Opfer weg in den Wald. Überall Stämme und Äste, wie sich endlos erstreckende Gitterstäbe. Ein Schauer jagte seinen Nacken hinab. Er musste an Sabine denken. Gitterstäbe waren das letzte, das sie gesehen hatte. Und ihren Mörder.

»Sonst noch etwas, Dr. Seefeld?«

»Nicht vor Ort, nein. Sagen Sie, kann man Parson derzeit erreichen? Wenn die Fälle zusammenhängen, würde ich ihn gern kontaktieren.«

»Dr. Parson ist eine Woche im Urlaub. Mehr weiß ich nicht. Wir hören von Ihnen. Kommen Sie, Marc, wir fahren zu Bilks Hotel.«

Sie machten sich auf den Rückweg. Etwas raschelte in ihrer Nähe. Unvermittelt blieb Enzig stehen und fasste Busch am Arm. Er hielt den Atem an, doch Busch machte nur eine verständnislose Geste. Die Rufe der Männer von der Spurensicherung entfernten sich. Plötzlich knallte irgendetwas in der Ferne. »Ich muss hier raus, Marc«, flüsterte Enzig.

»Das war nur ein Motor.«

Ohne auf Busch zu achten, ließ Enzig seinen Arm los und begann zu laufen, wehrte herabhängende Zweige mit den Händen ab und wurde immer schneller. Buschs Rufe ignorierte er. Sein Atem kam bald nur stoßweise, ihm lief der Schweiß über die Stirn und den Rücken. Er hatte das Gefühl, Sabine halte ihn an der Hand. Seine Brust verkrampfte sich. Dann sah er seinen Vater fallen, immer weiter, bis er im feuchten Moos aufschlug.

Als er endlich auf dem Parkplatz angekommen war, blieb Enzig stehen und atmete tief durch. Busch kam wenige Minuten später zum Auto.

»Sie müssen entschuldigen. Eine plötzliche Bedrängung – ich hatte das Gefühl, wir würden beobachtet … Ich wäre wirklich dankbar, wenn Sie das hier erledigen könnten. Kann ich …«

»Ich kann das hier ohne Probleme alleine regeln. Bitte.« Busch reichte Enzig die Autoschlüssel.

Flucht und Rückkehr

Enzig fuhr los, ohne sich noch einmal umzusehen. Miriam hatte sich immer noch nicht bei ihm gemeldet. Er rief mehrmals in der Wohngemeinschaft an, dann versuchte er es bei ihren Eltern, doch auch ihre Mutter wusste nicht, wo sie sein könnte. Kerler war ebenfalls nicht zu erreichen. Enzig überlegte. Dann rief er Mader auf dem Handy an.

»Hören Sie, ich brauche eine Liste von allen, die an diesem Jagdausflug beteiligt waren. Und schreiben Sie mir bitte einen genauen Bericht über die Tage dort. Von der Ankunft bis zu Ihrer Abreise.«

»Wird gemacht.«

»Haben Sie Herrn Kerler heute schon gesehen?«

»Nein.«

»Bitte versuchen Sie, ihn für mich ausfindig zu machen.«

Als Enzig die Schielergasse erreichte, war es bereits finster. Irgendwann musste Miriam auftauchen. Er parkte vor dem Haus und wartete. Etwas war vorhin im Wald mit ihm passiert. Enzig wusste, dass es eine Panikattacke gewesen war, aber er konnte den Grund dafür nicht ausmachen. Es war so plötzlich gekommen. Jetzt wusste er, was Patienten damit meinten, wenn sie sagten, es sei, als würde einem ein Sack über den Kopf gestülpt. Plötzlich war man gefangen in sich selbst.

Seine Augen hatten sich an die Dunkelheit gewöhnt. Er sah zum Haus, dann rief er die Auskunft an und ließ sich mit der Ortsgruppe der Umweltschutzorganisation PETA in Konstanz verbinden. Vielleicht hatte er Glück und Miriam war dort. Tatsächlich ging jemand ans Telefon.

»Verein zur Abschaffung der Jagd. Huber am Apparat.«

Enzig stutzte. »Wie bitte? Wen habe ich am Apparat?«

»Christine Huber. Wie kann ich Ihnen helfen?«

»Entschuldigen Sie, wie heißt Ihr Verein?«

»Verein zur Abschaffung der Jagd. Wieso? Mit wem spreche ich bitte?« Christine Hubers Stimme klang vorsichtiger.

»Mein Name ist Roman Enzig. Ich bin von der Kriminalpolizei. Sind Sie nicht die Ortsgruppe der Umweltschutzorganisation PETA?«

»Doch, doch, aber wir unterstützen verschiedene Gruppierungen, unter anderem den Verein zur Abschaffung der Jagd. Das ist mein Ressort«, erklärte Christine Huber.

»Hören Sie, ich muss unbedingt Miriam Bunt sprechen. Ist sie bei Ihnen?«

»Einen Moment, ich sehe nach.«

Enzig wartete. Es dauerte. Am anderen Ende der Leitung schingelte irgendeine Musik. Gelangweilt sah er in Richtung Haus. Aus dem Nichts tauchte ein Gesicht direkt an seinem Fenster auf. Enzig schrie auf und ließ das Handy fallen. Das Gesicht lachte ihn an, und Enzig erkannte Mader. Der Schreck wich ihm aus den Gliedern, und er suchte den Fußraum nach seinem Handy ab.

»Hallo? Sind Sie noch dran?«, sagte er ins Handy. Zu Mader machte er eine Geste, dass er warten solle.

»Ja. Miriam ist nicht da. Kann ich Ihnen sonst noch helfen?«

»Nein. Vielen Dank. Das heißt, vielleicht doch. Ich würde gerne etwas über Ihre Organisation erfahren. Haben Sie morgen Vormittag Zeit?«

»Sie können einfach vorbeikommen. Münzgasse 12 im ersten Stock. Von acht bis zwölf ist immer jemand da.«

»Danke, bis morgen.« Enzig öffnete schwungvoll die Autotür und stieg aus. »Mader, sind Sie verrückt, sich so anzuschleichen?«

»Ich wollt Sie nicht erschrecken. Ich wohn um die Ecke und hab im Vorbeiradeln Ihr Auto gesehen. Kann ich Ihnen vielleicht helfen?«

»Nein, aber konnten Sie schon etwas ausrichten wegen Kerler?«

»Herr Kerler hat sich krankgemeldet. Seine Frau sagte, er wolle nicht gestört werden. Und den Bericht über den Jagdausflug habe ich noch nicht ganz fertig, weil ich dachte, wir sehen uns erst morgen. Ich setze mich gleich an den Schreibtisch.« Mader wirkte beflissen.

»Gut. Und machen Sie sich das nächste Mal etwas früher bemerkbar.«

»Hat Enzig den Brief bekommen?«

»Ich habe ihn im Präsidium eingeworfen. So wie du wolltest. Also ja, ich gehe davon aus, dass Rosa ihn weitergeleitet hat. Allerdings sind Enzig und Busch heute in Freiburg. Man hat ihn gefunden.«

»Wen?«

»Bilk. In den Wäldern, wo sie jagen waren.«

»Verdammt, dann lag ich doch richtig.«

»Es sieht so aus. Mein Kollege Seefeld aus Freiburg hat mich angerufen. Er meinte, es sei eine richtige Menschenjagd gewesen. Am Ende habe der Jäger Bilk klassisch erlegt, wie einen Bock.«

»Das ist schlimm.«

»Übrigens sind zwei Männer vom LKA in Konstanz.«

»Das war zu erwarten. Aber wieso gleich zwei? Ah …«

»Du musst vorsichtig sein. Hier hast du noch Medikamente. Leg dich ins Bett. Du darfst noch nicht aufstehen, hörst du? Ich werde dich auf dem Laufenden halten.«

»Ja.«

»Sei vorsichtig.«

»Ja–a.«

»Ruf an, wenn du was brauchst in den nächsten Tagen.«

»Oder auch Nächten?« Ein schwaches Lächeln.

»Mach keine Scherze, es ist ernst.«

»Sind denn schon Untersuchungsergebnisse da?«

Parson schüttelte den Kopf.

Die Opfer

Philip Ganter hielt sich an allem fest, was seine Augen aufnehmen konnten. In zahllosen Krimis hatte er gesehen, wie wichtig es bei Entführungen war, sich alles einzuprägen. Aber er hatte auch gelernt, dass es kein gutes Zeichen war, wenn der Täter keinerlei Aufwand betrieb, um seine Identität zu verheimlichen.

Der Täter war nicht maskiert, hatte sogar mit ihm geredet. Jetzt zerrte er ihn einfach aus dem Auto und schob ihn über einen kleinen Weg. Die Fahrt hatte ungefähr eine halbe Stunde gedauert, aber Ganter hatte keine Ahnung, wo sie waren. Der See war nicht mehr zu sehen. Dafür Wald, Hügel und ein verfallenes Gebäude. Das alte Haus mit dem verwilderten Garten lag wie verlassen in dieser Landschaft.

Ganter spürte seine Hände kaum noch, so schnitten ihm die Fesseln in die Haut. An den Knebel im Mund hatte er sich langsam gewöhnt, die Panikattacken, die ihn am Anfang befallen hatten, waren vorbei. Ruhig und beherrscht versuchte er, regelmäßig durch die Nase zu atmen. Er erinnerte sich an seine Zeit als Soldat, wie er gelernt hatte, dass es immer darum ging, Ruhe zu bewahren. Wer durchdrehte oder in Stress geriet, der hatte im Angesicht des Feindes keine Chance. Also blieb Ganter ruhig.

Im Inneren des Hauses verriet die Einrichtung eine düstere Geschichte. Ganter bemerkte sofort einen merkwürdigen Geruch, warm und feucht.

Wie besessen sammelte er alle Eindrücke, wähnte sich in einem Film, stellte sich die eigene Rettung vor, machte sich Mut und war doch von der Atmosphäre im Haus wie erschlagen. Dunkle, schwere Möbel, wuchtige Vorhänge vor den Fenstern, die Teppichböden in schmutzigen Brauntönen waren abgewetzt. Die Bodenfliesen in der Küche waren größtenteils gesprungen und vergilbt. Die Wände wurden geziert von einem zarten roten Blumenmuster, das zynisch der erdrückenden Stimmung strotzte. Auf einem Sideboard standen mehrere Fotos, eines zeigte Kommissar Paul Sito. Ganter kannte ihn von einem Bankett. Zeitungen lagen überall herum. Einige Artikel waren ordentlich in Folien in einem Ordner abgeheftet, der offen dalag.

Der Entführer stieß ihn zu einer Tür, dahinter führte eine Treppe in den Keller. Wieder bemerkte Ganter diesen eigenartigen Geruch. Er zuckte zusammen. Da war sie wieder, die Panik und die Atemnot. Ein Hustenanfall überkam ihn. Er war nicht in einem Film, es half nicht, sich die eigene Rettung auszumalen, und es würde ihm auch nicht mehr helfen, dass er oben im Haus alles gesehen hatte. All die gesammelten Eindrücke und Hinweise würden mit ihm in diesem Keller verschwinden. Das begriff Ganter mit einem Schlag. Denn der Geruch, den er schon im Eingang bemerkt hatte, und der sie jetzt wie eine schwere Wolke umgab – das war Blut.

Er kannte den Geruch von ganz frischem Fleisch, so frisch, dass es noch warm war, vom Schlachthof. Jetzt im Keller war der Geruch vollkommen und pur, ungestört von demjenigen alter Häuser. Ganter überlegte, wie er sich wehren könnte. Er wusste, dass er dem Serienmörder in die Fänge geraten war, er wusste, dass dieser ihn töten würde wie die anderen. Aber er sah keinen Ausweg.

Er begann zu stöhnen und mit dem Knebel im Mund zu quietschen und warf seinen Kopf wie wild umher. Er kam sich vor wie ein Tier, das zur Schlachtbank geführt wurde, das sich wehrte bis zum letzten Atemzug und auch keinen Ausweg sah und dabei immer den Blutgeruch in der Nase hatte von seinem unausweichlichen Tod.

Doch der Entführer stieß ihn weiter, die Treppe hinunter und unten immer weiter durch den langen Kellergang. Schließlich wurde Ganter in einen Raum gestoßen, in dessen Mitte ein Pfahl aus dem Boden ragte. Der Mann verband ihm die Augen und fesselte ihn an den Pfahl.

»Herr Dr. Enzig?«

Enzig sah von seinem Schreibtisch auf und wäre am liebsten unsichtbar geworden. Vor ihm stand Hohenfels in einem eleganten Anzug, die Haare lagen glatt am Kopf.

»Irre ich, oder wollten Sie mich irgendwann noch anrufen?«

»Wie meinen Sie das?«

»Sagen Sie mal, wollen Sie mich eigentlich verarschen?« Hohenfels stützte sich auf Enzigs Schreibtisch.

»Aber Sie haben doch sicher gehört, dass Sito tot ist. Und wir sitzen hier nicht rum und drehen Däumchen, falls Sie das meinen.«

Hohenfels lachte übertrieben laut und setzte sich Enzig gegenüber. »Ach, wie nett, Sie sind also schon ganz Polizist.«

»Ich habe es nicht nötig, mir das anzuhören.« Enzig stand auf und packte seine Sachen zusammen. »Wir machen hier verdammt harte Zeiten durch. Und Sie sitzen nur an Ihrem Schreibtisch.« Er staunte über seine eigene Courage.

»Ich tue bitte was? Was erlauben Sie sich? Wir haben Hinweise, dass Sito hier einen persönlichen Rachefeldzug vorangetrieben hat, und Sie werden mir jetzt gefälligst einen Bericht liefern, dann kann ich die Akte schließen!« Hohenfels erhob sich und zog sein Jackett zurecht.

»Der Mann ist gerade gestorben, und Sie denken nur an Ihre Akten!«

»Sie liefern mir den Bericht, sonst sind Sie hier draußen, verstanden? Das würde Ihren Vater sicher nicht freuen.«

»Was hat …« Doch Enzig kam nicht weiter. Hohenfels verließ das Büro mit schnellen Schritten. Krachend fiel die Tür hinter ihm ins Schloss. Enzig saß an seinem Schreibtisch und kaute auf seiner Unterlippe.

Es klopfte, und Busch steckte seinen Kopf durch die Tür.

»Kann ich kurz reinkommen?«

Busch und Hohenfels mussten sich im Gang begegnet sein. »Was gibt's denn?«, fragte Enzig vorsichtig.

»Was wollte Hohenfels hier? Ist ja ganz schön laut geworden.« Busch legte ein paar Zeitungen auf Enzigs Schreibtisch und setzte sich ihm gegenüber.

»Nicht weiter wichtig. Also, was haben Sie denn?«

»Hat er Sie doch von dem Fall abgezogen?«

»Nein, wie kommen Sie darauf?«

»Schon gut. Ich dachte nur, wegen Ihrer Verbindung zum dritten Opfer. Egal. Wir haben endlich Informationen zu unseren anderen Opfern.«

»Lassen Sie hören.«

»Ich habe bereits eine Liste erstellt, um einen gemeinsamen Nenner zu finden, und Leute losgeschickt, um mit den Anrufern zu sprechen.«

»Waren die nicht anonym?«

»Manche haben bei der Polizei direkt angerufen. Gott sei Dank, muss man in diesem Fall sagen«, erklärte Busch.

»Gut, dann kommen wir endlich einen Schritt voran.«

»Ich habe Ihnen hier die wichtigsten Fakten zusammengestellt.« Busch reichte Enzig ein Blatt. »Unsere erste Leiche ist identifiziert: ein gewisser Hans, ohne festen Wohnsitz. Und er war Schlachter.«

»Aha«, murmelte Enzig.

»Das zweite Opfer war nicht von hier. Jemand vom ›Hotel Halm‹ hat angerufen. Der Mann sei einmal als Gast bei ihnen gewesen. Der Hotelangestellte konnte sich an einen starken schwäbischen Dialekt erinnern. Daraufhin habe ich die Polizeidirektionen von Rottweil, Reutlingen, Ulm und Aalen gebeten, in ihren Vermisstendateien nachzusehen. Außerdem habe ich veranlasst, dass das Fernsehen noch einmal überregional über den Toten berichtet.«

»Sehr gut, das ist ja wirklich eine ganze Menge.«

»Die dritte Leiche … Das wissen wir ja bereits.« Busch räusperte sich. »Nun zur vierten Leiche: Ihr Ehemann hat sie identifiziert. Es handelt sich um Marianne Breindle. Es wird keine Gesichtsrekonstruktion nötig sein. Es war ein wenig gewagt, aber es war die einzige Vermisste, die passte, und da war auch ein Ehering, na ja, dennoch eine harte Nummer für Herrn Breindle.«

»In Ordnung. Was gibt es über sie?«

»Tatsächlich haben wir etwas über Marianne Breindle herausgefunden. Schmutzige Sache. Die Frau hat einem Verein angehört, der sich für die Spezialität Gänsestopfleber starkmacht.«

»Das ist doch verboten?«

»Nur die Produktion, der Verkauf nicht.«

»Und Frau Breindle will was?«

»Gänsestopfleber produzieren.« Busch rieb sich über das Gesicht, als wollte er ein Bild vertreiben. »Und da wäre noch etwas. Also, es gibt da zwei Vermisstenanzeigen, die mir aufgefallen sind. Zum einen ist der Chefkoch vom Restaurant ›Tre Cani‹ seit vorgestern verschwunden«, Busch reichte Enzig einen Zeitungsartikel, »zum anderen wird der Besitzer eines Pelzgeschäftes vermisst, Philip Ganter.« Busch legte die Stirn in Falten und wartete offensichtlich auf eine Reaktion von Enzig.

»Ich weiß, worauf Sie hinauswollen. Das sind alles potenzielle Opfer für einen radikalen Tierrechtler. Was haben Ihre Recherchen gestern Abend in Freiburg noch ergeben?«

»Die Stimmung im Hotel ist insgesamt gut gewesen. Die Wirtin hat uns von einer ausgelassenen Feier am Samstagabend erzählt. Am Sonntag allerdings seien die Herren verfrüht abgereist. Die Wirtin beklagte sich, weil sie extra frisch gebacken hatte. Bilk hat sich anscheinend überhaupt nicht mehr blicken lassen. Er ist vom sonntäglichen Jagdausflug nie heimgekehrt. Ich habe bereits mehrere der anderen Jagdteilnehmer angerufen. Alle haben ausgesagt, dass es ein lustiger Samstagabend gewesen sei, dass sie aber das Gefühl hatten, am Sonntag sei irgendetwas vorgefallen.«

»Ich lese gleich noch den Bericht von Mader.« Enzig schielte auf die Blätter, die vor ihm auf dem Schreibtisch lagen.

Busch nickte, stand auf und wandte sich schon zum Gehen, doch an der Tür hielt er noch einmal inne. »Wenn wir nicht schnell einen Schritt weiterkommen, dann haben wir bald zwei weitere Tote.«

»Ich mach mir genauso Sorgen, Marc. Haben wir schon Nachricht von Nauber und Schilling?«

»Sie haben mich angerufen. Ob wir uns wirklich sicher wären wegen des Zusammenhangs zwischen Bilk und unserem *Serientäter*.« Busch äffte Schillings Dialekt nach.

»Werden die beiden nun noch länger in Waldsassen gastieren?«

Busch nickte grinsend. »Möchten Sie die Akte aus Waldsassen haben?«

»Lohnt es sich denn?«

»Ich denke nicht«, antwortete Busch und verschwand.

Enzig saß im Wintergarten der Orangerie im Restaurant Rheingold. Da die Sonne auf das Glasdach schien, war es angenehm warm. Er zog seinen Pullover aus, strich sich die Haare glatt und blinzelte für einen Moment auf den Rhein. Busch hatte recht.

Der vermisste Chefkoch und der Pelzhändler waren womöglich in der Hand des Täters. Dennoch musste Enzig irgendwie zur Ruhe kommen, um einen klaren Gedanken zu fassen. Schließlich bestellte er sich eine Kartoffelcremesuppe und eine Cola und nahm den Bericht von Mader zur Hand.

»Dr. Enzig?«

Enzig fuhr zusammen und sah nach oben. Er war gerade bei Maders Schilderung des Sonntagvormittags angekommen, und ihm stockte der Atem. Parson stand an seinem Tisch und hatte ihm die Hand auf die Schulter gelegt.

»Dr. Parson, setzen Sie sich, das müssen Sie sich anhören«, platzte Enzig anstelle eines Grußes heraus. Andere Gäste sahen sich erstaunt nach ihnen um. Enzig dämpfte seine Stimme. »Bitte, setzen Sie sich.«

»Was ist denn los?«

»Das ist der Bericht von Mader über das Jagdwochenende. Ich habe Ihnen doch am Telefon von Bilks Leiche erzählt?«

»Ja, Seefeld hat mich deswegen auch angerufen. Hat Mader etwas herausfinden können?«

»Mader schreibt, dass er am Sonntag mit Kerler und Bilk unterwegs war und die beiden in einen Streit über den nächsten Schuss geraten sind. Hören Sie, was jetzt kommt: ›Bilk missachtete Kerlers Schussrecht und schoss, das Reh wurde aber nur verletzt. Der Polizeidirektor rannte aufgebracht zu dem Tier und trennte ihm die Sehnen der Hinterläufe durch, sodass es erlahmte. Anschließend schnitt er ihm die Kehle durch, und das Tier verblutete‹ …« Enzig brach ab. »Verstehen Sie?«

In diesem Moment wurde die Suppe serviert. Enzig warf einen appetitlosen Blick auf den Teller.

»Wusste Mader denn, wie Bilk ermordet wurde?«, fragte Parson vorsichtig.

»Er hatte keine Ahnung. Heute lag der Bericht auf meinem Tisch.«

»Du meine Güte«, entfuhr es Parson. »Das kann unmöglich Zufall sein. Haben Sie Kerler schon befragt?«

»Kerler hat sich krankgemeldet.«

»Sitos Tod hat ihn sehr mitgenommen«, erklärte Parson.

»Es gibt noch mehr Neuigkeiten, Dr. Parson. Wir wissen jetzt endlich, für was die Fabrik im Lauf der Jahre noch genutzt wurde.«

»Für was denn?«

»Ich habe gestern einen Brief erhalten, anonym, mit dem Hinweis, dass die Fabrik in den achtziger Jahren eine Schlachthalle war. Ich habe daraufhin noch einmal in Dettingen angerufen und tatsächlich, dort war eine Außenstelle des Schlachthofs Konstanz.«

»Warum hat man Ihnen das nicht gleich gesagt?«

»Das habe ich mich auch gefragt, aber dann ist mir etwas klar geworden. Es ist nichts Anrüchiges, wenn man sich nicht gerade für die Rechte von Tieren einsetzt. Ansonsten ist ein Schlachthof eben eine Firma, die in einer Fabrikhalle nahe von Dettingen eine Außenstelle hat. Die Frau bei der Ortsverwaltung fand daran nichts Auffälliges.«

»Ich verstehe schon, worauf Sie hinauswollen. Nur weil wir derzeit sehr sensibilisiert auf das Thema sind, heißt das nicht, dass alle anderen Schlachthöfe ebenfalls abstoßend finden. Es ist ja im Grunde nichts Besonderes, nicht wahr?«

»Eben. Es war auch nicht wirklich ein Schlachthof, sondern es war, wie soll ich sagen, es war ein Ausbildungsplatz.«

»Oh«, entfuhr es Parson.

»Ja, da hat es bei mir auch sofort geklingelt. Der Konstanzer Schlachthofbetreiber hatte dort eine kleine Außenstelle, um Lehrlingen das Töten beizubringen. Das entbehrt nicht eines gewissen Zynismus, finden Sie nicht? Und ich bin mir sicher, dass wir hier dem Täter schon sehr nahe kommen. Vielleicht war er selbst dort?«

»Ein Schlachthof, eine Nazi-Folterkammer, ein Selbstmord … Diese Fabrik hat eine bewegte Geschichte der Grausamkeit.« Parson zeigte auf die Suppe vor Enzig. »Wollen Sie nicht anfangen zu essen? Sie wird sonst kalt.«

»Hm? Ach so.« Enzig begann lustlos zu löffeln. »Mich hat jemand aus der Klinik angerufen. Sito ist kurz vor der Narkose etwas eingefallen. Irgendetwas, das er bis dahin übersehen hatte. Und wir haben jetzt einen vermissten Koch und einen Pelzwarenhändler.«

»Etwas übersehen? Koch? Pelzwarenhändler? Ich kann nicht folgen.«

»Beide könnten auf der Abschussliste des Täters stehen, weil«,

Enzig stöhnte, »Opfer eins war Schlachter, Opfer drei machte Tierversuche, der Tatort eine ehemalige Schlachthalle …«

»Also doch ein radikaler Tierrechtler«, folgerte Parson.

»Der Koch ist bereits in Verruf gekommen wegen irgendwelcher Spezialitäten.«

»Doch nicht Dontello?«

»Genau. Sie kennen ihn?« Enzig brach das Brot in kleine Stücke und versenkte sie in der Suppe. Er musste etwas essen, es half nichts. Sein Magen krampfte sich zusammen.

»Das ist durch die Presse gegangen.« Parson schüttelte den Kopf. »Nicht auszumalen, was der Täter mit ihm vorhat. Haben Sie nicht erwähnt, dass der Täter als Kind womöglich bei Schlachtungen zusehen oder gar helfen musste? Dann …«

»… kann er das auch.« Enzig hielt einen Moment inne. »Vergeltung, es fügt sich alles zusammen. Vielleicht war er wirklich selbst in Dettingen. Wir müssen unbedingt eine Beschäftigtenliste aus dieser Zeit zusammenstellen.«

»Ja«, pflichtete Parson bei, »aber er muss noch ein anderes Ziel haben. Eines, das über die Opferpräsentation hinausgeht.«

Enzig schob den Teller mit Suppe und das Brot von sich weg und stand abrupt auf. »Sie haben recht, Dr. Parson, wie immer. Ich muss Miriam finden. Vielleicht hat sie noch mehr Bilder.«

»Tun Sie das. Und vergessen Sie nicht meinen Kollegen.«

»Welcher Kollege?« Enzig stutzte einen Moment.

»Hind wartet auf Sie in der Gerichtsmedizin. Und halt, was ist mit den Leuten vom LKA?«

»Was soll mit denen sein?« Enzig zog sich umständlich den Pullover an. »Warum interessiert Sie das?« Er kramte nach seiner Geldbörse.

»Lassen Sie mal, ich übernehme die Rechnung. Sie sollten los, sonst kommen Sie zu spät«, sagte Parson. »Nun machen Sie schon.«

Am Empfang der Pathologie erfuhren Enzig und Busch, dass der Staatsanwalt, der der Obduktion beigewohnt hatte, bereits gegangen war. Mit gemischten Gefühlen betraten sie den Obduktionsraum. Ein blumiger Geruch hing in der Luft, und im Hintergrund flirrten Verdis Violinen durch die Jahreszeiten. Die Schürze von Hind war blutverschmiert, sein Gesichtsausdruck indessen gutlaunig. Er war offensichtlich in seinem Element.

Als er Enzig und Busch vor sich stehen sah, lachte er offen und zeigte in die Höhe. »Riechen Sie das? Hyazinthe. Hilft gegen das schlechte Aroma.« Dann summte er ein paar Takte mit geschlossenen Augen.

Enzig wusste nichts zu erwidern und nickte nur.

»Der Frau wurde einige Tage vor ihrem Tod Nahrung zwangsweise zugeführt – unter anderem Teile einer anderen Leber. Sie kennen das vielleicht von der Foie Gras, der Gänsestopfleber, eine Delikatesse. Hm, sehr lecker, leider in vielen Ländern verboten. Tierschutz wird überschätzt, wenn Sie mich fragen. Auf jeden Fall hat jemand das mit der Frau nachgestellt, sie zwangsernährt, bevor er sie schlach... äh, ich meine, töten wollte. Es wird bereits untersucht, ob dafür auch Teile der ersten Opfer verwendet wurden. Die Frau ist vermutlich bei einem der Zwangsernährungsprozesse erstickt. Sehen Sie hier diese kleinen Blutungen in den Bindehäuten der Augen? Klare Erstickungssymptome. Kehlkopf und Speiseröhre haben stark gelitten. Meine Herren, das ist eine hässliche Sache, das Gesicht wurde in seiner unteren Hälfte völlig entstellt von diesem Prozedere. Das spricht leider dafür, dass die Frau bei vollem Bewusstsein war und versucht hat, sich zu wehren. Ein Zahn ist ausgestoßen und die Lippe an mehreren Stellen eingerissen, na ja, wohl eher zerfetzt. Außerdem zeigen sich an Hand- und Fußgelenken die Spuren von Fesseln.«

»Was eine Barbarei«, flüsterte Busch und drückte sich die Hand vor den Mund.

»Ja, da haben Sie wohl recht«, bestätigte Hind mit einem mitleidsvollen Blick auf die Frau.

»Nein, Dr. Hind, Sie missverstehen mich. Ich sprach von den Gänsen und Enten, denen das widerfährt!« Busch kochte vor Wut. »Weil Scheißkerlen wie Ihnen völlig egal ist, wenn Tiere für Ihren Luxus leiden müssen!«

»Aber ...«, stammelte Hind, sichtlich erschrocken über Buschs Wutausbruch.

Hilfesuchend sah er zu Enzig, doch der hatte gerade ganz andere Sorgen. Ihm war schwindlig von der Hyazinthe, deren Duft so vehement im Raum lag. Er konnte sich nicht vorstellen, dass Parson das dulden würde. Er verstand die Flucht des Staatsanwalts, und er verstand auch die Wut von Busch. Er selbst hatte in diesem Augenblick nicht die Kraft, sich gegen Hind und seine Ansichten aufzulehnen. Irgendwann würde auch er einmal einer dieser Obduktionen beiwohnen müssen. Vorerst war Enzig aber schlicht froh, sich dem entziehen zu können. Der Anblick des Resultats reichte ihm vollkommen. Und wenn er nur einen Atemzug länger diesen Hyazinthengeruch inhalieren musste, dann lief er Gefahr, sich auf die Füße von Hind übergeben zu müssen. Die Worte von Busch lagen noch immer gewichtig im Raum, also tat Enzig das Einzige, was er tun konnte: Er drängte ihn zur Tür, um ihrer eigenen Sicherheit willen.

»Wir sollten jetzt besser gehen. Lassen wir Dr. Hind alleine. Ich brauche keine noch detailliertere oder gar plastischere Schilderung des sogenannten Prozedere – ich habe genug gehört und gesehen, und Sie haben genug gesagt.«

»Aber meine Herren«, beschwichtigte Hind, »Sie werden doch nicht wegen ein paar Gänsen wütend werden. Dass Tierliebe immer weitere Kreise ziehen muss … Ich verstehe das nicht. Früher war ein Tier ein Tier und ein Mensch …«

»Nun halten Sie endlich den Mund, Dr. Hind. Früher war nicht alles besser. Früher wurden Menschen gerädert oder verbrannt. Kommen Sie im Heute an. Wir haben den Luxus, uns Empathie wieder leisten zu können. Wir verhungern gewiss nicht ohne Gänsestopfleber. Und eins sage ich Ihnen«, Busch drohte Hind mit dem Zeigefinger, »wenn ich Sie jemals bei diesem Gericht erwischen sollte …«

Enzig trällerte schnell ein paar Takte Verdi mit und schob Busch weiter vor sich her, die Treppe nach oben, sodass er seinen Satz nicht zu Ende bringen konnte.

Die letzten Worte von Hind indessen waren deutlich zu hören. »Immer diese Sensibelchen. Was machen Sie beide eigentlich im Polizeidienst? Die Gans weiß ja nicht einmal, was eine Fettleber ist.«

Mit Nachdruck schob Enzig Busch vor sich her. Als sie endlich draußen waren, schüttelte er ihn. »Mensch, was ist denn in Sie gefahren, zum Teufel? Ich versteh Sie ja, aber das bringt doch nichts. Den werden Sie nicht ändern. So schon gar nicht.«

Busch holte tief Luft. Dann beugte er sich vor und stützte sich auf seine Knie. Enzig sah, dass er kurz davor war, umzukippen. Er hatte sofort ein schlechtes Gewissen, dass er ihn so angefahren hatte. Diese Anspannung, die seit zwei Wochen auf dem ganzen Team lag, die war eben aus ihm herausgebrochen.

Ein paar Sekunden verharrte Busch in dieser Haltung, dann richtete er sich auf und rieb sich mit beiden Händen über das Gesicht. »Entschuldigen Sie, das musste raus, das alles, verstehen Sie?« Er keuchte. »Menschen wie Hind mit solch antiquierten Ansichten machen mich rasend. Fast hätte ich mich vergessen und …«

»Was hätten Sie fast?«, fragte Enzig, aber er wusste genau, welchen Impuls Busch gerade noch hatte unterdrücken können.

»Am liebsten hätte ich so ein Rohr genommen, ihm in den Rachen gesteckt und ihm genau gezeigt, wie es sich anfühlt, wenn einem Fett in den Körper gestopft wird.«

»Beruhigen Sie sich bitte. Sagen Sie nichts Falsches. Wir sind alle angespannt. Ich weiß genau, wie es Ihnen geht. Ich hatte gestern die Panikattacke im Wald, Sie hatten jetzt eben eine Wutattacke. Unsere Nerven liegen blank, das ist alles.«

»Mir reicht es einfach, Enzig. Ich bin immer lieb und freundlich, immer der höfliche Marc. Ich kann das einfach nicht mehr. Da ist so viel Wut, das können Sie sich gar nicht vorstellen.«

»Ich weiß, was Wut bedeutet. Sie müssen sich jetzt unbedingt beruhigen, versprechen Sie mir das? Vergessen Sie diesen Hind. Lassen Sie uns ins Präsidium fahren und gemeinsam alle Fakten durchgehen. In Ordnung? Oder wollen Sie nach Hause?«

»Nein, geht schon. Wie lange, sagten Sie, hat sich Dr. Parson beurlauben lassen?«

»Nur diese Woche. Geht's wieder? Haben wir eigentlich schon Resonanz auf die Fernsehsendung?«

»Na und ob. Einige hundert Anrufe. Mader kümmert sich gerade darum. Wir können ihm gleich Gesellschaft leisten.« Busch holte tief Luft.

Enzig aber ging der Satz nicht aus dem Kopf: »Am liebsten hätte ich …« Das war genau der Moment, wenn der Wunsch nach Gewalt so übermächtig wurde, dass kein vernünftiger Grund mehr dagegensprach. Enzig spürte in sich eine Unruhe. Hätte er einen Bleistift in der Hand gehalten, wäre dieser zerbrochen. Diese Energie, die da durch seinen Körper jagte, war geradezu gespenstisch.

»Wissen Sie was, Enzig«, sagte da Busch. »Ich glaube, ich habe gerade in der Haut des Mörders gesteckt. Und es war ein furchtbares Gefühl. Er kann nicht mehr zurück.«

Ein Dutzend Möglichkeiten

Er dachte an den Gefesselten im Keller. Was nur sollte er mit ihm machen? Jetzt, wo Sito tot war, würde ihn doch keiner mehr verstehen.

All diese Bilder, seine Bilder, Miriams Bilder, das alles hatte doch Sitos Aufgabe werden sollen. Warum hatte Sito nur sterben müssen? Er vergrub sein Gesicht in den Händen. Dann ging er in die Küche und holte ein langes Messer aus einer Schublade. Es war so blank, dass er glaubte, sein Gesicht als Spiegelbild in der Klinge erkennen zu können. Er drehte das Messer langsam hin und her, bis er das Licht in der Klinge eingefangen hatte. Er musste an das kleine Stück über dem Kehlkopf denken, wo die Haut nahezu durchsichtig schien. Das Messer glitt dort leicht hindurch. Nur der Kehlkopf bildete ein Hindernis. Er umschloss die Klinge behutsam mit der Faust, ohne sich zu verletzen.

Ein Geräusch erregte seine Aufmerksamkeit. Es klang wie ein Vogel und war doch kein bekanntes Zwitschern. Er trat ans Fenster und sah hinaus. Der Vorgarten lag still und tot vor ihm. Da hörte er den Freund wie aus weiter Ferne. Es konnte nicht sein, es war zu lange her. Das Schreien wurde lauter, er schluckte schwer. Er schloss die Augen. Er wollte nicht, dass die Bilder sich einen Weg in den realen Garten bahnten, doch zu spät. Er sah *ihn*, den Freund, der hilflos zappelte. Er konnte ihn wieder deutlich sehen, als wären nicht Jahrzehnte vergangen. Er sah, wie er auf den Holzklotz gelegt wurde. Er sah die Wut und die Axt, und beides schwang hernieder und trennte … trennte den Kopf vom Rumpf, das Leben vom Körper, den Freund von dieser Welt.

Ein Schmerz brachte ihn wieder in die Gegenwart zurück. Erschrocken blickte er auf seine Hand, die sich um das Messer gekrampft hatte. Blut lief an seinem Arm hinunter. Schließlich trat er zurück zur Küchenzeile, legte das Messer in die Spüle und wusch sich. Blut lief nun auch den Abguss hinab. Er holte Verbandszeug und verarztete den Schnitt. Dann setzte er sich an den Tisch, auf dem die Bombe lag, ein Kästchen mit zahllosen Drähten. Auch für die Haustür hatte er sich etwas einfallen lassen: Ein Gewehr war so installiert, dass es feuerte, wenn jemand eintrat.

Als er das Messer wegräumen wollte, überfiel ihn erneut die Erinnerung. Da waren wieder seine kleinen Augen, der schief gelegte Kopf und, um die ganze Größe seines Gegenübers abzumessen, der wandernde Blick. Und er roch den Tod. Also behielt er das Messer in der Hand. Es fühlte sich gut an. *Die Haut abziehen*, dachte er im Hinabgehen. *Ich werde jetzt Leder machen …*

Rosa Eckert hörte nicht auf zu weinen. Sie hatte in der Kirche geweint, auf dem Weg zum Grab, sie weinte auch jetzt, während sie eine gelbe Rose in das Grab fallen ließ. Sie weinte und weinte, und Enzig spürte diesen Kloß in seinem Hals, den er irgendwann nicht mehr würde herunterschlucken können.

Neben ihm stand Irene Kerler, aber den Polizeidirektor konnte er nirgends sehen. Samuel Parson war gekommen, seine Frau Maria stand nahe bei ihm, ihre Hände berührten sich, doch keiner griff nach der Hand des anderen. Wahrscheinlich standen die beiden an keinem offenen Grab, ohne an ihren Sohn zu denken. Ein Kind zu verlieren musste das Allerschlimmste überhaupt sein. Sie taten ihm beide leid. Balder war gekommen, ebenso Schilling und Nauber und beinahe die ganze Belegschaft der Polizei. Einige Menschen kannte Enzig nicht.

Noch immer war das Weinen von Rosa Eckert durchdringend und wurde inzwischen lediglich von dem stärker werdenden Regen übertönt. Enzig löste sich von der Trauergemeinde und lief zu seinem Auto. Eine Frau rief seinen Name, und er drehte sich um. Schemenhaft erkannte er eine schlanke Gestalt, die aus dem Schutz eines Baumes heraustrat und auf ihn zukam. Ganz in Grau gekleidet, hob sie sich nur wenig von der Umgebung ab.

»Miriam!«, rief Enzig. »Gott sei Dank. Wo haben Sie nur gesteckt?« Er fasste nach ihrem Arm. »Kommen Sie, lassen Sie uns verschwinden.« Er war unsagbar erleichtert, dass er sie endlich gefunden hatte. Behutsam führte er sie durch den Regen, Miriam folgte ihm ohne ein Wort.

Enzig fuhr los, den Scheibenwischer auf höchster Stufe. Seine Haare klebten am Kopf, Wasser lief ihm den Nacken hinab und ließ ihn frösteln. Neben ihm saß Miriam, die Hände unter die Beine geschoben, die Arme eng an den Körper gedrückt. Auf ihrem Schoß lag ein brauner Umhängebeutel mit weißen Tupfen. Die Regentropfen, die ihr über das Gesicht liefen, schienen sie nicht zu stören.

»Miriam«, sagte Enzig, »ich weiß, dass das jetzt schlimm ist, aber Sie müssen mir unbedingt erzählen, was Sie mit Ihren Bildern vorhaben. Gibt es noch mehr davon?«

Miriam zuckte zusammen, als hätte sie ihn vergessen. »Was? Ich ...«, stammelte sie und schüttelte sich, dann fischte sie ein Taschentuch aus ihrem Beutel. Sie trocknete sich das Gesicht und die Haare so gut es ging.

»Warum malen Sie so etwas?«

Enzig bog in eine Seitenstraße und parkte den Wagen am Straßenrand. Dann wandte er sich Miriam zu, die mit einem weiteren Taschentuch über ihre Haare und ihr Gesicht rieb. Immer und immer wieder, doch die Tränen wollten nicht aufhören. »Sie wissen doch, was es mit den Zeichnungen auf sich hat. Ich meine, Sito hat Ihnen doch davon erzählt, oder?«

Sie schüttelte den Kopf. »Sito hat immer gedacht, ich wüsste etwas über den Mörder. Aber ich weiß doch gar nichts!« Sie weinte.

»Er hat Ihnen nicht gesagt, dass wir drei Tote haben, die genauso gefoltert und hergerichtet wurden wie die Menschen auf Ihren Bildern?«

Miriam saß mit einem Schlag kerzengerade und ließ das Taschentuch fallen. Sie hob die Hand vor ihr Gesicht und biss in ihren Handrücken. Enzig war ebenso erschrocken. »Sie wussten das gar nicht?«

Sie schüttelte den Kopf.

Enzig ließ sich in seinen Sitz fallen. Selbstverständlich hatte Sito ihr nichts gesagt, immerhin war sie verdächtig. Aber genau dadurch war ein fatales Missverständnis entstanden. »Miriam, gibt es nun noch mehr Bilder?«

Sie nickte.

»Wie viele?«

»Vielleicht ein Dutzend«, flüsterte sie.

Enzig war wie elektrisiert. Zwei kleine Kinder rannten am

Auto vorbei, komplett in Regenkleidung gehüllt. Nur noch die Gesichter waren zu sehen und winzige Hände, bestückt mit einem Berg matschigen Herbstlaubs. Mit ihren Gummistiefeln sprangen sie in jede größere Pfütze. Sie lachten und riefen sich etwas zu, das Enzig nicht verstand. Dann verschwanden sie am Ende der Straße hinter einem parkenden Wohnwagen. Beinahe tonlos sagte er: »Wo sind die ganzen Bilder?«

»Zu Hause. Bei meinen Eltern.«

Enzig schloss für einen Moment die Augen. Er wünschte sich, Sito wäre bei ihm. »Warum malen Sie denn solche Bilder?«

»In der Fabrik wird es eine Ausstellung geben. Verschiedene Künstler und Tierrechtsvereinigungen leisten einen Beitrag zum aktuellen Stand der Tierrechtsdebatte. ›Ärzte gegen Tierversuche‹, PETA, der Bund Naturschutz … alle machen sie mit. Es wird Bilder geben, dann Vorträge, Theaterstücke, Musik.«

»Eine Ausstellung«, wiederholte Enzig, »die Fotos.« *Er nimmt daran teil, irgendwie nimmt er daran teil,* dachte er.

»Ich wollte doch nur die Perversion zeigen. Alle finden es normal, dass Tiere gequält werden. Dass ihnen bei lebendigem Leib das Fell abgezogen wird.« Miriams Stimme überschlug sich, sie musste sich kurz sammeln. »Ich habe also ganz normale Dinge gemalt, Dinge, die jeden Tag überall auf der Welt passieren, nur dass bei mir Menschen statt Tiere zu sehen sind. Sie sollen hinsehen und Schmerz empfinden, den Verlust der Integrität des eigenen Körpers. Dann erkennen sie vielleicht die Perversion, die Tieren angetan wird, und begreifen, dass das alles nicht normal sein kann.« Sie schluchzte, und Tränen liefen ihr wieder über die Wangen. »Paul hat nie gesagt, dass die Toten wie auf meinen Bildern gequält wurden.«

»Wissen Sie, wer alles die Bilder gesehen hat?«

Miriam nickte.

»Hat Ihr Vater sie gesehen?«

Miriams Schluchzen brach ab, mit weit aufgerissenen Augen starrte sie Enzig an.

»Ich weiß, das ist jetzt hart«, begann Enzig behutsam. Er startete den Motor und fuhr wieder los. Nach wenigen Metern setzte er zurück in eine Hofeinfahrt und wendete. Beinahe hätte er die

Mülltonne gestreift, die am Straßenrand stand. Er zitterte und versuchte, seine Hände fest um das Lenkrad zu schließen. Alles ergab einen Sinn. Die Ausstellung in der Fabrik, mehr Aufmerksamkeit war nicht möglich, das hatte den Täter inspiriert. Sicherlich würde er Fotos von den Opfern an die Presse schicken. »Wir fahren jetzt zu Ihren Eltern, und Sie holen die Bilder, in Ordnung? Außerdem wäre mir wohler, wenn Sie die nächste Zeit sicher untergebracht sind.« Draußen flogen die Fahnen der Rheinbrücke vorbei.

»Wo denn?«

»Ich werde bei den Parsons anrufen. Die nehmen Sie sicher auf.«

Miriam biss sich auf die Lippen und nickte. Sie hatte sich ein wenig beruhigt, als Enzig vor dem Haus ihrer Eltern parkte.

»Und bitte, Miriam, lassen Sie sich nichts anmerken.«

Miriam stieg aus. Unschlüssig sah sie zum Haus.

»Sie schaffen das schon«, raunte Enzig und verfolgte besorgt ihre steifen Schritte. Er rief bei Parson an, der sofort einwilligte, Miriam aufzunehmen.

Kaum hatte er den Anruf beendet, klingelte sein Handy schon wieder. Rosa Eckert teilte ihm mit, dass am nächsten Vormittag um zehn Uhr ein Treffen einberufen worden war, obgleich Sonntag war. Enzig starrte zum Haus hinüber. Da fuhr ein Taxi vor, und Kerler stieg aus. Ruckartig zog Enzig den Kopf ein und beugte sich zur Seite. Zeitgleich trat Miriam aus der Haustür. Enzig fingerte am Öffner der Fahrertür, dann wurde ihm klar, dass die Situation erst mit seinem Auftauchen verdächtig würde. Wenn Kerler ihn nicht sah, war es ein normales Aufeinandertreffen von Vater und Tochter. Enzig schielte über den Rahmen der Autotür.

Kerler stand da mit hängenden Schultern. Es hatte aufgehört zu regnen, aber aus den Krempen seines Hutes tropfte es noch immer. Er stand seiner Tochter gegenüber, hilflos zuckte er mit den Schultern. Dann umarmte er sie, und es sah aus, als würde er sich auf sie stützen. Sie ließ es geschehen, aber Enzig konnte erkennen, dass es ihr schwerfiel. Die Mappe mit den Bildern hatte sie an sich gedrückt. Kerler hielt sie an den Schultern und redete auf sie ein. Enzig konnte nichts verstehen.

Plötzlich sahen beide nach rechts und schienen etwas zu suchen.

Enzig folgte ihren Blicken, konnte aber nichts erkennen außer den großen Büschen vor dem Haus. Irgendetwas musste sie beide erschreckt haben. Miriam wandte sich zum Gehen, da streckte Kerler die Hand noch einmal nach ihr aus. Er sagte etwas, aber sie schüttelte nur den Kopf. Dann ging sie schnell und stieg zu Enzig ins Auto, den Blick stur geradeaus gerichtet.

»Fahren Sie schon los«, sagte sie.

»Was hat er gewollt? Wo war er?« Im Rückspiegel konnte Enzig erkennen, dass Kerler ihnen nachblickte. Allerdings hatte Kerler Enzig nicht gesehen und wahrscheinlich wusste er auch nicht, was für ein Auto Enzig fuhr. Das war gut. Es wäre unangenehm geworden, wenn Enzig Kerler diese Situation hätte erklären müssen.

»Hören Sie, ich habe meinem Vater gesagt, dass ich für ein paar Tage verreise. Er hat Sie nicht erkannt. Okay?«

Enzig nickte, und Miriam sprach während der ganzen Fahrt kein Wort mehr.

»Er war nicht einmal auf der Beerdigung.« Enzig kickte mit dem Fuß kleine Steine über den Weg, der zu dem alten Bauernhaus der Parsons führte.

Links und rechts vom Weg hatte Maria Solarleuchten verteilt, dazwischen Blumenkübel, die mit bunten Blüten dem drohenden Herbst trotzten. Der ganze Garten und das Haus zeugten von ihrem Willen, das Leben sichtbar werden zu lassen. Enzig sah sie durch das Küchenfenster mit Miriam stehen, und er war sich sicher, dass Maria gerade vorschlug, gemeinsam etwas zu backen.

»Das muss nichts heißen«, erwiderte Parson und zeigte auf die Himbeerstöcke. »Schauen Sie mal, Maria hat immer die besten Himbeeren. Möchten Sie welche?«

»Was? Ach so, nein danke.«

»Nehmen Sie, Dr. Enzig. Ich weiß, im Moment sind alle kurz vorm Durchdrehen, aber ...«

»Ihr Kollege hat Sie angerufen?«

»Na ja, Hind war ein wenig verstört. Er faselte etwas von direkter Bedrohung und dass er richtig Angst hatte. Ich konnte ihn gerade noch davon abhalten, sich über Busch zu beschweren.«

»Du meine Güte. Busch ist in der Tat etwas durchgedreht.«

»Ich verstehe das, ehrlich. Deshalb nehmen Sie schon von den Himbeeren, und dann sagen Sie meiner Frau, wie gut sie schmecken. Nehmen Sie es als Ritual.«

»Ich bin mir nicht sicher, ob ich Sie richtig verstehe, aber … also gut.« Enzig pflückte sich ein paar Himbeeren und steckte sie in den Mund. Er drückte sie an den Gaumen, und der Saft breitete sich süß in seinem Mund aus. Er konnte sich nur an ein einziges Mal erinnern, solch gute Beeren im Mund gehabt zu haben. Da war er noch ein Kind und hatte sich davor an den Brennnesseln verbrannt, die die Himbeerstöcke im Wald umwuchert hatten. Seine Mutter hatte ihm dann welche geangelt, scheinbar immun gegen die gezackten Blätter der Brennnessel. »Hm, die sind wunderbar.« Er pflückte sich noch ein paar.

Parson grinste ihn an, und Enzig verstand augenblicklich. Innehalten, ja, das war gerade richtig gewesen. »Dr. Parson, wäre es möglich, dass Sie mir die Schlüssel zu Sitos Haus geben? Ich würde gerne nach der Post sehen. Vielleicht weiß der Täter noch nicht, dass Sito tot ist.«

»Ja, das können wir schon machen. Aber vielleicht sollte ich mitkommen?«

»Nein, nicht nötig. Kümmern Sie sich um Miriam. Ich sehe nur nach der Post und schaue mich auf Sitos Schreibtisch nach Hinweisen um. Vielleicht hat er sich Notizen gemacht. Und bevor ich es vergesse: Am Sonntagvormittag um zehn Uhr ist ein Treffen im Präsidium angesetzt. Ich wäre froh, wenn Sie kämen, trotz Urlaub.«

Das Geschenk

Ein unangenehmer Geruch schlug Enzig entgegen. Mit gerümpfter Nase schritt er langsam durch Sitos Haus. Auf dem Esstisch stand eine geöffnete Flasche Wein, daneben eine Flasche Whisky. In der Küche fand er mehrere leere Weinflaschen. Der Geruch wurde beißender. In einer Schüssel entdeckte er vergammelte Kartoffeln. Enzig öffnete schnell das Fenster und schüttete die Kartoffeln in den Müll. Es kostete ihn Überwindung, dennoch nahm er die Mülltüte und entsorgte sie in der Tonne vor dem Haus.

Nachdem er sich die Hände gewaschen hatte, setzte er sich an den Tisch und goss sich einen Whisky ein. Er konnte sich nicht erinnern, die Flasche bei seinem letzten Besuch gesehen zu haben. Was hatte Parson hier noch gemacht? Aber das ging ihn nichts an. Jeder durfte auf seine Art trauern. Vielleicht war Parson deswegen verunsichert gewesen, als Enzig den Schlüssel zu Sitos Haus haben wollte.

Behutsam öffnete Enzig die Skizzenmappe, die Miriam ihm überlassen hatte. Er betrachtete die Bilder nun mit anderen Augen. Miriam hatte recht. Die Bilder waren grausam und doch merkwürdig moralisch. Sie hatte eine Frau gezeichnet, der durch ein Rohr im Hals Essen eingeführt wurde, hinzu kamen Bilder von einem Mann in einem Kochtopf, zusammengepferchte Menschen in einem Käfig, die Häutung eines Menschen bei vollem Bewusstsein und einige Motive mehr.

Enzig erkannte zwölf Grundthemen und dazu vierunddreißig Skizzen. Er fühlte sich an die Gemälde von großen Schlachten erinnert, die er bei Besuchen in Museen mit seiner Frau Susanne hatte betrachten müssen. Er hatte ihr Interesse nie geteilt, nie verstanden, weshalb man sich für diese Art von Kunst interessieren konnte. Ihm selbst fiel es schwer, einen Mann mit einer Lanze im Auge überhaupt nur anzusehen. Für die Uffizien in Florenz waren sie zwei Stunden in der prallen Sonne gestanden, um überhaupt hineinzukommen. Sie hatten damals ihre kleine Tochter in der Bauchtrage dabeigehabt. Beim Warten hatte Carolin brav geschlafen, doch kaum hatten sie das Museum betreten, da hatte sie gebrüllt. Enzig, der genervt vom langen Warten gewesen war, hatte Carolin gut verstehen können.

Jetzt hatte er Susanne und seine beiden Kinder schon fast ein Jahr nicht mehr gesehen. Irgendwie fand er nicht die richtige Zeit, wusste nicht, wie er ihnen begegnen sollte. Die Kleinere kannte ihn gar nicht, und die Größere würde ihn ebenfalls bald vergessen haben.

Enzig trank inzwischen das zweite Glas und fühlte die Wärme, die der Whisky in seinem Körper verströmte. Als er nach der Weinflasche griff, flogen zwei Fliegen vom Rand des Flaschenhalses auf, und er nahm angewidert Abstand. Doch ohne Wein wollte er nicht an Sitos Tisch sitzen. Zielstrebig lief er in die Küche. Hinter der Tür hatte er bei seinem ersten Rundgang ein Weinregal entdeckt. Jetzt stand er davor und bestaunte Sitos hervorragende Auswahl. Mit einer Flasche Grignolino d'Asti und dem Korkenzieher bewaffnet ging er zurück an den Esstisch.

Ihm schwindelte leicht. *Oh, Sito, wenn Sie jetzt doch hier wären.* Enzig prostete ergriffen ins Leere. Erneut sah er sich Miriams Skizzen an und versuchte, den Vermissten die jeweilige Strafe zuzuordnen. Der Kochtopf passte zu Dontello, der immer inbrünstig verkündete, ein Hummer schmecke besser, wenn er lebend in das kochende Wasser geworfen wurde. Busch hatte Enzig den entsprechenden Zeitungsartikel zukommen lassen.

Philip Ganter, der zweite Vermisste, besaß das größte Pelzwarengeschäft vor Ort. Als es im vergangenen Jahr wegen den lebend gehäuteten Chinchillas sowie Hunde- und Katzenfellen aus China zum Skandal gekommen war, hatte Ganter sich in der Presse mehrfach absolut unbeeindruckt geäußert. Ganter wäre also ein Kandidat für das Häuten. Enzig hielt die Skizze in der Hand. Ein Mann war zwischen zwei Pfähle gespannt. Ein Schnitt am Hinterkopf, dann das Ziehen an der Haut, der zur Seite gedrehte Kopf, der aus dem Bild fallende, zum Schrei geformte Mund …

Enzig ordnete die Bilder zu den potenziellen Opfern. Marianne Breindle, die sich für Stopfleber einsetzte; Sabine, die Tierversuche verteidigte; der Mann, der junge Schlachter ausbildete. Enzig lehnte sich mit dem Glas in der Hand zurück. Der Wein war wunderbar leicht und dabei würzig. Er trank in großen Schlucken.

Wissen Sie, Sito ... Wir hätten Freunde werden können, Sie und ich, ach was, wir sind Freunde, im Geist verbunden, du und ich. Ich habe dich sehr bewundert, phantasierte Enzig vor sich hin. *So sehr. Sogar mein Vater würde dich schätzen. Dir würde er seinen Respekt nicht nur in den Rücken raunen ... Du bist eine Persönlichkeit ... verzeih, du warst ...* Enzig wollte sich nachschenken und stieß dabei so ungeschickt an die Flasche, dass sie umfiel und sich der Inhalt über den Boden ergoss. Schnell griff er nach der Flasche und rettete einen Rest des Weines. Dann wankte er in die Küche und holte einen Putzlumpen.

Ach, Sito, dein Vater und meine Mutter ... das verbindet doch. Endlich Freunde. Wir haben beide Selbstmörder in der Familie, das muss doch etwas bedeuten.

Mit einer Skizze von Miriam in der einen und dem Weinglas in der anderen Hand schritt er durch das Wohnzimmer.

Oh, mir tut der Magen weh, Sito, geh jetzt, bitte geh ...

Enzig musste sich kurz an das Treppengeländer lehnen. Seine Knie waren weich. Lange nicht mehr war er derart betrunken gewesen, aber es war so entspannend, dass er es nicht bereute. Plötzlich hatte er das merkwürdige Gefühl, als wäre er nicht allein. *Muss am Alkohol liegen.* Er wandte sich um, sah zur Treppe nach oben – und erstarrte.

Auf dem Treppenabsatz war eine Gestalt. Sie stand regungslos da und blickte auf ihn herab. Enzig fuhr es eiskalt in seine Glieder. Es schüttelte ihn. Er wollte schreien, aber kein Wort kam ihm über die Lippen. Panisch umklammerte er das Geländer. Da durchbrach das Türklingeln den Bann, der Enzig ergriffen hatte. Mit einem Ruck wandte er sich von der Treppe ab und stolperte durch den Flur. Hastig riss er die Haustür auf.

»Samuel! Mein Gott, schnell, ich bin so froh, dass Sie da sind. Jemand ist im Haus ... bitte, kommen Sie schnell!«

Parson stand da und musterte Enzig.

»Es ist nicht so, wie es aussieht. Ich hab zu viel getrunken, aber jetzt bin ich nüchtern. Da ist jemand – vielleicht der Mörder!«

»Jetzt beruhigen Sie sich.« Parson fasste ihn am Arm und drängte ihn wieder ins Haus. Enzig ließ es geschehen und lief mit hängenden Schultern vor Parson her.

»Dort oben auf der Treppe, da hat jemand gestanden und mich beobachtet.« Enzig kam sich albern vor.

Parson stieg ohne Zögern die Treppe nach oben.

»Parson«, flüsterte Enzig, obwohl er wusste wie sinnlos es war, zu flüstern. Gerade als er erwog, Parson zu folgen und Rückendeckung zu geben, verschwand der in einem Raum. Enzig wagte kaum zu atmen. Dann kam Parson mit schnellen Schritten wieder nach unten.

»Alles okay, keiner da«, rief er Enzig entgegen. Erst jetzt bemerkte Enzig, dass Parson etwas in der Hand hielt.

»Was … wo haben Sie das her?« Enzig deutete auf das Päckchen.

»Wenn die Post bei Sito nicht in den Briefkasten passt, hat der Postbote sie ins Gartenhäuschen gelegt. Ich war schon im Bett, als mir eingefallen ist, dass Sie das nicht wissen konnten.«

»Sie glauben ja gar nicht, wie froh ich bin, dass Sie da sind.«

»Das merke ich. Lassen Sie uns nachsehen, was in dem Päckchen ist. Wer weiß, wie lange es schon im Gartenhäuschen liegt.«

Enzig sah vorsichtig die Treppe hinauf. Er konnte kaum glauben, dass er sich die Gestalt nur eingebildet haben sollte. Der Schock saß ihm immer noch in den Gliedern.

Schließlich riss er sich los und ging an Parson vorbei ins Esszimmer. »Möchten Sie auch einen Wein?« Ohne eine Reaktion abzuwarten, lief Enzig weiter in die Küche. Er suchte ein Glas und holte aus dem Weinregal noch eine weitere Flasche. Als er zurückkam, bemerkte er Parsons musternden Blick. »Der Grigno… Gri-gnolino – das muss seltsam für Sie aussehen, ich weiß. Ich hab aber nicht alles getrunken, ein Teil ist – egal, machen Sie das Paket auf.« Enzig zog Einweghandschuhe aus seiner Jackentasche und reichte sie Parson.

Vorsichtig entfernte Parson das Packpapier. Zum Vorschein kam ein Kästchen. Es war mit einer zum Zopf geflochtenen Schnur umwickelt, die seidig glänzte. Enzig strich mehrmals mit den Fingern darüber, wie hypnotisiert. Dann zog er die Hand rasch zurück und ballte die Faust. »Das sind«, Enzig sah auf, »ich glaube, das sind Sabines Haare.« Er konnte seinen Blick nicht von dem Zopf lösen.

Sabines Haare. Er hatte so intuitiv danach gegriffen und sich schlagartig erinnert, weshalb er sich überhaupt auf diese Frau eingelassen hatte. Ihre langen blonden Haare hatten ihn begeistert, vom ersten Moment an. Und jetzt lagen sie vor ihm, als Band um ein Paket. Er biss sich in die Fingerknöchel. »Machen Sie schon auf!«

Enzig war, als drückte ihm jemand die Kehle zu. Er rechnete fest damit, etwas von Sabine in diesem Paket zu finden. Er wusste nicht, was es sein könnte, doch dann erinnerte er sich daran, warum er je gedacht hatte, dass er die Frau lieben könnte. Sie hatte vor ihm gestanden im Aufzug, und es war so eng gewesen, dass Enzig ganz nah hinter sie hatte treten müssen. Ihre Körper hatten sich berührt, und er hatte seinen Kopf nach vorne gebeugt und den Duft ihrer Haare eingeatmet. Nichts war von Sabine übrig, nur diese Haarsträhne.

Parson zögerte, er schien nicht zu wissen, wie er den Zopf lösen sollte.

Enzig griff danach und schob den Zopf mit einer schnellen Bewegung von dem Kästchen. »Bitte, machen Sie es auf.«

Vorsichtig hob Parson den Deckel. »Das ist …«

»Was ist, Dr. Parson, was ist in dem Paket?«

Parson drehte das Kästchen so, dass Enzig den Inhalt sehen konnte. »Ich verstehe das nicht.« Er schüttelte den Kopf und zog eine Kette heraus – ein Lederband, an dem eine zierliche, glänzend bronzefarbene Sonne baumelte.

»Zeigen Sie mal her.« Enzig konnte nicht glauben, dass dieses Geschenk harmlos sein sollte. Er nahm die Kette und ließ sie vor sich hin- und herpendeln.

»Da ist noch etwas.« Parson zog einen Zettel heraus. Darauf stand: »Alles soll gut werden«.

Enzig und Parson sahen erst einander, dann die kleine Sonne an. Ratlos blieb Enzigs Blick an Sabines Zopf hängen.

Fährten und Intrigen

Der Konferenzraum war unerwartet kühl. Er lag auf der Nordseite des Gebäudes und gab an diesem Sonntagmorgen schon einen Vorgeschmack auf den Winter. Enzig bedauerte, seine warme Jacke im Schrank gelassen zu haben. Er hatte am Morgen in seiner Pension eine weitere Umzugskiste geöffnet und die warmen Sachen in den Schrank neben dem Eingang geräumt, der wahrscheinlich als Garderobe gedacht war. Den Kleiderschrank hatte Enzig als Büro umfunktioniert. Er fühlte sich wohl in diesem Zimmer, ihm gefiel gerade der provisorische Charakter, der ein Streben nach dem Perfekten, nach Absolutheit gar, von vorneherein ausschloss.

Während er aussortiert hatte, was wirklich notwendig war angesichts der beengten Räumlichkeit, hatte er Albinonis »Adagio in G-Moll« gehört. Noch immer hallte die Musik in ihm nach und füllte die angespannte Stille, die ihn hier im Präsidium umgab.

Neben ihm saßen Busch und Parson, ihnen gegenüber hatten Nauber und Schilling Platz genommen, was der Gesamtsituation durchaus entsprach. Sie sahen aus, als hätten sie ihre Kleiderwahl für diesen Tag abgestimmt – alles in dezentem Blau und Grau. Enzig wusste, dass eine Annäherung zwischen Paaren unvermeidlich war. Vielleicht galt das auch für Partner, die beruflich eng miteinander zu tun hatten. Eine gewisse Lächerlichkeit ließ sich dennoch nicht von der Hand weisen.

Nauber eröffnete die Sitzung. »Also, meine Herren, um es kurz zu machen: Waldsassen war ein Fehlschlag. Bei näherer Betrachtung lassen sich da keine Parallelen herstellen. Wir hatten ernsthaft gehofft, etwas für unseren Fall herauszufinden. Der Täter dort hatte ebenfalls sein Opfer …« Er räusperte sich. »Aber das spielt jetzt keine Rolle. Wir haben uns geirrt. Wir stehen also mit leeren Händen vor Ihnen.«

»Wie sieht es denn bei Ihnen aus?« Schilling sah erwartungsvoll Busch an.

»Sie haben ja meinen Bericht gelesen«, erklärte dieser und wippte mit seinen Beinen.

Busch war noch immer nicht heruntergekommen. Diese Gereiztheit konnte zum Problem werden. Enzig wusste nicht, wie lange Busch noch durchhalten würde.

»Sonst gibt es nichts Neues?« Nauber lächelte souverän.

»Hören Sie«, Busch atmete hörbar aus, »Sie wollten dieses Treffen. Also, wenn Sie uns etwas mitzuteilen haben, dann tun Sie das bitte. Ich und wahrscheinlich wir alle hier sind seit zwei Wochen pausenlos im Einsatz und wirklich erschöpft. Sie haben meinen Bericht, ich kann Ihnen nicht mehr sagen. Also bitte.« Er verschränkte die Arme und starrte vor sich auf den Tisch.

»Äh, nun ja«, Schilling kratzte sich mit dem Zeigefinger an der Schläfe und sah in die Runde, »ich dachte, wir würden uns besprechen, wie wir weiter vorgehen.«

»Und Sie?« Naubers stechender Blick traf Enzig. »Haben Sie vielleicht die eine oder andere Neuigkeit für uns? Wir können wenig tun, wenn Sie uns nicht in Ihre Gedanken einweihen.«

»Ich? Äh, nein, eigentlich nicht. Sollte ich?« Enzig hatte mit Parson vereinbart, Maders Bericht bezüglich des Jagdvorfalls vom Wochenende für sich zu behalten.

»Na gut, dann —«

Die Tür wurde aufgestoßen, und alle Blicke wandten sich zum Eingang. Kerler betrat den Raum, gefolgt von Staatsanwalt Balder.

Parson räusperte sich und beugte sich zu Enzig. »Wussten Sie, dass Kerler auch kommt?«

»Natürlich nicht«, raunte Enzig. »Ich dachte, er sei krank.«

»Meine Herren, Herrn Balder kennen Sie ja bereits. Was haben wir Neues?« Kerler hatte zwar ein neues Hemd und ein gebügeltes Jackett an, doch sein Blick verriet, dass er eine weitere schlaflose Nacht hinter sich hatte. Seine Hände zitterten, als er den Stuhl zurückzog, um sich zu setzen. Ein Hustenanfall überkam ihn, doch er hatte sich schnell wieder im Griff und fingerte aus seiner Hosentasche ein Bonbon heraus. »Nun, dann lassen Sie uns also keine Zeit verlieren. Das wäre sicher im Sinne … Also? Was war in Waldsassen?«

»Nun, wie ich bereits erläuterte, haben sich die Hinweise als nicht ergiebig herausgestellt. Wir müssen uns auf die hiesigen Erkenntnisse konzentrieren. Der Mörder in Waldsassen ist geisteskrank und definitiv nicht in der Lage, weitere Morde zu begehen«, erklärte Nauber gestelzt.

»Hatten Sie ernsthaft angenommen, dass der Mord in Waldsassen etwas mit unserer Serie hier zu tun hat?« Kerler wurde laut, er sprach energischer, als Enzig ihm zugetraut hätte. »Ich muss mich doch sehr wundern. Haben Sie unsere Akten nicht gelesen? Das Profil von Dr. Enzig? Was soll der Täter in Waldsassen? Er ist auf diesen Ort hier fixiert, auf die Fabrik, auf … Was sehen Sie mich so an, Dr. Enzig?«

»Nichts, ich stimme Ihnen vollkommen zu.«

»Wir müssen uns nach dem Computer –«, begann Schilling.

»Ach, hören Sie mir auf mit dem Computer. Sito hatte völlig recht, das hilft uns nicht weiter. Wir brauchen gesunden Menschenverstand. Ein Computer denkt nicht, der vergleicht nur Zahlen, aber das reicht eben nicht immer, weil die Täter ja auch Menschen sind und nicht nach Zahlen handeln. Denken ist mal wieder angesagt, meine Herren.«

Enzig beobachtete Kerler genau. Sein Verhalten war eine Kehrtwende von hundertachtzig Grad. Derselbe Mann hatte vor zwei Wochen Sito eine Predigt darüber gehalten, wie wichtig die Aufnahme in das Computersystem war, wie sehr er darauf hinarbeiten wolle. Was war passiert? Der Täter war auch ein Mensch? Was ging nur in Kerler vor? Die neue Kleidung konnte nicht darüber hinwegtäuschen, dass er erschöpft war und unkonzentriert wirkte. Er hatte einen unsteten Blick und gerötete Augen.

»Sie dürfen nicht unser Computersystem verteufeln, nur weil wir in Waldsassen keinen Erfolg hatten«, sagte Nauber. »Wir haben schon einige Fälle mit Hilfe der eingespeisten Daten gelöst.«

»Außerdem lernt man viel dabei«, erklärte Schilling, der neben Kerler saß. »Herr Kerler? Ist alles in Ordnung?« Schilling sah betreten zur Seite und zog die Brauen hoch, da Kerler anfing, sich mit beiden Händen heftig auf der Stirn zu kratzen.

»Was?« Aufgeschreckt sah Kerler um sich. »Ach so, ja, schade, dass Wald…dings nichts gebracht hat. Was gibt es hier?« Er fixierte Enzig, als wäre er der einzige Ansprechpartner für ihn im Raum.

Enzig wich Kerlers Blick aus. Er musste erst überlegen, was dessen unerwartete Anwesenheit nun bedeutete.

»Also?« Kerler sah in die Runde, doch keiner sagte etwas. Er sackte in sich zusammen und fuhr sich unkontrolliert durch sein Haar.

»Was ist denn hier eigentlich los? Jetzt habe ich aber genug«, rief Balder aus. »Kerler, Mann, reißen Sie sich zusammen. Sitos Tod hat uns alle getroffen, aber da draußen läuft ein Mörder frei rum.«

Kerler richtete sich etwas auf. *Nein, das Treffen lief nicht gut*, dachte Enzig.

»Wir haben endlich was zu den Opfern«, sagte Busch.

»Gut! Dann schießen Sie mal los«, forderte Balder und warf Kerler noch einmal einen warnenden Blick zu.

»Also, eines der Opfer war Schlachter, eines hat in einem Tierversuchslabor gearbeitet, dann haben wir noch einen Koch, einen passionierten Jäger und eine Frau – das bislang letzte Opfer –, die einer Organisation vorstand, die sich darum bemühte, Gänsestopfleber wieder zur Produktion freizugeben.«

»Bitte was?« Balder und Nauber sprachen gleichzeitig.

»Gänsestopfleber«, wiederholte Busch und wollte gerade zu einer Erklärung ansetzen, als Balder ihn unterbrach.

»Ich denke, jeder hier weiß, was das ist. Aber ich verstehe nicht – geht es hier um Essen?«

»Irgendwie schon. Es geht darum, wie unser Essen entsteht.«

»Ach du Schande«, murmelte Balder. »Und Sie, Dr. Enzig, Sie sind ja heute so schweigsam. Haben Sie denn neue Erkenntnisse zu dem Täter?«

»Der Täter bestraft seine Opfer. Und er steht uns nahe.«

»Nahe? Wie darf ich das verstehen?«, fragte Balder.

»Es gibt einen Kontakt zwischen ihm und einer Umwelt–«

»Seien Sie ruhig«, fuhr Kerler dazwischen. »Sie haben kein Recht ...« Er besann sich offenbar. »Wollen Sie etwa andeuten, dass jemand von der Polizei der Täter ist?«

»Nun, Dr. Enzig, das interessiert mich ebenfalls brennend«, insistierte Nauber.

Enzig sah zu Kerler, der ihm einen flehenden Blick zuwarf, dann zu Nauber, der stocksteif am Tisch saß. Es war offensichtlich, dass allen Beteiligten eine Kooperation schwerfiel, allein die Gründe hierfür waren unterschiedlich. Gewiss, sie alle wollten den Täter fassen, aber es kam Enzig so vor, als würde keiner dem anderen so richtig vertrauen. Enzig dachte an das Versprechen, das er Sito wegen Miriam gegeben hatte.

»Bei allem Respekt, Herr Nauber, Ihr brennendes Interesse lässt mich kalt. Ich werde mich hier nicht zu irgendwelchen Spekulationen hinreißen lassen. Und Herr Kerler, aus Rücksichtnahme auf Ihre enge Bindung zu Sito sage ich Ihnen das jetzt so höflich wie möglich: Verbieten Sie mir nie mehr das Wort!«

Im Raum herrschte für einen Moment lang betretene Stille, dann sprang Balder auf. »Zum Donnerwetter noch mal, was ist das hier für ein Kindergarten? Das ist doch zum Kotzen, dass ich für so etwas meinen Sonntag opfere.« Er griff nach seinem Mantel und stürmte aus dem Zimmer.

Parson verabschiedete sich unbeholfen und folgte Balder.

»Hier hält doch jeder mit etwas hinter dem Berg«, stellte Nauber fest.

»Ja, ja, das ist schon amüsant – großes Theater«, bestätigte sein Alter Ego Schilling und lehnte sich zurück.

Enzig ließ die Schultern sinken und nahm seine Brille ab. Das war jetzt völlig anders verlaufen als gedacht. Er rief sich Buschs Verhalten noch einmal in Erinnerung. Grundsätzlich hielt er ihn für einen vertrauenswürdigen Mann, aber inzwischen glaubte Enzig, dass sich Busch hauptsächlich um seine berufliche Zukunft Sorgen machte. Auch die Reaktion von Balder war ausgesprochen heftig ausgefallen und legte die Vermutung nahe, dass Balder unter Erfolgsdruck stand. Das war neben Buschs Ehrgeiz ebenfalls keine gute Voraussetzung für eine vorsichtige Ermittlung. Und was war mit Kerler los? Er nahm Einfluss auf die Ermittlungen – nur zum Schutz seiner Tochter? Und er hatte gelogen. Dann war da noch Maders Bericht über den Jagdausflug.

Enzig versuchte seine Schultern wieder hängen zu lassen, die er unbewusst hochgezogen hatte. Zumindest für die Ermordung Bilks galt Kerler als verdächtig.

»Herr Dr. Enzig, möchten Sie nicht noch einen kleinen Beitrag zu dieser überaus gelungenen Aufführung leisten?«, erkundigte sich Nauber. Enzig hatte die beiden völlig vergessen, doch sie saßen ihm immer noch gegenüber.

»Halten Sie den Mund, halten Sie einfach mal den Mund, Nauber«, rief Enzig und rannte aus dem Zimmer.

»Halt!« Kerler lief Enzig hinterher. Auf dem Gang hatte er ihn eingeholt und hielt ihn am Arm fest.

»Lassen Sie los, Herr Kerler. Was ist denn noch?«

»Hören Sie, wenn ich mich im Ton vergriffen habe, dann tut mir das leid. Ich hatte im Krankenhaus ein Gespräch mit Parson und – ich weiß auch nicht, es ging um Miriam. Irgendwie sah es so aus, als sei ich verdächtig. Sie müssen verstehen, meine Nerven liegen blank. Ich dachte, Sie sagen das von Miriam.« Kerler hielt Enzig immer noch am Arm fest.

»Lassen Sie endlich los. Ich habe Sie schon verstanden. Aber das wirft wahrlich kein gutes Licht auf Sie!«

Kerler ließ die Hand fallen. Hilflos sah er Enzig an und zuckte mit den Schultern, dann ging er davon. Enzig wollte ebenfalls zu seinem Büro, als er noch einen Blick in den Konferenzraum warf. Busch war zurückgeblieben und saß immer noch an seinem Platz. Unbeweglich, als habe er sich noch nicht entschließen können, aufzustehen. Womöglich war er tatsächlich sehr erschöpft. Aber irgendwie wurde Enzig den Eindruck nicht los, dass etwas anderes ihn außerdem beschäftigte. Im Grunde, das wurde ihm gerade schlagartig bewusst, hatte jeder von Beginn an seine Geheimnisse und persönlichen Interessen gehabt. Sito mit Miriam, er selbst mit Hohenfels, Busch vielleicht mit beruflichen Zielen … Und der Mörder hatte sich womöglich genau diese Uneinigkeit zunutze gemacht, unbewusst natürlich, ansonsten hätte er ja aus dem engsten Kreis … Enzig überdachte, was ihm da gerade in den Sinn gekommen war. Hatte der Mörder sie tatsächlich vorgeführt? Hatte er zufällig genau von ihren Schwächen profitiert?

Enzig verließ das Präsidium und lief zu seiner Pension. Der Wind war kälter geworden, und so öffnete er eine seiner noch verpackten Umzugskisten und suchte nach Schal und Mütze. Dick eingemummt verließ er wenig später erneut seine Pension und lief am Rhein entlang.

Morgen musste er seinem Vater mitteilen, ob er bereit dazu war, die Kontaktperson in seiner Patientenverfügung zu sein. Außerdem wollte sein Vater ihn zum stillen Teilhaber seiner Klinik machen, damit er sie einmal problemlos übernehmen könnte im »Falle eines Falles«, wie er sich ausgedrückt und verlegen dabei gelächelt hatte. Dies war eine völlig neue Seite an seinem Vater. Hatte er Angst? Auf jeden Fall war es seinem Vater ernst, das hatte Enzig begriffen, allein er wusste nicht, wie er ihm nun absagen sollte. Er schämte sich, dass er seinen Vater nicht wieder angerufen hatte nach dessen Überraschungsbesuch. Die Barriere zwischen ihnen war geblieben, obwohl sein Vater einen Schritt auf ihn zugemacht hatte.

Gerade kamen zwei Jogger an Enzig vorbei und vertrieben kurz vor ihm zwei Enten, die aufflatterten und sich auf einem der Boote niederließen, die am Ufer lagen. Enzig war jetzt auf Höhe der FH. Auf der gegenüberliegenden Seite konnte er das Rheinbad erkennen, das freilich menschenleer war. Vor ihm lag die Rheinbrücke mit den wehenden Fahnen. Ein Krankenwagen raste gerade darüber hinweg in Richtung Innenstadt, hielt jedoch auf der Brücke. Sofort bildete sich ein Stau, und Enzig vermutete, dass jemand von der Brücke gesprungen war. Das war schon zu seinen Studentenzeiten eine beliebte Mutprobe gewesen.

Ein Verdacht und mehrere Irrtümer

Mit einer Tüte vom Bäcker betrat Mader das Präsidium und bestellte im Vorbeigehen bei Rosa einen starken Kaffee. Auf dem Gang kam ihm Enzig entgegen.

»Mader, gut, dass ich Sie gerade sehe. Ihr Bericht über den Jagdausflug hat mich ganz schön geschockt.«

»Ja, kann mir schon denken, was Sie meinen. Mich hat das Ganze vor Ort auch geschockt, das können Sie mir glauben.«

»Können wir uns in meinem Büro unterhalten?«

»Kommen Sie doch zu mir, Dr. Enzig. Dann sind wir schon angekommen.« Mader hielt die Tür hinter sich auf und ließ Enzig gefolgt von Rosa in sein Zimmer, das er sich bis vor Kurzem noch mit einem Kollegen geteilt hatte. Inzwischen war er allein und hatte sich wie Sito den Schreibtisch zum Fenster hin ausgerichtet.

»Dr. Enzig, möchten Sie auch einen Kaffee? Ich habe für Herrn Mader gleich eine Kanne gekocht.«

»Vielen Dank, Rosa. Eine zweite Tasse habe ich schon hier.« Mader sah Rosa hinterher, dann setzte er sich an seinen Schreibtisch. »Nun, Dr. Enzig? Was möchten Sie gern besprechen?« Er reichte Enzig eine Tasse Kaffee.

»Wissen Sie eigentlich, was mit Oberstaatsanwalt Bilk passiert ist?«, fragte Enzig.

»Nicht so richtig.« Mader nahm einen großen Schluck und verbrannte sich beinahe den Mund. Enzig und Sito hätten sich gut verstanden, jetzt da Enzig offensichtlich an Selbstvertrauen gewonnen hatte. Insgesamt hatte Mader den Eindruck, dass sie einander ähnlicher wurden: Sito, Enzig und auch er selbst. Der Fall wirkte sensibilisierend. Er hatte von Buschs Aussetzer bei Hind gehört und fühlte sich bestätigt, dass auch Buschs Zeit bald gekommen war. Jeder musste sich irgendwann freischwimmen, jeder. »Was ist denn genau passiert? Ich weiß, dass Bilk gejagt und getötet wurde.«

»Er wurde genauso ermordet wie das Reh in Ihrem Bericht.«

»Das ist ja … Was wollen Sie damit sagen, Dr. Enzig?«

»Gar nichts, Mader. Ich fand nur, dass Sie das wissen sollten.«

Mader stand auf und schenkte sich Kaffee nach, dann setzte er sich vor Enzig auf die Schreibtischkante. »Aber Sie sagen das so komisch. Habe ich mich jetzt mit meinem Bericht etwa verdächtig gemacht?«

»Aber nein, wie kommen Sie darauf? Tut mir leid, den Eindruck wollte ich wirklich nicht erwecken. Es ist nur …«

»Was denn?«

»Nun, Sito hat Sie ins Vertrauen gezogen, und ich überlege nun die ganze Zeit, ob ich das auch tun sollte.«

»Was kann ich denn für Sie tun?«

»Es hat sich gezeigt, dass der Täter nach Vorbildern handelt.«

»Wie meinen Sie das? Was für Vorbilder?«

»Was ich sagen will«, Enzig nahm einen Schluck Kaffee und überdachte kurz seinen Plan, »im Falle des ermordeten Oberstaatsanwalts brauchen wir jemanden, der diskret ist, weil wir gegen den Polizeidirektor ermitteln. So, jetzt ist es raus.«

»Aha. Und was hat das mit Vorbildern zu tun? Ach, Sie meinen das Erlegen des Rehs?« Mader setzte sich wieder auf seinen Platz und lehnte sich zurück. Sito, er und Enzig wären wirklich ein gutes Gespann geworden. Doch im Augenblick wirkte Enzig eher verwirrt.

»Äh, ja, ganz genau. Ich möchte, dass Sie sich um Kerler kümmern. Sie haben nach dem Ausflug doch bestimmt einen persönlicheren Draht zu ihm, nicht wahr?«

»Na ja, das wäre jetzt übertrieben. Also, was genau soll ich tun? Noch Kaffee?«

»Ja, gern. Finden Sie heraus, wie Kerler am Sonntag nach Hause gefahren ist, wann genau er sich wo aufgehalten hat und wie sein Verhältnis zu Bilk war. Sind Sie eigentlich am Abend noch mit ihm zusammen gewesen?«

»Nein. Ich bin mit dem Zug zurückgefahren. Die Stimmung war schlecht. Und ich hatte die Szene, ehrlich gesagt, auch noch nicht verdaut.«

»Das kann ich gut verstehen.«

»Ach, Dr. Enzig, haben Sie nicht auch den Eindruck, dass dieser Fall uns alle verändert?«

»Doch, Mader, den Eindruck habe ich auch. Ich muss gehen. Halten Sie mich auf dem Laufenden? Ich bin außer Haus.«

»Selbstverständlich.«

Enzig stand auf, nahm noch einen Schluck aus seiner Kaffeetasse und stellte die Tassen auf das Tablett zurück. Dann ging er hinaus und schloss leise die Tür hinter sich.

Mader trat ans Fenster und sah nach draußen. Der Nebel lichtete sich heute früher als sonst. Es klopfte, und Rosa kam wieder herein.

»Ist Dr. Enzig schon weg?«

»Er ist gerade gegangen. Kann ich Ihnen helfen?«

»Es ist wieder so ein brauner Umschlag für ihn gekommen. Er hat mich gebeten, diese Art von Post immer sofort an ihn weiterzuleiten.«

»Sie können mir den Brief geben. Ich sehe Enzig später noch.«

Rosa zögerte.

»Was ist, Rosa? Ich kann Ihnen den Brief gern abnehmen.«

»Na gut, Herr Mader. Sie übergeben ihm den Brief so bald wie möglich?«

»Aber sicher, Rosa, Sie können sich auf mich verlassen.«

Enzig saß in Buschs Zimmer und wartete, bis dieser von der Toilette zurückkam. Das Gespräch mit Mader hatte ihn verwirrt. Mader hatte ihn mit seiner Verknüpfung von der Ermordung Bilks und der Tötung des Rehs überrumpelt und damit von den Bildern und Miriam abgelenkt. Doch etwas störte Enzig. Da war irgendein schräges Bild in seinem Kopf, das er sich nicht erklären konnte. Busch kam zurück und löffelte einen Joghurt.

»Haben Sie Kerler heute schon gesehen?«, fragte Enzig.

»Nein. Ich war sogar bei ihm zu Hause, aber er ist seit zwei Tagen nicht mehr dort gewesen. Seine Frau war verwirrt. Sie hat gesehen, dass Miriam in ihr Auto gestiegen ist, heimlich. Und sie fragt sich, ob jemand wohl eine Intrige gegen ihren Mann plant.«

»Es gibt keine Intrige. Das ist Blödsinn. Ich hoffe, Sie wissen das.« Enzig wurde lauter, als er beabsichtigt hatte. Er räusperte sich. »Hören Sie, das war eine reine Vorsichtsmaßnahme, das ist alles. Aber die Sache auf dem Jagdausflug ist schon merkwürdig, und Kerler hat sich durchaus verdächtig gemacht.«

Busch betrachtete seinen Joghurtbecher, kratzte einen letzten Löffel heraus, dann stellte er ihn mit dem Löffel weg. »Beruhigen Sie sich. Ich wusste noch nicht einmal, dass Sie ihn überhaupt verdächtigen. Was meinen Sie mit merkwürdig? Was haben Sie denn gegen ihn in der Hand?«

Enzig schwieg. Der Joghurtbecher hielt dem Gewicht des Löffels nicht stand und fiel um.

»Ihnen ist doch klar, dass Sie mit hieb- und stichfesten Argumenten kommen müssen für einen Durchsuchungsbeschluss. Immerhin handelt es sich um den Polizeidirektor. Bei der Gelegenheit würde ich Sie gerne daran erinnern, dass ich nicht Ihr Laufbursche bin, sondern Kommissar.«

»Ich weiß, Busch, Sie haben in allem recht, was Sie da sagen. Tut mir leid. Ich versuche nur, na ja, ich versuche nur, mich hier einzufinden. So hatte ich mir das auch nicht vorgestellt.«

Busch zuckte mit den Schultern. »Also, sagen Sie mir jetzt, was Sie gegen Kerler haben?«

»Mader hat einen Bericht über den Jagdausflug geschrieben. Es hat Streit gegeben, das haben Sie bei Ihren Befragungen im Hotel ja ebenfalls herausgefunden. Bei diesem Streit ist es um ein Schussrecht gegangen, das Bilk Kerler gestohlen – sagt man gestohlen? – na egal, auf jeden Fall hat Kerler das Reh exakt so erlegt, wie Bilk später getötet wurde.«

»Tötung im Blutrausch. In Ordnung. Dann schlage ich vor«, sagte Busch und stellte den Joghurtbecher wieder auf, dieses Mal ohne den Löffel darin, »dass wir den zuständigen Staatsanwalt Balder informieren, vielleicht reicht's für eine Durchsuchung.«

Enzig saß Miriam am Tisch gegenüber, während Maria ihm Tee servierte.

»Darf ich Ihnen noch etwas anderes bringen?«, fragte sie.

»Nein, Frau Parson, vielen Dank.«

»Maria, sagen Sie Maria zu mir. Alles andere klingt komisch. Sito hat mich auch immer Maria genannt. Oh Gott, ich muss schon wieder weinen, entschuldigen Sie.« Sie lief in die Küche, und Enzig hörte ein lautes Schluchzen.

Miriam wirkte gefasst, was aber auch schlicht an der Schocküberlagerung liegen konnte. Erst Sitos Tod, dann der Verdacht gegen ihren Vater – ihre Welt wurde gerade gehörig aus den Angeln gehoben. Still saß sie da und trank ihren Kaffee. Enzig hatte den Eindruck, dass sie noch schmaler geworden war. Aber dass Sito sie attraktiv gefunden hatte, das konnte er gut nachvollziehen. Dieses Filigrane, gepaart mit Anmut mochte er auch sehr gern bei Frauen. Miriam schob ihm einen Zettel über den Tisch. »Danke, dass Sie mich hierhergebracht haben. Die Parsons sind sehr nett. Maria ist wie eine Mutter.«

Diesen Punkt hatte Enzig gar nicht bedacht. Miriam zu beherbergen verlangte Maria womöglich einiges ab, immerhin wäre ihr Sohn jetzt nur ein paar Jahre älter als Miriam. Für einen Augenblick hatte er ein schlechtes Gewissen, dann aber erinnerte er sich, wie liebevoll sich Maria immer um Sito gekümmert hatte. Er hoffte, dass ihr diese Situation eher entgegenkam als dass sie sie belastete. Er nahm den Zettel in die Hand. »Ist das die Liste? All diese Personen haben Ihre Bilder gesehen und wissen, was daraus werden soll?«

»Was daraus werden soll, vermutlich nicht. Die Ausstellung der Bilder soll der Höhepunkt sein, sie werden erst enthüllt, wenn alles andere schon vor Ort ist. Es wird auch keine Werbung dafür geben. Wir dachten, dass es nur so einen Schockeffekt geben kann. Die Namen sind von den Personen, von denen ich weiß, dass sie die Bilder zumindest gesehen haben könnten.«

Enzig zählte neben den drei Mitbewohnern, Miriams Eltern, ihrem Freund, Sito und sich selber noch fünf weitere Personen, alles Frauen. Damit konnte er nichts anfangen. Eine Frau kam als Täterin nicht in Frage. Die Mitbewohner hatten sie bereits überprüft. Blieben Miriams Freund, er selbst und natürlich Kerler. Er sah Miriam an und wollte sie nach ihrem Freund befragen, da bemerkte er, wie sie sich an ihren Hals griff. Ihre Finger glitten über das vorstehende Schlüsselbein hin zu dem kleinen Grübchen zwischen den Halssehnen. Dann klopfte sie sich leicht an die Stelle und seufzte kaum hörbar. Schnell zog sie die Hand zurück.

»Alles in Ordnung?«

»Ja, ja, alles in Ordnung. Ich spiele immer an meiner Kette

herum, aber ich habe sie anscheinend irgendwo verloren, und jetzt fehlt sie mir.«

Enzig starrte auf Miriams Dekolleté, das sicher auch Sito gefallen hatte ... Plötzlich drängte sich ein anderes Bild in seine Gedanken. »War es ein Lederband mit einem Sonnenamulett?«

»Ja! Haben Sie es etwa gefunden?« Miriams Gesicht hellte sich auf.

Enzig hatte das Gefühl, ins Leere zu fallen. Ihm war bewusst, dass er noch immer auf ihren Hals starrte. Es war wieder ein Beleg dafür, dass der Täter Sito sehr nahegestanden haben musste. Er bemühte sich, ruhig zu bleiben.

»Könnte sein. Sie bekommen sie bei Gelegenheit zurück.«

»Das wäre wunderbar. Wissen Sie, Dr. Enzig, die Kette ist von Sito. Nein, nicht so, wie Sie jetzt denken. Er hat sie mir vor vielen Jahren geschenkt, als ich noch ein Kind war. Und jetzt ... Ich wäre wirklich froh, wenn ich sie wiederhätte.«

Enzig hatte etwas entfernt von Kerlers Haus im Musikerviertel parken müssen, denn die ganze Straße vor der Villa stand voll mit Einsatzwagen und Polizeiautos. Ringsum beobachteten Schaulustige genau, was das Polizeiaufgebot wohl in ihrem noblen Viertel zu suchen hatte. Einige stellten sich einfach dazu. Enzig war, als würde er in manchen Augen sogar Schadenfreude aufblitzen sehen. Menschen waren seltsam. Als würde das eigene Glück im Angesicht des Unglücks anderer wachsen.

Busch trat zu ihm und zog ihn hinter sich her zu einer alten Hollywoodschaukel, die verlassen in einer Ecke des Gartens stand. Er wirkte sehr aufgelöst. »Ist das nicht unfassbar? Wir haben die Durchsuchungsgenehmigung sofort bekommen.« Busch sah sich um, als hätte er Sorge, jemand würde sie belauschen.

Enzig nickte. »Ich war auch überrascht, als Sie mich herbestellt haben. Was ist denn eigentlich passiert? Sie waren am Telefon nicht zu verstehen.«

»Ich war in einem Funkloch. Es ging alles Schlag auf Schlag. Kurz nachdem Sie weg waren, kam Kerlers Frau ins Büro und hat uns einen Umschlag gebracht, den sie bei ihrem Mann auf dem Schreibtisch gefunden hat. Der Umschlag war an die Polizeidirektion Konstanz gerichtet und enthielt einen Brief, eigentlich an Sito adressiert.«

»Und? Was stand drin?«

»Abschiedsworte, Worte der Freundschaft, Bitte um Vergebung und all so was. Und dass alles in der Fabrik begonnen habe und nun auch dort enden möge.«

»Dort enden? Ein Abschiedsbrief also. Das ist ja fast ein Geständnis. Merkwürdig. Warum sollte er das tun? Wir haben doch nichts gegen ihn in der Hand.« Weshalb sollte Kerler sich jetzt in dieser eindeutigen Weise belasten? Enzig schüttelte den Kopf und sah zum Hauseingang der Kerlers. »Ich versteh das nicht. Das passt gar nicht zu unserem Täter.«

»Vielleicht, weil Sito tot ist. Vielleicht ist genau das der Schlüssel. Vielleicht macht das, was Kerler vorhatte, keinen Sinn ohne Sito.«

»Sie meinen, Kerler hat alle Morde begangen?« Enzig stemmte die Hände in die Hüften und betrachtete die Hollywoodschaukel hinter sich. Für einen Augenblick sah er dort Kerler mit seiner Frau sitzen. »Wieso hat Frau Kerler eigentlich den Schreibtisch ihres Mannes durchwühlt?«

»Sie sagt, sie habe sauber gemacht. Sie hat dabei noch etwas anderes gefunden, und das wirft ein ganz neues Licht auf Kerler, Enzig, Sie werden das nicht glauben. Vielleicht ist Kerler doch unser Mann ... Ach, was weiß ich, auf jeden Fall ist es absolut krass.«

»Wovon sprechen Sie?«

»Stellen Sie sich vor, Frau Kerler hat beim Putzen ein Bild gefunden. Vielmehr eine Zeichnung.«

»Nicht Ihr Ernst? Welche denn?« Enzig wusste sofort, dass er einen Fehler gemacht hatte, aber es war so spontan aus ihm herausgebrochen.

Buschs Miene verfinsterte sich, er trat einen Schritt zurück und musterte Enzig. »Sie wissen davon?«

»Bitte, lassen Sie uns das später klären. Sagen Sie mir lieber, welches Bild es ist.«

»Eine Zeichnung, die eine Frau in einem Käfig zeigt.«

Busch wandte sich ab und wollte gehen, doch Enzig hielt ihn zurück. Er konnte das Gespräch nicht verschieben, er brauchte

Busch, er brauchte jemanden, auf den er sich verlassen konnte. »Hören Sie, Busch, ich bitte Sie, es war nicht persönlich gegen Sie gerichtet. Ich wollte Sie wirklich nicht zurücksetzen. Ich weiß, ich hätte Ihnen sagen sollen, dass Miriams Skizzen die Vorlagen für die Morde … Aber Sito hat mich gebeten … Bitte, ich kann Ihnen das jetzt nicht alles zwischen Tür und Angel … Es gab einfach Gründe, die nichts mit Ihnen zu haben, das müssen Sie mir bitte glauben.«

Busch sah stur an Enzig vorbei zum Kerler'schen Anwesen hin und wartete auf die Ankunft des zuständigen Staatsanwaltes. Zu ihrer Überraschung stieg Balder tatsächlich kurze Zeit später aus dem Wagen. Enzig dachte zunächst, dass dies wohl keine leichte Aufgabe für ihn sein konnte, doch Balder betrat das Haus mit einigen Hilfsbeamten in offensichtlich guter Arbeitslaune. Allerdings rückte dieses Verhalten Balder in ein neues Licht: Der Erfolgsdruck war wohl um einiges stärker als seine Loyalität. Mader war ebenfalls gekommen und beteiligte sich an der Durchsuchung. Enzig wusste nicht recht, was er denken sollte.

»Nur weil ich keinen Doktor habe, heißt das nicht, dass ich nichts von Loyalität verstehe.« Busch starrte Mader missmutig nach.

»Wovon reden Sie? Was hat das mit einem Doktorgrad … Ich versichere Ihnen …«

»Ach, hören Sie doch auf. Mader hat Sie doch genauso um den Finger gewickelt wie Sito.«

»Halt, jetzt warten Sie doch mal, Marc. Ich habe keine Ahnung, wovon Sie reden. Was soll das Gerede von einem Doktortitel?«

»Sie haben Mader eingeweiht, genau wie Sito. Das heißt, Sie beide haben ihm mehr vertraut als mir. Das verstehe ich nicht.«

»Und der Doktortitel?«

»Mader hat seinen Doktor in Philosophie gemacht, bevor er zur Polizei kam. Wussten Sie das nicht?« Busch drehte sich um und ging zum Haus, die Hände in den Hosentaschen.

Enzig konnte ihn nicht länger aufhalten. Er drängte den anderen hinterher in Kerlers Haus, wo die Spurensicherung bereits ihre Arbeit aufgenommen hatte. Enzig hatte keine Ahnung von Maders Doktortitel gehabt und Sito seines Wissens auch nicht, es hätte auch keine Rolle gespielt. Allerdings hatte Busch recht:

Weshalb hatten sowohl Sito als auch er Busch nicht ins Vertrauen gezogen? Weil sie ihm zu viel beruflichen Ehrgeiz unterstellt hatten? Philosophie und Polizeidienst, Enzig musste lächeln. Er sollte sich unbedingt einmal ausführlicher mit Mader unterhalten, das versprach, spannend zu werden.

Schließlich folgte er der Gruppe ins Haus. Irene Kerler sah verlegen zu Boden, als er sie am Arm berührte. »Tut mir sehr leid, was hier passiert«, raunte Enzig ihr zu.

In diesem Moment wurde es laut im oberen Stockwerk. Zweimal schallten die Worte »Treffer« und »Fund« durch die Villa. Schnelle Schritte waren zu hören, Dielen knarrten. Enzig lief es kalt den Rücken hinunter. Er wollte etwas sagen, aber Balder kam ihm zuvor.

»Dr. Enzig, kommen Sie sofort nach oben und sehen Sie sich das an.«

Ein winziger Schrei war neben Enzig zu hören, dann griff Irene Kerler nach Enzigs Arm. Er löste sich, folgte Balders Rufen und rannte die Treppe nach oben. Sofort musste er schneller atmen. In Kerlers Arbeitszimmer standen alle um den riesigen Sekretär aus schwerem Nussbaum.

»Hier, sehen Sie, Dr. Enzig.« Balder triumphierte. Er lachte, als sei eine tonnenschwere Last von seinen Schultern gefallen. Enzig trat vorsichtig über den Perserteppich und vorbei an einem Barwagen, auf dem verschiedene Flaschen Whisky und ein weinroter Humidor standen. Als er hinter dem Tisch war, sah er, dass zwei Männer von der Spurensicherung eine Geheimschublade des Sekretärs geöffnet hatten. Balder breitete seine Arme aus und sagte: »Bitte sehr.«

Vor ihnen lagen ein Ordner mit Zeitungsausschnitten über Serientäter; außerdem hatten sie noch ein Glas mit undefinierbarem dunkelrotem Inhalt sowie eine Kopie der Dienstpläne aller Einsatzwagen der letzten Woche gefunden. Balder schüttelte Enzig freudig die Hand. »Wir haben ihn. Gute Arbeit. Das hätte ich nach gestern gar nicht erwartet, aber Sie beide«, er reichte auch Busch die Hand, »hatten augenscheinlich einen guten Instinkt. Jetzt verstehe ich auch, warum Sie gestern so wortkarg waren.« Er klopfte auf Enzigs Schulter. »Sie sind mir schon einer.«

Enzig war sprachlos. Er sah zu Busch, der noch immer kühl wirkte, dann zu Mader, der ihm schüchtern zuwinkte und mit den Schultern zuckte. Heute Morgen erst hatte er ihn gebeten, vorsichtig gegen Kerler zu ermitteln; eben verkündete Balder, er werde Haftbefehl beantragen. Die ganze Stadt würde bald auf der Suche nach dem Polizeidirektor sein. Enzig musste unbedingt mit Miriam sprechen, bevor sie es aus den Nachrichten erfuhr.

Eine logische Tat

Die Himbeeren kamen ihm dieses Mal noch leckerer vor. Enzig saß auf einem kleinen schmiedeeisernen Stuhl mitten unter den Büschen in Parsons Garten und pflückte im Sitzen immer wieder eine Beere, während Parson ins Haus gegangen war, um Wasser zu holen. Enzig hatte auch einmal in einem Haus gewohnt, damals ganz auf der Überholspur in Richtung Perfektion, aber es hatte nicht funktioniert.

Parson kam mit einer Karaffe zurück und verteilte das Wasser auf zwei Gläser. »Sie hatten bei Kerler also tatsächlich Erfolg?«

»Ich kann es auch noch nicht glauben. Weiß Miriam es schon?«

»Nein, natürlich nicht. Wollen Sie es ihr sagen?«

»Ja. Es wird schon nach ihm gefahndet. Sie soll es nicht aus den Nachrichten erfahren.« Enzig wurde das Gefühl nicht los, dass die Sache zu reibungslos abgelaufen war.

»Schatz?« Maria winkte vom Hauseingang. Sie trug eine Schürze, und ihre Haare waren hochgesteckt. »Kommst du bitte mal ans Telefon? Das Institut.«

Parson lachte entschuldigend und schüttelte den Kopf. »Sie sagt das immer noch, als wäre es ein Schimpfwort: Institut. Das klingt aus ihrem Mund wirklich wie eine Krankheit ... Ja, Maria, ich komme. Sie entschuldigen mich kurz? Ich bin gleich wieder da.«

Enzig pflückte noch ein paar Himbeeren und lauschte auf die Geräusche aus dem Haus. Parsons Stimme wurde leiser, bis sie nicht mehr zu hören war. Auch Marias Töpfeklappern verklang. Stille. Enzig atmete tief durch. Über ihm waren Vögel zu hören, doch es klang, als würden sie streiten. Er holte sein Diktiergerät und spielte die Aufnahme vom Vormittag ab.

»Wieso wurde Kerler zum Mörder? Etwas schlummerte in ihm. Vielleicht bedurfte es nur eines kleinen Anlasses, ein Wort, eine Geste, das Lächeln des Taxifahrers oder der Blumenhändlerin an der Ecke, bei der er jede Woche seiner Frau Rosen kaufte. Eine Wahrnehmung, die ihn einen Moment stutzen ließ. Dann muss ein Ruck durch ihn gegangen sein. Vielleicht waren ja auch die Bilder das ausschlaggebende Moment.

Er sah sie sich an, immer und immer wieder, und war fasziniert. Von dem Schrecken, von der Anleitung zur Grausamkeit. Ein umweltpolitischer Hintergrund lässt sich nicht zuordnen. Man muss von einer sadistischen Veranlagung ausgehen. Noch sind mindestens zwei Männer vermisst, entsprechende Notizen wurden in Kerlers Unterlagen gefunden. Es bleibt zu hoffen, dass Kerler und die beiden Vermissten rechtzeitig gefunden werden. Über seine Kindheit ist nichts bekannt. Seine Frau sagt, er habe nie darüber geredet. Es würde ins Bild passen, wenn er vom Vater misshandelt wurde.«

Enzig unterbrach die Aufnahme. Parson kam zurück zu den Himbeerbüschen gelaufen.

»Sie sehen nicht zufrieden aus.« Parson schenkte sich Wasser nach.

»Nein, ganz und gar nicht. Stört Sie denn nichts?«

»Ach, wissen Sie, mit diesem Teil eines Falles beschäftige ich mich zu selten. Da habe ich kein Gespür, aber überraschend ist das alles schon.«

»Ja. Scheinbar nur ein Psychopath.«

»Wäre Ihnen der Rächer lieber gewesen?«

»Das wäre jetzt übertrieben, aber ein Psychopath macht meine Arbeit hinfällig: Er handelt nicht nach einem nachvollziehbaren Muster. Und bei diesem Fall hat es mir entschieden zu viele Hinweise auf einen logischen Plan gegeben. Andererseits gibt es natürlich auch Psychopathen, die nur innerhalb ihres eigenen Weltgefüges logisch handeln.«

»Überhaupt ist Logik doch nur eine Relation zwischen den selbst gesetzten Kausalitäten. Meinen Sie nicht?«

»Doch, Sie haben recht, Dr. Parson. Logik ist genauso relativ wie Schönheit. Wenn ein Psychopath ›logisch‹ handelt, dann meint das immer ›systematisch‹. Es ist eine andere Begrifflichkeit. Gut, gesetzt den Fall, Kerler lebt in einer eigenen Systemwelt, dann hat er das zumindest ausgesprochen gut verborgen. Er war nicht unauffällig, nicht bemüht, im Gegenteil, er hatte eine Position, in der er sich ständig behaupten musste. Er hat systematisch getötet, aber logisch ist das nach unserem Verständnis nicht.«

»Sie meinen, es ist für uns nicht logisch, weil wir in dem System keinen Sinn erkennen?«

»Hm, ja, darin liegt genau das Problem, das ich nun mit der Täteranalyse haben werde: Wo sind die Übergänge zwischen System, Logik und Sinn? In diesem Spannungsfeld bewegt sich der Täter. Ein Rächer wäre da in der Tat wesentlich leichter zu charakterisieren. Ich muss jetzt aber entscheiden, ob Kerlers System derart abgehoben war, dass er gar nicht mehr logisch denken konnte …«

»Sie wollen jetzt aber nicht so weit gehen und behaupten, dass Kerler nicht wusste, was er tat?«

»Nein, mitnichten. Er ist viel zu sehr in seiner Position verhaftet, um in einer Parallelwelt ein Killer zu sein. Das ist ja das Problem. Ich werde kein plausibles Motiv für ihn finden können.«

»Dann gehen Sie den Fall einfach noch einmal durch. Oder besser: Gehen Sie an den Punkt zurück, an dem Sie dachten, Sie hätten den Mörder durchschaut, sein Motiv, seine Gemütslage. Wenn Sie an diesem Punkt stehen, dann können Sie überprüfen, was den Fall in Richtung Kerler katapultiert hat.«

Enzig verstand, worauf Parson hinauswollte. »Sie denken, jemand könnte ihm die Beweise untergeschoben haben?«

»Nicht jemand, Dr. Enzig.«

»Sondern der Mörder«, flüsterte Enzig.

Enzig saß in seinem Pensionszimmer vor dem Rattenkäfig und verfolgte das rege Treiben der Nager. Das Handy klingelte.

»Ich muss Sie dringend sprechen«, sagte Busch. Er rief von unterwegs an. Enzig konnte die Geräusche eines fahrenden Autos hören. »Es ist noch nicht vorbei.«

»Wie meinen Sie das denn?« Enzig war unwirsch. Er hatte keine Lust, mit Busch zu sprechen.

»Hören Sie, ist Ihnen denn noch nicht der Gedanke gekommen, dass da etwas nicht stimmt? Ich meine, wer weiß denn schon genau, was bei diesem Jagdausflug wirklich geschehen ist? Und warum lässt Kerler so wichtiges Beweismaterial einfach in seinem Schreibtisch liegen?«

Enzig verstummte. Er wusste, dass Busch recht hatte. Von Freude über den raschen Erfolg war auch bei Busch keine Spur mehr. »Ich weiß, was Sie meinen. Ich kratze mir gerade eine Erklärung aus meinem Hirn, aber es will nicht recht klappen. Sagen Sie schon, worauf wollen Sie hinaus?«

»Man könnte Kerler die Beweise untergeschoben haben.«

»Und wen haben Sie da im Auge?«

Busch zögerte einen kurzen Moment. »Sind Ihnen denn nicht auch Zweifel gekommen?«

»Natürlich. Mich überrascht nur, dass Sie Ihre Meinung so schnell geändert haben. Gestern waren Sie noch richtiggehend euphorisch.«

»Was reden Sie für einen Quatsch, Enzig. Ich bin nicht euphorisch, wenn sich ein Mensch, den ich seit Jahren kenne, als Mörder entpuppt, und wenn ein Fall gelöst wird, ohne dass unsere Polizeiarbeit dazu beigetragen hat.«

»Schon gut«, beschwichtigte Enzig. »Ich weiß genau, was Sie meinen. Ich habe es ebenfalls merkwürdig gefunden, dass alles so schnell ging.«

»Genau.« Buschs Stimme vibrierte.

»Andererseits, das dürfen wir auch nicht vernachlässigen, war sich Kerler kraft seiner Stellung vielleicht absolut sicher. Serienmörder transportieren oft den Machtgewinn aus ihren Taten ins Alltagsleben. Und wer traut sich schon, gegen den Polizeidirektor zu ermitteln?«

»Das ist doch jetzt nicht Ihr Ernst, Enzig«, ereiferte sich Busch. »Hören Sie, wir sind uns doch einig, dass der Täter Einblick in unsere Arbeit haben muss, nicht wahr?«

Enzig schluckte, blieb aber ruhig.

»Neun Beamte waren kontinuierlich mit dem Fall betraut. Jeder davon kommt als Tatverdächtiger in Betracht.« Busch machte eine kurze Pause. »Mader wäre ebenfalls intelligent genug.«

»Das gilt auch für Sie und mich.« Enzig hielt einer der Ratten ein Stück Apfel hin. Possierlich griff der kleine Nager danach und hielt das Stück in seinen winzigen Händen, während die anderen sofort ans Gitter kamen und Enzig ihre Pfoten entgegenstreckten.

»Jetzt hören Sie mir doch einmal zu. Da gibt es noch etwas. An dem Tag, an dem wir die Durchsuchungsanordnung erwirkt hatten, war Rosa auf der Suche nach Ihnen, um Ihnen einen braunen Umschlag zu geben.«

»Ich habe keinen Brief bekommen«, erwiderte Enzig.

»Eben. Denn Mader hat sich den Umschlag von Rosa aushändigen lassen. Ich habe ihn später damit gesehen.«

»Er hat ihn vermutlich bei all der Aufregung vergessen.«

»Warum spielt er Ihnen das Theater vom dummen Jungen vor?«

»Ich kann nicht behaupten, dass er mir irgendetwas vorgespielt hat. Vielleicht ist er einfach nur höflich. Was haben Sie nur immer mit Mader? Ich hätte gemerkt, wenn er das Zeug zum Serientäter hätte, glauben Sie mir. Also ehrlich ...« Enzig biss sich auf die Lippen. Er hatte unabsichtlich zugegeben, dass es auch für ihn um seinen persönlichen Ehrgeiz ging.

»Na, das kann man bei Kerler ja auch nicht behaupten.«

Peng, dachte Enzig. Es war klar, dass das kommen musste.

»Hören Sie, Marc. Es hilft uns nicht, wenn wir von einem Verdächtigen zum nächsten hüpfen. Gegen Kerler spricht im Moment eine ganze Menge. Ich weiß, dass Sie Mader nicht ausstehen können. Dafür kann ich aber nichts, und ihn nur deshalb zum Gegenstand unserer Ermittlungen zu machen, das wäre geradezu fahrlässig.«

Es entstand eine Pause. Enzig hasste das Schweigen am Telefon zwar, aber er harrte aus. Notfalls würde er einfach auflegen.

»Dann eben nicht«, sagte Busch trotzig. »Aber Sie sollten sich noch einmal Ihr Täterprofil durchlesen. Und übrigens, mit der Personalakte von Mader stimmt etwas nicht.«

»Was? Jetzt gehen Sie aber entschieden zu weit. Es gab ja wohl keinen Grund ...«

»Hören Sie, Enzig, es gibt laut Akten keinen Polizisten namens Mader bei uns.«

»Was? Wie ist das möglich?«

»Es gibt ihn einfach nicht. Entweder nicht unter diesem Namen oder weil die Akte weg ist.«

»Wie sollte die denn aus dem Computer verschwinden?«

»Was soll ich sagen? Sie ist eben nicht vorhanden.«

»Ich muss nachdenken, Busch. Geben Sie mir eine Stunde. Ich melde mich wieder.« Enzig legte auf. Er gab auch den anderen Ratten je ein Stückchen Apfel. Während sie schmatzend fraßen, dachte Enzig an Mader. Er hatte sich mit ihm treffen wollen, weil er ihm sympathisch war. Mader war unauffällig, immer höflich und freundlich. Enzig konnte nichts Negatives über ihn sagen. Mader war sehr schockiert über Sitos Tod gewesen, hatte sich aber sofort wieder gefangen und war auf ihn zugekommen. Hatte Sito mehr mit Mader zu tun gehabt? Das Telefon klingelte wieder, und Enzig nahm den Anruf an. »Ich habe doch gesagt, ich brauche eine …«

»Dr. Enzig, sind Sie das?«, fragte Parson vorsichtig.

»Oh, Dr. Parson, bitte entschuldigen Sie. Was gibt es denn?«

»Wir müssen uns treffen.«

Es klopfte in Enzigs Leitung an. »Warten Sie einen Moment, ich hab einen Anrufer … Dr. Parson, sind Sie noch da? Kerler ist verhaftet.«

Kerler war an Sitos Grab verhaftet worden. Jetzt saß er mit hängenden Schultern auf dem schmalen Holzstuhl. Hinter einem Spiegelglas verfolgten Nauber und Schilling gespannt die Szene. Enzig breitete die Indizien auf dem weißen Metalltisch aus, der ihn an einen Operationstisch erinnerte. Es war ihm unangenehm, die Hände auf das kühle Metall zu legen. Aber es war wichtig, dass er sich nicht von Kerler entfernte, sondern ihm aufrecht gegenüber sitzen blieb und sich nicht zurückfallen ließ. Neben ihm saß Busch und stellte das Aufnahmegerät ein. Hinter Kerler stand ein Beamter und sicherte die Tür.

Enzig war sich mit einem Mal bewusst, dass zumindest der Verdacht bestand, ihm sitze ein mehrfacher Mörder gegenüber. Er erinnerte sich plötzlich an den Wald bei Freiburg, diese Enge, diese Unausweichlichkeit und seine Angst. Schweißperlen lösten sich von seinen Nackenhaaren. Ihm wurde schwindlig. Eine weitere Panikattacke durfte er nicht zulassen, er musste sie im Keim ersticken.

Langsam schob er ein Beweisstück nach dem anderen über den Tisch, so langsam, dass er das Zittern seiner Finger verbergen und Kerler sich ein Beweisstück nach dem anderen in Ruhe ansehen konnte. Die Zeitungsinserate, das Glas mit dem rötlichen Inhalt, das Bild von der Frau im Käfig.

»Herr Kerler, wie erklären Sie sich, dass wir all diese Dinge bei Ihnen gefunden haben?«

Kerler starrte auf das Bild, die Zeitungsartikel und das Glas, dann sah er Enzig an. »Also, das Bild kenne ich. Das ist von meiner Tochter.«

»Sie geben zu, dass Sie die Sachen kennen?«

»Ich sagte, dass ich das Bild kenne. Die anderen Sachen sagen mir nichts. Wo ist mein Anwalt?«

»Der ist unterwegs. Wir können gerne warten, wenn Sie möchten. Sie kennen also das Bild? Oder möchten Sie lieber nicht auf diese Frage antworten?«

»Was? Doch, sicher kann ich antworten. Natürlich kenne ich das Bild. Auch andere aus dieser merkwürdigen Serie. Paul hat sie mir gezeigt.«

Für einen Moment herrschte Stille in dem Vernehmungszimmer, Enzig musste seine Gedanken ordnen. Wenn Sito Kerler die Bilder gezeigt hatte, wieso hatte er ihm das nicht erzählt?

»Glauben Sie mir, Dr. Enzig, ich habe keine Ahnung, wie diese Sachen … Wo haben Sie das alles gefunden?«

»In Ihrem Schreibtisch.«

»Ich habe wirklich keine Ahnung. In meinem Schreibtisch zu Hause? Wieso waren Sie …?« Kerler sah von Enzig zu Busch, dann starrte er zu dem Spiegelglas.

»Beginnen wir beim vorletzten Sonntag. Sie hatten einen Streit mit Bilk. Worüber haben Sie sich gestritten?«

»Könnten Sie mir erst erklären, wessen ich beschuldigt werde? Wie konnten Sie einen Durchsuchungsbeschluss für mein Haus erwirken? Wer hat das veranlasst und weshalb?«

Enzig sah hilfesuchend zu Busch, der die Augenbrauen hochzog und ihm zunickte, aber keine Anstalten machte, etwas zu erklären. »Herr Kerler, es gibt da etliche Ungereimtheiten«, sagte Enzig.

»Die da wären?« Kerler machte ein ernstes Gesicht und sah wieder von Enzig zu Busch. »Herr Busch, wir kennen uns schon seit so vielen Jahren. Wie konnte es nur so weit kommen? Sie sagen mir jetzt bitte sofort, aufgrund welcher Indizien Sie einen Durchsuchungsbeschluss erwirkt haben!«

Busch zuckte mit den Schultern.

»Also, Dr. Enzig?« Kerler ließ nicht locker.

»Sie haben Sito wegen Ihrer Tochter angelogen.«

»Mann, ich wollte keine großen Diskussionen. Ist das so schwer zu verstehen?«

»In Ordnung. Sie haben mir das Wort verboten …«

»Wegen meiner Tochter – ich werd verrückt.«

»All diese Gegenstände hier haben wir bei Ihnen gefunden, und alle stehen mit den Morden in Verbindung.«

»Mir ist immer noch nicht klar, weswegen Sie einen Durchsuchungsbeschluss bekommen haben.«

»Sie hatten Streit mit Bilk. Wenig später war er tot.«

»Wie kommen Sie nur darauf, dass Bilk und ich Streit hatten?« Kerler breitete die Hände aus und schüttelte den Kopf.

»Herr Kerler, wir haben den Durchsuchungsbeschluss erhalten, weil Sie verdächtigt werden, Bilk ermordet zu haben. Und mit diesen ganzen Indizien hier haben wir Grund zu der Annahme, dass Sie auch die anderen Morde begangen haben.«

Kerler sackte in sich zusammen und starrte Enzig an. »Das kann doch nicht Ihr Ernst sein. Oh Gott, es ist Ihr Ernst. Was … Nein, ich fasse es nicht. Und Balder hat einfach mit dem Durchsuchungsbeschluss gewedelt? Na, der kann was erleben. Eine Frechheit ist das. Hirngespinste, nichts als Hirngespinste, und der stellt einen Durchsuchungsbeschluss aus und bringt mich in diese absurde und missliche Lage.«

Enzig fühlte sich immer kleiner werden in dem Vernehmungsraum. Das Metall unter seinen Händen war nicht mehr kalt, vielmehr kam es ihm glühend heiß vor. In seinem Nacken sammelten sich die Schweißtropfen und liefen in kleinen Bächen den Rücken hinab. Am liebsten wäre er aufgesprungen und losgerannt, wie auf seiner Flucht aus dem Wald. Aber er konnte nicht weg. »Wann sind Sie am Sonntagabend nach Hause gefahren?«

Kerler horchte auf, er wollte etwas sagen, aber er schwieg und legte die Hände in den Nacken.

»Wollen Sie doch auf Ihren Anwalt warten?«

»Was? Jetzt brauchen Sie mir auch nicht mit Höflichkeiten kommen, Dr. Enzig. Das ist hier doch eine Farce, und nein, ich muss nicht auf meinen Anwalt warten, denn es gibt hier nichts mehr … Halt, warten Sie.« Kerlers Gesicht erhellte sich. »Aber ja, das ist es. Hören Sie, ich muss sofort telefonieren.« Er sprang auf.

Enzig war überrascht von dem plötzlichen Wandel in Kerlers Stimmung. Mit etwas Verzögerung stand auch er auf und drückte Kerler sanft, aber bestimmt wieder auf den Stuhl. »Ihr Anwalt ist doch bereits informiert.«

»Nein, Sie missverstehen mich.« Kerler hielt Enzig am Arm. »Ich habe eine junge Frau getroffen. Am Sonntagnachmittag auf der Heimreise. Sie … Ach, dass mir das nicht früher eingefallen ist. Sie trampte und wollte nach, hm, lassen Sie mich nachdenken.« Kerler tippte sich mit den Fingern der rechten Hand an die Stirn. »Ich habe sie in irgendeinem Kaff – verflixt, wie hieß das noch gleich? – und bis Engen mitgenommen. Mader wollte lieber den Zug nehmen, und Bilk wollte ja noch zu seiner Cousine, da war ich über nette Gesellschaft froh.« Er machte ein triumphierendes Gesicht. »Und da ich früher abgereist bin, muss Bilk danach noch im Hotel gewesen sein. Ich habe also ein Alibi.«

Enzig sah skeptisch zu Busch, dessen Augen funkelten. »Können Sie uns irgendetwas zu der Frau sagen, damit wir Ihre Angaben überprüfen können?«, fragte Enzig.

»Ja, jetzt hab ich es wieder: Sie heißt Bettina Malongi und wohnt in Engen. Rufen Sie nur gleich an, dann können wir diese unsägliche Sache hier beenden. Gott sei Dank.« Kerler atmete auf.

Busch ging unaufgefordert nach draußen, um Kerlers Angaben zu überprüfen.

»Eins würde mich noch interessieren«, fragte Kerler. »Wie um Himmels willen kommen Sie eigentlich auf mich?«

»Warum haben Sie mit Bilk gestritten?«

»Dr. Enzig, jetzt hören Sie mir mal zu.« Kerler baute sich vor Enzig auf. »Wir haben nicht gestritten. Es ging um den nächsten Schuss, es wurde verhandelt, und wir haben uns geeinigt. Völlig problemlos!«

»Sie sind beobachtet worden. Bilk wurde auf die gleiche Weise niedergemetzelt wie zuvor das Reh.«

Kerler zuckte verständnislos mit den Schultern.

»Man hat ihm die Sehnen an den Waden durchschnitten und dann den Hals.« Enzig beobachtete Kerler, um zu sehen, wie er reagierte.

»Aber, das ist … Ich weiß nicht, wovon Sie da überhaupt reden.

Hin und wieder, ja, da hat Bilk das gemacht, und ich gebe zu, das ist durchaus grenzwertig. Ich bin immer froh, wenn der Schuss sitzt. Ich will nicht ein Tier … So aus der Nähe, nein, das ist nichts für mich. Bilk war das gleichgültig. Aber nicht am Sonntag.«

Es klopfte energisch, und der Beamte öffnete die Tür. Kerlers Anwalt kam herein und legte Enzig ein Papier vor die Nase. Kerler klopfte er auf die Schulter. »Kommen Sie, wir können gehen.«

Kerler sah seinen Anwalt dankbar an. Auch Busch kam wieder herein und nickte Enzig zu. »Die junge Frau hat bestätigt, dass sie mit Herrn Kerler mitgefahren ist. Außerdem hat eine Nachbarin ausgesagt, dass in den letzten Tagen um Kerlers Haus öfter ein Mann herumgeschlichen sei.«

»Was soll das heißen?«, fragte Enzig.

»Sind Sie begriffsstutzig, Herr Dr. Enzig?«, eiferte sich der Anwalt. »Es gibt offenbar deutliche Anhaltspunkte, dass jemand die Sachen ins Haus geschmuggelt hat.«

»Unsinn. Der müsste ja gewusst haben, dass wir den Polizeidirektor …«

»So ist es«, bestätigte Busch.

Schubumkehr

Enzig stand vor Kerlers Haus. Von Parson hatte er erfahren, dass
Miriam wieder in die Wohngemeinschaft zu ihren Freunden zu-
rückgegangen war, nachdem sie von der Verhaftung ihres Vaters
gehört hatte. Maria hatte ihm Grüße und eine Einladung zum
Abendessen ausrichten lassen. Enzig war sich durchaus im Klaren darüber, dass Maria versuchte, ihn zu einem zweiten Sito zu
machen. Er wusste nicht, ob er sich darauf einlassen sollte. Doch
jetzt musste er sich erst einmal auf Kerler konzentrieren und auf
Mader, den er seit einer Stunde nicht erreichen konnte.

Angenommen, Kerler waren die Beweise tatsächlich untergeschoben worden, dann wusste der Mörder nun sicher auch, dass
die Intrige nicht den gewünschten Erfolg gebracht hatte. Enzig
wartete eine volle Stunde, in der er sich Notizen machte, bei der
Tierschutzorganisation anrief, einen neuen Termin vereinbarte
und drei SMS an Carolin schrieb, die stolz auf ihr erstes eigenes
Handy war. Enzig versuchte erneut, Mader zu erreichen. Er spürte,
dass er nervös wurde. Mader und Kerler, irgendetwas stimmte da
nicht. Hatte er einen Fehler gemacht, Mader ins Vertrauen zu
ziehen? Da endlich fuhr ein Auto vor. Enzig rutschte in seinem
Sitz nach unten und stieß sich dabei das Knie am Lenkrad an.

Kerler und sein Anwalt stiegen aus. Sie verabschiedeten sich,
und der Anwalt fuhr viel zu schnell durch die Wohnstraße davon.
Bevor Kerler das Haus betrat, sah er sich nach allen Seiten um, dann
öffnete er den Briefkasten und nahm einen braunen Umschlag
heraus. Enzig wagte kaum zu atmen. Busch hatte einen braunen
Umschlag erwähnt, den Rosa ihm hätte geben sollen und der
dann bei Mader gelandet war. War das alles doch ein abgekartetes
Spiel? Hatte Kerler auf diesen Umschlag gewartet, oder war er
eben überrascht gewesen? Enzig war sich nicht sicher.

Kerler betrachtete den Umschlag von allen Seiten, sah sich
wieder um und trat sogar einen Schritt auf die Straße, um auch ein
Stück weiter den Berg hinunterblicken zu können. Dann ging er
zurück auf den Gehsteig und öffnete den Umschlag. Er zog einen

Zettel heraus. Verwirrt blickte er sich erneut um und sah einmal sogar in Enzigs Richtung. Enzig erschrak und versuchte, noch tiefer in den Sitz abzutauchen. Als er wieder aus dem Seitenfenster spähte, war Kerler verschwunden.

Enzig richtete sich vorsichtig auf. War Kerler ins Haus gegangen? Wohin war er so schnell verschwunden? Enzig sah in den Rückspiegel, doch nirgends war eine Spur von Kerler. Schließlich stieg er aus und sah wie zuvor Kerler die Straße entlang. Doch außer einer kleinen getigerten Katze war weit und breit niemand zu sehen.

Miriam war müde, aber sie wollte ihre Freunde nicht enttäuschen. Sie hatte schon Maria enttäuscht, die sie gern bei sich behalten hätte. Doch als Miriam erfahren hatte, dass ihr Vater verhaftet worden war, wollte sie zu ihren Freunden in die WG. Ihre Freunde hatten ihr Tee gekocht, Nathanael hatte sie in eine warme Decke gehüllt und auf das Sofa beordert. Dort hatte sie ein paar Minuten vor sich hingestarrt, über ihr das Bild von Sanyu, das Sito bei seinem ersten Besuch sofort aufgefallen war. Die Liegende, die sich von ihrem Betrachter abgewandt hatte. Was er wohl gedacht hatte?

Miriam trank den Tee. Stefan, Nathanael und Malte saßen auf Sesseln und Sitzpouf und sahen sie erwartungsvoll an.

»Was wird aus der Ausstellung?«, fragte Miriam und blickte einen nach dem anderen an.

»Das wird sehr schwierig. Gregor kümmert sich gerade darum«, antwortete Nathanael, dann winkte er ab. »Aber vergiss erst einmal die Ausstellung. Erzähl lieber, was passiert ist.«

»Ja«, pflichtete Stefan bei. »Wir sind alle befragt worden. Aber keiner hat uns wirklich gesagt, warum. Kannst du es uns erklären?«

Miriam hatte die letzten Tage kaum etwas anderes getan, als darüber zu grübeln, was eigentlich genau passiert war. Sie hatte sich alle Gespräche mit Sito noch einmal in Erinnerung gerufen, überlegt, wann sie solch eine falsche Richtung eingeschlagen hatten, dass Sito sie sogar verdächtigt hatte. Ihr war klar, dass sie selbst ein wenig Schuld daran trug. Auf dem Tisch im Esszimmer konnte sie Blumen sehen. »Von wem sind die?«

Nathanael lächelte sie an. »Von mir.« Er legte ihr eine Hand auf den Arm. »Wir haben uns alle Sorgen um dich gemacht.«

Miriam nickte. Es war richtig gewesen, hierher zurückzukehren und nicht nach Hause in die Villa. Im letzten Jahr war die Wohngemeinschaft für sie wie eine Familie geworden. In der kalten Atmosphäre zwischen ihren Eltern hatte sie es nicht mehr ausgehalten. Ihr Vater, der sie ignorierte, ihre Mutter, die eine andere Tochter in ihr sehen wollte als die, die sie war.

Miriam hatte das Gefühl, dass sie hier in diesem Haus erstmals sie selbst sein durfte. Endlich konnte sie mit ihrer Wut etwas anfangen – malen. Endlich konnte sie über ihre Traurigkeit reden, weil es anderen Menschen auch so ging. Sie konnte sich noch gut erinnern, als sie sich auf die Anzeige hin auf den Weg in die Schielergasse gemacht hatte. Der Blauregen hatte das ganze Haus überwuchert und es gleichzeitig so herrlich verwunschen geschmückt. *Wie ein Märchenschloss*, war ihr erster Gedanke gewesen. Nathanael hatte ihr auf Anhieb gefallen mit seinen warmen Augen und seiner offenen Art. Stefan, der auf dem Strickpouf noch wuchtiger wirkte als im Stehen und immer nur Gelassenheit ausstrahlte, trank seine Flasche Bier leer und sah Miriam auffordernd an.

»Jetzt spann uns nicht länger auf die Folter.«

»Die glauben, meine Bilder sind die Vorlage für die Morde in der Fabrik.«

Stefan richtete sich auf, soweit seine Sitzgelegenheit dies zuließ, und schüttelte den Kopf. Malte und Nathanael tauschten einen Blick, dann machte Malte ein Zeichen, und Nathanael nickte. Er erhob sich und setzte sich neben Miriam auf das Sofa. Miriam musste lächeln und ließ es geschehen, dass er den Arm um sie legte. Stefan machte indessen die nächste Flasche Bier auf, die er auf dem Tisch schon bereitgestellt hatte. Endlich fühlte sich Miriam ein wenig beruhigt.

»Anfangs hat Sito gedacht, ich hätte die Opfer abgezeichnet. Aber dann kam die Polizei darauf, dass es umgekehrt ist.« Sie stockte und fingerte an ihrem Rocksaum herum. »Versteht ihr? Der Mörder hat das in Wirklichkeit ausgeführt, was ich gezeichnet habe.«

»Wie gut, dass die Stadtverwaltung das nicht weiß. Sonst könnten wir uns die Ausstellung wirklich abschminken«, stellte Malte fest.

Malte konnte nicht aus seiner Haut, er war ehrgeizig und wollte seine Ziele immer erreichen. Ihn würde es am meisten belasten, wenn die Ausstellung nicht so klappen würde wie geplant.

»Vergiss doch mal die Ausstellung«, sagte Nathanael, dann sah er nachdenklich zu Miriam. »Weiß der Mörder von unseren Plänen?«

»Ich vermute, dass die Polizei davon ausgeht, dass der Täter davon wusste und aus genau diesem Grund die Leichen in die Fabrik gebracht hat.«

Es war für einen langen Augenblick still, Miriam kam er ewig vor. Stefan, Nathanael und auch Malte erging es offensichtlich wie ihr. Sie mussten die Vorstellung von den Toten mit den Bildern, die sie von Miriam kannten, in Einklang bringen. Im Grunde widerfuhr ihnen genau das, was den Betrachtern der Bilder hätte passieren sollen. Sie waren geschockt, sie waren von der Realität selbst eingeholt worden.

Miriam hatte eine Weile gebraucht, um diesen Zusammenhang zu begreifen. Letzte Nacht, als sie gegen drei Uhr morgens immer noch nicht eingeschlafen war, hatte sie begriffen, welche Tragweite diese Geschichte bekommen hatte: Ihre Bilder, nein, vielmehr das, was sie mit den Bildern beabsichtigte, hatte einen anderen Menschen dazu veranlasst, aus ihrer Idee Wirklichkeit zu machen. Der Mörder wollte genau diesen Schockmoment erzielen, den sie auch hatten erreichen wollen. Mit einem Schrecken, der sie hatte erstarren lassen, hatte Miriam in der Nacht begriffen, dass der Mörder dachte wie sie. Nur radikaler.

»Und was ist nun mit dir?« Stefan hielt Miriam ein Bier entgegen. Miriam schwieg und lehnte ab.

»Was ist?«, fragte Nathanael.

»Das ist noch nicht alles. Ich war noch aus einem anderen Grund bei den Parsons. Die Polizei denkt, dass mein Vater …« Sie begann zu weinen.

Nathanael nahm sie in den Arm und streichelte ihr über die Haare. Malte flüsterte »Verdammt« und ließ sich nun doch ein Bier von Stefan geben.

Parson erwartete Enzig bereits an der offenen Haustür.

»Kommen Sie.«

Enzig folgte Parson an den Tisch und setzte sich. Als er die

Nachricht erhalten hatte, sofort zu Sitos Haus zu kommen, hatte er gedacht, es wäre wieder Post angekommen. Aber das war nicht mehr möglich. Parson grinste nervös und schenkte Enzig einen Whisky ein.

»Dr. Parson, Sie machen mir Angst. Was um Himmels willen wollen Sie mir sagen, dass Sie mir vorher Alkohol anbieten?« Enzig zeigte auf die halb geleerte Flasche. »Haben Sie etwa schon getrunken?«

Parson schüttelte den Kopf und schob Enzig das Glas hin. »Trinken Sie. Ich muss Ihnen etwas sagen. Es ist alles ein wenig anders, als Sie denken.« Er machte einen Schritt auf Enzig zu.

Enzig erschrak. Was wollte Parson ihm sagen? Hatte er ihn in Sitos Haus gelockt? War das eine Falle? War Parson …

»Was sehen Sie mich so an?«, fragte Parson leise.

»Was haben Sie vor?«

Parson streckte die Hand nach Enzig aus

»Nein, nicht!« Enzig sprang so abrupt auf, dass der Stuhl hinter ihm krachend zu Boden fiel. »Fassen Sie mich nicht an. Was ist hier los? Weshalb haben Sie mich hierherbestellt?«

»Dr. Enzig, bitte beruhigen Sie sich. Sie haben das völlig falsch verstanden. Was denken Sie bloß?«

»Was soll ich denn denken? Sie locken mich hierher …«

Parson trat einen Schritt zurück und machte eine beschwichtigende Geste. »Ach so, jetzt habe ich verstanden. Nein, nein, das war jetzt ein Missverständnis. Aber es gibt da etwas, ach, was rede ich. Komm raus.«

Parson wandte sich zur Treppe, und Enzig folgte seinem Blick. Stufe für Stufe wanderte er mit den Augen nach oben. Er erinnerte sich, wie er dort am Geländer gelehnt und die Gestalt am oberen Ende erblickt hatte … Da war sie wieder. Ganz deutlich konnte Enzig die Umrisse eines Menschen sehen.

»Parson, wer ist da?« Enzig schrie.

»Gleich, Sie werden gleich alles erfahren.«

Enzig konnte kaum atmen. Er hatte das Gefühl, als schnürte ihm jemand den Hals zu. Die Gestalt kam langsam die Treppe herunter und trat schließlich ins Licht des Esszimmers.

»Hallo Enzig«, sagte der Mann, der ihm gegenüberstand.

Enzig rührte sich nicht von der Stelle. Die Panikattacke ebbte ab, stattdessen durchlief ihn eine Woge unendlicher Erleichterung. »Sito!« Er blickte zu Parson. »Sie haben das gewusst?«

Als Parson nickte, schüttelte Enzig den Kopf und spürte, dass er rot wurde vor Zorn, dann aber siegte die Freude. Er nahm Sito ungelenk in die Arme. Nach kurzem Zögern fügte Sito sich der Umarmung und klopfte Enzig auf den Rücken.

Enzig trat einen Schritt zurück und musterte Sito. Er sah nicht besser aus als vor der Operation. Tiefe Ringe lagen unter seinen Augen.

»Wie geht es Ihnen überhaupt?«

»Schenk uns noch was ein, Samuel.«

»Willst du dich umbringen, Paul? Du kannst Wasser haben«, bestimmte Parson. Er deutete auf die Whiskyflasche und nickte Enzig zu.

Enzig nahm sich den Whisky, während Parson Sito Wasser einschenkte. Sie stießen überschwänglich mit Sito an, der verlegen lachte.

»Und die Beerdigung?«

»Ein Obdachloser, der vor ein paar Tagen gestorben war«, erklärte Parson.

»Ich habe Samuel gebeten, mich für tot zu erklären. Ich dachte, wir würden Zeit gewinnen, und ich dachte, das würde den Mörder aus seinem Versteck locken.«

»Das ist auch passiert«, bestätigte Enzig. »Der Fall hat eine ungeheure Eigendynamik bekommen, allerdings in eine völlig unerwartete Richtung.«

»Dann glauben Sie auch, dass der Verdacht gegen Kerler eine Reaktion auf meinen Tod war?«

»Inzwischen bin ich mir dessen sicher, ja«, bekräftigte Enzig. »Der Täter konnte sein ursprüngliches Ziel nicht mehr verfolgen, also hat er versucht, seinen Kopf aus der Schlinge zu ziehen.«

»Das beweist wieder einmal, dass sein ursprüngliches Ziel mit mir zu tun hat.« Sito begann, im Raum auf und ab zu gehen, nach wenigen Schritten aber musste er sich aufstützen.

»Paul, du solltest dich hinlegen«, sagte Parson. »Mit einer Magenoperation ist nicht zu scherzen.«

»Was weißt du denn davon?« Sito lachte verkrampft. »Bei dir liegen doch nur die Unvernünftigen. Du kannst gar nicht wissen, wie es gekommen wäre, wenn sie vernünftig gewesen wären.«

»Auf jeden Fall besser«, brummte Parson.

»Haben Sie meine Briefe erhalten?« Sito wandte sich wieder an Enzig.

»Ich habe nur den gelesen, in dem steht, dass das alte Fabrikgelände ein Schlachthof war.«

»Sonst keinen?« Sito wirkte ratlos. »Der Täter hat Einblick in meine Arbeit. Er war in unserem Computer und hat die Dienstpläne studiert, mitten in der Nacht. Das hatte ich Ihnen geschrieben.«

»Diesen Brief habe ich nie gesehen«, kommentierte Enzig.

»Ja, ich wollte mich ebenfalls informieren, da habe ich bemerkt, dass zwei weitere Personen eingeloggt waren.«

»Zwei weitere«, wiederholte Enzig.

»Der dritte dürfte Marc gewesen sein. Eigentlich sollte er auch hier sein, aber Parson kann ihn nicht erreichen. Wann haben Sie ihn zuletzt gesprochen?«

»Heute beim Verhör von Kerler. Danach nicht mehr. Ich bin zu Kerlers Haus, und Busch ist …« Enzig zuckte mit den Schultern. »Ich weiß es nicht, Sito.«

»Das ist nicht gut. Der Täter weiß irgendetwas von mir, etwas Persönliches, also muss er mich schon länger kennen. Und dann diese Kette. Wer hat von der Art meiner Beziehung zu Miriam etwas gewusst?«

»Außer uns beiden?« Parson sah zu Enzig. »Also, Paul, du kannst mir glauben, dass ich davon niemandem erzählt habe.«

»Ich auch nicht«, pflichtete Enzig sofort bei.

»Das hatte ich auch nicht angenommen.«

»Kerler kennt dich am längsten von uns«, gab Parson zu bedenken. »Paul, gibt es nicht irgendetwas, vielleicht nur ein Missverständnis?«

Enzig hielt den Atem an. Wollte Parson etwa verraten, was er von ihm und Hohenfels wusste?

Sito stützte seinen Kopf auf. »Du meinst, ob ich ein dunkles Geheimnis habe?« Ein schwaches Grinsen glitt über sein Gesicht.

»Wer kennt Sie noch so lang?«, fragte Enzig. »Mader vielleicht?«

»Nein, Mader ist noch nicht lange bei uns. Was ist mit Bilks Ermordung?«

»Kerler hat ein Alibi, aber ein zufälliges. Der Täter kann es nicht einkalkuliert haben.«

»Dann will er seine Sache zu Ende bringen«, mutmaßte Parson. »Was ist mit Balder? Er hat der Durchsuchung sehr schnell zugestimmt.«

»Ein Karrierist«, wehrte Enzig ab, und Sito nickte. »Viel entscheidender ist die Frage: Woher wussten Sie, dass in der Fabrik ein Schlachthof war?«

Sito hielt kurz inne, dann brach es aus ihm heraus. »Verdammt!« Er schlug mit der Faust auf den Tisch. »Enzig, ist Friedrich noch in U-Haft?«

»Was? Wieso? Nein. Sein Anwalt hat ihn abgeholt und nach Hause gebracht. Was haben Sie, Sito?«

»Ich fürchte, wir haben alle einen Fehler gemacht. Wir wollten den Mörder aus seiner Deckung locken mit meinem inszenierten Tod. Er ist auch aus seiner Deckung gekommen, aber anders als erwartet. Ich weiß nicht, wofür er mich braucht, aber nach meinem Tod hat alles keinen Sinn mehr gemacht für ihn. Da hat er tatsächlich versucht, die Mordserie abzubrechen und einen Schuldigen zu finden – Kerler. Und der Einzige, der dazu in der Lage war, ist …«

»Johann Mader«, flüsterte Enzig. Er dachte sofort an Busch und dessen Wut auf Mader, als sie vor Kerlers Anwesen auf die Durchsuchung gewartet hatten. Enzig hatte das als Eifersucht abgetan, sich über Busch sogar geärgert. Doch bei Parson unter den Himbeerbüschen war ihm klar geworden: Nur der Mörder selbst konnte Kerler die Beweise untergeschoben haben. Das wiederum machte auch nur dann Sinn, wenn der Mörder von der Ermittlung gegen Kerler wusste.

»Du meinst also tatsächlich, der Mord an Bilk war nur eine spontane Reaktion auf das Erlegen des Rehs, um Kerler auszuliefern?«, fragte Parson.

Sito zögerte einen Augenblick, dann sah er zur Seite.

»Den Vorfall mit dem Reh hat es nie gegeben, stattdessen aber eine Zeichnung. Maders Bericht war ein geschickter Schachzug. Er ist tatsächlich unser Mann.« Sito senkte den Kopf. »Wie konnte ich nur so blind sein? Er selbst hat mir die Hinweise gegeben.«

»Er wusste von dem Schlachthof?«, fragte Parson.

»Wir hatten uns über seine Kindheit unterhalten. Er hat erzählt, dass sein Großvater und sein Vater Schlachter waren, und dabei hat er auch die Fabrik erwähnt. Aber ich habe nicht geschaltet. Weshalb sind wir nicht selbst darauf gekommen, Enzig?«

»Wir sind schon drauf gekommen, aber wir haben das Offensichtliche nicht gesehen, Sito. Wir hatten den Namen der Konstanzer Schlachthofgesellschaft, die ihr Außenlager eine Weile in Dettingen hatte. Aber weil es für die Dettinger Ortsverwaltung nichts Ungewöhnliches ist, hat sie mich nicht eigens darauf aufmerksam gemacht, dass es sich um einen Schlachtereibetrieb handelte.«

»So ein Mist.«

»Es war darüber hinaus ein Ausbildungsbetrieb«, sagte Enzig.

»Bitte was?«

»Sie haben schon richtig gehört, Sito. Dort wurden Schlachter ausgebildet.«

»Okay, dann war sein Vater sicherlich ein Ausbilder. Wo ist Maders Vater jetzt? Enzig, finden Sie das heraus. Mader ist überzeugter Vegetarier. Dafür gibt es vielleicht mehr als nur ethische Gründe.«

»Ja.« Enzig spürte einen Kloß im Hals. »Busch hatte auch schon den Verdacht«, gab er kleinlaut zu.

»Marc ist ihm bereits auf der Spur?«, fragte Sito. »Weiß Mader, dass Friedrich ein Alibi für Bilks Ermordung hat?«

»Ich denke nicht.« Enzig schüttelte den Kopf. Kerler war daheim, sein Anwalt hatte keinen Kontakt zu Mader – Er sprang auf. »Verdammt, das war es also.«

»Was haben Sie?«, fragte Parson.

»Als Kerler vorhin nach Hause kam, hatte er einen braunen Umschlag im Briefkasten. Ohne Poststempel, würde ich vermuten.«

»Wie kommen Sie darauf?« Sito trank das ganze Glas Wasser leer, als wäre er kurz vorm Ertrinken.

»Er hat ihn mehrmals gewendet, gleich geöffnet und sich umgesehen.«

»Samuel, wir müssen sofort zu ihm. Wahrscheinlich denkt Mader, Kerler sei nur auf Kaution frei. Er will sicher seinen Plan vollenden und Kerler ans Messer liefern.« Sito sprang ohne Rücksicht auf seine Wunde los. »Enzig, Sie holen sich Maders Personalakte, dann wissen wir, wo er wohnt. Auf keinen Fall eine offizielle Fahndung nach Mader als Tatverdächtigem, bis wir Friedrich in Sicherheit haben!«, rief er im Rennen. Parson eilte ihm nach, dann fiel die Tür ins Schloss.

Enzig blieb allein zurück. Er hatte das Gefühl, das Blut staue sich in seinem Kopf. Der Abschiedsbrief von Kerler an Sito nur fingiert, die Dinge in seinem Sekretär nur dort abgelegt, Mader hatte sie alle an der Nase herumgeführt! Busch hatte recht gehabt, aus welchen Gründen auch immer.

Mechanisch griff Enzig nach dem Whiskyglas und nahm noch einen Schluck. Er versuchte, seine Gedanken zu ordnen. Mader war intelligent genug, um seine Verbrechen zu planen. Er hatte das Handwerk des Schlachtens bei seinem Vater gesehen, vielleicht zusehen müssen. Womöglich war Mader selbst ein Opfer von Gewalt geworden, und zwar durch dieselbe Person, die auch die Tiere getötet hatte, also Vater oder Großvater. Das führte zu seiner starken Identifikation mit den gequälten Tieren. Jede tierquälerische Handlung erschien ihm als persönliche Bedrohung.

Sito, aber auch Busch hatten recht – Mader passte ins Bild. Warum aber hatte Mader Sito überhaupt mit diesen Hinweisen gespeist? Was wollte Mader von Sito? Wieso diese persönliche Annäherung wie etwa durch die Halskette von Miriam? Welchen Sinn konnte das haben? Gab es tatsächlich ein dunkles Geheimnis in Sitos Leben, und Sito spielte ihnen allen etwas vor? Enzig dachte an die Begegnung mit Mader, als dieser ihn am Abend vor Miriams WG erschreckt hatte. Vielleicht war er dort gewesen, um Bilder zu stehlen, die er als Beweise bei Kerler hinterlegen konnte. Enzig erstarrte.

Der Nebenmensch

Friedrich Kerler betrat sein Haus. Im Flur zog er wie gewöhnlich seine Schuhe aus und schlüpfte in die Pantoffeln. Irene bestand darauf, da ihre Putzfrau nur einmal in der Woche kam, und sie duldete keinen Schmutz in der Wohnung. Nur wenn ihre Bridgedamen kamen, dann machte sie eine Ausnahme, was in Kerlers Augen so überhaupt keinen Sinn ergab, denn die Damen kamen just am Tag nach der Putzfrau, sodass Irene dann eine knappe Woche mit den Spuren von den hochhackigen Schuhen ihrer Freundinnen in der Wohnung leben musste. Doch Kerler fügte sich, denn im Grunde war es ihm egal, mit welchen Schuhen er durch den Flur und das Treppenhaus nach oben in sein Arbeitszimmer schritt. Irene und er lebten schon lange irgendwie in verschiedenen Stockwerken, ohne dass sie das abgesprochen hätten.

Was Irene bei der Hausdurchsuchung wohl gedacht hatte? Sicherlich hatte sie ihn im Stillen verflucht, weil jetzt alle Nachbarn über sie reden würden. Das war eine derart unrühmliche Geschichte – damit war das Ende seiner Laufbahn so gut wie besiegelt. Man würde ihn rehabilitieren und danach offiziell in den Vorruhestand schicken. Und dann?

Kerler spähte ins Wohnzimmer und in den angrenzenden Wintergarten. Von Irene keine Spur. Im Vorbeigehen legte er den Umschlag auf dem Esstisch ab, ging in die Küche, öffnete den Kühlschrank und nahm sich ein Bier heraus. Er ließ den Verschluss an der Kante der Ablage abspringen und trank aus der Flasche.

Wenn er aus dem Küchenfenster blickte, sah er die Reste der Hollywoodschaukel, die sie vor vielen Jahren angeschafft hatten und die jetzt nur noch ein Mahnmal alter Zeiten war und allmählich zuwucherte. Es wunderte ihn, dass Irene die verrosteten Überreste nicht längst entsorgt hatte. Sie waren damals in lauen Nächten darin gesessen, hatten geschaukelt, ihr Baby in den Armen gehalten und hatten verträumt in den Nachthimmel gesehen. Es war so viel Kitsch, dass es schon wieder romantisch war. Kerler hätte es nie für möglich gehalten, aber in solchen Momenten war er sich sicher gewesen: *Das ist für immer.*

Er nahm die zweite Flasche Bier aus dem Kühlschrank und stellte gleich noch zwei weitere kalt für später. Dann ging er ins Wohnzimmer und setzte sich an den Tisch. Er nahm noch einmal einen großen Schluck, dann zog er den Zettel aus dem Umschlag und las ihn erneut:

»WENN SIE WISSEN WOLLEN, WER SIE VERRATEN HAT, DANN KOMMEN SIE IN DAS GELBE HAUS AM ENDE DER BIRKENALLEE IN ÖHNINGEN.«

Kerler rieb sich das Gesicht. Er fühlte die Bartstoppeln und vermutete, dass er furchtbar aussah. Was sollte er nun tun? Auch die zweite Flasche Bier war leer.

Er erhob sich schwerfällig, musste husten und sich auf dem Tisch abstützen.

»Ich bin hier«, kam plötzlich eine vertraute Stimme aus der hinteren Ecke des Wohnzimmers, wo Miriams Klavier stand und Irene eine Leseecke eingerichtet hatte. Kerler fuhr herum und erkannte Irene, die dort im Dämmerlicht saß und ihn beobachtet haben musste.

»Wieso sitzt du im Dunkeln? Und wieso sagst du nichts?«

»Ich wusste nicht, wie ich dir begegnen sollte. Es war unheimlich.«

Er atmete tief durch. »Es tut mir sehr leid, Irene.«

Sie stand auf und kam auf ihn zu. Vorsichtig griff sie nach seinem Arm. »Ich weiß. Mir auch. Ich bin irgendwie mit schuld.«

»Wie kommst du denn darauf?«

»Ich war bei der Polizei. Aber das habe ich nicht gewollt.«

Kerler nickte und legte seine Stirn an ihre. Mehr Nähe war nicht möglich. »Es war nur ein Missverständnis. Nur ein riesengroßes Missverständnis.«

»Du hast damit nichts zu tun, oder?«, flüsterte sie.

»Natürlich nicht, Irene. Wo denkst du hin … Du kennst mich doch.«

»Eben nicht mehr so richtig, Friedrich.«

»Ich weiß.« Kerler löste sich, und auch Irene ließ seinen Arm los. »Was willst du nun machen?«

Sie blickte zur Seite, und erst jetzt bemerkte Kerler, dass im Übergang zum Flur zwei Koffer standen. Er nickte. »Du gehst?«

»Zu meiner Schwester nach Heidelberg. Vorerst.«

»Soll ich dir beim Tragen helfen?«

»Bitte nicht.« Sie lächelte und berührte ihn noch einmal an der Wange, dann ging sie zu ihren Koffern, hob sie umständlich auf und zog sie zur Haustür. Sie setzte sich einen Hut auf und hängte sich eine Handtasche über den Arm. Noch lag ein Hauch ihres Parfüms in der Luft, dann fiel die Tür ins Schloss.

Kerler riss sich los von der Tür, hinter der Irene gerade verschwunden war, und holte sich das Telefon. Er rief seinen Anwalt an. Die Voicebox antwortete, dass der gewünschte Gesprächspartner momentan nicht erreichbar sei. Er könnte Enzig verständigen, aber weshalb sollte er jemanden um Hilfe bitten, der ihn für einen Serienmörder gehalten hatte? Gab es irgendjemanden, der ihn nicht verdächtigt hatte? Nach kurzem Zögern rief Kerler ein Taxi. Er war nicht mehr in der Lage, selbst zu fahren.

Parson stand neben Sito vor der Villa der Kerlers. Sito klingelte nun schon zum dritten Mal. Der Bewegungsmelder war an- und schon wieder ausgegangen. Sicher starrte schon mindestens ein Nachbar auf den Eingang der Kerlers und wunderte sich, was dort wieder los war. Wenn sie Pech hatten, kam vielleicht sogar ein Streifenwagen vorbei. Sito rief laut Kerlers Namen. *Auch das noch*, dachte Parson verärgert. Nichts regte sich. Im Haus blieb es dunkel. »Es hat keinen Zweck, Paul. Lass uns gehen.«

»Wir müssen da rein.« Sito suchte im Blumenkübel neben der Haustür nach einem Zweitschlüssel. Auch unter der Fußmatte und unter einem großen Stein neben der Treppe sah er nach. Doch ohne Erfolg.

»Was hast du vor? Willst du einbrechen?« Parson lachte, aber Sito begriff das wahrscheinlich gar nicht als Witz. Und richtig: Sito nickte und machte sich sofort am Schloss zu schaffen.

»Halt, Paul, dann aber doch wenigstens auf der Gartenseite. Hier kann uns jeder sehen.«

»Du hast recht. Komm mit.« Sito lief um das Haus herum. Parson folgte ihm. Als er im Dunkeln die Hollywoodschaukel entdeckte, musste er an Maria denken. Sie hatte sich immer eine Hollywoodschaukel gewünscht. Noch etwas anderes kam ihm in den Sinn: Er musste ihr schonend beibringen, dass Sito noch lebte. Er mochte sich gar nicht ausmalen, wie sie reagieren würde, wenn sie es erfuhr. Es würde noch einmal alles hochwirbeln, alles, was sie über ihren Sohn so gut unter Verschluss gehalten hatten. Und wenn er ihr dann noch gestand, dass er von Anfang an Bescheid gewusst hatte … Vor der Balkontür blickte Sito sich um.

»Und jetzt?« Parson kam sich überflüssig vor. Nie hätte er gedacht, dass er einmal bei einem Einbruch dabei sein würde.

Sito holte einen Stein aus dem Blumenbeet, trat zur Balkontür und holte aus.

Parson hielt den Atem an und schloss kurz die Augen, aber das Klirren von Glas blieb aus. Stattdessen legte Sito den Stein einfach wieder auf den Boden. »Komm, ich habe eine viel bessere Idee.« Er ging wieder an die Seite des Hauses und dort eine Treppe hinunter.

Parson folgte ihm, die Hand fest am Geländer. »Was hast du jetzt wieder vor? Meinst du nicht, Kerlers haben vielleicht eine Alarmanlage?«

Anstelle einer Antwort wühlte Sito in seinem Portemonnaie und zog einen Draht hervor. Wenige Augenblicke später öffnete er die Kellertür und verharrte. Parson hielt den Atem an. Lauschte Sito etwa? Gab es vielleicht doch …

»Keine Alarmanlage. Komm mit.« Sito drängte ins Haus, lief durch den Keller und die Treppen nach oben. Immer wieder rief er Friedrichs Namen.

Parson war so aufgeregt, dass er nicht mehr reden konnte. Erneut stellte er sich vor, dass gleich die Polizei kommen und ihn wegen Einbruchs festnehmen würde. Und dann würden sie Sito erkennen, und er musste erklären, wie es sein konnte, dass er mit einem toten Kommissar nachts im Konstanzer Musikerviertel unterwegs war.

»Friedrich«, drang Sitos Rufen an sein Ohr, und Parson erschrak, denn er hatte keine Ahnung, wo Sito gerade war.

»Paul?«

»Ich bin hier, Samuel, keine Sorge.« Das Licht im Flur ging an, und Sito stand neben der Garderobe. »Wir sind zu spät. Friedrich ist nicht mehr da.«

Kerlers Hausschuhe standen akkurat neben dem Schuhschrank im Flur. Ein eigentümliches Gefühl befiel Parson bei dem Anblick, der ihm bewusst machte, wie sehr sie in die Privatsphäre von Kerler eingedrungen waren. Für Sito mochte das nicht so schlimm sein, er kannte Kerler seit vielen Jahren. Aber Parson konnte Kerler nach dieser Nacht nicht mehr einfach so gegenübertreten.

»Samuel, wäre es nicht möglich, dass er zu euch gefahren ist? Er wusste doch, dass seine Tochter bei euch ist, oder?«

»Also«, Parson sah verlegen zur Seite, »er wusste es nicht, weil er es war, der verdächtigt wurde. Aber Miriam ist nicht mehr bei uns, seit sie von seiner Verhaftung weiß.«

»Was? Das darf doch alles nicht wahr sein.«

Maders Personalakte. Enzig sprang auf und rannte aus Sitos Haus. Mit quietschenden Reifen fuhr er los und wählte Parsons Nummer, doch dessen Handy war ausgeschaltet. Hoffentlich waren sie noch bei Kerler. Auf dem Weg dorthin rief er Busch an, der den Anruf sofort entgegennahm. »Sie hatten recht, Marc. Es tut mir leid. Mader ist unser Mann. Wissen Sie, wo er wohnt?« Stille am anderen Ende. »Marc, wo sind Sie? Sind Sie noch im Präsidium? Sind Sie immer noch wütend auf mich? Jetzt sagen Sie doch etwas.«

»Es ist …« Ein Räuspern, dann war ein klickendes Geräusch in der Leitung zu hören, und eine Kirchturmuhr schlug.

»Marc, so sagen Sie doch etwas!« Wieder kam keine Antwort, im Hintergrund polterte etwas, dann dämmerte es Enzig. »Ist er bei Ihnen?« Das Gespräch wurde beendet. Enzig brach kalter Schweiß aus. Er rief im Präsidium an, doch außer der Nachtwache war keiner mehr anwesend. Immerhin wussten sie dort, dass Busch und Mader vor einer halben Stunde gegangen waren, kurz hintereinander.

»Sie müssen bitte eine Fahndung rausgeben. Und zwar nach Kommissar Marc Busch. Es besteht der Verdacht, dass er entführt wurde.« Er überlegte kurz. »Und auch eine Fahndung nach Johann Mader.« Enzig konnte die Bestürzung der Beamten durch die Telefonverbindung spüren, dennoch reagierten sie ohne Zögern.

Im Hintergrund gab einer der beiden bereits eine entsprechende Meldung durch. Mehr konnte Enzig im Augenblick nicht tun. Die Personalabteilung war erst am nächsten Tag wieder besetzt. Er bog ins Musikerviertel ab und hoffte inständig, wenigstens Sito und Parson gleich bei Kerlers Haus zu treffen. Wenn Mader Busch entführt hatte, konnte er unmöglich auch bei Kerler sein.

In diesem Moment sah er Sito und Parson vor Kerlers Haus, und er hupte. Ein Stein fiel ihm vom Herzen.

Sito kam an sein Auto gerannt und schimpfte durch die runtergekurbelte Scheibe: »Enzig, was machen Sie denn, sind Sie übergeschnappt? Wollen Sie die ganze Nachbarschaft wecken?«

»Hören Sie, es ist … es ist was passiert«, keuchte Enzig.

»Was ist los? Haben Sie Friedrich?«

»Nein. Marc Busch wurde entführt! Mader hat ihn in seiner Gewalt.«

Rund um ihn war es dunkel. Im Mund hatte er einen blutigen Geschmack. Buschs Kopf schmerzte, seine Hände waren gefesselt. Mader hatte ihn vor seiner Wohnung abgefangen. Es war kein Gespräch notwendig gewesen. Sie hatten einander im Licht der Straßenlaterne in die Augen gesehen und beide gewusst, dass es nichts mehr zu sagen gab. Einen solch unheimlichen Moment hatte Busch noch nie erlebt. Es hatte keine Bösartigkeit in Maders Blick gelegen, aber eine unabwendbare Entschlossenheit.

Busch wohnte im Erdgeschoss eines Zweifamilienhauses in Allmansdorf. Er hätte schreien können, aber die Familie im ersten Stock war verreist. Hätten die Nachbarn ihn womöglich gehört? Vielleicht hatten diese Sekunden über sein Leben entschieden.

Immerhin hatte Enzig endlich gemerkt, das Mader der Mörder war. Er hatte den Anruf angenommen und nach Enzigs erstem Satz ein Geräusch hinter sich gehört. Dann war da dieser unheimliche Moment, Mader gegenüberzustehen. Das Telefon am Ohr, Mader im Blick, ein Durchspielen der Möglichkeiten. Enzig hatte schnell begriffen, was los war. Es gab also Hoffnung. Noch bevor Busch einen Satz über die Lippen gebracht hatte, war Maders Arm in die Höhe geschnellt, und ein schwerer Gegenstand war auf Buschs Kopf gelandet. Für den Bruchteil einer Sekunde war es gewesen, als stünde Busch unter einem weichen Wasserfall und badete darin, dann war der Aufprall auf dem Boden gekommen.

Er konnte sich kaum bewegen. Busch versuchte, ruhig zu atmen, aber die Luft war stickig. Plötzlich hörte er Motorengeräusche. Als er die Vibrationen spürte, begriff er, dass er in einem Kofferraum lag. Hatte der Wagen schon die ganze Zeit vor seiner Wohnung gestanden? Wie viel Zeit war vergangen? Wie lange war er ohnmächtig gewesen? Die Fahrt dauerte an, der Wagen wurde schneller. Busch fiel es immer schwerer, zu atmen. Als ihm einfiel, dass Mader ihn vermutlich zu dem Ort bringen würde, wo er all die anderen hingebracht hatte, um sie zu töten, würgte es ihn. Falls Busch die Gelegenheit bekam, mit Mader zu reden, dann musste er ihn unbedingt wissen lassen, dass Enzig von der Entführung wusste. Vielleicht konnte Busch Mader so zur Aufgabe bewegen. Das war womöglich eine Chance, denn was auch immer Mader vorhatte, es machte alles keinen Sinn mehr – er war überführt.

Da wurde es still. Der Wagen hatte angehalten. Busch schloss die Augen.

Sito betrat das Kloster in der Niederburg. Obwohl es schon später Abend und alles dunkel war, wusste er, dass er Schwester Raphaela hier finden würde, in aller Stille, weil alle anderen schliefen. Nur das Plätschern eines Brunnens unterbrach die Ruhe. Der Mond glitzerte auf der Wasseroberfläche. Er entdeckte Schwester Raphaela an einem Schlehenbusch, von dem sie vorsichtig einige schwarze Beeren klaubte.

»Schwester Raphaela«, flüsterte er, als er nahe genug bei ihr war.

Sie drehte sich um und lächelte ihn an. Keine Spur eines Erschreckens war von ihrem Gesicht abzulesen. Sie streckte den Arm nach ihm aus und nickte. »Ich habe es gewusst, ich habe es gewusst. Ich hätte es gespürt, wenn du gestorben wärst.«

»Es tut mir leid. Ich wusste nicht mehr weiter. Können wir uns setzen?«

»Aber natürlich, Paul. Komm, hier drüben ist ein wenig Licht vom Flur. Da sind wir ungestört. Um diese Zeit kommt sonst niemand in den Innenhof.«

»Nur ich komme. Bitte entschuldigen Sie, Schwester Raphaela. Ich weiß, mein Tod, dass ich ihn nur vorgetäuscht habe, das war nicht rechtens.«

»Vor mir musst du dich nicht rechtfertigen. Ich bin froh, dass du lebst, glaube mir.«

»Ich dachte, wir gewinnen Zeit, wenn es mich für eine Weile nicht mehr gibt.« Eine Fledermaus zog ihre schnellen Kreise durch den Innenhof.

»Manchmal erreicht man genau das Gegenteil von dem, was man möchte. Wie diese Fledermaus. Sie kommt jede Nacht. Je schneller sie fliegt, desto länger braucht sie, um wieder aus dem Innenhof nach oben zu gelangen, weil ständig etwas im Weg liegt. Irgendwann wird sie langsamer werden und dann schnell an Höhe gewinnen. Jeden Abend tut sie das.« Schwester Raphaela lachte. »Na ja, vielleicht ist es immer eine andere. Wir lernen, Paul, egal was wir tun oder unterlassen. Wir lernen, und das können wir gar nicht aufhalten, auch wenn wir uns noch so sehr dagegen wehren.«

»Ja, scheint so.« Sito verbarg sein Gesicht in den Händen. »Wir wissen, wer der Täter ist. Aber wir wissen nicht, wo er ist und was er noch vorhat. Ich fürchte, das geht nicht gut aus.«

»Was wäre denn ein schlechter Ausgang?«, fragte Raphaela.

Sito starrte sie an. »Ich habe Angst. Zum ersten Mal seit langer Zeit. Vielleicht ist das schon ein schlechter Ausgang.«

Raphaela legte ihm eine Hand auf den Arm. »Nein, das ist gut. Es macht dich menschlich, und es wird dir helfen, deinen Täter zu fangen. Du wirst sehen. Ich glaube nicht, dass er ein böser Mensch ist.«

»Nein?«

»Nein. Er ist verzweifelt. Das ist etwas anderes, Paul. Das solltest du am besten wissen.«

Sito nickte. Mit einem Mal wusste er, was ihn die ganze Zeit bedrückt hatte. Er hatte Angst, dass ihn und Mader etwas verband ... Er schaute auf, die Mauern entlang. Die Fledermaus war verschwunden.

Stefan räumte den Tisch ab, verabschiedete sich von Miriam und verzog sich mit einer Flasche Bier nach oben. Nathanael hatte noch eine Verabredung und war bereits vor einer Stunde weggefahren. Miriam holte sich einen Apfel und setzte sich auf ihr Sofa. Sie wollte noch nicht ins Bett, vielmehr wollte sie warten und später noch einmal mit Nathanael reden. Er wusste am meisten über sie und ihren Vater.

Es klingelte an der Haustür. Miriam stand auf und öffnete. Vor ihr stand Johann Mader.

»Hallo Miriam. Bitte entschuldigen Sie, dass ich Sie so spät stören muss. Herr Dr. Enzig sagte mir, es sei sehr wichtig und ich solle unbedingt noch zu Ihnen. Darf ich reinkommen?« Miriam nickte müde und hielt ihm die Tür auf. Er folgte ihr ins Wohnzimmer. »Vielen Dank. Es wird nicht lange dauern. Ich müsste Ihnen nur noch einige Fragen stellen. Herr Dr. Enzig meinte, Sie hätten noch weitere Bilder bei sich?«

»Wie kommt er denn darauf?« Miriam ließ sich wieder auf das Sofa sinken und bot Mader einen Sessel an.

Mader setzte sich und lächelte sie freundlich an. »Tut mir sehr leid, die Geschichte mit Ihrem Vater. Sie müssen völlig verwirrt sein, und dann komme auch noch ich zu nachtschlafender Zeit. Glauben Sie mir, das ist mir wirklich sehr unangenehm.«

»Wo ist denn Enzig?«

Mader räusperte sich. »Also, ich weiß nicht so recht, wie ich das jetzt schonend …«

»Ach so«, Miriam nickte, »er verhört meinen Vater.«

»Wie viele Bilder haben Sie denn noch?«

Miriam zuckte mit den Schultern. »Wahrscheinlich sind nebenan in meinem Zimmer noch ein paar. Ich weiß es nicht. Ich habe Enzig ja schon fast alle rausgesucht.«

»Hören Sie, Sie wissen ja inzwischen über den Zusammenhang zwischen Ihren Bildern und den Morden Bescheid, nicht wahr? Herr Dr. Enzig hat Sie doch darüber aufgeklärt.«

Wieder nickte Miriam.

»Es ist für uns und die … Ach, das ist wirklich schrecklich unangenehm, glauben Sie mir, ich kann gut verstehen, wie Sie sich fühlen.«

»Wieso? Wird Ihr Vater auch des Mordes verdächtigt?« Miriam flüsterte die Worte nur, aber ihr wurde in diesem Moment bewusst, dass sie Angst hatte – Angst davor, dass sich der Verdacht gegen ihren Vater bewahrheiten könnte.

»Nein, Miriam, da haben Sie recht. Wahrscheinlich kann ich mir das wirklich nicht vorstellen. Machen wir es also so kurz und knapp wie möglich, dann haben wir beide dieses unangenehme Gespräch hinter uns. Wir benötigen alle Bilder und auch alle Skizzen für die Beweisführung. Sie sind Beweismaterial. Ich soll sie holen und ins Präsidium bringen.«

»Gut, es wird eine Weile dauern, bis ich alles zusammengesucht habe. Ich komme gleich wieder zu Ihnen.« Miriam stand auf und ging in ihr Zimmer. Überall waren Bilder an die Wände gepinnt, zwei Staffeleien standen am Fenster, und auf dem Boden türmten sich Kunstbücher und Papierrollen. Miriam sah sich suchend nach ihrem Skizzenblock um. Plötzlich merkte sie, dass Mader ihr gefolgt war und unmittelbar neben ihr stand.

»Sie malen großartig, Miriam. Aus jedem Bild spricht Ihre Seele, wissen Sie das?«

Miriam drehte sich erstaunt um und begegnete Maders dunklen Augen. Sie musste lächeln und zuckte ganz leicht die Schultern. Rasch sammelte sie ihre Arbeiten der letzten Monate ein und legte sie in einen großen Karton, den sie Mader überreichte. Er bedankte sich, wünschte ihr alles Gute, von Herzen alles Gute, wie er betonte, und Miriam glaubte ihm. Dann ging er.

Lange stand sie im Türrahmen ihres Zimmers und sah auf die Haustür, die Mader eben leise hinter sich geschlossen hatte. Es berührte sie eigenartig, wie er ihre Bilder gelobt hatte, so als würde er sie gut kennen, besser als andere Menschen. Und dann dieser emotionale Abschied, als wäre es ein Abschied für immer.

Als sie sich wieder in ihre Decke auf dem Sofa wickelte, entdeckte sie auf dem Boden neben dem Sessel, auf dem Mader gesessen hatte, ein ledergebundenes kleines Notizbuch. Es musste Mader aus der Tasche gefallen sein. Sie hob es auf und legte es auf den Couchtisch. Da klingelte es schon wieder an der Haustür. Wahrscheinlich Mader, der den Verlust bestimmt schon bemerkt hatte. Mit dem Buch in der Hand ging Miriam zur Tür.

»Du bist wieder zu Hause?« Vor ihr stand nicht Mader, sondern Gregor, der sie überschwänglich umarmen wollte.

»Du bist's.«

Gregor versuchte sie zu küssen, aber Miriam drehte sich weg und lief zurück ins Wohnzimmer. Maders Buch hielt sie immer noch in der Hand.

»Was ist denn mit dir?«

Miriam stöhnte innerlich. Sie sehnte sich nach Ruhe, nach ihrem Zimmer, nach Dunkelheit. Sie wollte keine Fragen mehr beantworten, niemanden mehr um sich haben, der sie bedauerte oder sie fragte, wie es ihr gehe. Sie wollte endlich in Ruhe gelassen werden.

»Gregor, bitte, können wir dieses Gespräch ein andermal führen? Ich habe jetzt keine Kraft mehr.«

»Welches Gespräch?«

Miriam gab es auf.

»Hör mal, Miriam, ich weiß, das war alles sehr viel für dich in der letzten Zeit. Ich will dich nicht unter Druck setzen. Triff jetzt bloß keine übereilten Entscheidungen, was uns angeht. Ich merke doch, dass du dich zurückziehst. Also, lass dir Zeit. Ich bin nur gekommen, um zu sehen, wie es dir geht. Und um euch von dem Treffen mit der Stadtverwaltung zu erzählen. Was hast du denn da in der Hand?«

»Nichts weiter. Ein Polizist war eben da und hat es vergessen. Ihr müsst euch knapp verfehlt haben.«

Gregor nahm ihr das Notizbuch aus der Hand und drehte es in seinen Händen. »Da, sieh mal«, sagte er. »J−M. Johann Mader.«

»Ja und? Ich habe doch schon gesagt, dass eben jemand hier war wegen meiner Bilder.«

»Nein, darauf wollte ich nicht hinaus. Das Buch gehört meinem Bruder. J−M, das sind seine Initialen.«

Zwei Brüder

Enzig stand vor dem Haus, in dem Mader angeblich wohnen sollte. Er konnte es kaum fassen, hatte er doch eine echte Odyssee hinter sich. Wie gelähmt war er in Sitos Haus gesessen, bis er endlich begriffen hatte, dass er Mader und Busch finden musste.

Nach seinem Telefonat mit dem Präsidium war er zwar insofern beruhigt, dass er sein Möglichstes versucht hatte, obwohl er die Fahndung nach Mader eigenmächtig entschieden hatte. Ein gutes Gefühl war das freilich nicht. Dann versuchte er mehrfach vergeblich, Parson zu erreichen. Irgendwie bildete er sich plötzlich ein, Sito gleich wieder zu verlieren, wenn er ihn nicht sofort vor sich sah. Also fuhr er zu Kerlers Haus, in der Hoffnung, dort auf ihn und Parson zu treffen – und hatte Glück. Parson erzählte von dem Einbruch, und Enzig konnte sein Unbehagen förmlich greifen. Wesentlich schwerwiegender war allerdings die Tatsache, dass auch Kerler verschwunden war. Es kostete ihn und Parson große Mühe, Sito davon zu überzeugen, sich endlich hinzulegen. Parson machte eine Andeutung, dass Sito überhaupt nicht unterwegs sein dürfte, und Enzig begriff in dem Moment erst so richtig, dass nur der Tod, nicht aber Sitos Krankheit eine Täuschung gewesen war.

Danach war Enzig auf sich allein gestellt. Er brauchte einen Moment, allein in seinem Auto dort vor Kerlers Haus, um sich mit dieser Situation anzufreunden. Anschließend fuhr er ins Präsidium, um Maders Schreibtisch nach irgendeinem brauchbaren Hinweis zu durchsuchen.

Just als er aufgeben wollte, rief Miriam ihn an und teilte ihm diese Neuigkeit mit: Mader war der Stiefbruder von ihrem Freund Gregor. Und hieß eigentlich Johann Redam. Weder Miriam noch Gregor ahnten, dass er der Täter war. Vielmehr machten sie sich Sorgen um ihn. Enzig war sich sicher, dass die Personalakte unter dem Namen Johann Redam selbstverständlich vorhanden war. Mader musste sich unter falschem Namen vorgestellt haben. Und welcher Kollege würde den Namen schon in Frage stellen.

Enzig ließ seinen Blick an dem Haus nach oben wandern. Drei

Stockwerke, apricotfarben gestrichen, schicke Glasbalkone nach Südwest. Ein modernes Mietshaus, wahrscheinlich neun Parteien. Keiner der Nachbarn würde später glauben, dass er neben einem Mörder gewohnt hatte. Wie so oft.

Da kamen endlich Gregor und Miriam.

»Guten Abend, Herr Enzig. Meinen Sie wirklich, mein Bruder ist in Gefahr?«

»Ich kann Ihnen das jetzt nicht erklären. Würden Sie bitte die Wohnung aufsperren? Ich hab schon geklingelt. Bitte, ich hab wirklich nicht viel Zeit.«

Gregor sperrte die Tür auf und führte Enzig in dem Haus die Treppe nach oben. Im zweiten Stock öffnete er eine Wohnungstür.

»Ich habe ihn aber schon eine Weile nicht mehr gesehen. Ich dachte schon, er habe vielleicht eine Freundin und, na ja, ich war auch nicht sehr oft zu Hause.« Gregor warf Miriam einen grinsenden Blick zu.

Enzig betrat die leere Wohnung, ein etwa vierzig Quadratmeter großes Ein-Zimmer-Appartement. Im Flur war eine Garderobe mit einem Spiegel, rechts die Tür ins kleine Badezimmer. Die blauen Handtücher waren sorgfältig über Handtuchstangen und die Duschkabine gehängt. Dann betrat Enzig einen großen Raum, der Ess-, Wohn- und Schlafzimmer zugleich war. Das beige Sofa war sicherlich eine Ausziehcouch. Auf dem Glastisch lagen ein paar Zeitschriften über das Segeln und ein Gedichtband von Rilke. Der Raum öffnete sich zu einem Balkon. Enzig sah keinen Schreibtisch, nichts, wo Mader etwas hätte verstecken können. Die winzige Küchenzeile sah aus, als wäre darauf lange kein Essen zubereitet worden. Im Kühlschrank fand er nur zwei Tomaten und eine vertrocknete Zitrone.

Enzig ließ sich auf einen Stuhl an dem runden Tisch sinken und sah Miriam an. »Können Sie mir bitte alles noch einmal in Ruhe erzählen?«

Miriam und Gregor setzten sich zu Enzig an den Tisch, und Gregor erzählte, wie er das Notizbuch von Johann Mader entdeckt hatte. »Er ist eigentlich mein Stiefbruder. Er hat seinen Namen geändert.« Gregor hielt Enzig einen Zettel hin. Darauf hatte er in Großbuchstaben »REDAM« und »MADER« untereinander geschrieben. »Er liest ihn einfach rückwärts.« Er grinste und tippte sich mit dem Zeigefinger an die Stirn. »Johann ist manchmal ein Spinner.«

Ein anderer Name also. Enzig massierte sich die Schläfen. Was hatte Mader bewogen, seinen Namen … Enzig kam plötzlich etwas ganz anderes in den Sinn. »Miriam, was wollte er eigentlich bei Ihnen?«

»Er wollte die Bilder.«

»Was?« Enzig sprang vom Stuhl auf, der scheppernd umfiel, stützte sich auf den Tisch und beugte sich weit nach vorne zu Miriam. Miriam wich erschrocken zurück.

»Sagen Sie nicht, dass Sie ihm noch weitere Bilder gegeben haben!«

»Hätte ich das nicht tun dürfen?«

»Beweismittel«, flüsterte Enzig, dann beruhigte er sich.

»Aber er ist doch von der Polizei wie Sie auch.« Miriams Stimme klang verängstigt.

»Schon gut.« Beschwichtigend legte Enzig seine Hand auf ihren Arm.

»Wollen Sie bei mir auf ihn warten?«, fragte Gregor, doch Enzig schüttelte den Kopf. Die Wohnung von Mader erweckte nicht den Eindruck, als werde sie wirklich bewohnt. Vermutlich nutzte Mader sie nur als gelegentlichen Anlaufpunkt. Es gab absolut keinen Grund, warum er dies ausgerechnet jetzt ändern sollte.

»Sagen Sie, wo leben eigentlich Ihre Eltern?«

»In einem kleinen Dorf bei Würzburg. Johanns Vater hat die Familie verlassen, als Johann noch ein kleiner Junge war. Seine Mutter hat meinen Vater geheiratet. Aber Johann hat kaum noch Kontakt. Dr. Enzig, ist mein Bruder etwa in Gefahr?«

»Ich kann es Ihnen wirklich nicht sagen. Sollte er sich bei Ihnen melden, dann … Ach was, bringen Sie jetzt bitte Miriam nach Hause.«

Gregor und Miriam verließen Maders Wohnung, und Enzig setzte sich auf das Sofa. Er lehnte sich zurück und schloss für einen Moment die Augen. Als er sie wieder öffnete, fiel sein Blick auf das Bild an der Wand: »Der Stier« von Franz Marc. Das gleiche Bild hing auch bei Sito im Arbeitszimmer.

Mader half Busch aus dem Kofferraum. Er wedelte mit der Hand vor seinen Augen hin und her und merkte, dass Buschs Pupillen nur langsam folgten. Der Schlag auf den Kopf war heftig gewesen, dessen war er sich bewusst. Aber es gab jetzt kein Zurück mehr, es war ohnehin alles egal. Busch lief Blut übers Gesicht, und er wankte beim Gehen. Mader musste ihn stützen, aber er wollte ihm keinesfalls die Fesseln abnehmen. Er durfte Busch nicht unterschätzen. Er stieß ihn vorwärts zum Gartentor.

»Mader, das hat doch keinen Zweck.« Busch schien langsam wieder klarer zu werden.

»Seien Sie still. Gehen Sie lieber … Halt! Ach du meine Güte …«

»Was haben Sie mit mir vor, Mader?«

»Wir müssen zum Seiteneingang.« Mader klopfte sich mit der Faust gegen den Kopf. Wie konnte ihm so etwas passieren? Wäre er jetzt durch die Haustür gegangen, dann wäre es aus gewesen mit ihm. Obwohl, wäre das so schlimm gewesen? Er biss sich auf die Lippen. Busch hatte mit der Sache nichts zu tun. Er war zum zweiten Mal von seinen Plänen abgewichen, hatte etwas getan, was nicht gerecht war. Erst Kerler, jetzt Busch. Was sollte er mit Busch nur anfangen? Es gab keinen Grund, ihn zu bestrafen.

Im Haus roch es modrig. Mader kannte den Geruch inzwischen nur allzu gut. Er würde ihn nie wieder aus der Nase bekommen. »So, Marc, hier entlang. Sie dürfen nach oben.«

Er führte Busch zur Treppe und dort Stufe für Stufe nach oben. Oben angekommen stieß Mader ihn in ein Zimmer. Bevor Busch sich orientieren konnte, schlug Mader ihm erneut hart auf den Kopf. Busch brach zusammen und landete auf dem Dielenboden. Mader brauchte Zeit zum Nachdenken und Zeit für Kerler. Hoffentlich kam der bald.

Leichtfüßig lief er die Treppe hinab und durch den Seiteneingang hinaus in den Garten. Er nahm nicht an, dass Kerler eigenmächtig ins Haus kommen würde, aber er wollte sichergehen. In diesem Moment sah Mader tatsächlich ein Auto in die Sackgasse einbiegen. Wenig später stieg Kerler aus einem Taxi. Mader wartete, bis das Taxi davonfuhr und lief mit einer Laterne in der Hand auf Kerler zu. »Kommen Sie, Herr Kerler.« Mader streckte ihm die Hand hin.

»Sie? Mader, Sie sind es?«

»Ja. Beruhigen Sie sich. Ich habe den Mörder dingfest gemacht.« Kerler sah ihn fragend an.

»Nun kommen Sie schon mit. Oder vertrauen Sie mir nicht?«

»Wieso haben Sie mich anonym verständigt?« Kerler musterte Mader skeptisch. »Und warum ist keine Polizei vor Ort?«

»Man weiß ja nicht, wem man noch trauen kann.« Mader führte ihn durch den Seiteneingang ins Haus. Er ließ Kerler Zeit, sich im Wohnzimmer umzusehen. Als dessen Blick lange an den schweren orangefarbenen Vorhängen und den dunklen Möbeln darunter hängen blieb, flüsterte Mader: »Erinnert Sie das an etwas?«

Kerler nickte kaum merklich. »An meine Kindheit, solche Vorhänge … Sind Sie hier aufgewachsen, Mader? Weshalb bringen Sie mich hierher?«

»Kommen Sie. Ich möchte Ihnen etwas zeigen.«

Mader führte Kerler zur Kellertür. Als er sie öffnete, ging ein Ruck durch Kerler. Vor ihnen lag der Abgang in den dunklen Keller. Kerler schnappte nach Luft und musste husten. Er hatte begriffen.

Mader hielt den Atem an. Wie gebannt hing er an Kerlers Augen, an seinem Blick. Mader hatte in den letzten beiden Wochen etwas gelernt: Es war nicht das Sterben seiner Opfer, das ihn berührt hatte, vielmehr war jener Moment überwältigend, in welchem die Opfer erkannten, dass ihre Lage ausweglos war. In das Sterben hatten sich alle irgendwann gefügt, davor aber, wenn sie begriffen, was ihnen bevorstand und dass es keine Rettung mehr gab, da bäumte sich in ihnen dieser ungeheure Lebenswille auf. Auch Kerler griff nach Mader, wollte ihn wegstoßen, doch Mader packte ihn fest am Arm. »Nun gehen Sie schon, Mann.«

Unbeirrt blieb Kerler stehen. »Ich werde nicht gehen, Mader. Ich kenne den Geruch.«

»Sie haben eine feine Nase.«

»Das hat nichts mit einer feinen Nase zu tun«, keuchte Kerler. »Es riecht wie bei der Ausweidung nach der Jagd. Was haben Sie nur getan?«

Es kam Mader vor wie eine kleine Ewigkeit, in der nichts passierte und doch alles klar war. Weshalb wehrte sich Kerler, und weshalb zögerte er selbst mit einem Mal? Kerler stand vor ihm am Kellerabgang und hielt seinem Blick stand. »Was soll das? Was sehen Sie mich so an? Los, runter da.«

Kerler schüttelte wieder langsam den Kopf. Da packte Mader ihn an den Schultern. Kerler hielt dagegen, aber er verlor das Gleichgewicht und fiel rückwärts. Sein Kopf schlug hart auf die oberste Stufe, dann überschlug er sich, sein Unterkörper überholte mit voller Wucht den Oberkörper. Wie ein Ball fiel er die Treppe hinunter. Er schrie nicht.

Wie meine erste Achterbahnfahrt auf dem Jahrmarkt, schoss es Mader durch den Kopf. Damals hatte er Todesängste ausgestanden. Er öffnete den Mund und starrte auf den am Boden liegenden Kerler. Er wartete noch einen Moment, doch Kerler bewegte sich nicht mehr. »Verdammt, verdammt, verdammt«, fluchte Mader, rannte hinab und ging neben Kerler in die Hocke. Vorsichtig drehte er ihn auf den Rücken. Eine blutige Wunde klaffte an der Stirn und an der rechten Kopfseite. Mader suchte nach dem Puls, dann senkte er seinen Kopf und hielt sein Ohr über Kerlers Mund. Anschließend schleifte er Kerler an den Armen über den Boden in eine dunkle Kammer, verschloss diese und ging wieder nach oben.

Wieso nur hatte Sito sterben müssen? Alles war so gut gelaufen ... Er löschte die Lichter im Haus und stieg wieder die Treppe hinab. Dort zog er sich vollständig aus und betrat einen anderen Kellerraum. Gegen die Schreie, die folgen würden, steckte er sich Wattebällchen in die Ohren. Nein, für einen Sadisten hielt er sich nicht, ihm waren die Schmerzensschreie eigentlich zuwider.

Tödliche Simultanität

»Miriam, können wir nicht noch einmal über alles reden?« Gregor stand mitten im Wohnzimmer und sah Miriam flehend an. Er hatte sie nach Hause gebracht, und Miriam hatte schon auf der Fahrt überlegt, wie sie ihn wieder abwimmeln könnte. Doch Gregor hatte sich nicht abwimmeln lassen.

»Das ist kein guter Zeitpunkt, Gregor. Du wolltest mir doch Zeit geben!«

»Ich werd dich nicht so einfach aufgeben, hörst du?«

Miriam seufzte und ließ sich auf das Sofa fallen. Sie war zu erschöpft für irgendwelche Diskussionen. Auch waren ihre Gedanken schon weit von Gregor entfernt. Sie dachte an ihren Vater und an die Bilder und immer wieder an Sito, den sie nicht so schnell würde vergessen können. »Gregor, bitte. Ich hab dir doch gesagt, dass ich heute zu müde bin. Lass uns ein andermal reden.«

»Das verstehe ich doch, aber dann sag mir wenigstens, was das vorhin mit diesem Enzig war. Was will die Polizei von meinem Bruder?«

»Er hat die Bilder bei mir abgeholt. Sie sind Beweismaterial«, erklärte Miriam.

»Ja und? Bringt ihn das in Gefahr oder was?«

Miriam überlegte. »Ich weiß nicht recht. Vielleicht. Meine Bilder waren immerhin die Vorlagen für den Mörder. Glaubt zumindest die Polizei.«

Gregor erschrak sichtlich. Er ließ sich neben sie auf das Sofa sinken, und Miriam hatte sofort ein schlechtes Gewissen. »Sie werden ihn schon finden.« Sie legte einen Arm um ihn.

»Er war nicht zu Hause, schon eine ganze Weile nicht, nur immer mal kurz. Dann habe ich gesehen, dass Wäsche auf dem Balkon hing oder der Müll vor der Tür stand«, murmelte Gregor. Plötzlich sprang er auf. »Weißt du was? Ich hab da noch eine Idee, wo er sein könnte. Kommst du mit? Wir könnten auf der Fahrt noch reden.«

»Worüber?«

»Über uns.«

»Na gut.« Miriam raffte sich auf und zog ihre Jacke an, als Stefan die Treppe herunterkam.

»Ihr fahrt noch weg? Kommt ihr zufällig an einer Tanke vorbei?«

»Kommen wir?« Miriam wandte sich zu Gregor, der nickte.

»Du hast Glück, Stefan. Also, was willst du denn?«

»Bier. Du kennst ja meine bevorzugte Marke. Bist'n Schatz. Wann seid ihr wieder zurück?«

Miriam sah zu Gregor. Der legte den Kopf schief. »Kann schon zwei Stunden dauern.«

»Egal, Hauptsache, ihr kommt wieder.«

Miriam ärgerte sich schon, dass sie sich auf diese Fahrt eingelassen hatte. Sie wollte sich wenigstens noch einen Apfel mitnehmen und ein Brot streichen. »Wo fahren wir eigentlich hin?« Während Miriam sich Käse auf die Brotscheibe legte, merkte sie, dass ihre Müdigkeit einer großen Leere gewichen war. Im Grunde war es ihr gleichgültig, wo Gregor hinfahren würde. Sie vermutete ohnehin, dass er vor allem das Ziel hatte, Zeit mit ihr allein zu verbringen. Als würden diese Stunden etwas ändern, als hätte nicht alles Reden bis morgen Zeit.

»Mein Stiefbruder hat als Kind auf einem Einsiedlerhof in der Nähe von Öhningen gelebt. Ich war ein paarmal mit ihm dort, ein trauriger Ort.«

»Aha. Meinst du nicht, das hättest du der Polizei sagen sollen?« Miriam biss in das Brot, doch der Hunger war ihr vergangen.

»Ich hatte das wirklich total vergessen.«

Miriam sah ihn skeptisch an.

»Ehrlich. Außerdem weiß sonst niemand von dem Haus. Also, was kann schon passieren? Du hast doch keine Angst, oder?«

Sito saß auf dem Rand der Badewanne und starrte seit geraumer Zeit auf den Treteimer unter dem Waschbecken. Wo nur war Kerler abgeblieben? Falls der Brief tatsächlich etwas mit seinem Verschwinden zu tun hatte, war es sicher ein Hinweis darauf, wer ihm die Beweise untergeschoben hatte. Was sonst würde Kerler weglocken? Sito ging im Dunkeln nach unten, um nicht von einem zufälligen Passanten durch ein Fenster gesehen zu werden.

Er nahm das Telefon und wählte Enzigs Nummer. »Hallo Enzig, schlafen Sie schon?«

»Wo denken Sie hin. Ich weiß jetzt, wie Mader an die Bilder von Miriam gekommen ist.«

»Wie?«

»Mader ist der Stiefbruder von Miriams Freund Gregor. Er hat seinen Namen geändert. Ich war schon bei ihm zu Hause, aber er war natürlich nicht da.« Enzig wartete einen Moment. »Sito? Sind Sie noch dran?«

»Ja, natürlich, ich muss das erst einmal … Das ist unglaublich. Wie sind Sie … Aber Moment: Ist Miriam bei ihren Freunden?«

»Ja, keine Sorge. Gregor hat sie nach Hause gebracht.«

»Warum waren Sie überhaupt bei Miriam?«

»Sie hat …« Enzig schluckte. »Mader war bei ihr und hat sich alle Bilder geben lassen.«

»Was?« Sito wurde schwindlig. »Enzig, wissen Sie, was das bedeutet? Er hat die Bilder und vielleicht auch schon Kerler. Die Falle schnappt zu, und wir können gar nichts tun.« Er musste husten und hielt die Hand vor den Hörer.

»Beruhigen Sie sich, die Fahndung läuft, ich tue mein Möglichstes! Und Friedrich ist ja entlastet.«

»Aber das weiß Mader doch nicht!«

Sito legte den Hörer auf und ging langsam zum Tisch. Er hatte sich noch nie so machtlos gefühlt. Es beschämte ihn, Friedrich irrtümlich verdächtigt und damit gleichzeitig dem wahren Mörder Zeit verschafft zu haben. Aber was hatte Mader nur vorgehabt? Und was würde er jetzt tun? Sitos Blick fiel auf die Whiskyflasche. Er griff danach, hielt die Flasche kurz in der Hand und schob sie dann energisch von sich. Er wählte die Nummer von Miriams Wohngemeinschaft. Es klingelte an die zehn Mal, bevor sich eine verschlafene Stimme meldete. »Ja bitte?«

»Hallo. Kommissar Sito hier. Ich muss bitte dringend Miriam sprechen.«

»Was? Miriam? Wissen Sie, wie spät … Wie, sagten Sie, heißen Sie?«

Miriams Mitbewohner musste ihn für einen Spinner halten, weil er den Namen eines Toten verwendete. Sito schüttelte den

Kopf, rieb sich mit der Hand übers Gesicht und versuchte, klar zu denken. »Hier ist Roman Enzig, von der Kripo Konstanz. Geben Sie mir nun Miriam?«

Der Mitbewohner atmete tief durch. »Ach so. Hier ist Stefan. Sie schon wieder. Aber Sie waren doch grad ... Moment ...«

Sito hörte, wie der junge Mann aus dem Zimmer schlurfte. Er selbst nahm sich mit einer Hand eine der Diätrationen aus dem Kühlschrank, die Samuel ihm mitgebracht hatte.

»Hallo? Sind Sie noch da?« Stefan klang jetzt hellwach.

»Natürlich. Was ist jetzt? Ist sie da?«

»Also, das ist merkwürdig. Sie sind schon zu lange weg. Dabei sollten sie mir eigentlich Bier ...«

»Wer?« Sito hatte das Gefühl, seine Küche drehte sich. Er ließ das Diätessen auf die Arbeitsplatte fallen.

»... von der Tanke mitbringen. Na, Miriam und Gregor.«

»Wo sind sie hin?«, schrie Sito in den Hörer.

»Ich weiß nicht«, flüsterte Stefan eingeschüchtert.

Sito wankte zum Tisch und sank auf einen der Stühle. Er griff nach der Whiskyflasche und schenkte sich ein Glas ein. Sein Magen brannte. Das Diätessen lag neben dem Herd. Sito sprach Enzig eine Nachricht auf Band, legte seinen Kopf auf den Tisch und ... *Vater, was tust du da? Sito erschrak zutiefst, als er seinen Vater am anderen Ende der Küche sah. Er trug ein Tau über der Schulter. Als Sito ihn rief, blieb er stehen und drehte sich um. Er lachte. Sito rannte los, doch der Abstand zwischen ihm und seinem Vater blieb gleich. Sito begann zu schwitzen und zu keuchen, aber der Boden glitt unter seinen Füßen weg. Sein Vater warf das Tau über einen Balken, knüpfte eine Schlinge, dann lächelte er ihm zu. »Ich habe dich alles über Räume gelehrt. Nun kehre ich an meinen ersten Ort zurück, um hier meinen letzten zu finden.« Sitos Vater stieg mit einem Fuß auf die Stuhllehne. Sito fühlte weder das Keuchen noch den Schweiß auf seiner Haut. Er rannte, doch es war, als würde das Bild seines Vaters langsam verblassen. Wie er dort auf diesen Stuhl stieg, mit sicheren Schritten auf die Lehne trat. Das Holz bebte unter seinem Gewicht. Das Bild löste sich allmählich auf, nicht aber die Schlinge über diesem Bild, der Kopf darin, die Augen, die ihn ansahen, das Lächeln auf den Lippen, der Stuhl, der nicht mehr nur bebte, sondern wackelte, die Lehne, die sich vom Fuß löste, als wäre es die Lehne, die loslassen müsse, als wäre sie es, die über irgendetwas entscheiden könnte. Sie setzte sich in Bewegung und fiel … Die Lehne fiel und fiel – und fiel aus dem Bild heraus, das immer schwächer wurde. Noch immer lief Sito, rannte, kroch auf allen Vieren, richtete sich mühsam wieder auf. Als er mit dem Fuß gegen die Stuhllehne stieß, wusste er, dass er angekommen war, am letzten Ort seines Vaters. Doch das Lächeln im Gesicht seines Vaters war erloschen.*

Sito erwachte auf dem kalten Küchenboden. Er musste vom Stuhl gefallen sein. Er rang nach Luft, drehte sich mühsam auf den Rücken und tastete nach der Narbe. Als er seine Hand wieder unter dem T-Shirt hervorzog, war sie voller Blut. Sito überkam Panik. Vorsichtig drückte er eine Hand auf die aufgebrochene Wunde und suchte nach Verbandszeug. Als er sich im grellen Licht des Badezimmers verarztete, betrachtete er sein Spiegelbild.

Mein erster Raum wird mein letzter Raum …

Etwas braute sich in seinem Kopf zusammen. Fieberhaft suchte er nach der richtigen Verknüpfung. Er musste ganz anders denken. Er wusste nicht, welche Rolle Mader ihm zugedacht hatte, aber das war auch egal. Denn all das hier passierte schließlich nur, weil Mader ihn für tot hielt. Sito musste sich auf Mader konzentrieren, dessen Spiel zu Ende denken. Dass alles kurz vor einem Ende stand, war mehr als eindeutig, die Ereignisse überschlugen sich, sodass ihnen kaum Zeit zum Atmen geblieben war. Mader war fertig, aber noch nicht ganz. Er hatte an einem bestimmten Punkt angefangen und Sito mit an Bord holen wollen, dann hatte er Sito verloren und in einer Verzweiflungstat versucht, den Verdacht auf Kerler zu lenken. Daran hatte Sito keinen Zweifel. Mader hatte an einem bestimmten Ort angefangen – an *seinem Ort* – und den musste Sito finden. Dort würden sich alle Rätsel lösen … Mader würde Kerler nie an einen x-beliebigen Ort zitieren. Nicht zur Fabrik, den Ort der Präsentation, sondern an den Ort, an dem alles begonnen hatte, der Ort, wo alles nun enden sollte.

Die Schmerzen waren wie weggeblasen. Sito rannte aus dem Haus.

Vor Kerlers Anwesen überlegte Sito einen Moment, ob er jemanden informieren sollte, aber er verwarf den Gedanken. Er war hier, er würde ein weiteres Mal einbrechen. Wenn sein Verdacht sich bestätigte, dann konnte er immer noch Enzig informieren. Hier konnte ihm nichts passieren. Mader war irgendwo mit Kerler und Busch beschäftigt.

Sito musste schlucken bei dem Gedanken an die beiden. Ihn würgte beinahe, doch er war konzentriert auf den Plan, den er verfolgte. Leise schlich er um das Haus herum und stieg erneut über den Keller ein. Er lauschte. Für einen Moment glaubte er, ein Geräusch zu hören, doch es musste von draußen gekommen sein. Langsam ging er die Kellertreppe nach oben. Was hatte Friedrich bewogen, sein Haus zu verlassen? Sito machte Licht und ging in die Küche. Dort öffnete er den Mülleimer und suchte nach dem Umschlag. Aber er konnte nichts finden. Auf der Ablage standen zwei leere Flaschen Bier. Das war ungewöhnlich. Friedrich, der Zigarrenliebhaber, trank fast nie Bier. Hatte er noch Besuch gehabt? Nein, Mader würde doch nicht zu Kerler nach Hause … Aber hatten die Flaschen vorhin auch schon dagestanden? Sito wusste es nicht mehr.

Er ging nach oben in Kerlers Arbeitszimmer und suchte dort im Papiereimer nach dem Umschlag. Als er auch hier nichts fand, ließ er sich in den Schreibtischstuhl fallen und starrte auf den glänzenden Humidor, der mitten auf dem großen Tisch stand. Was hatte Mader ihm einmal erzählt? Über das Konstanzer Heimatgen? Dass es wohl nicht mehr dort gelte, wo er herkomme. Wo war Mader eigentlich aufgewachsen? War dort sein erster Ort gewesen?

Sitos Vater hatte verzweifelt nach seinem ersten Ort gesucht, wobei Sito nicht wusste, ob sein Vater damit seine Vorstellung von Heimat gemeint hatte. Es war um das Schließen eines Kreises gegangen. Sein Vater wollte dort sterben, wo sein Leben begonnen hatte, wo es begonnen hatte, gut zu sein. Dorthin war er zurückgekehrt, um Frieden zu finden. Aber bei Mader war das anders. Suchte er Frieden? Was hatte er eigentlich gesucht, als er noch auf ihn, auf Sito, gehofft hatte? Einen Verbündeten? Wofür nur? Jetzt aber war Mader in einer Sackgasse und konnte nicht mehr aus ihr herausfinden. Es gab überhaupt keinen Ort mehr für ihn. Er musste genau dorthin, wo alles seinen Anfang genommen hatte. Und das musste zwangsläufig ein Ort seiner Kindheit sein. Maders Großvater, sein Vater, sie beide hatten ihm etwas vorgelebt, das ihn um den Verstand gebracht hatte. Sein erster Ort. Ein Ort des Grauens, den er sicher nur allzu gern verlassen hatte. Weshalb hatte er ihm nicht den Rücken gekehrt? Hatte er an diesem Ort etwas zurücklassen müssen, von dem er nicht Abschied nehmen konnte? Vielleicht ein Grab? Eine Erinnerung?

Plötzlich fiel es Sito wieder ein. Mader war in Öhningen aufgewachsen. Weit draußen, vielleicht auf einem Einsiedlerhof. Das wäre ideal für seinen Plan. Und Kerler? War er jetzt dort? Wie? Sito schlug sich mit der flachen Hand gegen die Stirn. Es war so einfach, dass er sich wunderte, weshalb er nicht gleich darauf gekommen war. Er sprang auf und rannte die Treppe hinunter. Das hätte ihm auch vorher schon mit Parson einfallen können. Sito krampfte sich der Magen zusammen bei dem Gedanken, wie viel Zeit er damit verloren hatte. Auf dem Esstisch lag das Festnetztelefon der Kerlers. Sito drückte die Wahlwiederholung. Ein Taxiunternehmen meldete sich. Sito zitterte vor Erregung.

»Kerler. Mozartstraße 2 in Konstanz. Wurde von Ihnen ein Taxi an diese Adresse geschickt?«

Die Frau am anderen Ende der Leitung klickte sich durch die Buchungen des Abends, dahinter hörte Sito Schlagermusik. Er wagte kaum zu atmen.

»Ja, da haben wir ein Taxi hingeschickt. Das ist aber schon eine Weile her. Wieso woll'n Sie das wissen?«

»Kriminalpolizei. Wir ermitteln in einem Mordfall. Versuchen Sie bitte sofort, den Fahrer per Funk zu erreichen. Ich muss wissen, wohin er Herrn Kerler gefahren hat.«

»Also ich weiß nicht …«

»Hören Sie …« Sito bemühte sich, ruhig zu bleiben, aber er konnte kaum noch den Hörer halten, so sehr zitterten seine Hände. »Hören Sie, wenn die Dinge so stehen, wie ich vermute, dann ist auch Ihr Fahrer in großer Gefahr. Wollen Sie das verantworten? Ich bitte Sie, geben Sie mir jetzt den Zielort!«

»Also gut. Birkenallee 18, Öhningen, steht hier.«

»Ist der Fahrer schon zurück?«

»Moment.« Wieder klickte es mehrmals im Hintergrund. »Ja, ja, der ist schon wieder bei einer anderen Tour. Alles okay.«

Sito legte auf. *Der Ort seiner Kindheit, ich wusste es.* Ihn schauderte bei dem Gedanken, wie sehr Mader sein Umfeld an der Nase herumgeführt hatte, doch seine Hände waren völlig ruhig.

»Wer sagt's denn. Mein Bruder ist hier.«

Im Scheinwerferlicht erschien ein dunkelgrüner Ford, der am Ende eines schmalen Weges parkte. Hinter dem Auto lag ein alter Hof. »Ich lass das Licht besser mal an«, sagte Gregor und strich über Miriams Bein. »Wir sind da.«

Die Fahrt hatte länger gedauert, als Miriam angenommen hatte. Zweimal wäre sie beinahe eingeschlafen. Die Bäume, die schwarz an ihr vorübergezogen waren, hatten immer bedrohlicher gewirkt, und irgendwann hatte Miriam einfach die Augen geschlossen. Doch Gregor hatte nicht aufgegeben und sie mit Komplimenten überschüttet, wie toll sie das alles ertrage, wie stark sie sei. Miriam wollte nichts hören, aber sie wollte auch nicht streiten.

Nach einer halben Stunde Fahrt hatten sie endlich den Schiener Berg überquert, dann war Gregor von der Hauptstraße abgebogen und noch ein ganzes Stück durch den Wald gefahren. Miriam hatte zum ersten Mal der Gedanke beschlichen, dass es ein Fehler war, mitten in der Nacht an diesen verlassenen Ort zu fahren. Mader war ihr unheimlich, schon als er sie in ihrem Atelier überrascht hatte. Ihm in dieser Einöde gegenüberzutreten war Irrsinn. Wieso nur hatte sie sich darauf eingelassen?

Gregor indessen wirkte geradezu vergnügt. Er war erleichtert, dass sie mitgekommen war, als hätte das irgendetwas zu bedeuten. Miriam seufzte. Gregor war bereits ausgestiegen. Sie sah sich um, erkannte hinter sich den finsteren Wald und überlegte einen Moment, in welche Richtung überhaupt Konstanz und der See lagen. Sie hatte die Orientierung verloren. Langsam stieg sie aus, ließ aber ihre Hand an der Autotür.

»Na komm schon. Wir sehen nach, wo Johann ist.«

Gregor lief voran zum Auto seines Bruders. Er warf einen Blick hinein. Im Scheinwerferkegel von Gregors Wagen wirkte alles unwirklich.

Miriam stand noch immer da, die Hand an der Autotür und sah sich um. »Sollten wir nicht lieber wieder wegfahren?«

»Was ist los? Hast du etwa Angst? Johann ist doch Polizist. Na komm.« Gregor hielt ihr die Hand entgegen. »Er ist ein netter Kerl, keine Sorge. Er ist nur ein wenig kauzig.«

»Was tut er hier draußen?« Miriam ließ endlich die Autotür los und eilte mit schnellen Schritten zu Gregor. Sie blieb dicht an seiner Seite, als er das Gartentor öffnete. Es quietschte. Sie liefen über den von Gras überwucherten Weg zum Haus. Gregor drückte den Klingelknopf. Ein schriller Ton war zu hören. Keine Reaktion. Gregor läutete erneut und verzog das Gesicht, der Ton schmerzte regelrecht. Miriam zog an seinem Arm. »Komm, lass uns gehen. Es ist mitten in der Nacht. Mir ist kalt und unheimlich. Wir können morgen mit der Polizei wiederkommen.«

»Was soll denn das?«

»Also, ich gehe.« Miriam drehte sich um und lief zurück zum Gartentor.

Marc Busch kam zu sich. Hatte er sich das Klingeln nur eingebildet? Seine Hände waren auf den Rücken gefesselt. Mühsam rappelte er sich hoch und tastete sich an der Wand entlang. Endlich fand er einen Lichtschalter. Er wartete. Dann hörte er das Klingeln erneut. Jemand war tatsächlich an der Haustür, kein Zweifel. Busch lief es eiskalt den Rücken hinunter. An der Haustür – was hatte Mader über die Haustür gesagt?

Busch hüpfte zum Fenster. Unten sah er Miriam im Scheinwerferlicht eines Autos vom Haus weg auf das Gartentor zulaufen. Doch wer hatte geklingelt? Busch beugte sich so weit es ging nach vorne. Seine Stirn berührte das Glas. Vor der Haustür stand ein junger Mann. Verzweifelt nahm Busch den Fensterknauf zwischen die Zähne und versuchte, das Fenster zu öffnen. Wieder klingelte es an der Haustür. Er presste sein Gesicht an die Scheibe. Vor der Haustür streckte der Mann seine Hand nach dem Griff aus.

Busch begann zu schreien und wie wild mit seiner Stirn an die Scheibe zu schlagen. Ein Schmerz fuhr in seine Stirnhöhlen. Er biss die Zähne zusammen und schlug weiter mit dem Kopf gegen die Scheibe. Auch als er ein warmes Rinnsal auf dem Nasenrücken und um die Nasenlöcher spürte, hörte er nicht auf.

Endlich blieb Miriam stehen.

Miriam drehte sich auf Höhe des Gartentürchens um. Hinter ihr war ein merkwürdiges Geräusch zu hören, ein Pochen oder Klopfen. Gregor versuchte gerade, durch das kleine Fenster neben der Tür ins Hausinnere zu schauen. Miriam sah nach links und nach rechts, aber da war nichts, nur Büsche und eine alte Schubkarre, die achtlos in der Wiese lag, und ein Klotz, auf dem man Holz hacken konnte. Es steckte noch eine Axt darin. Miriam überlief ein kalter Schauer.

Sie wollte gerade die Gartentür öffnen, die zugefallen sein musste, da hörte sie erneut dieses Klopfen. Noch einmal drehte sie sich um und sah am Haus nach oben. Dort, im ersten Stock stand eine Gestalt am schwach erleuchteten Fenster. Ein Mann schlug mit dem Kopf gegen die Scheibe, immer wieder. Das war dieses Pochen.

Miriam starrte zu dem Mann hoch, der die Hände hinter dem Rücken hatte und immer wieder mit dem Kopf gegen die Scheibe schlug. Er bewegte dabei den Mund, als sei er irre geworden. »Aber das ist doch ...« Plötzlich erkannte sie Marc Busch, den Kollegen von Sito, ein Kommissar. Was tat er hier?

Immer hektischer bewegte er seinen Oberkörper, wild hüpfte er herum und schrie offenbar lauthals. Gedämpft drang schließlich ein lang gezogenes »Aaaach-tuuung« zu ihr. »Was macht der nur?«, flüsterte sie.

Auch Gregor hatte offenbar etwas gehört, er wandte sich fragend zu Miriam. Er folgte ihrem Blick nach oben, konnte aber nichts erkennen, da er direkt unterhalb des Fensters stand. Miriam wollte ihn rufen, wollte ihm sagen, dass da oben ein Kommissar mit gefesselten Armen stand und sie warnen wollte, dass er deshalb seinen Kopf gegen die Scheibe schlug. Aber sie brachte keinen Ton heraus. Alles war so unwirklich.

Gregor zuckte die Schultern und trat zur Tür. Er ergriff die Klinke.

Miriam sah wieder zu Busch ... »Nein!«, schrie sie.

Ein donnerndes Geräusch durchdrang die Nacht. Gregor wurde nach hinten geschleudert und schlug hart auf dem Boden auf. Miriam sah nach oben zu Busch. Er stand mit hängenden Schultern am Fenster und bedeutete ihr mit dem Kopf, zu fliehen. Doch

Miriam war wie gelähmt. Wo war dieser Knall hergekommen? War das ein Schuss gewesen? »Gregor«, flüsterte sie »Gregor, was ist …« Hatte Busch gewusst, was passieren würde? Bedeutete das, dass der Mörder hier war? War Mader etwa …

Da leuchtete der Innenraum des Hauses hell auf und ließ auch den Vorgarten zu einem Bild in Farbe werden. *Rot*, war das Erste, was Miriam denken konnte. Überall war Rot. Gregor lag in einer Blutlache, sein Oberkörper war zerfetzt. Miriam ließ ihren Blick zum Haus wandern, Zentimeter für Zentimeter, als brauchte ihr Kopf diese Zeit, um … Auf dem Treppenabsatz stand Johann Mader.

»Was zum Teufel …«

Als er Gregor am Boden liegen sah, presste er sich die Hand auf den Mund und kniete sich neben seinen Bruder. »Was machst denn du hier?« Mader nahm Gregors Kopf in die Hände. »Dummer Junge. Verdammt, wieso geht alles schief, verdammt noch mal! Das darf doch nicht … Das wollte ich doch nicht.«

Miriam stand wie angewurzelt am Gartentor. Mader erhob sich und wollte ins Haus zurück, da blickte er auf einen Schatten an der Hausmauer. Ihren Schatten. Er verharrte.

Miriam hielt den Atem an, sie wusste, dass er sie entdeckt hatte. Schweiß perlte auf ihrer Stirn.

Langsam drehte Mader sich um. Ein verzweifeltes Lachen huschte über sein Gesicht. »Das gibt's doch nicht … Er hat dich mitgebracht?«

Miriam stürzte los. Sie wusste, dass sie um ihr Leben rannte. Falls sie das Auto erreichte, könnte sie es starten und losfahren, Gregor hatte die Schlüssel stecken lassen, aber sie wusste, dass sie es nicht schaffen würde. Sie hörte Maders Atmen hinter sich, hörte seine Schritte auf dem Kiesweg. Es waren nur wenige Sekunden, aber es fühlte sich an, als sei sie Stunden gerannt. Ihre Lungen brannten, ihr Herz raste. Miriam stürzte. Mader warf sich auf sie und drückte sie in die Erde. Er drehte ihr die Arme auf den Rücken und band einen Strick um ihre Handgelenke. Sie wehrte sich nicht, alles in ihr war erloschen. In ihrem Kopf rasten Bäume vorbei, wucherten über sie und Gregor hinweg, dann war ihr, als säßen sie beide in einem Boot und paddelten durch einen Mangrovenwald. Sie merkte, dass sie hochgehoben wurde, und dachte noch, dass sie nicht würde stehen können, doch sie musste gar nicht stehen, denn Mader warf sie sich über die Schulter. Ihr Kopf landete auf seinem Rücken, und sie konnte sein Herz schlagen hören. *Es schlägt schneller als meins*, dachte sie, dann schloss sie die Augen.

Im Grenzbereich

Sito stellte sein Auto in einem Waldweg ab und lief das letzte Stück der Birkenallee zu Fuß. Vor dem Haus konnte er zwei Fahrzeuge sehen, bei einem brannten die Scheinwerfer, aber niemand war zu sehen. Das Gartentor stand offen, vor der Haustür lag jemand auf dem Boden. Im Schutz der Sträucher schlich Sito näher. Ihm war klar, dass er zu schwach für einen Angriff war, er konnte nur auf das Überraschungsmoment hoffen. Plötzlich erschien Mader im Eingang des Hauses. Sito griff nach der Waffe in seiner Tasche und sprang aus dem Schutz der Büsche ins Licht.

»Hallo Mader.«

Mader fuhr herum und erstarrte. Sito hatte die Waffe direkt auf sein Herz gerichtet. Mader schüttelte den Kopf und tat einen Schritt zurück. »Sito?« Mader bewegte sich vorsichtig vorwärts. »Sind Sie es wirklich?« Er streckte die Hand aus, um Sito zu berühren.

»Sie sagen es. Los, an die Wand.«

Mader hob langsam die Hände. Sito hielt den Atem an. Er behielt Mader genau im Auge. Sollte es so einfach sein? Doch statt die Hände über den Kopf zu heben, führte Mader sie vor seinem Mund zusammen und legte die Nasenspitze gegen seine Finger wie zu einem Gebet. Er schloss für einen Moment die Augen, und ein Lächeln lag auf seinem Gesicht. »Aber das ist … Das ist großartig«, sagte er. »Was bin ich froh, Sie zu sehen! Sito, das ist so wunderbar.« Mader löste seine Hände und breitete die Arme aus. Er machte einen Schritt auf Sito zu.

»Lassen Sie das, Mader. Ich weiß, dass Sie der Mörder sind. Stellen Sie sich endlich an die Wand. Nehmen Sie die Hände hoch.«

Mader hielt die Hände vor sich und zeigte Sito seine Handflächen. »Ich weiß, Sie müssen das tun, Sito.« Langsam bewegte er sich in Richtung Wand.

Sito verfolgte ihn. Die Reaktion Maders hatte ihn verwirrt, er wirkte so arglos. Nichts Brutales umgab ihn. Seine Freude, ihn zu sehen, das passte alles nicht zusammen. Wie war das möglich? Dann erkannte Sito Gregor, der blutüberströmt im Lichtschein der offenen Haustür am Boden lag. »Sie haben Ihren eigenen Bruder umgebracht?«

»Woher wissen Sie … Er ist nur mein Stiefbruder, und nein, er war es selber. Ich konnte nichts dafür.«

»Wo ist Miriam?«, brachte Sito mühsam hervor. Er musste einen Arm in die Hüfte stützen, sonst wäre er eingeknickt.

»Sie bluten, Kommissar. Die Operation war demnach keine Lüge?«

»Wo ist sie?«

In diesem Moment sprang Mader zur Seite. Sito versuchte ihm zu folgen, aber aus seiner leicht gekrümmten Haltung heraus war er eine Spur zu langsam. Mader war schon neben ihm. Sito wollte zielen, hob gleichzeitig die linke Hand abwehrend vor sein Gesicht, erwartete einen Schlag von Maders rechter Faust, doch die traf nur die Waffe.

Sito wich zurück, doch er verlor die Waffe. Blitzschnell versuchte er einen Gegenschlag, holte aus und zielte auf Maders Zwerchfell. Er hoffte, genug Kraft aufzubringen, um einen Augenblick Zeit zu gewinnen, sich wieder die Waffe zu holen, die ihm aus der Hand gefallen war. Doch Mader wich seinem Schlag aus und stürzte sich auf ihn. Beide fielen zu Boden. Beim Aufprall hatte Sito das Gefühl, sein Magen springe auseinander. Er wehrte sich, versuchte nach Maders Kehle zu greifen, doch Mader war wieder schneller und hatte Sitos Arme bereits fest im Griff. Er setzte sich auf Sito und hielt seine Arme über seinen Kopf. »Hören Sie auf, sich zu wehren, dann bring ich Sie zu ihr.«

Sito nickte und ergab sich.

Mader stand auf und reichte Sito die Hand. »Kommen Sie, Kommissar, ich helfe Ihnen.«

Sito hatte verloren. Mader half ihm auf, er führte ihn in das Haus und die Treppen hinunter in den Keller. Sie liefen einen langen Gang entlang, an dessen Ende Mader eine Luke öffnete. Dahinter ging es noch ein paar Stufen nach unten. Sito hatte das Gefühl, längst nicht mehr in einem Keller zu sein, sondern in einer Höhle oder einem Bunker. Dennoch war hier ein weiterer Gang mit noch mehr Türen. Mader öffnete die letzte Tür und führte Sito in einen niedrigen Kellerraum.

Sito sank entkräftet zu Boden. Eine Öllampe stand auf einer Truhe an der linken Wand. Es roch nussig und ölig. Die Flamme reichte gerade, um schemenhaft einige Umrisse wahrzunehmen. In einiger Entfernung saß zusammengekauert eine Gestalt. Sito erkannte sie sofort. Die langen Haare fielen ihr über die Arme, die sie um die angezogenen Knie geschlungen hatte. Miriam rührte sich nicht, aber sie schluchzte leise. Sito atmete erleichtert auf. Er kroch zu ihr und berührte sie vorsichtig an der Schulter. Sie stöhnte leise.

»Miriam«, flüsterte er, »ich bin's, Paul.« Er war so erleichtert, sie zu sehen, dass er sie in seine Arme schloss.

Doch Miriam stieß ihn mit den Fäusten von sich weg und kroch rückwärts. Sie verzog ihr Gesicht, und immer wieder schüttelte sie den Kopf.

»Miriam, beruhige dich. Ich bin am Leben. Es war nur ein Täuschungsmanöver für Mader.«

Sie hob abwehrend die Hand, als erwarte sie einen Schlag. Vielleicht wurde sie auch von dem Licht geblendet. »Das kann nicht sein«, flüsterte sie. Sie strich sich die Haare zurück, fuhr sich über das Gesicht.

»Ich finde einen Weg hier heraus für uns.« Sito setzte sich in einiger Entfernung von Miriam in die Hocke und wartete geduldig. Es dauerte eine Weile, bis sie sich gefasst hatte.

»Du blutest«, stellte sie schließlich fest.

»Ist nicht so schlimm. Was ist mit dir? Hat er dich geschlagen?«

»Nein, ich bin gestürzt. Aber du lügst«, rief Miriam aus.

»Was meinst du?«

»Du kannst uns nicht befreien. Wir sind beide gefangen.«

Sito sah sich um. Es gab kein Fenster, nur die Tür, durch die Mader ihn hereingebracht hatte. An der Wand waren Regale und Haken, aber nichts verriet, wofür dieser Raum einmal benutzt worden war. In einer Ecke lagen Säcke übereinander. Vielleicht hatte man hier etwas gelagert. Außer der kleinen Öllampe auf der Truhe gab es kein Licht.

»Enzig weiß, wo wir sind«, sagte Sito. »Ich habe ihm eine Nachricht hinterlassen. Er wird uns hier rausholen. Mach dir keine Sorgen. Es kann nicht mehr lange dauern.« Er setzte sich neben sie.

Miriam starrte ihn an, ihr Gesichtsausdruck schwankte zwischen Verzweiflung, Wut und Freude, dann schlang sie ihre Arme um ihn und weinte.

»Es tut mir alles schrecklich leid.« Er streichelte ihr über die Haare.

Miriam löste sich von ihm. »Marc Busch muss hier auch irgendwo sein.«

»Du hast ihn gesehen? Lebt er noch?«

»Ich weiß nicht. Er stand oben am Fenster, als Gregor ...« Sie senkte den Kopf und hielt sich die Hand vor die Augen.

»Ist schon gut. Hat Mader ihn erschossen? Seinen eigenen Bruder?«

»Mader kam erst später. Es hat einfach so geknallt, als Gregor die Tür aufgemacht hat. Wo ist mein Vater? Weiß er, dass du noch lebst?«

Sito schüttelte den Kopf. »Ich habe weder ihn noch Marc gesehen.« Er kroch zur Wand und lehnte sich dagegen.

Miriam kam hinterher. »Du bist wirklich krank, oder?«

Sito nickte. Er fühlte sich fiebrig.

»War das Mader?« Miriam zeigte auf den Fleck auf seinem Bauch.

»Nein. Das ist von der Operation. Halb so schlimm.«

»Du lügst schon wieder.«

Die Tür wurde geöffnet, und für einen Augenblick drang helles Licht in das Verlies, dann fiel die Tür krachend ins Schloss. Ein Streichholz wurde angerissen, und eine weitere Öllampe leuchtete auf. In ihrem Lichtschein erstrahlte das Gesicht von Mader. Mit der Lampe in der Hand stand er vor ihnen – wie ein Prophet.

Das Grab eines Hahns

Kerler kam wieder zu sich. Als Erstes bemerkte er den Geruch. Alles hatte sich gedreht, bevor er sein Bewusstsein verloren hatte. Mader hatte seinen Namen gerufen. Er hatte eben diesen Geruch des Dampfes in der Nase gehabt, als wäre gerade ein Reh geöffnet worden. Jemand hatte einmal gesagt, mit dem Geruch des heißen Blutes steige auch die Seele hinaus. Doch mit Seele hatte das wenig zu tun. Es war Handwerk, das Öffnen des Körpers, das Herausnehmen …

Kerler öffnete die Augen und erwartete, einen geöffneten Körper vorzufinden, den Dampf zu sehen, vielleicht sogar seinen eigenen. Doch um ihn herum war es finster. Er spürte einen stechenden Schmerz hinter seiner Stirn, und er musste mehrmals blinzeln, bevor er etwas erkennen konnte. Vorsichtig hob er den Kopf und wollte sich aufrichten, sackte aber gleich wieder in sich zusammen. Seine Hände waren gefesselt. Er lag auf kaltem Stein.

In Gedanken überprüfte er seinen Körper. War es möglich, dass er am Ende gar nicht mehr fühlen konnte, ob er selbst aufgeschnitten worden war? Lag er bereits geöffnet da? Kerler drehte sich auf den Bauch, doch der Schmerz blieb in seinem Kopf. Er bewegte die Zunge und tastete seine Zahnreihen ab. Es schmeckte blutig. Er robbte im Raum herum, versuchte etwas zu sehen. Immer beißender wurde der Geruch. Es gab keinen Zweifel. Er war nicht allein. Sein rechter Fuß pochte, als würde er zerspringen.

»Herr Kommissar, Sie sehen schlecht aus.« Mader stand vor Sito und Miriam, ein langes schwarzes Hemd hing ihm über die Hose. Der Schein der Lampe, die er in der Hand hielt, ließ ihn noch größer aussehen. Sito starrte ihn an. Er konnte nicht anders, er musste an Gulliver, den Riesen, denken. Doch anders als Gulliver kam Mader nicht, um ihn zu retten.

»Was wollen Sie, Mader? Das Spiel ist aus. Hier kommen Sie nicht mehr raus.« Sito richtete sich auf und trat Mader gegenüber.

»Wenn Sie wüssten, wie recht Sie haben, Herr Kommissar.«

»Wo ist mein Vater?« Miriam war ebenfalls aufgestanden und fasste nach Sitos Arm. Ihre Stimme zitterte.

»Nicht jetzt«, wehrte Mader ab.

»Hören Sie, Mader, ich weiß, dass Sie Kerler ans Messer liefern wollen, aber das wird nun nicht mehr klappen.«

»Sie wissen gar nichts, wenn Sie das denken.«

»Selbst wenn Sie es so drehen, dass die Polizei Kerler für den Schuldigen hält, so können Sie doch unmöglich erklären, wieso Miriam und ich hier sind.«

Mader starrte Sito an. »Warum mussten Sie nur diese Show abziehen?«

»Es war keine Show«, flüsterte Sito und hustete. Noch immer fiel es ihm schwer, eine klare Grenze zu ziehen zwischen dem Mader, den er als Kollegen kannte und mochte, und dem Mann, der vor ihm stand und bereits sechs Menschen ermordet hatte.

»Dann tippe ich auf Magenkrebs. Wie viel Zeit bleibt Ihnen?«

»Wer weiß?«, erwiderte Sito. Mader hatte ihn daran erinnert, dass er nichts mehr zu verlieren hatte. Miriams Hand rutschte an seinem Arm nach unten.

»Das ist gut.« Mader lächelte. »Dann sind wir ebenbürtige Gegner.« Er legte den Kopf schief und musterte Sito, dann sah er sich in dem Verlies um und zuckte die Schultern. »Nicht gerade der richtige Ort für letzte Worte. Ich hätte Ihnen gern anderes geboten. Aber wir beide, Sie und ich«, Mader machte eine einladende Geste mit seiner rechten Hand, »wir werden einander verstehen.«

Sito schauderte. »Wenn Sie meinen.«

»Sie haben nicht viel zu sagen, Herr Kommissar.«

»Was wollen Sie eigentlich von mir?«

»Ich will, dass Sie so werden wie ich.«

Sito schüttelte den Kopf. »Sind Sie verrückt?«

»Gut, ich sehe schon, dafür ist es noch zu früh. Aber Sie müssen doch noch andere Fragen haben.«

Sito wandte sich wortlos von Mader ab. Mader hatte keine Waffe. Vielleicht konnte er einen weiteren Angriff wagen. Vorsichtig schob er Miriam von sich. Sie wehrte sich nicht, sondern ließ sich langsam zurück auf den Boden sinken. Sie wirkte apathisch. Dort auf dem Boden zog sie ihre Beine an und schlang die Arme darum. Ganz fest hielt sie die Beine umschlossen, als hätte sie Angst, sonst umzufallen. Kein Ton war von ihr zu hören, nicht der Hauch eines Atems.

»Kommissar, Sie enttäuschen mich. Oder haben Sie Schmerzen?«

»Das hätten Sie wohl gerne, wie?«

»Reden Sie keinen Unsinn. Ich habe eine Idee! Bin gleich wieder da.« Mader reichte Sito die größere Öllampe und ging nach draußen.

Kaum war er verschwunden, ging Sito mit der Lampe durch den Raum.

»Was hast du vor?«, flüsterte Miriam.

»Hier riecht es modrig.« Sito hielt die Lampe prüfend nach oben, streckte den Arm aus und berührte die Balken, sie waren feucht. Im nächsten Moment ging die Tür wieder auf.

»Sehen Sie sich ruhig um«, meinte Mader freundlich. Er nahm Sito die Lampe ab und befestigte sie an einem Haken in der Decke. »Ich habe etwas für Sie«, erklärte er verheißungsvoll. »Setzen wir uns.«

Sito blickte misstrauisch zu Mader. Aus den Augenwinkeln sah er eine ruckartige Bewegung, dann fühlte er ein kurzes Stechen in seinem linken Oberarm. Eine warme Welle floss durch seinen Körper. Er wollte schreien, doch der Laut verlor sich in einem Röcheln.

»Keine Angst, Herr Kommissar«, Mader zog die Spritze langsam aus Sitos Arm, »gleich werden Sie keine Schmerzen mehr haben.«

Sito rieb sich die Einstichstelle. Mader musste ihm die Nadel der Spritze mit einer raschen Bewegung vollständig in den Arm gerammt haben. An der Stelle waren einige Tropfen Blut auf Sitos Hemd zu sehen.

»Entschuldigen Sie, aber Sie hätten sich das Schmerzmittel sicherlich nicht freiwillig verabreichen lassen, nicht wahr? Wirkt es schon?«

Sito nickte unwillkürlich. Tatsächlich ließen seine Schmerzen nach; letztendlich war es ihm gleichgültig, was Mader ihm gespritzt hatte.

»Also, Herr Kommissar, nun sollten wir unser Gespräch fortsetzen.« Mader nahm eine erwartungsvolle Haltung ein. »Das heißt, eigentlich warte ich auf Ihre Eröffnung. Sie haben die weißen Steine, also los.«

»Ich weiß nicht, was Sie wollen.« Sitos Zunge fühlte sich taub an. Er musste sie einige Male am Gaumen reiben.

»Ihre Fragen, Herr Kommissar, stellen Sie Ihre Fragen«, verlangte Mader.

Sito überlegte. Würde er mit Fragen Zeit gewinnen können? »Wieso lassen Sie Miriam nicht gehen?«

»Nicht jetzt. Sie ist in Ihrer Nähe ganz gut aufgehoben. Los, fragen Sie.«

»Also gut. Warum das Ganze?«

»Ach, kommen Sie, das ist nun wirklich nicht die erste Frage, die Sie mir stellen sollten«, erklärte Mader.

»Was soll ich denn Ihrer Meinung nach fragen?« Sito zuckte mit den Schultern. Er lächelte instinktiv, fast gegen seinen Willen. Hinter sich hörte er nun doch das leise Atmen von Miriam.

»Fragen Sie mich doch, wie alles begann«, sagte Mader.

»Ist das nicht dasselbe?«

»Papperlapapp, keine analytische Scheiße hier, das brauchen wir beide nicht.« Mader stand auf und deutete nach oben.

»Was ist da oben?« Sito folgte Maders Geste mit den Augen. Morsche Holzbalken, nichts sonst.

»Das Grab eines Hahns«, antwortete Mader.

Kerler fühlte sich wie in einem Kokon. Sein Körper war unbeweglich. Seine Arme gefesselt, sein Bein so verdreht, dass es gebrochen sein musste. Er konnte nur robben und sich wälzen. Doch bei jeder Bewegung fuhr ein heftiger Schmerz durch seinen Körper.

Irgendwoher musste der Geruch kommen, und Kerler wollte wissen, was ihn erwartete. Seine Augen hatten sich allmählich an die Dunkelheit gewöhnt, wenngleich er sich nicht sicher war, ob es im Raum tatsächlich dunkel war oder ob seine Sehkraft durch die Kopfverletzung eingeschränkt war. Die Vorstellung, er könnte fast blind sein und der Raum um ihn herum taghell, erfüllte ihn mit Panik. In einer Richtung hatte er die Tür erkannt, durch die er in den Raum gekommen sein musste. Auf der anderen Seite stand ein Regal mit allerlei Töpfen und Pfannen, alten Einmachgläsern und Flaschen. Nirgends war ein Fenster.

Schließlich drehte er sich zur letzten Seite des Raumes. Nur Wand. Kein Möbelstück, rein gar nichts, bis auf – Kerler stieß einen Schrei aus. Schemenhaft erkannte er eine Gestalt an der Wand. Übergroß. Kerler schluckte, blinzelte und verfluchte den Gedanken, dass es vielleicht an seinen Augen lag und nicht an der Dunkelheit. Konnte ein Mensch so groß sein?

Kerler ließ seinen Blick an der Wand entlang nach unten wandern. Er schrie erneut, als er erkannte, dass die Gestalt schwebte, nein, sie schwebte nicht, sie hing. Neben dem Kopf der Gestalt konnte er Fleischerhaken in der Wand erkennen. Kerler überkam Schüttelfrost, so heftig, dass er mehrmals mit dem Kopf auf den Steinfußboden stieß, doch der Schmerz ließ ihn kalt. Da, plötzlich schien sich die Gestalt an der Wand zu bewegen. Kerler wagte kaum zu atmen.

Noch einmal blickte er hin und war sich sicher, dass sich dieser dunkle Schatten bewegt hatte. Kerler flüsterte ein »Hallo« in den Raum, hauchte seinen Namen, sagte, dass er lebe, aber kaum etwas sehen konnte. Tatsächlich, die Gestalt regte sich. Doch Kerler war sich noch immer nicht sicher, ob seine Augen ihm einen Streich gespielt hatten. »Hallo«, sagte er schließlich mit fester Stimme, dann lauschte er auf den Atem des anderen.

»Wer?« Sito wollte sich aufrichten, doch seine Muskeln versagten.

»Herr Kommissar, seien Sie vernünftig. Das bringt doch nichts. Bleiben Sie einfach sitzen. Ich will nur mit Ihnen reden.«

»Gut, also, wessen Grab befindet sich über uns? Da es hier so modrig riecht, nehme ich an, über uns ist der Garten?«

»Sie haben recht. Nicht schlecht.«

»Mader, wer liegt dort beerdigt?«, fragte Sito noch einmal.

Mader sah in Miriams Richtung.

»Sie haben Kerler ermordet?«, presste Sito hervor und drehte sich zu Miriam um, die im selben Moment laut aufschrie. »Was sind Sie nur für ein kranker Mensch!«

Mader lächelte Sito nachsichtig an. »Ach, kommen Sie, solche Platitüden stehen Ihnen gar nicht.«

»Haben Sie Kerler nun ermordet?«

»Unsinn!«

Sito atmete auf und ließ kurz seinen Kopf auf die Brust sinken.

»Mader, wer liegt in diesem Grab? Was ist das ›Grab eines Hahns‹?«

»Eine schlaue Frage, Herr Kommissar, endlich«, kommentierte Mader zufrieden. »Damit kommen wir zu meinem Vater.«

»Er ist der Hahn?« Sito war perplex.

»Aber nein. Sie wollen es wirklich wissen, nicht wahr?«

»Erzählen Sie«, sagte Sito mit Nachdruck. »Erzählen Sie alles von Anfang an.« Sito hoffte, Maders Geschichte würde ihn einen Schritt weiterbringen. Reden, nein: Zuhören; es war seine einzige Chance.

»Mein Vater hielt mich für verweichlicht. Er war Schlachter und hat mich gezwungen, ihm beim Schlachten zuzusehen. Oben im Hof. Hier in diesem Raum hat er mich oft tagelang eingesperrt. Ich sollte werden wie er. Ich wollte nie Fleisch essen, müssen Sie wissen, und anfangs hat mein Vater noch darüber gelacht. Das Baby mag halt noch nichts Festes beißen, hat er dem Großvater gesagt, doch der war skeptisch. Ich bekam dann nur Brei. Aber als ich älter wurde, mit vier ungefähr, da wurde es ihm unheimlich. Der Großvater hat ihn angestiftet, endlich mal für Ordnung zu sorgen und für Zucht, ja, das waren seine Worte. Verkehrt herum hat er das immer gesagt. ›Ordnung und Zucht‹ habe zu herrschen.« Mader stand auf. Einen Moment verharrte er, schien mit den Gedanken dreißig Jahre früher in diesem Raum zu stehen, sein Körper spannte sich an.

Sito wurde schwindlig. Er erinnerte sich an Bilder, die er längst verdrängt hatte. Ein toter Fisch im Aquarium, ein toter Fisch auf der Küchenablage und ein Fisch, dem es schwerfiel zu sterben, weil das Messer nicht ihn, sondern …

»Er wolle ja wohl nicht einen Schwulen heranziehen. So hat mein Großvater meinen Vater aufgestachelt. Ja, ja, Sito, aus so einer Familie stamme ich. Da galten Fleischverweigerer noch als gefährlich. Als gefährliches Gesocks, wie Schwule. Mein Großvater war ein harter Hund gewesen, schon im Krieg. Überall dabei. Fürs Vaterland hat er alles getan. Sie haben mich hier eingesperrt. Ohne Essen, dafür mit toten Tieren. Er dachte, irgendwann würde ich zugreifen und aus blankem Hunger so ein Huhn zerreißen und mir in mein Maul stopfen. Einmal war ich ohnmächtig geworden.« Mader blieb stehen und senkte seinen Kopf kurz auf die Brust.

Sito hielt den Atem an. Dann hob Mader den Kopf, sah nach oben und berührte mit der Hand die Decke über sich. Schnell zog er sie zurück, ging zur Truhe und setzte sich. »Und dann ist er rasend geworden. Wissen Sie, wie das ist, wenn Ihnen das Liebste genommen wird? Wenn Sie hilflos danebenstehen?«

Sito sagte nichts, aber er wusste genau, was Mader meinte.

»Noch ehe mir klar war, was dieses Monster vorhatte, da hat er ihm den Kopf abgehackt. Glatt durch.« Mader hatte die Hände neben sich auf der Truhe, sein Oberkörper war nach vorne geneigt, und sein Kopf hing zwischen den Schultern. Hätte er sich nicht festgehalten, wäre er nach vorne gekippt. »Einfach so«, flüsterte er und stieß den Atem aus, wie jemand, der Luft ausbläst, um zu testen, ob es kalt ist. Sito meinte, einen Hauch zu sehen, wenngleich dies nicht möglich war.

»Wem?« Sito war wie gebannt, er fühlte seine Schläfen pochen.

Mader hob den Kopf und sah Sito in die Augen. Seine Hände behielt er neben sich auf die Truhe gestützt. Er schüttelte den Kopf, dann lächelte er. »Ich war zwölf Jahre alt und hatte niemanden hier draußen. In der Schule haben mich alle gehänselt, ständig hatte ich Angst, war schreckhaft, hab nie mit Fußball gespielt. Ich hatte nur einen einzigen Freund. Einen Hahn, der irgendwann angefangen hatte, mir nachzulaufen und mich morgens zu begrüßen, wenn ich aus dem Haus bin. Wenn ich seine bunten Halsfedern gestreichelt habe, dann hat er gegurrt und mit dem Schnabel zart auf meine Hand getippt. Wir sind sogar zusammen spazieren gegangen. Ihm habe ich alles erzählt, vor allem meine Träume, wie ich einmal leben würde, wenn ich hier endlich wegkam. Er war alles, was ich hatte. Hunde und Katzen hat mein Großvater nicht geduldet. Das macht nur die Seele weich, wenn man an den Viechern erst einmal Gefallen findet, hat er immer wieder gesagt. Und mein Vater hat immer genickt und alles versucht, mir Ordnung und Zucht beizubringen, wirklich alles. Und dann war es so weit. Für die eine wichtige Lektion. Er hat mich in den Garten gerufen, ganz freundlich. Ahnungslos bin ich aus dem Haus gekommen. Dann musste ich mit ansehen, wie er meinen Hahn schnappte und zu dem Hackklotz schleppte. Der Hahn hat zu mir gesehen, gekräht wie wild, und ich bin nur dagestanden. Dann hat mein Vater ihn auf den Klotz geschleudert und ihm den Kopf abgehackt. Er hat gewusst, dass ich diesen Hahn geliebt habe. Ich war wie hypnotisiert, gelähmt, alles ist wie in Zeitlupe geschehen. Irgendwo weit weg. Meine Mutter ist aus dem Haus gerannt, hat an den Armen meines Vaters gezerrt und ihm die Axt aus der Hand gerissen. Als ob das noch irgendetwas hätte ändern können. Ich habe nichts gehört von ihrem Schreien. Ich habe es nur gesehen. Ich bin einfach nur dagestanden. Während der Körper meines Hahns im Garten herumlief ... ohne Kopf.« Mader saß noch immer auf der Truhe und wippte mit dem Oberkörper hin und her.

Sito war, als würde ihn das Messer seines Vaters ein zweites Mal treffen, dort über dem linken Auge an der Schläfe. Er konnte sich genau an das Gesicht seines Vaters erinnern, an seine Augen, die vor Schreck geweitet waren und ihn anstarrten. Er erinnerte sich genau an das Blut, das ihm über das Gesicht gelaufen war, an seine Mutter, die in die Küche gestürmt war und geschrien hatte: »Paul, oh Gott. Was hast du getan?«

»Als ich mich wieder bewegen konnte, bin ich fortgerannt. Einfach in den Wald. Ich bin so lange gerannt, bis ich umgefallen bin. Dann bin ich im Moos eingeschlafen. Und wieder zurückgelaufen, noch in derselben Nacht. Ich habe ihn im Schlaf gefesselt, ihm einen Knebel in den Mund gesteckt und ihn aus dem Bett in den Hof gezerrt. Er hat recht schnell begriffen, dass es mir ernst war, und gezappelt wie verrückt. Mir sind unvorstellbare Kräfte gewachsen. Ich hatte nicht gewusst, wie stark ich war. Ich habe ihn auf den Hackklotz gelegt und die Axt hochgehoben. Langsam, sodass er den Augenblick des Todes lange kommen sehen konnte.«

»Hören Sie auf.« Sito schloss die Augen. Hinter sich hörte er Miriam leise weinen.

Mader stand langsam auf. Im Vorbeigehen streichelte er Miriam über das Haar, bei Sito blieb er stehen. »Nein, jetzt sollen Sie alles hören. Ich habe mehrmals zuschlagen müssen, weil er so gezappelt hat. Und ich habe jeden Schlag genossen. Danach habe ich ihn verbrannt.«

Sito senkte den Kopf. Seine Mutter hatte ihm sofort ein Tuch auf die Wunde gedrückt, am Arm des Vaters gerüttelt, der ihr beteuerte, dass es ein Unfall gewesen war, dass er doch nie seinen Sohn habe verletzen wollen. Auf dem Tisch hatte der Fisch um sein Leben gekämpft, denn das Messer hatte ihn nur verletzt, statt ihn schnell zu töten. »Und Ihre Mutter?«

»Meine Mutter?« Mader lachte. »Sie war froh, dass er endlich weg war. Er hat auch ihr Ordnung und Zucht beigebracht, wobei, wenn ich es recht bedenke: Für mich galt Ordnung, für sie die Zucht. Und der Großvater hat ihn immer ermutigt, ein Mann zu sein.« Mader entblößte seinen vernarbten Oberkörper. »Er hat dafür gesorgt, dass ich nichts vergesse. Aber meine Mutter hat mit mir meinen Hahn beerdigt. Er liegt hier.« Er deutete mit der Hand nach oben zum Garten, berührte mit den Fingerspitzen das Holz über sich.

Sito nickte. Deshalb hatte Mader diesen Ort nie verlassen können. »Und dafür all diese Morde?«

Mader sah Sito verdutzt an. »Aber nein, Herr Kommissar, wie kommen Sie denn darauf?«

Busch konnte vor Aufregung nicht regelmäßig atmen. Er bewegte sich wie ein verletztes Tier im Zimmer hin und her. Als der Schuss gefallen war, hatte er begriffen, was Mader vorher gemeint hatte. Er hatte eine Falle gebaut für alle, die versuchen würden, in sein Haus einzudringen. Nun hatte es Miriams Freund getroffen. Verzweifelt hatte Busch mit ansehen müssen, wie Miriam von Mader überwältigt worden war. Busch war zu Boden gesunken und hatte den Kopf auf seine Knie gelegt.

Nach einiger Zeit hatte er erneut Stimmen gehört und sich mühsam wieder auf die Beine gekämpft und aus dem Fenster geschaut. Aber die Personen hatten zu nahe am Haus gestanden, sodass er nicht sehen konnte, wer da war. Für einen Moment hatte er gehofft, dass es Enzig wäre, aber schnell hatte er den Gedanken wieder verworfen, denn dann hätte es längst von Polizeiwagen gewimmelt. Die Gestalten waren ineinander verkeilt vom Haus weggetaumelt. Ein Kampf hatte stattgefunden. Die eine Person war Mader, das hatte Busch erkennen können, aber wer war der andere?

Die Fesseln schnitten tief in seine Handgelenke, die Wundstellen brannten. Busch trat vor die kleine Kommode, über der ein runder Spiegel hing. Daneben stand ein Doppelbett. Vielleicht das Schlafzimmer von Maders Eltern. Busch lief wieder ans Fenster. Die Fahrzeuge waren verschwunden. Enzig hatte offensichtlich mitbekommen, dass Mader der Täter war. Aber konnte er ihn überhaupt ausfindig machen? Die Personalakte war verschwunden und … Busch stutzte. Der Einzige, der noch etwas über Mader hätte wissen können, war Sito gewesen. Aber wer war in der Nacht noch ins Haus gekommen? Enzig konnte es keinesfalls gewesen sein, dafür war die Gestalt auch zu klein gewesen.

Busch schauderte. Hatte Mader einen Komplizen? Und ausgerechnet er sollte jetzt auch ein Opfer von Mader werden? Er, der ihm als Erster auf die Schliche gekommen war?

»Ich versteh nicht ganz. Wo soll das hinführen?«, fragte Sito.

»Um ehrlich zu sein, hatte ich mit Ihrer Akzeptanz gerechnet«, sagte Mader und kontrollierte den Haken, an dem er die Öllampe angebracht hatte. »Ist alles schon etwas morsch hier«, erwähnte er. Er setzte sich Sito gegenüber. »Ich habe nicht vergessen, was Sie damals getan haben.«

Sito wurde hellhörig und zog die Augenbrauen zusammen.

»Ich sehe, Sie denken angestrengt nach. Nun, dann warten wir noch ein Weilchen. Aber lassen Sie mich in der Zwischenzeit sagen, dass ich Sie seitdem bewundere. Und«, Mader hob die Hände und zeigte mit beiden auf Sito, »letztendlich waren Sie der Grund, dass ich zur Polizei wollte.«

Ein ungutes Gefühl beschlich Sito. Aber das war nicht möglich. Das konnte niemand wissen außer …

»Sie haben immer noch keinen blassen Schimmer, wovon ich rede. Das macht nichts.« Maders Geduld war beängstigend. »Der Tod ist mir gleichgültig. Wissen Sie eigentlich, welch unglaublichen Vorteil das für einen Menschen birgt?«

Sito nickte kaum merklich.

»Ja, Herr Kommissar, was frage ich. Dumm von mir, Sie wissen das natürlich. Der Tod macht mir keine Angst, das sollen Sie wissen.«

»Was wollen Sie von mir? Weshalb die Päckchen mit diesen Geschenken?«

»Die Ausstellung … die Fotos, das müssen Sie doch begriffen haben.« Mader sah fragend zu Miriam. »Sie haben das nicht erzählt?«

»Was hätte sie mir erzählen sollen?« Sito drehte sich um und blickte zu Miriam. »Was?«

»Sito, ich habe Sie für schlauer gehalten. Ich habe im Grunde nur das getan, was Miriam erreichen wollte. Ich habe den Menschen gezeigt, welche Bestien in ihnen stecken. Und nun erwarte ich, dass Sie mich verstehen.«

»Wie könnte ich?« Sito schüttelte den Kopf, aber langsam kam ihm ein Gedanke, der so ungeheuerlich war, dass er kaum wagte, ihn zu Ende zu denken.

Plötzlich klopfte sich Mader auf die Oberschenkel und lachte. »Wissen Sie was? Ich werde uns etwas zu essen holen. Das habe ich ja vollkommen vergessen. Sie beide müssen hungrig sein.« Mader stand abrupt auf und verließ den Kellerraum. Sito konnte hören, dass draußen vor der Tür schwere Gegenstände gerückt wurden, dann war es still. Wenig später wieder dieses schleifende Geräusch, als müssten Möbel verschoben werden. Etwas fiel klirrend zu Boden, dann ging die Tür auf, und Mader betrat den Raum mit einem Tablett in der Hand, darauf Brot, Wasser und eine Flasche Whisky, die er Sito präsentierte. »Dürfen Sie eigentlich?« Er schwenkte die Flasche in der Hand.

»Wohl kaum«, antwortete Sito und weichte das Brot im Wasser ein.

»Miriam, kommen Sie zu uns. Sie haben doch sicherlich Hunger. Leisten Sie uns Gesellschaft. Sito, nur ein Glas, was soll schon passieren? Uns kann nichts mehr passieren.« Maders Worte klangen wie ein Versprechen. »Es hat mir übrigens gefallen, dass Sie mich im Krankenhaus mit Gulliver angesprochen haben.«

»Ich war benebelt von den Medikamenten.«

»Ich weiß, dass Sie mich verstehen«, erklärte Mader und kaute auf der Brotrinde. »Sie haben das damals nicht nur aus Liebe getan.«

Sitos Atem beschleunigte sich. Neben ihm hörte Miriam auf

zu essen. Sie hielt ein Stück Brot umklammert wie ein Stofftier, an das sich ein Kind aus Angst drückt. Was hatte Mader da eben gesagt? Das konnte nicht sein, das konnte er unmöglich wissen.

»Ich sehe schon, die Erinnerung kommt wieder. Ist schon eine Zeit her. Ihr erster Fall, nicht wahr?«

Busch musste etwas unternehmen. Wer auch immer sich noch im Haus befand, sie würden seine Hilfe brauchen. Wieso hatte Mader die anderen nicht auch nach hier oben gebracht? Was hatte er vor?

Er sollte die anderen suchen, sich eine Waffe beschaffen und dann Mader zur Strecke bringen. Busch sah sich im Raum um. Als Erstes musste er diese Handfesseln loswerden. Was könnte ihm als Werkzeug dienen? Glas? Sollte er das Fenster zerschlagen? Aber nein, Busch verwarf den Gedanken. Das wäre mit den gefesselten Händen hinterrücks kaum möglich, außerdem würde er mit zerschnittenen Händen auch nichts ausrichten können. Er brauchte etwas anderes, mit dem er die Fesseln lösen könnte.

Sein Blick blieb an der Kommode hängen. Vielleicht konnte er eine Schublade herausnehmen und sie so zerlegen, dass er an einen Nagel herankam?

Er zerrte so lange an der obersten Schublade der kleinen Kommode neben dem Bett, bis sie herausfiel. Mit dem Fuß schob er sie in eine Ecke des Raumes, damit sie nicht wegrutschen konnte. Mit kräftigen Tritten versuchte er, sie zu zertrümmern. Immer wieder trat er gegen den Schubladenboden und hoffte, dass er endlich nachgeben würde. Und tatsächlich, die erste Seitenwand brach ab, dann die Front. Er hatte recht gehabt, die Schubladen waren zusammengenagelt. Die Seitenwände mit den herausstehenden Nägeln lagen vor ihm.

Busch setzte sich und versuchte, hinter seinem Rücken die Seitenwand zu packen, bei der ein Nagel am weitesten herausstand. Endlich hatte er sie so in der Hand, dass er den Nagel mit den Fingern der anderen Hand ertasten konnte. Mühsam begann er, mit dem Nagel an dem Strick zu reiben und Faden für Faden zu zerreißen. Ein paarmal rutschte er ab und ritzte sich in Hand oder Arm, doch er spürte, wie der Strick sich immer weiter auflöste.

Sito schielte zu Miriam, die ihn mit offenem Mund anstarrte. Es bestand kein Zweifel mehr, es gab kein Entkommen. So lange hatte Sito mit diesem Wissen gelebt. Ein Mord, der nie zur Anklage gekommen war. Er hatte Janina so gut verstanden.

»Ja, Herr Kommissar, das war bewundernswert«, sagte Mader. »Sie haben bewiesen, dass Sie Sinn für Gerechtigkeit besitzen. Sie sind seitdem mein Held. Und falls Sie jetzt grübeln: Kein Geheimnis gehört nur einem Menschen. Insgesamt haben vier Menschen davon gewusst. Am Leben sind mit uns noch drei. Aber das nur am Rande …« Mader beugte sich zu ihm und flüsterte ihm ins rechte Ohr, sodass Miriam es nicht hören konnte. »Ich weiß auch, woher Sie diese Narbe über Ihrem linken Auge haben.«

Die Nähe zu Mader raubte Sito fast den Atem. Er wandte leicht den Kopf, und seine Lippen formten den Namen »Janina«.

Mader nickte lächelnd, so nah, dass Sito die Bewegung spüren konnte. »Sie haben damals versucht, Ihren Vater vom Töten der Fische abzuhalten.« Er lehnte sich wieder zurück. Sito war für einen Moment, als fiele er ihm hinterher, so als hätte Mader ihn gestützt.

»Es geht nicht um juristisches Recht, Herr Kommissar, es geht um moralische Gerechtigkeit. Verstehen Sie, worauf ich hinauswill?«

»Was ist, wenn ich mit Ja antworte?«

»Wirklich?« Mader klang erfreut. »Das hatte ich gehofft. Dann wird mein Werk Teil von Miriams Ausstellung.«

Miriam stöhnte und legte sich auf den Boden. Sie war offenbar am Ende ihrer Kraft.

»Und diese Ausstellung Ihres Werks sollte in der Fabrik stattfinden?«, fragte Sito.

»Nicht sollte, sie wird, die Ausstellung wird stattfinden«, bekräftigte Mader. »Aber ohne mich.« Er sah ernst zu Sito. »Ich habe mir etwas anderes überlegt. Ich musste umdisponieren, wie man so schön sagt, denn ich habe gemerkt, dass auch der Tod keine Erlösung bringt. Es sei denn … Nun, Sie haben recht, für mich gibt es hier keinen Ausweg.«

Sito atmete erleichtert auf. »Gut, Johann, dass Sie das einsehen. Lassen Sie uns vernünftig sein.«

»Ich mag es sehr, wenn Sie mich beim Vornamen nennen. Aber Sie missverstehen mich. Ich will nicht entkommen, aber ich will auch keinen Prozess da draußen. Ich will Sie als meinen Richter.« Mader lächelte.

»Als Ihren Richter?«

»Ja, denn Sie denken im Grunde so wie ich. Das gibt eine gerechte Verhandlung.« Mader strahlte Sito an.

»Sie wollen, dass wir eine Verhandlung führen?«

»Ja, Herr Kommissar, so könnte man das sagen. Ich werde Ihnen Argumente zu meiner Rechtfertigung darlegen, und Sie fällen Ihr Urteil.«

»Und dann?«

»Wenn Sie mir glaubhaft Ihr Verständnis versichern, akzeptiere ich Ihr Urteil, ganz gleich, wie es ausfällt, und Sie können gehen.«

»Sie lassen uns gehen, wie auch immer mein Urteil ausfällt?«

Mader lächelte Sito an und nickte. »Wie auch immer Ihr Urteil ausfällt, ja, Sie haben mein Wort.«

»Gut«, stimmte Sito zu. »Ich bin gespannt, was Sie vorbringen.«

»Sie willigen ein? Das ist großartig, Kommissar Sito, ich habe mich also nicht in Ihnen getäuscht. Ich muss Sie nun leider noch einmal allein lassen. Versuchen Sie, zu schlafen. Ich bin bald zurück.«

Der Einsatz

»Schnell«, rief Enzig Nauber und Schilling zu, die ihm auf dem Flur des Polizeipräsidiums entgegenkamen. Er hatte sie aus dem Schlaf geklingelt und ins Präsidium bestellt. »In mein Büro.«

Als Enzig am Morgen nach nur wenigen Stunden Schlaf aufgewacht war, hatte er sofort seine Voicebox abgehört.

Sito hatte ihm eine Nachricht hinterlassen, dass er herausgefunden habe, wohin Kerler gefahren war. Ein Taxi habe ihn in die Birkenallee 18 bei Öhningen gebracht. Dort sei er … *Ist der wahnsinnig?*, hatte Enzig gedacht. Er hatte sich in Windeseile angezogen und war sofort ins Präsidium gefahren, um einen Einsatz zu koordinieren.

Nauber und Schilling sahen Enzig verdutzt nach, folgten ihm aber umgehend. Nauber schloss die Tür hinter sich. »Was ist los?«

»Setzen Sie sich«, befahl Enzig.

Nauber stemmte die Hände in die Seite und holte gerade Luft, um etwas zu entgegnen, überlegte es sich dann aber anders und setzte sich neben Schilling, der schon wieder grinste. »Jetzt spannen Sie uns nicht länger auf die Folter.«

»Sito lebt«, sagte Enzig schlicht.

Nauber und Schilling starrten Enzig an.

»Bitte was?«, fragte Schilling.

»Wollen Sie uns verkohlen? Was reden Sie da?«

»Sito lebt, befindet sich aber derzeit vermutlich wie unser Kollege Busch und Polizeidirektor Kerler in der Gewalt des Mörders.«

»Ach, kommen Sie«, wehrte Schilling ungläubig ab und sah zu Nauber, der ein spitzes Gesicht machte und Enzig durchdringend ansah.

»Kein Scheiß?« Schilling lachte einmal laut auf. »Jetzt sagen Sie aber nicht, dass Sie uns den Mörder auch noch nennen können?«

»Es ist Johann Mader. Unser Kollege.«

Nauber öffnete wieder den Mund, sagte aber kein Wort.

»Der Polizist?« Schilling blieb ruhig.

»Ich glaub das nicht!« Nauber sprang wütend auf. »Wir kommen hierher, fahren durch das halbe Land wegen so einem Schmieren-theater?«

»Jetzt beruhig dich mal«, besänftigte Schilling seinen Kollegen.

»Ich soll mich beruhigen? *Ich* soll mich beruhigen? Was bildet sich dieser Sito ein? Das wird Konsequenzen —«

Enzig erhob sich so ruckartig, dass sein Stuhl nach hinten um-kippte und scheppernd zu Boden fiel.

»Halten Sie endlich den Mund«, brüllte er. »Sie gehen mir auf die Nerven.«

Nauber starrte Enzig erschrocken an und ließ sich auf seinen Stuhl sinken.

Schilling räusperte sich. »Dann erzählen Sie mal von Anfang an, Kollege Enzig.«

Gerade als sich in Busch die Hoffnung breitmachte, die Fesseln tatsächlich mit dem Nagel lösen zu können, drehte sich der Schlüs-sel in der Zimmertür. Panik erfasste ihn. Er wollte aufstehen, fiel jedoch sofort wieder um, weil er in der Hektik kein Gleichgewicht fand. Er rollte über den Boden und musste sich mit dem Kinn vom Boden abstoßen, bis er endlich auf die Knie kam. Hastig schob er die zertretene Schublade unter das Bett.

Die Tür wurde aufgestoßen, und Mader betrat das Zimmer. Sein Blick blieb lange an ihm hängen, und Busch hielt den Atem an. Langsam wandte Mader den Kopf zur Seite, hin zu der Stelle, wo die Kommode stand.

Busch ließ den Kopf sinken. Jetzt war alles aus.

Mader zog eine Waffe aus der Jackentasche und hielt sie in die Höhe. »Warum machst du es mir so schwer?«, flüsterte er und entsicherte die Waffe.

Seine Stimme klang brüchig, unsicher. Vielleicht gab es doch noch Hoffnung. Dann aber, plötzlich und unerbittlich eine rasche Bewegung, und Busch fühlte den kalten Lauf der Waffe an seiner Stirn.

Das Haus lag vor ihnen, und selbst Schilling und Nauber waren für einen kurzen Moment sprachlos. Eine eigenartige Aura umgab diesen Ort, lag wie grauer Nebel auf dem alten Hof. Mit drei

Einsatzwagen und einem Krankenwagen hatten sie sich auf den Weg nach Öhningen gemacht.

Während der Fahrt hatte Enzig unentwegt auf seiner Unterlippe gekaut und sich bittere Vorwürfe gemacht, dass er letzte Nacht eingeschlafen war. Immer wieder hatte er den Fahrer angetrieben, schneller zu fahren. Doch jetzt am Ziel kam ihm alles surreal vor. Nichts war zu hören, nichts ließ darauf schließen, dass in dem Hof Menschen sein könnten. Allein die Autospuren am Boden verrieten, dass hier kürzlich jemand gewesen sein musste. Aber weit und breit war kein Auto zu sehen, geschweige denn eine Spur von Sito und den anderen.

Langsam liefen sie auf das Gebäude zu. Die Einsatzkräfte verteilten sich und bezogen Stellung. Nauber und Schilling entsicherten ihre Waffen und folgten den SEK-Leuten. Enzig hielt sich ein wenig im Hintergrund. *Das passiert alles gar nicht wirklich.* Etwas anderes konnte er nicht denken. Dass die Haustür offen stand, berührte ihn eigentümlich. Es war, als sollte hier nichts verborgen werden. Auf dem Weg durch den Garten kamen sie an einer Blutlache vorbei.

Die ersten Polizisten hatten das Haus erreicht und drangen mit vorgehaltenen Waffen ein. »Gesichert«, sagte eine Stimme, dann eine andere: »Küche gesichert.« Und wenig später: »Gesichert.«

Enzig stand neben der riesigen Blutlache direkt vor der Haustür. Daneben auf der Schwelle und überall rundherum lagen Federn – das Ende einer tierischen Jagd. »Ganz schön viel Blut«, meinte Nauber, und Enzig nickte. Im Haus waren jetzt alle Räume gesichert. Sie konnten hinein.

»Dann wollen wir mal«, rief Schilling der Spurensicherung zu. »Drei Mann nach oben, zwei mit mir, der Rest sucht in den Speicher- und Kellerräumen.«

Enzig blieb im Wohnzimmer stehen und betrachtete die Fotos an der Wand. Er nahm eines von Sito an sich. In der Küche fand er Essensreste. Er stellte sich an die Ablage, nahm das Messer und vollführte damit ein paar Schnittbewegungen auf dem Brett, das dort auf der Ablage ruhte. Dies war die Küche aus Maders Kindheit. Enzig sah zur Seite aus dem Küchenfenster in den Garten. Dort war ein Holzklotz. Irgendwann musste dort im Holz eine Axt gesteckt haben.

Aus dem Wohnzimmer konnte Enzig Lärm hören. Die Schränke wurden ausgeräumt, einige Gläser gingen offenbar zu Bruch, wütendes Fluchen. Aus dem oberen Stock kamen ebenfalls Rufe, doch Enzig hatte längst begriffen, dass sie hier keine Menschen mehr finden würden.

Er wandte sich wieder dem Schneidebrett zu, stellte sich vor, wie Maders Mutter hier gestanden hatte. Die Küchenzeile vor dem Fenster bestand nur aus der Arbeitsplatte, es fehlten die Einbauten, der Raum darunter war frei. Vielleicht hatte Mader sich manchmal hier versteckt.

Enzig bückte sich und betrachtete den kleinen Abstellraum unterhalb der Ablage. Ja, ein Kind hätte hier gut Platz gefunden. Er fuhr mit der Hand über den kalten Steinfußboden und an den Seitenwänden hinauf. Er hatte plötzlich das Gefühl, selbst dort zu sitzen, die räumliche Enge zu spüren, auf der Flucht zu sein. Kinder versteckten sich manchmal an Orten, die keine Verstecke waren. Sie schlossen die Augen oder warfen sich eine Decke über den eigenen Körper.

Mader hatte als Kind hier gesessen. An der Seitenwand erkannte Enzig Buchstaben, die Mader eingeritzt haben musste. Die Worte »Mama« und »Johann« standen da. Eine Sonne befand sich ganz in der hinteren oberen Ecke. Enzig malte sie mit den Fingerspitzen nach. Er ließ sich auf den Boden fallen und lehnte sich an die Wand gegenüber der Sonne. Er war zu groß für den engen Raum. Ihm war schwindlig in dieser Enge, aber er hatte das Gefühl, dass er sich ausruhen musste. Er kannte diesen Augenblick von anderen Fallanalysen, er wusste, was gerade passierte. Er nannte es immer den Augenblick der Wahrheit. So nah war er dem Mörder Mader noch nie gewesen.

Er saß einfach nur da, ließ die Zeit vergehen, blendete alles aus, was um ihn herum in diesem Haus geschah, und tauchte ganz in die alte Zeit ein. Er wartete, bis diese ihn wieder losließ und aus ihm herauskroch. Und dann konnte Enzig noch etwas sehen. Er schluckte. Mader hatte hier gesessen. Aber nicht nur als Kind. Zuletzt musste er hier gesessen haben, als er schon erwachsen war. Ganz weit hinten entdeckte Enzig einige Tropfen Blut und einen Handabdruck.

»Hier stecken Sie, Enzig. Was tun Sie denn da?«

Enzig fuhr abrupt auf und stieß sich den Kopf an. Umständlich kroch er unter der Ablage hervor. Nauber stand vor ihm, Schilling war schon wieder in Eile, seinen Partner zu erreichen. Eine längere Trennung kam augenscheinlich für beide nicht in Frage.

»Wir haben nichts gefunden, Enzig«, sagte Schilling. »Weder im ersten Stock noch auf dem Dachboden oder im Keller. Nichts. Absolut nichts. Keinen einzigen Hinweis auf die Vermissten. Nur die Fotos an der Wand, da sind Kerler und Sito drauf. Also, Enzig? Was nun?« Schilling zeigte sich nach wie vor kooperativ, während Nauber Enzig keines Blickes würdigte.

Enzig schüttelte den Kopf. Er hatte keine Ahnung.

»Vielleicht hat Mader seine Opfer weggebracht? Vielleicht hat er geahnt, dass wir kommen?« Schilling sah hinüber ins Wohnzimmer zu der Wand mit den vielen Fotos. Die Spurensicherung war gerade dabei, sie zu fotografieren und dann einzusammeln.

»Schon möglich«, murmelte Enzig.

»Aber Sie sind sich Ihrer Sache ganz sicher, Enzig? Mader ist unser Mann? Wollen Sie Ihre Angaben noch einmal überdenken? Ich meine, die Nachricht auf Ihrem AB von dem toten Kommissar? Es war alles sehr viel in der letzten Zeit, da kann man sich durchaus —«

»Ich bin mir ganz sicher.«

»Aber wir können nichts finden. Was sollen wir tun?«

»Die Spurensicherung soll das Blut unter der Küchenablage untersuchen. Und das Blut vor dem Haus auch. Ich glaube nicht, dass es Tierblut ist. Gibt es weitere Blutspuren?« Enzig musste sich auf die Ablage stützen. Der Schwindel war noch nicht vorüber.

»Ja, oben am Fenster im Schlafzimmer. Die haben überall Proben genommen. Aber hier ist kein Mensch, Enzig, so leid es mir tut, ehrlich.« Schilling hob wie zur Entschuldigung die Hände, dann schob er Nauber aus der Tür.

Enzig folgte den beiden nach draußen. Alle standen sie bei den Autos und sahen zurück auf das Haus. *Ein idealer Tatort.* Wie war es möglich, dass Mader schon verschwunden war?

»Unheimlich«, bemerkte Schilling. »Was hatte Sito hier vor?«

Enzig schluckte. Sie hatten nichts ausrichten können. Er hatte keine Anhaltspunkte für den Einsatz gehabt außer dieser Nachricht von Sito. Ansonsten hatten sie nichts. Busch war verschwunden, Sito ebenfalls. Was konnte Enzig jetzt noch tun? »Sito hatte gehofft, Kerler, Busch und Miriam zu finden«, sagte er.

»Miriam?« Nauber schnaubte wütend. »Eine Frau ist auch im Spiel? Das wird ja immer besser!«

»Jetzt reiß dich aber gefälligst mal zusammen«, befahl Schilling. »So kommen wir auch nicht weiter.«

In Gedanken malte Enzig die kleine Sonne unter der Küchen-ablage nach.

Die Mitleidsfrage

Es war finster. Busch lag auf der Seite.

Mader hatte nicht geschossen. Er hatte ihn auf die Beine gezerrt und die Treppe nach unten ins Erdgeschoss und von dort weiter in den Keller geführt. Im Keller hatte er eine Tür geöffnet und ihn in einen finsteren kleinen Raum gestoßen. Busch hatte so weiche Knie, dass er kaum das Gleichgewicht halten konnte.

Schon beim Hinabgehen bemerkte er den schrecklichen Geruch und bemühte sich, flach zu atmen. Allerdings schöpfte er wieder Hoffnung, denn Mader hatte erstmals eine Schwäche gezeigt. Noch immer fühlte er das kalte Metall des Pistolenlaufs auf seiner Stirn, als wäre dort jetzt ein Fleck, den er nicht mehr loswerden würde. Er musste nur ein wenig Zeit gewinnen, hoffen, dass Enzig rechtzeitig kam, überlegen, wie er mit Mader reden konnte, sollte sich noch einmal die Gelegenheit dazu ergeben.

Wo nur blieb Enzig so lange? Busch hatte jedes Zeitgefühl verloren, aber der nächste Tag musste längst begonnen haben. In der Nacht hatte Mader ihn in den Keller gebracht, aber das war sicher schon ein paar Stunden her. Er musste herausfinden, wo Miriam abgeblieben war. Mader hatte Mitleid gezeigt, hatte es nicht fertiggebracht, ihn zu erschießen. Vielleicht merkte er inzwischen selbst, dass es kein Entkommen mehr für ihn gab. Busch konnte nur hoffen.

Da hörte er Stimmen. Das mussten sie sein, Enzig und die anderen. Endlich waren sie gekommen, um sie alle zu befreien. Hierher, wollte Busch rufen, doch er brachte keinen Ton heraus. Seine Zunge und sein Gaumen waren wie taub.

Sito kam wieder zu sich. Die Öllampe stand neben Mader am Boden und warf ein schimmerndes Licht auf seine Hände. Mader hielt wieder eine Spritze bereit.

»Ah, Sie sind wach. Keine Sorge, Ihrer Kleinen geht es gut. Sie ist ein ganz erstaunliches Mädchen. Ich kann gut verstehen, dass sie Ihnen gefällt. Kommen Sie, reichen Sie mir Ihren Arm.«

Mader hielt ihm die linke Hand entgegen und mit der rechten die Spritze hoch. Er nickte freundlich.

Sito reichte ihm seinen linken Arm, ohne darüber nachzudenken, was Mader ihm da verabreichte. Er wünschte sich im Augenblick einfach nur, dass der Schmerz nachließ, andererseits waren es diffuse Schmerzen. Er wusste nicht, ob sie wirklich etwas mit der OP zu tun hatten.

Die Spritze zeigte schnell die gleiche Wirkung wie beim ersten Mal. Sito atmete erleichtert auf. »Bevor wir anfangen«, flüsterte er, »sagen Sie mir, was mit Friedrich und Marc passiert ist.«

»Das war so nicht geplant. Das müssen Sie mir glauben.«

»Dachten Sie wirklich, ich würde Sie entkommen lassen?«

»Ich war mir sicher, Sito, natürlich. Haben Sie denn wenigstens herausgefunden, wer die Opfer waren?«

Sito nickte.

»Na dann …« Mader verschränkte die Arme vor seiner Brust, als wäre damit alles gesagt.

»Was hatten Sie denn jetzt vor?«

»Nach Ihrem vermeintlichen Tod, meinen Sie? Eine gute Frage.«

»Sie haben Friedrich in die Falle gelockt, hab ich recht? Sie wollten ihn opfern. Und Marc auch?«

»Herr Kommissar, dafür ist jetzt nicht der richtige Zeitpunkt. Ich wollte nur Sie, alle anderen sind mir im Moment egal!«

»Aber die Polizei wird bald hier sein.«

»Ehrlich gesagt, eher nicht, mein lieber Herr Kommissar.«

»Warum nicht?«

»Weil sie heute Morgen schon hier waren.«

Kerler öffnete die Augen. Auf dem Gang hatte er Geräusche gehört. Er hielt den Atem an und lauschte. Das Schlucken schmerzte, der Rest seines Körpers pochte. Er stöhnte laut auf. Unwillkürlich versuchte er, die Arme aus den Fesseln auf seinem Rücken zu winden, doch er war chancenlos.

Wieder sah er zu der Gestalt an der Wand. Hatte sie sich nicht kurz vor seinem Hinwegdämmern bewegt? Kerler stammelte ein »Hallo«. Keine Antwort. Dann, so plötzlich, dass Kerlers Herz beinahe stehen blieb, kam ein Laut von der Wand, ein Röcheln.

Er robbte hektisch auf den Mann zu, der, wie er jetzt erkennen konnte, tatsächlich an einem der Fleischerhaken hing – und er lebte. Kerler konnte nicht in Worte fassen, wie erleichtert er war. Ein Mensch, er würde nicht allein sterben. Ein anderer Mensch war hier. Sie würden einander Lebewohl sagen können. Jemand würde ihn verabschieden. Kerler weinte, so groß war seine Erleichterung. Er wollte nicht allein in diesem Keller sterben. »Hallo? Können Sie sprechen? Hallo?«

Doch nichts war zu hören. Kerler wartete einige Zeit, versuchte, kein Geräusch von sich zu geben, sogar seinen Atem kontrollierte er so, dass er sich selbst nicht mehr atmen hören konnte. Er lauschte, er betete, dass er den Atem des anderen Menschen hören könnte. Dann versuchte er ein letztes Mal, den Fremden anzusprechen, doch seine Stimme war schon so leise, dass er sie selbst kaum hörte.

Erschöpft ließ Kerler seinen Kopf zu Boden sinken. Der Geruch von rohem Fleisch stieg ihm in die Nase, noch eindringlicher als je zuvor. Und dann endlich begriff Kerler, was er da vorhin gehört hatte. Es war der letzte Atemzug eines Menschen gewesen. Der Mann am Fleischerhaken war tot.

Die Hoffnung, er hätte einen Leidensgenossen gefunden, hatte seine Gedanken von den eigenen Schmerzen abgelenkt. Nun aber war er verloren. Er drehte sich auf die andere Seite, weg von dem Toten und schloss die Augen.

Sito hoffte inständig, dass Miriam die letzten Worte von Mader nicht gehört hatte, aber sie richtete sich aus ihrer kauernden Haltung auf.

»Wie? Sie waren schon da? Nein!«, stammelte Miriam. »Bitte nicht. Ich will hier raus. Lassen Sie uns gehen.«

»Also gut, Mader«, stöhnte Sito. »Ich weiß nicht, wie Sie das hinbekommen haben, aber ich gebe mich geschlagen. Fangen Sie an. Wie erklären Sie Ihre Taten?«

»Endlich. Aber seien Sie doch bitte nicht so leidenschaftslos.«

Sito senkte den Blick. »Hören Sie, Mader, für Sie mag das hier alles ein Spiel sein, für mich ist es bitterer Ernst und die Gewissheit, schreckliche Fehler begangen zu haben.«

»Quälen Sie sich nicht, Sito. Für mich ist das auch kein Spiel, sondern ein Abgesang auf mein Leben. Ich leiste Ihnen symbolisch Abbitte, wenn Sie so wollen.« Mader lächelte.

»Was ist, Mader? Warum sehen Sie mich so an?«

»Sie sind schön, Sito.«

»Bitte?« Sito verzog das Gesicht.

»Doch, das sind Sie. Ihre Seele spricht aus Ihnen, und die ist gut.«

»Hören Sie auf«, flehte Sito.

»Ich erkenne mich in Ihnen, in Ihrem Schmerz.«

»So kommen wir nicht weiter. Von welchem Schmerz sprechen Sie?«

»Der Schmerz, sich einsam in dieser Welt zu fühlen.«

»Und Sie haben gemordet, um den Schmerz zu tilgen?«

»Nein, er ist nicht zu tilgen. Dieser Schmerz nicht, das wissen Sie. Sito, stellen Sie sich vor, Sie wissen, dass es falsch ist und können es dennoch nicht verhindern. Stellen Sie sich Ihre Ohnmacht vor.«

Sito schluckte schwer.

»Ich sehe, dass Sie es sich vorstellen können. Hat Ihr Vater nicht auch Tiere vor Ihnen getötet? In seinem Restaurant? Haben Sie das Sterben verfolgt? Die Gänsehaut gespürt, wenn das letzte Zucken vorbei war? Haben Sie nicht jedes Mal daran gedacht, wie es sein wird, selbst zu sterben? Ist nicht der Schmerz darüber immer unerträglicher geworden? Dass Dinge um Sie herum geschehen, die falsch, aber unaufhaltsam sind?«

»Aber ich habe meinen Vater dennoch geliebt.«

»Sie waren immer zerrissen, Herr Kommissar.«

»Warum haben Sie diese Menschen umgebracht?«

Mader stand wütend auf und machte einige Schritte. »Weil es keine Menschen sind«, rief er aus. »Verstehen Sie doch, ich habe mit ihnen nur das gemacht, was sie ständig selbst gemacht haben, Tag für Tag. Gesellschaftlich legitimiert.«

»Aber Sie können doch nicht jeden umbringen, der in einem Schlachtbetrieb, in einem Versuchslabor oder auf einer Pelztierfarm arbeitet, Mader.«

Mader verzog das Gesicht. »Das ist ja das Schlimme daran. Es sind so viele geworden.«

»Sie hätten einfach einen Arzt aufsuchen können oder sich politisch für den Tierschutz engagieren. Es gibt so viele Menschen, die Ihre Ansichten teilen. Nicht jeder wird zum Täter, manche gehen einen friedlichen und legalen Weg.«

Mader schritt weiter auf und ab. Sein schwarzes Hemd wehte hin und her, es schien immer größer zu werden. Sito wusste, dass es an den Medikamenten lag. Das Licht flackerte, und er verwünschte seine Schmerzen, die ihn gefügig gemacht hatten. Nie hätte er sich sonst etwas spritzen lassen. Schon wieder musste Sito an Dürrenmatts Bärlach denken. Der Schmerz ließ Menschen das Unglaubliche hoffen. Das flackernde Licht machte ihm immer mehr zu schaffen. Ihm schien es, als würde der Raum nicht mehr stillstehen.

»Wie Ihre kleine Freundin hier, meinen Sie? Ja, Herr Kommissar, Sie haben wohl recht, und ich bewundere jeden, der das kann, sich friedlich auflehnen. Ich konnte es nicht mehr. Und ein Seelendoktor … Ach, Herr Kommissar, ein Arzt verabreicht mir nur eine Droge, wie ich ich Ihnen eine gegen die Schmerzen gegeben habe.«

»Die Gesellschaft ist für kein Verbrechen eine Ausrede.«

»Aber die Gesellschaft selbst hat immer eine Ausrede für ihre Foltermethoden. Konzentrationslager, Schlachthäuser, Versuchslabore, die Verantwortlichen finden immer einen Grund.«

»Das ist … nicht wahr.« Sitos Überzeugung schwand, noch während er die Worte sagte.

»Doch, das ist wahr. Das wissen Sie genau. Der Mensch akzeptiert das Böse, wenn die Gesellschaft ihm die Gründe plausibel macht.«

Sito versuchte, sich die Opfer von Mader in Erinnerung zu rufen, der Mann, der kopfüber in der Fabrikhalle verblutet war wie eine Kuh; Enzigs Freundin, die wie eine ihrer Ratten gestorben war. Marianne Breindle, die starb wie die Opfer für Gänsestopfleber. Sito suchte nach der Gewalt Maders, die diesen Taten zugrunde lag, aber es gelang ihm nicht. Gewalt war eine relative Größe. Mader hatte recht, doch Sito schwieg.

»Wenn man einmal eine grausame Entdeckung gemacht hat, dann kann man sie nie mehr vergessen. Nicht mehr ohne sie leben.«

Ich kann nicht wegsehen, nicht verdrängen. Manche können das, ich nicht. Dinge passieren, auch wenn sie hinter Mauern verborgen sind. Das Töten ist immer da. Nur dumm und blind kann man in dieser Welt noch glücklich leben. Ihre kleine Freundin wird auch einmal sehr leiden. Sie ist nicht blind, das sehe ich.«

Miriam schlug ihren Kopf immer wieder gegen ihre angezogenen Knie. Sito krampfte sich das Herz zusammen. »Hör auf, Miriam, bitte«, flüsterte er in ihre Richtung. Sie sah kurz auf, dann legte sie ihren Kopf auf ihren Arm.

»Wissen Sie, wie das läuft, Herr Kommissar? Man sucht sich Opfer aus, solche, die angeblich der Gesellschaft schaden oder wissenschaftlich gebraucht werden oder einfach gut schmecken würden. Dann macht man einen juristischen Winkelzug: Erklärt, dass die Opfer nicht schützenswert seien, erklärt beispielsweise manche Tiere als Haustiere, andere als Nutztiere. Schon herrscht freie Bahn. Wir kennen das. Der sadistischen Phantasie sind kaum Grenzen gesetzt. Schon stehen zahllose Menschen auf, die zum Quälen bereit sind, und ...«

»Aber —«

»Warten Sie, lassen Sie mich das zu Ende bringen. Die Menschen haben eine sadistische Veranlagung und suchen nach Ventilen.«

»Und Sie meinen, die Gesellschaft befriedigt diese Neigung?«

»Bravo.« Mader klatschte in die Hände. »Die menschliche Gemeinschaft ist umso stärker, je klarer ihre Opfer definiert sind. Herren und Diener, das macht uns aus. Schon immer.«

»Und was haben Sie getan?«

»Jetzt kommen wir zum springenden Punkt: Die Gesellschaft ist stets mein Vorbild. Ich tue nichts, das nicht als salonfähig gelten würde, wenn ich mir die derzeit akzeptierten Opfer ausgesucht hätte.«

Sito starrte ins Nichts. Er fühlte sich leer.

»Die Konzentrationslager der Nazis wurden nach dem Vorbild von Schlachthöfen gebaut, und viele Tiere werden heute vergast, bevor ...« Mader schüttelte den Kopf. »Schlachthöfe und Forschungslabore sind die Vernichtungslager der neuen Ära. Es geht mir nicht im Geringsten darum, den Menschen zu degradieren. Es ist die Unveränderlichkeit der Methoden, die mich interessiert.

Opfer bleiben Opfer, egal ob Mensch oder Tier, sie sind Opfer, weil jemand ihnen Gewalt angetan hat, im Glauben, richtig zu handeln. Moral ist nur noch eine Farce.«

»Und dann haben Sie Miriams Bilder gesehen«, sagte Sito.

»Ja, das war wie eine Offenbarung. Ein anderer Mensch, der so denkt wie ich. So radikal, so ehrlich.« Mader strahlte Miriam an.

»Und Sie haben die Bilder in die Tat umgesetzt.«

»Ja, Herr Kommissar. Dieses Bedürfnis, den Bildern Nachdruck zu verleihen, die Wahrheit zu zeigen, war einfach überwältigend. Die Ausstellung wird ein Erfolg.« Mader wirkte euphorisch und geradezu beglückt.

»Weil die Menschen wirkliche Opfer erkennen.«

»Sie sind großartig, Herr Kommissar, ich würde Sie am liebsten umarmen.« Mader lächelte verzückt. Er wandte sich an Miriam, die ihn anstarrte und ihre Hände auf ihre Ohren gelegt hatte. »Ist das nicht wunderbar? Die Presse wird die Polizeifotos rechtzeitig erhalten. Die Menschen werden dann noch viel besser begreifen … Ich werde euer Held!« Mader atmete tief durch. »Wissen Sie, Sito, ich war nie ein Menschenfreund, das will ich gerne zugeben. Was mich manchen Menschen näher brachte, war ausschließlich der Respekt. Sie habe ich immer respektiert. Ich bin mir sicher, dass Sie mir im Grunde Ihres Herzens ähnlich sind.«

Sito schwieg.

»Nun, jetzt wären Sie an der Reihe, lieber Herr Kommissar.«

»Ich weiß nicht, was ich sagen soll.«

»Das heißt, es gibt keine Anklage?« Mader verschränkte die Arme und lachte.

»Wie? Nein, das ist es nicht.«

»Also sind Sie meiner Meinung, Sito?«

»Nein, Mader, das bin ich nicht. Das einzige Argument, das ich gegen Sie ins Feld führen kann, ist die Sinnlosigkeit. Es ist sinnlos, sich gegen die ganze Welt aufzulehnen.«

»Sinnlos?« Maders Lachen war eingefroren. Er rieb sich mit der flachen Hand über das Gesicht. »Sinnlos?«, wiederholte er.

»Ja, der Schlachtbetrieb, die Tierversuche, die Pelzindustrie … All das wird weitergehen. Ganz gleich, was Sie tun. Sie verschaffen sich nur für einen kurzen Augenblick die Genugtuung der Rache. Die Morde, die Toten in der Fabrikhalle … Das ist Ihr Ventil.«

Mader schluckte und schwieg.

»Ich kann Sie nicht verurteilen. Sie werden verhaftet werden, und man wird Ihnen den Prozess machen.«

»Und wer macht den anderen den Prozess? Wer? Sagen Sie mir, wer?« Mader blieb vollkommen ruhig.

»Was erwarten Sie denn? Sie haben sechs Menschen umgebracht. Wahrscheinlich noch mehr. Damit retten Sie nicht die Welt. Sie müssen das Denken ändern. Und das geht nicht mit Gewalt.«

»Dann verurteilen Sie mich doch!«

»Nein, niemals. Ich verhafte Sie nur.«

»Niemals?« Mader schlug mit der rechten Faust in seine linke Handfläche, so laut, dass es klatschte. Miriam schrie auf und zog sich noch weiter in die Ecke zurück.

»Nein«, beharrte Sito.

»Warum verstecken Sie sich, Sito? Wovor haben Sie Angst?« Mader lief auf und ab. »In Ihrem tiefsten Inneren wissen Sie doch, dass Sie meine Taten für moralisch gerechtfertigt halten.«

»Selbst wenn es so wäre. Was soll das helfen?«, rief Sito aus.

»Ich weiß, dass das Rechtssystem mich verurteilt. Das interessiert mich nicht.« Mader trat einen Schritt auf Sito zu und fasste ihn am Arm. »Aber ich bin mir sicher, dass Sie jeden, der Ihren Hund quält, verfolgen und bestrafen würden. Und ich weiß, dass Sie versucht haben, den Unfallverursacher zu finden, der das Leben Ihrer Frau und Ihres ungeborenen Kindes auf dem Gewissen hat. Und dann? Wenn Sie ihn gefunden hätten?«

Sito blickte zu Miriam. Sie saß aufrecht da und warf ihm einen fragenden Blick zu. Er rang um Beherrschung, doch die Erinnerung an den Unfallwagen trat überdeutlich vor seine Augen. Noch Wochen später war er mitten in der Nacht aufgewacht, weil er im Traum sein totes Baby im Arm gehalten hatte. »Wir sind nicht mehr im Mittelalter, Mader. Wir haben gelernt, unsere Wut zu zügeln.«

»Lenken Sie nicht ab, Herr Kommissar. Mich interessiert, was in *Ihrem* Kopf vorgeht. Sie wissen, wie es ist, wenn man Menschen abgrundtief hasst.« Mader legte die Hände in den Nacken und streckte den Kopf nach hinten.

Sito schloss für einen Moment die Augen. Er verdrängte das Bild Janinas, verdrängte, dass sie und Mader einmal befreundet gewesen sein mussten, dass Mader all sein Wissen über ihn von ihr haben musste. Wo waren sie einander begegnet?

»Herr Kommissar, gestehen Sie mir Ihren Hass. Ich weiß, dass er in Ihnen ist. Ich will nur, dass Sie es zugeben.«

»Sie kriegen keine Absolution von mir.«

»Gestehen – Sie – mir – Ihren – Hass!« Mader schlug mit der Faust gegen Sitos Schulter, sodass dieser zurücktaumelte.

»Paul«, rief Miriam.

Sito fasste sich und trat einen Schritt auf Mader zu. »Die Welt ist, wie Sie es formuliert haben, kosmetisch geworden. Ich bin es auch. Sie werden nie von mir erfahren, wie es in mir aussieht.«

»Aber Sie geben zu, dass ich nicht ganz unrecht habe«, flüsterte Mader.

»Es geht hier aber nicht um Recht und Unrecht. Sondern um Sinn.«

Mader hatte sich wieder im Griff. Er blinzelte. »Sito, Sie überraschen mich. Sie reden sich um Kopf und Kragen.«

»Nicht im Geringsten. Ich akzeptiere Ihre Weltanschauung …«

»Hört, hört«, triumphierte Mader und breitete seine Arme aus. Sein Schatten an der Wand erhob sich wie ein Vogel.

»Aber Ihre Taten sind sinnlos.«

»Haben Sie mir nicht zugehört?«

»Doch. Aber Ihre Morde sind sogar innerhalb Ihres Weltbildes sinnlos, und das wissen Sie. Also, warum tun Sie das?«

Mader starrte Sito mit offenem Mund an. »Müll, Sie reden Müll, Sito!«

»Nein, Mader, wir kommen zu des Pudels Kern. Sie halten sich für einen Idealisten, aber im Grunde sind Sie ein verzweifelter Nihilist.«

»Was soll denn das jetzt heißen?« Mader fuhr sich durch die Haare und machte zwei Schritte zurück. Er sah zu Miriam, dann legte er wieder die Hände in den Nacken.

»Sie haben längst aufgegeben. Es geht Ihnen nur noch um den

Weg. Sie brauchen das Gefühl, etwas gegen die Bilder der Gewalt in Ihrem Kopf zu tun, nicht wahr?«

»Was?« Mader schrie.

Sito blieb ruhig und hielt dem Blick Maders stand. Für eine kleine Ewigkeit verharrten sie in dieser Position, bis Mader das Gesicht verzog und bis an die Wand zurückwich. Sito folgte ihm langsam. Behutsam legte er seine Hand um dessen Hinterkopf. Sito suchte die Nähe, auch wenn er sie nur schwer ertrug.

Zunächst flackerten Maders braune Augen unruhig hin und her, dann beruhigten sie sich. Ihre Blicke hingen gebannt aneinander. Sein linkes Auge war kleiner als das rechte, und die linke Augenbraue lag auch ein wenig tiefer. Maders Nase machte eine leichte Kurve, als wäre sie einmal gebrochen gewesen. Es hätte so vieles gegeben, das er Mader hätte sagen wollen, so vieles, für das die Zeit nicht reichte. So sagte er einfach: »Sie töten immer wieder Ihren Vater, Johann.«

»Nein«, flüsterte Mader und schluchzte. Er legte seine Stirn an die von Sito.

Sito hielt den Atem an. Dies war der Moment, jetzt hatte er eine Chance. Mader hatte sich ihm ergeben. Sito wusste, dass er jetzt nicht zögern sollte, dass er jetzt keinen Fehler machen durfte. Seine Hand ruhte noch immer auf Maders Hinterkopf. Kein Laut war im Raum zu hören. Sito hätte Mader mit einem einzigen Faustschlag ausschalten können. Sein Kopf ruhte an Sitos Stirn, der Hals lag frei. Ein einziger Schlag gegen den Kehlkopf. Sito wusste, dies war seine einzige Chance.

»Helfen Sie mir«, flehte Mader leise. »Helfen Sie mir.«

Hilferufe

Enzig saß mit Nauber und Schilling in seinem Büro im Präsidium. Es herrschte angespanntes Schweigen. Nauber war noch immer wütend, doch inzwischen wohl eher auf seinen Kollegen als auf Enzig. Schilling telefonierte mit dem gerichtsmedizinischen Institut, um die Ergebnisse der Bluttests anzufragen, doch es lagen noch keine vor. Das Essen aus der Kantine stand unberührt vor ihnen.

Es war früher Nachmittag, und Enzig hatte das Gefühl, er hätte tagelang nicht geschlafen. Irgendwie war es wohl auch so. Er hatte kurz mit Parson telefoniert, um ihm von der Nachricht Sitos zu erzählen und dass sie Sito in dem Haus in Öhningen leider nicht gefunden hatten.

Parson war außer sich. Immer wieder hatte er mit sich gehadert, dass er sich nie auf diese ganze Sache mit dem inszenierten Tod hätte einlassen dürfen, dass er vor allem Sito nie hätte alleine lassen dürfen, weil er ihn schließlich kannte, besser als jeder andere. Enzig hätte gern etwas Tröstliches gesagt, aber nachdem er unter der Küchenablage in Maders Haus gesessen hatte, hatte er eines begriffen: Johann Mader hatte nichts zu verlieren, weil er schon längst alles verloren hatte. Wenn er mit Sito und den anderen tatsächlich an einen anderen Ort geflüchtet war, dann gab es kaum noch Hoffnung.

Er wartete darauf, dass Nauber sich einmal auf die Toilette verziehen würde. Das war die einzige Gelegenheit, mit Schilling unter vier Augen zu sprechen. Enzig hatte inzwischen das Gefühl, dass Schilling der Einzige im Präsidium war, mit dem er noch reden konnte. Endlich war es so weit. Nauber verließ Enzigs Büro. Enzig wartete keine Sekunde.

»Sie müssen mir helfen. Wir müssen noch einmal hin.«

»Sie meinen, in das Haus, wo wir heute Vormittag waren?« Schilling sah Enzig ungläubig an. »Wie stellen Sie sich das vor? Wir hatten Leute vom SEK dabei. Wie wollen Sie denen das erklären?«

»Ich bin mir sicher, dass wir etwas übersehen haben. Vielleicht in der Umgebung.« Enzig fuhr sich mit der Hand durch die Haare.

»Bitte, wir müssen noch mal hin, das Gelände absuchen, mit Hunden, Suchgeräten, mit … Ach, was weiß ich.«

»Aber Herr Dr. Enzig, wir haben doch das ganze Haus auf den Kopf gestellt. Gefahr im Verzug … Das können wir nicht noch einmal machen.«

»Dann halt mit einem Durchsuchungsbeschluss. Hören Sie, sie müssen dort sein. Sito hat mir diese Adresse hinterlassen. Mader würde sich nie mit so vielen Geiseln auf die Flucht begeben. Das wäre ihm viel zu unkontrolliert«, sagte Enzig.

»Ich weiß nicht.« Schilling rieb sich das Kinn. »Das wird nicht leicht. Außerdem«, er senkte seine Stimme und sah sich um, »Sito gilt als tot.«

»Das weiß ich doch.«

»Womöglich sind die Geiseln auch alle nicht mehr am Leben. Haben Sie darüber schon mal nachgedacht?«

»Wie können Sie das sagen?« Enzig sah Schilling an.

»Kommen Sie, das müssen Sie doch in Erwägung gezogen haben.«

»Andauernd«, gab Enzig zu und biss sich auf die Lippen.

»Ich werde jetzt gehen, Herr Dr. Enzig. Ich gehe in mein Büro und denke über das alles in Ruhe nach. In den letzten Tagen sind Dinge geschehen, die muss auch ich erst einmal ordnen. Dann bespreche ich mich mit meinem Kollegen, denn auch wenn Sie ihn nicht leiden können, so kann ich mich wenigstens immer auf sein Urteilsvermögen verlassen. Dann sollten wir die Ergebnisse der Spurensicherung haben, und dann setzen wir uns zusammen und überlegen, was zu tun ist. Und Sie suchen weiter nach Hinweisen, nach irgendetwas, das uns weiterhilft. Die Blutspuren belegen ja nur, dass die Personen dort waren, falls sich die Blutspuren überhaupt den Vermissten zuordnen lassen. Und wenn Sie etwas haben, dann reden Sie mit Ihrem Staatsanwalt. Einverstanden?«

Schilling hatte so ruhig gesprochen, dass Enzig nichts entgegnen konnte, obgleich er wusste, dass sie Zeit verloren. Vielleicht kostbare Zeit, aber es half nichts. Schilling hatte recht.

Enzig setzte sich wieder an seinen Schreibtisch und rieb sich das Gesicht. Er war eine Runde am Rhein spazieren gegangen. Das gerichtsmedizinische Institut hatte angerufen. Die Blutproben aus dem Haus in Öhningen waren menschliches Blut. Das Blut von der Wand unter der Küchenablage stammte wie vermutet von Johann Mader, das Blut oben im ersten Stock am Fenster konnte Marc Busch zugeordnet werden. Die Blutspuren im Treppenabgang waren nicht identifizierbar, auch nicht das Blut im Garten vor der Haustür. Hier war allerdings klar, dass es von einem einzigen Menschen stammte und dass dieser aufgrund der Menge an Blut, die gefunden worden war, wohl nicht mehr am Leben war. Enzig war sich sicher, dass es sich bei dem Toten um Gregor Redam handelte. Er und Miriam waren seit gestern Abend verschwunden. *Sie waren alle dort in dem Haus.* Was nur war dort passiert? Damals vor Jahren – und gestern? Enzig nahm sich einen Bleistift und spielte mit ihm herum. Der Schlüssel zu diesem Fall konnte nur im Damals liegen. Er musste herausfinden, was damals mit Mader passiert war, sonst würde er nie begreifen, weshalb sich alles auf diesem Einödhof so abgespielt hatte.

Es war bereits später Nachmittag, als er endlich eine Idee hatte. Er kramte in seiner Tasche nach dem Zettel von Gregor und wählte die Nummer von dessen Eltern in Würzburg. Er ließ es fünfzehn Mal klingeln. Niemand nahm ab. Er versuchte es noch ein paarmal, dann rief er bei der Würzburger Polizeidienststelle an und erreichte einen Erwin Heinze. Er erklärte ihm in wenigen Sätzen, dass er dringend seine Hilfe bei der Suche nach den Redams brauche. Es gehe um das Leben von vier vermissten Personen, darunter drei Kollegen. Heinze versprach, sofort zu den Redams zu fahren. Enzig legte auf. Wieder hieß es warten.

Es klopfte. Rosa streckte den Kopf in das Büro. »Entschuldigen Sie, da ist jemand, der Sie gerne sprechen möchte.«

»Soll reinkommen.«

Ein etwa sechzigjähriger Mann trat ein. Um den Hals trug er einen blau-braun karierten Schal, der die langen grauen Locken zum Teil verbarg. Enzig sah neugierig auf. »Was kann ich für Sie tun?«

»Mein Name ist Simon Neller. Ich bin der Bruder von Markus Neller.«

Enzig brauchte einen Moment. Seine Gedanken waren so

fokussiert darauf, Sito und die anderen zu finden, dass er alle anderen Aspekte des Falls in den Hintergrund gedrängt hatte. Aber natürlich hatte er Markus Neller nicht vergessen. Der Junge, der sich scheinbar grundlos in der Fabrik das Leben genommen hatte, war ihm nicht aus dem Kopf gegangen. Auch wegen Simon Neller, der damals als Kind immer wieder beteuert hatte, dass sein Bruder kein Selbstmörder gewesen sei.

Enzig versuchte sich zu sammeln. Vor ihm saß nicht das Kind von damals. Es war verwirrend, denn in seinen Akten und in seinem Kopf war es um einen sechsjährigen Jungen gegangen. Er hatte ihn sich immer so vorgestellt, spitzbübisch, mit einer Latzhose und einem aufgeschlagenen Ellenbogen. Doch Simon Neller war inzwischen älter als er selbst, ergraut saß er ihm gegenüber und lächelte ihn an. Den Schal hatte er hinter sich auf der Stuhllehne abgelegt. Die grauen Locken reichten ihm bis in den Nacken. Er trug einen dunkelblauen Anzug und erinnerte Enzig an seinen Vater, ohne jedoch dessen Arroganz und Autorität zur Schau zu tragen. »Man hat Sie also doch noch ausfindig machen können?«, sagte Enzig.

Neller lachte unbefangen. »Das war nicht schwer. Ich lebe seit geraumer Zeit wieder hier. Ich bin Kinderpsychologe.«

Enzig musste lächeln. Irgendwie kamen tatsächlich alle nach Konstanz zurück. Früher oder später …

»Wir sind auf den Selbstmord Ihres Bruders gestoßen.«

»Wegen der Fabrikhalle«, sagte Neller. »Das habe ich mir schon gedacht, als ich den Anruf erhielt.«

»Richtig. Darüber wollte ich mit Ihnen reden.«

»Wenn ich irgendwie weiterhelfen kann, fragen Sie ruhig, Dr. Enzig.«

Enzig holte tief Luft. »Ich glaube, ich weiß, warum sich Ihr Bruder damals das Leben genommen hat.« Er wartete einen Moment, um zu sehen, wie Neller die Nachricht aufnahm, aber dieser blieb völlig ruhig. »Während des Zweiten Weltkriegs wurden in der Fabrik Verhöre durchgeführt.« Wieder unterbrach Enzig seine Rede, doch Neller zeigte noch immer keine Reaktion. »Ich denke, dass Ihr Vater auch an den Verhören beteiligt gewesen war. Womöglich hat Ihr Bruder das herausgefunden.«

»Denn die, die vor uns gehen, wissen oft mehr.« Neller zitierte den letzten Satz seines Bruders. Nachdenklich sah er Enzig an.

»Ich will nicht das Bild Ihres Vaters trüben, Herr Neller, aber ich dachte, Sie würden wissen wollen, warum Markus es getan hat.«

»Ich wollte es lange nicht glauben«, murmelte Neller.

Enzig erwartete noch immer eine Regung. Neller sah kurz aus dem Fenster, dann rieb er sich die Stirn und sah Enzig freundlich an. Dann begriff Enzig endlich. »Sie haben es gewusst, nicht wahr?«

»Mein Vater hat es mir auf dem Sterbebett anvertraut. Er ist damals erpresst worden. Markus hat das mitbekommen und von ihm verlangt, sich zu stellen. Wissen Sie, Dr. Enzig, die Welt ist verrückt. Mein Vater ist erpresst worden von der Frau eines Mittäters, der sich abgesetzt hatte. Inzwischen bin ich mit ihrem Enkel befreundet, aber er weiß nichts von den Umständen. Sie kennen ihn. Er hat mir von seiner Zusammenarbeit mit der Polizei erzählt.«

»Professor Dalings.«

»Ja, genau. Ich habe ihn durch Zufall kennengelernt beim Golfspielen. Welch ein Klischee, ich weiß, sagen Sie nichts. Wir sind ins Gespräch gekommen. Ein netter, aber sehr ehrgeiziger junger Mann. Er hat mir von seinen Recherchen erzählt. Einiges wusste ich ja schon von den paar Gesprächsfetzen zwischen Markus und meinem Vater, die ich als Kind aufgeschnappt hatte. Und natürlich von dem Geständnis meines Vaters. Ich habe Dalings nicht gesagt, dass sein Großvater ein Mittäter war und seine Großmutter eine Erpresserin. Es spielt wohl auch keine Rolle mehr, oder?«

»Ich weiß es nicht. Es ist … Nein, ich weiß es wirklich nicht. Was immer Dalings noch herausfinden wird … Er wird weitersuchen, habe ich den Eindruck. Was ist mit Ihnen? War es besser für Sie, den Grund für den Selbstmord Ihres Bruders zu kennen? Nach all den Jahren?«

»Ich denke schon.« Neller sah wieder zum Fenster hin und lächelte. »Ich mag diese Speere gegen die Tauben auch nicht.« Neller erhob sich und reichte Enzig die Hand. »Wir sehen einander bestimmt wieder.« Er verließ den Raum. Enzig war wieder allein, auf dem Stuhl ihm gegenüber hing Nellers blau-braun karierter

Schal. Enzig schrieb schnell eine Nachricht an Schilling, dass er an etwas dran sei, dass Schilling sich bereithalten solle. Enzig fixierte das Telefon, als ob er es so zum Klingeln bringen könnte. Als der Anruf endlich kam, riss er den Hörer aus der Schale.

»Frau Redam?«

»Äh, nein, hier noch mal Heinze, Direktion Würzburg Süd. Sie haben vorhin hier angerufen.«

Enzig war kaum in der Lage, seine Enttäuschung zu verbergen. Das konnte nichts Gutes heißen. »Ja?«

»Frau Redam arbeitet im Krankenhaus, ist derzeit aber im Urlaub.«

»Nein«, stöhnte Enzig. Sie war die Einzige, von der er sich noch einen rettenden Hinweis erhofft hatte.

»Ja, tut mir leid. Ich kann Ihnen allenfalls ihre Handynummer besorgen, hat mir eine ihrer Arbeitskolleginnen angeboten. Aber nur, wenn es sich um einen Notfall handelt.« Heinze betonte den Nachsatz besonders, als traue er Enzig nicht über den Weg.

»Es ist ein gottverdammter«, Enzig musste nach Luft schnappen, »Notfall, also machen Sie Tempo«, brüllte er ins Telefon.

Am anderen Ende herrschte eisiges Schweigen. Enzig atmete tief durch. »Sie müssen entschuldigen, Herr Heinze, unsere Nerven liegen blank. Ich muss wirklich unbedingt mit Frau Redam sprechen.«

»Gut, ich melde mich wieder«, erwiderte Heinze und beendete das Gespräch.

Enzig sackte in sich zusammen. Er fühlte sich derart ausgehöhlt, dass er kaum noch klar denken konnte. Vielleicht gab es tatsächlich noch einen anderen Rückzugsort der Redams? Einen, den Mader vielleicht von Beginn an genutzt hatte? Er könnte ganz nahe bei dem Haus liegen … Enzig schüttelte den Kopf. Weshalb nur hatten sie nichts gefunden? Das Haus war der perfekte Tatort.

Wenig später rief Heinze wieder an und gab Enzig die Nummer durch. Sofort wählte Enzig die Handynummer, konnte aber nur eine Nachricht auf die Voicebox sprechen. Er hatte die ganze Stunde, während er auf den Rückruf gewartet hatte, schon überlegt, was er Frau Redam sagen sollte. Er war auf ihre Mithilfe angewiesen. Wenn er nun aber mit der Tür ins Haus fallen würde, dass nämlich ihr Sohn der gesuchte Serienmörder war, dann konnte es sein, dass sie komplett zumachte. Also sprach er ihr auf die Voicebox, dass ihr Sohn Johann und ihr Stiefsohn Gregor vermisst seien und dass er sie unbedingt so schnell wie möglich sprechen müsse. Als Enzig auflegte, ließ er seinen Kopf erschöpft auf den Schreibtisch sinken.

Buschs Verstand arbeitete auf Hochtouren. Wenn Mader ihn nicht töten konnte, war es ihm bei Miriam sicher auch nicht gelungen. Und bei Kerler? Da vielleicht eher. Und dann war da immer noch die Person, die in der Nacht gekommen war und die Busch nicht zuordnen konnte.

In einer Ecke des Raumes erkannte Busch ein Metallregal. Er stellte sich mit dem Rücken daran, sodass er mit den Händen eine der Seitenstangen greifen konnte. Seine Hände waren immer noch gefesselt, er hatte es nicht geschafft, sich zu befreien, aber vielleicht würde es ihm wenigstens gelingen, sich bemerkbar zu machen. Er packte das Regal und begann damit gegen die Wand zu schlagen.

Zunächst war es nur ein leises Klopfen, aber dann hatte er das Regal besser im Griff und brachte es mit seinem ganzen Körper zum Schwingen. Immer und immer wieder knallte es gegen die Steinwand. Metall auf Stein war ein furchtbares Geräusch, das bei jedem Schlag den Schmerz in Buschs Kopf zum Klingen brachte. Doch Busch konnte nicht aufgeben, und dies war sein letztes Aufbäumen. Er hoffte so sehr, dass jemand, vielleicht Kerler oder Miriam, sein Klopfen hören würde. Wenn schon nicht er gerettet wurde, so bestand immerhin die Hoffnung, dass jemand dieses Klopfen hörte. Und vielleicht gab er damit diesem anderen Menschen genug Hoffnung, um zu überleben. Deshalb machte Busch weiter, immer weiter, auch als er seine Hände kaum noch spürte, die von dem zurückschwingenden Regal eingequetscht wurden.

Irgendwann würde er von der Wucht des Regals zu Boden geworfen werden. Dann würde er nichts mehr tun können. Aber bis dahin würde er weiter diesen ohrenbetäubenden Krach veranstalten.

Sito ließ sich zu Boden sinken. Das Hemd klebte ihm am Körper. Er starrte die Flasche an, die Mader stehen gelassen hatte. Was hätte er jetzt für einen Whisky zur Betäubung gegeben.

»Es tut mir so leid, Miriam, ich habe versagt.« Sito wusste nicht, ob Miriam den Moment auch als eine letzte Chance begriffen hatte, Mader auszuschalten. Es musste komisch für sie ausgesehen haben, wie er und Mader so aneinandergelehnt waren. Diese Nähe. Mader hatte Sito angefleht, und Sito hatte einen Augenblick zu lange gezögert. Mader hatte sich gefasst. Er hatte die Nähe zu Sito aufgehoben, ihn weggeschoben und sich aufgerichtet, offensichtlich gestärkt. Er hatte kein Wort mehr gesagt. Nur gelächelt hatte er und Sito kurz zugenickt. Mader hatte genau erfasst, was soeben passiert war – dass Sito zwar Argumente vorgebracht hatte, aber nicht in der Lage gewesen war, die eine logische Konsequenz zu ziehen. Mader war gegangen, in aller Stille, und Sito hatte sich zu Miriam gesetzt.

Sie legte ihm die Arme um den Hals. »Aber das ist doch nicht wahr. Ich bin es, die Schuld hat. Ohne meine Bilder wäre er nie auf die Idee gekommen.«

Sito sah sie erschrocken an. »Nein, Miriam, das darfst du nicht glauben, hörst du? Er hätte etwas anderes gefunden, ganz sicher. Gib dir nicht die Schuld, er ist krank.«

»Bist du sicher?«

Bevor Sito antworten konnte, betrat Mader das Verlies wieder und reichte Sito die Hand, um ihm aufzuhelfen. Sie standen sich unter der Lampe gegenüber. Mader wirkte gefasst.

»Was ist, Mader? Was ist nun mit Ihrer Antwort?«

»Sehen Sie mir ins Gesicht, sagen Sie mir, dass ich im Unrecht bin.«

Sito hielt dem Blick Maders stand, sagte aber nichts.

»Sie können es nicht, habe ich recht?« Mader lächelte.

»Sagen Sie mir, warum Sie all das getan haben«, verlangte Sito.

»Geständnis gegen Geständnis, Herr Kommissar. Hand darauf?«

Sito zögerte, dann reichte er Mader die Hand.

»Sie hatten recht«, begann Mader. »Ich sehe immer wieder meinen Vater, der meinen Hahn festhält und die Axt niedersausen lässt. Wie ein Film in der Endlosschleife, alles ist immer da. Ich träume und wache auf, und die Wut ist noch genauso groß.« Seine Stimme wurde brüchig. »Es schmerzt so sehr, ich halte das nicht mehr aus, verstehen Sie?« Er weinte fast und sah flehend zu Sito.

»Ich verstehe. Aber wollen Sie denn immer so weitermachen?«

»Nein, ich weiß, dass ich am Ende bin.« Mader fiel vor Sito auf die Knie. »Bitte richten Sie über mich, dann lasse ich Sie gehen.«

Sito hatte das Gefühl, sie würden endlose Minuten in dieser Pose verbringen. Es berührte ihn schmerzlich. Ihm war bewusst, dass es nur Worte sein müssten, wenn er über Mader richtete, aber er wusste auch, dass es die letzten Worte wären, die Mader auf dieser Welt hören wollte. Sito konnte nicht lügen. Nicht in so einem Augenblick, nicht als Richter.

»Bitte«, flehte Mader und weinte.

Miriam stand auf und stellte sich neben Sito. Sie griff nach seinem Arm und hielt sich an ihm fest. Sie hatte begriffen, um was es ging, aber Sito war nicht imstande, das zu tun, was Mader von ihm verlangte. »Nicht, Johann, bitte«, flüsterte Sito.

Mader zuckte zusammen, als jage ihm sein Vorname aus Sitos Mund einen Schauer über den Rücken. Er schloss für einen Moment die Augen.

»Bitte, Ihr Urteil«, sagte er leise.

»Ich kann das niemals tun, Johann.«

Mader sprang hoch. Erschrocken ließ Miriam Sitos Arm los und rannte in die Nische neben der Truhe, wo sie sich hinkauerte.

Mader fasste Sito am Arm. »Niemals, niemals«, rief er. »Ich will dieses Gebäude nicht verlassen, haben Sie das endlich verstanden?« Er schrie die letzten Worte direkt in Sitos Gesicht.

»Was soll ich denn machen?«, brüllte Sito hilflos zurück.

»Sie sollen mich löschen!«

Aus der Ecke kam ein Schrei. Sito taumelte einen Schritt zurück. Miriams Schrei hing noch in der Luft, als er antwortete: »Ich soll was?«

»Ich bin es, den Sie töten sollen.« Mader zeigte auf sich.

»Niemals«, antwortete Sito mit fester Stimme.

Mader beugte sich zu Sito, wieder waren sie einander ganz nah. Ruhig wiederholte er: »Ich bin es, den Sie töten *werden*.«

Sito wich keinen Millimeter zurück. Er konnte Maders Schläfe pochen sehen, und seine Kiefermuskeln bewegten sich. Wieder wünschte sich Sito Zeit. Für einen Moment glaubte er, Mader umstimmen zu können. Zeit, Zeit, Zeit. Sito überkam der Wunsch, Mader wieder die Hand um den Kopf zu legen. »Ich werde sie nicht töten«, hauchte er.

Mader riss sich los. »Was bilden Sie sich ein. Sie selbstgerechter, verzweifelter Kommissar.« Rückwärts bewegte er sich auf die Tür zu. »Sie werden mich töten!«

Rätsel und Lösung

»Kommissar Enzig?«

Enzig schreckte hoch. Er saß noch immer an seinem Schreibtisch im Präsidium. Draußen war es inzwischen finster. Das Licht in seinem Büro brannte. Jemand musste es angemacht haben. Vor ihm standen ein Teller mit einer Brezel und eine Thermoskanne Kaffee, daneben ein Zettel von Rosa, auf dem stand: »22 Uhr. Ich bin nach Hause. Frau Redam hat angerufen. Sie ist unterwegs. Das Nachtpersonal wird sie zu Ihnen schicken. Essen und trinken Sie etwas. Ich habe Sie nicht wach bekommen. Sie können mich jederzeit zu Hause anrufen! Jederzeit!!«

»Kommissar Enzig? Kann ich reinkommen?«

Eine Frau stand unbeholfen an der offenen Tür. Sie hatte gerötete Augen, ihre lockigen Haare wirkten ungebürstet, ein dunkelgrünes Tuch war um ihren Hals gewickelt. Enzig rieb sich über das Gesicht. Er sah auf die Uhr, nach Mitternacht. Er hatte einige Stunden geschlafen. Sein Rücken schmerzte. »Frau Redam? Kommen Sie, setzen Sie sich.« Sie war da, jetzt konnte er mit der Wahrheit herausrücken. Sie konnte nicht ausweichen. Er wartete, bis sie sich umständlich gesetzt hatte. »Ich mach's kurz: Wir suchen Ihren Sohn Johann. Wir glauben, dass er etwas mit dem Verschwinden und dem Tod einiger Menschen zu tun hat.«

Sie sah ihn an, sie blinzelte, ihre Mundwinkel zuckten, dann kramte sie hektisch in ihrer Handtasche nach einem Taschentuch. Ihre Hände zitterten. »Wir sind sofort losgefahren, die halbe Nacht auf der Autobahn … von Italien hierher.« Sie lächelte schwach und sah zum Fenster. Draußen war alles dunkel. Sie zog den Schal enger um ihre Schultern. »Kalt haben Sie's hier.«

Enzig wusste, dass sie Zeit brauchte. Zeit, sich mit dem Gedanken auseinanderzusetzen, dass ihr Sohn vielleicht ein gesuchter Mörder war. Enzig sagte sich das im Stillen, zwang sich, Geduld zu bewahren, aber ihm wurde beinahe schlecht. Sie weinte. Sein Zimmer kam ihm stickig vor. Am liebsten hätte er das Fenster aufgerissen. Es dauerte einige Minuten, bis sie sich wieder beruhigt hatte. »Frau Redam, hören Sie, ich weiß, wie schwer das jetzt ist. Wir vermissen drei Kollegen sowie Ihren Stiefsohn Gregor und seine Freundin. Wir glauben, Johann hat sie in seiner Gewalt. Sagt Ihnen diese Adresse etwas: Birkenallee 18?« Enzig schob ein Blatt Papier über den Tisch.

Sie sah erschrocken darauf. »Das Haus steht noch – oh Gott, oh Gott …« Sie verbarg ihr Gesicht. »Wir … haben da .. gelebt … bis zu dem Unglück.«

»Was für ein Unglück?«

Sie wurde von Weinkrämpfen geschüttelt. Enzig stand auf und legte ihr die Hand auf die Schulter. Wieder schien es eine halbe Ewigkeit zu dauern, bis sie etwas sagen konnte.

»Er hat seinen Vater umgebracht.«

Enzig schrak unwillkürlich zurück, seine Hand erstarrte und rutschte von der Schulter von Frau Redam. Damit hatte er nicht gerechnet. Er erinnerte sich an Sitos Aufforderung, nach dem Vater von Johann Mader zu suchen. Enzig zwang sich zur Ruhe.

Frau Redam zog wieder an ihrem Schal, doch dieses Mal, um ihn zu lockern. Sie war rot geworden. Sie verbarg kurz ihr Gesicht in dem tiefdunklen Grün, dann fuhr sie fort: »Sein … Johanns Vater war ein grober Mann gewesen. Ich habe alles vom Fenster aus beobachtet und – oh Gott … Ich wollte, dass er stirbt. Johann hat mir so leidgetan, ich dachte, es hätte alles ein Ende, wenn wir wegzögen … Er war so ein guter Junge. Ich kann nicht glauben, dass er Ihnen Schwierigkeiten gemacht haben soll.«

»Frau Redam, wir waren in dem Haus, und wir haben nichts gefunden. Gibt es vielleicht ein Versteck?«

»Einen Keller.« Sie presste sich die Hand auf den Mund.

»Wir waren in einem Keller.«

»Sie waren sicher nur in dem Keller unter dem Haus. Es gibt aber auch einen Keller unter dem Garten. Hinter einem Einbauschrank am Ende des Flurs ist eine Luke. Es war mal ein Bunker dort.«

Enzig bat einen Beamten vom Nachtdienst, sich um Frau Redam zu kümmern, ihr Kaffee zu servieren und einen anderen Kollegen für ein Protokoll zu holen. Anschließend bestellte er Nauber und Schilling wieder ins Präsidium. Schilling hatte ihm eine SMS geschrieben, dass er im Hotel warte und hoffe, dass Enzig wirklich etwas finde. Dann würde er ihm jede Unterstützung zukommen lassen. Während er auf Nauber und Schilling wartete, rief Enzig Staatsanwalt Balder an. »Ich brauche einen Durchsuchungsbeschluss für ein Haus in Öhningen, einen alten Hof. Eine Truppe der Spurensicherung, Suchhunde, Krankenwagen.«

»Was? Wo? Enzig, sind Sie das? Wissen Sie, wie spät es ist?«

»Nach Mitternacht. Hören Sie, wir haben keine Zeit. Wir müssen los.« Enzig tippte nervös mit dem Bleistift auf dem Papier vor sich herum, während Balder sich mehrmals räusperte. Eine verschlafene Stimme erkundigte sich im Hintergrund nach dem späten Anrufer. Balder legte die Hand auf die Muschel und ging offensichtlich in einen anderen Raum. Enzig schenkte sich noch eine Tasse Kaffee ein und trank in großen Schlucken. Es würde eine lange Nacht werden.

»Hören Sie, Enzig. Sagten Sie Öhningen? Waren Sie da nicht gerade erst? Ich kann mir keine zwei Reinfälle so kurz hintereinander leisten. Erst die Sache mit Kerler ... Ist der denn wenigstens schon wieder aufgetaucht? Dann dieser überstürzte Einsatz in Öhningen. Wir können nicht schon wieder hin. Das kann ich mir beim besten Willen nicht leisten.«

Enzig schnappte nach Luft. »Was meinen Sie mit ›leisten‹? Es geht hier um Menschenleben und nicht um Ihr Ansehen. Außerdem weiß doch keiner, dass wir bereits in dem Haus waren.«

»Dass *Sie* in dem Haus waren«, verbesserte Balder.

»Eben.«

»Da liegen Sie falsch!« Balder brüllte in den Hörer. »Ein Presseheini hat mich noch am Abend angerufen und gefragt, was das für eine Aktion gewesen sei.«

»Aber wie ... Verdammt.«

»Genau«, stimmte Balder zu.

»Nun passen Sie mal auf, Herr Balder. In dem Keller des Hofs befindet sich auch der Polizeidirektor, den Sie zu Unrecht verdächtigt haben. Und seine Tochter, ein hochrangiger Kommissar und Kollege Marc Busch. Wollen Sie deren Tod verantworten?«

Rosa kam zur Tür herein, und Enzig legte kurz die Hand auf die Sprechmuschel. »Ich wollt nur sagen, dass ich doch wieder da bin. Die Kollegen von der Nachtwache haben mir Bescheid gegeben, dass ... Alles in Ordnung?«

Er hob die Hand, nickte Rosa zu und konzentrierte sich wieder auf das Gespräch mit Balder.

»Was erlauben Sie sich …«, grollte der gerade.

»Nein, was erlauben *Sie* sich. Wenn Sie sich nicht sofort bei dem zuständigen Richter um den Durchsuchungsbeschluss bemühen und mir die nötigen Mittel zur Verfügung stellen, dann rede ich mit der Presse. Ich habe von Anfang an gesagt, dass Kerler nicht das Profil des Mörders besitzt, aber Sie mussten ja Ihren Kopf durchsetzen. Das werde ich der Presse genau so berichten. Damit dürfte Ihre Karriere beendet sein. Vor allem, wenn Kerler das Ganze nicht überlebt, obwohl ich neue Kenntnisse über das Versteck habe.«

Am anderen Ende herrschte eisiges Schweigen. Enzig schloss die Augen und schickte ein Stoßgebet zum Himmel.

»Sie haben neue Erkenntnisse? Was soll das sein?«

»Es gibt einen weiteren Keller, den wir beim ersten Mal nicht finden konnten. Ich konnte endlich Maders Mutter ausfindig machen, und sie hat mir davon erzählt. Reicht das?«

»Meinetwegen«, kam es murrend von Balder. »Wer ist im Übrigen der hochrangige Kommissar, der auch entführt worden sein soll?«

»Sito«, gab Enzig unumwunden zu. Er sah förmlich vor sich, wie Balder mit offenem Mund an seinem Schreibtisch saß und vor Wut auf den Tisch trommelte.

»Sito? Was? Verdammt. Man wird Sie einweisen, wenn Sie im Ernst dort draußen nach jemandem suchen, der schon beerdigt ist!«

»Sagen Sie einfach, wann es losgeht.«

»Sie nerven, Enzig«, stöhnte Balder. »Also gut. Was haben wir? Oh Grundgütiger, nach zwei Uhr. Das wird dauern. Ich muss telefonieren, dann einen Beamten … Also gut. Fangen Sie an und trommeln Sie alle verfügbaren Kräfte zusammen. Und wehe Ihnen … Funken Sie mich an, sobald es losgeht. Ich fahre selbst. Aber wir sprechen uns noch, lassen Sie sich das gesagt sein. Falls wir nichts finden und ich einpacken muss, fallen Sie mindestens genauso tief mit mir.«

»Aber gerne doch.« Enzig legte den Hörer auf und musste lachen. Das Adrenalin schoss durch seinen Körper, und er ließ sich zu einer geballten Faust in der Höhe hinreißen. Es war großartig. Er hatte sich durchgesetzt. Er sprang auf und riss das Fenster auf. Enzig inhalierte die kühle Nachtluft.

Es war jetzt achtundvierzig Stunden her, dass Parson Sito das letzte Mal gesprochen hatte. Parson war in Sorge. In Sitos Haus hatte er eine umgeworfene Whiskyflasche, im Bad ein blutiges Hemd und den Verbandskasten vorgefunden. Und wenn nicht nur das Narbengewebe aufgebrochen war, dann würde Sito ohne ärztliche Behandlung nicht lange überleben.

Schon den ganzen Abend hatte Parson den überwältigenden Drang verspürt, sich umzusehen. Meistens hatte er widerstanden, doch mit Hereinbrechen der Dunkelheit überkam ihn ein Gefühl leiser Panik. Jetzt war es fast Mitternacht. Maria hatte ihn fortgeschickt. Er hatte ihr endlich gesagt, dass Sito noch lebte, dass er aber sehr in Sorge um ihn sei. Sie hatte ihn ausdruckslos angesehen, dann hatte sie ihm eine Ohrfeige gegeben. Ohne ein Wort. Er hatte dies hingenommen, ebenfalls ohne ein Wort. Dann hatte sie nur gesagt: »Geh.« Seitdem war er im gerichtsmedizinischen Institut und schrieb an einem Aufsatz für eine Fachzeitschrift.

Aber Parson war müde und erschöpft. Gerade hatte er beschlossen, sich auf das Sofa in seinem Büro zu legen, als er ein Geräusch im Gang hörte. Er rief den Namen eines Kollegen, der auch des Öfteren nachts noch an seinem Schreibtisch saß. Niemand antwortete. Parson wurde bewusst, dass er alleine in den dunklen Gewölben war. Nur das Nachtpersonal machte irgendwo im Institut seinen Rundgang. Schnell packte er seine Unterlagen zusammen und zog sich den Mantel an. Er knipste die Schreibtischleuchte aus und machte zwei schnelle Schritte in Richtung des erleuchteten Gangs. Mit einem Mal war es stockfinster. Das Licht im Gang war ausgegangen. Parson blieb wie angewurzelt in der Tür stehen. Da blendete ihn plötzlich ein heller Strahl, der ihm ins Gesicht leuchtete.

»Was tun ...«

Ein schwerer Gegenstand traf auf seine linke Schläfe. Parson torkelte, ging in die Knie und sank ohnmächtig in sich zusammen.

Endspiel

Mader stand wieder im Verlies. Das Licht der Öllampe flackerte im Zug der Tür, die er schwungvoll zugeworfen hatte.

»Wo ist mein Vater?« Miriam lief zu ihm und fiel völlig geschwächt vor ihm auf die Knie. »Bitte sagen Sie mir, wo er ist!«

Mader betrachtete das Mädchen. »Du solltest nicht hier sein. Es tut mir aufrichtig leid. Sito, kommen Sie näher.« Er nahm ein Brett von der Wand, dahinter erschien ein Fenster.

Sito erhob sich und schleppte sich zur Wand. Hinter dem Fenster erkannte er einen weiteren Kellerraum, der hell erleuchtet war. Parson war mit verbundenen Augen an einen Pfahl gefesselt. Um seinen Hals hing ein kleines Kästchen, auf dem rote Ziffern blinkten.

»Samuel«, schrie Sito, dann, weil dieser nicht reagierte, leise flüsternd: »Samuel.«

»Er kann Sie nicht hören, Herr Kommissar«, erklärte Mader ruhig.

»Was haben Sie mit ihm vor?« Sito ging einen Schritt auf Mader zu und hob die Arme, doch Mader wich dem Angriff aus.

»Er trägt eine Bombe um den Hals, die in einer knappen halben Stunde hochgehen wird. Keine Sorge, die Explosion wird Ihnen und Miriam nichts anhaben. Sie sind sicher in diesem Raum.«

Sito starrte Mader mit offenem Mund an.

»Aber das ist noch nicht alles.« Maders Lippen verzogen sich zu einem verzerrten Lächeln.

»Was noch?« Sitos Stimme zitterte.

»Sie können Ihren Freund retten.«

»Sagen Sie mir, wie. Ich tue alles, was Sie wollen.«

»Also gut.« Mader sah ihn mit funkelnden Augen an. »Man kann die Bombe entschärfen, den Code habe ich in einer Hülse geschluckt. Sie haben noch vierundzwanzig Minuten, um sie zu finden.«

»Wie soll ich ...«, stammelte Sito.

»Ich habe noch ein Geschenk für Sie.« Mader legte ein Messer auf den Boden. Sito sah das Metall blitzen. Er starrte darauf, dann sah er in Maders Gesicht, das völlig entspannt wirkte.

»Ich werde jetzt in den Raum nebenan gehen und diese Tür nicht mehr absperren. Sie haben das Messer. Sie können Ihren Freund retten«, Maders Stimme klang verheißungsvoll, »wenn Sie wollen. Für mich ist sowieso alles vorbei.«

Sito und Mader sahen sich in die Augen. Die Kiefermuskeln blieben ruhig. Unter dem rechten Augenwinkel ruhte eine ausgefallene Wimper. Zwischen ihnen auf dem Boden lag das Messer. Mader war fest entschlossen. Unerschütterlich. Sito sah es an der Art, wie er dastand und wie er atmete. Sito dagegen war wie gelähmt.

Zu Miriam gewandt sagte Mader: »Ihr Vater lebt. Ich möchte auch nicht, dass Ihnen beiden etwas passiert, geschweige denn dem Doktor. Sie alle sind gute Menschen.« Es klang wie eine Abschiedsrede. »Glauben Sie mir, ich habe mir in den letzten Tagen den Kopf zerbrochen, ob meine Taten wirklich sinnlos waren. Nein, das waren sie nicht. Ich bin kein böser Mensch, aber es gibt für mich auch keinen Platz mehr in dieser Welt. Ich dachte, Sie würden mich verstehen.« Maders Stimme war sanft. »Ich werde mich nicht wehren. Ich habe keine Angst vor dem Tod.«

»Sie lassen mir keinen anderen Ausweg?« Sitos Stimme war tonlos.

Mader zuckte mit keiner Wimper. »Sie hatten recht, Sito. Es hat mir nicht geholfen, all diese Menschen zu töten. Es hat auch keinem der vielen Opfer geholfen, dass ich eine Handvoll Täter hingerichtet habe. Ich wollte ein Zeichen setzen, aber ich habe begriffen, dass die Menschen es nicht als Zeichen begreifen werden. In ihren Köpfen ist zu fest verankert, wer die Opfer sein sollen. Ich bin für alle nur eine kranke Laune der Natur, der Abseitige.«

»Aber ich, ich habe Sie doch verstanden. Alles«, sagte Sito. »Ich weiß, was in Ihnen vorgeht. Johann, ich flehe Sie an, verlangen Sie das nicht. Bitte kehren Sie um.«

Es hatte einige Stunden gedauert, bis sich alle auf dem Parkplatz vor dem Präsidium versammelt hatten. Einsatzkräfte des SEK, der komplette Einsatzwagen der Spurensicherung mit Griese. Einige

Krankenwagen waren bestellt. Neben Enzig warteten Schilling und Nauber.

Schilling trat von einem Fuß auf den anderen. »Ganz schön schattig heute Morgen.«

Nauber zündete sich eine Zigarette an. Seine Hände zitterten. »Ihnen ist hoffentlich klar, was es bedeutet, wenn wir dort noch einmal nichts finden?« Er zog an seiner Zigarette und wirkte ungewohnt unsicher.

Enzig bemerkte die Kälte überhaupt nicht. »Ich weiß, Herr Nauber. Ich weiß.«

»Heute findet alles ein gutes Ende.« Schilling klopfte Enzig auf die Schulter. »Wir werden schon alle finden. Ich hab ein gutes Gefühl.«

»Hoffentlich kommen wir rechtzeitig«, murmelte Enzig.

Eine fünfzehn Mann starke Gruppe mit Hunden traf ein. Für sie stand ein großer Lieferwagen mit Käfigen bereit. Schnell wurden die Hunde eingeladen, und alle verteilten sich auf die Einsatzwagen. Endlich fuhren sie los. Enzig hatte sich in den Wagen zu den Männern mit den Hunden gesetzt. Nauber und Schilling saßen neben ihm. Enzig roch den kalten Rauch, der an Nauber haftete wie eine blasslila Wolke. Ihm war übel. Das Blaulicht übertönte die Geräusche der Fahrzeuge und das Hecheln der Hunde in ihren Käfigen. Es war noch finstere Nacht. Nebelschwaden lagen über ihnen und hüllten alles ein.

Der Durst war unerträglich. Allmählich wusste Kerler nicht mehr, welcher Schmerz der heftigste war. Er stöhnte leise vor sich hin. Niemand würde seinen letzten Atemzug hören. Er fragte sich, ob er selbst es wohl merken würde. Da sah er ein Rinnsal Blut neben seinem Kopf auf dem Boden. Es musste aus seinem Ohr kommen. Schlagartig wusste er, dass ihm tatsächlich der Tod bevorstand. Die Verletzung in seinem Kopf, sie musste zu Hirnblutungen geführt haben. Wie würde der Tod nun eintreten? Was stand ihm noch bevor? Er legte sich ruhig hin und wartete.

In diesem Moment hörte er ein Klopfen, erst ganz leise, dann immer deutlicher. Kerler versuchte, das Blut am Boden abzureiben und den Kopf zu heben, um noch besser hören zu können. Da war es wieder. Das Klopfen. Es kam von einem anderen Raum hinter der Mauer. Er robbte in die Richtung des Klopfens, rief um Hilfe, wiederholte immer wieder seinen eigenen Namen und lachte irr. Dort war ein Mensch, irgendwo auf der anderen Seite der Mauer war doch noch ein Mensch.

»Sie haben nicht allzu lange Zeit, Sito, verschwenden Sie sie nicht. Wir können nichts mehr rückgängig machen. Wir sind beide verloren, so oder so. Ich weiß, was Sie getan haben, damals in dem Wald für Janina. Ich weiß es, auch wenn sie es mir nie direkt erzählt hat. Wir können die Dinge nicht mehr ändern. Wir haben beide über Menschen gerichtet, die wir nicht hätten überführen können. Die Menschen waren schuldig, aber kein Gericht hätte sie verurteilt. Sie und ich, Sito, wir haben diese Grenze längst überschritten. Verschwenden Sie keine Zeit mehr, retten Sie sich und Ihren Freund und passen Sie gut auf Miriam auf.« Mader verbeugte sich in Richtung Miriam.

»Sie machen mich zum Mörder«, flüsterte Sito.

Mader legte Sito die Hand auf die Schulter, dann drehte er sich um und ging zur Tür.

»Johann«, begann Sito, »bitte warten Sie.«

Mader hielt inne und sah Sito in die Augen. »Ja?«

»Wäre es anders ausgegangen, wenn ich mich zu Ihnen bekannt hätte? Wenn ich gesagt hätte, dass Sie mit allem recht haben ...«

Mader zögerte. Sito schöpfte Hoffnung, doch Mader schüttelte kaum merklich den Kopf. »Mag sein, dass es unfair ist, aber lassen Sie mir diesen Trost. Dass jemand mich richtet, der mich im Grunde verstanden hat.« Mader stand unbewegt, dann legte er zwei Finger an seine Lippen und hielt sie anschließend für einen stummen Gruß in Sitos Richtung. »Bald ist diese Nacht vorüber, dann beginnt ein neuer Tag.«

Busch lauschte. Er dachte, er hätte etwas gehört, aber er war sich nicht sicher, dennoch schlug er beharrlich weiter das Regal an die Mauer. Und obgleich seine Arme erlahmten, klopfte er immer weiter und redete sich ein, ein anderer Mensch würde ihn hören und würde wissen, dass er nicht alleine war. Er wollte durchhalten. Niemand von ihnen sollte ganz alleine sterben.

Sito schauderte. Miriam erhob sich und kam langsam auf ihn zu. Ihr Blick hing gebannt an dem Messer, als sie nach seinem Arm griff.

»Wir müssen das tun. Sofort«, flüsterte sie.

»Miriam!«

»Was ist? Willst du zusehen, wie es Dr. Parson in Stücke reißt?«

»Nein.«

»Dann nimm dieses verdammte Messer und bring ihn um«, rief sie.

»Du weißt nicht, was du da verlangst«, schrie er.

»Wir haben keine Zeit.«

»I-ich weiß«, stammelte Sito.

Miriam hob das Messer auf. Hastig verließ sie den Raum, um in den Nebenraum zu Parson zu gelangen.

Sito schrak vor ihrer Entschlossenheit zurück. Er sah durch das Fenster. Im Nebenraum saß Mader mit dem Rücken zur Tür vor Parson auf dem Boden. Miriam betrat den Raum, das Messer fest in der rechten Hand. Mader zeigte keine Reaktion. Miriam zögerte, tat einen Schritt auf Mader zu. Sito rang mit sich. Miriam machte einen weiteren Schritt auf Mader zu. Dann umschloss sie auch mit der zweiten Hand den Griff ihrer Waffe und hob die Arme. Sito schrie und schlug gegen die Scheibe, dann rannte er los …

Miriam hatte die Arme gesenkt und weinte tonlos, während Mader unverletzt vor ihr saß. Er hatte nicht einmal den Kopf gewandt.

»Ihnen rennt die Zeit davon. Sie müssen die Hülse erst noch suchen«, sagte er teilnahmslos.

»Miriam!«

»Ich kann es nicht, oh mein Gott, ich kann es nicht.« Sie ließ das Messer fallen und hielt sich die Hände vors Gesicht.

»Paul?« Parson wand sich in seinen Fesseln und versuchte die Augenbinde abzuschütteln. »Paul, bist du das?«

»Wenn Sie ihn losmachen, geht die Bombe sofort los, dann sterben wir alle.« Maders freundlicher Ton war grotesk.

»Paul!« Parsons Stimme überschlug sich vor Schreck.

Sito hörte Maders ruhigen Atem. Er schob Miriam zur Seite und hob das Messer auf. Dann trat er zu dem gefesselten Parson und betrachtete die Bombe. Auf einem Display blinkten Zahlen. Mader ließ ihm keinen anderen Ausweg. Sito ging zu ihm zurück und stellte sich vor ihn. Mader schloss die Augen. Er legte den Kopf in den Nacken. Sito sah zu Miriam, dann zu Parson. Einen Moment lang herrschte absolute Stille. Das Messer lag schwer in Sitos Hand. Sein Blick fiel auf Maders Hals. Ein Schlucken, der Adamsapfel bewegte sich einmal, dann Ruhe. Sito hob die Hand. Mit einem erstickten Schrei rammte er das Messer in Maders Hals. Im selben Moment riss Mader die Augen auf. Einen Sekundenbruchteil lang sahen sie einander an. Sitos Hand, die den Griff des Messers krampfhaft umschloss, berührte Maders Haut. Er riss das Messer unterhalb des Kehlkopfes mit einem erneuten Schrei zur Seite. Maders Kopf fiel nach hinten. Eine Blutfontäne spritzte hellrot aus der Halsschlagader und traf Sito. Sein Gesicht fühlte sich warm an.

Sito zog das Messer heraus. Als wäre es sein einziger Halt gewesen, kippte Mader zu Boden.

Wärme breitete sich in Sito aus, er stand ganz ruhig. Tausende kleiner Nadeln waren in seinem Kopf, dann in seinem Hals, sie rannten den Rücken hinab, durch ihn hindurch, bis in seine Zehenspitzen. Er musste sich auf den blutbespritzten Kellerboden setzen. *Samuel, ich rette dich*, dachte er immer wieder und stach mit dem Messer in Maders Bauch. Er setzte einen sauberen Schnitt und dachte dabei an die Fische, die sein Vater filetiert hatte. Vorsichtig öffnete er den Bauchraum und dachte daran, wie respektvoll Parson die Körper der Leichen immer öffnete. Da war nichts Unanständiges, nichts Grausames. Sito tat, was er tun musste.

Enzig spürte ein Brennen hinter den Augen. Immer wieder rieb er sie mit dem Handrücken und massierte seine Schläfen. Sie fuhren an Hegne vorbei und wenig später auf die doppelspurige Schnellstraße.

»Halten Sie durch, Mann.« Schilling drückte Enzigs Arm. Die Minuten schlichen dahin, die Hunde hechelten, die Sirenen kreischten durch die Nacht. Enzig hielt es kaum noch aus auf seinem Sitz.

Die Einsatzwagen bogen in Moos rechts nach Bankholzen ab. Jetzt dauerte es nicht mehr lange, doch die Angst, zu spät zu kommen, saß tief. Enzig schnürte es den Hals zu. Die Einsatzkräfte hatten die Order, hier ihre Sirenen auszuschalten. Die Stille war erdrückend. Enzig hustete, als hätte er noch immer den Rauch von Naubers Zigarette in der Nase. Sie fuhren auf der Schienerbergstraße, durchquerten Öhningen und erreichten schließlich die Abzweigung zur Birkenallee 18.

Miriam schrie auf und wollte sich wegdrehen, doch sie war wie gelähmt. In aller Ruhe schnitt Sito den Körper von Mader auf. Einen irren Moment lang überlegte sie, ob sie ihm helfen sollte, doch sie konnte sich nicht bewegen. Da bemerkte sie, dass Sito zu zittern begann. Die Ruhe aus seinem Gesicht wich. Tränen liefen ihm über das Gesicht, doch kein Ton kam aus seinem Mund. Dann, so plötzlich, dass Miriam auf die Knie fiel, schrie er. Immer tiefer schnitt er in den Körper, und dabei schrie Sito sich durch diese Hölle hindurch, schrie seine eigene Angst nieder. Miriam wusste, dass sie diesen Anblick nie wieder vergessen würde.

»Paul! Was passiert da? Paul! Was ist los?« Parson warf den Kopf hin und her, als könne er sich dadurch von der Augenbinde befreien. Miriam sah zu ihm hin. Sie hatte ihn völlig vergessen.

In diesem Moment ging ein Ruck durch Sitos Körper. Miriam hielt den Atem an. Sitos Hand war in Maders Brustkorb getaucht.

»Ich hab sie, Samuel.« Triumphierend zeigte Sito eine etwa fünf Zentimeter lange messingfarbene Hülse. Er wischte sich die blutigen Hände sorgfältig an Maders Hose ab. Miriam würgte, doch sie begriff, dass dies die Rettung bedeutete. Auch ihr liefen Tränen übers Gesicht. Sito rieb sich noch immer die Hände sauber, seine Ärmel waren voller Blut, als er aufstand und ihr zuwinkte.

»Sieh nur, Miriam, ich habe sie. Jetzt ist alles geschafft. Samuel, ich komme. Jetzt kann ich dich befreien ...« Er lief auf Samuel zu, riss unterdessen die Hülse auf. Die eine Hälfte fiel klirrend zu Boden.

Miriam wusste nicht, weshalb, aber sie ging Sito nach und hob die halbe Hülse auf.

Sito nahm Parson die Augenbinde ab und umarmte ihn vorsichtig.

»Paul, was hast du getan? Paul!«, flüsterte Parson.

Sito sah an sich hinab. »Beruhige dich, Samuel, das ist nicht mein Blut«, sagte er. Er wischte sich noch einmal die Hände an der Rückseite seiner eigenen Hose ab.

Parson starrte auf die am Boden liegende Leiche Maders, dann sah er wieder zu Sito, der lächelte und nickte und dabei ein kleines Stück Papier aus der Hülse nahm. Er faltete es auseinander.

Sito las. Sein Lächeln fror ein. Er sank zu Boden. Kniend hielt er den Zettel in seinen Händen. Von seinen Ärmeln sickerte Blut.

»Paul, was ist los?«, schrie Miriam. »Paul, die Nummer! Tipp die Nummer ein. Uns bleiben keine drei Minuten mehr!« Sie stürzte zu ihm und setzte sich neben ihn auf den Boden.

Sito starrte ins Leere. Er riss das Papier in zwei Hälften und ballte seine Fäuste so fest, dass sich die Nägel in seine Handflächen gruben. Vergeblich zerrte Miriam an seinen Fingern. Parson beobachtete die Szene stumm vor Angst.

Dichter Nebel lag über dem Land. Kahle Bäume glichen morbiden Gerippen. Erst als sie direkt auf der Hofeinfahrt parkten, konnten sie das ganze Haus im Scheinwerferlicht erkennen. Es war totenstill. Eine Autotür wurde zugeworfen, das Geräusch hallte nach. Nur schwerfällig bewegten sie sich in dieser unwirklichen Atmosphäre und sahen sich vorsichtig um.

Endlich erreichte auch der Lieferwagen das Ende der Birkenallee, der Suchtrupp sprang mit der Hundestaffel heraus. Enzig löste sich von der Gruppe und rannte auf das Haus zu. Nauber rief nach ihm, doch Enzig war nicht aufzuhalten. Die Übrigen mussten sich sputen, um Enzig auch nur irgendwie Schutz bieten zu können. Schilling schnaufte bereits schwer. Mit blanker Gewalt trat Enzig die Tür ein und rannte zur Kellertür und die Treppe hinab.

Am Ende der Nacht

»Hallo? Sito? Sind Sie hier?«

Miriam blickte zur Tür. Das war die Stimme von Enzig. Fragend sah sie zu Parson. Auch dieser hatte offensichtlich die Stimme erkannt und zerrte an den Stricken. Die neue Hoffnung rüttelte Miriam wach, blitzschnell arbeitete ihr Verstand wieder. »Ich komm gleich wieder, versprochen«, raunte sie Parson zu, dann schrie sie: »Enzig!« Sie rannte hinaus auf den Gang. »Enzig? Hier sind wir. Kommen Sie schnell.«

Enzig kam mit ein paar Leuten um die Ecke gelaufen.

»Nein, nur Sie, Enzig, nur Sie.« Miriam hob beide Arme. »Beeilen Sie sich!«

Enzig blieb abrupt stehen und betrachtete sie misstrauisch.

»Enzig, bitte, ich flehe Sie an«, rief Miriam, dann sagte sie ruhiger: »Bitte.«

Enzig gab den anderen ein Zeichen zu warten. Er rannte zu Miriam, die ihm ein Stück entgegengelaufen kam.

»Sie müssen Sito dazu bewegen, die Teile des Zettels herzugeben. Darauf stehen die Zahlen, mit denen man die Bombe entschärfen kann.« Sie sprach so schnell, Enzigs Gesicht verriet, dass er Mühe hatte, ihr zu folgen. »Sonst ist Parson verloren. Er hat eine Bombe um den Hals. Sito hat den Zettel mit den Zahlen, um sie zu entschärfen. Aber er gibt ihn nicht her. Machen Sie schnell. Ich weiß nicht, was mit ihm los ist.« Miriam zerrte an Enzig, doch als sie in den Raum traten, hielt er sie energisch zurück. Er sah von der Leiche zu Sito, dann zu Parson, dann zu Miriam. Ein Ruck ging durch ihn.

Miriam zerrte wieder an Enzigs Arm. »Kommen Sie. Wir haben keine Zeit. Die Nummer, Sito hält sie fest.« Sie sprang vorneweg über die Leiche von Mader und zog Enzig hinter sich her. Sito starrte noch immer ins Leere.

»Sito? Ich bin es, Enzig. Sie haben die Nummer? Die Nummer, um die Bombe zu entschärfen? Geben Sie mir die Zettel!« Enzig griff nach Sitos Händen. »So geben Sie doch her.«

»Machen Sie schnell, Enzig. Es sind nur noch vierzig Sekunden.«
Miriam starrte auf die laufenden roten Ziffern.

Von oben im Haus waren laute Stimmen zu hören.

»Sie warten alle draußen«, rief Enzig und machte sich an einer von Sitos Fäusten zu schaffen. Er begann zu schwitzen. Er versuchte, Sitos Finger zu bewegen. Als das nichts half, schlug er Sito ins Gesicht, doch der zeigte keine Reaktion. Tränen liefen ihm über das Gesicht.

»Fünfunddreißig, vierunddreißig, dreiunddreißig …« Miriam starrte gebannt auf die Zahlen.

Enzig schrie Sito an, flehte, schüttelte ihn.

»Siebenundzwanzig, sechsundzwanzig, fünfundzwanzig …«

»Sito, wir sterben alle!«

Endlich sah Sito auf. »Es ist alles in Ordnung.«

»Paul, gib die Zettel her! Ich bitte dich!« Enzig blickte hilflos zwischen Sito und Parson hin und her. »Verschwinden Sie, Miriam!«

»Zehn, neun, acht …« Miriam ließ sich neben Sito auf den Boden sinken und legte ihren Kopf an seinen Arm.

»Zwecklos.« Enzig setzte sich auf die andere Seite von Sito.

»Vertraut mir.« Sito lächelte.

»Drei, zwei, eins …«

Stille. Wie in Zeitlupe hoben Sito, Enzig und Miriam ihren Blick. Nur eine rot blinkende Null war zu sehen. Parson hatte die Augen geschlossen. Nichts geschah.

Enzig griff nach Miriam, sein Arm zitterte. »Sie werden jetzt rausgehen. Schicken Sie einen Bombenexperten herein. Und kein Wort über das Gemetzel hier.«

Miriam nickte und wollte aufstehen, doch Sito hielt sie zurück. »Bleib hier, bitte, einfach nur hier.«

Enzig berührte Sito an der Schulter. »Komm, ich bring dich raus.«

Sito schüttelte den Kopf. »Du brauchst keinen Experten.« Er reichte Enzig die Papierstücke.

»SIE HABEN ES TATSÄCHLICH GETAN, HERR KOMMISSAR. ICH DANKE IHNEN. ES GIBT KEINE BOMBE. LEBEN SIE IN FRIEDEN.«

»Wie kannst du ihm vertrauen?«

»Es ist vorbei. Er hat seinen Frieden.« Sito stand auf und taumelte. Miriam war neben ihm, stützte ihn, während Enzig noch in der Hocke saß, Maders Zettel in der einen Hand, sein Gesicht verbarg er in der anderen. Gemeinsam mit Miriam trat Sito zu Parson, der in sich zusammengesunken war und nur von seinen Fesseln aufrecht gehalten wurde. Sito befreite ihn. Gemeinsam wankten sie hinaus. Aus den beiden Nebenräumen wurden Marc Busch und Friedrich Kerler befreit, Kerler musste auf einer Trage liegen. Als sie nebeneinander im Gang standen, reichten sie einander die Hände. Kerler weinte und hielt Buschs Hand mit seinen beiden Händen fest umschlossen. »Sie waren das mit dem Klopfen. Ich danke Ihnen. Oh Gott, ich danke Ihnen so sehr«, sagte er. Miriam fiel ihrem Vater um den Hals.

Sito trat gemeinsam mit Parson aus dem Haus. Es dämmerte, ein neuer Tag brach an. Er legte den Kopf in den Nacken und sah in den Himmel. Er hörte nichts von dem Lärm um sie herum, er hörte nicht, wie Marc Busch seinen Namen rief, er nahm die entsetzten Blicke der Anwesenden nicht wahr. Er verharrte einfach mit dem Blick zum Himmel. Die Sanitäter trugen Kerler an ihm vorbei. Miriam hielt ihrem Vater die Hand. Parson fing Kerlers Blick ein und nickte ihm erleichtert zu. Sito merkte, dass Kerler die Hand nach ihm ausstreckte, aber er war nicht in der Lage, nach ihr zu greifen. Auch Miriams Blick konnte er nicht standhalten. Parson hob abwehrend die Hand, als jemand sie ansprach.

Einsatzkräfte riefen einander Befehle zu. Ein Gehäuteter war im Keller gefunden worden, ebenso die Leiche des mutmaßlichen Mörders. All das geschah irgendwo, irgendwo außerhalb von Sitos Welt. Seine Nacht war zu Ende. Die Zeit stand still. Unentwegt sah er in den blauen Himmel. Sonne, einige Wolken, ein strahlender Tag begann, keine Spur von Nebel. Alles war rein.

Epilog

Enzig bemühte sich, die Geschehnisse in dem Kellerraum in Öhningen unter Verschluss zu halten. Miriam, Parson und er schworen einander Verschwiegenheit. Auch der Bericht an Hohenfels enthielt nichts von dem, was in dem Keller wirklich geschehen war.

Maders Wohnung wurde durchsucht. Die Polizei fand ein verstecktes Regalfach im Schrank. Er hatte die Auswahl seiner Opfer fein säuberlich dokumentiert, ihre Vergehen an Tieren aufgelistet und die entsprechende Art der Bestrafung dahinter notiert. Die Vergehensliste eröffnete Enzig eine nicht gekannte Welt der Grausamkeit; er schlief schlecht in diesen Tagen. Fortwährend mischten sich Bilder in seine Gedanken, die auch Mader verfolgt haben mussten. Er fürchtete, Parson könnte Sito etwas von der internen Ermittlung durch Hohenfels erzählen. Parson hatte ihm zwar versichert, das Thema nicht von sich aus anzusprechen, aber er würde Sito nicht anlügen, sollte dieser fragen. Im Gegenzug verlangte Parson Enzigs Loyalität, sollte es zur Befragung über Sito kommen. Enzig war erleichtert.

Doch lange beschäftigte ihn die Frage nach dem Danach. Wie sah ihre Welt aus nach all diesen Ereignissen? Wie sah seine Welt aus, wie die von Sito? Und wie würde eine Stadt es verkraften, dass einer der ihren, ein rechtschaffener Polizist, sieben Menschen ermordet hatte? Enzig wusste, dass das Gras schnell wuchs, aber er wusste ebenfalls, dass Dinge, die unter der Oberfläche lagen, nie ganz in Vergessenheit gerieten. Genau wie jener Keller, wie jener Moment, als die Uhr auf Null zählte. Solche Momente brannten sich in das Gehirn ein, wurden Teil des kollektiven Gedächtnisses, und so würde es, da war er sicher, der ganzen Stadt gehen. Konstanz war die Stadt geworden, in der sich ein Serienmörder herumgetrieben hatte. Konstanz war ein Tatort geworden. Und, so vermutete Enzig, die Verunsicherung wog umso schwerer, je friedlicher das Leben zuvor gewesen war.

Paul Sito saß am Schreibtisch und hörte Albinonis »Adagio in G-Moll«. Die Ärzte hatten ihm Hoffnung gemacht, dass sein Magenkrebs zu heilen sei; irgendwann hatte er begonnen, diese Hoffnung zu teilen. In wenigen Minuten würde Enzig ihn abholen, um ihn ins Krankenhaus zu bringen. Enzig hatte ihm diesen Dienst förmlich aufgezwungen, doch Sito war froh darüber.

Miriam hatte ihn zu ihrem neunzehnten Geburtstag eingeladen. Sito hatte höflich abgelehnt. Auch die Eröffnung der Ausstellung mit Bildern von »Miriam Kerler« hatte Sito nicht besucht. Gegenüber der Presse waren die Zusammenhänge zwischen den Bildern Miriams und den Mordopfern verschleiert worden. Miriam war wieder bei ihren Eltern eingezogen. Auf Kerlers Drängen hin hatte Sito sie zu einem Familienessen besucht. Sito hatte seine Gefühle für die junge Frau nicht leugnen können, und sie hatte ihm letztendlich doch noch einen verspäteten Geburtstagskuss im Garten abgerungen.

Seitdem hatte er seine Wohnung nur noch einmal verlassen. Er hatte Parson gebeten, ihn zu dem kleinen Friedhof zu fahren. Alleine war er zum Grab von Mader gegangen.

Die folgenden Tage hatte er damit verbracht, Albinoni zu hören, »Adagio in G-Moll«.

Es klingelte an der Tür. Sito nahm die Tasche, die er vorbereitet hatte, löschte das Licht und ging.

Raum und Tat. Die Tat an sich ist ein Raum, den jeder einmal betritt. Die Tat als Schuld, aber auch als das Ausweglose, besteht fortdauernd – sie ist eine Konstante des menschlichen Daseins. Die Tat ist in diesem Sinne sogar raumlos, sie besteht in ihrer immerwährenden Möglichkeit. Eigentlich ist die Suche nach einem Tatraum der Versuch, sie in ihren zeitlich-historischen Kontext zu ordnen. Und somit wird sie einem ganz bestimmten Menschen zu eigen. Der Raum ist die Zeit, der Ort und die Begrenztheit der Tat. Der Raum ist die Individualität der Tat, er macht die anthropologische Möglichkeit zu einem moralischen Begehren oder einem amoralischen Ereignis.

Der Tatraum bestimmt, ob es sich um einen Ort der Vergebung oder um das Schlachthaus des Gewissens handelt. Deine Tragödie ist, dass die Suche danach dich immer in den Abgrund führen wird.

Nachwort

Dieses Buch hat eine lange Reise hinter sich, eigentlich schon eine Odyssee. Als Idee, Geschichte und schließlich Manuskript begleitete es mich viele Jahre, zog mit mir als Loseblattsammlung durch ganz Deutschland und war Teil von mehreren Lebensabschnitten. Irgendwann dachte ich, der Weg sei vielleicht schon das Ziel. Glücklicherweise aber kamen wir eines Tages an, mein Buch und ich. Dafür möchte ich mich bei Stefanie Rahnfeld und Christel Steinmetz bedanken, sie haben diesen Roman entdeckt. Außerdem danke ich meiner Lektorin Lisa Kuppler für die vielen guten Fragen, die sie mir stellte und die mich meinen Figuren noch näher brachten. Ich steckte erneut in der Haut eines jeden während der Korrekturarbeit der letzten Monate, ich schlüpfte in alle hinein und musste mich anschließend freikämpfen. Auch das war wie eine Reise, war spannend und nervenaufreibend, aufregend und manchmal auch sehr traurig. Plötzlich waren alle lebendig, und ich bin ihnen einfach gefolgt.

Besonderer Dank geht an meine Tochter für ihr Verständnis und die vielen Herzen, die sie mir während der letzten Wochen gebastelt und auf den Schreibtisch gelegt hat. Auch Tanja möchte ich danken, weil sie ist, wie sie ist, stets optimistisch, weil sie immer sofort antwortet, wenn ich einen kleinen Hilferuf aussende, und ein offenes Ohr hat, auch wenn sich meine Gedanken im Kreise drehen.

Mein größter Dank geht an meine Mutter, ohne deren Unterstützung das alles nicht möglich gewesen wäre. Sie hat immer an mich geglaubt und mit mir gehofft, und das ist manchmal das Wichtigste überhaupt. Sie war immer da, wenn ich sie brauchte, während der ganzen Reise.

In liebevoller Erinnerung an meinen Vater und an Albert, an Ustin und Nepomuk, an Dix, Panka und ihre Freunde und an Linchen, weil sie alle ein Teil des Ganzen sind.